SARAH FERGUSON, Duquesa de York
com MARGUERITE KAYE

A BÚSSOLA DO
Coração

CB013367

São Paulo
2022

Grupo Editorial
UNIVERSO DOS LIVROS

Diretor editorial: **Luis Matos**

Gerente editorial: **Marcia Batista**

Assistentes editoriais: **Letícia Nakamura e Raquel F. Abranches**

Tradução: **Laura Folgueira**

Preparação: **Marina Constantino**

Revisão: **Jonathan Busato**

Arte e capa: **Renato Klisman**

Diagramação: **Carlos Roberto**

Dados Internacionais de Catalogação na Publicação (CIP)
Angélica Ilacqua CRB-8/7057

F392b

   Ferguson, Sarah
   A bússola do coração / Sarah Ferguson ; tradução de Laura Folgueira.
   –– São Paulo : Universo dos Livros, 2022.
   416 p.

   ISBN 978-65-5609-190-7
   Título original: *Her heart for a compass*

   1. Ficção inglesa
   I. Título II. Folgueira, Laura

22-0845   CDD 823

Universo dos Livros Editora Ltda.
Avenida Ordem e Progresso, 157 — 8º andar — Conj. 803
CEP 01141-030 — Barra Funda — São Paulo/SP
Telefone/Fax: (11) 3392-3336
www.universodoslivros.com.br
e-mail: editor@universodoslivros.com.br
Siga-nos no Twitter: @univdoslivros

Este livro é dedicado às minhas lindas meninas, que têm toda a força e coragem de Lady Margaret. Elas também seguiram seus corações e vivem a vida em seus próprios termos. Este livro é para vocês, Beatrice e Eugenie, com todo o meu amor.

Capítulo um

Casa Montagu, Londres, quarta-feira, 19 de julho de 1865

— Ah, aí está você! Em breve será meia-noite, minha cara.

Lorde Rufus Ponsonby, conde de Killin, era considerado pela maioria um homem bem-apessoado. Sua figura alta e delgada estava sempre imaculadamente vestida. Seu perfil aquilino era adequadamente altivo, como cabia a um conde do reino. Tudo nele era austero, reprimido e calculado.

Lady Margaret Montagu Douglas Scott deu um passo involuntário para trás quando ele pairou sobre ela.

— Estou mais do que ciente disso.

Como sempre, ele pareceu alheio à maneira arredia como ela o tratava.

— Por que está se esquivando nas sombras? Talvez esteja insegura sobre sua aparência — continuou ele, respondendo à sua própria pergunta. — Permita-me tranquilizá-la. Seu vestido não é simples demais nem ornamentado demais para a ocasião. Sua Alteza, sua mãe, tem um gosto excelente.

Analisando o homem que sua mãe havia ajudado a escolher para ser seu marido, Margaret fez questão de discordar:

— Eu teria preferido um vestido azul-turquesa, na verdade.

— Todas as jovens senhoras usam branco em sua primeira temporada.

— Olhe para mim — Margaret insistiu, indescritivelmente exasperada, porque Killin nunca a olhava, não de verdade. — Você não acha que pareço um fantasma na minha própria festa de noivado? Eu sou, muito literalmente, um espectro na festa.

— Acho que isso é sua tendência a ser fantasiosa vindo à tona.

— Este vestido tem tantos babados e faixas que sinto como se estivesse usando um conjunto de cortinas.

Sua Senhoria, com a atenção voltada para o relógio, não notou o tom de histeria reprimida na voz dela. Killin comparou seu relógio de ouro com o relógio do salão, franziu o cenho, conferiu novamente, fez um pequeno ajuste, depois conferiu-o uma última vez antes de fechá-lo e devolvê-lo ao bolso de seu colete.

— É melhor nos juntarmos a seus pais para o anúncio — disse. — Eles devem estar ficando ansiosos.

Aquele seu pequeno tique vocal, algo entre uma tosse e um bufo, como se estivesse prestes a pigarrear e decidisse não o fazer, fez com que os dedos dos pés de Margaret se contraíssem. Ninguém mais parecia notar, mas, toda vez que ele abria a boca para falar, ela se preparava para isso.

— Acho que, se alguém tem o direito de estar ansiosa — falou ela, sorrindo com os dentes cerrados —, deveria ser eu. Minha vida está prestes a mudar para sempre, afinal de contas.

Embora ele tenha sorrido em resposta, foi um esforço simbólico que não se refletiu em seus olhos.

— Estamos à beira de uma nova vida juntos, lady Margaret. *Eu*, pelo menos, estou ansioso para abraçá-la.

Mesmo a ideia de ser abraçada por ele era repulsiva. Felizmente, no período de mês desde que a união deles fora concertada, ele não tinha feito nenhuma tentativa do tipo, permitindo que Margaret ignorasse sua própria repulsa física e se convencesse de que conseguiria se conformar em casar-se com ele. Ele nunca havia tentado beijá-la. Se a tocava, era apenas para a conduzir para cá ou para lá, e suas mãos nunca se demoravam sobre ela. Será que tudo isso estava prestes a mudar? Ela estremeceu por dentro. Seria esse modelo de decência simplesmente um cavalheiro esperando paciente até que seus direitos matrimoniais fossem formalmente endossados? Céus, só de imaginar os lábios dele nos dela, ela tinha vontade de esfregar a boca com o lenço.

Depois que o anúncio formal fosse feito, não haveria como voltar atrás. Ela estaria noiva de um homem que detestava e que, estava completamente convencida, não estava nem aí para ela. Não, pior do que isso. Quanto mais tempo passava na companhia de Killin, mais certa Margaret ficava de que ele ativamente não gostava dela. Ela tinha tentado crer no contrário, mas ficava cada vez mais ciente de sua cuidadosamente disfarçada desaprovação de tudo a respeito dela, de seus modos a seu peso.

O fato de ele conseguir manter os sentimentos tão bem escondidos de todos os demais era outra fonte de irritação. Embora *sentimentos*, Margaret lembrou a si mesma, fossem muito irrelevantes no que dizia respeito a relacionamentos arranjados. Killin estava decidido a casar-se com ela por seus próprios motivos, e os pais dela estavam ainda mais determinados a que ela se casasse com ele. Ela tinha decidido fazer todos felizes cumprindo seu dever, o que sem dúvida era a decisão correta. Então, por que seus malditos instintos escolheram este momento altamente inconveniente para se rebelar? Ela ia mesmo se casar com esse homem? De repente, isso pareceu aterrorizantemente impossível.

— Lady Margaret! Precisamos mesmo nos juntar ao duque e à duquesa. A paciência deles, como a minha, deve estar acabando.

Falar agora, depois de semanas mordendo a língua, era inconcebível. E inútil. Sentindo-se derrotada e desanimada, sua única opção era se preparar para o inevitável.

— Preciso de um momento sozinha com meus pensamentos. *Por favor*, eu imploro — adicionou Margaret, vendo a resistência dele crescer. — Desejo me recompor, meu lorde. Todas as atenções estarão voltadas para nós, e não quero decepcioná-lo.

Mais importante, ela não queria decepcionar Mamãe. Nem Papai. Não queria decepcionar ninguém. Não que estivesse planejando fazer isso, mas precisava desesperadamente de um momento sozinha. Tinha passado a noite toda sendo abordada por pessoas bem-intencionadas.

Para seu imenso alívio, Killin consentiu.

— Muito bem, se você insiste. Mas não demore.

Sem esperar que ele mudasse de ideia, Margaret se afastou correndo. A atmosfera do salão de baile lotado era sufocante. Ela sentia tanto calor e estava tão atarantada que não conseguia pensar direito. A mescla de perfume caro, pomada de cabelo e suor fazia seu nariz coçar. Queria espirrar. Ah, encher o pulmão de ar puro, fresco, ou, ainda melhor, dos aromas familiares e reconfortantes do estábulo em Dalkeith, em sua casa. Spider, seu amado pônei, obedecia a todos os seus comandos sem questionar. Quem dera ela fosse tão domesticada quanto ele. Quem dera, como tanto opinava Mamãe, pudesse ser um pouco mais parecida com Victoria. Killin provavelmente teria preferido a irmã mais velha dela, modelo de perfeição, mas desde o berço Victoria estava destinada a casar-se com lorde Schomberg Kerr, filho da melhor amiga de Mamãe. Victoria, a personificação da beleza que ela não conseguia se obrigar a emular, tinha se casado em fevereiro, forçando Killin a aceitar a segunda e segunda melhor filha do duque e da duquesa de Buccleuch.

A dócil Victoria tinha parecido contente de aceitar seu destino. Margaret tentara acreditar em Mamãe, que lhe dizia que sabia o que era melhor, e convencer a si mesma de que sua repulsa visceral pelo pretendente diminuiria quando passasse a conhecê-lo melhor. Será que a familiaridade o tornaria mais tratável? Neste momento, ela simplesmente não conseguia acreditar nisso. Por que não via Killin como os outros o viam? Ela tinha tentado; ninguém podia acusá-la de não ter se esforçado. Mas havia falhado miseravelmente. Ainda se não tivesse tanta certeza de que os sentimentos dele espelhavam os dela... Ele não estava nem um pouco interessado nela, apenas em suas conexões familiares. Por trás da carapaça cortês e cavalheiresca que Killin apresentava ao mundo, havia um bloco de gelo. Mas ninguém mais parecia perceber isso. Será que podia estar errada? No fundo, sabia que não estava, mas era tarde demais para fazer qualquer coisa.

Margaret passou pelas portas francesas e seus sentidos foram tomados pelo fedor acre do Tâmisa, pois os jardins da Casa Montagu davam direto para o rio. Cobrindo o nariz com a mão, recuou até o recesso mais escuro do terraço. Não ia ficar muito tempo ali. Em um instante, ia enfrentar a realidade.

Destapando o nariz, tentou inalar pela boca, soprando o gosto do Tâmisa a cada exalação, como quem fuma um cachimbo usando tabaco barato, mas o fedor estava impregnado em sua garganta. A pele coçava sob a camada de pó de pérolas usado para mascarar suas sardas. Os olhos ardiam com a mistura nojenta prescrita por Mamãe para tingir seus cílios e sobrancelhas, naturalmente castanho-avermelhados, de um elegante preto. Embora sua ama, Molly, jurasse que não, ela estava convencida de que a receita consistia quase inteiramente de carvão em pó.

Por quanto mais tempo ela ousaria procrastinar?

Cinco minutos não eram nem de perto o suficiente.

Precisaria de cinco horas.

Cinco semanas.

Ou, melhor ainda, de mais cinco anos.

E mesmo então?

O coração dela estava acelerado. A gaiola de sua enorme crinolina parecia ter vida própria, apesar das faixas que deviam controlá-la. Nas últimas semanas, ela tivera pouco apetite, e a fita métrica constantemente empregada por Mamãe mostrava que sua cintura tinha encolhido para apenas quarenta e oito centímetros. Ainda assim, sentia-se sem ar, como se Molly tivesse apertado demais o corselete.

Afastando-se ainda mais do burburinho do salão, ela deu de cara com a balaustrada, agarrando-a bem a tempo de evitar cair pelos degraus em direção ao jardim escuro. O cheiro do rio era avassalador, mas, como sempre, ela não sabia onde tinha deixado o leque que deveria estar preso a sua cintura. O ar úmido deixaria seu cabelo cheio de fios arrepiados, arruinando todo o esforço da pobre Molly. O que ela não daria para poder arrancar cada grampo de sua cabeleira ruiva rebelde e deixar que caísse livre e solta pelas costas. Pelo menos, assim, uma parte dela estaria livre.

A ideia a fez rir. A risada tinha um quê de maníaca. Seus pés deram mais um passo cauteloso para trás, descendo os primeiros degraus que levavam ao jardim.

Ela não estava fugindo.

Ela não poderia fugir.

Ela realmente deveria voltar ao salão e acabar logo com aquilo. Mas, de alguma maneira, viu-se no fim da escada.

Lá dentro, a orquestra tocou os últimos acordes da valsa. Ela tinha no máximo três ou quatro minutos. Os dançarinos estariam fazendo suas tímidas mesuras. Ela conseguia ver a cena com uma clareza perturbadora. O salão seria uma explosão de luz refletida nos espelhos, pois todas as velas dos três enormes lustres de cristal estavam acesas, além das arandelas de gás. O aglomerado de convidados, as mulheres com seus vestidos coloridos e os homens usando fraques, estaria voltado de frente para o estrado. As damas estariam diligentemente balançando seus leques; os cavalheiros, discretamente secando o rosto com seus lenços. Os enormes arranjos de rosas estariam começando a murchar. O penteado dela não era o único que começara a se desfazer.

Por vontade própria, seus pés começaram a se afastar devagar da casa pelo caminho que cortava o jardim até o muro à beira do Tâmisa. Lá dentro, um exército de criados vestidos com librés formais e o cabelo moldado com uma pasta de farinha e água num penteado com cara de peruca estaria alinhado sob o olhar afiado do mordomo, pronto para distribuir taças de champanhe gelado em antecipação ao brinde comemorativo que estava por vir.

A imprensa estava especulando sobre o anúncio havia semanas. Os membros mais nobres, ilustres e influentes da sociedade estavam ali como testemunhas. Todo mundo que era alguém tinha ido à Casa Montagu, pois um convite do duque de Buccleuch só perdia para uma convocação real. Menos a princesa Luísa. A amiga mais antiga de Margaret, que a aconselhara a aceitar seu destino com graciosidade, estava presa ao lado da rainha na Casa Osbourne, na ilha de Wight, e não estaria presente para testemunhar sua obediência.

E ela devia obedecer! Margaret tentou se obrigar a desfazer o caminho, voltar ao salão de baile e juntar-se ao que parecia um desfile comemorativo, sendo ela mesma o troféu a ser exibido. Mas não conseguia.

Ainda não.

Nunca.

A verdade a fez parar de chofre. Estava se iludindo desde o momento em que permitira que Mamãe a convencesse a aceitar o pedido de Killin. Não importava quanto seus pais quisessem, ela não podia sacrificar a si mesma no altar do dever casando-se com um homem que sabia, do fundo do coração, que a faria infeliz. Ela simplesmente não podia ir em frente. Nem mesmo se significasse cometer um verdadeiro suicídio social, como certamente seria.

Dentro do salão, Mamãe estaria em pé no estrado, tão fragrantemente bela como sempre. Ao seu lado estaria Papai, alto e muito ereto, o traje formal preto em gritante contraste com seu distinto cabelo ruivo flamejante, quase tão vibrante como o da própria Margaret. Ele estaria franzindo a testa, muito provavelmente consultando o relógio, impaciente. Victoria estaria parada logo atrás de Mamãe junto com Kerr. E Killin estaria à frente do grupo familiar, ansioso para confirmar sua posição no prestigioso firmamento da dinastia Buccleuch.

Mesmo enquanto sua mente trabalhava, tentando desesperadamente argumentar racionalmente pela última vez com seus instintos rebeldes, os pés de Margaret inexoravelmente retomaram sua jornada para longe.

Volte para dentro, pediu a si mesma. Estava prestes a deixar seus pais orgulhosos e felizes, algo quase inédito em seus cerca de dezenove anos neste mundo. Mas a que custo? Ela se tornaria, aos olhos da lei e da sociedade, propriedade de Killin.

Margaret deu mais alguns passos. Desde que o salão permanecesse à vista, podia persuadir-se de que talvez voltasse a qualquer momento. Estava fazendo todo mundo esperar, só isso. Isso não era uma prerrogativa da noiva? Embora já devesse ter passado da meia-noite. A qualquer momento, Mamãe enviaria Victoria para levá-la de volta como um cão pastor agrupando uma ovelha em pânico.

Esse pensamento fez Margaret avançar ainda mais na escuridão. Ela tentou bravamente, uma última vez, convencer-se a fazer a coisa certa. Imaginou-se no estrado, colocando obedientemente a mão na de Killin. Ele ia pigarrear antes de ralhar com ela por deixá-lo esperando.

Foi isso, pensar naquele pequeno hábito incrivelmente irritante dele, e certamente a razão mais absurda da história para terminar um noivado, que a fez se decidir. Se voltasse ao salão, sabia que estaria perdida. Sua coragem a abandonaria e, antes mesmo que percebesse, o anúncio estaria feito. Por outro lado, se ficasse escondida ali no jardim por tempo o bastante, seus pais não teriam escolha a não ser finalmente colocar um fim àquele sofrimento. Eles nunca a perdoariam, mas, olhando pelo lado bom, Killin também não. O mais importante era que, se seguisse com o noivado, nunca perdoaria a si mesma.

Desculpem, desculpem, me desculpem.

Repetindo essa frase sentida para si sem parar, Margaret subiu a crinolina, deu as costas para o salão e correu na direção dos arbustos bem na extremidade da propriedade do pai.

Lágrimas corriam por seu rosto, mesclando-se com a mistura de fuligem que enegrecia seus cílios, cegando-a. O aroma de tabaco caro encheu suas narinas logo antes de colidir de frente com um homem que fumava um charuto tranquilamente. Ela teria caído, desequilibrada pelo contato com seu corpo robusto e firme, se ele não a tivesse envolvido com os braços para segurá-la. A colisão perturbou por completo seus nervos em frangalhos. Margaret gritou, atirando os braços loucamente contra o homem, tentando chutar as canelas dele e machucando os dedos do pé no processo.

Ele a soltou de imediato.

— Lady Margaret?

Ela reconheceu o sotaque erudito das Terras Altas da Escócia como pertencente a Donald Cameron, de Lochiel, uma espécie de diplomata conhecido do pai dela.

— Deixe-me sozinha. Por favor, esqueça que me viu.

Nem é preciso dizer que ele ignorou o pedido.

— O que, em nome de Deus, está fazendo aqui sozinha no escuro? Seu noivado está prestes a ser anunciado.

— Quis só dar uma saída para fumar antes — respondeu Margaret gaguejando, sem se dar ao trabalho de ser educada.

Assustado, ele olhou para o charuto aceso em sua própria mão, antes de jogá-lo no chão e pisar em cima dele.

— Você está nervosa, e não é para menos. Deve ser uma perspectiva assustadora, em especial na frente dos grandes e importantes. Deixe-me acompanhá-la.

Ele falava com ela como se estivesse conversando com uma criança. Lochiel era muito alto e estava vestido de forma sóbria, o tipo de homem a quem as pessoas costumavam se referir como bonito ou distinto. Como a maioria dos homens, porém, bonitos e distintos ou não, ele tinha uma barba, e uma das mais detestáveis, ainda por cima, conhecida como barba de Newgate, que passava por baixo de seu queixo e emoldurava seu rosto como um babado crespo.

— Não preciso de seu apoio — irritou-se Margaret. — Por misericórdia, só me deixe em paz.

Por um glorioso momento, ela pensou que ele estava prestes a fazer o que lhe era pedido.

— Você só precisa de um tempinho para se recompor. Consigo entender isso, mas, de verdade, lady Margaret, não vai ser bom deixar todo mundo esperando indefinidamente, sabe.

Lochiel estendeu a mão para pegar o braço dela, tentando levá-la de volta ao salão.

— Venha comigo. Seus pais e Killin devem estar...

— Não! — Ela o empurrou com violência. Agarrando a barra do vestido, Margaret correu os últimos metros até o portão do jardim. Abrindo-o com dificuldade, ela saiu cambaleando, fechando-o atrás de si, e fugiu noite adentro.

Capítulo dois

Castelo de Windsor, março de 1865 (quatro meses antes)

— Enfim você chegou! — Sua Alteza Real, a princesa Luísa ficou de pé num salto quando Margaret entrou na sala.

— Ah, Lu, é tão bom ver você — disse Margaret, abraçando a melhor amiga.

Como sempre, Luísa ficou um pouco tensa, suportando o contato físico só o bastante para não ser rude, antes de gentilmente se desvencilhar.

— Sente, sente e me conte tudo. Como você está?

— Não vamos falar de mim, como *você* está? — Margaret desamarrou o solidéu e arrancou as luvas, jogando-os descuidadamente numa cadeira. — Está mesmo recuperada por completo? Deixe-me vê-la.

Luísa fez uma pose teatral, virando a cabeça de um lado a outro antes de rodopiar.

— Viu, completamente recuperada, novinha em folha.

Analisando-a de perto, Margaret sentiu-se aliviada por não ver rastro da doença recente na pele invejavelmente sedosa de Luísa nem em seus olhos azul-acinzentados brilhantes. Seu cabelo castanho macio estava ajeitado num penteado tão elegante como de costume, sem um fio rebelde à vista, pois Luísa era extremamente meticulosa com sua aparência.

— *Queria* ter um décimo do seu estilo. Mesmo que eu passasse horas na frente do espelho, não conseguiria atingir essa perfeição. E você é tão magra. Não tem uma carne nos ossos, como diria minha Molly.

— Para alguém de dezessete anos, minha cintura de quarenta e três centímetros é mesmo ótima.

— Já eu estou com cintura de velha, com mais de sessenta centímetros.

— O que você precisa — falou Luísa — é de uma dose de meningite tuberculosa.

— Foi isso que você teve?

— Segundo o médico. Dores de cabeça intensas é como eu chamaria, mas isso não justificaria o valor exorbitante que ele cobra. Eu *fiquei* bem mal, embora não doente o bastante para convencer a rainha a me deixar lá em Balmoral. — Luísa fez uma careta. — A viagem de trem para o sul foi horrenda. Eles precisaram me abandonar na metade do caminho, porque eu estava mal demais para continuar, mas agora estou perfeitamente bem, posso garantir.

— Você com certeza parece bem. — Margaret se jogou de forma deselegante no sofá. O pequeno terrier escocês que estava ocupando a outra ponta latiu entusiasmado e pulou no colo dela. Ela passou a mão no pelo eriçado do animal, fazendo-o balançar a cauda freneticamente. — Que querido. Tão parecido com meu precioso Lix. Sinto muita saudade dos meus cães.

Luísa puxou uma cadeira e se pôs a fazer chá com os itens que já tinham sido dispostos.

— Esse é o Laddie. Ele ainda está se adaptando, então gosta de se esconder aqui do resto. Eles são barulhentos demais para ele, coitadinho. — Ela passou uma xícara de chá e um pedaço de bolo generoso para Margaret. — Imagino que você não queira se dar ao trabalho de começar com pão e manteiga, certo?

— Não, obrigada. — Ignorando o garfo de bolo, Margaret deu uma mordida. — Chocolate, meu sabor favorito.

— Eu sei.

— Você não vai comer nem um pedaço pequenininho?

— Nem uma migalha. Não tenho intenção de acabar como Mamãe. Desde que Papai morreu, ela literalmente cresceu em magnitude, e nunca foi exatamente uma sílfide para começar.

— Ah, vá, Lu, nos retratos mais antigos ela tinha um corpo lindo.

— Uma crinolina esconde muitos pecados. A rainha não tem disciplina no que diz respeito à alimentação.

— Nem eu. — Margaret revirou os olhos. — Felizmente, pelo bem de meus muitos, muitos vestidos novos, tenho Mamãe para me manter na linha. Pelo menos agora que estou em Londres, eu e você vamos poder nos ver mais.

— Espero que sim, mas você sabe que a rainha tem prioridade sobre o meu tempo. Ela ficou incrivelmente possessiva conosco, as filhas, desde que meu pai morreu e ativamente nos desencoraja de ver amigos, quanto mais socializar sem ela. É tudo um pouco opressivo. Diga-me, o que está achando da vida na capital?

Sabendo que não devia oferecer consolo, Margaret fez o que lhe era pedido.

— Bom, os odores são absolutamente nojentos. O próprio ar tem um gosto horrível, especialmente quando há neblina. É como lamber uma moeda. E a sujeira! Cai literalmente dos céus, eu vivo tendo que lavar o rosto e as mãos, e meus saiotes ficam cobertos do que chamam de lama das ruas.

— Cavalos — falou Luísa, enigmática. — Na maioria das vezes.

— Tudo é tão luminoso, e também tão barulhento — continuou Margaret. — As ruas são cheias de gente em todos os horários, e em todos os cantos os prédios parecem estar sendo derrubados e reconstruídos. Não consigo dormir por causa do barulho das carruagens infinitamente chacoalhando lá fora, e, embora tenham me garantido que a nova iluminação a gás da Casa Montagu é segura, toda vez que faz aquele som esquisito de explosão, eu pulo.

— Sua Majestade considera a iluminação a gás insegura; ela se recusa a instalá-la aqui em Windsor. Quando perguntei o que você estava achando de Londres, M., estava falando da sociedade, já que, graças à avidez da rainha por minha companhia, sou forçada a desfrutar da vida por meio dos outros, você sabe. Você impressionou muita gente, segundo os jornais.

— Honestamente, seria de se pensar que eles têm coisas mais importantes para dizer do escrever sobre que vestido eu usei em qual ocasião, com quem eu dancei e se minha caderneta de baile estava cheia de assinaturas ou não.

— Agora, você tem um gostinho de como foi minha vida desde criança, vivendo debaixo dos olhos do público. É por isso que faço questão de sempre estar perfeitamente arrumada. Nunca se sabe quem está observando.

— Bom, eu não estou acostumada e, francamente, não gosto da atenção. Em casa, em Dalkeith, meu único público é um rebanho de vacas ruminantes.

Luísa deu uma risadinha.

— Não tenho certeza se os cavalheiros da imprensa gostariam da comparação.

— Mas, sério, mal tive um segundo sozinha desde que vim para cá. Preciso mudar de figurino a cada compromisso, às vezes três ou quatro vezes por dia, e a temporada só começa de verdade depois da Páscoa.

— Eu sei que você está receosa, M., mas bem que *eu* queria debutar de verdade. Eu teria amado ter meu próprio baile de debutante, mas a rainha se recusou categoricamente a abrir o salão de bailes do Palácio de Buckingham.

— Ah, Lu. — Margaret estendeu a mão e tocou a da amiga em solidarie-dade, cometendo, portanto, duas gafes sociais ao mesmo tempo. — *Nem* sinal de Sua Majestade acabar com o luto?

— Muito pelo contrário. — Luísa contemplou a fatia fina de pão com manteiga no prato dela, depois decidiu não dar uma mordida e, em vez disso, serviu um segundo pedaço de bolo a Margaret. — Quase todos os dias desde que Papai morreu, Mama nos diz que deseja reunir-se a ele. Vivemos com os nervos à flor da pele, pois quase tudo que falamos a faz chorar. Honestamente, Margaret, é de se fazer acreditar que rir é dos pecados capitais. E, quando a rainha não está desejando estar morta, juro que está determinada a fazer todos ao redor morrerem de tédio. Se não fossem minhas aulas de escultura com Mary Thornycroft, acho que enlouqueceria. Tenho pena de Mamãe, tenho mesmo, mas ela é uma companhia tão tediosa e parece nem perceber que Lenchen e eu não somos mais crianças, mas jovens mulheres.

— Nossa, sim, sua irmã Helena é mais velha do que eu.

— Ela tem quase dezenove. — Luísa empurrou sua própria xícara de chá para o lado e pegou o caderno de desenhos, folheando as páginas de maneira desatenta. — No mês passado, fomos convidadas para um baile de gala em Claremont. Lenchen e eu ficamos muito animadas, até descobrirmos que era um baile para *crianças* e que Arthur iria com a gente. Tiramos o melhor da si-tuação. Usei um vestido em estilo francês de Luís XV. Debrum de seda branca por cima de tecido cor-de-rosa e saiote de cetim branco. *Naturellement*, eu mesma o desenhei.

— Naturalmente — completou Margaret. — E, naturalmente, você foi a mais bela do baile.

— Bom, eu estava mesmo maravilhosa. Meu cabelo estava empoado, e eu coloquei na barra do vestido uma renda antiga que pertencia à rainha, o que foi um erro, pois vê-la causou um ataque de depressão nela. "Ah, se meu querido Alberto estivesse aqui para compartilhar deste momento" — contou Luísa, imitando o tom da mãe e torcendo as mãos.

— Pare! É muito errado você me fazer rir quando o luto dela é muito real.

— E é demasiado persistente — comentou Luísa, mordaz. — Meu pai ficaria chocado de vê-la demonstrando tanta emoção assim. Você sabe como ele sempre foi rígido e certinho.

Margaret deu de ombros.

— Ele era assustador. Tinha um jeito de me olhar como se eu não existis-se, como se eu fosse tão indigna da atenção dele que isso me tornasse invisível.

— Melhor ser invisível do que atrair a ira dele por seu mau comportamento.

— O que você quase nunca fazia, Lu, pois mesmo quando aprontava, conseguia colocar a culpa em outra pessoa. Não negue; você sabe que é verdade.

Luísa deu de ombros.

— O truque, como vivo te dizendo, é fazer cara de séria e não dizer nada.

Margaret deu o restante de seu bolo a Laddie.

— Meu pai diz que minha expressão é o deleite dos trapaceiros, de tão transparente.

— É verdade, M. Sempre consigo saber quando estou te entediando com minha conversa.

— Você nunca me entedia!

— É verdade, sou infinitamente fascinante e você fica vidrada em cada palavra que digo, mas, infelizmente, nem todo mundo é tão divertido. Fico entediada com frequência, mas nunca demonstro. É por isso que a rainha me acha uma companhia tão excelente.

— Como você faz isso? Impedir que seus pensamentos transpareçam em seu rosto, quero dizer.

— Céus, que coisa de se perguntar. Não sei, é simplesmente algo que se sabe fazer.

— Não é algo que *eu* saiba fazer.

— Então é bom aprender, ou vai se ver encrencada mais cedo ou mais tarde. Você não vai querer ficar com a reputação de ser caprichosa.

— E, ainda assim, essa palavra te descreve perfeitamente.

— Ah, mas ninguém sabe disso além de você, minha querida M.

— Sei que pareço ingrata, mas não sou. Tenho perfeita consciência da minha sorte. A maioria das jovens daria um dedo da mão pela oportunidade que estou recebendo de ter um guarda-roupa novinho, cheio de vestidos, e cada momento do dia preenchido com compromissos.

— Minha nossa, a duquesa está levando o dever a sério.

— Com a ajuda de minha irmã Victoria. O problema, Lu, é que não estou aqui em Londres para me divertir. Estou aqui para cumprir o meu dever e achar um bom partido.

— É o que nós duas devemos fazer, e sem demora. É o preço que pagamos por termos nascido bem e sendo meras mulheres.

— Sim, mas eu queria me demorar a casar.

— O que improvável, já que você está se mostrando tal sucesso.

— Só Deus sabe por quê! Mamãe está tão perplexa quanto eu em relação ao meu sucesso. Talvez seja porque estamos bem no início da temporada e haja tão pouca competição.

— Ou talvez porque você seja a filha de cabelos de fogo do duque de Buccleuch...

— Segunda filha.

Luísa fez um aceno de desdém.

— Eu sou a quarta filha da rainha, mas, para todo mundo, a única coisa que importa é que sou uma princesa. O que significa, claro, que, se eu tivesse propriamente debutado na sociedade, pouparia você de um pouco da atenção da imprensa, pois uma princesa é melhor que a simples filha de duque.

— Mas agora você já estreou, não? Estava no baile da Casa Marlborough na semana passada.

— Você leu a matéria do *Times*? Garanto que foi tão tedioso quanto pareceu. Era uma celebração do segundo aniversário de casamento de Bertie e Alix. Alix está grávida de novo, embora, claro, nem dê para perceber, de tanto que apertam seu corpete.

Margaret fez uma careta.

— É impossível não se perguntar se não seria melhor *não* amassar um feto pelo bem da moda.

— Ela usa um corpete especial que acomoda o bebê — explicou Luísa, baixando a voz em um tom conspiratório. — Ela estava em casa *en déshabillé*, de camisola, quando me contou a boa notícia, e o estado interessante dela era perfeitamente óbvio. Ela estava me mostrando o vestido que tinha encomendado para o baile de aniversário, e eu perguntei como céus ela esperava entrar naquilo. Então, ela me deixou ver o dispositivo, como chamou. — As bochechas de Luísa coraram. — Parecia mais um instrumento de tortura do que um corpete.

— Então, para que usá-lo? Se reproduzir é perfeitamente natural.

Luísa fingiu um tremor.

— Não diga *reproduzir* perto de companhias educadas. Cavalos reproduzem, bem como animais de fazendo e cachorros. O populacho procria. Mas damas, minha cara, absolutamente não. Você não sabe de nada?

— Desde que cheguei a Londres, percebi que minha ignorância quase não tem limites — confessou Margaret. — Como se descreve isso de forma mais delicada?

— Você pode admitir estar numa condição interessante ou esperando um acontecimento, mas só para as amigas. Em público, uma dama deve simplesmente fingir que o bebê em sua barriga não existe.

— Bom, acho isso absurdo, dada a quantidade de tempo que uma senhora casada passa grávida.

— Ah, eu concordo — disse Luísa, abandonando o tom afetado. — Veja minha irmã Vicky. Ela já teve quatro, e em só seis anos. Dá para imaginar?! Já, já vai ser a vez da sua irmã Victoria, agora que está casada. Eu culpo a rainha, sabe, por começar a moda tendo nove filhos.

Luísa começou a andar por seus aposentos, recolhendo e substituindo as várias estatuetas, livros e parafernália de desenho que cobriam a maior parte das superfícies.

— Agora, ela lançou a tendência de luto inexorável, e é sufocante. Está muito determinada a que ninguém extraia uma única gota de felicidade da vida se ela não puder fazer o mesmo.

— Não sabia que as coisas estavam tão sombrias.

Luísa voltou a se sentar.

— Invejo sua liberdade.

— A única liberdade que tenho é a de decepcionar minha mãe diariamente agora que estamos embaixo do mesmo teto — retorquiu Margaret. — Se não é o meu cabelo, são as minhas sardas ou o meu corpo. Ou a forma como entro num cômodo: ela diz que minha chegada parece uma batida policial. Ou o fato de que não consigo não perder meu leque, quanto mais usá-lo direito. Sabia, Luísa, que é possível se comunicar usando um leque?

— Mas é claro.

— Bom, eu não sabia.

— Lenchen e eu temos nossa linguagem secreta usando talheres — contou Luísa com um sorriso travesso. — Usamos durante aqueles jantares eternos com a rainha e seu séquito que temos que suportar. Assim, podemos ter conversas educadas e tediosas com o cortesão inevitavelmente educado e tedioso ao nosso lado e, ao mesmo tempo, ter uma conversa completamente diferente entre nós só mexendo uma colher ou um garfo.

— Não! Me mostre.

— De jeito nenhum, pois você ia tentar usá-la e seu rosto denunciaria, o que estragaria tudo. Vou te ensinar algo mais útil. Já sei: vou te dar uma aula de etiqueta sobre reverências.

— Já me ensinaram a fazer reverências quando era bem novinha e ia encontrar sua mãe pela primeira vez. Você devia estar lá, pois eu tinha quatro anos e foi quando vim pela primeira vez a Londres, para a abertura oficial da Exposição Universal.

— Fomos unha e carne desde o começo. O príncipe Alberto nunca aprovou nossa amizade, sabia? Achava que você era uma má influência para mim.

— Rá! Mal sabia ele que é o contrário.

— Acho que você vai ver que sou uma influência positiva e uma fonte útil de conhecimento no que diz respeito aos costumes da sociedade — disse Luísa, pomposa.

— Disso não posso discordar. Você será minha mentora enquanto eu estiver sendo adornada e exibida como um novilho de primeira qualidade num leilão.

— Senhoras e senhores, permitam-me apresentar-lhes lady Margaret Elizabeth Louise Montagu Douglas Scott — entoou Luísa. — Segunda filha mulher e sexta herdeira do duque e da duquesa de Buccleuch. Quanto oferecem por essa jovem que tem um grande dote e vem de uma linhagem excelente?

— Não esqueçam o bônus adicional de ter uma mãe que se provou uma produtiva égua parideira.

— Margaret! — A boca de Luísa tremulou. — Não imagino a duquesa jamais dizendo tamanha vulgaridade.

— Bom, não, mas juro que eles realmente fizeram uma lista de meus atributos. Aposto que é uma lista bem curta, claro, mas estou igualmente certa de que exigem uma lista correspondente de qualquer pretendente. *Pedigree*, *status* social, propriedades, conexões, renda, influência política. — Margaret enrugou o nariz. — Todas as coisas que importam. Não lhes interessa se meu futuro marido tivesse noventa anos.

— Ah, não, noventa é idade demais para ser pai. Diria que eles limitaram a idade em sessenta. Setenta, no máximo.

— Pare! Eu nunca na vida beijaria um homem de setenta anos.

— Você teria que ir além de só beijar.

— Eca! — Margaret cobriu as orelhas.

— Você que começou o assunto, e é preciso ser realista. Como uma Montagu Douglas Scott, é o que se espera de você.

— Mas ninguém parece se importar com o fato de que, apesar disso tudo, eu sou uma pessoa real.

— É verdade, mas quando já pensaram em qualquer uma de nós desse jeito? Não é como se o dever de se casar fosse uma surpresa, né? E há sinas piores, sabe? Se eu não me casar, serei eternamente uma solteirona escriba de Mamãe, o que estou determinada a não deixar acontecer.

— Ah, não, seria um desperdício terrível, pois você tem tanto talento artístico. — Margaret pareceu decepcionada. — O que é triste, porém, é que eu não tenho talento nenhum.

— Então, temo que não tenha escolha a não ser se resignar ao caminho que lhe foi designado.

— Não pensava que você seria tão pouco solidária.

— Estou sendo realista.

— Acho que você tem razão. Vamos acabar com esse assunto deprimente.

— Sim, vamos. Você será formalmente apresentada à corte em abril, não é? Imagino que estarei lá com a rainha, como de costume. Devo piscar para você enquanto você faz sua reverência?

— Não faça isso! Vou acabar dando risada e, aí, provavelmente tropeçar na cauda do vestido — disse Margaret, dividida entre o riso e o horror.

— Agora me sinto obrigada a piscar, só para conferir se você prestou atenção em uma única coisa que lhe disse hoje. Quem a duquesa contratou para tirar a fotografia do seu *carte-de-visite*? Se ela ainda não tiver tomado as providências, posso recomendar o sr. Jabez Hughes. Olhe, veja este exemplar que ele produziu para minha amiga Sybil. Não é lindo?

Margaret estudou o cartãozinho, que mostrava uma jovem com expressão séria apoiada numa pilastra.

— Por que elas sempre posam de perfil?

— Todo mundo tem um lado melhor que o outro, e o rosto fica mais distinto de perfil. — Luísa pegou o caderno de desenhos e um carvão. — Veja, vou lhe mostrar. Fique aí sentada com Laddie enquanto desenho vocês dois. Aliás, vamos incluir seu marido ideal na composição. Como acha que ele é? Descreva-o para mim.

— Ah, aí está o problema — disse Margaret, pesarosa. — Não tenho absolutamente nenhuma ideia. Alguém que meus pais vivamente desaprovassem, se me conheço bem!

NOTÁVEL DEBUTANTE FARÁ
SUA PRIMEIRA APARIÇÃO NA CORTE

Na quinta-feira, a rainha se deslocará de Windsor ao Palácio de Buckingham para oferecer sua quarta recepção da temporada de Londres, reunião seleta na qual uma série de jovens damas debutantes serão apresentadas. Sua Majestade será acompanhada pelas princesas Helena e Luísa e habilmente assistida por Sua Alteza Real, o príncipe de Gales.

Uma das debutantes mais notáveis deste ano fará sua primeira aparição formal nessa Recepção. A dama de cabelos castanho-avermelhados lady Margaret Montagu Douglas Scott é a segunda filha do duque de Buccleuch e Queensberry, um dos membros mais eminentes desta terra, antigo Lorde do Selo Privado e atual Gold Stick[1] da Escócia. Lady Margaret, que foi chamada de "um sopro de ar fresco escocês", será acompanhada por sua mãe, a duquesa de Buccleuch, filha da segunda marquesa de Bath e antiga camareira-mor da rainha.

Aconselha-se os leitores, se suas obrigações assim o permitirem, a evitar a vizinhança do Palácio de Buckingham na quinta-feira, já que se antecipa um tráfego pesado em todas as direções. Será exigido um código de vestimenta estrito para essa ocasião da mais alta formalidade e exclusividade. Os que desejarem admirar os figurinos das moças poderão contemplá-los à vontade na edição do próximo sábado, que conterá o máximo de ilustrações luxuosas que puderem ser dispostas nestas páginas.

---

1   Posição de proeminência na Guarda Real Britânica, que, em cerimônias, atende o soberano pessoalmente. [N. T.]

Capítulo três

O dia da apresentação formal de Margaret à corte começou bem cedo, quando Molly a acordou em um horário obsceno para dar início a várias horas de arrumação e adornamento. Mas antes houve o banho, um ritual diário que ficava consideravelmente mais fácil na Casa Montagu, que dispunha de água encanada. Em geral, Margaret gostava desse luxo, imergindo e deitando-se na banheira com a água com aroma de rosas, fechando os olhos e imaginando que estava de volta em Dalkeith. Mas daquela vez não teve permissão de banhar-se sozinha.

Celeste, a formidável criada francesa de Mamãe, tomava conta de tudo, insistindo que Molly aplicasse a pedra-pomes vigorosamente nos pés de Margaret enquanto ela mesma penteava o cabelo da menina com óleos. Mais emolientes foram esfregados em sua pele quando emergiu da banheira como uma lagosta cozida, até que estivesse brilhando como uma enguia e seu nariz coçasse graças aos cheiros contrastantes enquanto seus protestos de que nada daquilo era nem um pouco necessário, já que estaria toda coberta por um vestido de gala, previsivelmente caíam em ouvidos moucos.

Vestida numa camisola de algodão que se agarrava ao corpo liso, Margaret foi então colocada em frente a um toucador, cujo espelho triplo lhe permitia ver mais as maquinações de Celeste do que ela gostaria. A primeira camada aplicada a seu rosto foi de um creme que Mamãe insistia que ela usasse todos os dias desde sua chegada a Londres, na vã esperança de que apagasse suas sardas. Embora fosse aromatizado com água de rosas, Margaret estava convencida de conseguir sentir o cheiro de espermacete, uma substância extraída da cabeça de alguma pobre baleia, cada vez que lhe aplicavam o creme. Ele não teve nenhum efeito nas sardas teimosas, o que significou que, em seguida, Celeste empoou o rosto da menina com pó de pérolas e depois repetiu o processo quando Margaret espirrou violentamente. Ela perdeu a noção das diferentes preparações que foram sendo tiradas da caixa de mogno cheia de truques de Celeste. As sobrancelhas dela foram pinçadas e tingidas. Os cílios e as bochechas, coloridos. Aplicaram um colírio para fazer os olhos reluzirem e uma pomada de cera de abelha para deixar os lábios brilhando.

O cabelo de Margaret levou séculos para ser domado, e quando isso aconteceu seu o pescoço e ombros estavam tensos e doloridos pelo esforço de ficar imóvel enquanto seu couro cabeludo era espetado com grampos. Depois, chegou a hora de ser espremida na estrutura de aço do espartilho, um processo doloroso e humilhante supervisionado por Mamãe, que balançava sua temida fita métrica. Depois, vestiram-na com outra gaiola, na forma da crinolina; e, por fim, foi preciso que Celeste e Molly manobrassem juntas para vesti-la com roupa de renda, seda e cetim que era o vestido de gala, com suas obrigatórias mangas curtas e bufantes e decote profundo. A longa cauda de renda foi então presa aos ombros de Margaret e, finalmente, o véu de renda foi preso à sua nuca com uma dolorosa seleção de pentes e grampos, encimados pelas duas penas brancas que todas as mulheres solteiras que seriam apresentadas à rainha deviam usar. Suas longas luvas brancas foram colocadas bem apertadas, o que significava, Margaret percebeu consternada, que não poderia comer absolutamente nada até a volta, por medo de manchá-las. O leque de pena de avestruz branco foi preso a um punho, o colar simples de pérolas e a pulseira combinando foram colocados. Então ela ficou parada por eras enquanto Mamãe e Celeste inspecionavam, ajustavam, consideravam e enfeitavam, e Molly observava com um sorriso de dor. Finalmente, com um floreio, Mamãe presenteou-a primeiro com um lencinho de renda e, depois, com um enorme buquê.

Margaret mal reconhecia a jovem cuidadosamente embalada que a olhava do espelho, sem dúvida indistinguível do bando de outras debutantes a serem apresentadas naquele dia. Até o cabelo dela conseguia parecer sem cor. O pânico fez seu coração bater mais rápido e a deixou sem ar. Todo o objetivo dessa cerimônia absurda e antiquada era assegurar seu papel como membro de um clube de elite no qual ela não queria entrar. Depois de sua apresentação, estaria inescapavelmente fadada a ser oficialmente leiloada no mercado matrimonial. Aquele não era o início da vida dela como uma jovem disponível — era o fim de sua liberdade.

— Mamãe...

— Excelente. Você está bem adequada — disse a duquesa, sem saber que isso era exatamente o contrário do que Margaret queria. — Agora, vamos descer e tirar seu retrato antes que você consiga estragar tudo.

Sua imagem seria capturada para a posteridade pelo sr. Jabez Hughes, como tinha sido recomendado por Luísa. Achando tudo cada vez mais surreal, Margaret observou o fotógrafo mexendo na câmera e toda a parafernália que a acompanhava no estrado da orquestra do salão. O lugar onde ela deveria posar estava marcado por uma enorme cruz de giz, e o homem havia medido obsessivamente a distância entre ela e o equipamento da câmera, fazendo várias vezes o mais minúsculo dos ajustes. O pano de fundo consistia em várias telas mostrando o que pareciam ser cortinas verde-escuras bastante bregas, além do obrigatório pilar de papelão onde pudesse apoiar seu corpo feminino supostamente frágil.

Rá! Ela gostaria de ver um homem passando um dia arrastando uma tonelada de crinolinas e saiotes, apertado dentro de um espartilho que mal lhe permitia respirar, quanto mais comer. Incapaz de apoiar as pernas direito por medo de expor os tornozelos delicados e sendo forçado a deslizar em vez de andar enquanto mantinha a cabeça ereta e os ombros para trás o tempo todo, ele precisaria de mais do que um pilar frágil de papel para se apoiar. Uma hora, quanto mais um dia, daquilo faria qualquer homem reconsiderar o uso do epíteto *sexo frágil*!

Pareceu a Margaret que tirar uma fotografia demorava só um pouco menos do que ser ter seu retrato pintado. Já era mais de meio-dia quando ela e Mamãe foram acompanhadas à sua carruagem para o curto trajeto até o Palácio de Buckingham, ridiculamente adiantadas para uma recepção que só começava às três, em especial porque estavam proibidas de entrar antes da uma e meia. Mas nesse ponto, assim como em todos os outros aspectos do dia, Mamãe provou ter razão. As carruagens contendo a cota de debutantes e as diversas parentes mulheres que as apresentariam eram tão numerosas que quase conseguiram parar o trânsito no Mall. Para piorar o caos, multidões de observadores, num sortimento maravilhoso de comitivas que iam de carros de tropeiros a carruagens esportivas, ocupavam os dois lados da procissão principal, olhando as debutantes como se fossem animais num zoológico. Vários pedestres ousados chegaram a apertar o nariz contra as janelas das carruagens para ver mais de perto.

O alívio de Margaret quando finalmente chegaram ao Palácio de Buckingham durou pouco. O trajeto delas pela série de antecâmaras quentes e sufocantes na direção da Câmara de Audiências foi tortuoso. Havia silêncio e expectativa no ar, a atmosfera faiscando de tensão enquanto mães cuidavam dos vestidos e de penas, de caudas e de véus, e filhas permaneciam rígidas e ruborizadas, mas incapazes de usar os leques por medo de estragar o penteado ou derrubar os buquês, que murchavam. Quando a barriga de Margaret roncou, fazendo um barulho que pareceu um trovão, chamou a atenção horrorizada de todos ao redor.

— Margaret! — sibilou a mãe. — Você não tem autocontrole?

— É precisamente porque exerci o autocontrole que minha barriga está reclamando. Não comi absolutamente nada o dia todo.

— Por um ótimo motivo. Não há banheiros aqui — explicou Mamãe, incisiva.

Será que esperavam que uma debutante tivesse o mesmo controle rígido da bexiga que do seu comportamento? Margaret achou melhor não perguntar. Na verdade, conforme se aproximava a hora de sua estreia, ela começava a lutar contra uma forte vontade de fugir. Analisando criticamente as outras debutantes, confirmou que estava, mesmo, igualzinha a todas elas. Será que alguma se sentia assim como ela? Ela tentou se convencer de que era apenas uma cerimônia a superar, mas sabia que era bem mais importante do que isso.

— São quase três — anunciou Mamãe, puxando a renda do vestido de Margaret. — O Camareiro-mor me informou que seremos umas das primeiras a ser chamadas. Espero que não precise lembrá-la de fazer uma apresentação impecável.

Como um daqueles cães que pulam por arcos flamejantes, pensou Margaret. No seu caso, ela mesma estava vestindo os arcos.

— Todo esse esforço só para eu fazer uma mesura à rainha, o que já fiz inúmeras vezes.

— Você sabe muito bem que é muito mais do que isso.

— Antes de desfilar nesta roupa absurda, não faço parte da sociedade. Depois de me espremer pela Câmara de Audiências e ser beijada por Sua Majestade, fiz minha estreia — falou Margaret, numa tentativa fútil de acalmar os nervos com sarcasmo. — A rainha por acaso tem algum poder mágico que ainda não conheço?

— Não seja ridícula. É um ritual de passagem que marca sua transição de garota despreocupada a jovem de substância. O *carte-de-visite* com a foto tirada hoje de manhã é literalmente seu passaporte para a sociedade. Achei que você compreendesse isso.

— Compreendo, e horrivelmente bem. — Se ela cometesse algum tipo de gafe, será que isso anularia a cerimônia? Enquanto esperava o momento em que um dos muitos lordes presentes a convocasse à audiência real, a vozinha rebelde em sua cabeça que sempre acompanhava Margaret a instou a fazer exatamente aquilo. Mas isso se refletiria negativamente em Mamãe, e, em todo caso, ela não acreditava de verdade que não fazer uma mesura baixa o bastante ou pisar na cauda do vestido afetaria sua posição como prêmio matrimonial.

Uma onda de emoção perpassou a multidão que esperava quando as duas portas da Câmara de Audiências foram abertas. O evento estava prestes a começar. Agora era tarde demais para fazer qualquer outra coisa a não ser se preparar para passar por aquilo sem imprevistos.

Um dos lordes começou a organizar a fila de acordo com a lista que carregava.

— Vossa Graça tem a honra de ser a primeira, a pedido de Sua Majestade — anunciou ele, e Margaret e Mamãe foram levadas à frente.

Apesar de já ter estado inúmeras vezes na presença da rainha, Margaret sentiu o suor escorrendo frio por sua nuca. Seu coração começou a bater com força. Ao apelo de Mamãe, soltou a cauda do vestido, que estava segurando com cuidado por cima do braço esquerdo, e outro lorde usou seu bastão cerimonial para espalhá-la atrás de Margaret, enquanto outro entoava seu nome.

— Lembre-se do que ensaiou e vai sair tudo bem — sussurrou Mamãe.

Margaret deu o primeiro passo para o tapete vermelho adiante. As grandes penas em sua cabeça balançavam, o véu ameaçava desfazer o penteado e a crinolina dançava de um lado para o outro. Embora tivesse ensaiado desfilar com uma toalha de mesa engomada em torno dos ombros muitas vezes, ainda se sentia um navio desajeitado encurralado por uma tempestade que se aproximava.

Mamãe não a tinha avisado que a Câmara de Audiências estaria tão lotada. Havia um mar de cortesãos, dentro os quais o mais sênior era o Camareiro-mor, com peruca e vestimenta completas. Além dos vários lordes com funções oficiais e culotes curtos de seda, havia escudeiros e cavalheiros cercando a realeza em trajes completos, o peito coberto de faixas e galões brilhando com insígnias e medalhas. Damas de companhia ocupavam mais espaço com suas penas e crinolinas, tornando a passagem até o estrado perigosamente estreita.

— Mais devagar — sibilou Mamãe pelo canto da boca quando Margaret começou o curto trajeto.

No início, ela não viu Luísa, pois a amiga estava em uma das laterais, parcialmente encoberta pela irmã mais velha. Mas, quando Margaret estava bem diante do estrado e Mamãe a apresentou, Luísa ajustou sua posição e mexeu as sobrancelhas.

Margaret mordeu o lábio quando sentiu a vontade de dar uma risadinha nervosa se formando. Céus, com certeza Luísa não ia piscar de verdade, como tinha ameaçado. Não, Luísa se orgulhava de sua compostura pública; ela nunca faria algo tão arriscado.

Com cuidado e rangendo, Margaret fez uma mesura completa, recitando as instruções mentalmente. Abaixe-se o bastante deixando que o joelho quase toque o chão. Segure a posição. Conte até três. Curve-se por três segundos. Olhos no chão. Mantenha o equilíbrio. Segure firme o buquê. Os joelhos dela tremeram e seu nariz coçou com a vontade de espirrar. Ela sentia o olhar encorajador de Luísa, e também o de Mamãe, o que lhe deu a força de vontade que precisava para permanecer em perfeito controle. Será que estava perto o suficiente da rainha? Havia abaixado o suficiente para a diminuta majestade conseguir alcançar sua bochecha? Minha nossa, por quanto tempo mais devia se manter naquela pose?

Enfim a rainha se inclinou para a frente e roçou a bochecha dela com um beijo, honra reservada aos poucos da elite. Finalmente, Margaret teve permissão de se levantar, o que fez como Mamãe havia instruído, como se houvesse uma corda amarrada à sua cabeça puxando-a para cima.

O estágio final da cerimônia exigia que ela prestasse homenagens a cada membro da família real. Bertie estava lá, embora Alix não, presumivelmente dispensada por conta de sua condição. Margaret fez uma reverência profunda para o príncipe de Gales antes de seguir em frente. Depois vinha a princesa Helena, parecendo muito diferente da Lenchen que ela conhecia, tensa e régia em seu traje formal. Quando chegou a vez de Luísa, Margaret não conseguiu evitar um sorriso ao fazer a mesura. Nada podia desviar a atenção da beleza elegante da amiga. O sorriso que Luísa lhe concedeu quando se levantou da mesura foi fugidio, mas afetuoso, e fez Margaret se encher de orgulho, pois tinha passado no teste, e ninguém tinha padrões mais altos que os de Lu. Nem mesmo Mamãe.

— Muito bem.

Outro dos talentos de Luísa era sua habilidade de falar com a boca fechada. Margaret não ousou fazer caso das palavras, concentrando-se em sair de costas da sala, com o olhar fixado na direção da rainha.

Outro lorde de companhia dobrou com habilidade a cauda do vestido e a pendurou no braço esquerdo dela, e o calvário terminou. Contente pelo sucesso, Margaret sorriu para a mãe assim que saiu da Câmara de Audiências.

— Consegui.

— Muito bem — disse Mamãe, inconscientemente ecoando as palavras de Luísa. — Parabéns, agora você está oficialmente apresentada à sociedade.

As palavras fizeram o ânimo dela despencar. Apresentada à sociedade. Disponível no mercado. E firmemente colocada num caminho gasto com um único destino. O casamento.

Capítulo quatro

Casa Montagu, Londres, junho de 1865

A sala de visitas era uma das favoritas de Margaret na casa de Londres. A cornija, as paredes e toda a carpintaria eram pintadas de branco, o que, em conjunto com as vistas do jardim, lhe conferia um aspecto de descontração. Mas como naquele dia Margaret perambulava do outro lado da porta, não se sentia nada calma. Ela havia sido convocada e não tinha ideia do motivo. Preparando-se, ela abriu a porta e, para sua consternação, descobriu que tanto sua mãe como seu pai estavam presentes.

— Sente-se — disse Mamãe, indicando uma das cadeiras entre eles.

Margaret obedeceu, tentando sorrir.

— Tudo isto parece um pouco sinistro.

— Não, não, tenho boas notícias. Sua mãe e eu identificamos um marido adequado para você. — Papai sorriu para ela animado, mas Margaret, pela primeira vez, estava sem palavras. Tinham encontrado um marido para ela? Ela se perguntava onde, exatamente. Escondido no sótão? Vagando pelas ruas buscando desesperadamente por uma noiva ruiva? — E então? — Papai estava olhando para ela com expectativa. — Você não tem nada a dizer?

— Não pensei que fosse acontecer tão rápido.

— Para ser perfeitamente sincera — disse Mamãe —, nem nós, mas o "sopro de ar fresco escocês de cabelos castanho-avermelhados", como disse a imprensa, desafiou as probabilidades.

Margaret desejava muito que não o tivesse feito. Chocada, ela olhava fixamente para os pais.

— Você não quer saber quem é o cavalheiro sortudo? — perguntou Mamãe.

Não, ela não queria, pois isso tornaria tudo real. Mas Mamãe e Papai estavam muito felizes consigo mesmos, e não era como se o propósito deles em trazê-la para Londres fosse um segredo. Ela colocou um sorriso no rosto.

— Quem é?

— Vamos — disse Mamãe, sorrindo animada —, com certeza você deve ser capaz de adivinhar.

Adivinhar! Aquilo por acaso era algum tipo de jogo de salão bizarro? Margaret se sentiu enjoada. Dos muitos homens elegíveis que lhe haviam sido apresentados, ela não conseguia pensar em nenhum que quisesse como marido, nem mesmo em um único que tivesse indicado que gostaria que ela fosse sua esposa.

— Não, desisto.

— Ah, pelo amor de Deus! É o lorde Rufus Ponsonby.

Margaret ficou boquiaberta. Certamente tinha ouvido mal. Lorde Rufus Ponsonby era aquele homem pomposo com a tosse irritante e cujo sorriso era capaz de congelar água fervente.

— Ponsonby, o conde de Killin — repetiu seu pai. — Você será condessa, dona de um castelo situado às margens do Loch Tay. É claro que está um pouco em mau estado, precisando de seu dote para consertá-lo, e o título de Killin não é tão prestigioso quanto o nosso, mas é respeitável. E quanto ao seu lado do acordo, bem, é o que eu chamaria de circunstâncias favoráveis. Nossas terras têm muitas ovelhas. Ele tem moinhos de lã. Em vários sentidos, é uma combinação perfeita. Então, que tal? — concluiu ele com um raro sorriso. — Sua mãe e eu não nos saímos bem?

Horrorizada, sabendo que seus sentimentos estavam escritos em letras garrafais em seu rosto, Margaret tergiversou.

— Eu não tinha ideia de que ele estava interessado.

— Por que você teria? Ele é um perfeito cavalheiro; não sonharia em demonstrar suas intenções a você antes de falar comigo. Estou muito feliz que ele o tenha feito. Aqui entre nós, ele já estava entre nossos cinco melhores.

— Vocês realmente tinham uma lista?

— Escolher seu marido é a decisão mais importante que temos que tomar para você como pais, e nós a fizemos com a devida diligência.

Margaret tentou imaginar seus pais, fechados juntos no escritório de Papai, passando por todos os competidores, mas isso não foi motivo de riso. Se ela e seus possíveis pretendentes compartilhavam ou não qualquer interesse ou, Deus a livre, achavam-se atraentes ou até mesmo gostavam um do outro, isso não fora levado em consideração.

— O que significa essa expressão de sofrimento? Ande, desembuche.

O tom de Papai era consideravelmente menos indulgente agora. Ela respirou fundo.

— Sinto muito, mas, infelizmente, não gosto de Killin.

— Você não *gosta* dele? — O rosto de Papai se fechou, sua expressão agora era ameaçadora. — Há muito do que *gostar* nele, não há, Charlotte?

Pegando a deixa, Mamãe lançou-se em uma rapsódia sobre Killin e todas as qualidades maritais dele.

Margaret não podia rebater nenhuma delas.

—É a maneira como ele pigarreia — exclamou ela quando sua mãe terminou seu encômio. — Quando está prestes a falar, ele faz um barulho muito irritante...

— Margaret! Você percebe que essa é a coisa mais absurda...

— Eu não gosto dele, Mamãe, e tenho certeza de que ele também não gosta de mim. Ou, se gosta, certamente fez um excelente trabalho em esconder. Ele é tão... tão frio.

— Você quer dizer que ele não tem os sentimentos à flor da pele, como você. Um pouco de discrição não é ruim.

— Ele tem vastos reservatórios disso! O suficiente para me afogar. Por favor, peço-lhes que não me obriguem...

— Obrigar! Você não é a heroína tola de um melodrama. Não se trata de te *obrigar* a fazer nada. — Com as sobrancelhas ferozmente unidas, Papai se pôs de pé. — A lei da terra me dá o direito de insistir para que você se case com qualquer homem da minha escolha. Não sou um déspota, no entanto, mas um pai que deseja dar o melhor de si por uma filha que já deve entender seu dever para com a família. — Ele a olhava furiosamente. — Encontrei um marido altamente adequado, cujos interesses familiares complementam perfeitamente os nossos. O que espero de você é obediência e gratidão, não desrespeito e desobediência.

— Papai! Eu não fiz nenhuma dessas coisas.

— Permita-me discordar, Margaret. Você também é imatura e excessivamente dramática. Falar de forma tão desafiadora...

— Não, não, Papai, eu não sonharia... Eu não quis dizer... — Margaret parou, lágrimas faziam seus olhos arderem. — Estou perfeitamente ciente de que devo me casar, mas...

— Fico feliz em ouvir isso — o pai a interrompeu. — Este noivado, por razões que não posso entender, pareceu uma surpresa para você. Você é muito imatura para sua idade, em comparação com sua irmã. Vou lhe fazer essa concessão por isso, e você, por sua vez, deve confiar em mim quando lhe asseguro que agradecerá a sua mãe e a mim quando entender as muitas vantagens dessa união.

— Eu consigo ver as vantagens, mas…

— Quanto a esta alegada antipatia irracional, isso é bobagem. Você mal conhece o homem. Estou convencido de que vai mudar de opinião quando o conhecer. Confie que sua mãe e eu sabemos o que é melhor. Agora, se isso é tudo, tenho outros assuntos urgentes a tratar.

— Deixe-me falar com Margaret. Não há necessidade de detê-lo mais — disse Mamãe, acompanhando-o até a porta da sala de visitas, onde trocaram sussurros por um momento.

— Mamãe — Margaret chamou assim que a porta foi fechada atrás de seu pai —, por favor…

— Já chega. Você já disse o suficiente. — A bela boca da duquesa se retesou enquanto sua expressão se tornou dura.

Margaret quase pôde sentir grilhões sendo fechados e aparafusados ao redor de seu coração.

— Mas você não entende. Eu não me expliquei bem.

— Explicou o quê, exatamente? Por que decidiu ter uma aversão obtusa a um cavalheiro bem respeitado, de excelente caráter e meios? Você se acha mais capaz de julgar caracteres que o duque?

— Não, mas…

— Ou que eu mesma, talvez? Você acha que eu não a conheço, minha própria filha, o suficiente para julgar o tipo de homem que melhor lhe conviria como marido? Você se decidiu sem dar a Killin o benefício da dúvida. O homem está lhe dando a honra de pedir sua mão e você nem sequer vai considerar a proposta dele. Você acha isso justo?

— Não, mamãe — disse Margaret, mortificada. — Sinto muito pela minha explosão.

— Muito bem. Vamos deixar isso para trás. Acredito que agora nos entendemos perfeitamente. Você tem cerca de duas horas para recuperar sua compostura e se reconciliar com o fato de que seu futuro marido está a caminho para se declarar neste exato momento. Confio que você se esforçará para dar a Killin uma resposta significativamente mais positiva à proposta dele do que a que nos concedeu.

Capítulo cinco

O portão do jardim mal tinha se fechado atrás dela quando Margaret ouviu a voz alarmada de Lochiel chamando seu nome do outro lado. Ele a alcançaria facilmente se ela tentasse fugir dele, e, tendo apostado em sua liberdade, ela estava determinada a não deixá-la escapar. No salão de bailes, seus pais, os convidados e, acima de tudo, o homem em pé no palco da orquestra, esperando para tomá-la como sua, podiam esperar por enquanto. Haveria um preço terrível a pagar pelo que acabara de fazer, mas no momento a única coisa com que ela se importava era ser livre. Ela absolutamente não ia permitir que Lochiel a arrastasse de volta para enfrentar o problema até ter certeza de que conseguiria manter-se resoluta diante da intensa pressão de se retratar na frente de todos.

Margaret nunca antes havia se aventurado além do portão do jardim deste lado da propriedade. À medida que seus olhos se acostumaram à escuridão, constatou que estava de fato às margens do Tâmisa. De perto, o rio tinha um cheiro incrivelmente horrível. Ela podia ouvir o barulho da correnteza a poucos metros de distância. Momentaneamente distraída, ela avançou um pouco, maravilhando-se com a força pura da maré que vinha do estuário e experimentando um desejo selvagem e irracional de mergulhar. Conseguiu imaginar a si mesma, boiando por conta da crinolina, sendo levada pelo rio, acenando para Lochiel, que, da margem, nada poderia fazer enquanto ela passava. A voz dele chamou o nome dela no ar novamente, trazendo-a de volta à realidade.

Seu vestido claro sem dúvida se destacava no escuro. Ela tinha que se esconder, mas não havia nenhum lugar óbvio. Quando o portão se abriu, ela se encolheu bem a tempo no canto do muro que delineava a propriedade de seu pai. Ele *ainda* estava chamando seu nome, pelo amor de Deus, enquanto se aproximava. Ela se agachou o melhor que pôde atrás de um arbusto folhoso, fechou os olhos e rezou.

Lochiel aproximou-se de seu esconderijo de maneira agonizante, mas não a viu. Sem fôlego, ela esperou que ele se aproximasse da beira do rio antes de arriscar olhar. Mal conseguia distingui-lo, uma figura escura, hesitante, insegura sobre qual direção tomar. Quando ele finalmente se decidiu, Margaret contou até cinquenta antes de sair, cuspindo poeira da boca. Segurando a bainha de seu vestido de baile, ela fugiu na direção oposta. Não tinha ideia de para onde estava indo. Não se importava. Estava sozinha, todo o seu corpo energizado pela fuga, livrando-se das grilhetas de sua desastrosa temporada londrina a cada passo que dava. Entusiasmada, ela correu mais rápido, saboreando a força do vento em seus cabelos, desfrutando da emoção visceral de seu veloz, ainda que um pouco desajeitado, deslocamento.

Que visão eu devo ser! Rindo, ela se imaginava: a crinolina saltando e balançando como uma vela tremulando na brisa, seus sapatos de baile feitos de cetim escorregando e deslizando na lama e no lodo, os grampos se desalojando um a um de seus cabelos, cujas mechas certinhas se desfaziam e voavam atrás dela. O caos se instalaria na Casa Montagu, mas aquele gesto impetuoso e grandioso finalmente forçaria seus pais a aceitarem que ela estava falando muito sério. Não importava o que acontecesse em seguida, ela não se casaria com lorde Rufus Ponsonby.

Correr a toda velocidade usando sapatos de cetim em um terreno que parecia consistir inteiramente de lama era difícil. Por vezes forçada a parar, arfando, Margaret sugava o ar que enchia seus pulmões com um toque metálico acre. Acima dela, o céu estava sem estrelas, como sempre em Londres, pois, mesmo no auge do verão, uma nuvem de fuligem de uma miríade de chaminés lançava um manto por cima de tudo. Ela não tinha ideia de quão longe havia ido, mas, olhando por cima do ombro, não havia sinal de Lochiel.

Sua alegria começou a desvanecer enquanto ela olhava ao seu redor. Os grandes gestos impulsivos eram ótimos, mas ela teria provado seu ponto com a mesma eficácia se tivesse voltado para o jardim e se escondido no meio dos arbustos, como pretendia originalmente. Maldito seja aquele homem. Era culpa dele que ela tivesse fugido como um cavalo assustado e acabado sabe-se lá onde.

O que estaria acontecendo lá no salão de baile? Será que Mamãe e Papai ainda estariam de pé no estrado enquanto reinava a confusão? Ou será que seu perseguidor tinha voltado para relatar a fuga, obrigando-os a mandar todos os convidados para casa? Eles ficariam totalmente furiosos com ela. Se apenas a tivessem escutado! Não, não, aquilo não era justo. Ela quase não havia tentado fazer-se ouvir com força suficiente. Estava muito ansiosa para agradar, ignorando o que seus instintos lhe diziam desde o início. Eles pensariam que suas ações eram infantis, egoístas, imponderadas, indignas. Desconheciam o debate interno que vinha tendo consigo mesma desde o momento da proposição do casamento, de modo que sua fuga pareceria uma explosão vinda do nada.

Seu pai estaria amaldiçoando-a. *Por que você só é capaz de pensar em si mesma?* Quantas vezes ele havia lhe acusado daquilo? Parecia particularmente injusto, dado quanto ela havia tentado reprimir a vozinha rebelde em sua cabeça e fazer o que ele lhe pedia. Mas ela tinha finalmente prestado atenção a essa voz dissidente, e não podia se arrepender de ter feito isso.

Então, e agora, M., voltar e enfrentar as consequências? Seria certamente a coisa mais sensata a fazer. Melhor se render do que ser levada de volta por um grupo de busca. Mas, enquanto hesitava, ouviu passos vindo em sua direção. Apressadamente, Margaret se enfiou com sua crinolina numa viela estreita, enrugando o nariz enquanto seu pé chapinhava em algo que ela esperava que fosse uma poça, embora não chovesse havia semanas. Ela podia ouvi-los falando agora. Não um homem, mas dois? Segurando a respiração, fechando os olhos, como se isso a tornasse invisível, ela forçou os ouvidos. Não falavam, mas cantavam uma canção do mar.

> *Quando eu era pequeno,*
> *Minha mãe me disse assim,*
> *Vamos, vamos embora, vamos embora, Joe*
> *Que, se eu não beijasse uma garota,*
> *Meus lábios iam mofar*
> *Vamos, vamos embora, vamos embora, Joe.*

As vozes dos homens eram surpreendentemente afinadas. Os dois passaram cambaleando pelo esconderijo dela, alheios à sua presença, braços por cima dos ombros um do outro, absorvidos em seu devaneio bêbado.

À medida que suas vozes se desvaneceram nas sombras, ela saiu se arrastando. Atrás dela, alguém riu, fazendo seu coração pular no peito. Não viu ninguém ao olhar por cima do ombro, mas sua pele se arrepiou mesmo assim com a consciência de que alguém estava por perto, observando-a. As últimas faíscas de euforia foram embebidas por uma gota fria de medo. Ela estava no meio das docas. Um lance de escadas levava até o rio, que lambia o degrau superior, cobrindo-o com uma camada de escuma. Várias das barcaças que ela sabia que se chamavam fragatas estavam atracadas, embora todas parecessem desertas. Atrás dela, havia uma fileira de armazéns fechados. Seu sensível nariz se enrugou com o rico aroma de grãos de café e especiarias. Canela? Noz-moscada? Uma corda solta pendurada em um gancho balançava na brisa como um laço vazio em uma forca.

O suor frio pinicou as costas dela. Um gato pequeno – ela torcia fervorosamente que fosse um gato pequeno – desapareceu na fenda estreita e escura de um beco entre os galpões. As formas altas e sombrias dos grandes guindastes usados nas obras de aterramento pareciam sinistras, como gigantes monstruosos esperando para reivindicar os incautos que tropeçavam nas trincheiras profundas que guardavam.

Margaret tremeu, percebendo tarde demais quanto estava vulnerável. Logo à sua frente, no rio, havia uma ponte suspensa. Abaixo dela, dava para ver uma luz balançando de um lado para o outro enquanto a embarcação que a lâmpada iluminava se movia com a maré. Um borrão de luz cintilante, um barulho de metal sendo agitado e uma fumaça que se espalhava a toda velocidade. Um trem noturno transportando carga ou correspondências, muito provavelmente. O que significa que devia ser a ponte ferroviária de Hungerford. Sim, e aquele enorme edifício devia ser o terminal Charing Cross. Quanto mais seus olhos se acostumavam com o escuro, mais ela conseguia ver. A estação brilhava de forma quase convidativa em comparação com a escuridão que a cercava. Não parecia tão distante. De lá, poderia encontrar o caminho para Whitehall, rumo aos candeeiros de iluminação pública e à segurança.

Reunindo sua coragem e sua crinolina, Margaret apressou-se o mais rápido que suas pernas cansadas permitiam. Estava certa de sentir um par de olhos monitorando seu avanço. Um vigia noturno levantou sua lamparina. Com a luz, ela captou seu olhar atônito. Ouviu o grito dele, mas não parou. Continuou correndo, passando por uma taberna ribeirinha bem iluminada e cheia de gente, mesmo àquela hora. Ouviu o tilintar dissonante de um piano. Um homem, que estava à porta ingerindo o conteúdo de um canecão, saltou como bêbado em cima dela, agarrando uma das franjas de seu vestido.

— Procurando fazer negócios, minha linda?

Em pânico, Margaret rasgou o vestido e se libertou, deixando-o com um punhado de tafetá e organdi. Um grito alto se ouviu enquanto ela corria a toda velocidade. Passos a seguiram, mas rapidamente ficaram pelo caminho. O homem a tomara por uma mulher da vida. Aos olhos de seus pais, era provavelmente o que ela era. Enquanto desviava para evitar uma enorme pilha de tábuas, seus sentidos se assustaram com o cheiro de resina e aparas de madeira, ela tropeçou em uma pedra e caiu na lama.

As águas turvas do Tâmisa estavam terrivelmente próximas. Com o coração batendo forte, ela subiu rastejando da borda, tendo evitado por pouco a queda. Talvez tivesse sido melhor se tivesse caído. Seria um final adequadamente inútil e ridículo. Seria uma filha afogada menos dor de cabeça do que uma que tinha provocado um escândalo ao fugir de sua própria festa de noivado? Com quase toda certeza. O desfecho de um trágico acidente e não de seu próprio golpe mortal. Mamãe e Papai considerariam estarem melhores livres dela. Provavelmente estariam certos. Vagamente consciente de que estava à beira da histeria, incapaz de contemplar voltar pelo caminho que tinha percorrido, o único pensamento coerente de Margaret era alcançar o santuário do terminal ferroviário. Levantando-se, ela se arrastou pelo pátio de madeira e depois pelo que era claramente um mercado deserto, pisoteando em talos de repolho descartados, escorregando em folhas apodrecidas, consciente de que pelo menos alguns dos odores que a assaltavam vinham de suas roupas sujas.

O edifício do terminal era absolutamente enorme, mas ela não via nenhuma maneira de acessá-lo da margem do rio. Outro trem de carga gritando acima de sua cabeça, faíscas voando, a fez tropeçar para trás, abafando seu grito com uma mão enluvada cheirando a lama enquanto a besta de ferro gigante passava, arrotando fumaça, batendo pistões. Cautelosamente, ela começou a contornar os muros em direção, esperava fervorosamente, à avenida principal, onde devia haver pessoas nas imediações da estação.

Seus passos desaceleraram. O caminho de volta à Casa Montagu não teria mais do que algumas centenas de metros, mas, longe da escuridão da beira do rio, ela ficou agudamente ciente de sua aparência. Embora estivesse coberta de lama e convencida de que havia pedaços de arbusto em seu cabelo, seu vestido de seda branca, com suas camadas de saiotes, rendas e enfeites, ainda era muito obviamente um vestido de baile. Suas luvas estavam arruinadas, mas ainda eram inconfundivelmente luvas de gala. Será que ela seria tomada por uma meretriz novamente, uma que, literalmente, vivesse na lama? Rastejando furtivamente, mantendo os olhos fixos nas pedras de calçada traiçoeiras, Margaret tropeçou em um volume sólido.

Um xingamento alto cortou o ar.

— Cuidado! Você não olha por onde anda? — Um homem grisalho, que parecia estar caído no chão, olhava furioso para ela.

— Sinto muito — Margaret murmurou. — Eu não o vi aí. Desculpe-me.

Mas, enquanto ela o contornava, uma mão agarrou as saias dela.

— Só um minuto, senhorita.

Surpresa com o sotaque dele, ela parou de tentar se libertar.

— Você é escocês.

— Sim, mas você está a salvo, não é contagioso. — Ela captou um vislumbre de um sorriso tortuoso. — Você também não é nenhuma *sassenach*,[2] pelo sotaque.

Ele não tinha se levantado. Será que estava bêbado? Não parecia. Sabendo que deveria voltar para casa imediatamente, ela permaneceu onde estava, sentindo-se irracionalmente tranquilizada pelo sotaque dele.

— Não — disse Margaret —, minha casa é perto de Edimburgo.

— Então o que diabos está fazendo aqui?

Uma pergunta muito boa. A respiração dela estava se acalmando; o pânico, diminuindo.

— Vim a Londres para visitar a família e amigos.

Uma resposta muito longe de ser verdade, mas pelo menos era crível. O homem riu suavemente.

— Eu quis dizer o que você está fazendo *aqui*. Isto não é lugar para jovens senhoras, especialmente as boazinhas com vestidos de seda.

Ele não estava sentado na calçada, Margaret notou, mas empoleirado em algum tipo de carrinho de madeira improvisado. Ah, meu Deus, suas calças esfarrapadas estavam dobradas logo acima do joelho. Ele não se tinha levantado porque não tinha pernas.

— Eu sinto muito. Não tinha percebido… há algo que eu possa fazer para ajudá-lo?

— Me ajudar?

— Suas pernas, quero dizer… — Ela gaguejou antes de se interromper, ruborizando furiosamente. Será que deveria ter fingido não notar? Mas isso seria um absurdo.

— Deus a abençoe, senhorita, mas não. Pode não parecer para você, mas sou mais do que capaz de cuidar de mim mesmo.

— Eu não queria ofender, eu…

---

2 Termo da língua gaélica escocesa que era utilizado como insulto para se referir aos ingleses, dada a longa e amarga relação entre Inglaterra e Escócia. [N. T.]

— Argh, não, não se preocupe. Afinal, nós, escoceses, não temos a reputação de não ter pernas seis noites por semana? Eu só acrescento um dia a mais. Essa é minha piadinha, entende? Então, o que aconteceu com você? Brigou com o namorado, fugiu e se perdeu?

— Sim. Não. Quero dizer, eu fugi mesmo. — Desanimada, Margaret sentiu lágrimas surgirem em seus olhos. — É uma longa história.

— E você também está um pouco afetada. Aqui, por que não se senta antes de cair e me conta tudo isso enquanto se acalma? Não vou exatamente a lugar nenhum tão cedo.

Ele estendeu a mão para ela. Estava encardida, mas ela tomou-a de bom grado, afundando-se ao lado dele, tocada pelo gesto simples.

— Você é muito gentil. Posso perguntar seu nome?

— É Scott, Fraser Scott.

— Scott! Que coincidência. Esse é o meu sobrenome também.

Ele deu uma risadinha.

— Duvido muito que sejamos parentes. Minha parentada é de uma pequena aldeia chamada Lochgoilhead, em Argyll.

— Você está muito longe de casa, sr. Scott.

— Já estive muito mais longe do que aqui. Eu era soldado, srta. Scott. Perdi ambas as pernas na Crimeia.

— Oh, não! Que horrível. Pobrezinho.

Mas o sr. Scott balançou a cabeça, dando um tapinha na mão dela com sua outra mão imunda.

— Foi há quase dez anos.

A Guerra da Crimeia. Ela puxou pela memória, mas não conseguiu pensar em nada. Sua irmã Victoria, obviamente, tinha feito um álbum sobre a guerra, incluindo mapas e recortes do *Times*, mas Margaret não ficara nem um pouco interessada.

— Sinto muito — disse com verdadeiro pesar. — Eu não sei quase nada sobre isso. Exceto que existe um poema, não existe? Agora me lembro: "A carga da brigada ligeira".

— Estupidez e violência desnecessária disfarçadas de heroísmo. Felizmente, para mim, eu era um mero soldado raso, não apto para cavalgar com os bundinhas do general Cardigan… perdão por ser tão vulgar, senhorita.

Margaret riu.

— Bundinhas?

— Veja, os casacos da tropa eram muito curtos e suas bermudas, muito apertadas. Eram todos heroicos e faziam das tripas coração. A segunda parte, pelo menos, foi mesmo verdade.

— Sr. Scott, como é que… perdoe-me por ser tão rude… como é que você acabou aqui, sentado em um carrinho de madeira no meio da noite?

— Por acaso, estou trabalhando. Estou vigiando o cais de Percy, pelo qual você acabou de passar. Se olhar ao redor, verá que este é um bom ponto de observação, e ninguém espera que um aleijado seja vigia. Não posso ir atrás de ninguém, a menos que o assaltante seja uma tartaruga com uma pata ferida, mas posso assoprar meu apito se vir alguma coisa e chamar a atenção do vigia noturno.

— Mesmo assim, parece um trabalho perigoso.

— Tem seus momentos, mas a maioria dos aspirantes a ladrão não são mais que pirralhos. São chamados de lameiros, moleques que descem à água na maré baixa para vasculhar.

— O que raios poderiam encontrar na lama?

— Carvão, principalmente, pedaços que caíram dos navios. Eles vendem isso na rua por alguns tostões. No que me diz respeito, isso não é roubar. Embora alguns sejam tipos ousados, que sobem nos ombros uns dos outros para alcançar os conveses das barcaças. Não tenho outra opção a não ser apitar, embora não goste de fazer isso.

— E se eles forem pegos?

O escocês deu de ombros.

— Se safam com uma advertência, se tiverem a sorte de conseguir um magistrado com um coração mole. Na pior das hipóteses, ficam algumas semanas trancados, depois voltam ao trabalho.

— Meu bom Deus, eles põem crianças na cadeia?

— Bem, eles têm que fazer algumas delas de exemplo. Isso impede que os outros piorem, assim dizem.

— Você não acredita nisso?

— Não cabe a mim dizer, mas Deus ajuda quem ajuda a si mesmo. É por isso que estou aqui tentando ganhar minhas migalhas.

— Sinto muito, mas acho um destino muito triste para um herói que serviu corajosamente à rainha e ao país.

— Não foram os russos que fizeram isso comigo, foi a minha má visão. — O sr. Scott bufou. — Eu não vi a bola de canhão chegando, né? Quando dei por mim, estava em um hospital de campanha com dois cotos sangrentos.

Margaret foi compelida a apertar a mão dele.

— Ah, que horrível.

— Argh, fiquei tão mal com a febre que por um tempo não sabia nem meu próprio nome. Foi isso o que acabou com a maioria de nós que chegamos até os hospitais de campanha, sabe? A febre. Não havia camas nem lençóis limpos, a água era tão suja que dava ânsia. Me surpreende que alguns de nós tenhamos sobrevivido.

— Mas a srta. Nightingale não pôs um fim a tão terríveis condições?

— O que quer que ela tenha feito, suas benfeitorias nunca chegaram ao local onde me levaram para morrer, srta. Scott.

— Por favor, me chame de Margaret. A menos que você seja um fantasma, e, francamente, depois de tudo o que aconteceu esta noite, eu não ficaria minimamente surpresa, você claramente não morreu.

— Por um tempo desejei ter morrido. As pessoas disseram que tive sorte. Eu pareço sortudo para você? Fiquei aleijado. Não só perdi minhas pernas, também perdi meu sustento, pois servia o exército desde que era um garoto de catorze anos. Só sabia ser soldado.

— Você deve certamente ter direito a uma pensão — Margaret disse, indignada.

— Existem maneiras de reivindicar tal coisa, mas... — O sr. Scott parou, parecendo tímido. — A verdade é que nunca fui bom com o alfabeto, não sei escrever mais do que meu nome, na verdade. De qualquer forma, prefiro trilhar meu próprio caminho na vida. Não preciso de caridade. Não derrame nenhuma lágrima em meu nome, senhorita. Tenho uma esposa e três crianças esperando por mim quando chego em casa pela manhã. — O veterano deu uma piscadela. — Eles pegaram minhas pernas, mas só.

— Oh! — Margaret corou ao entender o que ele queria dizer, mas o encarou corajosamente. — Isso deve ser um grande alívio para você.

Ela foi recompensada com uma boa gargalhada.

— Ah, de fato! Agora estou feliz de ver que você recuperou seu sorriso, e que belo sorriso ele é. Mas já chega de falar de mim. Diga-me, pois estou morrendo de vontade de saber, em que confusão você se meteu.

O sorriso de Margaret desvaneceu-se.

— Não só uma confusão, mas em um grande buraco sem fim. Eu fugi da festa de celebração de meu noivado.

Dizer aquilo em voz alta a fez sentir-se bastante enjoada, mas levou o veterano do exército a rir.

— Mesmo se você tivesse me dado uma centena de chances, eu nunca teria adivinhado. O que havia de errado com seu pretendente? Se ele tinha os dois pinos, já é um partido melhor do que eu.

— Não há nada de errado com ele — respondeu Margaret. — Ele tem um castelo nas Terras Altas. O que poderia ser mais romântico que isso? Eu teria meus cavalos e meus cães, e não precisaria aturar meu marido com muita frequência, pois seus negócios o mantêm em Londres durante boa parte do ano. Veja, sr. Scott, ele é, na teoria, o marido perfeito.

— Exceto, suponho, pelo fato de que você não o suporta. Estou certo?

Ela estremeceu.

— É isso, em poucas palavras. Não consigo tolerá-lo de forma alguma, embora, juro, tenha tentado. Ele me desaprova. Acha que falo demais, também, e que preciso aprender a dobrar a língua. O que ele realmente quer dizer é que eu deveria falar apenas o que ele quer. Ele me causa arrepios. Não posso explicar de outra forma.

— Eles estão forçando você a isso, moça?

— Não, não, nada disso. Eu concordei. Bem, eu não discordei — disse Margaret, mudando de posição, pois suas pernas tinham ficado bastante dormentes. — Presumi que Mamãe estivesse certa, que eu iria passar a gostar dele. — Margaret torceu as mãos, infeliz. — Eu sabia desde o momento em que Papai o nomeou que isso não aconteceria, mas me deixei convencer do contrário. Se ao menos tivesse falado o que pensava, não estaria nesta confusão terrível. E agora devo enfrentar as consequências. Quase caí no Tâmisa lá atrás, sabe? Teria sido melhor se tivesse caído.

— Argh, pare, você não está falando sério. Tem toda a vida pela frente.

— Sinto muito, não costumo ser uma criatura tão patética. Meus problemas não são nada em comparação com o que você já suportou.

— Parece-me que o que você precisa fazer é voltar e encarar as consequências. Nós, escoceses, temos a reputação de sermos destemidos, e você não é diferente, está me ouvindo?

Margaret imitou uma saudação, trêmula.

— Vou fazer do senhor minha inspiração e mostrar coragem sob o ataque inimigo.

— Seu pai não é seu inimigo, moça, não importa o que pense. Ele provavelmente está muito preocupado com você, e não sem razão. Há batedores – crianças que roubam – que arriscariam o pescoço para cortar a renda de seus saiotes, sem falar nas joias que você está usando — disse o sr. Scott. — Londres está inundada de vagabundos e malandros. Você não sabe se eu poderia ser um deles, brincando de velho soldado quando a verdade é que perdi minhas pernas, não sei, caindo de uma casa que estava roubando.

— Você poderia ter me assaltado a qualquer momento desta conversa. Eu soube assim que você falou comigo que podia confiar em você.

— Bem, confie em mim quando digo isto: precisamos levá-la para casa em segurança, e rápido, antes que seus pais pensem que você foi sequestrada por algum imprestável ou coisa pior. Certo?

Embora o coração de Margaret tenha ficado pesado, ela não podia discordar dele.

— Mamãe ficará furiosa comigo, e, quanto ao Papai, ah, por Deus, não posso nem imaginar o que meu pai dirá.

— Ele ficará aliviado demais por tê-la de volta a salvo para ficar com raiva de você.

— O senhor não entende. Ele sempre me achou completamente egoísta e bastante inútil. Aos olhos dele, este noivado é a única coisa que presta que fiz na vida. Ele nunca me perdoará.

— Tenho certeza de que não será tão ruim quanto pensa, mas não adianta procrastinar. Levante a cabeça, srta. Scott! Coragem, moça. — Suas palavras gentis e sinceras reforçaram a determinação dela. Margaret se levantava com dificuldade quando Fraser Scott agarrou o braço dela com força. — Corra! — ele rugiu.

— Eu não entendo...

— Corra como se sua vida dependesse disso, senhorita — insistiu ele, olhando alarmado por cima do ombro dela e agarrando um taco que estava escondido atrás de seu carrinho. — Se encostar em um fio de cabelo dessa menina, Deus que me... — rugiu.

Em completo pânico, Margaret levantou as saias e se preparou para fugir.

— Não tão rápido — uma voz masculina roçou em seus ouvidos e um par de braços poderosos a envolveu.

Capítulo seis

Donald Cameron de Lochiel segurou firmemente o braço de lady Margaret enquanto passavam por Charing Cross e prosseguiam para Whitehall, determinado a não deixá-la escapar de suas garras novamente. O choque de vê-la com o cabelo úmido, que caía pelas costas, o rosto cheio de lama e o vestido rasgado e sujo, além do fato de estar em tão duvidosa companhia, o tinham feito chegar às piores conclusões. Na confusão que se seguiu antes que o reconhecesse, lady Margaret o chutou na canela e seu companheiro o atingiu na outra perna com seu taco. Ela não se arrependia de nenhum dos dois golpes, informando-o diretamente de que a única pessoa que a havia agredido era ele.

Aceitando com relutância o casaco dele, ela tinha caído em silêncio enquanto caminhavam, enquanto ele fazia o melhor que podia para mantê-la o mais escondida possível de transeuntes curiosos.

— Em que diabos você estava pensando — exigiu Donald —, fugindo assim no meio da noite?

— Eu não estava pensando direito.

— Não, certamente não estava. Meu Deus, lady Margaret, uma jovem de seu *status* se aventurando sozinha à luz do dia já daria muito o que falar. Fugir como você fez para as docas desertas, à noite. Você faz ideia de que sua reputação estaria em farrapos se todos ficassem sabendo ...

— Eu não estava pensando em minha reputação. Em todo caso, suspeito que já não tenha mais uma para perder. Tenho certeza de que meu pai terá muito a dizer sobre o assunto quando eu chegar em casa, então agradeceria se você me poupasse de um sermão. Para ser honesta, não sei por que você se sentiu na obrigação de intervir, para começo de conversa.

— Intervir! — Donald respirou calmamente antes de continuar. — Você esperava que eu ficasse parado, esperando seu corpo ser trazido de volta em um carrinho de mão? A propósito, como você conseguiu fugir de mim?

— Eu me escondi. Meu ponto é: o sr. Scott estava prestes a me escoltar de volta, sã e salva.

— Lady Margaret, você tem alguma ideia de como isso é ingênuo? Do perigo da situação, de como foi estúpida? Aquele homem...

— O sr. Scott é um veterano da Guerra da Crimeia.

— Não podemos acreditar só nas palavras dele. Espero que não lhe tenha dado dinheiro.

— Eu não tenho dinheiro, e de qualquer forma tenho certeza de que o sr. Scott não teria aceitado se eu tivesse oferecido.

— Pode até ser — admitiu Donald relutantemente —, mas ficar conversando com ele sentada no chão como se estivesse fazendo um piquenique no Hyde Park, enquanto seus pais estão provavelmente enlouquecendo de preocupação, é inacreditável.

— Faz quanto tempo que saí?

— Uma hora? Não mais que isso. Eu estava prestes a voltar à Casa Montagu para pedir ajuda quando finalmente a encontrei.

Neste momento, ela parou de chofre.

— Quer dizer que não contou aos meus pais que me viu fugir?

— Não. — Donald instou-a a continuar andando. — Pensei que se conseguisse encontrá-la e trazê-la de volta, os danos poderiam ser minimizados.

— Os danos poderiam ser minimizados — repetiu ela morosamente. — Se com isso você quer dizer que meu noivado seguirá de pé, então espero fervorosamente que esteja errado.

— Todos no salão estavam esperando por isso. Faz semanas que a imprensa tem especulado sobre o anúncio.

— Estou *farta* de ser objeto de especulação da imprensa. Você deveria tomar cuidado, Lochiel; provavelmente há um repórter escondido atrás daquele poste de luz ansioso para especular sobre o que estamos fazendo juntos por aqui.

— Você é filha do duque de Buccleuch e melhor amiga da filha mais popular e, se me permite dizer, mais bonita de Sua Majestade. Além do mais, você é tida como um pouco excêntrica.

— "Um sopro de ar fresco escocês." Nada muito original, ou mesmo raro, se alguém se desse ao trabalho de cruzar a fronteira.

— Lady Margaret, o fato é que seu noivado é visto como um fato consumado. Não posso acreditar que o duque e a duquesa teriam permitido que ele tivesse sido tão amplamente noticiado se houvesse qualquer dúvida a respeito de sua conformidade.

— Então não acredite — lady Margaret respondeu irritada. — Faça como todos os demais e ignore inteiramente meus sentimentos.

Os modos dela o deixaram inquieto. Quando ela fugiu, ele havia presumido que a jovem havia ficado nervosa com a ocasião. Tinha sido uma ação extremamente tola, e, no início, ele só estava pensando na reputação dela e na dignidade de seus pais. Depois, a preocupação com garantir seu bem-estar tinha se tornado prioridade, e o alívio havia dado lugar à raiva depois que constatara que ela não estava ferida. Sua falta de arrependimento o intrigou, forçando-o a reconsiderar a situação. Não era um caso de mero nervosismo, mas de uma angústia genuína, o que tornava o caso um enigma ainda maior.

— Você está verdadeiramente dizendo que não deseja que o noivado siga adiante? O conde de Killin é um cavalheiro muito respeitado.

— Peço-lhe que não recite as muitas qualidades dele. Estou perfeitamente consciente delas.

— Se está mesmo — disse Donald, lutando para acompanhar as emoções volúveis dela —, então por que humilhar o homem desse jeito?

— Eu não o humilhei.

— Você o deixou de mãos abanando ao lado dos seus pais, diante de uma plateia de amigos que esperavam o anúncio de seu noivado. Não consigo pensar em nada mais humilhante a não ser abandoná-lo diretamente no altar.

— Sério? E que tal ser tratada como parte de um acordo para fornecer ovelhas para a confecção de lã?

— Ah, por favor. Famílias como a sua vêm fazendo acordos desse tipo há séculos. É a razão de você estar aqui em Londres, pelo amor de Deus.

— Eu sei disso!

Donald olhou para ela impotente.

— Então por que fugiu? Não posso acreditar que seus pais estavam forçando-a a aceitar uma união que não lhe agrada.

— E com Killin. Ele mal consegue me tocar.

— Você é muito jovem — retrucou Donald, sem saber o que fazer com aquela informação. — Ele provavelmente está sendo excessivamente zeloso porque não quer alarmá-la.

Lady Margaret deu uma fungada nada feminina.

— Quando tentei explicar ao sr. Scott o que tinha acontecido...

— Você fez confidências a um completo estranho!

— E, o que é ainda mais surpreendente, ele realmente me ouviu — retorquiu ela. — Ficará satisfeito em saber que compartilha da mesma opinião que você, Lochiel, de que eu não deveria ter humilhado Killin. Mas não tentou persuadir-me a casar com o homem.

— Eu de fato acho Killin às vezes um pouco desprovido de humor — confessou Donald, decidindo que ela merecia mais do que simples banalidades. — Se ele é apaixonado por algo, diria que é por ser independente. É um homem ferozmente ambicioso... não que haja algo de errado com isso.

— É a ambição dele que o faz tão determinado a se casar comigo.

— É muito natural desejar continuar melhorando sua posição, e seu pai é um aliado único e poderoso.

— Quem dera Killin pudesse ir direto ao ponto e casar com papai!

Donald sufocou uma risada.

— As intenções do homem são honrosas, e você o desdenhou da maneira mais pública possível. Não importa o que pense, ele não merecia isso. E mais, ele não foi o único que saiu ferido. E seus pais? Você ter fugido desse jeito foi uma coisa muito feia, sinto dizer.

Os lábios de lady Margaret tremeram, mas nenhuma lágrima se seguiu.

— Você tem toda razão, uma coisa muito feia mesmo. Tenho colocado a culpa em Mamãe e Papai por não terem ouvido minhas objeções e em lorde Rufus por se aproveitar da situação, mas todos eles estão simplesmente seguindo as regras do jogo, não é mesmo?

— Eu não chamaria o casamento de jogo, exatamente, mas, se você quer dizer que eles estão fazendo o que acreditam ser o esperado e o melhor, bom, então sim.

— Se você estiver certo, e não posso negar que provavelmente está, então devo a meus pais um enorme pedido de desculpas. — Lady Margaret suspirou, cansada. — E a Killin também. Mas o fato de que você tem razão, Lochiel — acrescentou, um pouco desafiadora —, não significa que eu esteja totalmente equivocada. Posso ter sido um pouco inepta, mas não lamento ter finalmente agido de acordo com o que meus instintos me diziam desde o início. O casamento faria de ambos infelizes. Agora Killin está livre para procurar uma noiva em outro lugar.

Donald não tinha tanta certeza. Em sua opinião, o conde de Killin era ambicioso demais, orgulhoso demais para deixar a oportunidade escapar. Ele foi poupado da difícil decisão sobre compartilhar ou não seus pensamentos pela consternação no rosto de lady Margaret ao ver a longa fila de carruagens em frente à Casa Montagu.

— Seu pai deve ter posto um fim precoce às festividades. — Ele a levou para a sombra da sede do Almirantado. — Você não pode voltar pela entrada principal, isso é certo.

— O que acha que ele deve ter dito às pessoas?

— Provavelmente que você estava se sentindo indisposta. Atordoada pela ocasião ou alguma desculpa assim.

— Ele vai estar completamente furioso. — Com os olhos esbugalhados, ficou petrificada no local enquanto olhava fixamente para a fila de carruagens. — Ah, meu Deus, o que foi que eu fiz?

A bravata que havia exibido alguns momentos antes era uma fachada, que corria perigo de desmoronar conforme lady Margaret conferia as ruínas de sua festa de noivado. Ela era muito ingênua, mas, pelos céus, também tinha um espírito vivaz, ninguém podia duvidar disso.

— Venha — Donald a encorajou —, seus pais vão ficar tão aliviados ao encontrá-la ilesa que nem vão ficar com raiva.

Ela deu de ombros, mas sua boca trêmula a traiu.

— Quando você me encontrou e percebeu que eu estava bem, ficou furioso, não aliviado, e nem está diretamente envolvido neste desastre. Você foi um perfeito cavalheiro, e eu fui muito ingrata. Sair em busca de mim foi muito além do dever de um amigo de papai.

Donald fez uma careta. Obviamente, Margaret considerava que ele já tinha passado de seu auge, sendo que só tinha trinta anos, o que devia tornar Killin, que carregava consigo cinco anos adicionais, pré-histórico para alguém da idade dela.

— Tenho certeza de que qualquer amigo de seu pai teria feito a mesma coisa.

— Tenho muita certeza de que a maioria deles teria passado a tarefa a um criado — contrapôs lady Margaret. — Sou muito grata por você não ter feito o mesmo, mas agora preciso trilhar meu próprio caminho.

Eram palavras corajosas, mas ela visivelmente tremia de medo. Donald desejou fervorosamente que ela conseguisse ser ouvida, mas seu instinto lhe disse que era muito mais provável que fosse sumariamente deixada de lado. Ela ficaria completamente arrasada, e, numa sociedade tão engessada, na qual às vezes até ele mesmo se sentia sufocado, isso parecia mesmo uma pena. Mas não conseguia pensar em nada para dizer ou fazer que fosse capaz de ajudá-la.

— Você estará em meus pensamentos — acabou por dizer. — Desejo-lhe toda a sorte.

— Vou precisar — respondeu ela, com tristeza. — Darei a volta até a porta de serviço, assim posso pedir a um dos criados que diga à Mamãe que estou a salvo, voltar ao meu quarto pelas escadas traseiras e esperar até que todos tenham ido embora.

Mantendo-se à sombra enquanto eles saíam de Whitehall e passavam pela fila das carruagens em direção à estrebaria, Donald ficava cada vez mais relutante em abandoná-la.

— Não me sinto confortável deixando-a sozinha assim.

— Não quero que você se envolva. Esta confusão é culpa minha, Lochiel. A melhor coisa que você pode fazer é ir para casa e me deixar resolvê-la. Devo dar-lhe boa-noite e, mais uma vez, agradecer-lhe por ter me trazido de volta em segurança. Ah, e pelo seu casaco também, embora seja melhor pegá-lo de volta, senão haverá ainda mais perguntas incômodas para eu responder.

Ela desatou a vestimenta e entregou-a a ele. Donald observou-a batendo na porta e ouviu a exclamação chocada do criado quando ela foi aberta. Então se virou e dirigiu-se a seus próprios aposentos com o coração pesado.

Capítulo sete

Você me decepcionou. Você me decepcionou. Você me decepcionou.

Margaret olhou fixamente pela janela do vagão de primeira classe, as palavras de seu pai soando zombadoras no ritmo dos pistões do Scotch Express, piorando seu humor já severamente castigado. A enorme locomotiva soltava muita fumaça ao dirigir-se para o norte, dando-lhe apenas vislumbres fugazes das cidades e dos campos por onde passavam. Ela estava indo para casa, para Dalkeith. Há apenas vinte e quatro horas, a perspectiva a teria enchido de prazer, mas a memória daquela conversa horrível com seu pai e sua desgraça iminente tornava qualquer outra coisa totalmente sem graça.

Se ela morresse, pelo menos conferiria credibilidade à versão dos acontecimentos que seus pais haviam anunciado no baile da noite anterior. Uma doença repentina que exigia uma longa recuperação envolvendo ar fresco e reclusão, aparentemente. Ela preferiria algo rápido e indolor. Se o trem batesse — mas, não, ela não queria que ninguém mais se machucasse como consequência de sua loucura, especialmente a querida Molly, sentada estoicamente à sua frente.

Você me decepcionou. Você me decepcionou. Você me decepcionou, os pistões zombavam sem remorso. Margaret colocou as mãos sobre as orelhas e baixou a cabeça. Seus olhos ardiam com lágrimas não derramadas. Apesar da reação chocada de Lochiel, até entrar pela cozinha da Casa Montagu na noite passada, ela não tinha percebido como estava desgrenhada. O mordomo austero de Papai quase havia deixado cair a bandeja de copos que carregava. O silêncio atordoado dos criados — empregadas da cozinha, porteiros, camareiras e lacaios — dizia tudo. E quanto a Molly, o olhar de horror no rosto de sua criada deixou claro que, no mínimo, pensava que Margaret havia sido atacada.

Mas o pior estava por vir. Margaret havia sido forçada a se apresentar ao pai com seu vestido esfarrapado, com a aparência e o odor de alguém que, como Molly a havia informado com franqueza, tivesse sido arrastado de ré por um monturo. Papai não a olhava nos olhos, fixando seu olhar na parede uns trinta centímetros acima de sua cabeça. A maneira como ele falava, os tons entrecortados, quase incapaz de conter sua fúria, faziam com que ela tremesse de terror.

A memória a fez estremecer. Havia tentado manter a determinação de explicar suas ações, mas fora proibida de falar, nem mesmo para pedir desculpas ou suplicar por perdão, muito menos para admitir o erro que havia cometido. Ele não queria ouvir as desculpas dela, dissera. Nenhuma de suas palavras vazias de justificativa poderiam explicar seu descumprimento do dever. Tendo falhado miseravelmente em cumprir o seu único propósito na vida, ele a considerava dispensável. Podia muito bem estar usando um gorro preto de algoz na cabeça quando a condenou ao exílio em Dalkeith por um período indeterminado.

Mamãe e Victoria estavam esperando do lado de fora no corredor quando Margaret foi finalmente dispensada, saindo do escritório emocionalmente machucada e atordoada. Seu coração dolorido deu um salto, pensando que elas estavam se preparando para defendê-la, para implorar a seu pai que demonstrasse alguma misericórdia, ou simplesmente oferecer algum socorro. Mas estavam esperando apenas para reforçar sua posição de ostracizada, virando as costas para ela. Mamãe, com um lenço no nariz, a informou que ela estava com o mau cheiro da sarjeta.

Abaixando a cabeça de vergonha, foi só então que Margaret percebeu que, além de ter perdido sua reputação, o bom nome de sua família e seu noivo, ela também havia de alguma forma deixado a pulseira da mãe pelo caminho. A pulseira que Papai havia dado a Mamãe para marcar o próprio noivado deles e a filha havia pegado emprestada especialmente para a ocasião. Era ofensa sobre ofensa! Será que a desgraça dela ainda podia piorar?

— Logo chegaremos a York, minha senhora — disse Molly, trazendo Margaret de volta ao presente. — É a única parada onde poderemos nos refrescar, por isso seria sensato aproveitar as instalações, se é que entende o que quero dizer.

— Obrigada, iria fazer isso, mas não quero nada para comer. Mas você e aquele pobre lacaio no corredor, despachado até aqui apenas para nos acompanhar, precisarão de algum sustento.

— Jarvis tem seu sanduíche. Você deve estar com fome, pois saímos de King's Cross às dez e agora são quase duas. Não tomou nada de café da manhã, exceto por aquela fatia de pão, e a deixou pela metade.

— Perdi meu apetite e acho que nunca mais vou recuperá-lo.

— Ora, vamos — disse Molly com um sorriso forçado —, a situação é terrível, mas não tão desesperada assim, certamente… — Pegou a cesta que o carregador tinha colocado no bagageiro acima dela e a abriu. — Dê só uma olhada nisto. Felizmente, não há por que ficarmos à mercê do bufê da companhia ferroviária, se é isso que a preocupa. Foi um pouco improvisado, pois saímos com tanta pressa que mal tive tempo de fazer as malas, mas *monsieur* Henri preparou, muito gentilmente, um piquenique para nós. Veja, há um pouco de aspic de frango e uma grande fatia daquela torta de porco de que você tanto gosta.

Até o momento, Margaret tinha estado chocada e abalada demais para chorar, mas este pequeno gesto atencioso, o primeiro desde que voltara à Casa Montagu na noite anterior, tocou seu coração. Ela caiu em lágrimas.

— Lamento muito, Molly. Estou completamente arruinada e a arrastei para o buraco comigo.

A criada dela fez um beicinho, entregando-lhe um lenço.

— Não adianta chorar pelo leite derramado. A verdade é que nunca gostei de Londres; é muito grande e barulhenta. Ficarei feliz em voltar para casa, na Escócia.

— Você é muito gentil de dizer isso, quer esteja falando sério ou não. — Margaret esfregou os olhos, fungando. — Eu não te mereço.

— O que você não merece é ser tratada como uma criminosa, na minha humilde opinião.

— Ah, Molly, se você pudesse ter visto a cara do papai. Eu sentia como se estivesse diminuindo a cada segundo. Quando ele terminou, eu não passava do tamanho de um rato, juro.

— Até mesmo um ratinho precisa comer, minha senhora. Eu sei que não é meu lugar falar isso, mas seu pai não tem noção de como você tenta agradá-lo.

— Ele acha que eu não tento nem de perto o suficiente.

Molly fez um barulho de desaprovação.

— Argh, não seja cabeçuda! Que bobagem.

— Posso ser cabeçuda, mas parece que não tenho nada na cabeça. — O trem estava desacelerando para parar na estação de York. A cabeça de Margaret doía pela privação de sono. Apesar do que dizia, sua barriga roncava. Ela deu um sorriso tímido para Molly. — Talvez eu queira uma pequena fatia de torta. Isso me dará forças para começar a pensar sobre como vou expiar os terríveis danos que causei.

O MISTERIOSO CASO DA DESAPARECIDA LADY M.

O Indolente do Clube, com as orelhas em pé, está devastado em anunciar que a sociedade londrina será privada da jovem mulher cujos cabelos castanho-avermelhados e personalidade efervescente têm sido elogiados no que é popularmente conhecido como o mercado casamenteiro. A senhora M— partiu abruptamente da capital.

Este que vos fala tinha previsto um anúncio muito significativo a ser feito no jantar seguido de baile oferecido por seus estimados pais, o duque e duquesa de B— na noite de quarta-feira, do qual um certo lorde R— P—, um conde escocês, era o convidado de honra. Outro convidado compartilhou conosco, na mais estrita confidencialidade, naturalmente, a informação surpreendente de que o anúncio feito foi muito diferente daquele que todos os presentes esperavam ansiosamente. A senhorita M— aparentemente teria ficado repentina e violentamente doente. Deve ter sido muito repentino, pois foi observada dançando nem meia hora antes do ocorrido. Poderíamos nos atrever a sugerir que um dos sintomas de seu mal-estar era um belo suor frio!

Ela está tão indisposta que entendemos que atualmente se encontra fazendo a longa e árdua viagem até a casa dos pais perto da capital escocesa. Uma viagem que, esperamos sinceramente, não cause ainda mais danos à sua saúde claramente frágil. O duque e a duquesa, embora sem dúvida muito preocupados com seu bem-estar, optaram por permanecer em Londres, tamanha é sua confiança no estoicismo de sua segunda filha. Do paradeiro de lorde R— P—, estamos, infelizmente, menos certos, embora pareça seguro especular que, enquanto a dama seguirá em viagem para o norte, o cavalheiro em questão partirá apressadamente na direção oposta.

O Indolente do Clube deseja à senhora M— uma rápida recuperação. Se tomar conhecimento de qualquer outra informação que possa lançar mais luz sobre esta infeliz, para não dizer intrigante, reviravolta, com certeza nossos leitores serão os primeiros a saber.

Princesa Luísa a lady Margaret

Casa Osborne, ilha de Wight, 31 de julho de 1865

Minha caríssima M.,

O que diabos você fez!!!! Sua carta chegou ontem, mas não é preciso dizer que a notícia de sua situação a precedeu por alguns dias. Eu soube imediatamente que deveria haver uma explicação escandalosa para sua súbita partida da metrópole — uma opinião com a qual, caso não tenha visto, o um pouco vulgar Illustrated London News *concorda. Por que não levou a sério os meus alertas sobre a imprensa? Eu lhe disse, M., o preço da fama é o escrutínio incessante. O que os jornais mais adoram é derrubar alguém de seu pedestal, especialmente quando foram eles que a colocaram ali para início de conversa. Ninguém acreditará nessa história de doença repentina que seus pais contaram. (Embora Sua Majestade tenha acreditado. Todas as dobras de seu queixo tremeram de desaprovação com sua repentina partida, pois sabe como minha mãe é pouco tolerante sobre usar doenças como desculpa para evitar as obrigações individuais.)*

Que diabos a levou a tomar uma medida tão extrema como fugir? Eu sei que você tinha reservas sobre o cavalheiro em questão, mas pensei que se resignara a aceitá-lo. Não posso tolerar seu comportamento, embora admire um pouco sua coragem. Sei que um sermão não é o que você quer ouvir de mim, mas não seria sua amiga se me abstivesse. Você quebrou quase todas as regras de conduto e vida na corte, e será crucificada se descobrirem. Não importa que seu desgosto por Killin seja tão grande que não possa se casar com ele. Mesmo se ele fosse um monstro, você ainda seria castigada por ter desafiado seu pai, e Killin não é um monstro.

Gostaria que você não tivesse sido tão precipitada! Somos ambas, você e eu, mulheres que sentimos as emoções intensamente, mas a diferença entre nós é que você tem o coração à flor da pele. E esse é seu crime mais hediondo, aos olhos da sociedade em que vivemos. Você deve resistir ao impulso de deixar seu coração guiar suas ações, minha querida amiga. Se a verdade sobre aquela noite for conhecida (seja ela qual for, sei que deixou grande parte dos detalhes de fora em sua carta!), será a sua ruína. Além disso, causaria um escândalo em que até mesmo sua família estaria em maus lençóis. Embora esteja relutante em mencioná-lo, devo ressaltar que seu comportamento também me afeta. Como princesa do reino, minha própria reputação deve ser imaculada. Os conselheiros de Sua Majestade insistiriam para que eu rompesse nossa amizade. Se você tivesse permanecido em Londres, eu teria sido obrigada a me distanciar de você. Lamento soar tão insensível, mas não faço as regras; sou meramente obrigada a segui-las.

Dito isto, vamos adotar um tom mais positivo. Nem tudo está completamente perdido ainda. Se há alguém que sabe como jogar o jogo são seus pais. Seu exílio pode parecer duro, mas estar fora das vistas, em nossa sociedade tão fugidia, é ser esquecida. A atenção do mundo se voltará rapidamente para a próxima celebração.

Gostaria de poder estar com você para provar que estas palavras difíceis são ditas de coração, mas aqui estou, definhando em Osborne por Deus sabe quanto tempo mais, e você está no outro extremo do país. Estou lhe enviando meu amor sincero e alguns esboços na esperança de que minhas fracas tentativas lhe tragam algum ânimo. Espero e rezo para vê-la em breve, mas as perspectivas não são boas, pois a rainha está falando sobre uma viagem a Coburg em agosto, quando haverá a inauguração de uma estátua do querido papai.

Não se desespere.

Sua amiga agora e (espero!) sempre,
Luísa

LADY VICTORIA A LADY MARGARET

Londres, 28 de julho de 1865

Margaret,

Escrevo-lhe a pedido de nossa mãe. A duquesa deseja informá-la de que sua presença no casamento de nosso irmão Henry, no início do próximo mês, não será necessária. Após este evento, nossos pais aproveitarão a temporada de caça com amigos e não visitarão o Palácio de Dalkeith. Passarão então o restante do recesso parlamentar, incluindo o Natal, em Drumlanrig, ou talvez em Boughton ou Bowhill. Você permanecerá em Dalkeith, a menos que o duque decida o contrário, enquanto nossa irmã mais nova, Mary, ficará em Drumlanrig sob os cuidados de sua governanta.

Margaret, peço-lhe que considere o impacto de suas ações indefensáveis. Nosso pai continua furioso com você e não tolera que seu nome seja mencionado. A humilhação de Sua Alteza foi testemunhada não apenas por quase todos os seus companheiros de serviço, mas também por todos os seus camaradas do Clube Roxburghe. Como você sabe, entre seus muitos cargos públicos, é da presidência desse clube que ele mais se orgulha. O duque culpa nossa mãe por não ter controlado suas ações, embora isso me pareça injustificado, pois sei por experiência própria quanto você pode ser voluntariosa. O julgamento do marido afeta muito a duquesa, que escondeu dele a falta de sua pulseira para se proteger de mais críticas. Assim, Margaret, além de tudo o mais, você também prejudicou a boa relação entre nossos pais.

Pessoalmente, não consigo entender como você pode ter se comportado com tamanha falta de decoro. É impossível que ignore as convenções e regras que regem uma boa sociedade e, no entanto, parece ter decidido deliberadamente desobedecer a todas elas. Se até mesmo uma pequena porção da verdade for divulgada, há o risco real de que *a rainha nos ostracize da corte. Mas essa eventualidade não deve ser considerada. É um parco consolo para todos nós que o nascimento de seu segundo filho tenha impedido o príncipe e a princesa de Gales de assistirem ao baile naquela noite infeliz.*

Quanto à situação com Killin, Mamãe, muito amavelmente, concedeu-lhe permissão para que escreva a ele uma carta conciliatória. Espero que você aproveite ao máximo esta concessão extremamente generosa, pois me parece que a natureza firme de Sua Senhoria seria um excelente lastro para o seu temperamento impetuoso e caprichoso, Margaret. Olhe para o excelente exemplo que é o meu próprio casamento e tenha fé nas providências de nossos pais. Quando minha união com Kerr foi sugerida pela primeira vez, confesso ter tido algumas reservas quanto à nossa compatibilidade, mas Mamãe me garantiu que o afeto e a estima se desenvolveriam após a cerimônia. Com um esforço determinado de minha parte, ela se provou bastante correta. É com grande prazer que confidencio a você, Irmã, que estou esperando um evento maravilhoso para o início da primavera.

Não espero nenhuma resposta a esta missiva. Mamãe me pede para informar que não leu nenhuma de suas cartas, portanto, não adianta escrever mais.

Sua irmã,
Victoria Kerr

DONALD CAMERON DE LOCHIEL A LADY MARGARET

Londres, 28 de outubro de 1865

Cara lady Margaret,

Peço que perdoe o atraso na resposta à sua correspondência anterior. Estou muito ocupado com assuntos de Estado e, em particular, com as ramificações diplomáticas da morte de lorde Palmerston. Como você certamente sabe, o funeral de Estado aconteceu ontem, sendo seu pai um dos muitos importantes enlutados. Eu também estive presente em uma pequena cerimônia. O Times desta manhã estimou que uma multidão de meio milhão de pessoas tenha vindo à nossa capital para prestar os respeitos ao nosso falecido primeiro-ministro. Um bom número destes eram veteranos da Guerra da Crimeia, que creditam Sua Senhoria como responsável por ter colocado um fim neste conflito. Até onde sei, nosso sr. Scott não estava entre eles.

O que me leva ao âmago desta missiva. Tenho o prazer de poder lhe dizer que não só consegui localizar o sr. Scott como também recuperei a pulseira de sua mãe. Sua lógica de sugerir que eu retornasse ao lugar onde se lembrava de tê-la visto pela última vez provou-se absolutamente sólida. Tenho o prazer de poder lhe assegurar que seus instintos de que ele é um homem honrado também eram bem fundamentados. O sr. Scott achou a pulseira largada no chão depois que eu levei a senhorita para casa. Ele guardou a joia na esperança de que você retornasse para recuperá-la. Um herói e um caráter nobre de fato!

O fecho do item está quebrado, mas não faltam pedras. Ele ficou extremamente aliviado em saber que o item voltaria à senhorita, tendo ficado muito preocupado sobre a possibilidade de que a perda, em suas próprias palavras, a meteria em uma confusão ainda maior *do que aquela em que você já se encontrava. Tomei a liberdade de compensar o sr. Scott muito bem pelo transtorno. Ele me pediu que lhe transmitisse seus melhores votos e sua esperança de que você tivesse resolvido seu dilema matrimonial da maneira mais satisfatória. Obviamente estou parafraseando-o!*

Sua bondade e interesse por ele causaram uma boa impressão no homem. Se me indicar o que deseja que faça em seguida, agirei imediatamente conforme suas instruções. Estou plenamente consciente de como é impróprio escrever-lhe sem o consentimento ou conhecimento de seus pais, mas a devida reflexão me convenceu de que as circunstâncias muito peculiares justificam nossa correspondência clandestina.

Foi um prazer poder realizar este pequeno serviço para a senhorita, lady Margaret. Minha recompensa será saber que lhe proporcionei algum conforto em seu exílio. Embora a gratidão que expressa por minha partida em seu socorro seja muito apreciada, ela é desnecessária. Quanto às suas desculpas por, em suas próprias palavras, ter me arrastado, isso também é bastante desnecessário. Você estava muito angustiada, e compreensivelmente. Sua determinação em arcar com toda a responsabilidade pelo episódio lhe dá enorme crédito e, confio, a colocará em bons termos com aqueles que lhe são mais próximos.

Só me resta desejar-lhe saúde e felicidades, independentemente do que o futuro lhe reserva. Confio muito sinceramente que, nos três meses transcorridos desde sua partida da metrópole, as boas relações com seus estimados pais tenham sido restauradas e que agora estejam felizes em receber cartas suas. Infelizmente, sem o consentimento deles, devo sacrificar o prazer de escrever novamente à senhorita.

Com todo o respeito e sinceridade,
Lochiel

Princesa Luísa a lady Margaret

Castelo de Windsor, 4 de novembro de 1865

Minha caríssima M.,

Vicky e Fritz finalmente partiram esta manhã para passar a semana em Sandringham, o que deixou a rainha deveras melancólica, e desta forma ela concluiu que uma visita ao mausoléu seria a coisa perfeita para animá-la! Tive a sorte de ter sido selecionada para acompanhá-la. Você não ficará surpresa em saber que prestar seus respeitos a Papai não levantou o ânimo de Sua Majestade notavelmente. A propósito, Vicky está grávida — de novo! Número cinco, acredita? Ouvi dizer que sua irmã Victoria também está se reproduzindo, como você diria. Espero que para ela a primeira vez seja mais fácil do que foi para minha irmã.

Sei que você me perdoará por responder tardiamente às suas duas últimas cartas, mas tenho tido pouco tempo devido à visita prolongada da minha venerada irmã. (Sim, estou revirando os olhos — ela está muito determinada a demonstrar sua santidade, assim como sua própria irmã. Você e eu não conseguimos nem competir!) Vou começar esta carta agora e escrevê-la com mais detalhes depois. Tenho tanto para lhe dizer, M., embora a maior parte tenha que esperar até nos encontrarmos outra vez, pois não ouso registrar nada disso por escrito, mesmo sabendo que ninguém mais gosta tanto de fofocas obscenas do que você — a não ser eu!

Devo dizer que estou preocupada com seu estado de espírito. Sua última carta era assustadoramente séria. Quando você mencionou que estava determinada a usar seu ócio forçado para ler algum material para melhorar a si mesma, pensei que se referisse a digerir um ou dois manuais de etiqueta — e no processo descobrir todas as regras *que violou alegremente! Um guia de boas maneiras, etiqueta e con-duta da sociedade mais refinada é um exemplo do tipo de coisa que eu imaginava, não o livro sem dúvida muito digno do sr. Mayhew,* O trabalho e os pobres de Londres. *No entanto, não imagine que é a única em mostrar interesse pelos menos afortunados. Estou disposta a apostar que outra jovem conhecida minha o tenha lido. A amiga de Lenchen, Lucy, que no ano passado se tornou lady Frederick Caven-dish, tem feito caridades sem parar desde que se casou. Entre outras coisas, ela tem ajudado em uma cozinha de sopa em Westminster. Você gostaria que eu as apresentasse? Tenho certeza de que Lucy e a nova lady Margaret filantrópica teriam muito a discutir.*

Você tem alguma novidade em potencial de seu retorno ao mun-do? Com certeza, quatro meses é penitência suficiente. Faltam ape-nas algumas semanas para o Natal, e eu já comecei a trabalhar em meus pequenos álbuns de presente — você lembra, aqueles com flores e folhas prensadas acompanhadas de meus desenhos? Ah, M., você não tem ideia de quanto sinto sua falta. Estou desprovida de boa compa-nhia. Ninguém me faz rir como você. Devo usar minha influência e pedir à rainha que ordene que a duquesa a devolva para mim? Estou muito tentada, mas minha mãe ficaria ofendida com minha opinião de que a companhia dela é insuficiente, o que seria uma pena, pois trabalhei tanto para persuadi-la de que sou a favorita dela!

Incluí um pedaço de seda de um fardo que escolhi para um vestido matinal. Deve haver tecido suficiente para confeccionar um também para você. Sei que turquesa é sua cor favorita e, felizmente, tam-bém me cai muito bem. Tomei a liberdade de esboçar um desenho para você. Você vive dizendo que inveja meu estilo, então agora pode adotá-lo! Considere-o um presente de Natal antecipado. Se puder encontrar alguém que o costure, poderá usá-lo no dia de Natal, que espero sinceramente que passe no seio de sua família. Eles não podem deixá-la sozinha em Dalkeith justamente nesse dia, podem?

Escreverei mais muito em breve, prometo.

Sua melhor amiga, sempre e para sempre,
Luísa

Capítulo Oito

O grande corredor de entrada em Dalkeith era frio, e não havia a árvore de Natal que geralmente permanecia orgulhosa no centro do piso de mármore. Os corrimões da escadaria estavam sem as guirlandas de vegetação que os enfeitavam nessa época do ano, enchendo o corredor com o aroma de pinheiro. A mesa da grande sala de jantar permanecia coberta com uma capa de linho. A poncheira de prata ainda estava trancada em uma prateleira na despensa do mordomo. Não havia nenhum tronco de pinheiro queimando na sala de visitas.

Margaret sempre havia adorado o Natal em Dalkeith. A casa ficava cheia de risos e conversas, jogos e banquetes. Até mesmo Mamãe e Papai se soltavam um pouco. Todos os irmãos e irmãs faziam um esforço para estar juntos na época das Festas, com seus vários cônjuges e descendentes. Eles tinham se reunido em Drumlanrig este ano. Mary ainda estava lá. Seu irmão mais velho, William; a esposa dele, Louisa; e seus dois meninos tinham chegado para uma longa estadia na semana passada, juntamente com seu irmão John e sua nova esposa, Cecily, e a habitual coleção de tias, tios e primos que faziam questão de viajar para a Escócia para celebrar o Natal. Até o dia anterior, Margaret ainda esperava por um convite de última hora para se juntar a eles, mas nada acontecera. Nenhuma carta. Nenhum presente. Nenhuma palavra.

Luísa tinha se enganado desta vez. Sua família era perfeitamente capaz de deixá-la sozinha em Dalkeith, justamente naquele dia. Naquela manhã ela tinha ido à igreja com os criados da casa, sentando-se sozinha no banco reservado a seu pai para o culto de Natal, sentindo-se horrivelmente exposta pelo seu isolamento, demasiado envergonhada para entoar os hinos com seu habitual entusiasmo. Era depois da igreja que Mamãe costumava distribuir os presentes para as crianças da vila. Ela havia pedido que a sra. Mack fizesse isso em seu lugar este ano. A governanta tinha se sentido claramente desconfortável realizando a tarefa, e o desdém em relação a Margaret era dolorosamente óbvio demais para ser ignorado. Tanto que Margaret privou-se do prazer anual de ver as crianças desembrulharem os brinquedos de madeira e as balas de caramelo antes de lhes contar uma de suas histórias. Ela havia escrito uma história para Mary, como de costume, e a enviara para Drumlanrig, mas duvidava que sua irmã fosse autorizada a mencionar o presente, mesmo que o recebesse.

— Aí está você! — A porta revestida de baeta verde que dava para os aposentos dos criados se abriu e Molly apareceu. — O que está fazendo aí parada como uma pequena alma perdida?

— Decidi ir dar uma volta.

— Está nevando. Você vai congelar.

— Tenho meu manto e minhas luvas — disse Margaret — e estou usando minhas botas mais robustas. Preciso de um pouco de ar fresco.

— Em breve será a hora do jantar. Haverá ganso assado e bolinho de aveia com frutas secas. — Molly atravessou o corredor para chegar ao lado dela, olhando fixamente para o espaço onde a árvore de Natal deveria estar. — Temos uma árvore lá embaixo. Eu conversei com a sra. Mack. Não está certo você jantar sozinha no Natal. Seria um imenso prazer tê-la conosco para o jantar no salão dos criados.

Comovida, Margaret piscou furiosamente quando as lágrimas começaram a se formar em seus olhos.

— Ah, Molly, isso é muita gentileza, mas não posso aceitar.

— Por que não? Você vai ficar triste sozinha.

— Não tão triste quanto ficaria pensando que você vai passar o dia se preocupando comigo — replicou Margaret, forçando-se a sorrir —, especialmente quando não há necessidade. Estou perfeitamente acostumada a jantar sozinha depois de todo esse tempo e, de qualquer forma, você sabe que minha presença lá embaixo acabaria com a festa.

— Mas…

— Não, Molly. Mas talvez eu apareça mais tarde para a canção, como sempre. Eu vou ficar bem, prometo.

— Mas o que vai fazer sozinha nesse meio-tempo?

— Eu já disse, dar uma volta. Fazer uma visita a Spider. Talvez eu faça um boneco de neve. — Margaret deu um breve abraço em sua criada, depois a afastou de leve. — Vá se divertir. É uma ordem.

Lá fora, a neve agora caía muito mais espessa, embora bastasse um olhar para o céu sombrio para ver que provavelmente o tempo iria clarear em cerca de meia hora. Decidindo esperar, ela desceu a colina, passando pelos estábulos, em direção ao santuário da estufa.

Situada às margens do rio Esk, a estufa era o destaque central do jardim francês e um dos lugares preferidos de Margaret. De estilo neoclássico, o edifício exibia uma cúpula elaborada e colunas ornamentais. A caldeira alojada sob o piso de azulejos, instalada por Papai para fornecer calor às plantas e frutas exóticas cultivadas no interior da construção, mantinha o local quente mesmo em um dia de inverno duro como aquele. Os periquitos coloridos chiaram uma saudação enquanto ela fechava suavemente a porta de vidro atrás de si, respirando o cheiro da terra quente e úmida misturada com a exuberância das folhas das palmeiras. Ela poderia muito bem estar no meio de uma selva bem longe, na África ou na América do Sul, se não fosse pela camada de neve tornando-se espessa no chão do lado de fora.

Observando o Esk rebentando e correndo sob o amplo arco da ponte de pedra, Margaret traçou a trajetória dos flocos de neve que pousavam suavemente na janela antes de derreterem. Era um dia como qualquer outro, disse a si mesma, mas não era verdade. Se quisesse se torturar, poderia imaginar qual ritual ou costume festivo sua família estaria realizando naquele mesmo minuto em Drumlanrig. E Luísa também, em Windsor, com a família real reunida, tentando convencer a rainha a aproveitar o dia sem cair na melancolia, uma tarefa que estava além até mesmo das habilidades de Lu. Será que ela aceitaria o conselho irreverente de Margaret de descer as escadas escondida e se juntar à diversão no salão dos criados para um pouco de respiro? De todas os herdeiros reais, Luísa seria a mais bem-vinda, pois tinha aquele raro talento de se adaptar e encantar a qualquer companhia. Molly devia ter preparado o pessoal para a chegada de Margaret mais tarde, mas ela não tinha certeza se teria ânimo para enfrentar as novas perguntas e os silêncios desconfortáveis que poderiam surgir. O dia de Natal não era um dia qualquer. Estar tão sozinha, sendo tão completamente evitada em um dia que deveria ser alegre, quando as famílias deveriam estar reunidas e se amar, estava se mostrando difícil de suportar. Na Londres movimentada e cheia, cuja temporada girava em torno de um turbilhão interminável de horas do chá, *soirées* e bailes de gala, ela muitas vezes ansiara por alguma solidão. *Cuidado com o você deseja, M.*

Basta! Ao contrário da rainha, ela não ia cair na melancolia e ficar lamuriando Natais passados. O que ela precisava fazer, inspirando-se no sr. Scrooge, era certificar-se de que seus Natais futuros fossem diferentes. Estava cansada de sentir que sua vida estava suspensa até segunda ordem. Estava cansada de ser abandonada e ignorada. Era hora de tomar as rédeas da situação e agir. Ela queria consertar as coisas, provar que havia mudado, que havia amadurecido e estava pronta para aceitar seu destino, embora a maneira como faria tudo isso quando seu pai havia lhe imposto um estado de inércia forçada fosse um grande dilema.

O calor estava se tornando sufocante na estufa, então ela decidiu visitar Spider. Lá fora, suas pegadas já haviam sido obliteradas pela neve. Puxando a capa com mais força para perto do corpo, Margaret seguiu o caminho através do arco que levava ao pátio interno do estábulo. Ela conseguia ouvir o ronco dos cavalos vindo das baias que ocupavam ambos os lados da praça de paralelepípedos. Um dos gatos do estábulo passou por entre as pernas dela, desaparecendo na cocheira onde ficava guardada a enorme carruagem de viagem fora de moda que havia pertencido ao duque anterior. Margaret não havia conhecido seu avô, que morreu quando Papai tinha apenas doze anos, mas se sua carruagem, embelezada com folha de ouro e estofada com veludo vermelho, pudesse dar alguma pista, ele havia sido um homem com um conceito muito elevado de si mesmo. Num verão em que Luísa fora autorizada a fazer uma rara visita a Dalkeith, as duas insensatamente tentaram amarrar a carruagem em dois dos cavalos da raça shire. Felizmente, foram pegas pelo cavalariço de Papai antes que pudessem causar qualquer dano tanto ao veículo quanto aos animais. Infelizmente, sua irmã mais velha tinha testemunhado a fuga delas e sentira obrigação de denunciar o crime hediondo a Mamãe. Luísa, Margaret lembrou, colocou sal na limonada de Victoria no jantar daquela noite, embora naturalmente ela mesma tivesse levado a culpa. Naquele momento, provavelmente, Lu estaria sendo vestida para o jantar em Windsor. Será que estaria pensando em Margaret? Se estivesse, pensaria que a amiga estaria sentindo muita pena de si mesma!

O chafariz no centro do estábulo estava congelado. Uma rajada de gargalhadas masculinas vinda dos prédios em frente à torre do relógio, onde ficavam os aposentos dos estribeiros e seus ajudantes, quebrou o silêncio.

Margaret correu em direção ao estábulo do seu pônei. Spider relinchou uma saudação, colocando o focinho mole na palma da mão dela. Ela esfregou a bochecha no flanco dele, inalando o familiar e reconfortante cheiro de equino.

— Aqui está, meu velho — sussurrou ela, pescando uma cenoura de seu bolso. — Não é muito, eu sei, mas feliz Natal mesmo assim. — O pônei relinchou, fazendo-a sorrir. — De nada.

De volta ao jardim, ela seguiu o caminho das carruagens, subindo pelo bosque até o topo da colina e a ponte Montagu, construída para celebrar o casamento de seu bisavô, o terceiro duque. Havia um retrato dele feito por Gainsborough em Drumlanrig que era um de seus favoritos, pois seu bisavô não só tinha o mesmo cabelo ruivo vívido que o seu como também segurava nos braços um cachorrinho do qual claramente gostava muito.

Margaret se apoiou no parapeito, vigiando o Palácio de Dalkeith de pé, orgulhosa, na colina através do vale estreito, mas íngreme. As janelas salientes da sala de visitas e, acima, as da biblioteca estavam fechadas. Havia parado de nevar, mas as telhas do telhado íngreme estavam brancas. Daquele ponto de vista, não parecia um lar, mas sim uma casa pouco acolhedora, fria e um tanto amedrontadora. Ainda que no porão pudesse ver o brilho das luzes do salão dos criados.

Ela estava definhando ali havia cinco meses. Podia montar Spider sempre que quisesse, fazer passeios intermináveis com os cães, sem ninguém para castigá-la por ter voltado muito tarde e com botas enlameadas e o cabelo despenteado pelo vento. Mas passear com cães e montar a cavalo não significavam uma vida bem vivida.

Retomando a caminhada, ela passou em frente à casa seguindo a curva da estrada e seguiu em direção aos portões da entrada principal, onde a igreja de Santa Maria repousava na escuridão. Gerações de membros da família Montagu, Douglas e Scott tinham orado ali, todos fazendo o melhor que podiam para aumentar a prosperidade familiar. Haviam entregado sua casa para o rei Jorge quando o monarca fez sua histórica visita oficial a Edimburgo, mudando-se para um hotel na cidade. Mais recentemente, haviam sido anfitriões da rainha Vitória e do príncipe Alberto. Haviam servido ao condado como membros do Parlamento. Papai era membro de uma centena de comitês, fazia doações a mil causas beneficentes. Era responsável pela linha ferroviária de Edimburgo para Dalkeith. Tinha sido fundamental para a construção de pontes e estradas, de escolas paroquiais e de um sem-número dê igrejas. "Amo" era o lema da família Buccleuch, e, segundo Papai acreditava, significava "Eu amo servir".

Ela também adoraria servir, mas, sendo uma mera mulher, seu propósito não era nem prático, nem filantrópico. As mulheres Buccleuch consumavam casamentos estratégicos, aumentando o poder e a riqueza da família, antes de originar a próxima geração de progenitoras obedientes, criando-as para seguirem os mesmos passos. Era para isso que ela havia nascido. Esse era o seu dever. Por que o achava tão difícil de aceitar? Por que não podia simplesmente fazer como sua irmã e sua mãe haviam feito, desempenhar seu papel com graça e elegância e tirar proveito da situação?

Porque não sou nem graciosa nem elegante! Olhando para suas botas encharcadas, sentindo a bainha úmida de sua capa batendo nos tornozelos e sabendo que seu cabelo devia estar parecendo uma massa de caracóis rebeldes, Margaret não pôde deixar de rir de si mesma. Será que era possível aprender a ser as duas coisas distintas? Se tomasse Luísa como exemplo, e não sua irmã, e se se aplicasse como nunca havia feito antes, certamente o resultado poderia ser alcançado. Embora graça e elegância não fossem o problema, não é verdade?

Ela continuou pela rua principal, passando pela cabine de pedágio fechada e pelo movimentado Hotel Cross Keys, deixando para trás o mercado de grãos, tremendo involuntariamente no ponto marcado como o local do último enforcamento público da região. Na estação ferroviária nos limites da cidade, cuja construção havia sido realizada graças a uma lei que seu pai havia passado no Parlamento, ela se encolheu buscando abrigo na entrada da bilheteria.

Se não se casasse, estava destinada a se tornar o que Luísa mais temia, a *Hausfrau*, como ela dizia, a dona de casa da família. Uma tia donzela, às ordens de seus irmãos e irmãs e de seus descendentes, indo de um canto para outro conforme requerido. Ela seria uma convidada perpétua nas casas alheias, devendo ser nada mais do que obediente e grata até o final de seus dias.

Exasperada, ela moldou um punhado de neve em uma bola e a atirou sobre os trilhos. O que queria era dar fim às perguntas que passavam incessantemente por sua cabeça. O que queria era provar a seus pais que era realmente apta para cumprir seu papel, não uma criança egoísta e irresponsável.

Poderia ela desempenhar o papel que se esperava dela, como esposa de Rufus Ponsonby? Nunca poderia amá-lo, mas o amor não fazia parte do pacote. *Você deve resistir ao impulso de deixar seu coração guiar suas ações.* Doera ler as palavras de Luísa, mas a amiga estava certa. Margaret deveria estar se perguntando se poderia aprender a respeitá-lo, a nutrir algum tipo de afeto por ele. Cada um de seus instintos gritava um retumbante não, mas veja só aonde seus instintos a haviam levado.

O dever requeria sacrifício e trabalho duro. Sua irmã tinha conseguido, embora, segundo as palavras da própria Victoria, *com um esforço determinado.* Se ela pudesse encontrar a força de vontade para imitar a irmã, seria redimida aos olhos de todos. E, se tivesse sorte, seria recompensada, como Victoria estava prestes a ser, com sua própria família, mesmo que se encolhesse só de pensar em como essa família viria a existir.

Se o exemplo de Victoria não fosse o suficiente, ela poderia inspirar-se em Luísa. Mesmo aborrecida, privada da companhia de seus amigos e de uma estreia adequada na sociedade, forçada a ouvir as infindáveis lamentações e manifestações de luto da rainha, Luísa aguentava tudo com tanta graça e comedimento que sua mãe acreditava que ela gostava da tarefa. Lu desabafava sobre seus sentimentos nas cartas a Margaret e desfrutava de seus próprios pequenos atos privados de rebelião, mas, fora isso, era estoica.

Sim, Luísa era o exemplo que ela seguiria. A amiga aceitava sua posição no mundo e fazia o melhor que podia. Margaret teria que envolver seu coração em correntes, reprimir seu eu verdadeiro para fazer isso, mas *de fato* o faria.

Eu consigo, disse Margaret a si mesma enquanto voltava pela neve em direção ao Palácio de Dalkeith. *Ex adversis dulcis. Ex adversitas felicitas.* Um dos lemas favoritos de seu pai. "Da adversidade surgem a força e a felicidade." Mais uma coisa à qual se atentar. Assim que chegasse em casa, escreveria aos pais e, se eles não respondessem, escreveria de novo e de novo até que a levassem a sério.

Ao adentrar os portões, ela se surpreendeu ao ver Molly correndo em sua direção enquanto sacudia algo no ar.

— Lady Margaret, um telegrama — disse ela, sorrindo. — De seu pai. Parece que, afinal, eles não a abandonaram.

Margaret agarrou o envelope soltando um guincho de prazer. Parecia que a oportunidade havia batido à porta mais cedo do que ela ousava imaginar!

Telegrama do duque de Buccleuch para lady Margaret

Drumlanrig, 25 de dezembro de 1865

NOTIFICAÇÃO DE MUDANÇA DE PLANOS UR-
GENTE. PREPARE-SE PARA PARTIR PARA LON-
DRES NO PRIMEIRO TREM DISPONÍVEL. CRIADA
DEVE ACOMPANHÁ-LA. CASA MONTAGU ESTA-
RÁ ABERTA PARA RECEBER. DE FORMA ALGUMA
ANUNCIE SEU RETORNO À CAPITAL A QUALQUER
PESSOA ATÉ QUE SUA GRAÇA E EU POSSAMOS
NOS JUNTAR A VOCÊ. TUDO SERÁ EXPLICADO
NESSE MOMENTO.

BUCCLEUCH

UMA PARÁBOLA DE NOSSA ÉPOCA

Os leitores assíduos se lembrarão de nossa consternação com a súbita partida de lady M—, segunda filha do duque e da duquesa de B—, da sociedade londrina, no último mês de julho. A jovem senhora ficou subitamente doente durante um baile dado em sua honra por seus estimados pais (muitas vezes aclamados como a legítima família real escocesa), no qual um anúncio dos mais significativos era esperado.

Nada mais tinha sido dito sobre lady M— desde o início de seu retiro em uma das casas da família perto de Edimburgo até ontem, quando certo indivíduo intimamente ligado à residência londrina do duque de B— nos contatou. Agora, podemos revelar a verdadeira sequência de fatos que levaram à partida de lady M— da capital. Escandaloso e chocante ao extremo, não podemos ver como a dama em questão poderá ser redimida do episódio aos olhos da sociedade. Relatamos os detalhes com relutância, na esperança de que se mostre uma lição salutar para nossas jovens e ainda divinamente inocentes leitoras.

Segue, então, o relato de nossa testemunha ocular. Na noite em questão, lady M— parecia estar em perfeita saúde. Quando o relógio se aproximava da meia-noite e chegava a hora do anúncio de sua planejada mudança de nome, a senhorita foi avistada saindo do salão de baile. Ao contrário da versão contada na época, ela não partiu na direção de seus aposentos, mas do jardim que separa a casa da família em Whitehall das docas, onde o novo dique Victoria Embankment está sendo construído. Nossa testemunha estava ocupada entregando as taças de champanhe para o brinde, mas, enquanto circulava pelo salão alguns momentos depois, ouviu uma discussão no terreno, o som da voz de um homem e a resposta abafada de sua jovem amante. Aplicando-se em suas tarefas, não teve tempo para pensar mais sobre o assunto. Foi só depois de quase duas horas, quando os convidados estavam partindo e havia um turbilhão de pessoas limpando as cozinhas, que a porta de serviço se abriu e lady M— fez uma entrada dramática. Seu vestido estava rasgado e seu cabelo estava desgrenhado. Profundamente chocados, nossa testemunha e todos os outros presentes chegaram à única e inevitável conclusão: haviam abusado da inocência da dama!

Lady M— foi levada para o norte na companhia de sua criada no Scotch Express logo na manhã seguinte. Não houve notícias nem vislumbre dela nos cinco meses que transcorreram desde então, nem há qualquer expectativa de seu retorno a Londres por pelo menos mais quatro meses, época em que poderíamos muito bem antecipar um presente de Páscoa para a família B—.

Lady M— nasceu, como diz o ditado, em berço de ouro. Esperamos, com razão, que essas senhoritas sejam um exemplo para as menos afortunadas, que lhes ofereçam um modelo de vida ao qual possam aspirar. Quando tais pessoas caem em desgraça, caem, portanto, de forma espetacular e completa. Embora nos doa dizer isto, é uma mancha que macula tudo ao seu redor. Para sua família e especialmente para certo conde escocês, lorde R—, a situação é ainda pior. Os pais de lady M— fazem parte do círculo íntimo da rainha. Lady M— inclui entre suas confidentes a mais bela das princesas reais. Devemos supor que a excelente bússola moral de Sua Majestade garantirá que a amizade tenha acabado. Nosso informante, com seu dever público cumprido e devidamente recompensado, não serve mais à família.

Capítulo nove

Seis meses atrás, que agora pareciam uma vida inteira, Margaret tinha estado diante desta mesma mesa no escritório recoberto de painéis de carvalho de seu pai, tremendo em seu vestido de baile em frangalhos. Fora a última vez que ela tinha visto os pais. Eles tinham chegado havia meia hora, e nenhum dos dois a havia cumprimentado, perguntado como ela estava, nem mesmo a olhado diretamente nos olhos. Pelo menos, desta vez, ela tinha permissão para sentar-se.

Seu pai deslizou uma cópia do jornal *Morning Post* pela escrivaninha com a ponta do dedo.

— Este presente indesejado chegou a Drumlanrig na véspera de Natal.

O pêndulo do antigo relógio fazia um tique metálico conforme balançava, enfatizando o silêncio tenso enquanto ela lia o artigo oferecido. A lareira recém-acendida faiscava, e os carvões úmidos soltavam fumaça na sala. Diante dela, seu pai estava sentado de cara fechada, batendo com os dedos no mata-borrão. O estômago de Margaret se agitou enquanto ela, relendo a reportagem, lutava para dar sentido às insinuações vis, à forma como os fatos tinham sido distorcidos para inventar uma história vulgar e caluniosa que era falsa em tudo, exceto pela estrutura dos acontecimentos.

Embora ela tivesse concluído, pelo tom do telegrama que a convocava, que era improvável que seu reencontro com os pais fosse ser uma ocasião festiva, Margaret tinha se esforçado com determinação para manter o ânimo enquanto esperava, ensaiando e refinando suas desculpas, sua justificativa para aquele comportamento e, acima de tudo, sua nova e sincera determinação em aceitar seu destino. Nunca na vida teria imaginado que enfrentaria uma situação como aquela.

— Eu não sei o que dizer — disse, sentindo-se completamente enojada —, a não ser que é obviamente um monte de mentiras.

— Maldito lacaio! — Seu pai, furioso, atirou um peso de papel de latão com formato de leão na direção da lareira. — Sentiu-se obrigado a deixar de nos servir pelo dever cívico uma ova! O desgraçado gostava um pouco demais dos meus vinhos! Deveríamos ter chamado a polícia quando a extensão de seus roubos foi descoberta, mas em vez disso o deixamos partir, achando — como todo o nosso pessoal — que ele manteria a discrição sobre seu tempo aqui. Tenho vontade de mandar alguém achá-lo e colocá-lo na prisão.

— Walter, meu amor, acalme-se. — Mamãe recolheu o peso de papel e o devolveu ao seu devido lugar, ocupando a cadeira ao lado de Margaret. — Isso só serviria para gerar ainda mais mexericos obscenos. O que está feito está feito. Devemos nos concentrar na melhor maneira de reparar os danos.

O pai dela, no entanto, estava longe de ter terminado.

— Ver o nome Buccleuch arrastado na lama assim já é ruim o suficiente, mas, para tornar tudo ainda pior, recebemos este pasquim pelo correio no Natal, e de alguém preocupado e com boas intenções! Rá!

— De fato, meu querido — interveio Mamãe —, mas, na verdade, quando analisamos isso racionalmente, esse anônimo nos fez um favor. Se não tivéssemos ficado cientes...

— Até parece! Disseram-me que o maldito jornal vende milhares de cópias. A que ponto chegamos que a imprensa tem permissão para fazer alegações tão infundadas? Isto vai custar o emprego daquele editor vira-latas.

— Meu querido, concordamos que nos esforçaríamos para manter a calma. Pelo amor de Deus, Walter, você sabe que essa seria uma abordagem totalmente errada. Envolver-se de qualquer forma com a imprensa é simplesmente algo que não se faz.

— Por que não? — Margaret se atreveu a perguntar. — Por que seria tão errado contradizer o que se trata de uma calúnia? Não entendo por que isso seria tão indecoroso.

Emitindo um xingamento impaciente, o duque empurrou sua cadeira para trás e caminhou até a estante para servir-se de um copo de seu uísque preferido. Ele quase nunca xingava. Margaret nunca em sua vida o havia visto tomar bebidas fortes antes do jantar, quanto mais antes do meio-dia.

— Explique, Charlotte, embora não entenda por que isso seja necessário. Essa garota não sabe nada?

Mamãe suspirou.

— Não é calúnia, Margaret, porque nossos nomes não foram realmente mencionados; mas, mesmo se fosse o caso, simplesmente não se pode reagir. Até mesmo reconhecer que se leu o artigo lhe confere credibilidade. Defender-se implica que existe um elemento de verdade no que foi alegado. Se você não entende, pelo menos aceite que aqueles que são figuras públicas não têm outra opção. Se ao menos a imprensa não tivesse se impressionado tanto com você no ano passado...

— Isso não é culpa minha! Você pediu que eu me esforçasse para causar uma boa impressão. Não é como se eu tivesse deliberadamente cortejado...

— "Um sopro de ar fresco escocês" — seu pai recitou amargamente. — E agora você é, decididamente, um vento nada favorável que não traz nada de bom.

Apertando bem as mãos no colo, Margaret se esforçou para adotar um tom conciliatório, determinada a se defender.

— Em minha estada em Dalkeith, tive tempo mais do que suficiente para refletir sobre minhas ações, exatamente como vocês esperavam que eu fizesse. Agora consigo enxergar como meu comportamento foi egoísta e que deveria ter colocado meu dever para com a família acima de tudo, e estou determinada a provar que sou capaz de fazer isso de agora em diante. Estou bastante decidida a aceitar Killin, se ainda desejarem que a união aconteça.

Embora sua mãe parecesse satisfeita com esta homilia, seu pai demonstrou bastante indiferença.

— Esse barco já partiu de vez. — Ele bateu seu copo vazio na bandeja de bebidas de prata antes de se atirar de volta na cadeira. — Killin é um homem eminentemente respeitável, que foi colocado em uma posição dificílima. Se a imprensa decidir que o filho é dele, ele é um patife lascivo. Se não, é um corno.

— Por misericórdia, não há filho! Isso deveria ser óbvio até mesmo para você! — Magoada e irritada em igual medida, Margaret levantou-se num salto, determinada a ser ouvida. — Vossa Graça, faz seis meses desde a última vez que me viu, aqui nesta mesma sala. Tive muito tempo para refletir sobre minha posição nesta família e sobre meu futuro. — O olhar vazio de seu pai, ainda fixo em um ponto acima dos ombros dela, fez com que sua confiança se esvaísse, mas ela se manteve firme. — Se minha obrigação ainda for me casar com Killin, farei isso de bom grado.

— É muito pouco e muito tarde — o duque respondeu friamente. — Enquanto você estava sem fazer nada em Dalkeith examinando sua consciência, empreguei muito tempo e esforço tentando apaziguar a situação. E até aquele maldito lacaio vender essa história, tinha quase certeza de que tínhamos sobrevivido à tempestade. Apesar do insulto público que foi ter sido abandonado por você, Killin estava disposto a perdoar e esquecer o ocorrido, mas não consigo vê-lo aceitando-a de volta depois disso. Aliás — continuou o duque, levantado a voz —, não tenho ideia de como encontrarei qualquer homem disposto a ficar com você, muito menos um que seja notável. Você provocou uma mancha que pode muito bem se tornar indelével no nome da família. É capaz de imaginar os acenos e piscadelas que terei que suportar agora?

— E os acenos e piscadelas que *eu* terei que suportar? — Margaret o interrompeu. — Graças a esse pasquim horrível, todos em Londres ficarão obcecados por mim. Por todas as razões erradas, apresso-me a acrescentar.

Finalmente, o duque a encarou nos olhos e ela desejou de todo o seu coração que ele não o tivesse feito. Seus olhos profundos, tão parecidos com os dela, pareciam pedras de gelo.

— Não é possível que imagine que seus sentimentos tenham qualquer relevância. Deixo-a para lidar com ela como achar conveniente, Charlotte — anunciou, ficando de pé. — Desempenharei meu papel em público pelo bem de nossa família, mas, no âmbito privado, não quero manter mais nenhuma relação com ela, e peço que a mantenha fora de minha vista.

O desprezo em sua voz era demais para Margaret. Embora ela tenha tentado desesperadamente, as lágrimas que faziam os seus olhos arderem escorreram por suas bochechas enquanto a porta se fechava.

— Por que ele não me ouve? Não é minha culpa que o lacaio tenha tagarelado e o jornal tenha decidido publicar tais insinuações vis.

— O duque preza por seu nome e sua boa reputação arduamente conquistada acima de tudo. — Suspirando, sua mãe pegou o jornal, rasgou-o bem e jogou-o nas chamas da lareira. — Nunca em minha vida o vi tão perturbado como quando ele leu isto. E o fato de ter chegado daquele jeito, no último correio na véspera de Natal, quando tínhamos uma casa cheia de convidados. Você tem alguma ideia de como para nós foi difícil continuar com as celebrações como de costume? Alguns de seus primos aguardam a ocasião durante todo o ano. Nossas pequenas tradições e cerimônias familiares significam muito para todos.

Inclusive para Margaret! E mesmo assim ela havia sido excluída e forçada a passar um Natal solitário e miserável em Dalkeith. Mas estava decidida a não olhar mais para trás, apenas para a frente.

— Como podemos reparar o estrago, Mamãe? Custe o que custar, prometo que farei o máximo. *Ex adversis dulcis. Ex adversitas felicitas.*

Ela foi recompensada com um sorriso bem pequeno.

— Certamente não estão faltando adversidades das quais você possa tirar força. Você está falando sério, quando diz que está decidida?

— Com todo o meu coração. Se é do interesse da família que eu me case com Killin, que assim seja.

— Você soa como se estivesse prestes a ser levada para a guilhotina.

— Garanto-lhe que fiz totalmente as pazes com a situação.

A mãe estreitou os olhos.

— Essa é uma reviravolta significativa.

— Sim, é verdade, mas é genuína.

— Eu não duvido de suas intenções, Margaret, apenas de sua determinação. Você consegue realmente refrear este seu hábito de questionar cada decisão que seu pai e eu tomamos com relação ao seu bem-estar e simplesmente atender aos nossos desejos?

Antes de seu exílio, Margaret teria assegurado a sua mãe que poderia fazer exatamente isso, porque desejava desesperadamente evitar decepcioná-la. Mas a nova Margaret se esforçava muito para pensar antes de falar, e se propôs a tentar ser escrupulosamente honesta.

— Eu entendo qual é meu dever e estou ansiosa para cumpri-lo. Mesmo que isso signifique que tenha que me casar com Killin. — Apesar de todo o seu esforço, o nome a fez estremecer um pouco. Ela endireitou os ombros. — Se ele ainda me quiser.

— Estou mais otimista em relação a esse tópico do que o duque. Acredito que Killin ainda está disposto a *considerar*, e reitero o considerar, a possibilidade de recebê-la como esposa. Isso demonstra uma grande generosidade de espírito da parte dele.

— Ou uma boa dose de ambição. Não — Margaret emendou apressadamente, relembrando as ponderações de Lochiel sobre o assunto — que haja algo de errado com um homem que deseja melhorar sua própria condição.

— Ou com uma filha que deseja ajudar a aumentar a fortuna de sua família — respondeu sua mãe com garra. — É por satisfazer a ambos esses objetivos que esta união é tão vantajosa. Tudo o que você tem que fazer é se aplicar diligentemente, assim como Victoria quando se casou com Kerr. A prova cabal, por assim dizer, é que ela agora está esperando um evento interessante. Se você se esforçar, tenho certeza de que poderá vir a gostar de Killin como é o dever de esposa.

— Se Victoria conseguiu, eu também consigo.

Sua mãe a estudou em silêncio por um momento antes de acenar com a cabeça.

— Muito bem. Uma vez que estas acusações se mostrem como sendo nada mais que uma vingança maldosa, estou confiante de que, juntas, você e eu podemos apaziguar a situação com Killin. Desde que, é claro, seja *possível* demonstrar que não passam de um disparate. — A duquesa se levantou e caminhou até a janela, que dava para Whitehall. — Sou obrigada a obter sua garantia sobre isso.

— Mamãe, realmente! Você não deveria precisar perguntar.

— Poupe-me de sua indignação e diga-me claramente o que aconteceu. Não se pode culpar aquele maldito lacaio pelas conclusões que tirou. Qualquer um que a visse naquela noite teria pensado o mesmo.

— Meu vestido se rasgou quando me escondi nos arbustos.

— Por que você teve que se esconder nos arbustos?

Maldição! Não posso trair Lochiel.

— Havia dois marinheiros — disse Margaret, agarrando-se a esta meia verdade. — Eles estavam cantando. Pareciam bêbados, então eu me escondi.

— Céus.

Mamãe continuou olhando através da janela. A vontade de deixar escapar toda a verdade era forte, Margaret ansiava por começar de novo passando tudo a limpo, mas só de imaginar a reação de sua mãe quando ouvisse que havia trocado confidências com Fraser Scott e sido escoltada para casa por outro convidado homem do baile — era impossível. O *Morning Post* tinha feito algo vil a partir dos poucos detalhes que havia obtido; mas ela não suportava pensar no que pensariam sobre os fatos reais. De qualquer forma, ela não envolveria Lochiel no descalabro, especialmente porque ele tinha agido tão nobremente e se esforçado tanto...

— Ah, meu Deus, esqueci completamente! — Silenciosamente pedindo desculpas mentais ao homem que se dera ao trabalho de recuperar a pulseira e enviá-la por correio expresso a Dalkeith, Margaret tirou o item de seu bolso. — Devo tê-la perdido enquanto me escondia. Aproveitei para procurá-la ontem, enquanto esperava a chegada de vocês. Não pude acreditar na minha sorte quando a encontrei. — Ela fez uma oração silenciosa para pedir perdão por esta necessária mentira inocente.

— Minha pulseira! Meu Deus, pensei que a tivesse perdido para sempre.

— O fecho...

— Ah, está com defeito, eu sei. Eu deveria ter lhe dito quando a emprestei. Obrigada, Margaret. Não é uma peça particularmente valiosa, mas é de grande valor sentimental para mim. — Colocando a pulseira no bolso, sua mãe voltou a seu lugar. — Agora — continuou com vigor —, vamos aos negócios.

Primeiro e mais importante, devo pedir-lhe que mantenha dignamente o silêncio a respeito dos acontecimentos daquela noite.

— Ficarei mais do que feliz por nunca mais ter que discutir aquela noite.

— Ótimo. Oficialmente, você continua tendo ficado subitamente doente e sido levada para se recuperar em Dalkeith. Agora sua saúde está totalmente restaurada. A primeira e mais imediata prioridade é colocar um fim a qualquer especulação de que sua honra tenha sido violada. Precisamos, portanto, mostrá-la em público. Não há muitas oportunidades até o início da temporada, é claro, mas aceitaremos todos os convites e eu mesma farei questão de dar uma *soirée*. Você será, naturalmente, o centro das atenções. Levante-se e deixe-me dar uma olhada em você.

Ao estudá-la de perto, a expressão da duquesa se iluminou.

— Estou sem minha fita métrica para confirmar, mas me parece que você finalmente conseguiu refinar tanto seu apetite quanto sua cintura a formas mais dignas de uma dama. No entanto, não faria mal perder mais alguns centímetros. Felizmente, temos algumas semanas antes da retomada das atividades do Parlamento, no início de fevereiro, então você pode começar uma dieta estrita para emagrecer a partir de agora. Enquanto isso, Molly não deve poupar esforços para amarrar seu espartilho o mais apertado possível. Os próximos meses serão críticos. Pode deixar que me encarrego da reaproximação com Killin. Eu lhe imploro, Margaret, não nos decepcione novamente. Por mais cativante que seja, nem um gato tem tantas vidas assim.

Capítulo dez

Donald pegou o braço de lady Margaret quando saíam da Casa Montagu.

— Obrigada por ser prestativo a ponto de vir em meu auxílio mais uma vez, Lochiel — disse ela. — Na verdade, sou duplamente grata a você, não apenas por ter arranjado este encontro com o sr. Scott em meu nome, mas também por ir junto comigo.

— Não seria mais apropriado termos uma acompanhante mulher?

— Normalmente, sim, mas, pensando bem, decidi que no lugar aonde vamos Molly atrairia uma atenção desnecessária, o que definitivamente desejo evitar a todo custo.

— É um bom argumento.

— E, além disso, você é o único acompanhante de que preciso — acrescentou ela. — Um diplomata respeitado e ainda um amigo do meu pai.

Donald fez uma careta.

— Sou algumas décadas mais jovem que seu pai.

— Sério? Talvez seja a barba.

— Então você não a aprova?

Lady Margaret torceu o nariz, deixando seus sentimentos bem claros, antes de se recompor.

— Eu sei que o estilo está no auge da moda. Certamente o faz parecer muito digno, o que é uma bênção hoje. Quero dizer, nem mesmo a imprensa marrom poderia interpretar de maneira escandalosa sermos vistos juntos, não é? Isso se formos vistos, o que não acontecerá, certamente. Não é provável que encontremos um repórter do *Morning Post* aonde estamos indo, não é mesmo?

— Duvido muito, mas se você está preocupada…

— Estou permanentemente apavorada com a ideia de atrair comentários adversos da imprensa. Eu seria tola se não estivesse, depois do que escreveram sobre mim. Você viu?

— Foi calunioso. Tenho certeza de que ninguém acreditou numa palavra daquilo.

— Tornei-me tão hábil em me ater à história de minha súbita doença que eu mesma quase acreditei. Se as pessoas ainda estão especulando, fazem isso longe da minha companhia.

Ela falou casualmente, mas Donald, tendo visto-a suportar estoicamente os olhares furtivos e os cochichos violentos em várias reuniões sociais nas últimas semanas, sabia que todas as mentiras e insinuações tinham causado dano.

— Se sente que isso melhoraria sua posição com seus pais, eu ficaria mais do que feliz em divulgar a verdadeira história.

— Oh, não! Um de meus poucos consolos é que consegui mantê-lo fora disso. Estou muito feliz por ter a oportunidade, agora que finalmente estamos sozinhos, de lhe agradecer pessoalmente por tudo que tem feito.

— Não há absolutamente nenhuma necessidade em agradecer. Estou simplesmente contente por ter sido útil.

— Então você é um homem muito singular, considerando como o tratei naquela noite. E por ser tão prestativo a ponto de encontrar o sr. Scott também, que sei que, apesar do pouco caso que faz dela, deve ter sido uma tarefa muito trabalhosa. — Lady Margaret sorriu para ele. —Você tem meus sinceros agradecimentos e minha eterna gratidão.

Para seu horror, Donald sentiu as bochechas corando.

— É o sr. Scott que é o verdadeiro herói, por manter a pulseira de sua mãe bem protegida.

— O que confere um enorme crédito a ele, não acha? A tentação de vendê-la ou penhorá-la deve ter sido forte, pois a soma levantada teria sido considerável, especialmente para um homem na situação dele, com esposa e família para manter. Tenho pensado muito sobre nosso extraordinário encontro. Sabe, Lochiel, não acho exagero afirmar que o encontro com o sr. Scott me fez ver o mundo de uma maneira muito diferente.

— Sério? De que maneira?

— Bem, ele me fez ver que o mundo em que vivo e o que ele habita são vastamente diferentes, mesmo que existam lado a lado. Tenho tentado remediar minha ignorância através da leitura, mas, embora as descrições de

Londres do sr. Mayhew sejam extremamente evocativas, não é o mesmo que conferi-las por mim mesma, não é?

Donald escutou, perplexo, enquanto ela oferecia um resumo entusiasmado de sua pesquisa, dando-lhe um vislumbre, pela primeira vez desde seu retorno a Londres, da vibrante jovem mulher que havia tomado a última temporada de assalto. Não seria aceitável condenar completamente as ações de quaisquer pais em relação às filhas, mas, na sua opinião, lady Margaret havia sido tratada de maneira muito dura. Sua retirada da sociedade havia sido necessária, mas ele achava seu afastamento total da família indevidamente cruel. Será que o duque e a duquesa estavam satisfeitos com o resultado, com a jovem muito correta que agora conversava de forma educada, ainda que um pouco contida? Certamente Killin parecia aprovar. Circulando ao redor dela a cada reunião, o conde tinha decidido, sem surpresa, sacrificar o orgulho na busca pelo progresso.

Donald os havia conduzido à Parliament Street ao saírem da Casa Montagu, evitando Downing Street e, ao lado dela, na King Charles Street, o palaciano novo Ministério das Relações Exteriores. Embora o edifício não estivesse nem perto de estar pronto, já estava ocupado por diplomatas e outros funcionários. Ele andava passando uma grande parte de seu tempo ali durante esta folga de seu posto em Berlim e não tinha nenhum desejo de encontrar--se por acaso com alguém que conhecesse, dada sua empreitada atual. Lady Margaret poderia achar que ele estava muito além da idade de agir de modo galante, mas seus colegas veriam as coisas de maneira muito diferente. Ele estava acostumado com as provocações inocentes sobre sua demora em se contentar com uma vida doméstica, mas ela era a encantadora filha de um duque muito influente, que, por acaso, era um dos homens mais ricos do país. Ele não queria ser acusado de estar atrás de uma união vantajosa, especialmente quando a senhorita em questão o considerava um velho e benigno cavalheiro.

Lady Margaret interrompeu esse deprimente raciocínio ao puxar a manga dele.

— Eu queria perguntar sua opinião: meu traje é adequadamente discreto? Estou usando meu chapéu e minha capa mais simples.

— Só o chapéu valeria o salário de uma semana em uma loja de roupas de segunda mão.

— São conhecidas como brechós — ela o informou, parecendo presunçosa. — Aprendi isso no livro do sr. Mayhew, mas foi o sr. Scott quem me ensinou meu primeiro jargão. Um batedor é um jovem ladrão, sabia?

— Não sabia, mas é um lembrete oportuno para nos mantermos atentos.

— É difícil acreditar que haja tamanha iniquidade por perto — disse lady Margaret, olhando ao seu redor.

— Você quer dizer, tirando ao redor das Câmaras do Parlamento! Quando construíram a Victoria Street e a estação de trem, eles acabaram com algumas das piores favelas, mas, por incrível que pareça, esta área ao redor do Parlamento e da Abadia é uma das mais nobres da cidade.

— E as pessoas que viviam nelas? Aonde foram parar? Perguntarei ao sr. Scott, ele sem dúvida saberá.

O sr. Scott, a fonte de todo o conhecimento, Donald pensou secamente. Eles estavam agora em Broad Sanctuary, e diante deles, no início da Victoria Street, pairava o Westminster Palace Hotel.

— Aquela ali é a estátua de lorde Raglan — disse ele. — O que será que o sr. Scott acha dele?

— Não gosta muito — respondeu ela. — Ele disse que a Carga da Brigada Ligeira foi pura estupidez e violência desnecessária disfarçadas de heroísmo. Suas palavras ficaram em minha cabeça e são muito contrárias ao que o sr. Tennyson escreveu em seu poema. Como o sr. Scott estava lá, e o lorde Tennyson não estava, sei em quem acredito mais. Deveria ser a imagem do sr. Scott, ou um de seus camaradas, naquele pedestal, não a de lorde Raglan.

— Uma ideia radical.

— Ironicamente, o sr. Scott concordaria com você. Ele não se considera um herói. Heróis genuínos nunca se reconhecem como tais, não é? O sr. Scott perdeu ambas as pernas lutando por nosso país, mas, em vez de lamentar seu destino, ele seguiu com sua vida. Quero ser mais como o sr. Scott: arregaçar as mangas e fazer algo útil. — Ela pareceu ficar triste. — Embora eu não faça ideia do quê.

Ela parecia não saber que o casamento, muito provavelmente, colocaria um fim em qualquer ambição que tivesse. Killin não toleraria uma esposa que pensasse por si mesma, quanto mais que tomasse suas próprias decisões. Além disso, uma vez casada, com a responsabilidade de administrar todos os vários lares de seu marido e as obrigações sociais que acompanhariam seu novo *status*, ela teria muito pouco tempo para si mesma. Este pensamento era estranhamente deprimente, por isso Lochiel o baniu para longe.

Margaret olhou para Lochiel interrogativa.

— O que eu disse para te fazer parecer tão triste?

— Absolutamente nada. — Para a surpresa de Margaret, ele apertou a mão dela. — Fique por perto agora; uma vez que virarmos na Dean Street, estaremos literalmente entrando em outro mundo.

Ele não estava exagerando. Assim que a conduziu para um caminho muito mais estreito, as pedras do pavimento deram lugar a uma mistura de lama, lodo, palha e uma variedade de plantas em decomposição. De um lado, havia uma vala cheia de água cinzenta que corria lentamente, contendo pedaços de detritos flutuantes que ela decidiu que seria prudente não examinar muito de perto. O ar parecia engrossar, o fedor do Tâmisa complementando o cheiro enjoativo e doentio da decadência e o cheiro fétido e de bolor dos corpos não lavados. Margaret apertou o braço de seu acompanhante enquanto os prédios sombrios e escuros de fuligem se fechavam de ambos os lados. Agora ela entendia a relutância inicial de Lochiel em trazê-la àquele lugar.

— Podemos voltar a qualquer momento — disse ele, diminuindo o passo, mas ela balançou a cabeça.

— Absolutamente. O sr. Scott está me esperando.

Se Lochiel pensasse que ela corria um risco genuíno, nada que ela dissesse o teria persuadido a levá-la até ali. Impulsionada por esse raciocínio, e confiando que as botas que ela felizmente tivera a presença de espírito de calçar protegeriam seus pés do pior da sujeira em que estava pisando, ela olhou de relance para os arredores.

Era como se estivessem andando numa corda bamba posicionada entre dois mundos. À sua esquerda, ela ainda podia enxergar a torre do relógio do Palácio de Westminster por cima da abadia. Um grande retângulo de árvores, seguido por algum tipo de edifício público, talvez de outro departamento governamental, ocupava o lado esquerdo da rua. Do lado direito, havia um amontoado de edifícios muito mais baixos e mais primitivos, como se estivessem procurando calor e segurança em bando. Escadas e pontes terrivelmente frágeis estavam suspensas nos vãos entre os telhados. As vielas eram tão estreitas que praticamente nenhuma luz solar penetrava na escuridão. Marrom e cinza eram as cores predominantes, desde o céu até os edifícios, a palidez das pessoas e o conteúdo das carroças que lutavam por espaço. Figuras silenciosas e de olhos arregalados encaravam paradas às portas; suas roupas não passavam de trapos, seus pés descalços estavam imundos. Embora ninguém se aproximasse deles, quase todos olhavam com uma espécie de curiosidade alheia que Margaret achou inquietante. Apesar de o ar estar preenchido com os apelos de feirantes empurrando seus carrinhos e por homens se saudando de ambos os lados da rua estreita, junto com explosões de gargalhadas vindas do que ela supunha, pelo cheiro, ser uma loja de bebidas, Margaret tinha a estranha sensação de que ela e Lochiel caminhavam em uma bolha de silêncio.

O próximo desvio, bem diferente do pior da privação e do que ela se deu conta tardiamente que devia ser a favela conhecida como Devil's Acre, surpreendeu-a outra vez, pois o beco se abria para uma praça de igreja, e ela pôde, uma vez mais, ver os armazéns e o cais do rio. As casas aqui eram escalonadas, pequenas, mas construídas de acordo com um tipo de plano. Do outro lado da praça, os gritos e berros agora vinham de crianças brincando em um pátio em frente ao que ela supunha ser uma escola.

— Chegamos — disse Lochiel, indicando uma das casinhas.

— Você se importaria muito se eu encontrasse o sr. Scott sozinha? — Margaret perguntou impulsivamente. — Eu sei que Mamãe diria que é impróprio, mas…

— Já fomos muito além dos limites do que é apropriado, você não acha? — Lochiel encostou no braço dela. — Esperarei por você aqui. Leve o tempo que precisar.

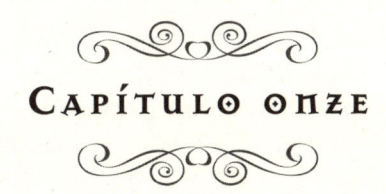

Capítulo Onze

— Obrigada pela paciência. Eu não queria ter demorado tanto, mas a esposa do sr. Scott insistiu que eu tomasse chá, e eu tinha tantas perguntas, e...

Lochiel balançou a cabeça.

— Vejo pelo sorriso em seu rosto que correu tudo bem.

— Eu me sinto muito aliviada. — Margaret abriu um sorriso. — Sei que acertou as coisas com ele, mas não conseguia parar de pensar em quanto devo ao sr. Scott. Foi muito importante poder agradecer-lhe pessoalmente. E agora devo também ao senhor por me ajudar a fazer isso. Sou extremamente grata.

Sem pensar a respeito, ela colocou sua mão no braço dele, mas ele não pareceu se importar, apertando os dedos dela e retribuindo seu sorriso.

— Ele foi capaz de tirar suas dúvidas a respeito dos desalojados?

— Ora, sim, e foi chocante ouvir. Parece que não fizeram nada por eles. Como isso pode ter sido permitido?

— A demanda por novas ruas e ferrovias é insaciável. Nem mesmo seu pai pôde impedir a construção do novo aterro em frente à Casa Montagu. Ele foi duramente criticado pela imprensa por colocar seus interesses pessoais à frente das necessidades públicas.

— Rá! Então não sou afinal a primeira de nossa família a levar desonra ao nome Buccleuch!

— Para ser justo, o duque alegou mais tarde que seu posicionamento havia sido mal interpretado.

— O *meu* posicionamento foi mal interpretado — disse Margaret com indignação. — No entanto — continuou, respirando fundo —, isso está no passado. Devo lembrar que meu pai sabe o que faz. O que disse que fez você sorrir?

— Você falou como se estivesse engolindo uma colherada de um remédio particularmente desagradável. Sua determinação de ser uma filha obediente é louvável.

— Eu gostaria que meu pai fosse mais como o sr. Scott. Não, não ria. Quero dizer que ele tem uma atitude muito esclarecida em relação à educação feminina. A filhinha dele, Heather, é particularmente inteligente, muito mais capaz que seus dois meninos, segundo as palavras dele, não minhas. Ele separou o dinheiro da recompensa que você lhe deu para matriculá-la em uma escola decente. Combinei de ir conhecer a pequena Heather em um futuro próximo; estou ansiosa para conhecê-la. O que acha disso, Lochiel?

— Não estou nem um pouco surpreso com sua vontade, mas, por favor, para minha paz de espírito, conduza o encontro em algum lugar mais agradável do que aqui. Por falar nisso, é melhor eu levá-la para casa.

Desapontada, Margaret olhou para o céu.

— É um milagre. Um vislumbre de azul. Estamos muito perto do rio aqui, não estamos, e justamente em frente a Lambeth, acho eu, sobre o qual li muito a respeito nos escritos do sr. Mayhew. Gostaria muito de ver com os meus próprios olhos. Você acharia terrível, Lochiel, se fizéssemos um desvio no nosso caminho de volta à Casa Montagu? Acaba de passar do meio-dia e, para os padrões de Londres, está fazendo um dia de inverno absolutamente lindo. Sinto-me como se estivesse presa há meses, e Mamãe não estará de volta por algumas horas, pois foi visitar uma amiga em Richmond. Por favor, podemos conhecer um pouco mais desta parte fascinante e incomum da cidade?

— Características que poderiam muito bem se aplicar a você mesma, e não me entenda errado, falo isso como um elogio.

— Ah, é? Então posso dizer que essa é a coisa mais simpática que alguém me diz há meses. Qual é o caminho mais rápido?

— Sua fé em meus conhecimentos sobre a geografia de Londres é comovente.

— Mas não descabida, espero. Mostre-me o caminho, Macduff!

— Muito bem, sei o suficiente para nos manter afastados do perigo, acho. Por que não atravessamos o rio aqui, depois podemos voltar passando pelo Palácio de Lambeth e o Teatro Astley, aí atravessar a ponte de Westminster, se não for demais para você? A maioria das jovens mulheres que conheço precisam de sais de cheiro para caminhar mais do que poucos metros.

Depois de pagarem o pedágio para atravessar a ponte até a Paróquia de Lambeth, eles foram rapidamente envolvidos por um fluxo constante de pessoas.

— Só posso imaginar que estejam se dirigindo para a nova estação em Waterloo — disse Lochiel, parecendo em dúvida.

A excitação de Margaret foi crescendo à medida que avançavam, e a multidão aumentou ainda mais. Contando com sua escolta para abrir caminho e já há muito sem se preocupar com o estado de suas botas ou das bainhas de seu vestido e saiotes, ela foi absorvida pelo espetáculo. Feirantes com carrinhos de mão empilhados de coisas abriam caminho no meio da multidão, divulgando suas mercadorias enquanto passavam. Embora ela conseguisse distinguir poucas palavras, sabia pelo rosto de Lochiel que deviam ser de fazer corar.

— Waterloo Road — anunciou Lochiel — e, como suspeitava, estamos na estação.

— Mas todos estão indo por ali. — Margaret deu um puxão no braço dele. — Olha, passando este teatro, o Victoria?

— Acredito que eles encenem melodramas.

— Eu mesma já fui conhecida por estrelar alguns de vez em quando — respondeu Margaret. — Ah, olhe, Lochiel, toda esta rua está repleta de barracas de comida. Já que estamos aqui, vale a pena explorá-la, não acha?

— Acho que me falta a determinação de dizer-lhe não. Você não está carregando uma bolsa, está?

— Ah, não, não pensei nisso. E agora não vou poder comprar nada.

— Eu não estava preocupado com sua capacidade de comprar cabeças de repolho, mas com os moleques que podem tentar roubá-la. Como você os chamou, batedores…

— Então é uma sorte eu não ter nada para tentá-los — disse Margaret, pensando consigo mesma que Lochiel estava sendo excessivamente cauteloso, pois as crianças que ela avistava estavam todas vestidas respeitosamente, a maioria delas na companhia de suas mães.

O fedor do rio e da multidão era encoberto por mais aromas agradáveis à medida que eles avançavam pela rua repleta de barracas lotadas de clientes. Embora os dois atraíssem olhares curiosos, a maioria das pessoas estavam imersas demais em seus próprios negócios para notá-los, negociando, conversando ou correndo para casa segurando firmemente seus pacotes. A maioria dos compradores eram mulheres; as bancas de mercado, no entanto, eram dirigidas por homens; mas havia um bom número de meninos e meninas anunciando suas mercadorias em carrinhos de mão e cestas. Apesar de ainda ser dia, postes de iluminação a gás e lamparinas eram acesas para chamar a atenção para as lojas atrás das bancas — um açougueiro, um comerciante de tecidos, um vendedor de chá.

— Peras maduras, oito por um centavo!

— Castanhas quentes, um centavo por punhado!

— Arenque defumado, três por dois centavos!

— Repolhos em conserva, dê seu preço!

Um homem com um guarda-chuva aberto virado de cabeça para baixo vendia impressões. Um alfaiate, posando no meio de um grupo de manequins sem cabeça, exigia que os transeuntes sentissem a qualidade dos casacos de fustão. Um garoto gritava as atrações de um circo, e uma mulher estava parada em uma esquina cantando, enquanto um pequeno terrier vestido com uma saia se equilibrava sobre as pernas traseiras.

— Olhe, não é só comida; dá para comprar praticamente qualquer coisa aqui — disse Margaret enquanto passavam por uma barraca com pilhas altas de pratos de porcelana e, ao lado desta, uma com uma torre de bacias de banho e panelas que aparentemente tinham acabado de levar um banho de estanho, e, ao lado, outra com pilhas de lenços de todas as cores do arco-íris, e ainda outra com pares de sapatos e botas de segunda mão.

Eles foram lentamente de uma ponta a outra do mercado. Quando as barracas se tornaram mais espaçadas em um cruzamento na extremidade distante, Lochiel a conduziu com firmeza.

— Está ficando tarde; é melhor levá-la para casa.

Verdade fosse dita, Margaret estava cansada, e muito consciente de que ele estava muito menos encantado pelo lugar do que ela. Ao refazerem seus passos, o aroma de uma banca vendendo castanhas assadas chamou a atenção dela. Embora nunca as tivesse provado, o cheiro a fazia salivar. Havia passado muito tempo desde o café da manhã, quando ela mal tinha comido, pois Mamãe estivera de olho e ela estava nervosa por reencontrar o sr. Scott depois de todo aquele tempo.

A barriga dela roncava. Soltando o braço de Lochiel, Margaret foi se aproximando, ignorando o grito de alarme dele, pois a banca ficava a apenas alguns metros de distância. O calor emanava do fogão onde as nozes estavam assando em uma braseira enquanto o dono da banca as girava com uma pinça longa para impedir que queimassem.

Tudo aconteceu tão rápido. Desesperada para comprovar se o sabor estava à altura do aroma, Margaret estava prestes a pedir a quantidade de castanhas equivalente a dois centavos, esperando que Lochiel lhe emprestasse dinheiro, quando um grito de alerta a fez virar, e, ao mesmo tempo, uma mulher agarrada ao que parecia ser um coelho esfolado se chocou de frente com ela, derrubando-a de joelhos no pavimento de pedras lamacentas.

Ninguém pareceu notar a situação de Margaret enquanto ela tentava se levantar, rodeada pela debandada de homens, mulheres e crianças gritando atrás da mulher:

— Pare, ladra!

Aterrorizada, Margaret estava prestes a gritar quando um par de mãos a pegou por trás, afastando-a para longe da multidão.

— Não se preocupe, você está a salvo agora.

Esperando ouvir o sotaque escocês característico de Lochiel, a distinta voz inglesa a surpreendeu. Margaret rodopiou quando foi colocada no chão e ficou cara a cara com um jovem de cerca de vinte e cinco anos. Sob seu chapéu, fios de cabelo da cor das castanhas pelas quais ela estivera salivando caíam por cima da testa dele de forma cativante. Ele não usava barba e sua boca estava curvada em um sorriso suave que se refletia em seus olhos castanho-claros.

— Reverendo Beckwith, a seu dispor.

— Reverendo? — lady Margaret exclamou, olhando o casaco preto liso e as calças do homem.

— Felizmente, nós, anglicanos, podemos reservar nossas batinas para os domingos — explicou. — Não é a mais prática das vestimentas.

— Rá! Isso não é nada, você deveria tentar usar uma... — Margaret se interrompeu, ficando vermelha. — Saia — completou, no lugar de "crinolina". — Embora suponha que uma batina seja uma espécie de vestido.

— Lady Margaret! Graças a Deus não está ferida.

— Estou perfeitamente bem, Lochiel. O reverendo Beckwith aqui galantemente veio em meu socorro.

— Você é padre?

— Reverendo[3] Sebastian Beckwith. Sacerdote, pastor ou reitor, respondo a todos os nomes, embora seja mais conhecido como padre Sebastian, da Paróquia de São Jorge. Vocês não se parecem com membros do meu rebanho, se me permitem dizer. Estão perdidos?

— Não estamos perdidos, embora o senhor esteja certo: não estamos exatamente em território familiar. — Lochiel desfranziu a testa e estendeu a mão. — Cameron de Lochiel. Como vai?

— E eu sou lady Margaret Montagu Douglas Scott, para dar todo o meu nome de batismo. Como vai? — Margaret fez uma leve reverência. — Foi

---

3 Nesse caso, um padre anglicano, religião que permite o casamento dos sacerdotes. (N. T.)

ideia minha que visitássemos Lambeth. Tínhamos a intenção de caminhar de volta pela ponte de Westminster, mas depois fomos apanhados pela multidão que se dirigia a esta feira. Nunca provei castanhas assadas antes, e foi a atração por *elas* que me levou a abandonar a proteção de Lochiel. E aí aquela ladra me jogou no chão. Será que eles a pegaram? A mulher com o... era um coelho?

— Peggy é bem conhecida pelos donos de barracas aqui. Eles geralmente lhe dão de boa vontade algumas sobras no fim do dia, pois sabem que ela muitas vezes fica sem dinheiro.

— Então o coelho será o jantar dela?

— Não, é mais provável que seja vendido para pagar uma dívida sua, ou, mais precisamente, a dívida alheia, conhecendo o marido dela. Ela não costuma roubar, no entanto. Vou visitá-la mais tarde.

— Ela não irá para a cadeia, irá? Eu sou terrivelmente ignorante nesses assuntos.

— Eu mesmo era terrivelmente ignorante quando cheguei aqui, há dois anos. Fui designado para o que se poderia descrever como uma paróquia abastada em Cheltenham, mas descobri que uma sinecura confortável não me cai bem.

— E como está sendo estar desconfortável?

— A igreja oferece acomodações perfeitamente adequadas, e minha irmã viúva Susannah, a sra. Elmhirst, cuida da casa para mim. — O sorriso do padre Sebastian desvaneceu-se. — Comparado aos meus paroquianos, minha senhora, eu vivo uma vida de luxo.

— Lady Margaret, nós realmente deveríamos ir. Acho que é melhor pegarmos uma carruagem, se for possível.

— Há um ponto na estação — disse o padre Sebastian. — A maneira mais rápida de atravessar é pela ponte de Waterloo, embora a maioria das pessoas vá pela Westminster para evitar o pedágio. Vão atravessar o rio, imagino?

— Rumo a Whitehall. Casa Montagu, para ser exata — contou Margaret. — Se tivéssemos um barco, poderíamos chegar em cinco minutos.

— Uma carruagem será suficiente — disse Lochiel firmemente. — Acho que posso pagar o pedágio. Bom dia para o senhor, padre.

— Adeus, padre — despediu-se Margaret, estendendo-lhe a mão. — E obrigada novamente por ter me resgatado. Por que — sibilou ao ser afastada — está com uma cara irritada, Lochiel?

— Você não deveria ter dado a ele seu nome e endereço.

— Ele é um homem do clero, e bem relacionado, também, se vivia em Cheltenham. É obviamente um homem com uma vocação. Não se pode deixar de admirar...

— Graças aos céus. — Lochiel fez sinal para uma carruagem que passava, ajudando Margaret a entrar antes de dar o endereço ao cocheiro e subir atrás dela. — Que sorte tivemos. Tenho certeza de que há muito a admirar sobre o companheiro, mas ainda sou da opinião de que você não deveria ter dado a ele essas informações. Ele pode aparecer, para pedir esmola ou o que for, na Casa Montagu.

Margaret voltou-se para seu acompanhante, cujo sorriso estava um pouco tenso.

— Se ele o fizer, não sairá de mãos vazias. Obrigada por sua paciência hoje, sou muito grata.

— Eu não estava entediado, se é isso que está sugerindo. Duvido que alguém possa ficar entediado em sua companhia.

— Meu pai talvez discorde. Que horas são, por favor? Minhas botas e meu vestido estão imundos. Não quero que Mamãe me veja assim. Eu a levei a acreditar que daríamos um passeio no parque.

— Um pouco depois das três. Chegaremos em dez minutos. Lady Margaret, devo dizer-lhe que amanhã volto a Berlim.

— Amanhã! Por que não mencionou isso antes? Já tomei quase todo o seu último dia, quando você deveria estar fazendo as malas e se despedindo de seus amigos.

— Eu não teria perdido o dia de hoje por nada. — Lochiel pigarreou. — Antes de partir, devo lhe perguntar... me perdoe, sei que não é da minha conta, mas você pretende se casar com Killin? Parece-me, sabe, que seus sentimentos por ele não mudaram significativamente em relação ao que me confidenciou naquela noite.

— Como sabe disso?

As bochechas dele coraram.

— Eu não deveria ter tocado em um assunto tão pessoal.

Margaret hesitou.

— Pensei que ninguém notasse os meus sentimentos.

— Você os disfarça muito bem em público.

— Agradeço muito sua preocupação, mas não precisa se preocupar. Meu coração pode ser rebelde, mas já não domina mais minha razão. Se Killin refizer o pedido, eu o aceitarei.

Lochiel abriu a boca, mas mudou de ideia quando a carruagem parou.

— Aqui estamos, Casa Montagu — disse, olhando pela janela empoeirada antes de voltar-se novamente para Margaret e, para surpresa dela, pegando suas mãos. — Desejo-lhe sorte para que seja feliz no futuro.

— Obrigada. Suspeito que vou precisar. Não quer entrar?

Ele balançou a cabeça.

— Como você apontou, tenho muito o que fazer.

— Quando vou vê-lo novamente?

— Em alguns meses. Talvez em um ano ou mais. Espero receber meu próximo posto diretamente de Berlim.

— Então, isso é um adeus?

Os dedos enluvados dele apertaram os dela.

— Receio que sim. Adeus, lady Margaret.

— Lochiel, espero que...

Mas o taxista, aborrecido com a demora, abriu a porta, interrompendo-a, e Lochiel soltou a mão dela, não lhe dando outra opção a não ser descer.

— Para a King Charles Street — instruiu enquanto a porta se fechava.

Margaret levantou uma mão para acenar, mas Lochiel já havia se virado para o outro lado, presumivelmente pensando em suas próprias perspectivas, agora que finalmente se livrara dela. Ela recolheu a saia do vestido e correu para a porta que o lacaio segurava aberta, ansiosa para trocar de roupa antes que sua mãe pudesse lhe fazer qualquer pergunta incômoda.

O QUE DE FATO ATORMENTA LADY M.?

O Indolente do Clube, com sua orelha sempre firmemente em pé, tem um conselho de amigo para um certo muito estimado cavalheiro. O duque de B—, que atualmente está ocupado na Câmara dos Lordes apoiando uma lei destinada a proteger os agricultores da peste bovina, faria bem em se preocupar mais com o bem-estar de uma pessoa muito mais próxima. Tememos que nem tudo esteja bem com a segunda filha de Sua Graça. Lady M—, a beldade de cabelos castanho-avermelhados que, nossos leitores talvez se lembrem, deixou a capital no verão passado pouco antes de um Anúncio Significativo, a fim de se recuperar de uma doença repentina e inexplicável. A senhorita reintegrou-se à sociedade há algumas semanas, mas, embora o Indolente possa atestar que ela parece estar em excelente saúde física, não pode, com toda honestidade, dizer o mesmo de seu espírito. Apesar de elegantemente magra, ela fala pouco na presença de outros e, infelizmente, sorri ainda menos.

O que aconteceu com lady M—? A "doença" de que se livrou enquanto estava em reclusão na Escócia voltou a assombrá-la, junto com certo colega escocês, que tem sido observado comportando-se como um sentinela em quase todas as festas de que a dama participa? O conde de K— teme que seu desejado prêmio seja mais uma vez tirado de seu alcance? Ou suas atenções assíduas são um esforço para salvar a senhorita de uma recaída? Para evitar que um raio caia duas vezes no mesmo lugar, por assim dizer! Os próximos meses certamente o dirão. Esforçar-me-ei, como sempre, para mantê-los informados sobre qualquer acontecimento interessante.

Capítulo doze

O calor na sala de visitas lotada era sufocante. Charlotte abominava aquelas *soirées* musicais. Quando a última jovem desafinada a se apresentar terminou de maneira abrupta seu assassinato da "Sonata ao luar", a duquesa se uniu à salva de palmas. Infelizmente, o alívio a fez, assim como o resto da plateia, aclamar de maneira entusiasmada demais. Ela ficou triste quando a jovem retomou seu assento e começou a folhear sua partitura.

Abrindo seu leque, Charlotte inclinou-se para a filha, sentada ao seu lado.

— Eu tenho uma teoria — sussurrou. — Quanto menos talento uma jovem senhorita tem, mais demorada é sua apresentação.

Margaret deu uma risadinha.

— Acho que é só uma sensação. Se fosse realmente um fato, eu seria obrigada a me apresentar de sol a sol.

Na verdade, Margaret tinha uma voz encantadora, mas detestava se apresentar em público. Era irônico que Walter considerasse sua segunda filha alguém que vivia em busca de atenção, quando ela era tímida por natureza.

— Está sentindo calor, Mamãe? Quer que veja se posso lhe conseguir um copo de limonada?

E além de tudo é prestativa, pensou Charlotte com culpa, balançando a cabeça.

— Luísa estava certa, turquesa fica ótimo em você — disse, olhando com satisfação o novo vestido de baile de Margaret. Era uma peça que aparentava ser mais simples do que de fato era, feita a partir do esboço da princesa: o tecido da saia caindo em plissados profundos, sem as fitas e os babados que sua filha detestava, sendo o único adorno um colarinho de renda creme.

— Sua amiga tem um excelente olho para o que lhe cai bem.

— Obrigada, Mamãe. Molly teve que ajustá-lo um pouco, pois agora tenho apenas quarenta e cinco centímetros de cintura, ela nunca foi menor.

Assim como o apetite de Margaret, que quase tinha desaparecido.

— Acho que quarenta e cinco centímetros é uma medida de cintura suficientemente elegante — respondeu Charlotte. — Oh, céus! — acrescentou, pois, para seu horror, uma violinista se aproximava para se juntar à pianista.

O par se cumprimentou e se pôs em ação. Ao seu lado, Margaret revirou os olhos. Ela se inclinava para fazer um comentário quando seu rosto ficou triste e ela endureceu.

— Aí vem Killin — disse. — Novamente.

Charlotte viu sua filha se transformar em uma efígie rígida, apertando bem as mãos, literalmente segurando-se firme. Ela não conseguia entender essa reação visceral ao rapaz, mas era doloroso a testemunhar. Quando Killin se dirigiu cuidadosamente para a cadeira vazia ao lado de Margaret, Charlotte sentiu a menina se encolher em sua direção. O movimento foi instintivo; ela duvidava que a própria Margaret estivesse ciente de sua reação.

A dupla musical começou uma peça totalmente irreconhecível e ela tentou chamar a atenção da filha; mas Margaret, com o olhar determinadamente fixo para a frente, não estava mais escutando. Ver seu sorriso duro e seus ombros tensos fez com que a própria Charlotte apertasse a mandíbula em solidariedade.

Killin aproveitava a oportunidade para estudar seu prêmio, seus lábios franzidos em uma linha de desaprovação. Ele provavelmente tinha lido aquele vil artigo do *Illustrated Times*. A imprensa era realmente feroz quando fazia alguma pobre alma de alvo. No entanto, não se podia negar que ela e Walter eram parcialmente culpados pela perseguição impiedosa, embora o duque contestasse esse fato. O exílio de Margaret no ano anterior, juntamente com a reação de seu pai quando alguém perguntava sobre a saúde dela, havia sinalizado a todos que a filha do duque de Buccleuch cometera algum crime hediondo. Margaret *havia* cometido uma grande gafe, mas, vendo em retrospecto, a reação havia sido precipitada. Eles deveriam ter aguentado firme. Pelo menos se Margaret tivesse permanecido à vista, a mais vil das acusações teria se demonstrado falsa.

Walter ainda estava muito decidido a realizar essa união, ainda mais por Margaret ter feito o seu melhor para frustrá-lo. E era uma excelente união. Não havia nada de objetável em relação a Killin. Desde o retorno de Margaret a Londres, no início do ano, ela não havia falhado uma única vez em seus esforços para agradar. Seu desejo de cumprir suas obrigações era claramente genuíno, mas então por que tinha que trabalhar tanto para aceitá-las? Será que uma mãe tinha o dever de perguntar? Mas de que adiantaria, se a sorte estava lançada? Quando se casassem, Margaret e Killin chegariam a um acordo amigável, como invariavelmente faziam os casais.

Um último grito discordante do violino levou o dueto a um encerramento misericordioso.

— Bem, isso foi muito edificante — disse Charlotte, ficando rapidamente de pé a fim de evitar outro bis.

— Eu não tenho um ouvido musical como a senhora, Vossa Graça, e portanto devo me curvar a seu julgamento superior — disse Killin com educação.

— Acredito que será servida uma colação fria na sala de jantar. Posso oferecer-me para acompanhá-la, na ausência de Sua Graça? E a sua filha, é claro.

— Estamos muito agradecidas — respondeu Charlotte —, mas noto que o debrum de Margaret está rasgado e precisa ser preso com alfinetes. Se nos dá licença, em breve nos juntaremos ao senhor.

Agarrando firmemente o braço da filha, ela se dirigiu para o quarto de repouso das senhoras.

— Mamãe, meu vestido não tem nenhum debrum.

— A música pode ser o alimento do amor, mas essa apresentação me deixou mal-humorada. — Felizmente a sala de repouso estava vazia. — Fui informada por fonte confiável que, após o jantar, nossa anfitriã planeja se desdobrar em uma seleção de árias de ópera. Um pouco de exagero, acho eu. Vamos esperar aqui enquanto chamam nossa carruagem.

— Mas Killin está esperando para jantar conosco.

— Correremos o risco de decepcioná-lo desta vez. Sua atenção tem sido muito assídua.

— Extremamente — respondeu a filha com um sorriso ácido. — Cada vez que me viro, lá está ele, assiduamente prestando atenção.

Charlotte reprimiu uma risada.

— Quando for casada, provavelmente descobrirá que ele se tornará consideravelmente menos assíduo.

— Ah, espero que sim.

As palavras sincera assustaram a ambas.

— Quando você tiver uma família — disse Charlotte para estimulá-la —, provavelmente passará a maior parte de seu tempo no campo, pois crianças pequenas precisam de ar fresco. Isso certamente lhe fez bem. Imagino que os interesses comerciais de Killin o mantenham ocupado em outro lugar, portanto, durante a maior parte do ano, você mal o verá.

Ao contrário de suas esperanças, Margaret não ficou nada tranquila com isso.

— Tenho uma premonição horrível de que a progênie de Killin será tedio-samente correta e bastante enfadonha.

— Duvido disso, não com você sendo a mãe. E, na verdade, há muitas vantagens em ter uma criança tediosa e enfadonha.

— Então vou batizar minha primeira filha de Victoria, na esperança de garantir isso.

Ao ver uma centelha de bom humor nos olhos de Margaret, Charlotte se permitiu dar um sorriso pequeno e cúmplice.

Margaret olhou fixamente para seu vestido, plissando a seda da saia entre os dedos.

— Mamãe, você e meu pai fazem um grande trabalho de caridade, não é mesmo?

— Estamos ambos muito conscientes de nossa posição na sociedade — respondeu Charlotte, surpresa com a súbita mudança de assunto. — Sentimos que é nosso dever fazer o que podemos, participando de comitês, arrecadando fundos, patrocinando causas, esse tipo de coisa.

— Tenho pensado que também gostaria de fazer algo útil. Tenho tanto tempo entre compromissos e nada a fazer, a não ser olhar para o teto em casa. Eu sei que vai dizer que eu deveria me aprimorar lendo um livro ou fazer algum outro esforço digno, mas...

— Continue — disse Charlotte cautelosa.

— Há um pároco, o reverendo Beckwith, que vive com a irmã em Lambeth.

— Como diabos você conheceu um clérigo de Lambeth?

— Foi através de Lochiel.

O rubor manchou as bochechas da filha. Ela não estava mentindo, Char-lotte tinha certeza disso. Margaret nunca mentira, mas havia mais no caso do que estava admitindo. Não existia, porém, homem mais respeitável e confiável do que Donald Cameron de Lochiel.

— Você acha que este pároco pode proporcionar-lhe uma ocupação útil? Ele deseja que você o ajude com suas obras de caridade?

— Na verdade o padre Sebastian, como é conhecido lá, não pediu minha ajuda. Sua paróquia fica perto da estação da ponte de Waterloo, e ele vive com a irmã, que é viúva. Eu esperava poder ajudá-la de alguma forma prática.

— Prática? — Charlotte franziu o cenho. — Você está pensando em imi-tar o trabalho de caridade que lady Cavendish faz, dar sopa para os pobres e feitos afins? É muito louvável, mas está longe do tipo de esforço com o qual deveria se envolver enquanto seu futuro está em jogo. Francamente, Margaret, não estou nada certa de que Killin aprovaria.

— Tenho certeza de que ele não aprovaria. Em todo caso, Mamãe, eu preferiria não juntar esforços com Lucy Cavendish. Ela é tão assustadoramente inteligente e um pouco intimidadora demais, para ser sincera, e não quero receber ordens como uma oficial subalterna.

— Margaret, realmente! Sua assistência para me ajudar a levantar fundos para uma das instituições de caridade que pessoalmente auxilio é muito bem-vinda.

— Não! Peço perdão, Mamãe, mas prefiro fazer algo só meu. Se a sra. Elmhirst, que é a irmã do padre Sebastian, estiver disposta a aceitar minha ajuda, então eu poderia ir a Lambeth, não como lady Margaret, mas como simples srta. Scott, pronta e disposta a aprender e a fazer o que for necessário… entende, Mamãe?

O que Charlotte entendia era que a filha estava ansiosa por contribuir, e que mal havia nisso, se a ajudava a lidar com as restrições que lhe seriam impostas pelo resto de sua vida? Em seus olhos havia um brilho de entusiasmo que estivera ausente por um longo tempo. No final do ano, supondo que Killin estivesse pronto para fazer o pedido, Margaret seria a última de uma longa lista de mulheres que se sacrificaram em prol da família. Ela merecia aquilo. E, se estivesse em Lambeth, sendo útil de maneira anônima, não haveria a preocupação adicional de a imprensa se agarrar à história.

— Muito bem. Se conseguir me certificar de que esta sra. Elmhirst é uma pessoa respeitável, não vejo motivo para objeção.

— Obrigada! Tenho certeza de que ela é, porque o padre Sebastian é um homem muito respeitável. Inclusive, ele abriu mão da posição em uma paróquia em Cheltenham para vir a Londres e trabalhar com os pobres, e Lochiel diz que tal posto seria mais do que confortável.

Margaret tinha conhecido o irmão, mas não a irmã. Um vago sinal de aviso tocou na cabeça de Charlotte, mas o homem tinha a aprovação de Lochiel, e Charlotte, ela mesma uma excelente juíza de caráter, formaria uma opinião sobre a sra. Elmhirst quando a conhecesse. Era muito provável que Margaret se cansasse rapidamente de andar por aí atrás do sem dúvida sério e bem-intencionado pároco e sua irmã, mas pelo menos teria tido algum alívio da tensão que enfrentava. E Killin nunca ficaria sabendo.

— Então está decidido — disse. — Pode enviar à sra. Elmhirst um bilhete pedindo-lhe que venha me visitar assim que puder. Se ela for aprovada nesse encontro, convencerei seu pai.

Capítulo treze

— Lady Margaret, presumo. Entre. — A sra. Susannah Elmhirst, uma mulher magra, de cabelos lisos, de trinta e poucos anos, com os mesmos olhos castanho-claros do padre Sebastian, abriu pessoalmente a porta da casa da paróquia. — Conseguiu nos encontrar facilmente?

— Viemos em uma carruagem alugada — disse Margaret. — Esta é Molly, minha criada. Muito obrigada por me permitir ajudar. Não sei quão útil serei, mas prometo que farei o meu melhor.

A sra. Elmhirst sorriu.

— Fiquei surpresa quando recebi seu bilhete me pedindo para encontrar sua mãe, pois você não é o nosso tipo habitual de voluntário, mas meu irmão se lembrava muito bem de você. Você causou uma grande impressão nele.

— Ele causou uma impressão duradoura em mim.

— Ele tende a fazer isso, embora divida as opiniões. As pessoas ou o amam, ou o odeiam.

— Não consigo imaginar por que alguém não gostaria dele.

— Certos indivíduos se ressentem de ele impedir suas tentativas de ganhar dinheiro com o sofrimento — disse secamente a sra. Elmhirst. — Sebastian é também uma pedra no sapato do Conselho de Guardiães dos Pobres, que é onde ele está agora, embora tenha prometido que chegará a tempo de tomar chá conosco mais tarde. Pensei que a melhor maneira de a apresentar à paróquia seria levá-la para um pequeno passeio. Fico feliz em ver que você está vestida de forma simples.

— Desejo tanto quanto minha mãe não chamar a atenção aqui. Diante de você está a senhorita Scott. Digamos que estou de visita de Edimburgo, onde meu irmão... não, meu pai é ministro de uma paróquia humilde, e me enviou para cá em uma missão para aprender com o seu excelente exemplo. Que tal?

— Meu Deus, que imaginação fértil você tem. Será um grande trunfo para o grupo de contadores de histórias infantis. Agora — continuou a sra. Elmhirst, dirigindo-se a Molly —, acho que seria melhor se esperasse aqui. Nossa querida e indispensável Esther, que é quem cuida de tudo e mais um pouco por aqui, ficará contente com a companhia. Se alguém pedir algo, Esther saberá o que fazer — acrescentou ela, voltando-se para Margaret. — Nós adotamos aqui uma política de portas abertas. As pessoas nos procuram com problemas em todas as horas do dia e da noite. Sebastian se orgulha de nunca mandar ninguém embora. Ocasionalmente, alguns até são assuntos eclesiásticos.

— Parece um excelente plano — concordou Margaret. Ela havia se sentido atraída instantaneamente pelo padre Sebastian, com seu sorriso encantador e seu jeito tranquilo. O sorriso da irmã dele era semelhante, iluminando seu rosto e mostrando-se em seus olhos, o que lhe dava um olhar inesperadamente cativante e bastante espirituoso.

— Agora, srta. Scott, está pronta para conhecer a paróquia?

— Ah, sim, por favor, mas gostaria que me chamasse de Margaret. Espero que sejamos amigas.

— Nesse caso, pode me chamar de Susannah. Vamos?

A casa ficava à sombra da igreja, e os degraus da porta de entrada levavam diretamente para a rua.

— Estava em péssimo estado de conservação quando Sebastian chegou — disse Susannah, conduzindo-as por uma série de ruas estreitas. — Embora a tenhamos tornado habitável, há sempre outras despesas que nos impedem de fazer mais do que mantê-la seca. As casas geralmente são construídas de formas muito baratas, e temo que a maioria dos proprietários relute em gastar dinheiro consertando telhados ou fornecendo água encanada. E a umidade é o pior problema aqui. Às vezes a água literalmente escorre pelas paredes.

Margaret sabia que seu pai possuía uma imensa carteira de imóveis, incluindo um sem-número de casas paroquiais e de campo, mas colocava gerentes para administrar tudo isso. Ela não se lembrava de ele jamais ter mencionado reparos ou custos, mas se o tivesse feito, será que ela teria ouvido?

— Sou tão horrivelmente ignorante — disse ela, franzindo o cenho —, mas certamente existem leis que exigem que os proprietários mantenham suas propriedades em bom estado de conservação...

— Há regulamentos, mas aplicá-los é questão inteiramente diferente, e um bom equilíbrio tem de ser encontrado. Se uma propriedade é realmente considerada imprópria para moradia, os inquilinos ficam desabrigados, e a oferta de acomodações é muito, muito escassa. O pobre Sebastian passa uma enorme quantidade de tempo fazendo *lobby* diretamente junto aos proprietários ou por meio do conselho paroquial, que é responsável pela inspeção de casas e saneamento, mas com sucesso limitado. Os homens que fazem parte do comitê são muitas vezes os próprios proprietários, e por isso têm interesse em manter as coisas como estão. — Susannah sorriu com pesar. — Eles estão unidos em sua sincera antipatia por meu irmão. Não que Sebastian se importe com isso.

— Além de contar histórias para as crianças — disse Margaret, bastante assoberbada —, não sei bem como posso ser útil para vocês. Estou feliz em tentar qualquer coisa, mas não tenho nenhuma habilidade ou experiência prática.

— Você sabe costurar?

— Costura simples e bainha, sim, mas qualquer coisa mais intrincada, não. Mamãe disse uma vez que minha amostra de bordado era o melhor exemplo que ela já tinha visto de como *não* fazer isso.

— Não há muita necessidade de bordar aqui, mas se você estiver disposta a ajudar com alguma costura simples, talvez ensinar alguns dos pequenos...

— Eu adoraria fazer isso. O que mais?

— Muitos dos paroquianos mais velhos não sabem ler nem escrever e precisam de ajuda para enviar e receber correspondência. Você poderia ajudar como escriba, se não considerar isso uma tarefa muito subalterna. Isso aliviaria parte do fardo sobre ele.

— Ah, sim — disse Margaret com entusiasmo, imaginando-se sentada em frente ao padre Sebastian em sua mesa enquanto ele ditava as cartas. — Posso absolutamente fazer isso. O que mais?

Susannah riu.

— Sua mãe concordou que você passasse algumas horas por semana ajudando, não mais que isso. Tenho certeza de que a duquesa consideraria adequadas atividades como costurar ou escrever cartas, mas, quanto a qualquer outra coisa...

— Ah, por favor, não quero fazer apenas o que é considerado adequado. Eu não sou lady Margaret aqui, lembra? Sou a srta. Scott, a filha prática do reverendo Scott, acostumada a arregaçar as mangas e a *trabalhar duro*, como diria Molly.

O grito de um trem, no viaduto de Charing Cross, que se agitava na direção do rio, a fez pular. Nuvens de fumaça preta espessa saíam de sua chaminé, dispersando-se no já sombrio manto cinza que era o céu de Londres.

— Se você estiver realmente determinada a pôr a mão na massa — continuou Susannah quando o trem passou —, não há fim à lista de coisas que pode fazer para ajudar. Temos um clube de mães às quartas-feiras. Eu visito as casas na maioria dos dias para ajudar em qualquer necessidade. Algumas das moradias não são para os fracos de coração, Margaret, mesmo. Quando se é pobre, a limpeza pode ser um luxo.

— Você quer dizer que as casas são sujas?

— Quero dizer que os ocupantes cheiram mal, para não ser muito específica — disse Susannah, fazendo uma careta. — Pouquíssimas casas têm água encanada. As pessoas têm que fazer fila para encher os baldes, pois o abastecimento só ocorre algumas vezes por semana. Há um banho público, mas o banho frio custa três centavos e seis centavos para que a água seja aquecida, o que, para a maioria das pessoas aqui, é um luxo pelo qual simplesmente não podem pagar.

— Eu não tinha ideia — disse Margaret, chocada demais para imaginar como seriam os arranjos sanitários mais íntimos.

— Não seja tão dura consigo mesma. Eu mesma, quando cheguei aqui, pensei que era uma veterana aguerrida, mas ainda há dias em que a privação que vejo ainda me afeta muito. Aqui, tome isto — disse Susannah, dando a Margaret um pequeno saco de musselina amarrado com uma fita quadriculada. — Eu faço estes sachês para Sebastian carregar consigo. Está cheio de alfazema. Tenho um pequeno jardim na parte de trás da casa onde consigo cultivar algumas ervas. Meu nariz é bastante imune aos cheiros, mas o pobre Sebastian tem dificuldade, mesmo depois de todo este tempo.

Margaret inalou o cheiro doce de alfazema seca e espirrou imediatamente. Se o padre Sebastian não usava seu nariz sensível como desculpa, então ela certamente não o faria.

— Você diz que é veterana. Quer dizer que seu falecido marido era um militar?

— Ele era, de fato. O último posto de Frederick foi como capitão na Brigada Ligeira sob o comando do Coronel Yea, na Guerra da Crimeia. Éramos casados havia cinco anos, e a maior parte do tempo foi passada em diferentes campanhas. Acompanhei-o a todos os lugares.

— Você devia ser muito jovem quando se casou — disse Margaret, com a admiração por Susannah aumentando de forma exponencial.

— Casei-me aos dezoito anos. Nossos pais queriam que esperássemos, mas Frederick estava comprometido com sua carreira no exército, e nós estávamos muito apaixonados. Tudo o que nos importava era estarmos juntos. Eu não sabia nada sobre a vida de esposa de militar e era quase inútil em relação ao trabalho doméstico. O pobre Frederick voltava para casa e achava uma fogueira que se recusava a acender, um jantar cru e uma esposa em lágrimas, mas nunca reclamou, nem uma única vez. Felizmente, as esposas do exército são um pequeno grupo bem unido, e para meu espanto, e de Frederick também, acabei me provando muito apta em me virar.

— Você obviamente foi muito feliz — disse Margaret, tocada pelo terno sorriso da outra mulher.

— Ah, muito, até o final. Ele foi... Frederick foi ferido na batalha para tomar o Grande Redan e perdeu um membro. É uma ocorrência horrivelmente comum quando se enfrenta fogo de canhão. Infelizmente, a ferida gangrenou, e, no final, ele não teve forças para sobreviver.

— Você estava com ele? — perguntou Margaret, com um nó na garganta.

— Até o amargo fim. Nesse sentido, tive mais sorte do que muitas outras esposas. Agora — continuou Susannah com brusquidão —, seu nariz deve ter lhe informado que o vinagre é feito ali. Aqui temos uma das escolas dirigidas por nossa paróquia e, do outro lado da estrada, uma escola não sectária que é dirigida por não conformistas. Por ali, você verá a praça Nelson, que é um pequeno oásis verde e tem algumas das melhores casas da região, mas estamos indo para mais longe, para as ruas mais carentes.

Margaret correu atrás dela de olhos arregalados enquanto seus ouvidos eram agredidos pelo ruído dos carrinhos de mão, carroças e cavalos, o guincho dos trens que se agitavam sobre as ruas e o martelar rítmico dos muitos canteiros de obras. Seu nariz havia se acostumado ao cheiro de esterco de cavalo, penetrante em todos os cantos da metrópole, mas que aqui se misturava com a fumaça das fábricas, a lama que escorria entre as pedras de calçada e o cheiro adocicado de vegetais podres na sarjeta. Discretamente, ela cheirou de novo o sachê de alfazema.

— E aqui — anunciou Susannah —, temos o abrigo.

O enorme edifício ficava no extremo do mercado onde Margaret havia encontrado o padre Sebastian pela primeira vez. Os tijolos vermelhos estavam quase pretos em alguns pontos, e as muitas janelas eram sujas e pequenas. Um portão imponente levava a um pórtico ainda mais imponente.

— O tamanho do prédio, infelizmente, é uma prova da extensão da necessidade — disse Susannah com tristeza.

Margaret estremeceu.

— Parece uma prisão. Há de se estar absolutamente desesperado para invocar a coragem de bater naquela porta.

— Sem teto, sem um tostão e geralmente faminto. Tudo é feito para desencorajar os suplicantes e torná-los tão miseráveis quanto possível enquanto estão no abrigo.

— Que barbaridade!

— O auxílio é financiado pelo imposto paroquial. Em localidades pobres como esta há muitas pessoas necessitadas, mas poucos contribuintes, e isso pressiona os fundos disponíveis.

— Então eles deliberadamente tornam as pessoas desesperadas infelizes?

— A fim de tornar as alternativas mais atraentes — disse Susanna com amargura. — Mesmo que signifique correr o risco de ir para a cadeia.

Como a mulher que roubou o coelho, Margaret pensou.

— As mulheres realmente abandonam seus bebês recém-nascidos à porta, como ouvi dizer?

— Tragicamente, sim.

— Porque não têm dinheiro para alimentá-los?

— Essa é uma razão — respondeu Susannah, parecendo desconfortável. — Lady Margaret...

— Não sou uma flor frágil que precisa ser protegida das realidades da vida. Por favor, não tenha medo de me constranger.

— Se quer mesmo saber, na maioria das vezes são mulheres cujo filho não tem pai.

— Você se refere às mulheres da noite?

— Não, não. Refiro-me a criadas que foram abusadas por seus senhores, meninas que foram tolas o suficiente para sucumbir às blasfêmias do rapaz que as cortejava. Jovens mulheres desesperadas para salvar suas reputações ou seu sustento, mas que são incapazes de fazer isso sem abrir mão de seus filhos.

Margaret olhou fixamente para a enorme porta do abrigo. Se a vil história contada sobre ela no *Morning Post* tivesse sido verdadeira, o que teria acontecido com seu bebê? Eles a teriam tirado dela, mas o que teria acontecido com a criança? Naquele momento, não importava que nunca tivesse existido uma criança. A fúria que a tomou fez com que suas mãos se fechassem em punhos. Olhando para aquela porta, ela tentou imaginar uma jovem mulher como ela, rastejando sob a proteção da escuridão, agarrando um pacotinho chorando junto ao peito.

— Elas deixam bilhetes? Nomes? Essas pobres mulheres sabem o que acontece com os pequenos?

— Acredito que seja melhor não manter nenhum vínculo. Cada abrigo tem seu próprio método de batizar as crianças. — Susannah forçou um sorriso. — Sabe, há vidas piores. Há uma escola ligada a este abrigo, que fornece educação básica tanto para meninas como para meninos. Quando têm idade para trabalhar, eles acham uma profissão ou são colocados em algum serviço. Se estiverem doentes, há um dispensário. A comida é nutritiva, ainda que não exatamente saborosa, e é muito melhor do que a comida ruim que nossos soldados suportam quando estão em campanha. E, falando em soldados cristãos, aí vem meu irmão.

Padre Sebastian estava vestido de preto, as barras de seu casaco voando enquanto caminhava em direção a elas, um sorriso iluminando seu rosto.

— Lady Margaret, bem-vinda à nossa humilde paróquia. — Tirando o chapéu, ele fez uma reverência.

— É um prazer estar aqui, padre Sebastian. Mas você precisa saber que aqui devo ser a simples srta. Scott.

— Filha de um escocês do clero que veio para ver que exemplos de nossas boas obras pode levar de volta a Edimburgo — elaborou Susannah, com uma piscadela.

— Um excelente disfarce. A história é de sua própria autoria? Então você será um acréscimo bem-vindo às escolas de sábado e domingo de Susannah.

— Se eu conseguir fugir, terei o maior prazer em participar.

Para seu constrangimento, Margaret sentiu suas bochechas corarem sob o escrutínio dele. O padre Sebastian não era convencionalmente bonito. Sua boca era generosa demais, seu nariz, forte demais, mas ele exalava um encanto natural. Seu cabelo tinha um ondulado que ele não fazia nenhuma tentativa de domar com o óleo de Macassar nojento que muitos homens usavam para esculpir suas mechas. Embora Susannah a tivesse informado que ele tinha vinte e sete anos de idade, parecia muito mais jovem. E, meu Deus, tinha o sorriso mais encantador e uma maneira de olhar diretamente para as pessoas, como se estivesse atento a cada palavra. Ao contrário de alguns outros homens em que ela podia pensar, que tratavam suas falas como um mero intervalo conveniente para permitir que formulassem sua próxima frase.

— Bem, agora — disse ele, sorrindo largo —, Susannah já lhe mostrou o suficiente do nosso pequeno pedaço do reino de Deus? Está pronta para uma xícara de chá?

— Na verdade, Seb, vou deixar que você acompanhe a srta. Scott de volta à casa — disse Susannah. — Tenho uma visita a fazer bem aqui na esquina. Você se importaria, Margaret?

Se ela se importaria! Reprimindo um indigno salto de animação, ela balançou a cabeça.

— A última coisa que quero é ser um empecilho para qualquer um de vocês. A menos que prefiram que eu vá junto?

— Não nesta ocasião — respondeu Susannah, para o alívio secreto de Margaret. — A filha de Mary Webb, que tem apenas treze anos, está grávida. Ainda tenho que descobrir mais detalhes, mas parece que ela está avançada demais para que considerem qualquer forma de resolução drástica. Demorei um pouco para ganhar sua confiança. Não quero apresentá-la a outra estranha neste momento.

— Treze! É dois anos mais nova que minha irmãzinha. O homem responsável deve ser colocado na cadeia.

— A lei considera doze anos como a idade de consentimento. O que eu ainda não consegui entender é se a menina de fato consentiu. Volte com Sebastian. Não vou demorar muito.

— É chocante, mas infelizmente não incomum — disse o padre Sebastian enquanto observavam Susannah se afastar com pressa.

— O que vai acontecer com o bebê? — perguntou Margaret, de olho na entrada ameaçadora do abrigo. — Será que vai acabar ali?

— A menos que a avó o registre como seu, o que acontece mais vezes do que você possa imaginar. Mas isso, receio, depende de ela conseguir convencer o marido a aceitar a mentira. No final, tudo dependerá do que for considerado o menor dos males. E do dinheiro, é claro. No fim das contas, tudo se resume ao dinheiro, por aqui. Vamos?

Margaret começou a caminhar ao lado dele.

— A mulher que roubou o coelho no dia em que nos conhecemos, lembra? Você disse que era por causa de dinheiro.

— Peggy, como muitos nesta paróquia, está lutando para colocar o pão na mesa. Ela é lavadeira, e seu marido vende flores no mercado. Eles têm cinco pequeninos. A mais velha tem sete anos, acho... Susannah saberia. O resumo é que ela penhorou parte das roupas que lhe deram para lavar, dando o dinheiro ao marido, para que comprasse flores, com a intenção de resgatar sua fiança quando ele as vendesse mais tarde naquele dia. Infelizmente, seu marido jogou o dinheiro fora bebendo e jogando. Então, em desespero, ela roubou o coelho para conseguir o dinheiro para recuperar a roupa suja e não perder seu trabalho.

— Isso é simplesmente horrível! O que aconteceu depois?

— Consegui acalmar as coisas com o dono da barraca. Felizmente, Peggy teve o bom senso de usar um penhorista legítimo, então não estava em dívida com um dos agiotas que se aproveitam dos infelizes e necessitados.

— Susannah disse que você faz inimigos ao ajudar as pessoas.

— Não dá para fazer o trabalho que faço sem pisar em alguns calos. Agiotas, comerciantes que cobram uma pequena fortuna por crédito, proprietários que não fazem reparos, governadores e membros do conselho paroquial que não gastam um centavo além do mínimo, todos eles gostam de apontar o dedo para mim e me culpar. Mas sou casca grossa e não só tenho certeza de que estou no direito — disse padre Sebastian com um sorriso irônico — como tenho Deus do meu lado.

— E espero que também qualquer pessoa decente e de bom senso.

Ele riu, balançando a cabeça.

— Seria de se pensar assim, não é verdade? Mas há dezenas dos chamados cidadãos de bem que ficariam felizes em se ver livres de mim.

— Você conversou com o marido de Peggy?

— Céus, não. Ele veria isso como ingerência em seus assuntos, e não seria eu quem sofreria as consequências.

Margaret estremeceu.

— Certamente ela não vai acabar naquele lugar horrível lá atrás.

— Um último recurso, mas infelizmente necessário para alguns. Maridos e esposas são mantidos separados, sabe, e irmãos também. Fazemos o que podemos, distribuindo carvão e comida para manter as pessoas em suas próprias casas, mas o fundo paroquial tem seus limites. O bispo é da opinião de que aqueles que não conseguem se virar sozinhos devem ser deixados à misericórdia de Deus, mas o coração de Sua Graça não sentirá o que seus olhos não veem.

— Isso soa um pouco herético!

— Ah, não, eu sou simplesmente um homem prático que acredita que há mais de uma maneira de levar Deus para a vida das pessoas. Não se pode assustar ninguém com a condenação eterna se já estão vivendo no inferno, lady Margaret, e não se pode alimentar o espírito se o corpo está morrendo de fome. Para mim, isso é apenas senso comum. Estamos muito gratos, Susannah e eu, por seu interesse em nossa paróquia.

— Eu só quero ajudar — disse com sinceridade Margaret —, ainda mais agora que sei um pouco do que fazem. Não tenho muito a oferecer, mas estou disposta a aprender.

— Então é só isso que importa, pois mostra que tem um bom coração.

— Susannah sugeriu que eu poderia ajudá-lo com sua correspondência paroquial. Uma coisa de que sou capaz é escrever com uma boa caligrafia.

— É uma ideia excelente. A burocracia é o meu maior pesadelo. O que mais minha irmã sugeriu?

— Ensinar as crianças a costurar. Ah, e contar-lhes histórias.

— Sue é esperta por passar essa tarefa para você. Ela é uma mulher eminentemente prática, minha irmã, e assustadoramente organizada, mas um pouco, digamos, contida para ser uma boa contadora de histórias. Enquanto você, segundo meus instintos, é do tipo que se atira a uma história com gosto. Estou enganado?

Margaret desatou a rir.

— Não, você tem toda razão. Adoro inventar histórias para crianças, e contá-las também, se isso vale de algo.

— Ah, vale muito mais do que alguns acreditariam. A vida pode ser dura por aqui, mesmo para os pequenos.

— Então qualquer coisa que possa fazer para facilitar a vida deles, eu farei. Mas não quero apenas fazer caridade, padre Sebastian, quero entender por que a caridade é necessária em primeiro lugar.

— É exatamente para encontrar a raiz do problema e fazer algo para mitigá-la que estou aqui. — Ele sorriu para ela. Tinham chegado de volta à casa. Ela parou para permitir que ele abrisse a porta da frente. Ele fez uma pausa ao passar por ela, e os olhos dos dois se encontraram. Foi a sensação mais estranha, como se o ar tivesse sido arrancado dela. Tinha certeza de que, naquele momento, ele sentiu o mesmo. Mas então ele abriu a porta e murmurou algo sobre ir buscar o chá, e Margaret decidiu que devia ter apenas imaginado aquilo.

Capítulo catorze

— E, a partir daquele dia, Jenny comeu sanduíches de geleia no café todas as manhãs. — Margaret terminou sua história e sorriu para o grupo de crianças sentadas em um semicírculo no chão. Hoje eram dezoito, três a mais do que em sua última visita. — Agora, como todos vocês têm se comportado muito bem, há sanduíches de geleia para vocês também, assim como leite, na mesa no canto.

Ficando de pé com dificuldade, ela atravessou o salão para se juntar a Susannah e às mães das crianças, mas, antes que pudesse se sentar, Sally Jardine lhe entregou um bebê se contorcendo, molhado e muito, muito malcheiroso.

— Srta. Scott, importa-se de trocar a fralda de Alfie? Está suja. É que estou prestes a tomar meu chá.

Sem conseguir se conter, Margaret torceu o nariz.

— Uff.

— Sim, desculpe por isso. Os dentes estão nascendo, e ele está com a barriguinha um pouco irritada. — Sally não parecia nem um pouco culpada. — Claro que se você for chique demais para sujar as mãos, eu mesma cuido disso.

Sally sabia que Margaret tinha um nariz sensível, porque tinha adorado, na primeira vez em que se encontraram, ridicularizar Margaret por carregar o sachê de alfazema que Susannah lhe havia dado. Margaret tinha quase sucumbido às lágrimas, e Sally tinha notado, é claro.

Margaret sabia que não devia mostrar fraqueza.

— Vamos lá, Alfie — disse, aconchegando-o deliberadamente próximo de seu corpo e sorrindo para Sally. — Vamos ver se conseguimos fazer sua metade de baixo corresponder a essa sua doce carinha.

Engolindo com força para evitar a ânsia, consciente do resíduo úmido que se infiltrava em seu vestido, Margaret levou o bebê até a pequena mesa onde Susannah guardava um suprimento de fraldas limpas e panos de limpeza. Sua primeira tentativa de trocar uma fralda, em seu primeiro dia ali, havia sido um desastre, terminando com a criança e ela mesma em lágrimas. Entre o desdém e os risos, Verity veio em seu auxílio, falando gentilmente com ela durante sua segunda tentativa, que lhe rendeu alguns aplausos e uma comemoração. A persistência tinha valido a pena. Agora ela estava bastante proficiente, e a maioria das mulheres era mais calorosa com ela. Alfie, no entanto, e a mãe dele, estavam determinados, à sua própria maneira, a desafiá-la. Ela sentia todos observando-a enquanto removia os alfinetes com cuidado.

— Vamos, Alfie, mostre a ela quem é o chefe — falou Sally.

Determinada a não fracassar, Margaret rangeu os dentes, tomou fôlegos curtos e começou a limpar a bagunça revoltante. Para seu profundo alívio, Alfie estava feliz demais por estar imaculado e seco para fazer qualquer outra coisa além de balbuciar. Ao entregar um bebê fresco e sorridente de volta à mãe dez minutos depois, ela fez uma cortesia extravagante. Uma xícara de chá forte foi colocada em suas mãos, e a mulher deu um tapinha numa cadeira para que ela se sentasse.

— Suponho que você mereça — admitiu Sally, colocando Alfie a seus pés. — Meu Robert diz que nunca sentiu um cheiro assim, e ele é pescador de sarjeta.

Perplexa, Margaret olhou para Susannah para obter esclarecimentos.

— Ele desce pelos esgotos com uma rede de pesca em busca de moedas ou pregos para vender — explicou ela.

— Sabe o que dizem — Sally cortou de forma irreprimível. — Onde há lama, há latão.

Estremecendo, Margaret tomou um gole do chá, preparando-se para o sabor forte e alcatroado. Do outro lado da sala, as crianças tinham terminado seus leites e sanduíches de geleia e brincavam de um de seus complicados jogos de bola. A maioria das mães tricotavam ou costuravam enquanto bebiam seu chá, os olhos umas nas outras em vez de em seu trabalho. Meias, camisetas e camisas eram criadas em ritmo acelerado. Rasgos eram reparados, buracos eram cerzidos e novos punhos e golas eram fixados. Quantas vezes, sentada durante um chá com as amigas da Mamãe, ela tinha ouvido *oohs* e *aahs* de admiração por uma amostra de costura totalmente inútil!

— A Verity não pôde vir hoje?

— Os tornozelos dela incharam tanto que ela mal consegue andar — Agnes a informou. — Eu trouxe os dois menores dela e falei para ela colocar os pés para cima, mas se ela vai fazer isso ou não...

— Tenho alguns sais de Epsom — disse Susannah. — Diga a ela para misturá-los com água fria e descansar os pés na solução por quinze minutos.

— Eu lhe direi, mas você conhece a Verity — respondeu Agnes. — Não consegue ficar parada por um segundo. Lembro quando ela teve a primeira, deve ter sido há quinze anos...

— Não mais de treze, pois sua mais velha ainda não tem doze anos.

— E este será o quê, o bebê de número nove?

— Dez. Dedos cruzados. Ela não se recuperou desde o último. Você deve lembrar, ela passou por maus bocados.

Margaret ouviu com seu habitual horror fascinado enquanto as mulheres embarcavam numa descrição gráfica da experiência de dar à luz. Era um assunto popular, só superado pelas exigências que lhes eram impostas por seus maridos. Ao contrário da gravidez, que era universalmente abominada, os maridos dividiam o grupo. Algumas das mulheres afirmavam que o cumprimento de suas obrigações conjugais era um teste de resistência, mas a maioria, para espanto de Margaret, parecia gostar.

— Mas veja que me certifico de que Robert se lave bem primeiro. — Sally deu uma risada escandalosa. — Nunca se sabe onde ele esteve!

— O problema é que nós sabemos! — Agnes retorquiu, e o grupo de mulheres explodiu em gargalhadas histéricas.

As piadas de mau gosto, as insinuações que, na maioria das vezes, Margaret não entendia, eram uma revelação. Ela nunca havia ouvido ninguém falar tão francamente. Não havia nenhuma pista velada, nenhum eufemismo, nenhuma pretensão. Era libertador, pois, mesmo quando as mulheres a provocavam por sua ignorância, o faziam quase sempre sem malícia. Nos primeiros tempos ali, que pareciam ter sido uma vida inteira e não apenas um mês atrás, suas bochechas haviam ardido constantemente de vergonha. Agora, ela ocasionalmente se sentia ousada o suficiente para acrescentar um comentário de sua autoria. Fazer aquelas mulheres duras e resilientes rirem lhe fazia luzir de felicidade.

— Receio que nosso tempo tenha acabado de novo, senhoras. Agnes, se puder esperar um pouco, vou buscar os sais de Epsom.

As cadeiras foram afastadas; peças consertadas, costuradas e tricotadas foram guardadas em bolsos fundos; e as crianças foram reunidas.

— Vejo que Alfie deixou seu selo de aprovação — disse Sally, apontando para a mancha marrom no corpete de Margaret. Inclinando-se para mais perto, ela enrugou o nariz. — Eca. Boa sorte para limpar isso.

Xingando baixinho, perguntando-se se mesmo Molly, sempre cheia de recursos, acharia o legado de Alfie um desafio grande demais, Margaret ignorou a mãe, sorrindo para o bebê em vez disso, recompensada pelo sorriso radiante que recebeu em troca.

— Pobrezinho, você tem preocupação o suficiente com esses dentes nascendo. Pode deixar que me preocupo com o meu vestido.

— O leite vai tirar o cheiro — disse Agnes, dando um olhar sombrio a Sally. — Você vai ver que sim.

— Você se importaria de arrumar a sala? — Susannah voltou com seu chapéu e sua cesta. — Tenho que fazer uma visita domiciliar.

— Claro que não. Aconteceu algo? — perguntou Margaret, pois sua amiga parecia preocupada.

— Lembra-se da garota de quem lhe falei no primeiro dia em que esteve aqui, a filha de Mary Webb?

— A menina de treze anos que estava esperando um bebê? Ah, não, Susannah, não me diga que ela...

— O bebê nasceu ontem. Um menino. Prematuro, mas parecia saudável o suficiente. Infelizmente, morreu esta manhã, pobrezinho.

— Ah, Susannah. — Lágrimas apareceram nos olhos de Margaret. — Como se aquela menina, pois ela mesma não é mais do que uma criança, já não sofresse o suficiente.

Susannah assoou o nariz.

— Neste momento, o que precisamos fazer é nos concentrar nos vivos. Não foi um parto fácil. Vou ver o que posso fazer para convencê-los a permitir que um médico a visite discretamente e a examine. Se eu não a vir mais tarde, vejo-a na próxima semana.

Margaret lhe deu um rápido abraço.

— Definitivamente.

Sebastian estava atrasado, como sempre. Margaret olhava pela janela do escritório, que era voltada para a rua, e seu coração ficou mais leve quando viu a figura familiar dele se apressando em sua direção. Pouco antes de ele se virar para a casa, um homem robusto vestido com um terno de lã mal cortado saltou na frente dele, fazendo-o parar abruptamente. O homem estava de costas para ela, mas pela expressão séria de Sebastian ela podia ver que não estavam tendo uma conversa agradável. A disputa durou vários minutos antes que o estranho cuspisse extravagante e deliberadamente aos pés de Sebastian e se afastasse na direção oposta.

— Sebastian! — chamou ela quando ele entrou no escritório. — Do que se tratava tudo isso? Eu vi aquele homem...

— Jake Briggs. É um cobrador de dívidas local. Ele acha que atrapalho os negócios.

— Porque você o impede de colocar as garras em pessoas decentes — exclamou Margaret indignada. — Eu pensei que ele fosse te dar um soco.

Sebastian sorriu.

— Não precisa se preocupar; ele não é burro o suficiente para me fazer mal de verdade. Não quer que os policiais metam o bico. Ele se sente obrigado a me ameaçar de vez em quando, mas não vou deixar que um bandido ou qualquer outra pessoa me expulse daqui. — Tomando as mãos dela entre as dele, sorriu calorosamente para ela. — Diga-me, como estava o grupo hoje?

— Ah, teve seus momentos. O filho pequeno de Sally Jardine, Alfie, está com dor de barriga. Então, naturalmente, ela me pediu para trocar a fralda dele.

— Não julgue Sally com severidade demais; ela tem seus problemas. De qualquer forma, tenho certeza de que você lidou com ela admiravelmente. — Sebastian levou a mão dela até a boca dele, plantando um beijo nos nós de seus dedos.

O toque de seus lábios fez com que ela perdesse o fôlego. Seus olhares se encontraram, e ela sentiu que ele também tinha aquela vontade quase irresistível de diminuir a distância entre eles. Em sua outra vida, no mundo do outro lado do Tâmisa, apertos de mão eram fugazes, e segurar a mão de alguém era inédito. O mundo de Sebastian era cheio de toques casuais, braços roçando, mãos que ajudavam, mas só o toque dele fazia com que a pele dela se arrepiasse assim, fazia com que sentisse que seu espartilho estava apertado demais, dificultando a respiração.

Nas últimas semanas, deitada acordada no escuro, repassando cada olhar e palavra de Sebastian, Margaret tentou muitas e muitas vezes se convencer de que ele estava simplesmente sendo gentil e amigável, que o crescimento do afeto dela por ele não era recíproco. Não era possível vir a gostar tão profundamente de alguém em tão pouco tempo, dizia a si mesma. Mas aquilo estivera lá desde o momento em que seus olhos se encontraram pela primeira vez no mercado, aquele puxão na consciência, aquela excitação sem fôlego. E que ficava mais forte a cada dia. Quando não estavam juntos, ela podia se convencer de que era unilateral, resultado de sua imaginação hiperativa. Mas, quando olhava nos olhos dele, quando suas mãos estavam assim junto às dele, ela sabia, sem dúvida, que a atração era mútua.

E errada. Não importava quão certa realmente parecesse. Soltando-se suavemente, ela se dirigiu para a mesa, puxando sua própria cadeira.

— Susannah disse que você tinha uma pilha de cartas para eu redigir.

Sebastian tirou o casaco sacudindo os ombros e o jogou sobre as costas da cadeira, ficando só de colete e camisa, como preferia trabalhar. Seu cabelo estava desgrenhado — ele tinha o hábito de passar a mão por ele quando estava pensando.

— Tenho até uma boa notícia para compartilhar também, para variar — disse ele, tomando seu lugar.

— Bem, não faça suspense. Boas notícias são sempre bem-vindas por aqui. — Margaret sentou-se, apoiando os cotovelos sobre a mesa, porque Mamãe não estava lá para repreendê-la por isso.

— A diretoria do abrigo finalmente concordou em permitir visitas dominicais à enfermaria.

— Que notícia maravilhosa.

— O último apelo que você escreveu em nome da chefe de enfermagem foi magistral. Acho que foi isso o que fez com que a decisão fosse a nosso favor.

— Apenas destaquei o caso que ela me descreveu, a respeito de um de seus pacientes. Aquela pobre mulher sabia que sua hora tinha chegado. Negar a sua filha a chance de se despedir por causa de uma regra arcaica é uma barbaridade.

— Diga isso a esses tolos pomposos do Conselho de Guardiães. Ou até ao bispo da paróquia. — Sebastian bateu com a mão em uma pilha de cartas. — Eles não percebem que as pessoas preferem sofrer do que pedir ajuda, especialmente se depois são submetidas a um interrogatório ou a uma porcaria de sermão. Perdão pelas minhas palavras. Eu não deveria ter...

— Não precisa pedir perdão. — Margaret se debruçou na mesa para pegar a mão dele, e seus olhos com olheiras envolveram os dela. — Toda essa injustiça deve ser difícil de suportar — disse ela gentilmente.

— Muitos dos meus paroquianos não são anjos, mas até mesmo os anjos caídos ainda são anjos.

— Nunca tinha ouvido essa expressão antes.

— Significa que há algo de bom em todos nós.

— Por que falamos dos pobres merecedores, mas ninguém nunca sugere que possa haver ricos não merecedores?

— Uma pergunta muito boa. Tenho a intenção de colocá-la em meu próximo sermão. Já lhe disse ultimamente quanto eu e Susannah somos agradecidos por toda a ajuda que você nos tem dado? Eu costumava ter medo de vir aqui enfrentar a montanha de papelada, mas agora anseio por isso. Pelo menos nos dias em que você está aqui.

— Vocês trabalham demais.

— Infelizmente não há horas suficientes no dia, mas não parece trabalho quando você está aqui comigo.

O calor de seu sorriso a fez sentir como se estivesse sendo aquecida por dentro. Fez o coração dela tremer. Fez com que se sentisse tonta.

— Estou simplesmente feliz por estar a serviço — disse Margaret. Será que *ele* sentia o mesmo? Será que poderia estar imaginando a intensidade do olhar dele?

Desta vez, foi ele quem quebrou o feitiço, baixando o olhar e recostando-se em sua cadeira.

— O grupo de mães de Susannah cresceu muito por sua causa, segundo o que ela me diz. Eu sei que elas provocam você…

— Provocar é um sinal de que me aceitam. É muito importante para mim sentir que faço parte das coisas aqui.

— Temos sorte em ter você. Sei que Sue a considera uma amiga, e eu… não sei o que faria sem você, para ser honesto. Até mesmo Esther e Molly ficaram muito próximas. Agora — continuou Sebastian com brusquidão, pegando uma pilha de papéis —, ao trabalho. Há outro dos paroquianos reclamando do hospital infantil, temo dizer. Seu filho pequeno sofreu um acidente terrível, mas não havia leito disponível, então fizeram um curativo e o mandaram para casa. Não se preocupe, parece que ele vai sobreviver, mas isso não deveria se resumir a uma questão de pura sorte. O hospital é simplesmente pequeno demais para lidar com a demanda, e o problema vai piorar, pois temos novas famílias se mudando para a área o tempo todo. Tudo o que pode ser feito neste caso é ver que ajuda podemos oferecer ao pobre rapaz uma vez que esteja de pé novamente.

Durante as duas horas seguintes, Margaret trabalhou metodicamente com Sebastian na pilha de correspondências, respondendo a consultas, argumentando casos, separando aqueles que exigiam visitas domiciliares. A campainha da porta tocava regularmente, mas Esther lidava com as visitas, deixando-os em paz.

— Esta é a última de hoje, graças a Deus. — Sebastian pousou sua caneta, jogando os ombros para trás. — Embora eu tenha uma carta pessoal para escrever, para minha irmã Selina.

— Não sabia que você tinha outra irmã.

— Ela é casada com outro homem do clero, por acaso. Uma pessoa bastante superior a mim na hierarquia da igreja. Foi através do marido dela que consegui ir morar perto de Cheltenham.

— Sua paróquia abastada. Você nunca desejou ter permanecido lá?

— E casar-me com a bela Emily e ter minha própria ninhada? Nunca.

— A bela Emily? Você foi *noivo*?

— Não, não, nunca nada foi formalizado — Sebastian apressou-se a dizer. — Ela era sobrinha da Selina por casamento. Não gostou da minha escolha de nova paróquia, então isso foi o fim. Eu não podia me casar com uma mulher que não compartilhasse da minha vocação. Preciso de alguém que esteja disposta a se envolver e me ajudar a melhorar a vida dos meus paroquianos ao meu lado.

— Que é precisamente o que você tem em Susannah.

— De fato, tenho. Pobre Sue. Frederick a deixou em circunstâncias um tanto difíceis quando morreu, e ela se viu obrigada a voltar a viver com nossos pais. Isso lhes convinha, mas não a ela. Ela estava morrendo de tédio.

— Então, quando você foi colocado aqui, ela deve ter ficado bem feliz.

— É um arranjo bom para nós dois. Ela é uma mulher prática e sem absolutamente nenhum olfato. — Ele deu uma piscadela. — Eu não poderia pedir mais nada.

A campainha tocou novamente, e Margaret verificou seu relógio, dando uma pequena exclamação de consternação.

— Tenho que ir. Tenho um jantar e depois uma *soirée*. Muito chato — acrescentou, envergonhada por ter mencionado os compromissos —, mas terei que trocar de roupa.

— Ah, é? Você me parece perfeitamente bem — comentou Sebastian.

Seu vestido era um dos mais antigos e estava decididamente gasto. Além disso, com suas mangas compridas e colarinho alto, claramente não era um vestido de noite. Sebastian nunca comentava sobre suas roupas. Ele raramente lhe fazia qualquer tipo de elogio sobre sua aparência, e essa era uma das coisas que ela gostava nele.

— Não vou a uma loja de tortas, Sebastian, vou jantar com uma das amigas mais antigas da minha mãe. Se eu aparecesse com um vestido de dia antigo e cheirando vagamente à fralda de Alfie, ela ficaria extremamente ofendida.

— Nesse caso, é melhor nos livrarmos da tinta em seu rosto também. — Ele deu a volta para se aproximar do lado dela da escrivaninha, dando tapinhas na ponta do nariz dela com seu lenço.

— Faz cócegas — disse Margaret, enrugando o nariz.

— Espere, há outra mancha bem aqui.

Sebastian se inclinou para dar uma pancadinha na bochecha dela. Ela podia sentir o cheiro da tinta em seus dedos, o sândalo de seu sabonete, a lã ligeiramente mofada de seu colete. Os dedos dele deslizaram pela lateral do rosto, pelo pescoço dela, e repousaram em seu ombro.

— Margaret.

A voz dele soou estranha. Ousando encontrar seu olhar, ela soube com absoluta certeza que suas dúvidas sobre os sentimentos dele estavam erradas.

— Sebastian. — A voz dela não foi mais do que um sussurro. Ela não tinha a menor ideia do que fazer. Se se movesse, quebraria o feitiço.

Por um longo momento, eles permaneceram juntos, olhares fixos um no outro. O tempo pareceu parar, junto com a respiração dela, até que ele deu um suspiro suave, e ela levantou seu rosto e entregou seus lábios aos dele. Ela podia sentir a respiração dele na bochecha, rápida e superficial, sentir que seus nervos estavam tensos como os dela. O gosto dele, a suavidade de sua boca, a aspereza da bochecha que ela acariciou com a mão, o prazer aterrorizado de tamanha intimidade, tudo aquilo a chocou. Em seguida, ele colocou a boca dela com a dele e ela o seguiu, e o choque deu lugar ao prazer.

O tilintar da campainha da porta da frente os fez saltar. Atordoados, olharam um para o outro.

— Bom Deus — disse Sebastian, vermelho. — Sinto muito! Isso foi muito errado da minha parte.

— Por favor, não peça desculpas. Eu fui igualmente culpada — disse Margaret, libertando suas mãos.

— Não vai acontecer de novo, juro. A última coisa que desejo é assustá-la. Você está fazendo tanto bem aqui, eu odiaria arriscar isso.

Será que ela deveria ter ficado assustada? Será que agora deveria estar tendo um ataque histérico? O que certamente não deveria estar fazendo era desejar que ele a beijasse novamente.

— Vamos apenas fingir que isso não aconteceu — respondeu Margaret, sabendo que era isso que deveria dizer, mesmo que provavelmente fosse impossível.

Mas Sebastian lhe lançou um olhar de gratidão.

— Obrigado. Você é um anjo.

Uma leve pancada na porta a impediu de refutar esta afirmação.

— Peço desculpas, padre — disse Esther —, mas a sra. Powers está desesperada para conversar. Diz que é uma questão de vida ou morte.

Capítulo Quinze

A sala de visitas da Casa Marlborough era um vasto espaço repleto de cadeiras douradas, sofás e divãs. Grupos de mesas bem-dispostos estavam repletos de álbuns, porcelanas de Sèvres e caixas de rapé esmaltadas. As palmeiras plantadas em vasos eram tão altas que quase roçavam os tetos ornamentados com cornijas. Os estofos eram bordados com fio de ouro; as janelas, drapeadas com veludo grosso. Margaret e sua mãe haviam sido convidadas por Alexandra, princesa de Gales, para um chá informal com a rainha, que seria acompanhada, como sempre, por Luísa.

— Vocês são as únicas convidadas — informou Alix quando chegaram. — Lady Margaret, você deve tomar o chá com Luísa separadamente. Sua Majestade está ansiosa para ouvir de sua mãe os detalhes da maternidade de sua irmã. Trouxe a carta de lady Kerr consigo, duquesa?

— Estou com ela aqui — disse Mamãe, mostrando sua bolsinha. — É excepcionalmente franca e bastante imprópria para os ouvidos de qualquer mulher não casada. Aprecio sua ideia de acomodar Margaret e Luísa separadamente.

— Por falar em acomodar — disse Alix, franzindo o cenho para a elaborada mesa de chá —, não tenho certeza de onde colocar Sua Majestade. O dia está frio e já pedi para acenderem a lareira, mas, como você sabe, a rainha não gosta que a sala fique muito quente.

— Ah, não, ela não suporta o calor direto. Sugiro que a coloque aqui — disse Mamãe, apontando —, e então, se você mover a mesa para lá, poderá sentar-se naquele lugar, e vou me arriscar a ser levemente tostada pelo fogo.

— Obrigada, um excelente plano.

Margaret observou, fascinada, enquanto Alix convocava vários lacaios para desmontar cuidadosamente a mesa de chá, movê-la e depois reposicionar tudo, um processo que levou vários minutos. O lugar de Sua Majestade era marcado não por uma, mas por duas xícaras e pires de chá, pois ela tinha o hábito de passar seu chá de uma xícara a outra até que esfriasse adequadamente.

— Meu Deus, você tem certeza de que somos as únicas convidadas? — perguntou Margaret, arregalando os olhos para o volume e a variedade da comida que estava sendo servida.

— O *signor* Francatelli sempre se sobressai quando a rainha vem para o chá — Alix a informou com um sorriso educado. — Ele foi o cozinheiro-chefe de Sua Majestade por alguns anos e, embora tenha sido ainda nos anos 1840, quando ela tinha acabado de se casar, insiste que ninguém entende o paladar dela como ele.

— Ele certamente atende o gosto dela por doces. — O pão e a manteiga, os sanduíches e os itens frios seriam servidos quando Sua Majestade chegasse, embora Margaret não pudesse ver onde haveria espaço na mesa. Várias travessas em forma de deusas gregas pouco vestidas segurando urnas estavam posicionadas em intervalos cuidadosamente medidos. As amêndoas salgadas estavam na maior distância possível do lugar da rainha, enquanto as pralinas e amêndoas açucaradas estavam mais próximas. *Macarons* italianos estavam empilhados em uma pirâmide, enquanto os biscoitos de Nápoles e de champanhe estavam dispostos como um mosaico em um prato. O bolo de chocolate preferido da rainha tinha três camadas, mas havia também um rico bolo de ameixa, um bolo simples, uma seleção de doces e outra invenção elaborada com uma cobertura tão delicada quanto renda.

— Aqui está ela — falou Alix, apesar de Margaret não ter ouvido nenhum anúncio.

— Pelo menos você terá a oportunidade de desfrutar seu chá com Luísa — sussurrou Mamãe, enquanto as três mulheres se organizavam para dar as boas-vindas. — Geralmente percebo que mal acabei meu primeiro sanduíche quando nossa monarca termina de beber todo o seu chá.

Como sempre, Margaret foi surpreendida pela estatura diminuta da rainha ao fazer sua reverência à figura rotunda e de cara fechada vestida de preto. Sua

Majestade acenou com uma vaga saudação, mas estava com um olho na mesa e o outro na Mamãe.

— Trouxe a carta, duquesa?

— Sim, Vossa Majestade, eu a tenho aqui.

— Se quiser ocupar este lugar, Vossa Majestade — disse Alix, correndo para a frente.

— Não quero ficar muito perto do fogo. Esta sala está quente. — Tirando vários xales e mantos, que foram apanhados com pressa pela princesa de Gales, Sua Majestade tomou seu lugar, e Mamãe acenou para Margaret ir embora.

Sem precisar de mais insistência, Luísa agarrou-a pela mão e a puxou para o canto mais distante da sala.

— Graças a Deus pelo parto pontual de sua irmã. Agora podemos ter uma fofoca apropriada. Presumo — acrescentou ela tardiamente — que tudo tenha corrido bem com o parto?

— Ah, sim. — Margaret tomou seu lugar na mesa de chá menor, mas apenas um pouco menos cheia. — Nunca vi Mamãe tão aliviada como quando recebeu a carta ontem de manhã. Quando meu pai disse que Kerr ficaria desapontado por não ter tido o filho homem que esperava, ela lançou-lhe um olhar feio. Eles chamaram a menina de Cecil, em homenagem à mãe de Kerr e à irmã dele que morreu, infelizmente, na véspera do nascimento de minha nova sobrinha.

— Meu Deus, que trágica coincidência. Ela estava tendo um bebê, também?

— Ela era freira, Lu, então duvido. Obrigada. Nada de leite para mim. Hoje em dia, tento me ater ao limão.

Luísa serviu o chá.

— Como você sabe, minha irmã Vicky está esperando o quinto, enquanto Alice já está em sua terceira gravidez, e está casada há menos de quatro anos. Parece estar chovendo bebês. Pegue um pouco de bolo. O *signor* Francatelli faz o mais fabuloso rocambole de café e nozes. Bom o suficiente para até mesmo eu ficar tentada a provar um pedacinho ou dois.

— Não, obrigada, não estou com fome.

— Isso nunca a impediu de comer antes.

— A imprensa monitora meu corpo ainda mais estritamente do que Mamãe. Isso tem reduzido bastante o meu apetite por bolo.

— Ah, meu Deus, sinto muito. Não fique tão abatida, M. Agora está tudo no passado, não está?

— Desde que eu não faça mais nada de errado. Às vezes me sinto como um daqueles pobres insetos presos entre duas lâminas sob um microscópio.

Luísa gargalhou.

— Eu conheço a sensação, vivendo sob intenso escrutínio! Você *está* lidando bem com isso, M.? Certamente parece muito bem, e esse vestido também lhe cai bem; embora, se puder dar uma pequena dica, menos é mais quando se trata de rendas.

— Eu concordo, mas Mamãe não me deixou usar nada mais simples para vir tomar chá com a rainha.

— E seu cabelo, também — insistiu Luísa —, é o epítome de um penteado bem-comportado, sem um único cacho fora de lugar. Muito impressionante. Eu a parabenizo.

— Minha aparência não importa. — Margaret empurrou sua xícara de chá para o lado e puxou sua cadeira para mais perto. — Eu tenho algo a contar.

Luísa também empurrou sua xícara para o lado, seu sorriso desvanecendo-se abruptamente.

— Não diga que fez alguma tolice novamente? Você trabalhou tanto para se restabelecer, e *eu* gostei tanto de ter sua companhia. Espero que não tenha feito nada para me privar disso.

— Tenho feito incursões secretas a Lambeth.

— Lambeth! Se for para visitar o Arcebispo da Cantuária no Palácio de Lambeth, então não vejo como alguém poderia ousar encontrar problemas nisso.

— Você está na pista certa, só errou por cerca de oitocentos metros e um mundo de distância. — Margaret ia pegar a mão da amiga por cima da mesa, mas parou no meio do caminho quando Luísa recuou. — Não há necessidade de começar a se distanciar. Mamãe sabe tudo sobre isso. Bem, sobre parte disso. É a minha recompensa pelo meu comportamento exemplar; embora, quando ela concordou, não acho que tivesse a menor noção de que essas visitas seriam tão marcantes para mim. Para ser sincera, eu também não, mas ah, têm sido! Nas últimas cinco semanas aprendi tanto, experimentei tanto, sou uma pessoa completamente diferente.

— Cinco semanas, e você não me contou nada.

— Não se atreva a se ofender. O que estou prestes a lhe contar eu não disse a outra alma. Se me servir outra xícara de chá e me cortar apenas uma pequena fatia de bolo, revelarei tudo.

Para seu alívio, Luísa sorriu, embora com relutância, e pegou o bule de chá.

— Vá em frente, então.

— E aí está — concluiu Margaret, algum tempo depois. Seu chá estava frio e seu bolo, intocado. — Sinto muito. Não deixei você falar nada.

— Meu Deus, M., mas você é uma caixinha de surpresas. Eu não tinha a menor ideia de nada disso. Pensar que você tem passado todo o seu tempo livre juntinho com Deus sabe quem e pegando Deus sabe o quê... — Luísa parou de falar, balançando a cabeça. — Espero sinceramente que você se ensope em vinagre quando chega em casa. E os cheiros! Além do mais, você tem um nariz de cão de caça. Como lida com isso?

— No início eu carregava um sachê de alfazema. Susannah os faz para o Sebastian... quer dizer, padre Sebastian. Mas agora eu mal noto.

— Tudo isso é muito extremo. Se você quer fazer o bem, não poderia ter se contentado com... eu não sei, tricotar meias para os pobres?

— Não se trata de fazer o bem, Luísa. Trata-se de aprender como é a vida real. Trata-se de fazer parte de algo e sentir-se útil. As mulheres de lá me levam a sério. Elas me provocam por minha insensatez e riem de mim por minha ignorância, mas eu não me importo de forma alguma. Elas são rudes e vulgares, mas também são gentis. Eu me sinto valorizada lá, mais do que em casa, francamente.

— Me espanta — disse Luísa — que você prefira um antro de iniquidade à Casa Montagu.

— Não é um antro de iniquidade! Há muita indústria na paróquia. Há uma refinaria de gás, fábricas de cerâmica, um sem-número de cervejarias, e uma fábrica de vinagre também, mas são trabalhos muito mal pagos; e as pessoas se casam jovens lá, de modo que tendem a ter famílias grandes. É uma comunidade trabalhadora de pessoas decentes que lutam para sobreviver.

— Assim diz o santo padre Sebastian, presumo?

Margaret endureceu com o tom zombeteiro da amiga.

— Sebastian é dedicado e extremamente trabalhador. Ele escuta as pessoas, Lu, e não julga nem prega. Não exibe uma auréola; simplesmente tenta fazer do pequeno canto do mundo que habita um lugar melhor. Acho verdadeiramente admirável.

Ciente de que sua defesa de Sebastian tinha sido muito apaixonada, Margaret fez de conta que bebia seu chá frio. Ela já havia falado demais. Por maior carinho que Luísa tivesse por ela, sua amiga não escondia o fato de que sua própria reputação estava acima de tudo. Além disso, o beijo que ela e Sebastian haviam compartilhado na semana passada era um segredo deles, precioso demais para que ela o revelasse a qualquer um, até mesmo a Luísa.

Ela havia desistido de querer se arrepender daquele beijo. Quando ficava acordada à noite, a lembrança da sensação de vertigem, o aumento do fluxo de sangue para a cabeça, a suave pressão dos lábios de Sebastian sobre os dela a fazia querer desmaiar. Seria mais do que chocante beijá-lo novamente, mas ela também não conseguia parar de imaginar isso. Será que ele ficava acordado pensando em beijá-la? Será que pensava nela quando ela não estava com ele, se perguntava onde ela estaria, o que estaria fazendo? Ou, quando ela deixou Lambeth, será que parou de existir para ele?

— Você parece completamente lunática — disse Luísa. — Em que diabos está pensando?

— Em nada. Ah, quase esqueci — falou Margaret, sentindo um arrepio subir pela garganta. Ansiosa para evitar qualquer pergunta incômoda, ela pegou sua bolsinha de baixo da mesa. — Eu lhe trouxe uma lembrancinha. Aqui.

Luísa pegou o desenho a lápis, suas sobrancelhas se levantando de surpresa enquanto estudava a cena.

— É amador, mas é realmente muito bem-feito.

— É um autorretrato de Billy e seu cachorro, Muffin. Aqui está outro que ele fez, de mim.

— Meu Deus, ele captou muito bem a sua imagem — comentou Luísa, com a atenção desviada como Margaret esperava.

— Pensei que poderia comprar uma seleção para dar como presentes de Natal. Billy ficaria grato pelo trabalho.

— É um pouco cedo para estar pensando no Natal, mas seriam presentes muito bonitos. Quem é o artista?

— Um garoto, de não mais do que doze ou treze anos. Ele vende seus esboços no mercado. Ninguém sabe onde ele mora ou se tem família.

— Nem mesmo o seu padre Sebastian?

— Ele não é o *meu* padre Sebastian. Ele é muito independente, assim como sua irmã Susannah. Se eu tivesse um décimo da sua força de vontade, seria uma pessoa significativamente melhor.

— Você certamente está muito mudada. O que Killin acha de seus esforços filantrópicos?

— Ele não sabe. Não é da conta dele o que eu faço com meu tempo livre.

— Por enquanto.

A boca de Margaret ficou seca. Ela não estava oficialmente noiva de Killin; portanto, a opinião dele era irrelevante. *E se você disser isso com bastante frequência, M., poderá acabar acreditando!*

— Já chega de falar de mim — disse ela com firmeza. — Conte-me suas novidades. Mamãe me mostrou o artigo no *Times* elogiando o busto que você fez de lady Jane. Você deve estar muito satisfeita.

Luísa, sempre feliz em falar de seus feitos artísticos, abriu um grande sorriso.

— É a primeira peça que completei sem nenhuma ajuda. Confesso, estou muito orgulhosa dela. Tem sido muito discutida na imprensa, segundo o que lady Jane me diz.

— Que lisonjeiro.

— Não se deve prestar nenhuma atenção quando se é elogiado pela imprensa, assim como quando se está sendo punido. — Ela riu ao encontrar o olhar de Margaret. — Sim, eu *fiquei* lisonjeada, assim como a rainha. Acho que ela finalmente está me levando a sério como artista, M. Amanhã vamos visitar o ateliê do barão Marochetti.

— Que emocionante.

Luísa riu.

— Bem, *acho* que é, sim. Agora tenho muitas esperanças de que a rainha ouça os apelos da sra. Thorneycroft para que eu tenha algum treinamento formal.

— Isso significa que Sua Majestade não tem planos de casar você em seguida? Você está com dezoito anos agora, e...

— Meu Deus, não. Mamãe precisará que eu atue como sua escriba quando Lenchen se casar e, embora não seja algo que eu queira, pelo menos permitirá que eu tenha algum tempo para mim, enquanto um marido o tomaria por completo. Além disso, é preciso cuidar do querido Leo. Eu também tenho novidades sobre isso.

— Ah, não, pobre Leopoldo. Ele ficou doente de novo?

— Muito pelo contrário. Ele está em excelente estado de espírito. Meu irmão tem um novo secretário. — Luísa se aproximou ainda mais. — Tenente Walter Stirling, da Artilharia a Cavalo. Um jovem muito bonito, e o mais bondoso dos companheiros. Leo o adora.

— Pelo que parece, Leo não é o único que o adora — disse Margaret, completamente surpreendida.

Para seu espanto ainda maior, sua amiga corou.

— Confesso, eu o acho muito atraente.

— Luísa!

— Eu sei, eu sei, é um pouco hipócrita depois de todos os conselhos que dei a você, mas juro, M., nunca me senti tão *viva* como quando estou na companhia do tenente Stirling. Ele tem o sorriso mais doce, que me deixa bastante tonta; e, quando está ao meu lado, meu coração simplesmente bate mais forte. Eu sei, parece tão extremo e tão diferente de minha personalidade, e eu mal conheço o homem. Ah, M., você acha que eu poderia estar desenvolvendo uma *paixão*?

Sem esperar por uma resposta, também porque Margaret estava sem palavras, Luísa continuou de um único fôlego:

— *Ele* não disse uma única palavra a respeito de seus sentimentos, naturalmente... Trata-se de um cavalheiro... mas eu sei que ele também o sente. Você não entenderia, mas há uma... uma conexão quando olhamos nos olhos um do outro. Ah, M., a sua cara! Você está pensando que sua amiga sensata soa totalmente idiota.

Estou pensando que sei exatamente como se sente, pensou Margaret, antes de dizer:

— Acho que você deve seguir seus próprios conselhos. Você é uma princesa real; sua reputação deve ser imaculada.

— É, e assim permanecerá.

— Se garantir que essa atração não vá mais longe que isso. Pelo amor de Deus, o que Sua Majestade diria se soubesse que você está de olho em um mero tenente?

— Pelas experiências passadas, ela o enviaria até os confins do mundo e me confinaria ao meu quarto até que tivesse aprendido minha lição. Minha irmã Lenchen teve um *affaire* — esclareceu Luísa em resposta ao olhar desconcertado de Margaret. — Quando ela tinha uns quinze ou dezesseis anos, Helena se apaixonou pelo bibliotecário. Não tenho a intenção de repetir seus erros, no entanto, e absolutamente nenhum desejo de fazer com que o tenente Stirling perca seu posto. Sou perfeitamente capaz de conter meus sentimentos. E sei que posso confiar em você para manter meu segredo.

— Mas o que você vai fazer a respeito? Não acredito que pense que tem algum tipo de futuro com o secretário de Leopoldo?

— Claro que não. — A expressão de Luísa se suavizou mais uma vez. — Neste momento, M., não estou interessada no futuro. *Anseio* por sentir o abraço dele. Você está chocada?

Chocada, mas, por outro lado, secretamente tranquilizada ao descobrir que sua amiga era mortal e que não era a única a sentir tais anseios. Não que fosse dizer isso a Luísa.

— Em comparação com o que me contam em Lambeth, isso não é nada — Margaret não resistiu a provocar. — Se tivesse me informado que ansiava por sentir alguma outra parte dele, aí eu poderia ter ficado chocada.

— *Margaret*! Que diabos... minha nossa, as mulheres realmente discutem tais intimidades na sua frente?

— Elas têm grande prazer em fazer isso. Você não acreditaria como estou bem informada em assuntos relativos ao quarto de dormir e suas consequências.

— Sério? — De olhos arregalados, Luísa chegou mais perto. — Conte.

— De jeito nenhum.

— Isso é absolutamente cruel da sua parte. Terei que descobrir por mim mesma o que você quer dizer, então.

— Lu, você não está falando sério — disse Margaret, tendo sido trazida bruscamente de volta à terra. Um beijo era uma coisa, mas contemplar ir além disso não seria apenas errado, seria muito perigoso. — Você não vai fazer nenhuma bobagem, vai?

Mas sua amiga lhe deu um sorriso enigmático.

— O tenente Stirling vai nos acompanhar a Osborne em abril. Ficaremos *encarcerados* lá, em nosso próprio mundinho. Assim como você e sua pequena família postiça em Lambeth. Pretendo tirar o máximo proveito enquanto posso.

— Como assim, tirar o máximo proveito?

Mas Luísa simplesmente arregalou os olhos e deu de ombros.

— Não sei quanto tempo a rainha planeja permanecer em Osborne, embora, é claro, voltaremos para o casamento de Lenchen em julho. Ainda não deveria dizer a você, mas, enquanto conversamos, minha mãe está informando a sua de que você foi escolhida como uma das oito damas de honra.

— Não!

— Você deveria se alegrar: é o selo mais alto de aprovação. Significa que você está totalmente de volta às boas graças da sociedade, M. É claro que terá que pagar por isso usando um vestido horrível, porque Helena tem um gosto horrível tanto em relação a roupas quanto para noivos. Você já viu uma fotografia do príncipe Cristiano? Ele tem muitas qualidades, tenho certeza, inclusive estar disposto a fazer de Windsor sua casa, mas não é nem de longe o mais bonito dos homens. É prematuramente careca, para começar.

— Oh, não, Lu — disse Margaret, suprimindo uma risada —, seria mais gentil dizer que ele tem uma testa extremamente grande.

— Tão grande que parece que seu cabelo migrou para o Sul, até o queixo — completou Luísa, acrescentando: — Ah, querida, parece que a rainha está se preparando para partir.

— Mas já! — Margaret levantou com um salto. — O casamento de Lenchen é daqui a mais de dois meses. Certamente eu a verei antes disso.

— Farei o meu melhor, mas você sabe como é minha mãe. Uma vez instalada em Osborne, ela tem de ser arrancada da casca como um caramujo. Depois do casamento de minha irmã, será bom começar a se preparar para o seu.

— Não diga isso. Killin ainda não renovou seu pedido.

— Ainda não. — Luísa a puxou para um raro e breve abraço. — Mas, desde que continue a se comportar, sem dúvida o fará.

UMA SEGUNDA CHANCE PARA
UM DEBUTE NA SEGUNDA TEMPORADA

Um baile foi oferecido no sábado passado pelo duque e pela duquesa de Buccleuch, em sua residência em Westminster, para marcar a reabertura do Parlamento após o recesso da Páscoa. Embora tenha sido um dos vários eventos sociais realizados naquela noite em particular, notou-se que o salão de bailes da Casa Montagu estava lotado. Tal é o prestígio do nome Buccleuch que seria mais fácil nomear os ilustres membros da aristocracia que não compareceram. Infelizmente, apesar de sabermos por ótimas fontes que Suas Altezas Reais a princesa Helena e a princesa Luísa foram convidadas, ambas permanecem ao lado de Sua Majestade, a Rainha, na Casa Osborne, na Ilha de Wight.

Como sempre, a duquesa de Buccleuch estava elegantemente vestida com um vestido de baile de seda prata e cinza com barra arredondada, enfeitada com renda prata. Sua filha, lady Margaret Montagu Douglas Scott, usava um vestido de cetim cor de maçã verde com uma capa de crepe creme rendilhada com fitas verdes, em forte contraste com os tons comedidos que marcaram sua primeira e truncada temporada. Apesar das garantias de que ela está totalmente recuperada após sua prolongada estada na Escócia, a antes exuberante segunda filha do duque de Buccleuch está notavelmente discreta nesta temporada. Na verdade, ela agora se parece mais com sua irmã mais velha, mais contida e circunspecta, lady Victoria Kerr. Um legado duradouro da doença que levou sua temporada anterior a um fim prematuro, talvez?

O retorno de lady Margaret à sociedade foi recebido inicialmente com silêncio, mas sua caderneta de baile foi muito requisitada no baile de Buccleuch. Um certo conde escocês, que foi observado prestando muita atenção à dama pelo segundo ano consecutivo, foi recompensado com uma marcha. Será que o anúncio de que fomos privados no último mês de julho foi meramente adiado, e não cancelado? Será que a persistência do conde dará frutos? (E esse fruto estará pronto para ser colhido?)

Aguardamos ansiosamente desdobramentos do que está se transformando em uma saga fascinante.

Capítulo dezesseis

Maio de 1866

A carruagem sacudia a caminho da ponte, e Margaret sentia, como sempre, como se estivesse cruzando a fronteira entre dois mundos. Desde as férias da Páscoa, seu tempo em Lambeth tinha sido limitado pelo fluxo diário de convites que chegavam à Casa Montagu, para piqueniques e festas no jardim, jantares, bailes e *soirées*. O Dia do Derby e a Semana de Ascot[4] se aproximavam. Correndo de um compromisso para o outro, em um turbilhão de seda, rendas e fitas, ela havia se tornado especialista em sorrir e falar sobre amenidades enquanto sua mente e seu coração estavam do outro lado do Tâmisa.

Ela não via Luísa desde o chá na Casa Marlborough, e as cartas de sua amiga desde então tinham sido esporádicas, pouco mais do que breves bilhetes que não continham nada de natureza pessoal. Luísa podia ser inconstante, fazendo uma pessoa se sentir como se fosse o centro de seu mundo e depois desprezá-la completamente sem razão aparente, mas Margaret sabia que não devia imaginar que era sua mais nova vítima. Luísa estava ocupada com algo. Ou alguém.

Como você mesma está, M., e não apenas com uma pessoa, mas com duas. Na verdade, estava feliz em deixar Luísa cuidar de si mesma por um tempo. Margaret tinha assuntos prementes para tratar.

O sentimento familiar de desgraça iminente se instalou sobre ela como uma nuvem escura. Killin fazia questão de tirá-la para dançar pelo menos uma vez em cada baile. Era quase sempre durante uma marcha, raramente um galope,

---

4 Eventos relacionados às corridas de cavalos, uma grande obsessão da era vitoriana. [N. T.]

que era muito indigno para ele, e felizmente nunca uma valsa ou uma polca, o que exigiria que colocasse o braço em volta dela. Seu ar territorial garantia que ela não tivesse outros pretendentes, a única vantagem a que ela se agarrava enquanto suportava a companhia dele. Sua contínua vigilância toda vez que se encontravam a fazia se sentir como uma criminosa em cuja alegação de ter se emendado o juiz não acreditava muito. E, mesmo assim, ele persistia. A única coisa constante nele era sua determinação de conseguir o que queria. Era apenas uma questão de tempo até que ele a reivindicasse.

E também havia Sebastian. O homem que ela amava e que, estava quase certa, a amava também, mesmo que tivessem mantido sua resolução de nunca mencionar, e muito menos repetir, aquele beijo sublime. Seus sentimentos um pelo outro eram mencionados silenciosamente toda vez que seus olhos se encontravam ou suas mãos roçavam. Seu amor nunca poderia florescer dada a dura realidade de suas respectivas circunstâncias, mas isso não impedia Margaret de imaginá-lo. Ela passava metade de suas noites perdida em uma fantasia romântica e maluca de ficar com ele para sempre, e o restante do tempo tentando se reconciliar com o casamento que temia que fosse anunciado dentro de poucas semanas. Queria desesperadamente estar à altura das expectativas que havia trabalhado tanto para cultivar desde o início do ano. Se ela renegasse seu noivado novamente, nunca mais seria perdoada, e com razão.

Não que estivesse planejando o renegar; não estava, de verdade. Em seu coração, sabia que era errado casar-se com um homem enquanto estava apaixonada por outro, mas havia resolvido, durante o dia de Natal em Dalkeith, endireitar-se para cumprir seu dever. Assim, seus sentimentos por Sebastian, por mais profundos que fossem, eram irrelevantes. Sua trajetória agora passava por se casar com Killin, e era isso que iria fazer. O casamento de Lenchen seria realizado no dia 5 de julho. Até o final daquele mês, no mais tardar, estaria noiva de Killin. Sua nova vida como condessa de Killin aproximava-se rapidamente.

Não, aproximava-se a uma velocidade vertiginosa!

A carruagem parou e, quando Molly saltou para pagar a tarifa, o coração de Margaret ficou mais leve. Em vez de lamentar o que perderia, ela seguiria o exemplo de Luísa e se concentraria em aproveitar ao máximo o que tinha, enquanto ainda o tinha.

— Margaret, é tão bom vê-la. — Sebastian levantou-se da cadeira quando ela entrou no escritório, um sorriso iluminando seu rosto.

O coração dela deu um salto ao vê-lo, como sempre. Ele hesitou antes de sentar-se novamente, decidindo-se por não tomar as mãos dela em saudação, e como sempre ela tentou não se decepcionar com aquilo. Eles se acomodaram em sua rotina de escrever cartas, mas hoje nenhum dos dois parecia capaz de se concentrar. Desviando o olhar de uma frase que compunha por volta da quarta vez, ela encontrou o olhar de Sebastian fixo nela. O cenho franzido perturbava sua expressão normalmente tranquila.

Margaret pousou a caneta.

— Há algo errado?

— Não. Sim. — Sebastian ficou de pé num salto e agarrou a mão dela. — Eu tentei, Margaret, mas não consigo parar de pensar em nosso beijo. Ali tudo mudou para mim, mas apenas diga se você não sentir o mesmo, e juro que nunca mais tocarei no assunto.

Tomada de surpresa, não lhe ocorreu mentir.

— Eu também não consigo esquecer, embora Deus saiba que tentei.

Os dedos dele apertaram os dela.

— Assim como eu, mas em vão. Certamente, não pode ser errado dar voz ao que está em meu coração. Eu te amo tanto, Margaret.

Ouvir as palavras pelas quais ansiava com culpa e secretamente a fez esquecer todo o resto. Uma alegria feroz e intensa perpassou seu corpo.

— Eu também te amo, Sebastian, tanto.

— Margaret! — Ele a puxou para fazê-la ficar de pé e em direção aos braços dele. — Ah, minha querida.

Seus lábios se encontraram no mais doce dos beijos, bem como ela se lembrava e ainda assim totalmente diferente. Quando ele a puxou para mais perto, ela jogou seus braços ao redor do pescoço dele, e Sebastian grudou seus lábios aos dela outra vez, persuadindo sua boca a se abrir para um beijo muito diferente. A intimidade a chocou; sua própria reação a chocou ainda mais. A língua dele tocou a dela e ela se afastou, sem fôlego e totalmente confusa. Era assim a sensação de estar apaixonada? Era avassaladora e ligeiramente aterrorizante e, ao mesmo tempo, ela queria mais.

Sebastian parecia diferente. Seus olhos escureceram, semicerrados, e o rubor manchava suas bochechas.

— Peço desculpas — disse ele, com a voz rouca. — Eu não queria... Permiti que meus sentimentos me dominassem. Perdoe-me. — Ele passou a mão pelo cabelo, sorrindo triste. — Será difícil, mas vou tentar exercer mais contenção até que tenhamos condições de nos casar.

— Casar! — Margaret foi trazida abruptamente de volta à terra. — Não podemos nos casar.

— Claro que nos casaremos. — Sebastian apertou a mão dela contra o peito dele. — Minha querida Margaret, você não pode ter imaginado que eu a teria beijado de tal forma se minhas intenções não fossem honrosas.

Ela nunca havia considerado devidamente a situação do ponto de vista dele, estando tão preocupada com o seu.

— Lamento muito, Sebastian, mas não posso me casar com você.

— Por que não, se você me ama, como diz? Será porque nossas posições sociais são tão radicalmente diferentes?

— Não é isso. Não me importo nem um pouco com isso.

— Então o que é? — O sorriso dele desvaneceu-se. — Não quer se casar comigo?

Se ao menos ela tivesse explicado sua situação antes...

— É o que quero mais do que tudo, mas simplesmente não é possível. Meus pais nunca consentiriam.

— Quando eles compreenderem a profundidade de nossos sentimentos...

— Os sentimentos não têm relevância no mundo de meus pais. — A diferença entre aquele mundo e o de Sebastian era um abismo do qual ele não tinha noção. — O casamento tem a ver com riqueza, conexões, *status*.

— E eu não possuo nenhum desses atributos — disse Sebastian ironicamente. — Muito bem, se eles não derem seu consentimento, então teremos simplesmente que esperar até você atingir a maioridade.

— Isso vai ser só daqui a quase um ano e meio.

— Eu esperaria o dobro do tempo se fosse preciso — respondeu ele, beijando a mão dela. — Não me faltam obrigações. Se assim for, o tempo passará num piscar de olhos.

Para ele, mas o que dizer dela? Será que ele não entendia que ela seria confinada à solidão por todo esse tempo? Não, como poderia entender, se ela nunca havia explicado a realidade de sua situação! Reunindo coragem, Margaret preparou-se para esclarecê-lo.

— Nós nunca discutimos minha família.

— Isso é porque só estou interessado em você, não neles.

— Eu sei. — Ela levou a mão dele à sua bochecha. — Essa é uma das coisas maravilhosas em você, mas não posso descartá-los como um velho par de sapatos.

— De fato, e não estou pedindo que faça isso.

— Não, mas o contrário seria verdade, infelizmente. O que quero dizer é que eles me descartariam. Para meu pai, minha única função na vida é casar-me bem.

— E um humilde padre anglicano não passará na avaliação, é isso que está dizendo?

Imaginar o que o pai dela diria de Sebastian fez Margaret estremecer.

— Meu pai já escolheu o conde de Killin como um marido adequado para mim.

— Você já está noiva! — Sebastian soltou a mão dela.

— O noivado ainda não foi formalizado. Foi quase anunciado no ano passado, mas...

— Ano passado!

— Mas eu fugi antes que fosse. Causou um escândalo terrível do qual só agora estou me recuperando.

— Eu não entendo. Está me dizendo que seus pais estão tentando te forçar a casar com alguém contra sua vontade? Isso, sim, seria um escândalo.

— Não, não é assim. Eles não estão me forçando. Eu quero me casar com ele. Pelo menos, quero *querer* me casar com ele. — Ela parou de falar, percebendo quanto soava ridícula.

— Você está ou não está noiva de outro homem?

— Não — sussurrou ela, escarlate de vergonha —, mas a convicção geral é de que estarei até o fim do verão.

— Olhe para mim, Margaret — disse Sebastian gentilmente. — Se não quiser se casar com este homem, só tem que permanecer firme em sua determinação até atingir a idade adulta, e então poderemos nos casar, com ou sem a bênção deles.

— Se ao menos fosse assim tão simples.

— Se você me ama...

— Eu amo, como pode duvidar disso? — Um soluço estava entalado em sua garganta. — Sou absolutamente infeliz durante cada momento que não estou com você. Gostaria que pudéssemos estar sempre juntos.

Sebastian passou seus braços ao redor da cintura dela, puxando-a firmemente contra ele.

— E podemos estar, se quisermos o suficiente.

Dividida, ela apoiou seu corpo no dele, fechando os olhos, querendo se perder naquele idílio perfeito, esquecer tudo sobre o mundo real e todos que o habitavam. O cheiro familiar dele e o calor de seu corpo a faziam quase perder os sentidos.

— Eu te amo — disse Margaret, desejando que fosse o suficiente. — Eu te amo — repetiu, como um feitiço contra a realidade.

— Então é só isso que importa, não é? Há obstáculos a serem vencidos, eu entendo isso — disse ele. — Obstáculos a serem removidos. Talvez tenhamos que esperar, mas estou disposto a esperar para sempre por você. Estou dando as coisas como certas demais, esperando demais? Seria uma vida muito diferente, a que você levaria aqui em Lambeth, com seus desafios e com pouco conforto.

— Como eu poderia ser outra coisa além de feliz, se estivesse com você?

— Então está resolvido. Você será minha esposa.

Ele realmente acreditava que isso era possível. Não tinha ideia do que estava pedindo a Margaret, mas, se Sebastian acreditava nela, e no poder do amor, então por que ela não podia?

— Eu não posso — disse Margaret, embora soasse ambivalente até para seus próprios ouvidos. — Eu queria, mais do que tudo, mas querer não é suficiente. Meus pais...

— Devem entender que seu principal dever não é para com eles, mas para consigo mesma. O que a fará feliz, Margaret? Casar-se com um homem que você admite não conseguir amar, fazendo-se de dama do casarão e distribuindo geleia no Natal? Ou uma nova vida em Lambeth ao meu lado, fazendo realmente o bem, fazendo uma verdadeira diferença...

— Você sabe a resposta a essa pergunta — disse Margaret, sabendo muito bem que era a pergunta errada. Sebastian fazia com que aquilo parecesse tão simples e tão atraente. Ele a amava. Ele a havia escolhido como a mulher que queria ao seu lado para o resto da vida. Ela também o amava, mas havia mais armadilhas do que ele poderia imaginar. E, apesar disso, quando ele a olhava assim, ela acreditava naquela possibilidade.

Ele a puxou de volta em um abraço e a beijou ternamente.

— Daremos um jeito.

Ela queria provar que podia fazer o que fosse preciso para estar com ele. Queria acreditar que o amor poderia enfrentar tudo. Até mesmo o pai dela.

— Eu sei, é avassalador — disse Sebastian, interpretando mal a hesitação dela. — Eu nunca ousei sonhar até hoje.

Ela também não, mas agora havia uma irresistível réstia de esperança. Em vez de dizer a si mesma que era impossível, será que poderia concentrar-se em como tornar aquilo possível?

— Se meus pais descobrirem meus sentimentos por você, eles me mandarão embora.

— Então esconda seus sentimentos deles. Embora encorajar a mentira vá contra o bom senso e contra tudo o que prego, neste caso acho que é justificado.

— Ainda há a questão de Killin.

Sebastian franziu o cenho.

— Uma simples recusa será suficiente, com certeza. Nenhum homem desejará se casar com uma noiva relutante, a menos que seja um patife.

Seria possível desencorajar Killin? Ela sinceramente duvidava. Mas se quisesse se casar com Sebastian, e queria, desesperadamente, com certeza poderia encontrar uma maneira de se livrar de Killin, não? Se ao menos não tivesse se esforçado tanto para se mostrar aprazível. Meu Deus, será que estava realmente considerando a proposta de Sebastian? Sua mente estava girando.

— Você não parece convencida, Margaret — disse ele. — Se preferir confrontar a questão de frente e declararmos nosso amor publicamente, falarei imediatamente com seu pai.

— Não! Pelo bom Deus, não. Isso seria a pior coisa que você poderia fazer. Não devemos fazer nada precipitado.

— Você está certa: não vale a pena agir com pressa inconveniente. Afinal de contas, temos o resto de nossas vidas pela frente.

Será que tinham? Ela não conseguia acreditar que isso pudesse acontecer, mas quando ele sorriu para ela, com tanto amor e ternura, ela quis acreditar. Então ele a puxou novamente para seus braços, beijando-a sem nenhum vestígio da paixão ardente que a havia excitado e aterrorizado tanto. Quando ele a soltou, Margaret não conseguia dizer se estava aliviada ou decepcionada.

Princesa Luísa a lady Margaret

Castelo de Windsor, 6 de junho de 1866

Minha caríssima M.,

Minhas profundas desculpas pela demora em responder a sua carta, que estava me esperando quando voltei de uma breve visita a Cliveden com a rainha. Tenho que confessar que perdi o sono por causa de uma preocupação particular, mas o conteúdo de sua carta garantiu que eu não pregasse o olho.

Eu havia presumido, a partir dos bilhetes bem curtos que você tem enviado, que tudo estava saindo de acordo com o planejado, mas mais uma vez descobri que minha querida e mais antiga amiga tem mantido um segredo chocante de mim. Você pede minha opinião, mas eu não sei por onde começar, nem acredito verdadeiramente que você precise de qualquer conselho. Você não pode casar-se com um humilde padre, M., deve saber disso. Seria o fim de sua vida como você a conhece, e inevitavelmente precipitaria o fim de nossa amizade também. Certamente você não pode estar levando isso a sério. Suas visitas a Lambeth foram uma recompensa por seu comportamento exemplar. Essas foram suas próprias palavras, M., eu as recordo claramente. E como você retribui a confiança da duquesa em você? Apaixonando-se por um padre. Um padre!!!! Ainda não consigo acreditar.

Margaret (sim, o assunto é tão sério que devo me dirigir a você por seu nome de batismo), você trabalhou tanto para voltar às boas graças de seus pais. Eu realmente acreditava que você estava pronta para abraçar seu futuro como condessa de Killin, com a consciência limpa e o coração determinado. Sua determinação não deve vacilar agora. As consequências são simplesmente horríveis demais para serem comtempladas. Seu plano de dar as costas a seu pretendente original está fadado a ser um tiro pela culatra. Além do fato de que uma jovem volúvel ganha uma certa reputação, não acredito que isso impeça a proposta que você trabalhou tanto para receber e da qual alega agora ter receio. Seja forte, esqueça o padre, e case-se com o conde. É o seu destino.

E agora, com relutância, tenho que me voltar para minhas próprias preocupações. Ah, M., me sinto tão hipócrita dizendo-lhe para suprimir seus sentimentos mais ternos enquanto eu... rezo para que ninguém veja isto... enquanto eu tolamente me entrego aos meus. Não ouso dizer mais nada. Espero fervorosamente todos os dias que meus medos se revelem infundados. Talvez quando você receber esta missiva, tudo esteja bem. Devo acreditar que sim, pois não ouso sequer imaginar o que acontecerá se não for o caso.

Partimos para Balmoral no dia 13, e a rainha, como sempre, exige muito do meu tempo. Nas circunstâncias, devo fazer-me de filha atenta ainda mais assiduamente do que o costume, portanto duvido que nos encontremos antes do casamento de Lenchen, e espero que até lá nossos dois dilemas estejam resolvidos satisfatoriamente. Seu noivado terá sido anunciado, e eu não terei necessidade de contemplar um retiro no campo. Assim, nossa amizade e nossa reputação serão preservadas.

Ah, M., que criaturas tolas somos quando nos apaixonamos. Existe algo mais maravilhoso? Ou tão catastrófico, quando vai mal? Você sabe que não deve responder a esta carta. Quem me dera poder vê-la, mesmo que apenas por meia hora. Se pareço estoica, se pareço forte, não se deixe enganar. Você me conhece melhor do que ninguém. Nunca precisei tanto de seu apoio leal e de seus conselhos sábios. E, no entanto, não posso tê-los, e portanto preciso suportar tudo sozinha, assim como você.

Adeus até nos encontrarmos novamente, em tempos mais felizes!
Com muito amor, sempre,
Luísa

Capítulo dezessete

Domingo, 17 de junho de 1866

Margaret estava deitada no banco da janela de seu quarto. Do lado de fora, os sinos da igreja anunciavam o culto dominical. Luísa estaria agora em Balmoral. A última epístola de sua amiga havia declarado de forma críptica que não havia nenhuma mudança formal em sua situação.

Ao contrário de suas próprias circunstâncias. No baile da noite anterior, Killin a havia informado de que se encontraria com o pai dela imediatamente após o casamento real para discutir o anúncio de seu noivado. Suas tentativas de dissuadi-lo no intervalo de um mês desde que Sebastian havia se declarado tinham se mostrado inúteis. Se não tivesse cuidado, poderia muito bem acabar comprometida com dois homens ao mesmo tempo. Será que haveria um duelo ao amanhecer pelo direito à mão dela?

Ah, meu Deus, mas a situação em que se metera não era nem remotamente engraçada. O que iria fazer? Encostando a bochecha quente contra a janela, ela fechou os olhos e tentou se acalmar. Uma coisa de cada vez. Ela não podia se casar com Killin. No atoleiro que era sua vida no momento, pelo menos isso estava claro. Se não tivesse conhecido Sebastian, podia realmente ter se forçado a levar o casamento adiante, mas teria sido um grande erro. Ela tinha que encarar o fato de que era incapaz de viver uma vida de infelicidade obediente. Se isso fazia dela uma filha errante e ingrata, que assim fosse.

Seu alívio por finalmente ter chegado a essa conclusão foi, no entanto, muito breve. Recusar Killin era uma coisa. Aceitar Sebastian era outra. A sempre presente dor apertava sua cabeça. Ela o amava. Ele a amava. Deveria ser uma decisão simples, mas não era. Um mundo tomado pelo amor era uma visão sedutora, mas não era Sebastian que teria que suportar o fardo. Ele seria todo e completamente carregado por ela, e seria um esforço formidável. A vida *dele* não se alteraria em nada, mas a dela mudaria irrevogavelmente. A carta de Luísa a tinha forçado a confrontar o que sabia desde o início. Se escolhesse Sebastian, o preço seria um completo afastamento de todos os demais, de toda a sua família e de cada um de seus amigos. O mundo dele se tornaria o dela. Deixaria sua antiga vida para trás para sempre. Sua família nunca mais proferiria seu nome, exceto em sussurros escandalosos. Saberia sobre casamentos e nascimentos da família Montagu, e até mesmo sobre as mortes, através dos jornais. Seu exílio em Dalkeith havia lhe dado um gostinho de como seria. Só que, desta vez, seria uma sentença de prisão perpétua, sem esperança de indulto.

Ela não podia fazer isso. O preço era simplesmente alto demais. Isso significava que ela não o amava o suficiente? Talvez, mas não fazia diferença. Casar-se com Sebastian era, embora de uma forma muito diferente, tão impossível quanto se casar com Killin. Esse pensamento simples e lúcido trouxe a sensação sólida de uma verdade fundamental. Atordoada, Margaret olhava pela janela, perguntando-se como a vista permanecia inalterada, se sentia como se o mundo tivesse saído de seu eixo.

Os sinos da igreja pararam de tocar. O duque estaria trabalhando em seu escritório. Seu pai era a chave para destravar o emaranhado em que ela havia se metido. Tinha que convencê-lo de que deveria recusar-se a conceder sua mão em casamento a Killin. Uma vez que aquela espada de Dâmocles não pairasse mais sobre sua cabeça, poderia ganhar tempo para encontrar uma maneira de desiludir Sebastian gentilmente.

Teria que se manter firme diante do duque pela primeira vez em sua vida. Teria que persuadir seu pai de que não estava, mais uma vez, procrastinando, mas que tinha tomado uma decisão madura, cuidadosamente pensada, e que tinha o direito de opinar sobre seu próprio futuro.

Ela conseguiria fazer isso? Tinha que fazê-lo, caso contrário, era melhor resignar-se a fazer o que ele queria. Aterrorizada, mas determinada, tocou a campainha para chamar Molly e se preparou para enfrentar o leão em sua cova.

Vestida com um discreto vestido matinal azul-claro de musselina, Margaret estacou em frente à porta do escritório de seu pai. Fazia quase exatamente um ano que seu pai soltara os cachorros em cima dela nesta mesma sala antes de seu exílio e seis meses desde a segunda reprimenda, ao retornar de Dalkeith.

Como ela tinha sido imatura e ingênua. Desta vez, precisava permanecer calma, ser lógica e coerente. Batendo à porta, ela entrou sem esperar pela permissão.

— Margaret! — Seu pai estava sentado à sua escrivaninha, caneta em mãos, um livro contábil aberto no mata-borrão à sua frente. — O que você quer? Estou extremamente ocupado.

— Bom dia, Vossa Graça. Posso entrar?

Enquanto ela se sentava na cadeira em frente à mesa, o duque continuava a olhar fixamente para suas contas.

— Bem?

— Killin me informou que pretende visitá-lo depois do casamento da princesa Helena.

— Ah! — Ele pousou a caneta. A carranca desapareceu. — Espero que você compreenda como é afortunada por ter uma segunda chance. Killin...

Quando seu pai se lançou em uma ladainha familiar dos muitos atributos de Killin, Margaret parou de escutar. A linha capilar do duque estava recuando, ela notou. Ele tinha penteado o cabelo para a frente, num esforço para disfarçar o fato, mas aquilo fazia parecer que ele estava usando um chapéu. Seus bigodes não eram mais de um vermelho vivo, mas cinzentos. Suas sobrancelhas estavam muito encaracoladas e desarrumadas, precisando de um corte, e havia pelos brotando de suas narinas. Ele não era onisciente nem infalível. Era meramente um homem teimoso, que precisava ser persuadido a enxergar sua filha recalcitrante sob uma nova luz.

— Vossa Graça! — Margaret estava enjoada. Suas mãos tremiam. Ela as uniu firmemente, cravando as unhas nas palmas. — Vim informá-lo de que não vou me casar com Killin — disse com firmeza. — Eu tentei. O senhor não pode me acusar de não ter me esforçado, mas simplesmente não consigo me convencer de que somos adequados um para o outro. Não posso me sacrificar a um casamento que me tornaria e, estou convencida, a meu marido também, bastante infelizes. Sei que esta é a última coisa que quer ouvir, mas é muito melhor que ouça antes tarde do que nunca.

Forçando-se a olhar nos olhos de seu pai, no entanto, ela se acovardou. Seguiu-se um longo e pesado silêncio. Enquanto suas canelas coçavam de vontade de fugir, um tique na bochecha de seu pai fazia os bigodes dele tremerem. Ela torcia para que seu silêncio significasse que estava digerindo o que ela lhe havia dito. Indicava que ele tinha escutado, disse ela a si mesma, o que era um começo.

— Como se atreve?

Ela vacilou, mas se recusou a baixar o olhar.

— Tenho o direito de ter uma opinião sobre este assunto, o senhor deve entender isso.

— O que eu entendo é que você fez um *belo* trabalho de enganar a mim e a sua mãe, fazendo com que acreditássemos que você tinha mudado.

— Eu *tentei* cumprir o que esperavam de mim, mas não quero...

— Quantas vezes, senhorita, tenho que lembrá-la de que seus desejos são completa e totalmente irrelevantes? Todo este seu discursinho me provou que você é o que sempre foi. Totalmente egoísta, completamente insubordinada e determinada a fazer de tudo para arruinar a reputação de nossa família.

— Pai! Isso não é justo. Eu quero...

— Segure a língua — ele bradou, com o rosto vermelho de raiva. — Como ousa me interromper! Você já falou demais, e nada disso é novidade para mim. Você não consegue gostar de Killin. Você não o faria feliz. Quantas vezes tenho que suportar esse refrão egoísta!

— Asseguro-lhe que desta vez é diferente. Antes... — Sua voz vacilou. *Calma, M.* — Admito completamente que não dei a devida consideração à união quando ela foi sugerida pela primeira vez. Coloquei meus sentimentos em primeiro lugar sem levar nada mais em consideração. Entretanto, nos últimos seis meses, tenho tentado desesperadamente deixar de lado minhas reservas, para me convencer a fazer o que se espera de mim. Concluí que simplesmente não posso fazer isso.

— Simplesmente não quer fazer isso, você quer dizer. Pensei ter deixado claro, na última vez, que havia apenas uma lição que precisava que você aprendesse: colocar-se em seu lugar.

— Eu sou sua filha, não sua propriedade. — A frustração a deixou imprudente. — Minha opinião sobre este assunto é tão valiosa quanto a sua, se não mais. Casar com Killin seria um grande erro. Eu não o cometerei.

Por um longo tempo, seus olhares se encontraram. Momentaneamente, ela pensou ter visto um pequeno indício de admiração em seus olhos, mas isso foi rapidamente apagado.

— Quem colocou na sua cabeça a noção de que sua opinião tem alguma importância?

— Sou perfeitamente capaz de pensar por mim mesma.

— Não, alguém tem feito sua cabeça. — O duque bateu com os dedos no mata-borrão. — Estas visitas de caridade que você tem feito. A Lambeth, não é?

— Minha mãe as autorizou.

— Estou ciente disso. — O pai dela sorriu friamente. — Eu não me opus porque acreditei que eram inócuas. Agora, eu me pergunto se estava enganado.

— O tempo que passo em Lambeth tem sido extremamente educativo. O padre Sebastian e sua irmã, a sra. Elmhirst, estão muito satisfeitos com a assistência que lhes tenho dado. Diria até mesmo que tenho sido útil.

Seu pai a encarava como se ela fosse uma larva que ele havia encontrado ao levantar uma pedra. Cravando as unhas nas palmas das mãos, Margaret se obrigou a continuar.

— Tenho ajudado as pessoas de uma maneira muito prática. O padre Sebastian acredita que não se pode nutrir o espírito se o corpo estiver morrendo de fome.

— Se eu quisesse um sermão sobre caridade, teria ido à igreja hoje de manhã.

— O Seb... O padre Sebastian e sua irmã não acreditam em distribuir caridade, mas em encontrar a raiz do sofrimento e fazer algo para aliviá-lo. Aprendi muito sobre a vida real trabalhando com eles. O suficiente para entender que tenho muito mais a aprender. Nesse sentido, você tem razão em dizer que Lambeth influenciou meu pensamento.

— Nesse caso, suas visitas a Lambeth devem cessar imediatamente.

— Cessar? — Seu queixo quase caiu com esta reviravolta inesperada da conversa. — Mas por quê?

— Porque eu mandei. Porque não quero minha filha vagando por Lambeth sob a influência de um padre renegado. Porque estremeço ao pensar no que Killin acharia se soubesse disso.

— Ele não sabe. Não há razão para que saiba. O que Killin pensa não importa. Vou a Lambeth porque gostaria de fazer a diferença no mundo ao meu redor. Pensei que o senhor apreciaria isso, pelo menos. Não é o que o senhor mesmo se esforça para fazer?

— Você se atreve a equiparar suas fracas tentativas com meus esforços filantrópicos?

— Não! Mas ouso sugerir que há esforços mais valiosos do que me tornar esposa de um homem que não se importa comigo de fato.

— E aí está. — O pai dela deu um sorrisinho. — Isto não foi nunca sobre filantropia, não é, Margaret? Trata-se apenas de você, como sempre.

Frustrada, furiosa e, acima de tudo, profundamente magoada, Margaret lutou para não chorar. Ele não se importava com seus sentimentos ou seus desejos. Ela era sua filha, mas ele não a amava. Nunca a amara e nunca amaria.

Ficando de pé, as pernas tremendo, só pensava em sair dali da maneira mais digna que conseguisse.

— Com licença, Vossa Graça.

— Sente-se. Eu ainda não terminei de falar com você.

Tremendo, ela permaneceu de pé.

— Talvez não, mas eu já terminei com o senhor. Não há mais nada a ser dito. Eu não sou uma inútil, mas esta discussão é.

O duque a olhou com fúria gélida.

— Padre Sebastian Beckwith, é esse mesmo o nome dele?

— Por que a pergunta?

— Lambeth. Ele está sob a jurisdição do arcebispo da Cantuária, Charles Longley. Acontece que o conheço razoavelmente bem.

— O que isso tem a ver com a questão?

— Pelo que me disse, será fácil persuadir o arcebispo a cortar um pouco as asas do homem.

— Cortar as asas dele?

— Um padre anglicano, enchendo sua cabeça de bobagens, encorajando-a a desafiar os mais velhos e superiores, a desrespeitar voluntariamente as regras. É claro que ele acredita que os ensinamentos da Bíblia não se aplicam a ele. Longley vai lhe ensinar um pouco de humildade, fará com que ele cumpra as regras.

— Não! Não, isso não é justo! Os métodos do padre Sebastian podem ser pouco ortodoxos, mas dão frutos. As pessoas de Lambeth precisam dele como ele é.

Mas o duque bateu a caneta no mata-borrão, mirando-a com uma calma que a enfurecia.

— Pode até ser. Do que eles certamente não precisam é de você. A melhor e única maneira de demonstrar a *sua* utilidade é casando-se com Killin.

Os punhos de Margaret estavam cerrados nas dobras do vestido. Ela desejou que de seus olhos não caísse nenhuma lágrima.

— Pela última vez, eu não vou me casar com Killin.

— Você deixará de fazer suas visitas a Lambeth e se casará com Killin antes do fim deste ano. Você. Entendeu. Claramente?

Claro que ela tinha entendido. Horrivelmente. Dolorosamente.

— Entendi que nada do que eu disser fará diferença — ela rebateu —, mas não vou me casar com Killin. Nem agora, nem nunca.

Completamente enojada, Margaret fugiu.

Capítulo Dezoito

Naquele domingo as ruas estavam estranhamente tranquilas no caminho familiar para Lambeth. Os protestos de Molly sobre esta súbita viagem haviam cessado em face da determinação indiferente de Margaret. Seu pai, sem dúvida, atribuiria sua ausência inexplicável a um episódio de birra infantil, *caso* perguntasse sobre seu paradeiro, o que era altamente improvável. Ela não tinha ideia do que sua mãe acharia de seu comportamento, nem podia se importar no momento. Dado o resultado da conversa que tinha acabado de ter com seu pai, ela precisava falar com Sebastian sem demora.

A melhor e única maneira de demonstrar a sua utilidade é casando-se com Killin. As palavras do duque soaram em sua mente enquanto a carruagem balançava sobre as pedras do pavimento. Ela havia passado a vida tentando agradar o pai. Havia se virado e revirado do avesso tentando ser a filha que ele queria. Quando ele parecia cruel, ela se convencia de que ele sabia mais do que ela. Quando ele era frio, dizia a si mesma que não tinha conquistado o afeto dele. Quando ele lhe disse que ela era inútil e egoísta, ela tentou mudar. Ela *havia* mudado, mas isso não fizera nenhuma diferença. Ele não a amava. Nem mesmo gostava dela. Se a odiasse, pelo menos ela teria provocado uma emoção, mas ele a tinha dispensado como a um mosquito chato e persistente. Ele era completamente indiferente ao caos que suas palavras cruéis haviam criado, e também à dor. Ele era insensível. Mas ela não era. Não haveria tempo para convencer gentilmente Sebastian de que a ideia de se casarem era um sonho impossível; ela tinha que agir imediatamente, antes que seu pai ameaçasse o que havia de mais precioso para ele: sua vocação em Lambeth.

Naquela manhã, havia estado preocupada em estar noiva de dois homens ao mesmo tempo. No final do dia, estaria livre de ambos. Entre as emoções que fervilhavam, uma pequena cintilação de alívio brilhava. Embora o duque a tivesse a obrigado a ser rápida, já havia tomado a decisão de dizer a Sebastian que não poderia se casar com ele. Era a coisa certa a fazer, e pouparia a ambos no processo. Céus, se seu pai podia usar suas conexões para forçar Sebastian a *andar na linha* simplesmente por encorajá-la a falar o que desejava, ele provavelmente o baniria enviando-o para uma missão na África se ousasse se casar com ela.

Tremendo, Margaret desceu da carruagem quando ela parou em frente à casa paroquial, reunindo os resquícios esfarrapados de sua coragem. O que quer que acontecesse com ela agora, ela estava determinada a não provocar a queda de Sebastian. Estava na hora de destruir suas ilusões românticas.

— Lady Margaret! E Molly, é claro. — Esther segurou a porta, convidando-as a entrar. — Que bela surpresa. Não estávamos esperando vocês hoje. A sra. Elmhirst está no hospital infantil, mas o padre Sebastian está em seu escritório se preparando para a missa noturna. Quer que eu lhe traga um chá?

— Não, obrigada.

Mesmo ciente de que Esther e Molly trocaram olhares significativos, Margaret estava muito preocupada com a conversa que estava por vir para se perguntar o que aquilo poderia significar. Ela havia falhado com seu pai, mas estava determinada a não falhar ali. Convenceria Sebastian de que seus planos futuros não poderiam incluí-la.

Ele estava sentado em sua escrivaninha. As mangas da camisa estavam arregaçadas e o casaco jogado sobre as costas da cadeira. A luz do sol que entrava pela janela criava madeixas douradas em seus cabelos castanhos que, como sempre, estavam bagunçados por seu hábito de passar as mãos neles.

— Margaret! — Soltando a caneta, ele atravessou a sala para recebê-la. — Que bom vê-la. Eu não estava esperando você. — Mas quando ela virou o rosto, de modo que ele beijasse não os lábios, mas o rosto dela, o sorriso dele desvaneceu-se. — Qual é o problema? Você está branca como um fantasma. Está doente?

Margaret tirou o chapéu e as luvas, tomando seu lugar habitual de frente para ele.

— Sei que é o seu dia mais movimentado e lamento muito ter chegado assim sem aviso prévio, mas tenho algo urgente para lhe dizer.

— Isso soa bastante sinistro.

— Sim. — Não havia maneira de suavizar o baque. — Eu não posso me casar com você.

— Eu sei que você não pode se casar comigo *agora*, mas, como combinamos, estou disposto a esperar...

— Sebastian, não posso me casar com você. Nem agora. Nem nunca. Lamento muito.

— Eu não entendo. O que aconteceu para você mudar de ideia? — Ele fez menção de se levantar, mas ela balançou a cabeça, acenando para que ele voltasse a se sentar. Mencionar sua discussão com o pai só iria dificultar tudo. O acontecimento tinha precipitado as coisas, mas sua decisão já havia sido tomada. — A única razão pela qual meus pais me trouxeram para Londres foi para conseguir um bom casamento.

— E nossa união seria considerada uma péssima alternativa — concordou ele com pesar. — Entendo, e é por isso que concordamos em esperar até que você tenha idade para fazer o que quiser.

Ela nunca havia concordado em se casar com ele. Tinha tido esperança e tinha sonhado, mas nunca dissera que sim. Mas também não dissera que não, nem mesmo confessara suas dúvidas crescentes, e se sentia culpada por isso. Margaret apertou as mãos com mais força. Agora era o momento de esclarecer a situação.

— Se me casasse com você, meu pai nunca me perdoaria.

— Certamente você está exagerando. Ele vai ficar confuso, é uma característica de homens como ele, e pode evitá-la por um tempo, por causa de seu orgulho, mas você é filha dele. Ele se conformará; não a renegará completamente.

— Renegará, sim, e também vai insistir que minha mãe, minhas irmãs e meus irmãos sigam o seu exemplo. Estou me enganando há muito tempo. Nenhuma espera vai mudar o fato de que nosso casamento não seria tolerado.

— Mas se o apresentamos como um fato consumado...

— Seria como se tivesse morrido para eles — disse Margaret. — Para sempre.

Sebastian parecia horrorizado.

— Eu sabia que haveria revolta, mas... — Ele parou de falar, balançando a cabeça. — Não, não posso acreditar que eles seriam tão cruéis.

— Temo que deva acreditar. Lamento muito dar a notícia tão repentinamente e sem aviso, mas não posso, em sã consciência, permitir que acredite que temos qualquer esperança de um futuro juntos.

— Então você está sendo cruel para ser gentil, é isso que está dizendo? — argumentou ele, com uma risada curta e dura.

— Estou tentando nos poupar tanto da decepção inevitável como da dor que a acompanharia — respondeu Margaret em uma voz baixa.

— Ah, não, isso foi injusto da minha parte. Você não merecia... — Sebastian xingou suavemente e baixinho, depois ficou vermelho. — Peço perdão. Se o que diz é verdade, então minha cabeça esteve nas nuvens.

— E a minha também. Mas não está mais.

— Eu não sei o que dizer.

— Não há mais nada a ser dito.

Enquanto ela segurava um soluço, ele empurrou a cadeira para trás, puxando Margaret para seus braços. Descansando a bochecha no ombro dele, ela fechou os olhos, absorvendo seu cheiro familiar, rendendo-se ao conforto de sua mão tranquilizante no cabelo dela.

— Não há realmente esperança? — perguntou ele.

Ela levantou a cabeça para encontrar seu olhar triste. Seria cruel falar-lhe das ameaças de seu pai, e desnecessário, pois mesmo em sua pergunta havia uma semente de resignação. *No fundo, será que ele também tinha duvidado?*, perguntou-se Margaret. Isso também já era irrelevante.

— Sinto muito.

Os braços dele a apertaram com mais força.

— O que vou fazer sem você?

Ele parecia tão diferente do costume, tão profundamente abalado. Margaret também apertou o abraço.

— Sinto muito. Eu sinto muito.

Ela sentiu sua respiração entrecortada um pouco antes de ele afastá-la a um braço de distância.

— Foi errado da minha parte atrever-me a me apaixonar por você?

— Foi errado da minha parte permitir que nós dois sonhássemos. Eu te amo, mas no fundo sempre soube que não tínhamos futuro, por mais que eu quisesse acreditar nisso. Lamento muito ter que lhe dizer assim. E sei que deveria ter dito algo mais cedo.

— Você tentou me alertar desde o início, mas eu não quis ouvir. — Uma mecha de seu cabelo havia caído sobre a testa. Ela ansiava por poder colocá-la no lugar.

— Sentirei muito a sua falta.

— E eu sentirei sua falta mais do que posso dizer.

— E de Susannah também. Pode despedir-se dela por mim?

Sebastian fez que sim, mordendo o lábio com força. O coração dela estava apertado de ver o esforço que ele estava fazendo para se controlar. Dois passos e ela estaria mais uma vez em seus braços. Um último abraço, um último beijo para levar de lembrança era tudo o que ela queria.

Ele se inclinou, sua boca pairando sobre a dela, mas depois mudou de ideia, plantando um beijo leve como pena na testa dela antes de lhe dar as costas.

— Vá agora, eu lhe imploro. Adeus, Margaret, e que Deus a abençoe e a proteja.

Capítulo dezenove

— Minha decisão não foi tomada de forma leviana nem precipitada. Considerei o assunto com muito cuidado. Sua filha tem uma escolha simples a fazer. Você lhe explicará as opções, e, quando ela lhe informar de sua decisão, tomarei as providências de acordo.

Charlotte reconheceu, pela forma da boca do marido e pelo tom entrecortado que ele tão raramente usava com ela, que protestar era inútil.

— Eu não tinha ideia de que Margaret pretendia conversar com você ontem.

— Nunca em minha vida fui abordado de tal maneira. — Walter partiu a caneta que estava segurando pela metade. — Francamente, duvido que você seja capaz de persuadi-la a recuperar o bom senso. Ela foi desafiadora até o amargo final. Não sou um tirano, entretanto, apesar do que ela acha. Vou conceder-lhe esta última oportunidade de fazer o que é certo. Se ela a rejeitar, deve enfrentar as consequências.

— Mas, Walter…

— Não. Eu não quero vê-la nunca mais. Nem sequer vou tolerar sua presença no mesmo país em que eu estiver. — O duque ficou de pé. — Não permitamos que nossa filha se interponha entre nós, Charlotte. Vamos manter uma imagem unida, como sempre fazemos. Se me der licença, tenho que me preparar para uma reunião na Câmara dos Lordes. Espero uma decisão de uma forma ou de outra quando eu voltar.

Não havia nada a fazer a não ser dar um bom-dia ao marido e sair de seu escritório. Que diabos havia possuído Margaret para se precipitar a ter tal conversa? Não ajudava o fato de que ela mesma estivera ausente, tendo decidido passar o dia com lady Cecil Kerr depois de assistir à missa. Quando voltou, não havia achado nada demais encontrar uma mensagem de Walter avisando que jantaria no clube, já que isso não era exatamente inédito, e Margaret queixar-se de uma dor de cabeça enorme era uma desculpa tão comum nos últimos tempos que não sentira necessidade de ir verificar como estava.

Que diferença teria feito? Recordando a expressão severa e o tom implacável de Walter, foi forçada a aceitar que o dano tinha sido feito. Seu marido tinha quase admitido a derrota na questão de Killin, e, desde o início, Walter tinha sido firme em relação ao casamento. Margaret deveria ter estado muito determinada a desafiá-lo. Desgastada, com um pressentimento horrível, Charlotte decidiu que não valia a pena adiar o inevitável.

— Mamãe! — Margaret, ainda de roupão, saltou do banco da janela quando Charlotte entrou no seu quarto de dormir. — Lamento ainda não estar vestida, estou com dor de cabeça.

— Não estou surpresa. Acabo de ter uma conversa muito desagradável com seu pai.

A pouca cor que havia no rosto de sua filha desapareceu.

— Ele lhe disse que não vou me casar com Killin?

— Você deixou isso muito claro, aparentemente. Venha aqui e me deixe dar uma boa olhada em você. — Charlotte inclinou o rosto da filha para cima, apertando os lábios ao ver os círculos escuros ao redor de seus olhos vermelhos e a palidez acinzentada de sua tez.

— Ele ainda está furioso?

— Pelo contrário. Receio que o duque esteja bastante calmo e completamente decidido a resolver o seu destino de uma forma ou de outra. — Charlotte levou a filha para o sofá junto à lareira apagada, sentando-se em uma cadeira de frente para ela. Maldito Walter, por ter mandado que ela implementasse sua sentença cruel.

À sua frente, Margaret sentou-se com uma expressão rígida.

— Sinto muito, Mamãe, mas se meu pai a encarregou de convencer-me a mudar de ideia, então a senhora está perdendo seu tempo.

Sabendo exatamente as consequências desta decisão, Charlotte gritou por dentro.

— O que raios te possuiu para pôr um fim à questão dessa maneira? Você passou os últimos seis meses tentando convencer Killin de que está disposta a se casar com ele.

— *E* convencendo a mim mesma a fazer isso.

— Sim, isso também — reconheceu Charlotte. — Então devo perguntar novamente, por que fazer algo agora? — Margaret evitou deliberadamente o olhar da mãe. — Seu pai parece pensar que a sra. Elmhirst e o irmão dela têm algo a ver com isso — persistiu.

— Ele culpa Sebastian de encher minha cabeça de bobagens. Ameaçou falar com o arcebispo da Cantuária para *lhe ensinar um pouco de humildade*, para usar a frase exata. — Isto era novidade! O que mais Walter omitira do seu relato da conversa? — Eu não podia deixá-lo fazer isso. — Uma lágrima escorreu pela bochecha de Margaret. — Então fui ver Sebastian uma última vez. Levei Molly comigo. Ela tentou me impedir, mas eu estava determinada. Você não deve culpá-la. Por favor, não diga a meu pai.

—Prometo que nada que discutirmos sairá daqui, se você me disser a verdade. — Charlotte esperou, mas sua filha simplesmente a encarou, mordendo o lábio inferior. —Muito bem, então. Eu lhe direi o que penso, pois se não parece para Sua Graça, a mim parece óbvio. O padre Sebastian é a razão pela qual você de repente está tão decidida a não se casar com Killin, não é mesmo? Ele não influenciou a sua razão, mas o seu coração. Não é assim? — O lábio de Margaret tremeu. — Você acredita estar apaixonada por este homem — Charlotte continuou gentilmente. — Estou certa?

Outra lágrima percorreu a face de sua filha.

— Não vou deixar meu pai arruiná-lo.

— Seu pai não suspeita de seus verdadeiros sentimentos, e prometo não lhe contar. *Está* apaixonada por esse padre?

Por um longo momento, Margaret olhou fixamente para a mãe, de olhos arregalados, antes de cair em prantos. Desolada, Charlotte foi sentar-se ao seu lado, colocando, de maneira contida, um braço ao seu redor. Seus piores medos, que surgiram da leitura nas entrelinhas do que seu marido lhe havia transmitido, foram confirmados. Não fazia mais sentido tentar persuadir sua filha a se casar com Killin. Malditos fossem Walter e seus ultimatos!

Finalmente, os soluços de Margaret se dissolveram em suspiros, e ela levantou a cabeça.

— Molhei seu vestido.

— Deixe isso para lá. — Charlotte entregou-lhe seu lenço. — Sente-se capaz de me contar um pouco mais sobre o que se passou entre você e esse homem?

— Para quê, agora que tudo acabou? Eu o amo e ele me ama, e ele me pediu em casamento, mas ontem eu lhe disse que simplesmente era impossível e que estávamos nos iludindo. — Margaret coçou os olhos. — Sebastian finalmente aceitou que meu pai nunca concederia, sob nenhuma circunstância, então não precisei avisá-lo de que, se nos casássemos, o duque muito provavelmente nos baniria para alguma missão estrangeira, como ele faria, não é mesmo?

Charlotte não fez nenhuma tentativa de negar, dando de ombros sem poder fazer nada.

— Foi o que pensei. Sebastian ficaria perturbado se fosse removido de Lambeth. Nunca seria capaz de me perdoar se fosse a causa por trás do acontecimento.

Isso foi dito sem nem um traço de autocomiseração, nem mesmo qualquer sinal de sacrifício consciente. Charlotte olhou sua filha com um novo respeito.

— Isso é muito altruísta da sua parte.

Margaret começou a enrolar o lenço encharcado em seus dedos.

— Eu já havia decidido que não poderia casar-me com Sebastian antes de falar com o duque ontem. Planejava desiludi-lo gentilmente com o tempo.

— Mas as ameaças de seu pai a obrigaram a agir rapidamente, é isso? — O coração de Charlotte ficou ainda mais pesado. — Ah, minha querida, não posso concordar com seu comportamento, mas tenho dificuldade em condená-lo.

— Meu pai não tem esse problema.

Charlotte se preparou para o que estava por vir.

— Não, infelizmente não tem.

— Ele não me ama. Nem se importa comigo. Deixou isso bem claro ontem.

E havia deixado isso igualmente claro naquela manhã. Walter não valorizava nem um pouco sua segunda filha, embora Charlotte estivesse começando a pensar que a subestimavam. Seu coração doía por saber o que estava reservado para Margaret, e se rebelou contra a tarefa ingrata que seu marido lhe havia atribuído, mas décadas de obediência pesavam muito.

— Sinto muito — começou, desamparada. Apesar de seu grande esforço, vestígios de seus sentimentos devem ter transparecido em seu rosto.

— Serei mandada embora novamente? — perguntou Margaret.

— Infelizmente, sim.

— Posso saber quando?

— Imediatamente depois do casamento real.

— Depois! Mas ele é daqui a semanas, e vamos a uma infinidade de bailes e festas no ínterim. Meu pai pretende me torturar como parte da punição? Preferiria partir agora, se for preciso. E quanto a Killin?

— Seu pai vai lidar com Killin.

— Mas como? Quando? Se ele lhe disser enquanto for forçada a permanecer na sociedade, dá para imaginar as afrontas? Serei marcada como uma destruidora de corações.

— Tenho certeza de que Killin se comportará como um cavalheiro — disse Charlotte, com pouca convicção. — Você não pode receber essa alcunha, pois nenhum anúncio foi feito. Killin tem que proteger sua própria dignidade...

— Ele vai fazer questão de me esnobar. Mamãe, por favor, não me peça para suportar isso além de todo o resto. — Margaret se agarrou a ela. — Por favor, se eu tiver que ser mandada embora, preferia que fosse agora.

— Sinto muito. — Charlotte se obrigou a soltar sua mão. — A lista de damas de honra foi publicada. Você tem o privilégio de estar entre elas. Deve garantir que seu comportamento seja imaculado durante as próximas semanas. Não podemos correr o risco de ofender Sua Majestade ao mandá-la embora antes que seus deveres no casamento sejam cumpridos.

— E depois do casamento, para onde irei? De volta para Dalkeith?

Charlotte respirou fundo.

— Não tenho ideia de onde você vai residir. Receio que seu pai tenha deixado essa decisão para mim. Margaret, tenho que lhe dizer que ele lavou as mãos em relação a você. Completa e permanentemente. Ele não a aceitará na casa dele... em nenhuma das casas dele. — *Eu não quero vê-la nunca mais. Nem sequer vou tolerar sua presença no mesmo país em que eu estiver.* Seria cruel demais repetir essas palavras. — Não haverá alívio, e entenda... — Sua voz fraquejou. Ela respirou fundo. — Entenda que o que o duque decreta, eu devo implementar. Tudo o que posso fazer é tentar suavizar o golpe.

— Como?

— Minha querida, ainda não sei, mas vou pensar em algo.

— *Ex adversis dulcis. Ex adversitas felicitas* — disse Margaret com um sorrisinho triste.

— Da adversidade vêm a força e a felicidade. — Ironicamente, era uma das expressões favoritas de Walter. — Rezo para que haja alguma verdade nisso.

— Eu também, Mamãe. Estou muito consciente de que testei demais sua lealdade e lamento profundamente ter lhe causado aborrecimento.

A voz de Margaret tremia, mas ela mantinha a compostura com notável dignidade. Nos olhos de Charlotte, brotaram lágrimas que ela não fez nenhuma tentativa de esconder enquanto puxava Margaret para um abraço forte.

— Você é minha filha e sempre será. Onde quer que acabe, o que quer que aconteça, nunca deve esquecer-se disso.

SUSANNAH ELMHIRST PARA LADY MARGARET

Casa paroquial, Lambeth, 20 de junho de 1866

Minha muito querida Margaret,

Espero que perdoe a informalidade do tratamento empregado por mim, mas não consigo pensar em você de nenhuma outra forma. Tenho tentado compor esta carta desde domingo quando cheguei em casa e encontrei meu irmão em um estado desesperado, mas me vi com dificuldade de encontrar as palavras certas. Sebastian revelou a essência da conversa dolorosa que tiveram. Confesso que suspeitava como estavam as coisas entre vocês, embora não fizesse ideia de que ele tinha sido tão tolo ao ponto de se declarar. Meu irmão, ainda que de forma muito prática e mundana, é muito romântico e não tem nenhuma ideia das expectativas que sua família deve ter depositado em você. Confesso que fiquei surpresa ao saber que havia permitido que as esperanças dele florescessem. De qualquer maneira, e por mais difícil que deva ter sido, acho que você tomou a melhor decisão para o bem de ambos.

Sebastian se atirou em suas obrigações paroquiais. Eu a conheço bem o suficiente, Margaret, para supor que o bem-estar dele será sua prioridade. Tenha certeza de que cuidarei dele, como sempre faço. Ele não tinha ideia de quais eram seus planos. Sejam quais forem, espero que um dia nos encontremos novamente. Foi um privilégio e um prazer conhecê-la.

Esta foi uma carta muito difícil de escrever. Se houver algo que eu possa fazer por você, agora ou no futuro, por favor, não hesite em pedir. Eu a considero uma amiga e sentirei muito a sua falta.

Com meus melhores votos para o futuro,
Susannah Elmhirst

REFORMA OU REBELIÃO?

Há dois dias, as emendas propostas pelos Whigs à Lei de Reforma foram rejeitadas, causando a queda do governo do conde de Russell. Não escondemos nossas objeções ao Projeto de Lei, que teria estendido o direito ao voto a muito além daqueles que, em nossa humilde opinião, estão em melhor posição de exercê-lo. Os membros da Liga da Reforma, entretanto, não concordam com nossa posição e, fomos informados de fonte confiável, pretendem organizar uma série de protestos na capital neste verão.

Será que esse espírito de rebelião surgiu em certos membros do sexo mais frágil, nos perguntamos? Será que o duque de B—, um fiel Tory e fiel opositor da Reforma, poderia estar alimentando uma rebelde em sua própria casa? A tão esperada aliança entre a segunda filha de Sua Graça, lady M— e um certo conde escocês parece ter naufragado. O conde de K—, que vinha prestando atenção diligente à senhorita, tem se destacado por sua desaparição do lado dela nas mais recentes reuniões sociais. Temos convicção de que, embora o cavalheiro e o duque estivessem de acordo, infelizmente a dama objetou. Recomendamos que se oponha à reforma em seu lar, Vossa Graça, e dê um exemplo para todos nestes tempos turbulentos. É necessário prezar pela tradição e pela autoridade há muito estabelecidas.

Capítulo Vinte

— Se você não recuperar o apetite em breve, é provável que seja levada pelo primeiro golpe de vento — disse Molly, fazendo alguns ajustes de última hora no corpete do vestido de dama de honra de Margaret. — Pronto, vamos ver como fica.

Margaret permaneceu de pé, indiferente, enquanto era vestida primeiro com várias camadas de glacê branco, depois de tule branco, seguido de tule prata. Rosas cor-de-rosa, miosótis e urze branca eram usadas em abundância para enfeitar a elaborada criação. Mais desses itens haviam sido moldados em uma grinalda para segurar o longo véu de tule em seus cabelos. Molly examinou seu trabalho com um olhar crítico, fazendo alguns ajustes finais antes de acenar com a cabeça.

— Assim está bem.

— Obrigada. — Margaret atirou os braços ao redor de sua criada. — Ah, Molly, não sei o que vou fazer sem você.

— Não se preocupe comigo. — Molly fungou, batendo com força em suas bochechas. — Eu vou ficar bem. Tenho uma pequena poupança, e Sua Graça foi muito generosa. — Ela começou a arrumar o estojo de maquiagem de Margaret. — Não tenho coragem de trabalhar para outra dama, para lhe dizer a verdade… não seria a mesma coisa. Um chalé no campo é o que tenho em mente, fazendo um pouco de costura para conseguir me sustentar.

— Meu Deus! Você não vai se sentir só? Está tão acostumada a estar com pessoas.

— Bem, na verdade, não estarei sozinha. — Molly continuava mexendo em pincéis e garrafas. — Acontece que Esther também está ansiosa por uma mudança. Se juntarmos nossos recursos, ficaremos bastante confortáveis.

— Você vai se instalar em uma casa com a Esther! Mas isso é maravilhoso — comentou Margaret, muito aliviada, se bem que um pouco surpresa. — Por que está corada?

Molly abriu a boca para dizer algo, depois mudou de ideia.

— É o que nós queremos, Esther e eu, e não é da conta de mais ninguém além de nós duas.

— Sim, claro, absolutamente — disse Margaret, um pouco perplexa —, embora não consiga imaginar por que alguém questionaria isso.

— Não, tenho certeza de que não consegue, minha querida — respondeu Molly. — Não se preocupe com Esther e comigo por enquanto, minha senhora. Vou dizer o que penso, já que é o meu último dia como empregada de Sua Graça. A senhorita estava muito errada em se meter em um caso com o padre Sebastian, mas se livrou antes que fosse tarde demais. Eu sei quanto sofreu, e Esther diz que o padre anda um pouco tristonho, mas foi a coisa certa a fazer, e espero que ambos percebam isso com o tempo.

— Eu já percebi. Teria sido um grande erro para nós dois. Mas meu pai não sabe sobre a proposta de Sebastian, Molly. A razão pela qual estou sendo mandada para longe é que não vou me casar com Killin.

— Bem, então, acho que Sua Graça está tratando a senhorita de forma vergonhosa — exclamou Molly. — Eu sei melhor do que muitos quanto você tentou.

— E ainda assim falhei e agora estou sendo punida por isso. — Ela não ia chorar, não na provável última vez que veria Molly. Margaret conseguiu dar um sorrisinho melancólico. — Mamãe providenciou para que eu fosse para a Irlanda. Vou ficar com lady Powerscourt, que é casada com o filho do primeiro casamento de uma de suas amigas, lady Londonderry. Será uma mudança e tanto.

— Isso, vai mesmo. — Molly fez beicinho. — Você é mais durona do que parece, senhorita, lembre-se disso. Há sempre um lado bom, como dizem. Se aprendi uma coisa é que é preciso aceitar a felicidade de onde ela vier.

— Vou me esforçar muito para não me esquecer disso. Espero que você e Esther sejam muito felizes. — Margaret beijou a bochecha de Molly. — Vocês merecem.

— E agora, pode ir se mandando, e cuidado para não amassar esse vestido. Faltam cinco minutos para as doze, e estamos sob estritas ordens de tê-las todas prontas no corredor em frente aos aposentos da rainha até o meio-dia. —

Molly deu um sorriso. — Não vou me despedir, pois peço a Deus que nossos caminhos se cruzem novamente em algum momento.

Molly puxou seu avental para cima do rosto para sufocar um soluço. Margaret pressionou o medalhão de ouro que era seu presente de despedida nas mãos de sua criada e fugiu. Embora seus olhos ardessem, ela tentou mantê-los secos. Haveria tempo suficiente para as lágrimas. Ela não permitiria que ninguém testemunhasse sua angústia, especialmente seu pai, que esperava com o restante dos convidados de honra lá embaixo, na Sala de Visitas Branca. Ela pretendia cumprir este último dever tortuoso até o fim com dignidade.

A caminho de se juntar às outras damas de honra, Margaret foi assaltada pelas lembranças de tempos mais felizes em Windsor, na companhia de Luísa. O riso cintilante da amiga parecia ecoar ao longo dos corredores. Quantos jantares informais, como eram chamados, Margaret suportou, forçada a sentar-se ao lado dos mais enfadonhos cortesãos da rainha porque havia sido a última a entrar na sala de jantar, sem a coragem de Luísa de se apressar à frente dos outros e tomar o melhor lugar, ao lado da companhia mais divertida? Quantas horas as duas tinham passado juntas nos aposentos de Luísa, rindo de fofocas da corte, trocando confidências de garotas ou simplesmente desfrutando da companhia uma da outra, Margaret jogada em um sofá com um cachorro, enquanto Luísa desenhava? Um encontro se confundia com outro, e agora não haveria mais nenhum.

Dispersando sua melancolia, Margaret colocou seu sorriso formal no rosto enquanto se juntava à comitiva do casamento. A princesa Helena seria escoltada até o altar da Capela Particular de Windsor, flanqueada pela rainha de um lado e pelo príncipe de Gales do outro. Não se podia dizer que a indumentária de Lenchen valorizasse seu corpo um tanto atarracado, Margaret pensou enquanto esperava com as outras damas de honra a longa procissão tomar forma. O vestido de noiva de cetim branco, bordado com copiosas quantidades de renda Honiton e adornado com flor de laranjeira e murta, fazia a noiva parecer uma sobremesa feita de chantilly e fios de caramelo. Para finalizar, ela parecia ter sido polvilhada com diamantes e opalas, e sua cauda era tão longa que havia um perigo real de derrubá-la para trás. A princesa, porém, irradiava felicidade, não fazendo nenhuma tentativa de esconder sua ânsia de abraçar a vida de casada.

Os arautos e escudeiros, marechais e oficiais da corte foram os primeiros a conduzir a procissão até a capela. Em seguida, vieram os membros reais mais importantes de ambas as famílias, incluindo Luísa, com um aspecto muito pálido, mas tão elegantemente vestida como de costume. Margaret se preparou para que sua amiga piscasse o olho discretamente para ela, ou no mínimo levantasse uma sobrancelha sugestiva, mas ela estava se comportando como Sua Alteza Real e não deu nenhum sinal de ter sequer notado Margaret. As cartas que Luísa havia enviado de Balmoral tinham sido tão mundanas que era óbvio que sua correspondência estava sendo monitorada. Aquela seria sua última chance de falar com ela cara a cara, talvez por muitos anos. Margaret torceu para que a amiga tivesse notícias melhores para compartilhar do que as dela.

Os dignitários estrangeiros foram então convocados, incluindo o rei e a rainha da Bélgica, seguidos ainda por mais damas e cavalheiros de companhia em um arranjo desconcertante. Em seguida, os cavalheiros da casa real, incluindo o precioso tenente Stirling de Luísa, resplandecente em seu uniforme, tão íntegro e correto que era quase impossível imaginá-lo se comportando de forma escandalosa. Teria o caso sido simplesmente um fruto da imaginação hiperativa de sua amiga, uma brincadeira elaborada gerada por seu senso de humor reconhecidamente peculiar? Mas o desespero de Luísa naquela carta franca parecia muito real.

O noivo tinha sua própria procissão de notáveis para o preceder. O príncipe Cristiano de Eslésvico-Holsácia-Sonderburgo-Augustemburgo era menor do que seu nome. De meia-idade, careca e bigodudo, ele era um parceiro muito improvável para a energética Lenchen, mas, segundo Luísa, a princesa estava muito feliz com a escolha da mãe para seu futuro marido. O casal deveria ir morar em Frogmore Cottage, bem ao lado de Sua Majestade, o que permitiria a Helena continuar a servir como escriba da rainha, por isso Luísa também estava muito feliz em receber o príncipe Cristiano na família.

Finalmente, quando Margaret se perguntou se a pequena capela poderia abrigar mais pessoas, Sua Majestade e o príncipe de Gales começaram a conduzir Lenchen ao altar, e Margaret e as outras damas de honra, seguidas por membros de menor *ranking* da família real, finalmente adentraram a capela ao som da marcha de *Scipione*, de Händel.

Os bancos da capela de formato estranho e incomum estavam lotados, e ainda mais convidados e dignitários se apertavam na pequena varanda acima e de pé no alpendre junto à porta. O sol entrava através dos altos vitrais azuis e dourados acima do altar, aumentando o já sufocante calor. O nariz de Margaret se retorceu com o odor de perfume, suor, poeira, cera de abelha e flores de laranjeira, mas, com um esforço heroico, ela conseguiu reprimir um espirro.

A cerimônia foi realizada pelo arcebispo da Cantuária. Charles Longley não parecia nem um pouco um adversário para Sebastian. De rosto quadrado, barba feita e careca, ele tinha a aparência de um dos personagens mais simpáticos do sr. Dickens. Ela não conseguia imaginá-lo torturando Sebastian, muito menos despachando-o para a África. O que a fez lembrar que era ela quem seria desterrada.

Enquanto a rainha se levantava para entregar sua filha, e Lenchen sorria timidamente para o noivo, os olhos de Margaret se desviaram para os convidados reunidos, procurando os pais. A cabeça de sua mãe estava curvada, como em oração, mas o rosto de seu pai estava rígido, com o olhar fixo firmemente no casal no altar. Ele não lhe havia dito uma palavra desde aquele último confronto assustador. Se ela estivesse jantando em casa, ele comia no clube. Nas raras ocasiões em que tinha sido obrigado a participar de um evento na companhia dela, viajava em uma carruagem separada. Se por acaso entrava num cômodo onde ela estava, ele nem a olhava.

No fim daquele dia, ela seria erradicada da história da família. No futuro, quando as fotografias do casamento estivessem sendo observadas pelos netos de Lenchen, ela seria uma figura esquecida, periférica.

— Ah, era uma amiga de Luísa — poderia dizer Lenchen. — Não tenho ideia do que aconteceu com ela.

Para o pai dela, aquele seria o último dia de Margaret na Terra. Ela iria até o fim sem se abalar. Não tinha feito isso nenhuma vez na presença dele, nem chegado perto de implorar por perdão. Sua dignidade era tudo o que tinha, e ela se apegaria a isso acontecesse o que acontecesse.

A bênção final foi dada. A princesa Helena e o príncipe Cristiano eram agora marido e mulher. Ao menos ela havia sido poupada de Killin, Margaret lembrou a si mesma. E, se o pai dela a consignasse à história como a filha-que-nunca-existiu, isso não lhe daria carta branca para fazer o que quisesse?

Coragem, M.! Enquanto as primeiras notas de uma marcha soavam, Margaret pegou a cauda da noiva e se preparou para cumprir o que poderia ser seu dever final na sociedade.

Mais tarde, na recepção, Margaret agarrou Luísa pelo braço.

— Finalmente! Estava começando a pensar que você estava me evitando.

A bela boca de Luísa se contraiu.

— Venha comigo. — Lançando um olhar sobre seu ombro, ela as conduziu até a janela, puxando um pouco a cortina para escondê-las. — O fato é que eu não deveria estar confraternizando com você. A rainha só tolerou sua presença como dama de honra de Helena porque não quer nenhuma publicidade negativa associada ao casamento, o que poderia acontecer caso ela a dispensasse já tão perto do evento.

Margaret tinha adivinhado aquilo, pois as outras damas de honra haviam sido bem frias com ela, mas a confirmação foi como uma bofetada no rosto.

— Foi por causa daquele artigo no *Morning Post*, suponho.

Luísa suspirou.

— Entre outras coisas.

— Gostaria que a imprensa me deixasse em paz.

— Então você deveria parar de fornecer-lhes munição. A rainha ficou furiosa quando aquilo foi levado à sua atenção… não olhe assim para mim, M., não fui eu. Você sabe como são esses malditos cortesãos que a cercam. Eles parecem gostar demais de dar más notícias. É verdade?

— Que não vou me casar com Killin? Sim, é verdade.

— Espero sinceramente que não esteja agora prestes a me informar que, em vez disso, vai se casar com o padre.

— Não, não vou. Você estava certa, eu estava vivendo em um sonho, pensando que poderia ser realidade.

— Então por que diabos você desdenhou Killin? Quem me dera que não o tivesse feito, Margaret, porque agora nem tenho com quem contar.

— Você sempre pode contar comigo, Lu.

— Nunca foi tão importante que minha reputação seja imaculada, e você, lamento dizer, é atualmente um fruto estragado.

— Luísa!

Mas a amiga encolheu os ombros de forma petulante.

— Há olhos demais em mim para arriscar ter qualquer contato com você. Talvez com o passar do tempo, mas não agora. Preciso ir.

— Não *ouse* partir sem me dizer como você está.

— Melhor do que você, pelo jeito. — Luísa estreitou os olhos. — Apesar de todo esse *rouge*, você está terrivelmente pálida. E esbelta como um salgueiro. Não lhe cai nada bem.

— Esqueça a minha aparência — Margaret se irritou, magoada e exasperada. — Estou tão preocupada com você, e as cartas que me enviou de Balmoral, se é que dá para chamá-las assim, não dizem quase nada. Por favor, conte-me como você está, honestamente. Estou muito preocupada com você.

Por um momento ela pensou que Luísa a dispensaria, mas depois a amiga relaxou a postura.

— E com razão, infelizmente.

Chocada, Margaret esqueceu-se imediatamente de seus próprios problemas. Não era de admirar que Luísa estivesse frágil e irascível.

— Deus do céu, você quer dizer...

— Não diga isso em voz alta — Luísa sibilou, olhando por cima do ombro. — Nem pense nisso. Ainda posso estar errada. Não sei quase nada sobre tais assuntos.

— Você parece tão bem quanto sempre — disse Margaret, incerta, pois sabia que as aparências poderiam ser enganosas. — Como você se sente?

— Vivo em constante estado de terror de que minha mãe descubra — contou Luísa, parecendo prestes a cair em lágrimas. — Tenho que esconder isso dela a todo custo.

Era uma esperança nascida do mais completo desespero, pensou Margaret, pois não havia maneira de a rainha não descobrir.

— E o tenente Stirling? Você disse que estava apaixonada por ele.

Luísa estremeceu.

— Se estava, era uma paixão muito fugaz e que já acabou faz muito tempo. Tenho o mesmo temperamento de meu irmão Bertie. Voluptuoso e também inconstante... O que é *muito* parecido com Bertie, agora que penso nisso.

— Luísa! Pelo amor de Deus!

— Ah, não seja tão puritana. Você está dizendo que é diferente com você e seu padre? Ele é terrivelmente apropriado?

— Não terrivelmente — Margaret retorquiu, magoada —, mas ele se conteve.

— Está insinuando que eu não?

— Pare de me provocar só para se sentir melhor e me diga o que, em nome de Deus, você vai fazer.

— Eu realmente não sei. O que não devo absolutamente fazer é chorar. — Luísa secou os olhos, furiosa. — Vou superar isso de alguma forma. Sua Majestade nunca me perdoará, mas não permitirá nenhum tipo de escândalo público. Vou lhe dizer uma coisa, M. Pela primeira vez na vida, estou feliz por meu pai não estar vivo.

Se sua própria mãe fosse viúva, Margaret se perguntava, seu destino seria diferente? Não, não, essa era uma maneira horrível de pensar.

— Antes de ir, Lu...

— Preciso voltar para o lado da rainha. O que foi? Diga logo, você está com aquele olhar, como se estivesse se preparando para me dizer algo horrível. Espero que não tenha sido tão negligente quanto eu. A rainha não pode me deserdar, mas seu pai é perfeitamente capaz de fazer exatamente isso. Afinal de contas, ele já fez isso antes.

Margaret riu amargamente.

— E está fazendo de novo. Estou sendo mandada embora de vez. Tão longe quanto possível, segundo a vontade de meu pai.

Os olhos de Luísa se arregalaram.

— Então ele descobriu sobre o padre?

— Não, não, não tem nada a ver com Sebastian... pelo menos não diretamente. É porque eu lhe disse que não me casaria com Killin.

— Eu ainda não entendo por que não, depois de ter se matado para conseguir exatamente isso pelos últimos seis meses. Então, vai ser mandada de volta para Dalkeith novamente, não é mesmo?

— Não, Powerscourt, na Irlanda, na verdade! — Margaret disse, magoada pelo egoísmo e pela falta de solidariedade de sua amiga.

— Meu Deus, seu pai está realmente punindo-a severamente. Nesse caso, não tenho a menor garantia de que poderei arriscar até mesmo escrever-lhe. Quando você vai?

— Hoje à noite, assim que Lenchen e seu príncipe partirem.

— Mas eles vão partir a qualquer momento! — Uma lágrima escapou do olho de Luísa, mas ela a enxugou ferozmente. — Muito bem, então, devo me virar o melhor que puder sem você.

— Estarei com você em espírito. E você estará comigo também, não estará?

— Sim. É claro. — Mas Luísa já estava endireitando a postura e olhando por cima do ombro. — Deve jurar não dizer uma palavra do que lhe contei a ninguém. Promete?

— Você não deveria ter que perguntar — disse Margaret com tristeza. — É claro que prometo.

— Ótimo — disse Luísa bruscamente, acariciando os cabelos. — Receio que sejamos obrigadas a cuidar de nós mesmas a partir de agora, você e eu.

— Vou sentir sua falta, Lu. Aconteça o que acontecer, serei sempre sua melhor e verdadeira amiga.

Luísa roçou a bochecha dela com o mais breve dos beijos.

— Não vamos prolongar isto, minha querida, não suporto despedidas tristes. Boa sorte, Margaret.

— Boa sorte, Lu. — Mas já estava falando para o nada. A cortina se moveu atrás de sua amiga, que se foi, deixando Margaret sozinha.

Capítulo vinte e um

As vinte e quatro horas seguintes foram como um borrão. Assim que a princesa recém-casada partiu, Margaret, com a ajuda de sua mãe, trocou o vestido de dama de honra por sua nova roupa de viagem. Mamãe foi brusca e prática até chegar o momento da partida. Não houve palavras ternas de despedida, apenas um longo e prolongado abraço.

— Sem lágrimas — disse Mamãe, colocado uma pequena bolsa de couro em sua mão, com os próprios olhos marejados. — Seja corajosa, Margaret.

E então sua mãe saiu apressadamente, pressionando um lenço no rosto. A bolsa de couro continha um pequeno retrato de Lix, o terrier preferido de Margaret. Mal houve tempo para que beijasse o vidro protetor antes de ser levada para a carruagem que a levaria em direção à estação de Windsor. Ali, esperando por ela, havia uma criada bastante séria e um lacaio, que tinham vindo desde a Irlanda para acompanhá-la. Na estação de Euston, o trio embarcou em um trem da London and North Western Railway com destino a Holyhead.

Eles chegaram ao porto tarde demais para pegar o barco do correio noturno e, assim, foram obrigados a passar a noite no Royal Hotel. Deitada sem conseguir dormir no quarto apertado e desconhecido, olhando para o teto sem pensar em nada, Margaret se sentia anestesiada, cansada demais para dormir, drenada de qualquer emoção. Há apenas algumas horas havia sido dama de honra no casamento real. Sua participação seria amplamente noticiada pela imprensa nos próximos dias, sua fotografia colada no álbum comemorativo, talvez pela própria rainha Vitória. Será que ela voltaria a ver

Mamãe ou Luísa? Por quanto tempo ficaria exilada em Powerscourt, a grande propriedade irlandesa que pertencia a Mervyn Wingfield, o sétimo visconde e filho da amiga de Mamãe, lady Londonderry? O que lady Powerscourt, esposa dele, acharia dela? O que ela acharia de lady Powerscourt? Será que teria de trabalhar para seu sustento, talvez como dama de companhia? Conforme as horas passavam e o barulho das docas despertando se infiltrava pela janela aberta, ela não conseguia nem mesmo imaginar.

Muito cedo na manhã seguinte, depois de comer relutantemente o pão com manteiga e beber o chá fraco que foram entregues à sua porta por uma camareira apressada, Margaret se vestiu pela primeira vez em sua vida adulta sem nenhuma ajuda. Ela se atrapalhou com os muitos cordões, cordas e fitas, com seus vários saiotes e sua crinolina, espetando-se com o abotoador, criando nós onde deveria haver laços bem-feitos. Seu conjunto de vestido e casaco era marrom-escuro. Guardando seu cabelo sob o banal gorro de palha, ela cuidadosamente evitou olhar seu reflexo fantasmagórico no espelho. As olheiras que Molly tinha disfarçado com tanto cuidado com pó no dia anterior estavam ainda mais evidentes hoje, dando a seus olhos penetrantes uma expressão cadavérica e profunda.

Sean, o lacaio taciturno, tinha ido na frente para cuidar da bagagem. Fazendo o caminho com Breda Murphy, a criada irlandesa, Margaret foi tirada de sua letargia pela agitação. Eles iriam para Kingstown no barco a vapor da City of Dublin Steam Packet Company, o *RMS Munster*. Passando pelo Arco do Almirantado em direção ao cais, eles se juntaram a uma multidão que se deslocava para o enorme navio, já arrotando fumaça negra de suas chaminés.

O caos organizado reinava nas docas. A carga estava sendo içada a bordo em redes. As caixas estavam empilhadas no cais, ao lado de baús de couro e de metal, valises, caixas e sacos de correspondência. O barulho dos motores do navio girando, dos estivadores berrando, das crianças gritando e lamentando, das mães chamando ansiosamente e dos pais resmungando fez Margaret querer cobrir os ouvidos. A fumaça preta e sulfurosa fazia cócegas no nariz dela, mas o fedor da multidão de corpos não lavados, em vez de fazê-la querer vomitar, lembrava-a de Lambeth, provocando tal rajada de saudade que a fez parar de chofre. A multidão se aglomerou em torno dela, e Breda a apressou em direção à rampa reservada aos passageiros de primeira classe. Agarrando sua bolsa, que continha sua caixa de joias, sua preciosa imagem de Lix e alguns utensílios essenciais, Margaret embarcou no navio a vapor.

Imediatamente após colocar os pés no convés, o rosto de sua companheira de viagem assumiu uma tonalidade esverdeada.

— Sinto muito, senhorita, mas não fico muito bem na água — confessou Breda. — A mesma coisa aconteceu no caminho para cá. Se não se importar, eu a levarei em segurança até sua cabine e então encontrarei um lugar para fazer a travessia ao ar livre.

Olhando bem para ela, Margaret percebeu que era muito mais jovem do que havia suposto. Amaldiçoando quanto tinha sido egocêntrica, ela a pegou pelo braço.

— Você parece mal. Vamos levá-la até a cabine e acomodá-la, e eu encontrarei outro lugar para passar a viagem.

— Oh, não, minha senhora, eu devo cuidar da senhora e deixá-la em segurança. Se a senhora for acossada...

— Isso é altamente improvável na primeira classe, não acha? — Margaret disse, segurando com mais força enquanto Breda cambaleava. — É esta a cabine? Pode entrar. Quer que eu vá buscar água para você, ou um chá? Aqui, deixe-me levar seu manto. E aqui está uma bacia, só por precaução.

Breda afundou no beliche.

— Eu realmente não deveria, senhorita. Lady Powerscourt...

— Nunca saberá. Será o nosso segredinho. — Saindo de costas da cabine, aliviada por estar sozinha, Margaret fechou a porta suavemente atrás dela.

O *RMS Munster*, que levaria cinco horas para atravessar o mar da Irlanda, oferecia aos passageiros da primeira classe uma variedade de salões opulentos para relaxar e conversar com seus companheiros de viagem, mas Margaret também não tinha vontade de fazê-lo. Notando que todos os sofás, cadeiras e mesas estavam aparafusados ao chão, o que não era um augúrio nada bom para a pobre Breda, ela voltou ao convés. Cadeiras com cobertores grossos haviam sido dispostas em intervalos, embora a maioria dos passageiros estivesse em pé em grupos familiares, despedindo-se ou acenando para aqueles que ainda estavam na doca.

Uma balaustrada baixa de madeira separava os passageiros de primeira classe dos outros deques, significativamente mais lotados. Ela encontrou um espaço na amurada para observar os últimos passageiros embarcando pelas rampas, incluindo um padre idoso de batina preta empoeirada.

No cais, um grupo de quatro músicos cantava para entreter a multidão. Um deles deu um passo à frente e se lançou em uma canção simples que apertou o coração de Margaret.

Pois Annachie Gordon é bonito e é bruto,
Ele encantaria qualquer mulher que visse;

Seduzia qualquer mulher e assim fez comigo;
Oh, nunca esquecerei que amo Annachie.

A letra era ligeiramente diferente da de "Lorde Saltoun e Auchanachie", a balada escocesa que Molly costumava cantar para ela, mas a melodia e o tema da canção eram iguais. Margaret ouviu atentamente a história da jovem Jeannie, que ia se casar com o rico lorde Saltoun. Infelizmente, a pobre Jeannie está apaixonada pelo altamente inadequado Annachie Gordon, e recusa o homem que seu pai escolhera para ela.

Conforme a balada se aproximava da morte de Jeannie no dia de seu casamento, o grande estrondo da buzina do navio encheu o ar. Um viva soou entre os passageiros e os que estavam no cais acenando em despedida. Moedas choveram sobre os cantores, que se lançaram em um hino que soava vagamente rebelde. Lenços foram levantados. Crianças foram içadas sobre os ombros dos pais para acenarem. As cordas que prendiam o navio a vapor ao cais começaram a se esticar antes de serem desamarradas dos cabeços e atiradas barco adentro para a tripulação à espera no convés da proa e da popa. E, com um segundo estrondo de sua buzina e um enorme sopro de fumaça negra, o *RMS Munster* começou a sair do abraço protetor do porto de Holyhead em direção a Kingstown, nos arredores de Dublin.

Margaret se agarrou à grade, ignorando as lágrimas que se misturavam com fuligem e faziam seus olhos arderem. Era sua primeira viagem marítima e, embora a Irlanda fizesse parte do Reino Unido, ela sentia como se estivesse saindo do país. Em circunstâncias diferentes, ela teria ficado animadíssima, mas, em vez disso, sentia-se entorpecida, sua única emoção um vago sentimento de pavor em relação ao que aconteceria quando desembarcasse.

Powerscourt ficava logo ao sul de Dublin. O filho de lady Londonderry herdara a propriedade quando era criança e havia dedicado grande parte de sua vida adulta a restaurar e a melhorar a enorme casa e os jardins, de acordo com Mamãe. Ele se casara com lady Julia Coke havia dois anos, mas passava a maior parte do tempo no exterior, deixando sua jovem esposa sozinha para se acostumar com sua nova posição. Lady Julia tinha vinte e dois anos de idade, sendo pouco mais de dois mais velha que Margaret. Lady Londonderry, Mamãe havia confidenciado, estava há alguns meses preocupada que sua nora estivesse se sentindo negligenciada e bastante solitária. Incapaz de dissuadir o filho de viajar, ela havia aceitado na hora a sugestão de que Margaret lhe oferecesse uma companhia muito necessária. Ou assim alegara Mamãe.

Margaret não estava convencida. Se fosse uma esposa abandonada, presa em uma vasta propriedade em um país estrangeiro, será que acolheria uma completa estranha em sua casa? Não havia nenhuma garantia de que se dariam bem. No entanto poderia ser muito pior, supunha, lendo nas entrelinhas tudo o que Mamãe *não* havia dito nas semanas que se seguiram ao ultimato de seu pai. Se dependesse do duque, ela poderia ter ido parar em Tombuctu.

A brisa que lhe tinha arregaçado as saias e soltado o cabelo de seu coque frouxo tornou-se uma rajada de vento forte quando o navio chegou ao mar aberto. Agarrando seu chapéu à cabeça, Margaret observou enquanto o continente desaparecia de vista e as águas que se agitavam abaixo passavam de verdes a um cinza metálico. Se ela se atirasse no fundo do mar, seu pai seria poupado do constrangimento de ter que explicar sua ausência. Ela seria lembrada não como a ovelha negra, mas como a filha que morreu tragicamente afogada.

Um eco do passado a fez reconsiderar. Há quase um ano, ela havia pensado exatamente a mesma coisa em relação ao Tâmisa ao fugir de seu baile de noivado. Naquela época, ainda acreditava que seu pai se importava com ela, que as ações dele eram motivadas por um genuíno desejo de fazer o melhor que podia por ela. Seu comportamento desde então havia provado que estivera enganada. Já era hora de começar a tentar não se importar com ele. Depois de uma vida inteira de subserviência, de tentar agradá-lo, seria um hábito difícil de ser rompido, mas ela tinha todo o tempo do mundo para fazer isso.

O ar salgado fez suas bochechas arderem. O vento fez seus olhos lacrimejarem. Ela sobreviveria a isso. Ela era, nas palavras de Molly, mais durona do que parecia. E estava na hora, como Luísa havia apontado, de cuidar de si mesma. Uma rajada de vento puxou seu chapéu, arrancando-o de sua cabeça e fazendo-o cair nas ondas mexidas pelo vento abaixo. Seus cabelos se desprendiam como uma bandeira escarlate, cachos selvagens chicoteando seu rosto. O sol espreitava através de uma abertura nas nuvens carregadas sobre ela. Seu estado de espírito melhorou. Não tinha ideia do que encontraria pela frente, mas não podia ser pior do que a confusão que havia deixado para trás. Pela primeira vez em muito tempo, Margaret sorriu, sentindo prazer por simplesmente estar viva.

Mas conforme o navio a vapor assomava em Kingstown, seu otimismo deu lugar ao temor. O porto lotado; as bandeiras que balançavam ao longo do comprido e coberto passadiço que levava do cais até o prédio da alfândega; os gritos da tripulação para o cais; e a multidão se empurrando e acotovelando em sua ânsia de desembarcar a fizeram sentir como se estivesse encolhendo fisicamente. Além do *RMS Munster*, havia outro navio a vapor atracado no grande porto. Um veleiro tradicional estava parado do outro lado. Inúmeros barcos pequenos preenchiam os espaços entre eles, balançando ancorados.

Seus joelhos tremeram ao descer pela rampa e colocar os pés em solo irlandês pela primeira vez. Ela ficou contente em entregar as rédeas a Breda, agora recuperada, que a conduziu em segurança através da multidão e encontrou um lugar tranquilo para que esperasse enquanto sua bagagem era recolhida, deixando Margaret agarrada à sua bolsinha e tentando não se render ao pânico. Quase todas as vozes ao seu redor eram irlandesas, desde sotaques pesados até uma suave cadência que a fazia lembrar um pouco de Molly. Embora a maioria das pessoas falasse inglês, ela pegava frases ocasionais que presumia ser em gaélico, uma língua lírica e estranhamente reconfortante.

A senhora Powerscourt havia enviado seu landau para buscá-los. A elegante carruagem, lindamente arqueada, era pintada de amarelo e decorada com bordas de ouro. Em circunstâncias normais, Margaret teria ficado encantada com os quatro cavalos que combinavam perfeitamente, mas ver o brasão do Powerscourt nas portas a fez se lembrar de que estava prestes a começar uma vida em uma casa desconhecida na companhia de uma estranha completa.

E se lady Powerscourt não gostasse dela instantaneamente? E mesmo que gostasse, Margaret estaria à mercê da boa vontade de sua anfitriã, uma hóspede não convidada da qual se esperava a capacidade de divertir, sorrir e puxar conversas agradáveis, independentemente de como se sentisse. Tolerada, mas não desejada.

— Sean nos seguirá com a bagagem — disse Breda, conduzindo Margaret para o banco voltado para a frente e sentando-se no oposto. — São dezesseis quilômetros até Powerscourt, passando pela fronteira do condado de Wicklow. Chegaremos com tempo de sobra para pegar o chá, senhorita. Sinto muito por tê-la abandonado no navio. Espero que não tenha sido um problema.

— Nenhum, prometo. Lamento muito, Breda, devo ter parecido terrivelmente mal-educada. Mal dirigi a palavra a você. Fale-me de si: trabalha há muito tempo em Powerscourt?

— Dois anos, senhorita. — Breda sorriu, tímida. — Fui uma das funcionárias contratadas quando Sua Senhoria se casou.

— E você é da região?

— Ah, não, de forma alguma. Minha família é do condado de Mayo, que fica no Oeste, embora já estejamos em Dublin há dezesseis anos.

— Sua família é grande?

Breda deu de ombros.

— Por enquanto tenho cinco irmãs e três irmãos. Sou a mais velha.

— Eu sou a sexta de sete — disse Margaret, ignorando o pensamento de que nenhum de seus irmãos a aceitaria agora. — Você gosta de trabalhar em Powerscourt, Breda?

— Oh, sim, é excelente. Lady Powerscourt é jovem e bonita, como a senhorita, embora seja muito reservada, como dizem. Um pouco tímida na companhia alheia. Não que tenhamos muita. Sua Senhoria não está em casa desde que perdeu seu irmão, em fevereiro.

— Meu Deus, que trágico. Lady Powerscourt está de luto, então?

— Ela já parou de vestir preto, mas não se diverte. Serão só vocês duas, imagino, por boa parte do tempo.

O que, pensou Margaret, seria mais do que aceitável se lady Powerscourt simpatizasse com ela, e uma tortura se não simpatizasse.

— Esta estrada é conhecida como Scalp — informou Breda a Margaret alguns quilômetros depois. — Ela cruza as montanhas Wicklow. Fiquei aterrorizada na primeira vez que fiz a viagem.

Olhando pela janela, Margaret pôde entender o porquê. Havia enormes rochas de granito salientes das laterais íngremes do abismo, algumas delas inclinadas em ângulos tão precários que pareciam prestes a cair no chão a qualquer momento. Foi um alívio quando chegaram a uma pequena vila com uma grande torre quadrada com um relógio no centro.

— Enniskerry — anunciou Breda, quando a estrada começou a subir abruptamente. — Essa é a igreja de São Patrício, à esquerda. Já não vai demorar muito para chegarmos a Powerscourt.

Quase assim que ela terminou de falar, a carruagem começou a ficar mais lenta, e um enorme par de portões apareceu no campo de visão. Era tarde demais para Margaret se preocupar com seu cabelo embaraçado e falta de chapéu, pois os portões já estavam sendo abertos e o landau os atravessou, dando-lhe o primeiro vislumbre de sua nova casa.

A clássica fachada palaciana da Casa Powerscourt era revestida de granito cinza. Com três andares de altura, tinha um telhado balaustrado e um frontão central com o que presumivelmente era o brasão da família Wingfield e o que parecia ser uma águia esculpida. Sob o frontão, cinco bustos espreitavam imperiosamente das cinco janelas arredondadas. A casa principal era ladeada por duas alas de serviço mais baixas, cada uma com uma parede curva que terminava em um obelisco, embora as torres com suas cúpulas de cobre espreitando por trás de cada seção sugerissem um aspecto muito diferente e secreto.

— Daqui não dá para ter noção de quanto é grande — confirmou Breda. — Parece um palácio estrangeiro do outro lado, onde todos os jardins estão sendo construídos. — A porta do landau foi aberta por um lacaio uniformizado, os degraus foram dobrados e a companheira de viagem de Margaret desembarcou. — Aqui está Sua Senhoria para recebê-la. — Breda sorriu timidamente para ela. — Espero que goste de sua estadia aqui, senhorita.

— Obrigada pela companhia — respondeu Margaret, mas, depois de uma rápida reverência, a criada já se afastava.

Recolhendo suas saias e as fitas de sua crinolina, Margaret estampou um sorriso no rosto e desceu da carruagem, mas acabou sendo quase derrubada por um enorme cão de caça que disparou correndo à frente e, com um latido alegre, jogou-se sobre ela, colocando suas enormes patas dianteiras no peito da jovem. Rindo, ela cambaleou, tirando suas luvas para acariciar a cabeça do belo animal. A pelugem do cão de caça era cinza-escura salpicada de branco, mas as pontas de suas orelhas eram de uma cor muito mais escura.

— Bem, isso foi uma recepção e tanto — disse Margaret. O cão choramingou, lambendo a ponta dos dedos dela enquanto sua graciosa cauda emplumada abanava furiosamente.

— Desculpe, os modos dela são atrozes. Era para cumprimentá-la educadamente, não para derrubá-la como um pino de boliche. Como vai, lady Margaret?

Lady Powerscourt estava usando um vestido diurno cinza-claro com mangas pagode, o corpete assimétrico sobre uma blusa de renda branca com um colarinho alto também de renda. Ela era magra e delicadamente bonita, com grandes olhos castanhos e cabelos da mesma cor recolhidos em um coque elegantemente trançado.

— Bem-vinda a Powerscourt.

Seu sorriso era bastante frio. Margaret se abaixou até o chão em sua reverência.

— Lady Powerscourt. Estou muito agradecida por me receber.

— Já que vai morar conosco, acho que seria melhor se me chamasse de Julia. E esta é Aoife.

— Ifa?

— A pronúncia mais próxima em inglês é Eva. Ela foi batizada em homenagem à princesa guerreira do folclore irlandês. Aoife, porém, é a mais gentil dos cães de caça. Sua mãe me disse que você gosta muito de cachorros.

— Disse? Eu gosto, e Aoife é muito bonita.

— Vejo que ela também gostou de você. Ela vai seguir todos os seus passos, mas, por favor, não se sinta obrigada a aturá-la.

— Oh, não, estou encantada de ter a companhia dela. E a sua também, lady Julia... Julia. Espero não estar atrapalhando.

— Esta é uma casa muito grande, com um sem-número de quartos. Tenho certeza de que não vamos ficar no caminho uma da outra. Entre, eu lhe mostrarei seu quarto de dormir e depois tomaremos um chá.

Margaret seguiu sua anfitriã com o coração pesado diante da recepção bastante tépida. O salão de entrada era um vasto espaço quadrado com arcadas duplas de cada lado. A cornija era de um branco brilhante e puro, assim como as paredes. A simplicidade teria sido deslumbrante, se não fossem as enormes cabeças de cervos espalhadas em intervalos, seus largos chifres quase alcançando a cornija, dando à sala uma sensação muito gótica.

— Há vinte e oito — Julia explicou secamente, vendo a expressão de Margaret. — Meu marido as coleciona. Acredito que sejam, em sua maioria, da Alemanha. Há muito mais nas outras salas, também, rebanhos inteiros. Como você vai descobrir se ele voltar para casa, os cervos, tanto vivos quanto empalhados, são uma obsessão dele. Mas não se preocupe, seu quarto está misericordiosamente livre deles. — Julia conduziu-a por uma escada larga até o primeiro andar, depois foram até o andar seguinte por uma segunda escada, pintada de branco. — Eu lhe preparei um dos quartos da torre, que tem a melhor vista. Foi decorado muito recentemente, mas se você preferir algo mais tradicional, posso lhe mostrar o Quarto Rosa, o Quarto Hera ou mesmo o Quarto Tenda, embora a sua cama seja tão grande que temo que possa se perder nela.

— Tenho certeza de que este será perfeito.

Margaret entrou em um quarto semicircular e inundado de luz por três janelas arqueadas. As paredes eram revestidas até a metade de painéis pintados de um creme suave, acompanhados de papel de parede creme com um intricado padrão dourado. Uma cama moderna estava posicionada na parede central de frente para as janelas, que tinham cortinas adamascadas creme e douradas; o mesmo tecido estampava a *chaise-longue* aos pés da cama. Uma bela mesa de marchetaria ficava ao lado da janela, sobre a qual uma tigela de frésias brancas e amarelas soltava seu delicado aroma, enquanto uma quantidade maior de diferentes flores brancas estava disposta na lareira bloqueada.

— Ah, é adorável — disse. Para seu deleite, um assento se estendia por todo o comprimento das janelas. Margaret pisou nos tapetes macios que estavam espalhados sobre as tábuas polidas em direção à janela, onde teve seu primeiro vislumbre dos jardins de Powerscourt. — Oh, meu Deus!

Um anfiteatro com uma série de amplos terraços havia sido esculpido em um terreno íngreme e inclinado. No centro, estavam sendo colocados os alicerces de uma escadaria de pedra que chegaria até um lago. Os gramados eram um verde-esmeralda brilhante sob o azul-cinzento do céu, sua perfeição bem-cuidada realçada pela série de canteiros de flores dispostos em intervalos regulares. A lagoa era emoldurada por árvores recém-plantadas, o movimento sensual e natural da água em contraste direto com a ordem regimentada dos jardins. Além do azul brilhante da lagoa, o olhar também era atraído pelo contorno pálido das montanhas Wicklow, pelos tons púrpura-azulados de uma colina pontuda e por todo o céu cheio de nuvens fofinhas acima dela.

— Esta é a montanha do Pão de Açúcar — disse Julia, juntando-se a ela.

— Que vista absolutamente espetacular. É simplesmente deslumbrante.

— O jardim é uma obra em andamento, mas, concordo, é uma vista maravilhosa. Sua mãe também mencionou que você adora ficar ao ar livre. Por favor, explore o terreno como se fosse seu. A maior parte do que você vê diante de si era um sonho do falecido visconde e de seu jardineiro. Mervyn, meu marido, está determinado a realizar plenamente a visão de seu pai. Ele está na Baviera no momento. Eu acompanho seus passos pelas caixas de compras que chegam a cada mês, mais ou menos. Há uma pilha delas agora, à espera de seu retorno.

— Baviera! Você não gostaria de tê-lo acompanhado?

A pergunta, que parecia perfeitamente natural para Margaret, claramente não foi bem-vinda.

— Meu marido prefere dedicar seu tempo no exterior a expandir sua coleção.

Em vez de dedicar seu tempo à esposa com quem se casara há apenas dois anos? Pobre Julia. Mas, também, ela talvez preferisse ficar sozinha e, nesse caso, deveria ter ficado irada de jogarem Margaret em seu colo.

— Quando você espera que ele chegue em casa? — perguntou, sem saber muito bem o que dizer. Julia deu de ombros.

— Em setembro ou, no máximo, outubro. Presumo que esteja ciente de que ele perdeu o irmão em fevereiro?

— Por favor, aceite minhas condolências.

— Obrigada. Para ser sincera, eu mal conhecia Maurice, mas Mervyn gostava muito dele e não está lidando bem com sua perda. Espero que, quando estiver de volta em casa, tenha superado o pior de seu luto.

Margaret estava se sentindo mais desconfortável a cada minuto.

— Sinto muito por minha presença ter sido imposta a você em um momento tão incômodo.

— Minha sogra, lady Londonderry, acredita que estou precisando de uma companhia feminina.

— Mesmo assim, imagino que você preferiria escolher sua própria companhia.

Julia franziu o sobrolho, mexendo em uma das grandes borlas que amarraram as cortinas.

— Minha irmã Anne, que tem quase a minha idade, não deseja interromper sua temporada em Londres. Gertrude, minha outra irmã, casou-se em abril, e Mary, a mais nova, está planejando sua estreia na sociedade. Além disso, ela é cinco anos mais jovem do que eu. Você, creio eu, tem vinte anos, por sermos mais próximas de idade.

— Farei vinte anos em outubro.

— Lady Londonderry fala muito bem da duquesa, sua mãe.

O que levava à questão do que lady Londonderry havia dito sobre ela. Margaret respirou fundo.

— Não sei se você está ciente de minhas circunstâncias, mas...

— Eu não sei de nada — interrompeu-a Julia, soltando a borla —, exceto que está precisando de um período de descanso. Peço que não sinta a necessidade de explicar. Estou feliz em atender o pedido de lady Londonderry, e espero que você se sinta em casa aqui. Aparentemente, é uma cavaleira entusiasmada. Por favor, sinta-se à vontade para fazer uso dos estábulos.

— Você é muito gentil — disse Margaret, envergonhada por seus olhos estarem ardendo.

— Suas malas serão enviadas para cá assim que chegarem, e mandarei trazer água quente imediatamente. Se precisar de mais alguma coisa, basta pedir. A campainha está junto à lareira. Agora, vou deixá-la se instalar, e tomaremos chá em meia hora, se isso lhe convier... Não se preocupe sobre se perder, eu voltarei para buscá-la. Temos bolo de chocolate. Um dos seus favoritos, acredito.

A porta se fechou atrás dela com um clique suave. Margaret desabotoou seu casaco e sentou-se no banco da janela, abrindo-a para inalar o cheiro doce e exuberante dos jardins. Powerscourt era linda. Graças à Mamãe, ela tinha a companhia de um cachorro e de cavalos e estava livre para passear nestes adoráveis terrenos, mas a única coisa que não tinha liberdade de fazer era partir. Sua prisão era luxuosa, mas ainda era uma prisão. E Julia? Os instintos de Margaret lhe diziam que havia em sua anfitriã mais do que uma reserva natural, mas, neste momento, não tinha energia para sentir empatia. Ela nunca havia se sentido tão sozinha. O que queria mais do que tudo no mundo neste momento era deitar-se naquela cama de aspecto confortável e puxar as cobertas sobre a cabeça, escondendo-se do mundo.

Um toque na porta forçou-a a abandonar essa ideia tentadora.

— Sua água quente, senhorita.

— Breda!

— Vou ser sua criada, senhorita, se for da sua vontade?

— Mas é claro — respondeu Margaret. Uma cara amiga. E bolo de chocolate para o chá. Era muito mais do que tinha o direito de esperar, dadas as circunstâncias.

Charlotte, duquesa de Buccleuch, para lady Margaret

Castelo de Drumlanrig, 12 de agosto de 1867

Minha cara Margaret,

É o Glorioso Décimo Segundo Dia de Agosto, o início da temporada de caça, mas, como pode ver pelo remetente, este ano escapei da caça às perdizes. Seu pai aceitou mais uma vez o convite do duque de Sutherland para visitar o castelo de Dunrobin, mas, no momento, não me sinto muito inclinada a socializar.

Tenho sua irmã Mary para me fazer companhia. Temos passado o tempo caminhando pelo terreno para nos conhecermos um pouco melhor. Uma frase estranha para se usar em relação a uma filha, talvez, mas já estava na hora de usá-la, na minha opinião. Mary não tem a sua impetuosidade, mas também não tem a reserva de Victoria. Após longa deliberação, decidi explicar sua situação a ela — embora não tenha mencionado, apresso-me a acrescentar, qualquer coisa a respeito de Lambeth! Ao fazer isso, contrariei as instruções de seu pai, mas me vejo bastante incapaz de ignorar as perguntas de Mary. Ela implorou por minha licença para lhe escrever pessoalmente. Eu não a autorizei com relutância. Embora seu pai não tenha proibido expressamente a comunicação com você, não tenho dúvidas de que era isso que pretendia. Seria errado da minha parte encorajar minha filha mais nova a seguir o exemplo de desobediência aos desejos de seu pai de sua irmã mais velha. Porém, quanto a mim, Margaret, aprendi que o dever de uma mãe para com suas filhas pode às vezes subverter seu dever para com seu marido. Pretendo continuar nossa troca de correspondência, se isso lhe agradar.

Ficarei em Drumlanrig pelo menos até setembro, e espero que me escreva enquanto eu estiver por aqui. Sinto muito sua falta, Margaret. Rogo que não se esqueça disso.

Mamãe

P.S.: Por favor, diga à senhora Powerscourt que estou muito agradecida por sua recomendação de que eu encomende algumas roupas de mesa da fábrica do sr. Ferguson, em Banbridge. A qualidade da amostra que você enviou é soberba.

Capítulo vinte e dois

Nas semanas desde sua chegada, Margaret tentara deixar tudo o que havia acontecido para trás e recuperar o espírito de otimismo que sentira na viagem, mas todos os dias se arrastavam dolorosamente, como se estivesse subindo um colina de areia macia, deixando-a drenada e sentindo-se derrotada. Julia conversava educadamente na hora das refeições, aceitando sua assistência indiferente em tarefas tão mundanas como a separação de roupa de mesa, mas não lhe fazendo mais exigências. Margaret estava perfeitamente ciente de que deveria se esforçar mais para conhecer melhor sua anfitriã. Estava sendo uma má companheira, mas Julia não parecia ter pressa em ter companhia, contente em manter sua distância, fosse por tato ou por uma discrição natural. Em seu estado de espírito melancólico, Margaret estava feliz em seguir seu exemplo.

Ela comia muitos pedaços do bolo que Julia servia todos os dias com chá, e não fez nenhuma tentativa de resistir aos pudins, que eram servidos no jantar, ou ao leite quente que Breda trazia para seu quarto antes da hora de dormir com pão e mel, uma comida reconfortante que a lembrava da infância, embora nunca preenchesse o vazio doloroso dentro dela.

Durante o dia, ela saía para os extensos jardins de Powerscourt e para o pasto de cervos, com Aoife como única companhia. Seu cabelo encaracolava loucamente, seu rosto estava ficando sardento e sua pele, bronzeada. Sem mais necessidade de cumprir as regras estabelecidas pela sociedade para uma jovem mulher, ela havia, chocantemente, descartado sua crinolina. Era imensamente libertador estar livre desta peça de roupa. Às vezes, quando sabia que não estava sendo observada, Margaret até dispensava os sapatos e meias para andar descalça, afundando os dedos dos pés nos gramados macios como veludo, empoleirando-se na beirada do lago Juggy ou do lago Green para mergulhar os pés nas águas frias. Ela havia visitado duas vezes os estábulos, mas o cheiro familiar do feno e de cavalos a fez ansiar por Dalkeith e por seu próprio e querido pônei, Spider. Ela não tinha coragem de montar outro cavalo — parecia quase uma traição. Nunca mais ouviria o assobio do vento através das fileiras de árvores que margeavam o rio Esk enquanto passeava com seus cães, nunca mais sentiria o gosto dos incomparáveis bolinhos da sra. Mac, nem apreciaria o perfume da turfa queimando na cozinha. Se ao menos ela pudesse voltar no tempo para aqueles dias inocentes e começar de novo. Ela faria melhor da segunda vez. Mas será mesmo?

A carta de Mamãe tinha chegado durante o café da manhã. Era sua primeira e única correspondência desde que chegara a Powerscourt, há mais de um mês. Margaret a tinha lido empoleirada no assento de ferro forjado na parte mais alta do jardim italiano. As palavras da duquesa deveriam ter proporcionado algum conforto para ela, mas, em vez disso, a missiva afetou seu frágil autocontrole. Sua estadia ali não era um interlúdio. Seu período de exílio se estendia infinitamente à frente.

A dor e o pesar brotaram dentro dela. O distante barulho de um carrinho de mão a lembrou de que os jardineiros chegariam para trabalhar a qualquer momento. Saltando de pé, Margaret apressou-se em direção à reclusão oferecida pelo jardim amuralhado, sem nem perceber que Aoife a perseguia.

O portão Bamberga, que marcava a entrada, tinha sido uma das muitas contribuições do atual visconde para a propriedade. Originalmente projetado para uma catedral na cidade alemã segundo o qual foi nomeado, era um belo exemplar de ferro forjado pintado de preto e dourado. Os painéis centrais eram projetados para dar a ilusão de que se estava prestes a entrar em um corredor cercado por pilares retorcidos, cobertos por uma abóbada estrelada. Naquele dia, no entanto, em vez de se maravilhar com a ferragem ou de ficar absorvendo os aromas do roseiral próximo, Margaret simplesmente abriu o portão e passou por ele. Como um cobertor pesado e sufocante, a solidão a envolvia aos poucos. Sentindo seu estado de espírito, Aoife ganiu.

O caminho de alfazema, que era uma das inovações de Julia, estava em plena floração. A fragrância liberada quando as saias do vestido de Margaret levemente roçavam nas plantas a fazia sentir-se levemente tonta. Embora fosse principalmente uma horta funcional, também era uma criação de grande beleza, com canteiros simétricos separados pela grama tão cuidadosamente aparada que Margaret às vezes imaginava que os jardineiros deviam usar tesouras de unhas em vez de alfanjes. Os arbustos frutíferos no muro voltado para o Sul cresciam lindamente em espaldeira, as ervas plantadas como um buquê. A terra fresca, a grama recém-cortada e o zumbido contente das abelhas deveriam ter tido um efeito soporífero, mas, quando Margaret passou a pequena fonte no cruzamento dos caminhos, na direção do banco abrigado no muro mais distante, as lágrimas já desciam por suas bochechas.

Ela afundou no banco, esmagada pelo peso de tudo o que havia acontecido nas últimas semanas e meses. Ela havia lido em algum lugar que, ao se afogar, uma pessoa via sua vida passar diante de seus olhos pouco antes de morrer. Ela agora repassava tudo mentalmente, de trás para a frente, como se estivesse folheando uma série de fotos em um álbum: de pé no convés, com seus cabelos soprando ao vento enquanto sua terra natal se afastava; posando com as outras damas de honra no casamento real; despedindo-se de Mamãe e de Luísa; despedindo-se de Molly; separando-se de Sebastian; o confronto com seu pai; o pedido de casamento de Sebastian; seu primeiro encontro com ele em fevereiro; seu retorno a Londres no início do ano e sua resolução de se casar com Killin. Tudo isso no intervalo de pouco mais de seis meses.

Cobrindo o rosto com as mãos, ela se rendeu à sua dor, deixando as lágrimas caírem por entre os dedos, não fazendo nenhuma tentativa de reprimir seus soluços. Ela chorou pela perda da amizade com Susannah e da camaradagem dos dias passados com as mulheres em Lambeth. Chorou pela dor e pela preocupação que havia causado a Mamãe, e pela fenda que havia criado entre seus pais. Chorou por Luísa, sua melhor amiga, que se retirou em silêncio num momento em que precisavam uma da outra mais do que tudo. Chorou pela perda de suas irmãs, que nunca havia conhecido ou valorizado de verdade, e não poderia mais fazê-lo. Chorou por Sebastian, cujo rosto já começava a se embaralhar em sua memória e que agora parecia mais um fruto de sua imaginação do que o homem com quem havia sonhado em se casar.

Mas, acima de tudo, chorou porque nunca se sentira tão completamente sozinha e infeliz. Havia passado a vida tentando se tornar a filha submissa que seu pai queria que fosse. Tendo falhado em obedecer com docilidade e agravado seu crime desafiando as decisões paternas, ela teria que aceitar o fato de que nada alteraria a opinião amargurada de seu pai sobre ela.

Com Mamãe, no entanto, a questão era outra. Mamãe tinha sido forçada a escrever em segredo para sua própria filha, desprezando a autoridade de seu marido, e Margaret também era responsável por isso. Estava atormentada pela culpa, pensando em quantas vezes havia questionado o amor de Mamãe ao longo dos anos sem perceber que ela também era vítima da obediência obrigatória.

Sinto muito sua falta, Mamãe tinha escrito. *Rogo que não se esqueça disso.*

Sua cabeça estava latejando. Esfregando os olhos com a manga, Margaret se forçou a se recompor. Em vez de se repreender continuamente pelos erros que havia cometido, o que precisava fazer era aprender com eles. Era mais fácil falar do que fazer, mas não era como se tivesse pouco tempo nas mãos! Aoife ganiu, lambendo seus dedos salgados antes de dar um latido agudo e acolhedor. Com o coração apertado, Margaret viu Julia vindo em sua direção.

— Estou incomodando? Esperava que a carta lhe trouxesse boas notícias. — O pequeno sorriso de Julia vacilou enquanto ela se aproximava. — Ah, querida.

Para consternação de Margaret, suas lágrimas pareciam não ter acabado, pois uma nova enxurrada começou a cair pelo seu rosto.

— Desculpe — disse, esfregando freneticamente as bochechas. — Acho que não tenho um lenço comigo.

— Aqui. — Julia tirou um de seu bolso e sentou-se ao lado dela no banco.

— A carta era de Mamãe. Ela decidiu escrever-me, apesar de isso ir contra a vontade de meu pai, e…

— Tudo bem, não tenha pressa — disse Julia, acariciando a mão dela de forma desajeitada. Margaret respirava com dificuldade.

— Tenho me comportado como uma hóspede terrível, e você tem sido muito paciente comigo. Eu deveria estar lhe fazendo companhia.

— Não há nada pior do que ser obrigada a fazer companhia a alguém quando tudo que se quer é ficar sozinha para se atirar à tristeza — comentou Julia.

Margaret riu baixo.

— Era tão óbvio?

— Sim — respondeu Julia com simplicidade. — Fiquei preocupada que você pudesse me achar fria, mas não queria que se sentisse obrigada a confiar em mim. Se quiser conversar agora, no entanto, ficarei feliz em ouvir. Mas só se você quiser.

Margaret assoou o nariz.

— Não quero ocupar seu valioso tempo.

— O tempo — disse Julia com um sorriso irônico — é um recurso que tenho em abundância.

— Então, é isso — concluiu Margaret. — Estou morta para meu pai e não tenho ideia de quando verei minha mãe ou qualquer outro membro de minha família novamente. — O alívio de desabafar já estava dando lugar a dúvidas sobre se havia sido sábio fazer sua confissão. — Receio ter chocado você.

— Não vou mentir — Julia disse —, estou chocada. Eu suspeitava que era um caso de amor proibido que a trouxera até aqui, mas não imaginei nem por um segundo que fosse um noivado secreto com um pároco. É uma ideia romântica, mas que apenas dá certo nas páginas de um romance.

Margaret se mexeu desconfortavelmente no banco.

— Eu nunca acreditei que poderíamos nos casar *de verdade*, mas foram necessárias as ameaças de meu pai para me forçar a pôr um fim ao sonho de que poderia acontecer.

Julia abriu a boca, depois mudou de ideia e fechou-a novamente.

— O que foi? Por favor, quero que seja franca comigo.

— Muito bem, então. Com toda a sinceridade, acho que você se comportou de forma muito tola, mas a situação não é tão nefasta quanto imagina.

— Não vejo como poderia ficar pior. Sou muito grata por você me ter acolhido, mas não tenho meios para partir e nem teria para onde ir, mesmo se os tivesse.

— Seu pai está compreensivelmente zangado com você. Você desrespeitou publicamente a autoridade dele não uma, mas duas vezes. Mas você é um bem valioso demais para ser completamente descartado. Você não tem nem vinte anos de idade, Margaret. Sua mãe parece uma mulher muito sensata. Ela encontrará uma maneira de levá-la de volta para casa, eu garanto.

— E então meu pai encontrará outro homem para se casar comigo.

— Naturalmente, é o dever dele como seu pai. Preferiria que ele não o fizesse? Aí, você se tornaria a tia solteirona e seria só um pouco melhor do que uma criada.

— Eu não me casarei simplesmente para agradá-lo.

Julia franziu o cenho.

— Então faça-o para agradar a sua mãe. Pense em como ela ficaria aliviada ao vê-la estabelecida. Você seria capaz de forjar o novo relacionamento que diz querer ter com ela.

— Eu quero mesmo, muito.

— Então tenha em mente que isso será impossível se seu pai continuar a renegá-la. — Julia ficou de pé. — Está um pouco frio aqui, sentadas. Vamos descer até o lago Green?

— Então o que você está dizendo, resumidamente, é que acha que todos seriam felizes se eu me casasse, menos eu.

Julia lhe lançou um olhar sério ao abrir o portão que levava ao lago.

— Por que você tem tanta certeza de que o casamento vai te fazer infeliz?

Elas chegaram à beira do lago. Margaret olhou fixamente para a água, onde um cardume de pequenos peixes nadava entre os juncos.

— O que você faria, se estivesse na minha situação?

— E a sua situação é diferente da de todas as outras jovens mulheres de nossa classe? Fomos criadas com o único propósito de conseguir um bom casamento. Nossa única escolha é se tiramos ou não o melhor proveito disso, ou acabamos solteiras, o que não é exatamente uma opção palatável. Você tem a sorte de ser filha do duque de Buccleuch...

— Isso é altamente discutível!

— E de ter um dote que condiz com sua linhagem — Julia completou com frieza, sentando-se com sua habitual elegância silenciosa em um banco de madeira. — Quando Wingfield fez sua proposta, eu não fiquei exatamente entusiasmada. Meu marido é bastante sisudo, com seu jeito reservado, e não ajuda que exiba uma barba muito longa, o que o faz parecer muito mais velho do que é.

Margaret torceu o nariz.

— Se temos que passar horas todos os dias prendendo o cabelo e nos amarrando em espartilhos e crinolinas, não vejo por que os homens não podem gastar alguns minutos por dia fazendo a barba.

— Está na moda ter barba para os homens, assim como, para as mulheres, está na moda usar crinolina.

— Então devo ser extremamente antiquada — retorquiu Margaret —, pois não gosto de nenhum dos dois.

— Se você gosta ou deixa de gostar está totalmente fora de questão — disse Julia, suspirando impaciente. — Se quer meu conselho, então sugiro que faça como eu fiz e aproveite o melhor que puder. Apesar de minhas reservas iniciais com Wingfield, passei a ver que era um excelente partido. Minha mãe o aprovou, e meu pai ficou particularmente satisfeito com a união. Assim como meu marido, meu pai está bastante obcecado em restaurar a antiga glória da família e, enquanto falamos, está plantando árvores furiosamente. Mas o mais importante para mim foi que Wingfield me proporcionou a oportunidade de começar minha própria família. É o que eu sempre quis, e Wingfield precisa de um herdeiro. Assim, temos uma ambição conjunta, mesmo que tenhamos pouco mais em comum.

— Então você acha que cometi um erro ao rejeitar Killin? Mesmo que não conseguisse, para usar as palavras de um velho amigo, suportá-lo...

— Acho que você poderia ter superado seu desgosto inicial por ele se tivesse se dedicado. Penso que se, ou melhor, quando um outro cavalheiro pedir sua mão em casamento, seria sábio considerar a proposta seriamente, quer *goste* dele ou não.

— Você faz tudo parecer tão frio. Como se o casamento fosse uma transação comercial.

— Em essência, é exatamente isso, e também um compromisso para toda a vida. Uma linhagem semelhante, um acordo financeiro satisfatório e o apoio da família aumentam a probabilidade de a união ser bem-sucedida, mas, sem a vontade de que dê certo, está fadada a fracassar.

— Você não acha que o amor tem algum papel nisso?

— Acredito que o respeito seja fundamental. Espero, com o tempo, vir a gostar de Wingfield, como o pai de meus filhos. — E, no entanto, não havia criança, nem qualquer perspectiva de uma enquanto seu marido perambulasse pelo continente gastando uma fortuna em antiguidades e chifres, pensou Margaret com tristeza. — Sei o que está pensando — completou Julia, levantando-se —, mas a vida é o que fazemos dela.

Margaret sorriu.

— Parece algo que Molly, minha antiga criada, diria.

— É um dos lemas de minha mãe, e seu conselho mais valioso para mim. Ela também diz que a paciência é uma virtude e que as coisas acontecem com aqueles que esperam por elas. Espero que esteja certa sobre isso.

— Você está casada há apenas dois anos — disse Margaret, tímida.

Mas Julia balançou a cabeça, virando as costas.

— É melhor voltarmos. Parece que está prestes a chover. Na verdade, eu a procurei para lhe dizer que também recebi uma carta esta manhã, de meu marido. Ele chegará no início de outubro. Perguntou por você e diz que está ansioso para conhecê-la.

— Ele planeja ficar aqui por muito tempo?

— Ele geralmente vai caçar cervos na Escócia no final do ano, mas não fez nenhuma menção a isso. Talvez sua presença o convença a prolongar a estadia. Com sorte — acrescentou Julia, com um sorriso torto —, eu me beneficiarei disso.

Princesa Luísa a lady Margaret

Castelo de Balmoral, 30 de setembro

Cara Margaret,

Isto não será mais do que um breve rabisco, pois estou prestes a ir a Dunkeld com a rainha para visitar a duquesa de Athol. Tenho estado bem ocupada desde o casamento. Viajamos para Osborne com Lenchen e seu marido logo após as comemorações. Os pombinhos tinham acabado de partir para o continente quando o tenente Stirling também deixou a ilha de Wight — para sempre. Ele foi substituído por um tal de sr. Legg. Um substituto não à altura, de fato!

Em agosto fui com a rainha a Balmoral para a habitual reunião familiar que incluía até Bertie, muito para o deleite de Sua Majestade. Houve um baile em Abergeldie, no qual usei o mais belo vestido novo, e então Lenchen e seu príncipe voltaram de sua viagem de lua de mel parecendo adequadamente satisfeitos. A rainha vai organizar um baile em homenagem a eles no fim deste mês, quando eu e Sua Majestade voltarmos de Dunkeld. Eu mesma desenhei meu vestido para a ocasião prestigiosa — e fiz um excelente trabalho, modéstia à parte.

Fui convocada! Meus dias não são mais meus agora que Lenchen está casada, mas acho meu novo papel como escriba de Sua Majestade suportável. Infelizmente, sobra muito pouco tempo para fazer esculturas e nenhum tempo para minha própria correspondência.

Luísa

P.S.: Leo não tem apenas o sr. Legg como novo secretário, mas também um novo tutor. O reverendo Duckworth é um homem muito charmoso.

Capítulo vinte e três

Já estava consideravelmente tarde quando Margaret voltou a Powerscourt com Aoife a seguindo obedientemente. Ela havia caminhado até mais longe do que pretendia originalmente, tentada pelo sol quente do outono a vagar até o campo de cervos que o marido de Julia havia estabelecido como lar para seus exemplares da rara raça japonesa sika.

Ela havia lido a carta de Luísa várias vezes e ainda não conseguira decidir como interpretá-la. Sua amiga estava tão preocupada que a correspondência estivesse sendo monitorada pelos cortesãos supervigilantes da rainha que não podia comentar as questões que lhe eram mais prementes quando as duas se encontraram pela última vez? Ou seria simplesmente uma missiva de uma mulher jovem e fugidia, sem nenhuma outra preocupação além de vestidos de festa e novos tutores bonitos e sem tempo para amigas ausentes que haviam caído em desgraça?

Luísa sempre ficava mais frágil e superficial quando estava infeliz. Os instintos de Margaret lhe diziam que nem tudo estava bem. Ela ansiava pela chance de falar com a amiga, de confortá-la, mesmo que não tivesse nenhum conselho sábio a oferecer. Mas isso seria impossível pelos próximos tempos, e não havia nada a ganhar escrevendo uma carta que talvez nem sequer fosse lida ou, pior ainda, pudesse cair nas mãos erradas. Se sua amizade um dia seria reestabelecida ou não, era uma questão para o futuro. Por enquanto, seus caminhos se afastavam em direções muito diferentes. Ah! Se é que andar em círculos cada vez menores pudesse ser considerado uma direção.

O ritmo de seus passos diminuiu. Suas botas chutavam a camada morta de folhas secas e o solo macio da floresta irlandesa. Ela estava farta de suas perambulações diárias intermináveis e sem rumo. Já estava em Powerscourt havia três meses. Os dias se passavam, um muito parecido com o outro, como grãos de areia em uma ampulheta sem fundo, enquanto ela se afundava cada vez mais em uma resignação letárgica sobre seu destino. Até mesmo a imprensa parecia ter se esquecido totalmente dela — pois Luísa certamente teria mencionado se tivesse havido algum comentário adverso. Ela tinha passado a evitar seu reflexo, temendo encontrar de volta um patinho feio que parecia ter engolido sua própria crinolina.

Chutando outro monte de folhas, pegou uma que caía como uma borboleta enrugada e sarapintada. Será que deveria pagar por sua recusa em fazer o que se esperava dela com uma vida inteira de inércia indiferente? Ela apertou a folha e a deixou cair no chão.

— Não, não vou! — gritou em voz alta, o som reverberando através das árvores. Tinha chegado a hora de seguir o conselho de Julia e tirar o melhor proveito da situação. Ela se perdoaria por seus erros e pararia de lamentar pelo que não acontecera. Seu vigésimo aniversário seria no dia seguinte. Como presente para si mesma, finalmente aceitaria a oferta de Julia de pegar um cavalo emprestado e dar uma volta. Por que deveria continuar a se privar de um dos grandes prazeres de sua vida?

O visconde de Powerscourt estava prestes a chegar. Durante as últimas duas semanas, Julia havia estado imersa em um turbilhão de atividades, preparando a casa e os jardins para a chegada do marido. Era quase como se achasse que, provando ser a perfeita castelã, seria recompensada com um bebê. Margaret esperava fervorosamente que ela conseguisse o que desejava. A situação de Julia era desoladora, embora sua anfitriã a suportasse estoicamente e sempre mudasse de assunto quando Margaret tentava levantar a conversa. Deve ter sido muito difícil para ela mencioná-lo em primeiro lugar.

A pobre Julia era outra pessoa que Margaret não podia ajudar. Embora pudesse ser uma boa ideia, agora pensava, sumir do mapa enquanto ela e seu marido tentavam remediar a ausência de filhos. A própria ideia de servir de vela… Não! Aliás, a chegada do visconde seria a desculpa perfeita para explorar o país que era atualmente seu lar. Diziam que Dublin era bonita, e nas proximidades ainda havia a cidade litorânea de Bray. Desde que levasse Breda consigo, tudo estaria perfeitamente em ordem. Era um passo muito pequeno, mas pelo menos estava enfim olhando para a frente.

Entrando na casa por uma das portas laterais, Margaret estava prestes a subir para o seu quarto, com a intenção de se arrumar, pelas escadas dos fundos, quando Aoife deu um latido alegre e se lançou em direção à escadaria principal. Exasperada e rindo, ela a perseguiu até o primeiro andar, onde, para seu horror, a cadela se enfiou no salão principal.

Era o maior e mais formal cômodo de Powerscourt. Havia sido usado para receber o rei Jorge IV quando visitara a Irlanda depois de sua coroação, e por isso considerado sacrossanto. A poltrona coberta de veludo vermelho, feita especificamente para Sua Majestade e conhecida como o Trono, ainda estava no lugar de honra. Julia contara que o salão ornamentado, com seus pilares clássicos e varanda arqueada, fazia-a sentir como se estivesse visitando uma galeria de arte, e Margaret não podia discordar. Uma série de nichos ostentava cenas pintadas pelo irmão mais novo de Wingfield, Lewis, que era, entre outras coisas, um artista. Estátuas em tamanho real de deusas gregas e romanas seminuas ficavam de sentinela entre os pilares. No canto mais distante, incongruentemente, havia um retrato de lady Londonderry, mãe do atual visconde, cuja presença também se fazia sentir pelo grande sofá de ébano no salão, em cuja capa ela havia bordado desenhos egípcios enquanto velejava com o marido em seu cúter, de acordo com a mitologia familiar — que era riquíssima.

Julia, cujo único trabalho de costura que ambicionava fazer era um dia bordar uma túnica de batismo, nunca usava este cômodo, mas naquele dia estava tomando chá com um cavalheiro. Não foi difícil deduzir, pela maneira que o rabo de Aoife abanava furiosamente, que se tratava de lorde Powerscourt, tendo chegado dois dias antes do previsto. A exuberante barba cobria a maior parte de seu rosto e da frente de sua camisa, tão cheia que parecia parte de um figurino de teatro. Lembrando-se de repente de seu estado desgrenhado, Margaret estava a ponto de recuar quando Julia a avistou.

— Margaret, como pode ver, meu marido chegou em casa mais cedo do que o esperado. Venha conhecê-lo. Mervyn, esta é lady Margaret Montagu Douglas Scott. Margaret, meu marido.

— Como vai, lorde Powerscourt? — Mortificada, pois seu cabelo caía solto pelas costas e seu vestido estava salpicado de lama, Margaret fez uma mesura.

As sobrancelhas de lorde Powerscourt eram tão espessas quanto sua barba, mas o cabelo, que tinha recuado, embora ainda não tivesse sumido completamente da cabeça, caía em cachos suaves, como os de um bebê. Ele tinha um bom formato de nariz, nem delicado, nem grosseiro, e seus olhos castanhos a lembravam de um cachorro da raça spaniel.

— É muito bom conhecê-la, lady Margaret. Estou em dívida com você, por ter feito companhia à minha esposa.

— Foi um prazer, senhor — respondeu Margaret, sentindo-se não merecedora de qualquer elogio a esse respeito.

— Bem, agora, sente-se e junte-se a nós.

— Margaret deve querer se trocar, não é?

— Ah, sim. — Respondendo ao comentário de Julia, ela começou a recuar. — Não posso sentar-me aqui toda suja de lama.

— Bobagem — comentou lorde Powerscourt —, um pouco do bom solo irlandês nunca fez mal a ninguém.

— Mas o senhor deve querer conversar a sós com lady Julia, depois de tanto tempo afastados.

— Não há nada de urgente, não é mesmo? — disse lorde Powerscourt. Então, quando Julia deu de ombros, ele voltou a se virar para Margaret, indicando a cadeira ao seu lado. — Sente-se, por favor. Seu pai é dono de muitas propriedades, creio. Apreciaria saber sua opinião sobre minha própria humilde morada.

Susannah Elmhirst a lady Margaret

Casa paroquial, Lambeth, 28 de outubro de 1866

Cara lady Margaret,

Obtive seu novo endereço com Sua Graça, sua mãe, que relutantemente me concedeu permissão para escrever-lhe, com certas advertências, que estou certa de que não preciso detalhar. Compreendo que sua estadia em Powerscourt será provavelmente longa. Espero que esteja em boa saúde e animada, e que seja capaz de aproveitar ao máximo o ar fresco do campo — como eu a invejo!

Não escrevi antes porque acreditei que um afastamento seria o melhor para todos os envolvidos, em especial para você. Não duvide, no entanto, de que está frequentemente em meus pensamentos. Escrevo agora na esperança de que o tempo tenha cicatrizado as feridas e de que seja capaz de achar conforto em saber que a vida em Lambeth continua como de costume, com todos os seus altos e baixos.

Houve algumas mudanças em nossa casa desde a última vez que nos visitou. Meu irmão foi finalmente persuadido a pedir um coadjutor ao bispo e, para seu espanto, o bispo concordou. O sr. Glass é jovem, mas extremamente entusiasmado, e sua presença tem animado muito Sebastian. Eu, entretanto, ainda sinto falta da querida Esther, que não consegui substituir. Como consequência, sou obrigada a gastar muito mais do meu tempo na administração da casa do que gostaria, especialmente agora que há dois homens atrás dos quais correr! Esther e Molly parecem muito felizes em sua nova vida juntas, e isso não é pouca coisa, como dizem. Sebastian fala, como de costume, que somos todos iguais aos olhos de Deus.

Nossas senhoras continuam a se encontrar, e seu nome vem à tona nas conversas de vez em quando. As crianças, especialmente, sentem falta de suas histórias, e são severas, da maneira como só as crianças podem ser, com minhas fracas tentativas de substituí-la. Tivemos um surto de cólera durante o verão que lotou a enfermaria, como pode imaginar. Lamento ter de informá-la que Sally perdeu seu pequeno Alfie. Trata-se de uma doença cruel e impiedosa.

É domingo à tarde, e posso ouvir meu irmão fazendo aqueles ruídos de desagrado que me dizem que seu sermão não está indo bem. Sebastian está se preparando para a missa da noite. Ele deve estar esperando que a fada da cozinha prepare o chá antes disso, então devo terminar a carta agora e ir e assumir os deveres dela!

Rogo para que você encontre contentamento e realização na plenitude do tempo.

Deus lhe abençoe, lady Margaret.

Cordialmente,
Susannah Elmhirst

LADY MARGARET A SUSANNAH ELMHIRST

Powerscourt, condado de Wicklow, 2 de novembro de 1866

Querida Susannah,

Obrigada por sua amável carta, que, asseguro-lhe, aqueceu meu coração. Não vou insultá-la fingindo que os últimos meses foram só flores, mas há novos botões de esperança que acredito que florescerão. (*A beleza natural dos meus arredores não é apenas revigorante para mim, mas parece ter polinizado minha escrita!*) Minha própria querida Molly escreveu confirmando como está feliz em sua nova vida, o que é outro grande conforto para mim, embora me entristeça saber que a partida de Esther a obriga a trabalhar na cozinha, quando seu tempo poderia ser mais útil aliviando a carga doméstica das mulheres. Mas, infelizmente, não posso negar que vivemos em um mundo de homens.

Fiquei emocionada ao saber que as crianças perguntam por mim e lamento, embora ache um pouco engraçado, saber que suas habilidades de contadora de histórias foram ridicularizadas. Escrevi às pressas um pequeno conto para que você possa contar para eles, na esperança de poupá-la de mais constrangimento, e que pode alegremente reivindicar como sua. Chama-se *"A casa no meio da floresta"*. Deixei o final a cargo das crianças, algo que descobri que elas têm muito prazer em fazer. Se minha pequena contribuição for bem-sucedida, ficaria encantada em escrever mais e enviá-las a você.

Não lhe pedirei que transmita meus melhores votos a seu irmão, embora ele os tenha de todo modo e, assim como você, sempre ocupará um lugar especial em meu coração.

De sua amiga
Margaret

Capítulo vinte e quatro

O visconde de Powerscourt já estava em casa havia três semanas e Margaret ainda não havia conseguido realizar sua escapada planejada. Tinha feito a sugestão várias vezes e, embora Julia tivesse ficado entusiasmada, o visconde havia vetado efetivamente qualquer viagem, preferindo, em vez disso, conceder a Margaret o benefício de sua sabedoria.

Esse deleite incluíra uma aula sobre as dificuldades de cruzar o sambar japonês com o corço alemão e os problemas de fazer com que muflões da Sardenha, acostumados ao seu terreno seco e rochoso nativo, permanecessem saudáveis no clima úmido da Irlanda. Margaret havia sido presenteada com várias palestras sobre a origem da miríade de cabeças de veados que adornavam as paredes da casa do visconde, e já tinha ouvido sua anedota favorita, de como seu pai havia quase afogado acidentalmente o rei Jorge na cachoeira, pelo menos três vezes. Ela havia inspecionado as últimas aquisições dele e fingido interesse em seus planos de criar uma fonte no lago Juggy e nos obstáculos técnicos a ser superados para realizar o intento. O que era fascinante em comparação com o assunto das árvores ornamentais, seu plantio e drenagem.

Noite após noite, lorde Powerscourt descrevia orgulhosamente seus planos para remodelar suas terras; drenar os campos; reconstruir a casa; e melhorar o terreno com pontes, portões e estradas. Não havia dúvidas de seu entusiasmo, sua genuína consideração por seus inquilinos, seu orgulho em relação a suas propriedades ou mesmo o alcance de sua visão para as várias melhorias. Mas sua capacidade prodigiosa de tornar o mais interessante dos assuntos incrivelmente enfadonho, combinada com sua total falta de bom humor, fazia de sua companhia um teste de resistência. Na noite anterior, desesperada, Margaret havia sugerido que talvez fosse uma boa ideia deslocar todo o condado de Wicklow ligeiramente para o leste. Embora Julia tivesse soltado um risinho, rapidamente abafado, seu marido, que ficou um pouco perplexo, explicou paciente e extensamente por que as fronteiras do condado não podiam ser ajustadas a torto e a direito sem causar um clamor político.

Lorde Powerscourt podia falar, sem parecer precisar respirar, por até uma hora de cada vez. Pedia uma opinião e depois a fornecia ele mesmo, em detalhes. Nas raras ocasiões em que Margaret havia observado Julia insistir em apresentar um outro ponto de vista, ele ouvia pacientemente e depois ignorava o que ela havia dito. Nunca era rude, nem condescendente, mas tinha um ar sério que deixava Margaret na defensiva. Ele havia comentado várias vezes sobre como a estadia de Margaret era oportuna para fazer companhia a Julia, não parecendo imaginar que ela pudesse preferir a companhia do próprio marido.

Seu casamento com Killin teria sido assim? Será que todos os homens que seu pai consideraria bons partidos eram iguais? E as mulheres, seriam menos uniformes? Relutantemente, Margaret havia concluído que ela e Julia nunca seriam próximas. A reserva de Julia era quase impossível de penetrar. Embora soubesse, pela única conversa profunda que tiveram, que Julia tinha sentimentos, ela quase nunca os revelava. Ela a lembrava de Victoria, o que a fazia pensar se a complacência externa e a indulgência estoica da irmã escondiam uma pessoa mais emotiva e, portanto, muito mais interessante. Poderia muito bem ser que sim, mas agora Margaret nunca mais saberia. Uma coisa que *havia* concluído, a partir de sua observação forçada do casamento de Julia, era que nunca conseguiria replicá-lo. Testemunhar o sofrimento educado da mulher, enquanto seu marido falava incansavelmente, a fazia gritar de frustração por dentro. *Fale alguma coisa*, Margaret queria dizer. *Lembre-o de que você tem uma voz!* Ela sabia, agora com absoluta certeza, que estivera completamente certa em rejeitar Killin.

Em apenas uma ocasião, a volubilidade do visconde o abandonou. Uma menção casual a seu falecido irmão, Maurice, fizera com que sua barba tremesse e ele esfregasse furiosamente os olhos antes de cerrar os punhos.

— Um bom homem — murmurou. — Oficial condecorado pela própria rainha, por Deus. Um homem de verdade, ao contrário daquele... daquele *janota* frívolo!

— Lewis — Julia havia explicado enquanto seu marido saía da sala. — Meu marido tinha uma estima tão alta por Maurice que seu irmão mais novo nunca atingirá seu patamar. E não ajuda que Lewis esteja tão determinado a ser diferente.

— Diferente em que sentido?

Julia apertou os lábios.

— Ele tem uma tendência a escolher más companhias e nenhum respeito pelo nome Wingfield ou por seu irmão mais velho. Felizmente, o sentimento é mútuo. Nós raramente o vemos.

Margaret ponderou sobre o paradoxo de um visconde que detestava seu herdeiro atual, mas que se dedicava com muita frouxidão à tarefa de substituí-lo por um filho seu. Não via nenhuma evidência de intimidade no comportamento cotidiano do casal. Wingfield abria as portas para sua esposa e afastava a cadeira dela no jantar, mas esses pareciam ser todos os contatos que mantinham. Uma dimensão mais física devia existir entre as quatro paredes do quarto de Julia, Margaret pensou enquanto estudava os dois à mesa do café da manhã, mas se arrepiou tentando imaginar a forma como isso se daria. Será que o visconde exigia ser anunciado por seu valete? Será que pediria a permissão de Julia com antecedência, por escrito? Iniciaria o processo com um beijo ou simplesmente prosseguiria para... ah, não, não conseguiria comer os ovos escalfados.

— O que foi, Margaret? Engasgou com alguma coisa?

Margaret empurrou o prato ainda com comida para o lado.

— Não, de jeito nenhum. Estava me perguntando, Julia, se poderia me emprestar a carruagem para visitar Dublin amanhã ou no dia seguinte.

— Dublin? O que há para se ver em Dublin...?

— Margaret está presa aqui em cima há três meses, meu querido — interveio Julia. — Acho que uma mudança de ares lhe faria bem. Eu poderia acompanhá-la, Margaret. Poderíamos tomar chá, e...

— Tenho uma remessa chegando da Alemanha amanhã, novas cabeças de veado — disse lorde Powerscourt. — São muito delicadas, pois são feitas de papel machê. Comprei-as do conde Arco-Zinneberg, eram parte da coleção de sua casa da Wittelsbacherplatz, em Munique. Vou precisar de sua ajuda para posicioná-las, Julia. O salão de entrada é a escolha óbvia, mas estava pensando...

— Naturalmente eu teria o maior prazer em ajudá-lo — interrompeu Julia com uma expressão dolorosa. — Vou providenciar a carruagem para amanhã bem cedo, Margaret. Leve Breda com você, passe o dia vendo os pontos turísticos e tome um chá. É melhor eu ficar aqui.

— De fato — disse lorde Powerscourt. — Há muito o que fazer por aqui. Tenho muito tempo perdido para recuperar.

— Tem mesmo — concordou Julia. — De fato, você tem.

Na manhã seguinte, Margaret vestiu com cuidado um vestido de dia de seda cobre com um padrão geométrico em um marrom-chocolate contrastante. A combinação era muito incomum para uma jovem solteira, mas havia sido uma escolha dela concedida por Mamãe. O corpete tinha um colarinho de renda branco e punhos ajustados, e se fechava com uma fila de botões minúsculos. Um casaco combinando, com uma frente curta e uma cauda longa, e um pequeno chapéu com um laço muito largo em seus cabelos cuidadosamente trançados, um penteado que Breda havia levado um século para fazer, completavam o conjunto. Com sua cota completa de espartilho, crinolina e saiote, e um par de luvas de couro de cabrito nas mãos, Margaret estava finalmente pronta para enfrentar o mundo.

Embora, antes disso, tivesse que encarar o espelho. A primeira surpresa foi que o conjunto serviu. Breda não a tinha ajustado tão bem como Molly, e sem dúvida ela não teria passado no teste de fita métrica de Mamãe. Estava curvilínea em vez de esguia, mas decidiu que preferia assim. Além disso, o efeito tinha sido alcançado sem nenhum esforço de sua parte. Nas últimas semanas, seus desejos por bolo e pudim haviam desaparecido. Ela aproveitava sua comida, mas se contentava com um requinte elegante.

A outra surpresa foi seu rosto. As feições ainda eram as mesmas, os profundos olhos azuis, o nariz reto dos Montagu, a boca um pouco generosa demais para estar na moda, mas a mulher que viu refletida era praticamente uma estranha. Parecia mais velha que seus vinte anos de idade. Havia uma inclinação determinada em seu queixo, uma cautela em sua expressão. Sua pele estava bronzeada e com sardas; as sobrancelhas eram de seu tom natural castanho-escuro, assim como os cílios. E era o cobre de seu vestido que fazia seu cabelo parecer a cor lustrosa das folhas de outono em vez do vermelho-cinzento que sempre havia pensado que era? Um pequeno sulco havia sido gravado em sua testa, prova de suas noites maldormidas e de seu humor permanentemente sombrio, sem dúvida. Ela tentou suavizá-lo, mas era obviamente um novo acessório. Esta era Margaret *au naturel*, e ela decidiu que aprovava bastante essa nova encarnação. Ensaiou um sorriso.

— O que você acha? — perguntou, voltando-se para Breda enquanto rodopiava, fazendo sua crinolina saltar e rindo sozinha.

— Você está tão diferente — disse a criada. — Bonita, mas não da maneira habitual. É o sorriso que a transforma, senhorita, se não se importa que diga isso. É muito bom de se ver.

— Eu mostro dentes demais quando sorrio, segundo minha mãe. "Um pouco mais de modéstia, Margaret", ela vivia me dizendo.

— Bem, longe de mim contradizer uma duquesa, mas acho que é um sorriso adorável com a quantidade certa de dentes — comentou Breda. — Um sorriso de verdade, se entende o que quero dizer.

— Na verdade, entendo. — Margaret vestiu suas luvas. — Agora, vá pegar seu chapéu, Breda, e nos encontramos lá embaixo em cinco minutos. Dublin nos espera.

O landau de Powerscourt as deixou na Grafton Street, que Breda informou ser o principal distrito comercial de Dublin. Sob toldos pretos, havia lojas com vitrines exibindo luvas, chapéus e porcelanas finas, acomodadas em altos edifícios georgianos. Compradores bem-vestidos lotavam as calçadas limpas; carruagens elegantes e carrinhos de mão lutavam por espaço na ampla rua de paralelepípedos.

— Não quer fazer algumas compras, senhorita?

— Talvez mais tarde. Vejo que há ali uma livraria. Por enquanto gostaria de passear, se não se importa, e me orientar um pouco. Lorde Powerscourt me forneceu um itinerário. Disse que não posso perder o antigo edifício do parlamento e o Trinity College, especialmente o Livro de Kells.

— O Livro de Kells, senhorita? Não é apenas um grande livro escrito por um monge?

— Essa é uma maneira de descrever um manuscrito historicamente importante. — Margaret riu, vendo o rosto de Breda. — Não se preocupe. Tenho a mesma disposição que você de passar este lindo dia de outono debruçada sobre um livro empoeirado.

— Posso dar uma olhada no que Sua Senhoria escreveu — ofereceu Breda —, e então saberei que direção devemos tomar. Pelo amor de Deus — acrescentou, com os lábios apertados —, ele tem um garrancho terrível. Por que é que quanto mais instruída é uma pessoa, pior é sua letra? Meu irmão Padraig tem uma caligrafia melhor, e só ficou três anos na escola. Vamos por aqui, senhorita, passando pelo parque St. Stephen's Green em direção à Merrion Square.

Alguns passos além da Grafton Street as levaram a uma avenida impressionantemente larga, e Margaret teve seu primeiro vislumbre do verdadeiro esplendor da Dublin georgiana. As grades de ferro de um belo parque ficavam de um lado, onde quatro carruagens abertas aguardavam clientes. Do outro lado, dominava a fachada de tijolo vermelho e arenito do Shelbourne Hotel, com um porteiro uniformizado mantido constantemente ocupado pelo fluxo de veículos. Margaret havia imaginado uma paisagem urbana semelhante à da Cidade Nova de Edimburgo, mas as fachadas das casas aqui eram de tijolo vermelho em vez de arenito e os edifícios em si, com seus telhados planos e belos pórticos com degraus uniformes e vitrais acima das portas pintadas com verniz, menos uniformes e, aos seus olhos, mais atraentes. Mansões georgianas ocupavam os quatro lados da bonita Merrion Square. Observando as grades dos jardins privados, podia-se ver babás empurrando carrinhos de bebê ao longo dos caminhos sinuosos e crianças bem-vestidas brincando na grama com aros e bolas.

— Aqui é lindo — disse Breda —, mas, indo um pouco mais adiante até o canal, é uma história diferente. A Casa Leinster, que está na lista de Sua Senhoria, fica aqui, embora não tenha certeza de por que ele a mencionou.

— O projeto é do mesmo arquiteto que redesenhou Powerscourt — informou-lhe Margaret. — Aparentemente, há muitas características em comum. Deve ser essa. — Ela parou para contemplar a mansão em estilo paladino da borda de seus extensos jardins, tentando invocar um apropriado senso de deferência, mas, em vez disso, se viu levemente irritada, pois, ao seguir o itinerário do visconde, estava permitindo que ele dominasse seu precioso dia fora.

— A próxima parada é Trinity — disse Breda, andando estoicamente.

A faculdade era linda, com seus graciosos edifícios de granito cinza com vista para mais faixas de verde e estudantes universitários apressados agarrados em livros; mas, quando chegaram à praça College Green, em frente ao banco que fora outrora o edifício do parlamento, Margaret já estava cansada, embora tivessem completado apenas uma fração do itinerário do visconde.

— Acho que vou visitar a livraria agora, e então será hora do chá no Shelbourne — disse firmemente.

— A senhora se importaria se eu aproveitasse a oportunidade para visitar minha mãe enquanto estiver tomando o chá? — Breda perguntou. — Não é longe, e eu vou num pé e volto no outro. Eu não pediria normalmente, mas ela está um pouco mal neste momento.

— Meu Deus, é claro que deve ir. Deveria ter dito antes, Breda, em vez de ficar andando atrás de mim.

— Bem, não poderia deixá-la sozinha em uma cidade estranha. Vou com a senhora à livraria e ao Shelbourne, e depois…

— Você não vai fazer nada disso. Irá direto daqui para a casa de sua mãe, e eu irei junto.

— Ah, não, senhorita, é uma área ruim, eu não sonharia…

— Eu provavelmente já vi pior quando fiz trabalho voluntário no distrito de Lambeth, em Londres, então mostre-me o caminho, a menos que ache que sua mãe está muito doente para visitas não requisitadas.

— Mamãe terá o maior prazer em conhecê-la, pois já lhe contei tudo sobre a senhora em minhas cartas. Se tem certeza absoluta, senhorita, a casa é do outro lado do rio.

Ao se aproximarem da beira do rio, os edifícios georgianos ganhavam um ar de negligência, as ruas se tornavam mais feias e as pessoas um pouco mais sujas. As lojas térreas vendiam roupas e botas de segunda mão e uma fachada em cada três parecia ser uma taverna. Margaret percebeu que as pessoas a analisavam, mas estava acostumada a lidar com isso, e o olhar feroz e desafiador de Breda estava agindo como um excelente dissuasor.

Na esquina da rua que levava à ponte sentava-se uma pequena florista desgrenhada, com cabelos castanhos presos e olhos enormes da mesma cor, descalça e imunda. Seu sorriso tímido tocou o coração de Margaret.

— O que você tem à venda? — perguntou.

A garota inclinou sua cesta, que continha algumas rosas rosadas levemente murchas.

— Perfeito — disse Margaret, pescando um xelim em seu bolso. — Isso é suficiente?

— Isso daria para comprar a cesta — advertiu Breda, mas Margaret a silenciou, pegando as flores e entregando o xelim. A menina olhou para a moeda por um momento, como se tivesse medo de que não fosse real, então pegou sua cesta e saiu correndo.

— Vai ser uma sorte se durar mais de dois dias — apontou Breda, olhando as rosas com desprezo.

— Mas elas têm um perfume doce, e eu não podia aparecer de mãos vazias na casa de sua mãe. Sei perfeitamente bem que paguei mais do que valem — acrescentou Margaret —, mas a menina não sabe que eu sei, e agora ela pode ir para casa contar à mãe quanto foi esperta.

— Você tem um bom coração — disse Breda, abanando a cabeça. — Mamãe vai apreciá-las de qualquer maneira.

O rio Liffey era marrom e lento, e a herança da cidade de Dublin como uma próspera capital georgiana era óbvia na elegante extensão da Casa da Alfândega, com seu grande e distinto domo na margem oposta. Do outro lado da ponte Carlisle ficava a Sackville Street, outra grande avenida com lojas elegantes, uma loja de departamentos e vários hotéis. Mais adiante, no entanto, quando passaram pelos correios, e o Pilar de Nelson, na Upper Sackville Street, os arredores se tornaram mais escabrosos.

— Tire seu relógio de vista, senhorita... ah, vejo que já o fez.

— E minha bolsa está segura no bolso da minha anágua. Eu lhe disse que estou acostumada a áreas como esta.

Breda se aproximou um pouco mais dela.

— Sempre achei que aquelas casas devem ter sido muito belas quando foram construídas, mas, quando viemos de Mayo, o que foi há quase vinte anos, elas já estavam em mau estado. Viramos aqui, senhorita.

Um jovem garoto, agarrado às costas nuas de um cavalo cinza selvagem, veio cavalgando a toda velocidade pela rua em que elas agora entravam. Apenas um passo para fora da rua principal anunciava um mundo consideravelmente mais dilapidado. Não era apenas o fato de que as calçadas estavam obscurecidas pela sujeira que corria pelo meio da rua, pelas janelas cobertas com tábuas ou pela ausência de telhas de ardósia, deixando buracos nos telhados inclinados. Era o fedor da pobreza, de corpos por lavar, roupas sujas, água estagnada, gesso úmido e madeira apodrecida.

— Cuidado com suas saias, senhorita. Desculpe pelo cheiro. — Breda torcia o nariz. — Eu não o notava quando morava aqui. Mamãe faz o melhor que pode para manter a casa limpa, mas é um trabalho duro na melhor das circunstâncias.

— Por favor, não se preocupe com isso. Entendo perfeitamente como é difícil sem um abastecimento de água limpa. O que sua mãe tem, Breda?

— A mesma coisa que já a perturbou nove vezes antes, só que ela está ficando velha demais para isso. Ganhei um novo irmãozinho há duas semanas. Ela achou que já tivesse superado tudo isso, pois meu irmão mais novo tem agora seis anos de idade, e teria sido melhor se tivesse mesmo, pois algo deu errado quando chegou a hora. Agnes, que é minha terceira irmã, teve que levá-la ao Rotunda, o hospital que fica a apenas uns minutos daqui. Acharam que o pequeno não ia resistir. Ele ainda está muito doente, e Mamãe mandou o padre vir para batizá-lo, por precaução.

— Ah, Breda, gostaria que me tivesse dito. Se houver alguma coisa de que ela precise...

— O que ela precisa é que meu pai a deixe em paz — disse Breda de um jeito abrupto. — Perdoe minha franqueza, senhorita. Ela tem quarenta e quatro anos e não precisa de uma boca extra para alimentar. Para ser perfeitamente sincera, e Deus me perdoe por dizer isso, poderia ter sido melhor se o pequeno micróbio não tivesse sobrevivido, e... ah, não, não quero dizer isso. Só espero que esta seja a última vez. Preste atenção agora, pois temos que atravessar aqui. E ali está Cillian, se não me engano. Meu irmão mais novo. Ele deveria estar na escola, o pequeno vigarista.

Breda foi até onde um grupo de moleques, alguns descalços, outros usando botas de tamanho maior que calçavam, brincavam com bolinhas de gude. O menor, mas mais limpo, presumivelmente Cillian, se levantou enquanto ela se aproximava, jogando seus braços ao redor da cintura da irmã; e Margaret riu, pois o sorriso cativante do menino dissipou imediatamente o franzido da testa de Breda enquanto cruzava a rua para se juntar a eles.

— É esta casa aqui — anunciou Breda —, no primeiro andar. Apenas Mamãe está, pois Agnes teve que voltar a trabalhar ontem na fábrica de biscoitos, no bairro de Liberties, e os meninos trabalham todos na cervejaria lá perto, onde meu pai está empregado. Minhas outras irmãs estão em serviço, como eu, em uma grande casa no condado de Kildare. Só sobra Padraig, que está na escola, e o pequeno também, é claro.

— O bebê Liam. Ele chora o tempo todo — informou-lhes Cillian solenemente. — E Mamãe também.

Breda colocou um centavo na mão de seu jovem irmão.

— Vá comprar um doce. E volte para a escola amanhã, ou vai se ver comigo. — O sorriso de Breda desvaneceu quando ela se levantou. — Mamãe também chorou como um regador durante um mês após o nascimento de Cillian. Vamos lá, então, senhorita. Vamos entrar e ver se conseguimos animá-la.

Duas horas depois, com a missão cumprida, elas se encontravam no Shelbourne Hotel. O saguão era tão opulento quanto sua fachada prometia, com pisos de mármore altamente polidos, cornijas douradas, pilastras de mármore e uma série de arcos que levavam aos quartos. Não poderia ter sido um contraste maior com os três cômodos apertados nos quais a família de Breda vivia do outro lado do Liffey.

— Sou lady Margaret Montagu Douglas Scott, convidada de lorde Powerscourt — ela informou ao *maître d'hotel*, que as cumprimentou. — Acredito que a carruagem esteja no estábulo aqui? Gostaria de tomar um chá e pedir que a carruagem nos pegue dentro de talvez uma hora…

— Certamente, minha senhora. Sua criada pode esperar no *hall* de entrada.

— A senhorita Murphy tomará os refrescos comigo. — Margaret quase riu, pois era difícil saber se quem estava mais escandalizado era Breda ou o *maître*. Margaret lançou ao homem um olhar imperioso, digno de sua mãe, o que fez com que ambas fossem levadas para um grande salão decorado em dourado e creme, de frente para um jardim, e colocadas em uma mesa redonda perto da janela.

— Meu Deus, a senhora bem que o colocou no lugar dele — sussurrou Breda, lançando um olhar acossado sobre o ombro —, mas não é certo eu estar aqui.

— Você deve estar com fome, certamente.

— Crescendo em nossa casa, era o que eu mais sentia, mas...

— Não tenho nenhum desejo de tomar chá sozinha. Lady Julia me garantiu que o Shelbourne faz o melhor chá da tarde de Dublin. E veja — acrescentou quando as bandejas começaram a chegar —, acho que estava certa.

Havia salmão defumado, sanduíches de agrião com pão branco macio, e maionese de ovo com agrião em pão de soda irlandês. Bolinhos de leitelho com creme e geleia de morango, e bolo de gengibre. Havia delicados pastéis de maçã e amora com *chantilly*, e *éclairs* de massa *choux* com cobertura de chocolate. E havia um chá bastante perfumado no delicado bule de porcelana Belleek, servido com rodelas de limão ou leite.

— Não posso acreditar que isso tudo é só para nós duas — disse Breda, com os olhos arregalados.

Margaret percebeu que parecia uma quantidade obscena de comida, considerando de onde elas tinham acabado de vir.

— Você visita sua mãe com frequência? — perguntou, servindo a ambas uma seleção de sanduíches e o chá.

— Uma vez por mês, no meu dia de folga, se puder, e escrevo todas as semanas.

— Todos vocês sabem ler e escrever?

— Sim, pois Mamãe se certificou disso, e nos deu todas as lições mesmo antes de qualquer um de nós ir para a escola. Lembro que tínhamos alguns livros quando eu estava aprendendo, mas eles já se arruinaram há muito tempo, e ela teve que tentar ensinar Cillian usando jornais, e é provavelmente por isso que ele não está se saindo tão bem. Mamãe queria ser professora e tinha começado a trabalhar na escola do vilarejo em Mayo, mas aí conheceu meu pai, e foi só ele olhar de relance que ela engravidou de mim, segundo o que diz.

— Que pena... Ah, não quero dizer de ela ter te tido, estou muito contente por isso, mas...

— Ah, bem, não muito depois disso veio a fome, e a escola da aldeia fechou. Foi quando meu pai nos trouxe a todos a Dublin.

Breda terminou seu sanduíche de salmão, e Margaret a serviu de um bolinho.

— Obrigada, senhorita. Mamãe estava falando de voltar a dar aulas quando Cillian estiver um pouco mais velho, mas meu pai não aprovou e agora lhe deu Liam para cuidar, então é isso.

A pele da sra. Murphy estava acinzentada; era a pele de uma mulher desnutrida que perdera muito sangue trazendo seu filho ao mundo. Após dez filhos, ela parecia consideravelmente mais velha que seus quarenta e quatro anos, e mal tinha tido energia para segurar a caneca de chá que Breda lhe havia feito.

— Acredito que fígado frito seja bom para recuperar as forças após um parto difícil — disse Margaret, lembrando o conselho de Susannah a uma nova mãe.

— Não se preocupe. Agnes se encarregará disso, e vai se certificar de que Mamãe tenha muita bebida forte para beber, que um de meus irmãos trará da cervejaria. — Breda cortou seu bolinho em dois e deu uma mordida delicada. — A senhorita é cheia de surpresas. Pensei que Mamãe ia cair da cadeira quando você trocou a fralda suja do Liam.

Margaret riu.

— Era absolutamente perfumada em comparação a algumas que já encontrei.

— A senhorita vai tirar o emprego da babá quando tiver seus próprios filhos.

— Talvez. E quanto a você? Pretende se casar?

— Não estou com pressa. Eu teria que abrir mão de ganhar dinheiro se aceitasse um marido. — Breda tomou um gole de chá, franzindo a testa. — A verdade honesta de Deus, porém, é que não tenho o desejo de acabar como Mamãe. Sei que a igreja nos ensina que as crianças são uma bênção, mas, se eu aguardar um tempo antes de me jogar de cabeça, penso que serei menos abençoada, mas talvez mais feliz. — Breda deu de ombros. — Desculpe, isso soa egoísta.

— Parece-me uma abordagem eminentemente sensata. Já terminou?

— É uma pena deixar tanta comida, mas acho que não conseguirei comer de novo por dias.

— Tenho uma ideia — disse Margaret, chamando o garçom. — Por favor, embrulhe tudo isso e coloque em um cesto, e complemente com o que achar necessário para alimentar... quantos estarão em sua casa esta noite, Breda, incluindo seu pai?

— Oito, mas você não pode...

— Oito pessoas — instruiu Margaret ao garçom. — Oito pessoas muito famintas.

— Receio que o Shelbourne não forneça cestas de piquenique, lady Margaret.

— Tenho certeza de que isso pode ser remediado — disse Margaret, pela segunda vez naquele dia adotando o tom mais imperioso de sua mãe.

— Vou falar com o gerente; talvez seja possível — respondeu o garçom em dúvida.

— Tenho certeza de que será. A senhorita Murphy aqui lhe dará as indicações. Se puder trazer a carruagem de Powerscourt agora, ficaria muito agradecida.

— *Senhorita!* — Breda viu o garçom recuar com uma mistura de alegria e horror. — Não precisava fazer isso.

— Você acha que sua mãe vai se sentir insultada?

— Não, Mamãe vai ficar felicíssima. Sabe como é, a cavalo dado não se olha os dentes.

Margaret ficou de pé e lhe entregou sua bolsa.

— Aqui, vou deixar você acertar a conta, por favor, e faça isso sem tentar barganhar. Vejo você na carruagem. Acha que o condutor se importará de esperar por mim na Grafton Street? Eu ainda gostaria de visitar a livraria. Quero comprar um livro de histórias para o seu irmão. Um com muitas imagens para captar o interesse, e que sua mãe possa ler para ele.

— Isso seria muito generoso da sua parte, minha senhora, e atencioso também. Obrigada.

— Gostaria de poder fazer mais por sua mãe, mas suspeito que seu pai chamaria isso de caridade e se oporia.

Breda riu.

— A senhora o entendeu direitinho, entendeu, sim. Aposto que consegue o que quiser do seu próprio pai.

Margaret riu.

— Se você soubesse da metade... — disse ironicamente.

Donald Cameron de Lochïel a lady Margaret

Berlim, 1º de janeiro de 1867

Cara lady Margaret,

Será que está surpresa de receber notícias minhas ou seu anfitrião a alertou sobre minha intenção de escrever? Como certamente já deve saber, pois sei que está na Irlanda desde o verão passado, lorde Powerscourt é um ávido colecionador de antiguidades e tem o hábito de alistar o pessoal da embaixada de Sua Majestade para ajudar no processo de aquisição. Várias vezes lhe fui útil — como você sabe por experiência própria, posso ser um detetive de sucesso quando a ocasião o exige! No entanto, foi somente ao discutir seu último projeto (ainda mais cabeças de cervo, o homem está obcecado!) que descobri que você estava fazendo uma visita prolongada a lady Powerscourt. Obtive a permissão dele para lhe escrever, considerando desnecessário pedir autorização adicional ao duque, seu pai, já que o visconde está, de fato, agindo in loco parentis.

Li no Times um excelente relato de sua aparição como dama de honra da princesa Helena, mas não vi o anúncio que você me garantiu que era iminente quando nos encontramos pela última vez. Na verdade, desde agosto não houve nenhuma menção a você na imprensa, até onde pude verificar. Quando voltei a Londres para uma breve visita em outubro, aproveitei a oportunidade para telefonar para a Casa Montagu a fim de prestar homenagem e perguntar por você. Fui informado pelo duque que você havia partido da cidade e que sua volta não era esperada. Os modos dele não me encorajaram a questioná-lo mais.

Espero que esteja bem neste início de ano. Se lhe agradar responder com uma atualização sobre seu bem-estar, isso seria muito apreciado. Como pode ver pelo endereço, permaneço em Berlim, embora esteja esperando iminentemente ser transferido para Roma, mas uma carta para qualquer uma das duas embaixadas chegará em minhas mãos.

Com os melhores votos,
Lochiel

LADY MARGARET A DONALD CAMERON DE LOCHIEL

Powerscourt, condado de Wicklow, 13 de janeiro de 1867

Caro Lochiel,

Que bela surpresa foi receber sua carta. Embora lorde e lady Powerscourt estejam sendo excessivamente acolhedores, confesso que foi um verdadeiro deleite ter notícias de um rosto familiar, por assim dizer. Sua menção a Sua Senhoria como conhecedor de tudo o que há para saber sobre os cervos me divertiu muito. Powerscourt é um santuário para sua obsessão, com cervos falecidos a embelezar as paredes e o terreno inundado de vivos. Se pudesse se vestir inteiramente de couro de cervo, ele o faria, e você não ficará surpreso ao saber que seu jantar favorito é torta de cervo, que somos obrigadas a comer todos os sábados.

Posso lhe assegurar que estou em excelente estado de saúde e bom humor. Você continua com o mesmo tato de sempre, mas eu, como sabe, prefiro ir direto ao ponto. Eu me recusei a casar com Killin, por muitas razões nas quais não vou me deter. Meu pai se recusou a aceitar minha decisão. Como consequência, fui exilada e por um tempo, admito, fiquei em desespero. Mas o desespero é uma emoção tão exaustiva, e o remorso só pode ser sustentado enquanto se acredita inteiramente na própria culpa. Lamento muitas coisas, inclusive as minhas tentativas equivocadas de me curvar à vontade de meu pai, mas minhas intenções sempre foram puras. Como o duque nunca me perdoará, decidi perdoar-me a mim mesma. O que você vai achar desta confissão? Eu me pergunto. Sinto-me tentada a riscar tudo, mas vou deixá-la. Se vamos ser amigos correspondentes, então sejamos verdadeiros e sinceros.

Você não me perguntou como passo o tempo, mas eu lhe direi, pois acho que vai aprovar. Tenho ajudado na escola do vilarejo de Enniskerry e na creche, que fica próxima, ambas sendo em grande parte financiadas pelo lorde Powerscourt. O avô dele construiu a escola — não, apresso-me a acrescentar, com suas próprias mãos. Eu não sou professora de verdade, é claro, mas atuo como assistente do sr. e da sra. Doherty, que são o diretor e a professora. Limpo muitos narizes e seco lágrimas. Ajudo aqueles que estão um pouco atrasados em aritmética e caligrafia. Ah, sim, e eu conto histórias, Lochiel — mas disso você sabe! Estou escrevendo-as e compilando-as em um pequeno livro. Pronto! Você é a primeira e única pessoa para quem me atrevi a confiar esse segredo. Outra para a nossa lista de confidências compartilhadas. As histórias são modestas, mas as crianças daqui gostam delas, e Susannah Elmhirst, que as conta às crianças em Lambeth, me informa que elas também são populares por lá.

Meu Deus, como me estendi, e tudo que você queria saber era se eu estava viva e bem ou não! Espero que não o envergonhe que lhe diga que sua preocupação me fez derramar algumas lágrimas. Se lhe agradar continuar nossa correspondência, terei o maior prazer em fazê-lo. Se a minha loquacidade (não é uma palavra maravilhosa?) o assustou, eu entenderei. Se não, eu adoraria ouvir algumas histórias de seu tempo no continente. Estar longe da Inglaterra me fez perceber que o mundo é muito grande. Agora realmente devo parar de tagarelar!

Atenciosamente e com os melhores votos,
Lady Margaret

Capítulo vinte e cinco

Enquanto Margaret, montada em sua égua castanha favorita, saía pelos portões principais da fazenda, Pennygael estava apressada.

— Você vai ganhar sua liberdade em um momento — disse, mantendo uma rédea curta. — Paciência, garota.

O dia estava nublado, com o que na Escócia seria chamado de um sussurro de chuva, e Breda descreveria como um choro de névoa que vinha do pântano, mas o ânimo de Margaret contrastava com o céu nebuloso. Atravessando o jardim de cervos em direção à famosa cachoeira Powerscourt, ela soltou um pouco as rédeas e a passada de Pennygael se alongou. O chão era macio, os cascos da égua batiam abafados e rítmicos enquanto Margaret se inclinava para a frente, o vento balançando seus cabelos e as saias de seu uniforme de montaria. O aroma doce de samambaias úmidas e folhas cobrindo o solo preenchia seu nariz, mesclado com o cheiro do couro e do suor do cavalo. Uma sebe de espinheiro se assomava, mas Pennygael saltou sobre ela, com seus cascos cinza apenas roçando a parte superior, galopando sem perder o ritmo, abrandando com relutância apenas à medida que o bosque recém--plantado do visconde se aproximava.

Margaret desmontou na cachoeira, deixando a égua beber água enquanto ela tomava seu lugar favorito em uma pedra junto à margem. A superfície naquele dia estava azul-acinzentada e a erva daninha nas rochas brilhava marrom e dourada, imitando as cores das colinas fortemente arborizadas ao redor. A cascata caía por uma escarpa de rocha, e a ravina central era uma poderosa torrente de água branca, cercada de muitos riachos menores que caíam sobre as rochas irregulares de cada lado. Uma enorme nuvem de névoa pairava no ar e um estrondo abafava todos os outros sons. Este era, de longe, seu lugar favorito na propriedade. O poder excitante das quedas, a tranquilidade contrastante das águas e a beleza sempre mutável das encostas florestadas nunca deixavam de tocá-la nem de melhorar seu humor.

Ela não podia afirmar estar feliz, mas estava ocupada, e isso era suficiente. Havia encontrado um espaço ali em Powerscourt, e um propósito, o que era muito mais do que jamais havia imaginado ser possível. Havia parado de se enfurecer por seu exílio, de questionar o que havia de certo e errado naquilo, de se perguntar quando e como terminaria, ou se terminaria. Será que aquilo era fechar os olhos para a realidade? Talvez. Mas qual era a outra opção quando ela não podia influenciar o resultado? Ao contrário de tantas pessoas que já havia encontrado, ela estava segura e bem alimentada, vivendo sob um teto. Estava decidida a ser paciente e, enquanto isso, a continuar seguindo o conselho de Julia de tirar o melhor da situação.

Era sábado, portanto a escola estava fechada. Lorde Powerscourt tinha partido no dia anterior para os salões de leilão de Londres, o que significava que Margaret podia se esconder com segurança na biblioteca octogonal e rabiscar suas histórias sem medo de interrupções. Julia provavelmente também estaria na casa, trabalhando em suas capas de poltrona, já que o clima havia se deteriorado acentuadamente desde que Margaret deixara Pennygael no estábulo. O que Sua Senhoria insistia em chamar de sala de estar de lady Powerscourt era um dos poucos cômodos livres de veados. Em vez disso, dois pares de cães de porcelana da raça pug, grandes e particularmente feios, se agachavam em almofadas douradas colocadas em extremidades opostas da cornija da lareira, olhando beligerantes para todos os visitantes. Quando Margaret entrou, Julia estava sentada à janela ao lado de seu bastidor de bordado, o tecido para sua mais recente capa de poltrona em andamento esticado, as lãs coloridas dispostas alinhadas em cima de sua caixa de costura.

— Achei que fosse encontrá-la aqui — disse Margaret. O bordado da capa no bastidor era de losangos de cores suaves que formavam uma treliça, com uma flor violeta parecida com uma vieira no centro de cada um. — Que bonito. E as cores são muito relaxantes. Quantas você já terminou até agora?

— Esta é apenas a terceira. Tenho mais vinte e uma para fazer. Meu legado para Powerscourt — disse Julia. — O mais provável é que seja o único.

Seu tom era letárgico. Olhando mais de perto para ela, Margaret viu que seus olhos estavam vermelhos.

— Qual é o problema? — perguntou, sentando-se no sofá ao seu lado e pegando a mão dela.

— O de sempre. Mais um mês e ainda nenhum sinal de eu estar grávida, e agora Wingfield foi para Londres e sabe Deus quando voltará. — Uma lágrima escorreu pela bochecha de Julia. Arrancando sua mão do aperto, ela pegou seu lenço e secou os olhos. — Vai fazer três anos que estamos casados em abril, e eu não consegui me encontrar em uma condição interessante. O assunto não era tão urgente quando Maurice estava vivo, mas agora ele se foi, e Mervyn está ficando cada vez mais agitado com a ideia de Lewis ser seu herdeiro. — Julia suspirou, cansada. — Wingfield se casou comigo para produzir um herdeiro. Foi a única coisa que exigiu de mim, e eu o decepcionei.

— É preciso duas pessoas para fazer uma criança, Julia, e lorde Powerscourt esteve fora de casa por seis meses.

— Ele está em casa desde outubro. Quatro meses! Seria de se pensar que seria tempo suficiente. A verdade é que, mesmo quando está aqui, ele presta mais atenção às suas coleções — disse Julia amargamente. — Seus jardins estão florescendo, seus preciosos cervos estão se reproduzindo, mas sua esposa é estéril.

— Você não tem certeza disso! — Margaret exclamou, chocada. Mas, enquanto olhava de soslaio para Julia, sentada rigidamente ereta, olhando pela janela, onde a chuva caía tão forte que a vista fora obliterada, Margaret lutou para pensar em qualquer conselho prático a oferecer. O assunto era tão delicado, e Julia, tão reservada. No entanto, ela estava obviamente infeliz; algo tinha que ser dito. — Quando ele está em casa, ele... o que quero dizer é: seu marido vem para sua cama?

As bochechas de Julia ficaram inundadas de cor.

— Sim.

— E ele... — Margaret vacilou. Suas próprias bochechas estavam flamejando. — Ele faz o ato? Adequadamente? — questionou, percebendo que não estava nada certa do que queria dizer.

— Acho que sim — sussurrou Julia, mantendo o olhar fixo na janela. — Até onde sei, ele faz o que é necessário, mas em vão. Todos os meses tenho que suportar a vergonha de minha criada removendo as provas do meu fracasso, sabendo que as más notícias estarão circulando pela sala dos empregados em cinco minutos.

— Oh, Julia...

— E não são só os criados. Todo o condado está observando e esperando. Quando Wingfield me trouxe aqui como sua noiva, Margaret, houve *tantas* celebrações, e eu estava tão cheia de esperança. Ele era mais consciencioso na época, assim que nos casamos, mas acho que meu contínuo fracasso em conceber o deixou fora de si. — Julia estremeceu. — É humilhante. Eu não deveria estar discutindo isso com você. Você nem sequer é casada.

— Mas precisa falar disso com alguém. Não poderia escrever à sua mãe?

— E dizer o quê, exatamente? Ela teve doze filhos; nove sobreviveram. Ela não vai entender. Ela me dirá para ter paciência, para esperar, mas estou farta de esperar. Quero um filho! O que devo fazer?

— Eu não sei — disse Margaret, sentindo-se totalmente indefesa diante de tanta dor e raiva. — Você já consultou um médico?

Julia recuou em choque.

— Já é ruim o suficiente me expor ao meu marido.

— Então tem uma amiga casada que poderia consultar?

— Eu *não* teria coragem.

— Bem, e que tal uma parteira? — Margaret sugeriu, consciente de que tinha atingido o limite de seus próprios conhecimentos. Mas Julia encolheu-se ainda mais para longe dela.

— Você pode imaginar a fofoca, se alguém descobrisse que fiz isso? Se Wingfield descobrisse, ele ficaria furioso.

— Não posso deixar de pensar que se você discutisse o assunto com ele…

— Não! — Julia cobriu o rosto com as mãos. — Meu marido claramente não é um daqueles homens que apreciam o lado íntimo da vida de casado. — Lágrimas escorreram por seus dedos. — Mas pelo menos tenta cumprir seu dever conjugal. Esqueça que lhe contei isso. Seria errado da minha parte insinuar que a culpa é, de alguma forma, dele.

— Sinto muito — disse Margaret. — Estou sendo completamente inútil.

Julia fungou, guardando o lenço.

— Por favor, não peça desculpas. Eu estava cabisbaixa, mas não deveria ter discutido um assunto tão pessoal com você. É uma jovem solteira, não é um tema adequado para seus ouvidos. — Julia pegou sua agulha e selecionou um novelo de lã lilás. — Agradeço sua simpatia e sua disposição para me ouvir, mas infelizmente há algumas coisas que não podem ser corrigidas, por mais que queira.

— Você não é um fracasso, Julia. Não pense assim.

— Não? É como o mundo vê uma mulher sem filhos. — Não havia como contestar aquilo. Por mais injusto que fosse, era a verdade.

— Mas não precisa fingir que não se importa. Não se deve engolir tudo.

— Não sou do tipo que fica chorando e lamentando — disse Julia, aprumando-se e puxando seu bastidor de bordado para si. — Nunca vi utilidade em lamentar meu destino. Isso não me faz sentir melhor, pois não há nada que possa fazer a não ser esperar que meu marido volte e torcer para que, quando isso acontecer, o destino me olhe com mais gentileza. Quando for casada, você entenderá.

Margaret suspirou.

— Falando por mim, acho que, de qualquer forma, há crianças mais do que suficientes no mundo. Preferiria fazer o que posso para ajudar aquelas que já estão aqui do que aumentar esse número.

— Que maneira estranha você tem de ver as coisas.

— Estou ciente disso — disse Margaret —, mas estou chegando à conclusão de que não consigo olhar de outra forma.

— Você está gostando de trabalhar na escola, não está?

— Eu adoro. Você deveria vir comigo um dia. Eles estão sempre precisando de outro par de mãos, e você poderia…

— Não — respondeu Julia sem rodeios. — Eu sei que está pensando que isso pode me distrair, mas simplesmente me tornaria mais consciente de que não tenho filhos.

— Ah, Julia.

— Por favor, não tenha piedade de mim. Se acha que o sr. e a sra. Doherty precisam de mais ajuda, por que não leva Breda com você? Você não me disse que a mãe dela tinha aspirações de ser professora? Eu a desobrigaria de bom grado de alguns de seus deveres, se isso não a incomodasse.

— Sério? É uma ideia maravilhosa. Breda vai ficar encantada.

— Agora, se não se importa, preciso me concentrar no meu trabalho. O ponto é muito complicado e qualquer erro precisa ser desfeito laboriosamente.

— Então vou deixá-la em paz.

Mas Julia a olhou enquanto ela se preparava para se levantar.

— Eu sei que o que diz é verdade. Há muitas crianças neste mundo, e muitas delas também são indesejadas. Tiro meu chapéu para você.

— É uma contribuição bastante modesta, mas que amo fazer.

— Eu sei. Mas um dia, quando for casada, entenderá que simplesmente não é um substituto. Não é só que eu queira dar a Wingfield um herdeiro; quero um filho meu. Uma criança que me ame e que eu possa amar de volta. É tudo o que o quero, Margaret, um filho meu para amar. É pedir demais?

Um nó se formou na garganta de Margaret.

— Não, não deve ser pedir muito — respondeu em voz baixa. Mas, ao sair da sala, não pôde deixar de pensar tristemente que era demais para se esperar.

LADY VICTORIA KERR A LADY MARGARET

Viena, 14 de abril de 1867

Cara Margaret,

Talvez fique surpresa ao ter notícias minhas depois de todo este tempo. Mamãe tem me mantido a par de seu progresso, enviando-me cópias de todas as suas cartas para ela. Pode acreditar quando lhe digo que me dá grande prazer lê-las? Talvez esteja, então, se perguntando por que eu mesma não lhe escrevi? A resposta curta é que Kerr me proibiu. Isso não reflete a opinião dele sobre seu comportamento, mas sua crença de que devemos honrar o édito de nosso pai.

E então, o que mudou? A vida, e quase a morte, é responsável. Você está levantando essas suas sobrancelhas questionadoras e pensando: que estranho Victoria ser tão melodramática! Está certa, mas não estou exagerando. Meu filho, Walter William Schomberg Kerr, conde de Ancram (que título enorme para um bebezinho tão pequeno!) chegou há pouco mais de duas semanas. Ele nasceu precocemente e sua chegada ao mundo foi não só inesperada como extremamente demorada e dolorosa para nós dois. Durante vários dias depois, ambos permanecemos vivos por um triz. Felizmente, estamos os dois agora muito mais robustos, mas estar tão perto da morte faz alguém reavaliar um pouco as prioridades. Enquanto pairava no limite de um mundo, resolvi lhe escrever caso fosse poupada, não importa o que Kerr pense. No final das contas, ele não discutiu comigo — embora não possa dizer se foi devido ao alívio por eu ter sobrevivido ou à gratidão por eu ter produzido seu tão desejado herdeiro. Uma mistura de ambos, suspeito. O que importa é que ele consentiu, e por isso *estou livre para escrever-lhe finalmente e determinada a seguir seu exemplo e falar mais francamente.*

Você sempre pensou que Mamãe me preferia a você. A segunda filha, a segunda melhor, para tomar emprestada uma de suas frases. Vou lhe dizer agora, Margaret, que muitas vezes me ressenti com o fardo de ter que servir como modelo e lhe invejei a liberdade de se rebelar — embora desejasse que você não se tivesse rebelado de uma maneira tão exuberante. E, já que estou me arriscando, para usar mais uma de suas inimitáveis frases, invejo sua facilidade com as pessoas, sua capacidade de se misturar com qualquer um e com todos. Não temos sido próximas, não há como negar isso, mas espero que, através de nossa correspondência, possamos forjar um novo e fraterno vínculo. É pedir muito, eu sei, mas você tem um coração generoso e estou confiante de que tentará, por mim.

A pequena Cecil fez seu primeiro aniversário em fevereiro. Incluí aqui um desenho dela. Espero que ela conheça sua tia Margaret em algum momento, embora eu não tenha certeza, com toda sinceridade, de que haja motivos para o otimismo. Em vez disso, rogo para que você trate esta carta como um novo começo entre nós e a responda.

Com amor,

Sua irmã,
Victoria

DONALD CAMERON DE LOCHIEL
A LADY MARGARET

Paris, 24 de abril de 1867

Cara Margaret,

Perdoe este rabisco apressado, mas acabei de ler seu compêndio de contos infantis e queria lhe dizer quanto gostei dele. Tomei a liberdade de ler aquele sobre a menina das flores para a filha de minha anfitriã, Emily, que tem nove anos. Devo confessar que esperava que uma senhora benevolente aparecesse em sua história na hora certa para comprar as botas forradas de pele com as quais a criança sonhava, mas fui informado de forma clara por minha plateia de que isso teria sido muito improvável! A tia malvada era, na opinião dela, muito mais crível.

Subi significativamente em sua estima quando disse a Emily que a história tinha sido escrita por uma amiga minha. É simplesmente necessário que sejam publicadas; elas merecem ser lidas mais amplamente. Concordo com você que devem ser ilustradas e, infelizmente, sou obrigado a concordar também que seus desenhos — bem, digamos que não fazem justiça às suas palavras!

Meu anfitrião está me chamando. Vamos visitar a grande exposição. Escreverei mais detalhadamente quando voltar, pois sei que estará ansiosa para ouvir todos os detalhes. Fique tranquila, farei questão de procurar as exibições mais estranhas e extravagantes para sua diversão e deleite.

Com os melhores votos, como sempre,
Donald

LADY MARGARET A
DONALD CAMERON DE LOCHIEL

Powerscourt, condado de Wicklow, 1º de junho de 1867

Caro Donald,

Já faz cinco meses desde que você me escreveu pela primeira vez aqui no exílio. Contei o número de cartas que trocamos desde então e o total é bastante espantoso. Não é estranho conhecer tão bem alguém e ainda assim não ter a perspectiva de aprofundar esse conhecimento pessoalmente? Não, não tema que eu esteja me tornando melancólica, só nostálgica, meu querido amigo — é presunçoso demais que eu o chame assim?

Breda, que era minha criada, agora leciona na Escola Enniskerry, que está pronta para ingressar no sistema escolar nacional uma vez que o lorde Powerscourt tenha feito as melhorias exigidas pelo conselho para a entrada. Felizmente, o sr. Doherty será mantido como diretor da escola, e a Breda foi prometido algum treinamento formal, para alegria de sua mãe — acho que lhe disse que a sra. Murphy era professora antes de se casar, não? Não tenho certeza de se todo esse tumulto significará que meus dias na escola estão contados, mas me garantiram que meus serviços continuarão a ser muito bem-vindos na creche.

É neste ponto de minhas cartas que costumo lhe dizer que a vida em Powerscourt continua como de costume, mas não desta vez! Vamos ter um raro visitante! O sr. Lewis Strange Wingfield, a ovelha negra, o filho pródigo, o janota, como seu irmão mais velho se refere a ele, vai nos agraciar com sua (espero que divertida) presença. Ele chegará num momento em que o lorde Powerscourt sem dúvida estará ausente. Sua Senhoria está mais uma vez no exterior em uma de suas viagens de compras, portanto fique avisado, Donald, seus serviços ainda podem ser solicitados na busca de uma cabeça de cervo particularmente esquiva. Julia está muito insatisfeita em ser anfitriã desse filho mais novo renegado e já me avisou várias vezes para tomar cuidado com ele. Ela não me esclareceu por que devo ser cautelosa na presença dele, limitando-se a apertar os lábios e me informar que ele é "a antítese do que o filho de um visconde deveria ser". Você não ficará surpreso em saber que isso me intriga muito. Tenho esperança de que o sr. Lewis Strange Wingfield faça jus ao seu nome do meio (na acepção de interessante da palavra, e não no sentido de esquisito, nem é preciso dizer). Se for assim, aproveitarei ao máximo sua companhia — e ignorarei as reticências de Julia de que minha reputação sofrerá, pois, como bem sabe, não posso perder o que não tenho!

Pronto, agora provavelmente o alarmei profundamente, mas você não deve se preocupar; não cheguei à velha idade de quase vinte e um anos sem saber cuidar de mim mesma.

Margaret

Capítulo vinte e seis

Margaret tinha ficado até mais tarde, como de costume, para ajudar a colocar a sala de aula em ordem antes de deixar a creche e voltar a Powerscourt. Um jovem rapaz estava despreocupadamente apoiado contra a parede do parquinho quando ela saiu, mas se endireitou quando a viu, fazendo uma mesura empolada.

— Lady Margaret Scott, presumo?

Ela soube imediatamente quem devia ser.

— A própria — respondeu, fazendo uma pequena reverência. — O honorável Lewis Strange Wingfield, presumo? O irmão mais novo de lorde Powerscourt. Estávamos à sua espera.

— Por favor, eu lhe imploro, esqueça o honorável. Meu título não é bem-vindo nem particularmente preciso. Sou considerado o irmão caçula dramático, uma descrição que prefiro. Agora, há muito tempo, tenho a ambição de levar uma professorinha para casa, em vez do contrário. Posso ter a honra?

— Ele ofereceu seu braço, mas, ao vê-la hesitar, recolheu-o imediatamente.

— Ah, vejo que minha reputação me precede.

— Prefiro formar minha própria opinião sobre as pessoas — respondeu Margaret. — Tendo dito isto, você deve admitir que esta é uma maneira não convencional de se apresentar. Não tenho certeza de que Julia aprovaria. Ela ao menos sabe que você está aqui?

— Julia não me aprova, ponto. No entanto, divulgou, com muita relutância, seu paradeiro, uma vez que lhe assegurei que ia me comportar.

Margaret reprimiu um sorriso.

— Tenho tentado tirar dela a informação de por que devo ser cautelosa com você, mas em vão.

— Ah, meu irmão deve ter dito alguma coisa. Ele me chamou de janota?

— Chamou. E Julia disse que você não é o que deveria ser — ela arriscou. Lewis deu uma risadinha.

— Isso, admito sem pudor, é perfeitamente verdade. Embora a mesma coisa, entendo, possa ser dita de você, se não se importa que eu o diga. Mas posso ver pela sua expressão que você se importa. Não deveria ter mencionado isso?

Margaret pôs a mão nas bochechas quentes, balançando a cabeça.

— O que ouviu falar de mim?

— O suficiente para aguçar meu apetite.

Ela o olhou de viés, seu divertimento sendo temperado com cautela.

— Você é sempre tão franco com quem acabou de conhecer?

— Não, só com as pessoas que me interessam. Com os chatos, sou o epítome da reserva vitoriana e da boa educação.

Margaret não pôde evitar. Deu uma gargalhada.

— Sinto-me lisonjeada — disse, pegando no braço dele.

— E eu estou imensamente aliviado. Tenho grandes esperanças em você, lady Margaret. Odeio ficar decepcionado, mas estou ciente, como meu irmão vai atestar, de que não sou fácil de engolir. E, falando nisso, estou com sede depois dessa caminhada. Vamos tomar um refresco no Leicester Arms antes de voltarmos a Powerscourt?

— Uma xícara de chá seria muito bem-vinda, sr. Wingfield.

— Lewis, por favor, já que estou bastante determinado a sermos amigos, e estava pensando em um copo de bebida forte.

— Não posso ir a uma taverna tomar cerveja!

— Não? Então vá sentar-se junto ao rio e eu levo um jarro para lá. Há um lugar encantador...

— Eu conheço. Vá e compre nossa cerveja, então, e nos encontramos lá.

Ele emergiu cinco minutos depois de Margaret ter se estabelecido na ensolarada margem do rio. Sabia que Lewis tinha vinte e cinco anos, mas teria chutado um número mais próximo de sua própria idade. Seu cabelo castanho-escuro era longo, repartido ao meio, caindo ondulado sobre as orelhas. Como o de seu irmão mais velho, o cabelo já estava recuando, revelando uma testa alta e lisa. Sua mandíbula também era lisa, sem vestígios de barba. Ele não era bonito, seu nariz era muito grande e sua boca, muito pequena, mas tinha um sorriso contagiante e um brilho de malícia nos olhos que Margaret achou muito atraente.

Embora sua figura esbelta estivesse sobriamente vestida, sua gravata vermelha insinuava uma tendência à ostentação, e havia, na forma como ele se portava, algo da graça felina de um dançarino de balé.

— Bem, passei na avaliação? — perguntou ele, acomodando-se ao lado dela e servindo aos dois um copo de cerveja escura. — Você estava quase me sorvendo, minha querida.

— Você não é nada parecido com seu irmão — respondeu ela, um pouco surpresa.

— Vou considerar isso como um elogio. Tenho o que é conhecido como uma "inclinação à dramaturgia". Ele encostou seu copo no dela. — *Slainté*, como se costuma dizer por aqui. Saúde. — Ele deu um longo gole e estalou os lábios de forma teatral. — Sempre sei que estou na Irlanda quando sinto o gosto disso.

Margaret tomou um gole, concordando com a cabeça. — *É* bastante bom.

— Você é uma especialista, não é?

— Ah, eu não diria isso, mas já tomei alguns copos em Dublin.

Lewis jogou-se para trás, apoiando-se nos cotovelos, sorrindo para ela.

— Ah, é? Minha mãe me disse que você era "um pouco fora do comum", e como é isso que penso de mim mesmo, achei que seríamos obrigados a gostar um do outro.

Elizabeth, lady Londonderry, era uma das melhores amigas da mãe dela, a razão pela qual Margaret estava ali com Julia. Ela havia perdido seu primeiro marido, o visconde de Powerscourt, quando seus três filhos eram muito jovens. Embora se dissesse que seu segundo casamento foi motivado por amor, também terminou tragicamente quando o marquês de Londonderry foi internado em um manicômio, efetivamente tornando-a viúva pela segunda vez. Como a sogra de Victoria, lady Cecil, marquesa de Lothian, e Mamãe, lady Londonderry havia se convertido à Igreja Católica Romana na meia-idade. Ela era uma mulher bonita e de intelecto temível, e Margaret sempre a achou bastante intimidadora.

— O que mais lady Londonderry disse a meu respeito? — perguntou a Lewis, franzindo a testa.

— Você não deve se preocupar pensando que ela tenha espalhado mexericos. Minha mãe é muito discreta. Disse apenas que você sem dúvida pensa por si mesma. Como eu também me orgulho de compartilhar essa característica... — Lewis fez um gesto expansivo. — Ela também me disse no ano passado, quando eu estava considerando realizar uma primeira visita, para deixá-la em paz.

— E você o fez por quase um ano, mas agora sua curiosidade levou a melhor, é isso?

Ele deu de ombros.

— Se quer saber, eu precisava de uma mudança de ares.

— Não há nada como o ar fresco irlandês para curar o espírito — disse Margaret, meio provocadora. — Eu mesma sou testemunha disso. — Ela esperou que Lewis a elucidasse, mas ele estava franzindo o cenho e encarando as mãos, parecendo um pouco desconfortável. — Seja qual for o motivo de sua visita — continuou ela —, estou feliz por você estar aqui.

Ela foi agraciada com um sorriso de alívio por isso. A relutância dele em fazer confidências a tornou calorosa. Ele não era tão superficial quanto ela havia pensado inicialmente. Ela terminou sua bebida, balançando a cabeça quando ele foi encher seu copo novamente.

— Eu gosto, mas mais de um me dá enjoo.

— Bom, não queremos desperdício — disse Lewis, esvaziando o jarro em seu próprio copo. — Em todo caso, é melhor voltarmos logo. Não quero aborrecer Julia chegando atrasado para o jantar em meu primeiro dia aqui.

— Conte-me um pouco de você primeiro. Não sei quase nada sobre você, exceto que é um artista. Pintou aqueles lindos painéis do salão, não foi?

— Em dias mais felizes, quando Maurice ainda estava vivo e Mervyn não vivia com medo da minha herança. Nos últimos anos, tenho sido muitas coisas, artista, ator e atendente em um manicômio. Também trabalhei em uma prisão, como guarda. Por pouco tempo apenas, sabe?

— Meu Deus, por quê?

Lewis encolheu os ombros.

— A mesma razão por que fingia ser pobre e implorava uma cama em abrigo ou colocava saiotes para interpretar uma solteirona idosa em um espetáculo burlesco. Pelo prazer. Porque me entedio facilmente, suponho. Em especial porque prefiro ser quase qualquer um ao herdeiro das grandes propriedades de Powerscourt. — Ele fez uma careta. — Esse sim é mesmo o papel mais tedioso que posso imaginar… exceto se me imaginar realmente sendo o lorde Powerscourt.

— Você fala sério? Mesmo?

— Mesmo, juro por Deus — disse Lewis, fazendo o sinal da cruz. — Eu temo a própria ideia de ter que ocupar o lugar do meu irmão. Gostaria que Julia se apressasse e produzisse um herdeiro.

— Não fale assim — disse Margaret com firmeza. — Ninguém quer mais uma criança do que Julia.

— Deus abençoe o meu irmão — continuou Lewis, no mesmo tom irreverente, sem remorso. — Mervyn faria qualquer coisa para não me deixar a herança. Isso levanta a questão, é verdade, de por que ele passa tanto tempo longe de Wicklow. Seria de se pensar que, depois de todo o esforço que colocou na casa e nos jardins, ele poderia fazer o esforço de produzir um filho para herdá-los.

— Lewis!

— Oh, eu a choquei?

— Chocou, e estou ciente de que foi bastante deliberado de sua parte.

Ele riu, ficando languidamente de pé e estendendo a mão para ajudá-la a levantar-se.

— Acho que vou gostar de minha breve estadia.

— Bray — Lewis informou a Margaret cinco dias depois — não está tão na moda quanto Brighton. É uma cidadezinha litorânea pitoresca com um calçadão encantador, mas não tem muito a oferecer em termos de diversão.

Eles estavam juntos no landau de Julia com a capota aberta, pois o tempo estava bom e o sol brilhava. Margaret desviou os olhos para longe da vista do rio Dargle, que a estrada havia margeado durante grande parte do curto trajeto, para sorrir para ele.

— Eu não preciso de diversão quando tenho você.

— Se ao menos os críticos concordassem com você, mas eles podem ser tão ácidos. Sabe, após estreia em um burlesco, disseram que minha "dança idiota de anáguas poderia valer algo em um concurso de admissão no Asilo Earlswood". Por que a gente só se lembra das críticas ruins?

— Houve algumas boas para lembrar?

— Algumas poucas. Muito poucas, na verdade. Meu Roderigo foi bastante bem-recebido, mas quando se pisa no palco com a sra. Kendal e Ira Aldridge não dá para não brilhar. Suponho que não tenha visto esta montagem de *Otelo* em particular. Ela estava em cartaz no Haymarket há dois anos. Acho que foi em agosto.

— Um mês depois que fui enviada para Dalkeith — disse Margaret, fazendo uma careta.

— Ah, sim, depois que você fugiu do baile à meia-noite, assim como Cinderela na pantomima de Natal. Não tive o prazer de atuar nela, o que é uma pena, pois tenho um belo par de panturrilhas para usar calções. — Lewis levantou sua perna para ser admirada. — Na verdade, decidi baixar as cortinas em minha carreira de ator, por assim dizer.

— Por quê?

— Infelizmente, nunca vou ser um Edmund Kean. Em todo caso, sou um pouco como uma borboleta, sempre voando de uma aventura para outra. Agora, chegamos a Bray. Pedi ao encantador cocheiro que nos deixasse no calçadão, onde podemos dar um passeio e aproveitar o ar fresco. O que me diz?

— Uma excelente ideia. Já posso sentir o cheiro do mar.

O rio Dargle se alargou ao se aproximarem do porto, e o ar se tornou distintamente salgado. A comum rua principal deu lugar a edifícios muito mais imponentes antes de o landau parar no amplo calçadão no qual estavam localizados vários grandes hotéis. Uma longa extensão de jardins bem cuidados com um coreto no centro estava cheia de visitantes, alguns agrupados em cadeiras de praia, outros conversando em grupos. O próprio calçadão corria em uma longa linha reta ao lado da costa, onde as ondas batiam no forte declive, molhando os incautos. Margaret agarrou seu chapéu, pois a brisa ficou mais forte, e fechou os olhos, inclinando o rosto em direção ao sol. O barulho do mar, o ruído e o grito de gaivotas, o cheiro de sal e areia, além de algo indefinível sobre estar à beira-mar, a lembravam das areias de Portobello, nos arredores de Edimburgo.

Ela abriu os olhos para sorrir para Lewis.

— Acha que podemos ir remar?

Ele estremeceu.

— Além do fato de que a água está gelada, não tenho nenhum desejo de dobrar minhas calças para cima e cambalear sobre aquelas pedras na praia tentando manter meu equilíbrio. É uma perspectiva muito pouco digna. Espero sinceramente que esteja brincando.

— Acho que estou — disse Margaret, olhando longamente para o mar.

— Só falta você me dizer que deseja contratar uma máquina de banho.[5]

— Tem máquinas de banho aqui? Também se pode alugar um traje de banho?

— Céus, não tenho ideia. — Lewis pegou seu braço, e eles começaram a andar ao longo da orla. — Essas que você vê ao sul são as montanhas Wicklow. A caminhada até a colina Bray Head deve levar cerca de meia hora por trecho. Aí teremos merecido nosso chá.

---

5   Dispositivo que parecia uma carruagem e permitia que as pessoas, especialmente as mulheres, pudessem ir nadar sem serem vistas em trajes de banho na areia. O banhista se trocava na máquina e, dentro dela, era levado até a beira do mar. [N. T.]

A brisa do mar bagunçou o cabelo de Margaret, que já estava escapando do chapéu, e fazia sua crinolina balançar atrás dela.

— Se o vento me pegar do jeito errado, eu vou sair voando. Gostaria que as mulheres pudessem usar calças.

Lewis riu.

— Só no palco, infelizmente.

— Você está falando sério sobre desistir de atuar?

— Quase nunca estou falando sério sobre nada.

— Lewis!

— Ah, eu não sei — disse ele de repente. — Acho tedioso decorar falas que outros escreveram. Eu prefiro, de longe, criar meus próprios personagens.

— Como Ned Smith, o amigo dos cocheiros, o personagem que adota quando passeia de taverna em taverna. Se, é claro, você não estivesse me provocando.

— Não, é verdade, sim. Eu gosto muito do Ned, embora Ned goste muito da bebida, e é por isso que os cocheiros gostam dele. Ele exagera na gorjeta quando está bebendo.

— O que você vai fazer, se desistir dos palcos?

— Eu disse que desistiria de atuar, não do teatro. Poderia tentar fazer adaptações de palco ou dirigir. Por enquanto continuarei com minhas críticas. Escrevo como Whyte Tyghe, para o *Globe*, você sabe.

— Eu não sabia disso. Sinceramente, Lewis, eu mal consigo acompanhar seus muitos alter egos.

— Eu mesmo me perco às vezes. Talvez eu escreva um livro sobre minhas viagens à Argélia.

— Meu Deus! Você é um viajante, também?

— Todos deveriam ver o mundo, inclusive você, querida Margaret.

— Eu veria, se tivesse meios. Eu gostaria da Argélia?

Ele balançou a cabeça de forma decisiva.

— Você deve ir para um país onde ser mulher não seja uma barreira. Os Estados Unidos, por exemplo. Meu amigo Ira, aquele que é ator, você sabe, é americano. É a terra dos livres, ele me diz, embora eu não tenha certeza exata do que isso significa.

— O que eu faria nos Estados Unidos? — Margaret perguntou, duvidosa. — Não conheço ninguém lá.

— Mas essa é a questão das viagens, seja para os Estados Unidos, a Argélia ou Tombuctu.

— Eu quase fui para lá uma vez — comentou Margaret, rindo da expressão perdida de Lewis. — Pode me ignorar, continue.

— Como eu estava dizendo, a questão de ir para o exterior... e não me refiro à Europa, que é muito perto de casa... a questão é, Margaret, que você *não* conhece ninguém e, mais importante, ninguém a conhece. Você não tem passado, e pode escrever o seu futuro. Eu mesmo pensei em ir para os Estados Unidos atuar na Broadway, que é onde todos os teatros estão, como me diz Ira, mas agora desisti dessa carreira.

— Talvez você se torne um explorador. Como o dr. Livingstone.

— E desaparecer para sempre? Mervyn bem que gostaria.

— Ainda não entendo por que seu irmão não gosta de você. *Eu* gosto muito.

Lewis apertou a mão dela.

— Porque, como eu, você é uma dissidente, embora, como mulher, seja obrigada a disfarçar mais. — Ele ficou em silêncio por um momento e, quando chegaram a Bray Head, voltou-se para o mar, apoiando-se no corrimão úmido do calçadão. — Não é tanto o que eu faço que faz Mervyn não gostar de mim, é o fato de que não me conformo com as coisas. Ele me acha caprichoso e provavelmente tem razão, mas não vejo nada de errado nisso.

— Você gosta de testar a si mesmo, só isso.

— Ah, Margaret, você tem uma alma generosa.

— Seu irmão está preocupado que, se você herdar Powerscourt, não se interessará o suficiente para manter a propriedade... é isso?

Lewis deu de ombros.

— Suponho que sim, e acho que também tem razão sobre isso.

— Você gosta dele?

— Sabe, acho que nunca me fiz essa pergunta. Não particularmente, essa é a resposta. Mervyn é extremamente digno. Mas é *muito* enfadonho. Quero dizer, cervos, sério? Vamos mudar de assunto? — Lewis pegou seu braço novamente, e eles começaram a refazer seus passos. — O que Julia acha de nossa amizade?

— Julia não julga.

— Não se negue a responder. Eu admiro Julia, quero que saiba disso. Admiro qualquer um que aturar meu irmão.

— Ela é reservada, mas só porque não tem os sentimentos à flor da pele não significa que seja fria. E tem sido muito boa para mim, Lewis. Não sei o que ela pensa de nossa amizade. Nem sei o que *eu* mesma penso. Será que ela vai durar além desta visita?

— Quer dizer, será que vou esquecer totalmente de você quando for embora daqui? Quem não é visto não é lembrado? Não, geralmente me consideram um amigo leal, embora as chances de eu voltar aqui para outra visita sejam baixas. Não gosto de ficar onde não sou bem-vindo. Mervyn nunca me negaria o direito de vir a Powerscourt, mas prefere muito que eu não venha. E sobre Julia… ah, pobre Julia, temo ser uma constante lembrança de sua falha em produzir um herdeiro.

— Não diga isso — Margaret irritou-se. — Não é culpa dela ainda não ter tido um filho.

— Não precisa me atacar. Acontece que concordo com você que, muito provavelmente, *não* é culpa de Julia.

— O que você quer dizer com isso, Lewis?

Ele abriu a boca para lhe responder, depois claramente mudou de ideia.

— Vamos ver se eles servem chá nos banhos turcos? Tinha planejado levá-la ao International Hotel, mas ouvi dizer que os banhos agora funcionam como algum tipo de salão de encontros. Logo quando foram construídos, o pessoal usava roupões escarlate e chinelos turcos. Seria divertido se ainda fosse assim. O que acha, Margaret?

Ela achou que sua tentativa de a distrair era óbvia. O que havia decidido não lhe contar sobre lorde Powerscourt? Mas, apesar de Lewis ter um lado cruel, e de claramente não haver amor entre os dois irmãos, ele havia se abstido. Ela o respeitava por isso.

— Parece divertido — respondeu Margaret. — Será que poderei fumar um cachimbo turco?

Ele pressionou o braço dela, sorrindo calorosamente.

— Naquela época, era possível se deitar em divãs de veludo e fumar. Nunca estive lá naqueles dias, mas me disseram que havia fontes e palmeiras e tetos abobadados com estrelas de vidro. Esperemos que os novos proprietários não o tenham despojado de toda a sua decoração.

— E esperemos que sirvam chá. A maresia me deixou muito faminta.

Uma semana mais tarde, Margaret estava acomodada na biblioteca octogonal, na escrivaninha que havia reivindicado como sua. A porta da sala era decorada para parecer uma das estantes, incluindo imitações de livros. *A chave do Paraíso* era o tomo que cobria a fechadura, sugerindo um senso de humor, o que indicava não ter sido obra do atual visconde. Ela estava olhando a esmo quando a porta se abriu, e Lewis entrou.

— Pensei que fosse encontrá-la aqui. Vim dizer-lhe que decidi partir amanhã.

— Amanhã! É bastante repentino, não é? Você está aqui há menos de quinze dias.

Ele começou a puxar os livros aleatoriamente das prateleiras, apertando os lábios para cada um antes de devolvê-los.

— Mervyn vai voltar em breve.

— Só na próxima semana. Não pode ficar mais alguns dias?

— Minha decisão está tomada. Não vou arriscar estar aqui se ele decidir chegar mais cedo. Julia sempre vira a casa de cabeça para baixo e de dentro para fora quando o marido está chegando?

— Ela gosta que tudo esteja perfeito. Há algo de errado com isso?

— Não, suponho que não. O que está fazendo? Está trabalhando nesse pequeno livro de histórias? — Ele pegou o caderno dela e começou a folheá-lo. — Concordo com seu amigo Lochiel: você deveria publicá-lo, os contos são bastante fora do comum. E, é claro, seu nome na capa garantirá que receberão muita atenção da imprensa.

Margaret estremeceu.

— Uma das melhores coisas de estar aqui é que a imprensa me esqueceu. Não tenho absolutamente nenhum desejo de ter meu nome nos jornais novamente, por qualquer razão.

— É compreensível, embora eu ache que poderia usar isso a seu favor, se assim o desejasse. — Ele folheou as páginas, franzindo o cenho. — Você precisa de ilustrações para acompanhar os contos. Eu poderia fazê-las para você.

— Ah, você faria isso?

— Eu poderia, mas elas seriam boas demais. Agora, não me dê um desses seus olhares altivos, quero dizer que as histórias têm uma qualidade infantil demais para as minhas ilustrações. Elas precisam de desenhos com uma veia semelhante. Talvez um de seus talentosos alunos? — Lewis pousou o livro de novo. — É apenas uma ideia. Venha dar um passeio comigo, sim? Quero conversar com você.

— Parece muito sério.

Ele levantou uma sobrancelha.

— Eu tenho um lado sério; só o mantenho bem escondido. Venha, vamos sair para tomar um sol ou uma chuva… não tenho ideia de como está o tempo. Vamos nos ater aos jardins como precaução. Estou me sentindo um pouco introspectivo.

— Vou sentir muito a sua falta — disse Margaret alguns momentos depois, enquanto andavam de braços dados pelo jardim amuralhado. — Já decidiu o que vai fazer quando voltar para Londres… presumindo que Londres seja o seu destino?

— Por enquanto é. Tenho comichão nos pés, é o único traço que compartilho com Mervyn. Estou pensando em viajar para a China.

— China! Meu Deus!

— Ou talvez não. Talvez eu me case, se conseguir encontrar uma mulher que me entenda como você, minha querida.

— Se este é o prelúdio de um pedido de casamento, Lewis, devo adverti-lo que…

Ele explodiu em gargalhadas.

— Você merece alguém melhor do que eu, Margaret, e eu preciso de alguém… ah, preciso de alguém como Julia. Uma mulher compreensiva, que não fará exigências e que estará esperando pacientemente por mim quando eu voltar para casa depois das minhas viagens. Não — acrescentou, com um tapinha carinhoso na mão dela —, não me submeta a uma de suas repreensões. Eu admiro Julia, realmente admiro, mas não lhe pedi para vir dar um passeio comigo para falar sobre ela ou até mesmo sobre mim, acredite se quiser. Vamos falar de você. O que *você* vai fazer depois que eu partir?

— Vai ser muito monótono aqui sem você. Continuarei na escola, suponho.

— Mas eles têm Breda agora, não têm?

— Ainda precisam de mim para a hora da história.

— Quando publicar seu livro, as crianças poderão ler as histórias por si mesmas.

— Esse é um pensamento adorável. Gostaria de poder dar um exemplar a cada criança, mas os livros são tão caros, a menos que eu… Ah, meu Deus, você acabou de me dar a ideia mais maravilhosa. Lewis Strange Wingfield, acredito que você seja um gênio.

Ele se empertigou.

— Eu sei. Qual foi exatamente a minha ideia maravilhosa?

— Eu poderia publicar as histórias como fascículos… sabe, como os livros de lições que eles usam na escola. São muito baratos de se fazer. — O sorriso de Margaret desvaneceu-se. — Embora provavelmente não seja barato o suficiente. Eu realmente não tenho dinheiro.

— Fale com Julia. Eu sei que Mervyn dá a ela uma mesada para fins de caridade. Seria de se pensar que seus livros se qualificam.

— Eu não sabia disso. Você acha que ela vai me ajudar?

— Tenho certeza de que terá o maior prazer. Ela não está muito contente, não é? Ela disfarça bem, mas seu sorriso às vezes é bastante triste.

— Tudo o que ela quer é um bebê. Parece tão trágico que pessoas como a mãe de Breda tenham mais filhos do que podem suportar, enquanto pessoas como Julia...

— Talvez desta vez, quando meu irmão estiver em casa, ele... eles consigam... ah, você sabe. Espero que eles resolvam o assunto. Para além do fato de eu não querer herdar Powerscourt, isso seria errado.

— Em que sentido?

Lewis fez uma pausa para abrir o portão que levava ao lago Green.

— Eu tinha só dois anos quando o sexto visconde morreu, e dois anos depois minha mãe se casou com Londonderry... ou Castlereagh, como ele se chamava então. Mas há um boato, um boato persistente, de que minha mãe e ele eram amantes antes de ela ficar viúva. Que eu não sou um Wingfield coisa nenhuma, mas o filho bastardo de Londonderry.

— Lewis! Isso é chocante!

— É mesmo? — Ele franziu o cenho olhando o lago, depois deu de ombros, retomando seu caminho. — O homem cujo nome eu carrego morreu quando eu era criança. O homem cujo sangue, muito provavelmente, corre em minhas veias ficou trancado em um manicômio pelos últimos cinco anos. Qual eu escolheria como meu pai? Isso muda quem eu sou?

Lewis foi até um banco de madeira.

— Sente-se comigo um momento, Margaret. Vou fazer algo raro para mim, ficar mortalmente sério. Você está perdendo tempo aqui. Sei que está ocupada se fazendo útil e, embora Julia não diga muito, ela aprecia sua companhia... mas não acha que já está se escondendo há tempo suficiente? Há um mundo grande além dos portões de Powerscourt.

— Eu sei que há, e adoraria vê-lo, mas como? Não tenho meios para me sustentar...

— Não pense nisso agora. Você concorda ou não?

— Sim, concordo. Eu admiro Julia, mas nunca poderia ser como ela. Toda vez que tento fazer o que se espera de mim, eu falho.

— Então pare de tentar. Esse é o meu conselho para você.

Ela riu.

— É realmente assim tão simples? Não quero fazer o que outra pessoa manda, quero agradar a mim mesma. *Sei* que isso é uma coisa assustadoramente egoísta de se dizer...

— É música para os meus ouvidos. Se você não defender quem você é, ninguém mais o fará.

— Nunca pensei nisso dessa maneira.

— E aqui termina a lição. Seja você mesma, Margaret. Você é diferente. Encontre uma maneira de abraçar isso.

— Mas como?

— Agora, com isso, receio que não posso ajudar. Cada um precisa seguir seu próprio caminho. Eu escolhi o meu; você deve forjar o seu. O que a impede de ir embora daqui?

— Quem, você quer dizer. Meu pai.

— Então muito bem; esse é o obstáculo que deve superar.

— Falar é fácil.

— Eu nunca disse que seria fácil. Acho que está começando a chover. Vamos. — Lewis a puxou para ficar de pé, balançando a cabeça ao ver as lágrimas que enchiam os olhos dela. — Por que essas lágrimas?

— Abraçar ser diferente. Nunca ninguém me disse isso antes. Vou tentar, embora não saiba como.

Ele beijou a bochecha dela.

— Você vai encontrar uma maneira. Como disse, não vai ser fácil. Haverá lágrimas e, às vezes, você se perguntará: vale a pena? Mas aceite a opinião de quem sabe. Em última análise, vale.

SUSANNAH ELMHIRST PARA LADY MARGARET

Casa paroquial, Lambeth, 26 de julho de 1867

Cara Lady Margaret,

Que bela surpresa ter notícias suas após todo este tempo, e por uma razão tão inesperada e emocionante. Sim, Billy ainda vende seus desenhos no mercado e, sim, ainda tem o Muffin consigo e é claro que se lembra de você. Quando lhe perguntei se estaria interessado em fazer alguns desenhos para ilustrar suas histórias, pensei que ele fosse explodir de orgulho. Ele não sabe ler, como você suspeitava, mas providenciei que a pequena Nellie, a filha de Verity, leia as histórias para ele. Na verdade, os dois começaram esta manhã, trabalhando em uma mesa no salão da igreja. O dinheiro que você enviou era mais do que suficiente para lápis, tintas e papel. Eu dei a Billy um adiantamento de um quarto do pagamento que você tão generosamente oferece, e tomarei a precaução de lhe pagar o resto ao longo de várias semanas.

Espero que me desculpe por tomar a liberdade de lhe dizer que seu ânimo está muito melhor e fico feliz e aliviada se for mesmo esse o caso. Tudo está bem por aqui. Enfim consegui recrutar alguém para ajudar com as tarefas domésticas, graças a Deus. E, quanto ao meu irmão, o tempo é um grande curandeiro.

Estou muito ansiosa para ver seu trabalho e os desenhos de Billy impressos. Um livro em fascículos é uma excelente ideia. Tenho certeza de que conseguiremos encontrar os fundos para comprar alguns como presentes de Natal da paróquia, se for publicado até lá. Enviarei o primeiro dos esforços artísticos de Billy muito em breve.

Com os melhores votos,
Susannah Elmhirst

DONALD CAMERON DE LOCHIEL PARA LADY MARGARET

Roma, 28 de agosto de 1867
Cara Margaret,

Em que época vivemos! Sei que você não se interessa muito por política, mas a aprovação da Lei da Representação do Povo é um acontecimento tão importante que senti que devia mencioná-lo. O número de pessoas que poderá votar nas próximas eleições será mais do que o dobro — e, sim, sei que são todos homens, pois a emenda do sr. Mill de incluir o sexo feminino fracassou horrivelmente, mas ainda assim representa um progresso significativo. Correndo o risco de parecer o cavalheiro bastante tedioso que você uma vez supôs que eu fosse, me vejo cada vez mais atraído pela ideia de assumir um papel mais ativo na política, e estou contemplando a possibilidade de me tornar membro do Parlamento. Do alto dos meus trinta e dois anos, tenho o desejo de terminar minha estadia no continente e voltar para casa para me estabelecer.

Minha casa é a propriedade de Achnacarry, em Invernesshire, perto da pequena vila de Spean Bridge e logo ao norte da cidade de Fort William. O terreno é acidentado, com alguns bosques esparsos, e o próprio castelo fica na parte de baixo do terreno, não muito longe de Loch Arkaig, onde estou pensando em construir um novo cais para permitir que um navio a vapor atraque. As terras foram confiscadas em 1745, depois que minha família perdeu a Batalha de Culloden, pois lutou pelo Jovem Pretendente. Foi meu avô e meu homônimo que as restaurou, e que lançou as bases da "Nova Achnacarry". Infelizmente, ele era extravagante e, quando morreu, deixou meu pai com uma casa semiacabada e uma montanha de dívidas. Meu pai finalizou a casa, mas continuou a tradição de gastar além de suas possibilidades, razão pela qual tive que trilhar meu próprio caminho na vida. Mas prosperei o suficiente para poder me dedicar a melhorar a casa e fazer dela um lar. O castelo tem o estilo baronial escocês. Acho que você gostaria, Margaret. Eu sem dúvidas adoraria mostrá-lo a você um dia.

Com relação à sua última carta, estou muito feliz em saber que lady Julia tem sido tão solícita com os fundos de caridade para o seu livro infantil. Quanto à sua decisão de escrever a seu pai — prometemos ser sempre honestos um com o outro, não é verdade? Embora eu admire o sentimento por trás da decisão, confesso que acho que está agindo prematuramente. Presumi que você estivesse satisfeita em Powerscourt. Sei que a visita de Lewis Wingfield lhe deu muito em que pensar, mas Mervyn considera o irmão um tanto errático e pouco confiável. Ele é a razão pela qual você está repentinamente impaciente por mudanças? Qual seria o mal de esperar até outubro, por exemplo, quando você atingirá a maioridade? Escrever direto para o duque, sem o intermédio de sua mãe, também parece desnecessariamente arriscado.

Por enquanto, não direi mais nada sobre isso. Não leve a mal esta leve censura, eu lhe imploro. Por favor, acredite que tenho, acima de tudo, seus interesses no coração. Você diz que é indiferente a seu pai, mas temo que descobrirá, com a rejeição ou o silêncio dele, que está equivocada. Eu sei quanto você foi profundamente ferida por suas ações no passado. Só quero poupá-la de mais sofrimento.

Sempre com os melhores votos,
Donald

Capítulo vinte e sete

Margaret sentou-se no banco da janela de seu quarto, com suas cartas de aniversário espalhadas diante de si. Mamãe, Victoria e Mary tinham todas escrito para parabenizá-la por sua maioridade.

Não havia nada de Luísa. Margaret tinha se preparado para isso, pois as duas missivas breves e brandas que escrevera à amiga haviam ficado sem resposta, ou talvez nunca tivessem sido lidas. Mesmo assim, o silêncio contínuo doía. Ambas haviam acompanhado tantos marcos na vida uma da outra que não podia acreditar que Luísa havia esquecido este. A menos que os medos que havia expressado no casamento de Helena tivessem se materializado? Do que exatamente ela tivera medo? Ao tentar se lembrar da conversa, Margaret começou a duvidar de suas próprias suposições. Será que Luísa estava exagerando a situação, ou até mesmo a inventara inteiramente, desejando de forma perversa superar o romance de Margaret com um seu? Apesar de ser mais jovem, ela sempre tinha gostado de pensar sobre si mesma como a mais experiente e mais sofisticada das duas.

Qualquer que fosse a verdade, Margaret, muito provavelmente, nunca saberia. Tudo o que sabia, por meio de Mamãe, era que Luísa ainda fazia companhia constante à rainha, tanto em público quanto em particular. Ela tinha estado na Cerimônia de Abertura do Parlamento, em fevereiro. Em maio, fora uma das madrinhas da filha de Bertie e Alix, sua nova sobrinha, que tinha o nome igual ao dela. E, em agosto, ela e a rainha haviam visitado o Castelo de Floors, ocasião na qual o pai de Margaret havia sido um dos convidados, embora Mamãe não estivesse presente. Se houvesse qualquer indício de escândalo, certamente Luísa, como Margaret, teria sido escondida do público? Mas talvez ela tivesse aprendido com a dolorosa lição de Margaret que fazer isso levaria a especulação ao ápice.

Margaret suspirou impaciente. Onde quer que Luísa estivesse, qualquer que fosse seu estado de espírito, ela não estava pensando em sua antiga amiga naquele dia, no seu aniversário. E, ao que parecia, Donald também não estava, o que a surpreendeu, embora fosse possível que a carta dele ainda estivesse a caminho. De longe a maior surpresa, porém, foi a carta de seu pai.

Ela olhava com incredulidade para a única folha de papel com o brasão dos Buccleuch. Havia perdido a esperança de receber uma resposta à proposta que enviara ao pai em agosto. Sofrera durante semanas para achar as palavras certas. Donald a advertira para não esperar uma resposta e, com o passar das semanas, havia se reconciliado com o fracasso. A vontade de escrever outra vez era forte, mas não tinha nada a acrescentar ao que já havia dito e não enfraqueceria seus argumentos com súplicas. Ela havia resistido à tentação de perguntar a Mamãe sobre a reação do duque, avisando-a com antecedência de que havia escrito e chegando ao ponto de pedir-lhe que não interviesse.

Margaret leu a carta novamente para ter certeza de que não tinha entendido mal, mas o conteúdo, escrito no garrancho familiar de seu pai, era inequívoco. *Considerei cuidadosamente sua proposta e decidi, com relutância, acatar seu pedido.*

Seu pai lhe havia concedido o desejo de viver de forma independente, concordando com todos os termos do acordo que ela propusera, o equivalente ao dote que ele não seria mais obrigado a oferecer. Ela conseguiria viver bem, seria capaz de viajar sem economizar e certamente não seria obrigada a se esconder em uma pequena cabana, subsistindo de gordura de bacon e pão seco. Claro que existiam termos e condições rígidos associados. Não poderia escolher viver na Inglaterra, nem na Escócia, nem, como ele colocou em seus usuais termos grandiosos, *no mesmo solo soberano que qualquer uma de minhas residências.* Sua renda anual seria imediatamente revogada a qualquer alusão a um escândalo público. O duque tinha finalmente aceitado que ela nunca faria sua vontade, reconhecendo seu direito de escolher uma vida diferente para si mesma, mas continuaria a julgá-la.

Que julgasse! A opinião dele não importava mais. Ela estava livre.

De pé diante do espelho, Margaret observou um sorriso se abrindo lentamente em seu rosto. Naquele dia ela fazia vinte e um anos de idade; tinha realmente chegado à idade adulta. Seu presente para si era um novo começo. Ela ia seguir o conselho de Lewis e passar a ser ela mesma.

A questão era: que tipo de vida ela imaginava ter? E, igualmente importante, onde? A escolha óbvia era viajar para o continente. Havia um mundo grande, como Lewis dissera, além dos portões de Powerscourt. Ela podia visitar os canais de Veneza, as avenidas de Paris, a Acrópole, o Coliseu. Mas Lewis tinha, na verdade, sugerido que ela viajasse para mais longe, talvez para os Estados Unidos. O idioma compartilhado era um atrativo, mas parecia um primeiro passo grande demais para ser seriamente contemplado.

No entanto, será que não deveria? Será que atravessar o Canal da Mancha seria um passo muito tímido? O alcance de seu pai era longo; os tentáculos de suas conexões familiares, extensos. No continente, ela ainda seria lady Margaret Montagu Douglas Scott, a segunda filha do duque de Buccleuch, com sua história escandalosa a perseguindo como uma nuvem de fofocas quase esquecida. As pessoas levantariam as sobrancelhas ao vê-la vagar sem propósito, sem família ou sem um marido a reboque. O que levantava outra questão: quem a acompanharia, pois não poderia viajar sozinha. Teria que encontrar uma companhia discreta, por uma questão de decoro.

Mas não havia necessidade de tomar uma decisão tão importante de forma precipitada ou por capricho. Ela havia acabado de descobrir que era uma mulher com meios, independente. Havia tempo suficiente para pensar sobre o que aquilo significava.

Margaret deu um pequeno salto de deleite. Ela contaria as novidades a Julia mais tarde, pois o sol estava saindo pela primeira vez em dias, e Pennygael já não passeava fazia tempo. Correndo para seu guarda-roupa enquanto desabotoava o vestido, pegou a roupa de montar e começou a se trocar.

Enquanto enfiava o chapéu na cabeça e colocava a longa saia de sua roupa de cavalgar sobre o braço, alguém bateu na porta do quarto.

— A senhorita está sendo chamada na sala matinal, lady Margaret — a empregada a informou.

O mais provável era que tivesse algo a ver com a escola. Com seu marido mais uma vez ausente, Julia começara a se interessar muito mais ativamente. Agora que Enniskerry havia sido aceita no sistema escolar nacional, ela estava supervisionando todo o trabalho necessário para garantir que fosse a escola mais bem equipada do sistema. Um dos objetivos de Julia era presentear cada criança com um exemplar das histórias de Margaret, e por isso estava trabalhando para que o impressor produzisse as primeiras provas assim que tivesse recebido as últimas ilustrações de Billy. Talvez o volume tivesse chegado!

Margaret apressou-se para a sala matinal, mas parou de chofre na porta. O único ocupante era um homem alto de costas para ela, olhando pela janela.

Pensando que a empregada devia estar enganada, estava prestes a sair quando ele se virou e sorriu.

— Bom dia, Margaret.

Ela olhou confusa para o estranho que estava atravessando a sala em sua direção. Ele era alto e forte, bem-vestido, bem afeitado e bastante bonito. Parecia estranhamente familiar.

— Donald? Meu Deus, é você mesmo? Ah, meu Deus, mal te reconheci sem a barba.

— Faz tanta diferença assim? — perguntou ele, sorrindo.

— Sim, faz, sim. — Ele tinha um maxilar decididamente quadrado, que havia sido completamente obscurecido antes, e havia uma covinha em seu queixo. Usava o cabelo mais curto do que ela se lembrava, bem aparado e o mais fora de moda possível ao redor de suas orelhas, sem costeletas. — Você está muito melhor — disse Margaret. Percebendo que era um elogio um tanto torto, acrescentou apressadamente: — Quero dizer, transformado.

Donald riu, pegando nas mãos dela.

— Tão refrescantemente sincera como sempre. Não há necessidade de perguntar se você está bem. Vejo que está brilhando de vigor. Pensei em surpreendê-la e felicitá-la pessoalmente por sua maioridade.

O sorriso dele a deixou estranhamente ofegante. Aquele era o homem com quem ela se correspondia há quase um ano. Um homem que chamava de seu querido amigo, com quem se confidenciava, a quem ela pensava ter chegado a conhecer bem, mas com quem não tinha pensado em se encontrar pessoalmente. Vê-lo com aquela aparência renovada e atraente a desestabilizou.

— Como não recebi nenhuma carta sua — disse Margaret —, pensei que você tivesse esquecido.

— Nunca! Feliz aniversário, Margaret. — Ele levou a mão dela a seus lábios e beijou a ponta de seus dedos.

Corando muito, ela arrancou a mão do aperto.

— É tão estranho — comentou, seus pensamentos a mil. — Conheço você tão bem por cartas, mas me sinto quase tímida em vê-lo pessoalmente. Não, não leve isso a mal. Estou muito feliz em vê-lo. Julia sabe que está aqui?

— Não. Eu queria surpreender você.

— E certamente conseguiu. Está planejando ficar?

— Isso depende muito de você.

O que ele queria dizer com isso? Ela não queria perguntar, pois tinha a sensação de que isso mudaria tudo entre eles e não tinha ideia de como se sentia a respeito disso. Primeiro a carta de seu pai, e agora aquilo.

— Eu estava prestes a sair para cavalgar — disse Margaret. — Quer se juntar a mim?

— É uma excelente ideia. Está fazendo um belo dia, e estou certo de que Wingfield não se importará que eu pegue um de seus cavalos de montaria emprestado. O ar fresco vai arejar minha cabeça. Podemos conversar depois.

Montado em um robusto cavalo cinza, Donald diminuiu o ritmo de um galope para um trote quando entraram na floresta. Ele cavalgava bem, manipulando o garanhão com um domínio silencioso, sem se exibir. Ao seu lado, a surpresa de Margaret pelo seu aparecimento repentino tinha dado lugar a uma clara apreensão. Aquele era Donald, seu amigo, ela lembrava a si mesma, mas ele não *se parecia* com o homem que imaginava quando lia suas cartas. Não era apenas a ausência da barba; havia sido o sorriso dele, decidiu ela, que fora o sorriso casto de um velho amigo. E a maneira como havia beijado a sua mão. Mais perturbador ainda era o efeito que o beijo tinha tido sobre os sentidos dela.

Ao se aproximarem da cachoeira, ela lhe lançou outro olhar e descobriu que ele estava fazendo o mesmo. Seus olhares se encontraram e o mundo saiu do eixo e se realinhou, pois naquele breve momento não havia como confundir o que havia se passado entre eles.

Donald desmontou. Nervosa, Margaret deslizou de Pennygael, que liderou o caminho até a água, sendo seguida pelo cavalo cinza. As folhas que haviam caído recentemente coloriam o chão de dourado, castanho e âmbar lustroso. O sol brilhava na cascata, criando diamantes na cortina de água conforme ela se chocava com a piscina.

— Não é hipnotizante? — perguntou Margaret, juntando-se a ele.

— De tirar o fôlego — concordou ele, voltando-se para ela. — Mas eu pessoalmente prefiro olhar para você.

Ela leu claramente a intenção dele em seus olhos enquanto ele se aproximava e não fez nenhuma tentativa de evitar que ele a puxasse para seus braços. Ele ia beijá-la, e ela queria que ele a beijasse. Os sinos de alarme estavam tocando, mas apenas levemente, enquanto ela inclinava seu rosto em direção ao dele. Ele cheirava a espuma de barbear e lã molhada, e seu casaco estava úmido com os respingos da queda d'água. Ela levou a mão à bochecha dele e sentiu-o arfar ao seu toque.

— Margaret — disse ele com a voz áspera e suave ao mesmo tempo.

O rugido da cachoeira se tornou um zumbido nos ouvidos dela quando seus lábios se encontraram. Não houve uma lenta e terna preparação para o beijo, apenas uma necessidade clamorosa. Os braços de Donald a envolveram, e o calor inundou o corpo de Margaret enquanto ela se agarrava a ele, incitando-o a beijá-la mais profundamente, embora ele não precisasse de encorajamento, murmurando o nome dela e puxando-a para mais perto. Eles se beijaram. Beijos profundos e esfomeados, beijos de adultos, suas línguas se entrelaçando, as mãos agarrando e segurando. Pararam somente quando tropeçaram perigosamente perto da beira da água, voltando, trêmulos, à razão.

Donald xingou baixinho, com um estranho sorriso em seu rosto.

— Tinha a intenção de que o beijo acontecesse depois do discurso, não o contrário.

Muito tarde, tarde demais, Margaret entendeu o que ele queria dizer. Não importava o que sentia por ele, não importava que já tivesse deixado seus sentimentos muito claros, ela não estava preparada para isso.

— Donald...

— Não, por favor, deixe-me falar. — Ele apertou as mãos dela nas dele, sorrindo com tanta ternura que ela ficou sem fôlego. — Deve ser óbvio o que sinto por você, mas eu sei o quanto você gosta das coisas às claras. Eu te amo. Aí está. — Os dedos dela apertaram involuntariamente os dele. Não havia dúvida de sua sinceridade, nem de que não valia a pena negar seus próprios sentimentos, mas aquilo seria errado. Ela não tinha ideia de como sabia disso, mas sabia. Não se atreveu a falar, para que as palavras que ele estava tão claramente desesperado para ouvir não escapassem de sua boca. — Você parece surpresa — continuou Donald já que ela permaneceu em silêncio. — Certamente devia estar ciente do crescente carinho em minhas cartas... Desde aquela noite fatídica, quando a encontrei conversando com o sr. Scott, senti-me atraído por você. O amor se instalou lentamente em mim, à medida que nos tornamos amigos através de nossa correspondência. Nunca procurei pelo amor, nem por uma esposa, mas, agora que a encontrei, sei que é o fim da minha jornada. Quer se casar comigo, Margaret, e ser minha companheira de vida?

Ela nunca em sua vida havia desejado mais dizer sim. Sim, ela o amava. Sim, ela aceitaria se casar com ele. Sim, ela compartilharia a vida com ele. Mas as palavras ficaram presas em sua garganta. Ela não conseguia respirar.

— Sinto muito. — Enquanto o terno sorriso de Donald vacilava, ela quase mudou de ideia, mas havia aprendido muitas lições nos últimos dois anos. Não podia arriscar ter todo o seu futuro decidido por um beijo apaixonado. Cuidadosamente, Margaret soltou suas mãos.

— Eu não entendo — disse ele. — Julguei mal seus sentimentos?

— Não. Sim. Não é que eu não... embora não tivesse percebido até agora.

— Você precisa de tempo. Pensei que tinha preparado o terreno, mas vejo agora que fui muito discreto. Esta é uma decisão importante, não vou apressá-la.

Era tão tentador concordar, retardar o inevitável, mas ela havia aprendido do jeito mais difícil a confiar em seus instintos. Havia acabado de obter sua independência. Não podia renunciar imediatamente. Queria fazer o que Lewis a havia incitado a fazer: tornar-se ela mesma, não importava o que isso pudesse implicar. Queria cometer seus próprios erros, viver sem ter que acomodar os desejos de outra pessoa. Tendo isso em vista, não podia, em plena consciência, concordar em se casar com Donald. Seria desonesto e cruel, e ela o amava demais para fazer isso. Embora tivesse que causar-lhe dor.

— Sinto muito, Donald. — Ela estava realmente fazendo isso? Olhou para ele, o homem pelo qual havia acabado de se apaixonar, sabendo que poderia estar jogando fora sua única chance de ser feliz. — Sinto muito — disse novamente, e havia uma resolução firme em seu tom que fez o sorriso dele se desvanecer. — Não preciso de um tempo para pensar. Eu simplesmente não posso me casar com você.

Ele ficou quieto por um momento e, quando falou, sua voz saiu rouca.

— Posso perguntar por quê?

Seria muito mais fácil se ele ficasse furioso com ela, ou até a culpasse um pouco. Mas aí não seria Donald, e ela não acharia aquilo tão dolorosamente difícil. Não importava o que isso lhe custasse, ela lhe devia a verdade.

— Até hoje, pensei em você apenas como um amigo muito querido, e uma das poucas pessoas... talvez mesmo a única... que sempre me aceitou como sou.

— Por que eu mudaria você? Eu a amo assim como é.

— Com todas as minhas numerosas imperfeições. — Margaret engoliu o nó em sua garganta.

— Que são muito inferiores às suas muitas, muitas qualidades excelentes.

Ela sabia que ele estava falando sério. Donald nunca falava nada que não fosse verdade, e mais uma vez ela ficou balançada. Mas aquilo seria *errado*.

— Antes de conhecê-lo, eu pensava que me faltavam qualidades admiráveis, mas graças a você, meu querido amigo, sei que isso não é verdade. Você gosta de mim, com defeitos e tudo, e me deu o incentivo e a confiança para acreditar em mim mesma. Eu lhe devo muito. Confio mais em seu julgamento do que em qualquer outro, exceto o meu próprio. Sempre que me encontro em um dilema, pergunto-me: o que Donald acharia? — Margaret respirava com dificuldade, pois agora sabia o que tinha a dizer e que isso acabaria com tudo entre eles. — E agora me sinto honrada pelo seu pedido para eu ser muito mais do que uma amiga e estou muito tentada, embora não tivesse ideia até a gente… até agora… de que meus sentimentos por você fossem reais e profundos. Mas não estou pronta para ser esposa, muito menos mãe. Com toda a sinceridade, não tenho ideia se algum dia estarei pronta. Sinto muito, muito. — Mesmo assim, ele não disse nada. Margaret respirou mais uma vez com firmeza, consciente do olhar confuso e cheio de dor dele. — Recebi uma carta de meu pai esta manhã. — Resumidamente, ela explicou os termos de renda anual. — Como vê, agora tenho os meios para viver por conta própria, para tomar minhas próprias decisões sem ter que consultar mais ninguém. Nunca tive esse privilégio antes. Nunca fui livre. Se eu concordasse em me casar com você…

— Você acha que o casamento comigo a escravizaria?

— Não! — Ela fez menção de tocar o braço dele, mas ele se afastou. — Claro que não, mas eu seria sua esposa, Donald, e, como sua esposa, tudo inevitavelmente mudaria para mim. Eu não poderia simplesmente ser eu mesma; eu seria parte de outra coisa.

— Você seria uma metade de nós. Não é o melhor dos dois mundos?

A mãe dela acharia que sim. A maioria das mulheres acharia que sim. Seria uma solução segura, convencionalmente aceitável, sem dúvida atrativa, mas isso não era suficiente.

— Eu sei que não consegue entender. Eu tenho dificuldade de explicar, mas seria a decisão errada para mim, Donald. Não posso me casar com você.

— Sua resposta teria sido diferente se a carta de seu pai não tivesse chegado esta manhã? Não, não responda. Não quero que se case comigo porque eu sou sua melhor opção. Quero que você se case comigo porque… — Ele balançou a cabeça desanimado. — Ah, para quê? Não vou implorar. Posso perguntar o que pretende fazer agora que não será mais obrigada a permanecer aqui?

Ela então percebeu que teria que se afastar da tentação, para o bem de ambos. Teria que tornar sua decisão irrevogável.

— Estou considerando ir para os Estados Unidos.

— Estados Unidos! Mas que diabos! Por quê? Quem você conhece ali?

— Nem uma alma. Essa é a questão.

— Você está, sinceramente, pensando em embarcar em uma viagem ao outro lado do mundo, para um país do qual nada sabe, para ser, o quê… anônima?

— Ninguém vai poder me dizer o que fazer e quando. Ninguém formará opiniões sobre mim antes de me conhecer. Não serei sufocada por expectativas.

— Você não tem ideia do que uma mudança tão drástica implicaria. Pense pelo menos nos aspectos práticos disso. Onde você ficaria? Meu Deus,

Margaret, o que você está dizendo é aterrorizante. Se quer viajar, por que não ir ao continente e fazer o *Grand Tour* como todos os outros?

— Não é suficientemente longe de você, de minha família, do mundo que conheço e que pensa que me conhece. Sei que não será fácil, sei que posso fracassar de forma espetacular, mas vou me arrepender de não ter tido a coragem de seguir minhas convicções se desistir.

— Então você precisa ir para os Estados Unidos — disse Donald com um sorriso retorcido. — Um novo mundo feito para uma nova Margaret, é isso?

Finalmente, a esta evidência da compreensão dele, uma lágrima escapou a Margaret. Ela acenou com a cabeça.

— O que quer que isso signifique. Sinto muito.

— Não tanto quanto eu. Desejo-lhe toda a sorte do mundo. Você vai precisar dela. — Ele se abaixou para pegar seu chapéu. — Se me der licença, voltarei sozinho.

— Donald…

— Não peça desculpas de novo. Também não estou disposto a me contentar em ser a segunda melhor opção. — Ele a puxou para perto de si, abraçando-a com força, brevemente, e depois a soltou. — Adeus, Margaret.

Ela o observou num silêncio sofrido enquanto ele montava o garanhão cinza e saía cavalgando, antes que suas pernas cedessem e ela caísse no chão. Se tivesse levantado o olhar, ela o teria visto parar e olhar para trás com uma expressão triste, mas, em vez disso, levou as mãos à cabeça. Tinha acabado de tomar a melhor ou a pior decisão de sua vida inteira.

Capítulo vinte e oito

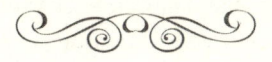

Duas horas mais tarde, uma Margaret emocionalmente exausta foi interceptada antes que pudesse alcançar a paz de seu quarto.

— Que diabos está acontecendo? — Julia exigiu saber, guiando-a até a sua sala de estar. — Primeiro Lochiel aparece completamente do nada, e vocês dois saem juntos antes que eu tenha a oportunidade de perguntar se ele pretende passar a noite. Depois ele retorna sozinho e me informa que vai direto de volta para Dublin sem nem sequer ficar para o seu jantar de aniversário. Ele foi muito abrupto, quase grosseiro, e eu pensei...

— Donald me pediu em casamento — disse Margaret sem rodeios, sentando-se, cansada, em uma das cadeiras junto à janela. — E eu disse não. — Um nó se formou em sua garganta enquanto se lembrava do olhar magoado no rosto dele quando partiu, mas ela engoliu em seco. — Ele falou que me amava, e eu acho que talvez também o ame, mas não posso, Julia. Não posso me casar com ele.

— Meu Deus, por que não? É verdade que ele não é o homem que seu pai escolheu para você, mas é eminentemente respeitável e um excelente partido. Você sem dúvida não precisa se preocupar que o duque se oponha à união.

— Eu não quero nem preciso da aprovação de meu pai — Margaret irritou-se. — Desculpe — acrescentou, imediatamente completando: — Estou, como você deve imaginar, um pouco sobrecarregada. Eu não estava esperando... — Ela estendeu as mãos em sinal de impotência.

— Não houve nenhuma indicação nas cartas de Lochiel?

— Se houve, eu não percebi.

— Você precisa de tempo para se acostumar, só isso. Tenho certeza de que ele achou que seria um gesto extremamente romântico vir aqui sem avisar e pedir sua mão em casamento no seu aniversário, mas teria sido muito melhor se tivesse adotado uma abordagem mais convencional. Sem dúvida, é isso que fará, quando seu orgulho tiver se recuperado um pouco.

— Não é o orgulho, mas o coração dele que eu feri. Se está imaginando que ele vai pedir a ajuda de meu pai para me persuadir a aceitar, está muito enganada. Donald me conhece muito bem para isso. — Os lábios de Margaret tremeram. — Ele ter vindo aqui hoje, seu *gesto extremamente romântico*, como você diz, foi bem o tipo de pedido que eu teria desejado. Se ao menos pudesse ter aceitado. — Uma lágrima escapou de seus olhos, mas ela a enxugou. — Mas eu não *pude*.

Julia franziu o sobrolho.

— Eu não entendo. Se ele realmente a entende tão bem...

— Entende! Ele me conhece melhor do que eu mesma, às vezes.

— Você sabe como é rara uma qualidade dessas em um homem? E mesmo assim você o rejeitou?

— Sim!

— É porque não sente a mesma coisa?

— Não. Eu não sabia que nutria esse tipo de sentimentos por ele até hoje, mas... — Margaret abaixou a cabeça nas mãos. Julia estava fazendo com que ela mesma duvidasse de sua decisão. Deveria ter aceitado? Mas não, não, não, ainda parecia completamente errado. Ela levantou a cabeça. — Eu simplesmente não estou pronta para me casar, Julia, e disse isso a ele. E mais, graças ao meu pai, não preciso me casar. Recebi uma carta dele hoje. Espere aqui, vou buscá-la.

Pensando que a mensagem explicaria tudo muito melhor do que ela seria capaz, Margaret rapidamente recuperou a carta de seu quarto e a entregou para Julia, observando ansiosamente enquanto ela lia. Mas, quando terminou, não havia sinal de clareza em seu semblante, apenas um aprofundamento das rugas em sua testa.

— Acho chocante quanto ele é friamente calculado.

— A questão é que estou livre. Agora tenho meus próprios recursos.

— O duque está te comprando. Isto é o equivalente a um acordo de divórcio entre você e sua família — respondeu Julia, com as mãos tremendo enquanto dobrava a carta e a devolvia a Margaret. — Seu pai está te renegando. Se aceitar os termos dele, nunca mais verá sua mãe ou seus irmãos e irmãs.

O que, é claro, Margaret entendia, embora ouvir Julia articulando em voz alta tornasse aquilo repugnantemente real.

— Mas se eu não aceitar, devo permanecer aqui, no limbo, bastante impotente.

— Eu ficaria feliz que você permanecesse aqui, mas Lochiel lhe ofereceu uma alternativa.

— Não me casarei com Donald simplesmente para escapar das garras de meu pai.

— Você admitiu que o ama. Ele declarou seu amor por você. Ainda mais importante do que isso, Margaret, vocês são verdadeiros amigos — comentou Julia com sinceridade. — Você tem alguma noção de quanto isso é incomum entre marido e mulher? Lochiel tem *tudo* o que você poderia querer em um marido. Como esposa dele, você seria restabelecida na sociedade, aceita de volta no seio de sua família e também teria a chance de criar sua própria família. Isso é muito mais do que a maioria das mulheres pode sonhar, mas você... — Ela olhou para Margaret, abanando a cabeça. — O que mais pode querer?

— Não sei — respondeu Margaret, infeliz, sabendo que já lhe haviam oferecido muito mais do que a própria Julia tinha. — Eu não quero mais. Quero... eu quero algo diferente. Sei o quanto sou afortunada por ter recebido essa proposta. Quando Donald fez o pedido, fiquei muito tentada a aceitar, é claro, mas sabia que seria um erro.

— Um erro! Fazer aquilo a que toda mulher aspira, casar-se e, com sorte, formar uma família? Eu simplesmente não entendo. Você entende o que está jogando fora?

— Eu sei que deve parecer perverso para você. Não consigo explicar, simplesmente sei que seria errado para mim.

— E quanto a Lochiel? — Havia manchas vermelhas nas bochechas de Julia. — Como você explicou sua rejeição ao pobre homem que veio de tão longe para lhe oferecer seu coração?

— Não! Peço-lhe que não me faça sentir pior do que já me sinto. Eu lhe disse que não estava pronta para me tornar uma esposa.

— E então ele deve esperar pacientemente até que você esteja?

— Não! Eu não sei se um dia estarei. Deixei isso claro. Eu nunca seria tão cruel a ponto de manter falsas esperanças, e especialmente em se tratando de Donald. Eu lhe disse que precisava aprender a ser eu mesma, e agora tenho os meios...

— Então você está aceitando as trinta moedas de prata de seu pai?

Margaret ficou de pé num salto, encostando a testa contra a janela fria enquanto as gotas de chuva escorriam pelo lado de fora.

— Isso é injusto! Já estou distante de minha família, Julia. Já sou obrigada a aceitar que talvez nunca mais veja Mamãe... — Sua voz falhou. Ela tossiu. — Não tinha expectativas de voltar a ver minha família de novo desde que cheguei aqui. O acordo que meu pai oferece não piora essa situação, mas me oferece a liberdade de viver minha própria vida, sem depender de ninguém ou, o que é mais importante, sem ser responsável por ninguém. Posso ser eu mesma. O que quer que isso signifique. — Ela sorriu tristemente. — Eu pretendo descobrir.

— Como?

— Vou para os Estados Unidos.

O queixo de Julia caiu.

— Por favor, diga que está brincando.

Margaret retomou o seu lugar.

— Estou falando bem sério, na verdade.

— Isto é obra de Lewis? Ele colocou essa ideia ridícula na sua cabeça?

— Não, na verdade, não. Bem, acho que ele semeou a semente falando sobre suas próprias viagens.

— Pelo amor de Deus, Margaret. Se deseja viajar, por que não fazer o que todos os outros fazem, dar uma volta pela Europa?

— Foi isso que Donald sugeriu.

— Lochiel é um homem muito sensato.

— Mas não quero ser sensata. — Apesar de tudo o que havia passado, a dor que havia causado a Donald, um sentimento de excitação começou a se formar dentro dela, dissipando suas dúvidas. Ela tivera razão em rejeitá-lo. E sobre os Estados Unidos... sim, também era a escolha certa de destino. — Preciso estar em algum lugar onde ninguém me conheça. Um lugar onde eu possa ser eu mesma, sem o peso da expectativa que minha vida carrega consigo. Entende?

— Não, não entendo — respondeu Julia, com um ar bastante desconcertado. — Quem vai protegê-la do perigo? Quem vai apresentá-la à sociedade? Onde você vai morar? Meu Deus, até mesmo a jornada... esses transatlânticos afundam o tempo todo. E fica tão longe. De fato, a meio mundo de distância. Se algo acontecer...

— A questão é esta: não terei outra escolha a não ser me sustentar sozinha.

— Não, Margaret, você está sendo totalmente irresponsável. Quando tiver considerado o assunto de forma mais racional...

— Eu não quero ser racional, Julia. — Margaret levantou-se de novo, sorrindo e abrindo os braços. — Eu sou a ovelha negra da família, a filha proscrita. Por que diabos seria sensata?

— Eu acho que você perdeu a razão.

— Não, não perdi, prometo. — Ela pegou as mãos de Julia. — Você tem sido tão boa para mim, e tão gentil. Não fique brava comigo, por favor. Tente compreender...

Julia arrancou suas mãos das dela.

— Pense nas consequências do que você está propondo, Margaret. Parece-me que está escolhendo deliberadamente a opção menos convencional simplesmente para atazanar o duque.

— Meu pai talvez escolha interpretar os fatos assim, mas não posso ditar os pensamentos dele, assim como ele não pode ditar os meus.

— Então está realmente decidida a fazer isso?

— Estou. — Aquela efervescência de excitação a tomou novamente. O futuro acenava de forma sedutora pela primeira vez em muitos meses. A perspectiva de enfrentar o desconhecido era aterradora, mas também irresistível. — Sim — disse Margaret com firmeza. — Estou realmente decidida a isso.

Julia suspirou, levantando-se.

— Muito bem, então. Suponho que devamos nos voltar para os aspectos práticos. Você vai precisar de uma companheira de viagem, para começar. Pode chamar isso de acaso fortuito se quiser, mas outro dia recebi uma carta de minha tia Marion. Ela não é minha tia de verdade, é uma amiga da minha mãe que ficou viúva há alguns anos. Ela não tem filhos, e seu marido diplomata a deixou em condições bastante ruins. Ela é forçada a viver na miséria em Twickenham, mas passou a maior parte da vida em locais bem mais exóticos. Se você se oferecesse para pagar suas passagens e aceitá-la como companheira por alguns meses até que se estabeleça, estou confiante de que ela aproveitaria a oportunidade. Você precisa de mais do que uma companheira, precisa de uma pessoa bem viajada e versada no mundo, e a tia Marion é certamente ambas.

— Você acha que vamos nos dar bem?

Julia se permitiu um pequeno sorriso.

— Além de ser extremamente prática, ela é muito franca e um tanto excêntrica. Acho que vocês duas se darão muito bem, de fato.

CHARLOTTE, DUQUESA DE BUCCLEUCH, PARA LADY MARGARET

Casa Montagu, Londres, 14 de novembro de 1867

Cara Margaret,

Estou sem saber como responder à sua última carta, que me deixou emocionada. É uma situação da qual ainda não estou recuperada, apresso-me a acrescentar.

Naturalmente, estava ciente do acordo que o duque estava lhe oferecendo, embora não estivesse precisamente a par dos termos, e ele também não me consultou a seu respeito. Esperava que a adesão dele ao seu desejo por independência indicasse um abrandamento em sua atitude em relação a você, e me senti encorajada o suficiente para levantar a possibilidade de visitá-la em Powerscourt. O duque deixou muito claro que não há nenhuma possibilidade disso. Contra meu bom senso, tentei persuadi-lo a mudar de opinião. Não só o meu apelo caiu em ouvidos moucos, mas temo que tenha despertado sua desconfiança, pois ele me confrontou sobre o assunto de nossa correspondência. Eu não podia contar uma mentira descarada.

O duque ficou indignado e ordenou que eu cessasse qualquer contato imediatamente. Minha querida filha, embora não goste de escrever isto, num futuro próximo devo pedir-lhe que restrinja suas cartas à sua irmã mais velha. Victoria me dará notícias suas e retransmitirá as minhas. Você lutou demais por sua independência para que eu pudesse arriscar que ela lhe fosse retirada. Peço que entenda e rogo, também, para que esta seja uma situação temporária, ~~apesar de só Deus saber como será resolvida~~.

Margaret, sua decisão de fazer dos Estados Unidos um novo lar me enche de terror e admiração em igual medida. O fato de você não conseguir explicar suas razões me faz sorrir. Seu coração sempre foi seu verdadeiro guia, e você finalmente reconheceu isso. Por isso eu a elogio, mas por quê, oh, por que seus instintos a obrigam a abraçar o perigo? Sua carta é cheia de otimismo, quando você tem todos os motivos para estar aterrorizada. Você confessa o medo, mas ao mesmo tempo o rejeita. Não consigo decidir se isso é corajoso ou tolo.

~~Se algo acontecer com você enquanto está tão distante, fora do alcance Como sua mãe, devo sempre temer por sua segurança~~

A companheira de viagem proposta por lady Julia lhe dará, confio, alguma proteção e um bom aconselhamento. Espero que também tenham prazer na companhia uma da outra e se tornem amigas e boas companheiras de viagem.

É irônico que nossa separação nos tenha levado a um entendimento mútuo, como mãe e filha, através de nossas cartas, não acha? Seu pai nunca a entenderá, mas eu, sim. Portanto não importam minhas próprias reservas sobre sua decisão, meu medo por seu bem-estar e meu fervoroso desejo de abraçá-la e de mantê-la a salvo; o que devo fazer, o que você mais precisa que eu faça, é deixá-la ir com minha bênção e os meus melhores votos. O amor de uma mãe é duradouro e forte. Ele não conhece fronteiras e pode se estender tão facilmente através do Atlântico quanto pelo mar da Irlanda. Sua coragem será testada, Margaret. Haverá momentos em que se sentirá completamente só, em que precisará tomar decisões difíceis; e sem dúvida haverá ocasiões em que seu julgamento e sua determinação vacilarão. Neles, lembre que tem o meu amor, que eu a guardo em meu coração e que estou com você em espírito.

Tenho apenas um pedido a fazer, e só o faço depois de muita reflexão dolorosa. Seu pai especificou que sua mesada será suspensa caso volte a causar um novo escândalo. Você me assegurou, e não duvido que acredite nisso, que não há razão para temer que isso ocorra. Suas intenções são sempre puras, mas o resultado de suas ações às vezes... você entende, minha querida, o que estou dizendo? Para seu próprio bem, mas também para o meu, peço-lhe que tenha o cuidado de não abalar este equilíbrio precário.

Já disse mais do que o suficiente. Confesso que nunca escrevi uma carta como esta. Ninguém que me conhece acreditaria que sou capaz de uma missiva tão emotiva, mas asseguro-lhe que vem do coração e que sinto profundamente cada sentimento expresso nela. Você está em minhas orações todas as noites.

Com muito amor,
Mamãe

P.S.: Incluo um exemplar de um livro, A mulher inglesa nos Estados Unidos, *escrito por uma tal srta. Isabella Bird, que você pode achar esclarecedor. Quando descobri que as viagens da srta. Bird foram financiadas pelo pai dela, não pude resistir a comprá-lo, embora receie que você o ache mais moralizante do que informativo.*

Princesa Luísa a lady Margaret

Casa Osborne, ilha de Wight, 20 de dezembro de 1867

Cara Margaret,

Desde que chegamos a Osborne, há alguns dias, tive um tempo precioso para mim, pois a rainha está muito ocupada com o furor após o bombardeio dos fenianos no bairro de Clerkenwell e a preocupação de seus ministros com sua segurança pessoal. A conspiração dos republicanos irlandeses para sequestrá-la de Balmoral foi frustrada, mas agora nos dizem que também planejavam assassiná-la, e atualmente estão sendo feitas tentativas de prender os conspiradores americanos enquanto atravessam o Atlântico a bordo de seu navio. Menciono isso, obviamente, por causa de sua carta, que recebi pouco antes de partirmos de Windsor, embora só agora tenha encontrado tempo para lê-la. Não tendo tido nenhuma notícia sua por muitos meses, fiquei surpresa ao saber que também está planejando cruzar o oceano, trocando seus amigos e familiares pelo Novo Mundo. Por isso, eu, que antes me considerava uma de suas amigas mais antigas e queridas, devo finalmente abrir mão de qualquer esperança de voltar a vê-la.

Nossa despedida, no casamento de Helena, em julho passado, foi bem difícil para mim. Seu exílio poderia ter sido evitado se tivesse honrado os desejos de seus pais, aceitado meu conselho e concordado com o noivado, mas você escolheu não o fazer. Nossa consequente separação pesou muito sobre mim. Você estava ciente de minha própria situação extremamente embaraçosa e, mesmo assim, optou por se colocar em uma posição em que não pudesse me dar nenhum conforto. Embora naturalmente eu tenha feito pouco disso, em meus esforços para poupar seus sentimentos, fui obrigada a suportar um período de sofrimento prolongado enquanto você se estabelecia na Irlanda, deixando-me sem uma confidente.

Desde então, as relações entre mim e Sua Majestade têm sido intensas. Fui forçada a continuar a seu serviço aos olhos do público a fim de dissipar as suspeitas que recaíram sobre mim. Entretanto, apesar de ter tido sucesso além de suas expectativas, meu crédito com Sua Majestade continua muito baixo; sua estima por mim, em farrapos.

Neste momento, quando estou mais necessitada do que nunca de uma amiga boa e leal, ouço as notícias de sua emigração! Não vou sobrecarregá-la com a dor que essa notícia me infligiu. Em vez disso, desejarei felicidades em sua nova vida, Margaret. Espero que desfrute da liberdade que arrancou de sua família e faça novos amigos para substituir aqueles que deixa para trás. De fato, parece que já começou a fazê-lo, com a companheira de viagem recentemente chegada a Powerscourt. Não preciso ter medo de que você se sinta só.

Enquanto isso, continuarei a servir meu país, a sorrir graciosamente quando menos me apetecer e a suportar o fardo de meu posto sem reclamar. A fleuma britânica, da qual você tantas vezes zombou, não é uma característica, segundo me dizem, da sociedade americana, onde os sentimentos são demonstrados abertamente. Isso deve lhe cair muito bem.

Não deve pensar que este é um apelo para que não parta, ou mesmo para que se preocupe com o meu sofrimento. Suportarei tudo, como sempre faço, com graça e elegância, e cuidarei de mim mesma. Tenho um excelente exemplo de fortaleza em minha mãe. Não vou decepcionar as expectativas dela, nem decepcionarei a mim mesma.

Espero que não se arrependa de sua decisão.

Ah, M., sinto sua falta.

Bon voyage, *M.*
Luísa

Uma grande história sobre
uma longa trajetória?

Grandes histórias para quem tem memória é um livro de histórias infantis publicado recentemente em Dublin. Você pode se perguntar qual interesse o Indolente do Clube poderia ter em um livro tão frívolo. A resposta é que ele foi escrito por ninguém menos que lady M—, segunda filha do duque de B—, embora, naturalmente, seu nome não esteja na página de rosto. Lady M—, que foi avistada pela última vez quando foi dama de honra no casamento real em julho do ano passado, desde então tem vivido de uma forma sem dúvida rústica na Irlanda. Este é o seu segundo *isolamento* da sociedade. Poderia ser pela mesma razão que o primeiro? É uma especulação ociosa da minha parte, nada mais — ou será que não? Você decide, caro leitor, mas eu lhe pergunto: um lobo pode mesmo se transformar em cordeiro?

Sou agora informado por fonte confiável que a jovem decidiu abandonar completamente sua pátria e partirá para os Estados Unidos, país em que pretende se estabelecer, antes do final do ano. Em uma sociedade que não tem *pedigree* aristocrático nem sangue azul, mercadorias tão danificadas como lady M— serão, sem dúvida, bem-vindas. Na chamada Terra dos Livres, uma jovem com uma propensão a desprezar as bem estabelecidas regras de boa conduta e a reputação de ser um péssimo exemplo encontrará seu lar espiritual. Desejamos *bon voyage* a lady M— e, aos nossos primos americanos, muita sorte.

Capítulo Vinte e Nove

Tinha havido tempo para apenas a mais breve das despedidas antes que Margaret partisse na carruagem de viagem de Powerscourt para a estação de Kingsbridge, em Dublin, durante a madrugada. Com os cavalos batendo as patas na gelada atmosfera antes da alvorada e tia Marion consultando sua lista onipresente e despachando a bagagem, houve tempo apenas para que Breda pressionasse uma medalha de São Cristóvão nas mãos de Margaret e para que Julia ajeitasse os cobertores e aquecedores de pé. Não houve tempo para lágrimas, graças a Deus, nem para contemplar o fato de que ela e Julia talvez nunca mais se vissem. Depois de apenas um último abraço breve e forte, as duas mulheres partiram.

A viagem de trem de Dublin a Cork, na qual se alcançava a estação através de um túnel de quase um quilômetro e meio de comprimento, foi como um borrão. Ali, ela e a tia Marion embarcaram no trem para o porto de Queenstown, uma rota panorâmica que contornava as margens do lago Lough Mahon, permitindo que Margaret ficasse olhando para a vista, embora sua mente estivesse em outro lugar, junto com aqueles que estava deixando para trás, talvez para sempre.

A última e preciosa carta de Mamãe havia sido fonte de choro, noites sem dormir e muita reflexão. Era impossível não lamentar o fato de que sempre tinham estado em desacordo e desejar que tivessem se aproximado antes. Se tivesse seguido o caminho que seus pais haviam escolhido para ela, porém, ela e Mamãe talvez nunca tivessem se aproximado de forma alguma. O novo relacionamento das duas era fruto da adversidade, da luta e do sofrimento, da separação e da resistência; e o mesmo poderia muito bem ser dito de seu relacionamento com Victoria, talvez até com Mary. Mesmo naquele momento, enquanto o trem superava os quilômetros, saber que estava nos pensamentos e orações de sua mãe dava a Margaret algum conforto.

Luísa era um outro assunto, inteiramente diferente. Havia verdadeiramente perdido Luísa, talvez para sempre. A carta dela tinha sido escrita deliberadamente para magoá-la; mas Margaret sabia que Lu descontava naqueles de quem mais gostava quando se sentia vulnerável. Não era a primeira vez que Luísa tinha reescrito a história para se colocar no lado certo ou, pelo menos, em uma posição melhor. As zombarias e as acusações eram as armas que usava para se defender de suas próprias falhas, mas não que ela admitisse ter algum defeito! Quanto ao que havia acontecido nos últimos dezoito meses, era impossível saber com certeza a partir de suas dicas veladas, embora Margaret tivesse um palpite, e seu coração doía em solidariedade. Admitir a fragilidade ou a necessidade de amor e apoio era algo que Lu não conseguia fazer. Como Julia, estava determinada a esconder seus sentimentos e a suportar tudo. Margaret não podia ajudá-la, e qualquer oferta seria rejeitada. Será que Luísa chegaria a ler sua breve resposta, assegurando-lhe a continuidade do amor e da amizade entre elas? Ela podia torcer para que acontecesse, embora não estivesse convencida.

De Donald, Margaret não tivera nenhuma notícia, nem esperava ter. Não se arrependia de ter recusado a proposta dele, mas, ah, como não queria profundamente ter perdido a amizade dele. A tentação de lhe escrever, de lhe confiar seus medos e esperanças para esta nova fase de sua vida, de expor seus planos tímidos para que lhe desse sua opinião, tinha sido quase irresistível, pois se haviam passado semanas desde seu aniversário, mas fazer isso teria sido cruel e egoísta, e ela o amava muito para magoá-lo ainda mais, ou para lhe dar falsas esperanças.

Julia, uma vez que ficou claro que Margaret não seria dissuadida, atirou-se generosamente nos preparativos para a viagem. Ela não conseguia compreender nem aprovar uma decisão tão completamente contrária às suas próprias decisões cuidadosas e ao seu desejo ardente de ter uma família, mas havia demonstrado uma compreensão perspicaz da natureza de Margaret ao sugerir que tia Marion fosse sua companheira de viagem.

Quando o trem começou sua lenta aproximação do porto de Queenstown, Margaret sorriu para si mesma enquanto estudava a mulher ao seu lado, que estava franzindo a testa para seu caderno, onde uma lista de tarefas estava sendo metodicamente riscada. A sra. Marion Scrymgeour, ou tia Marion, como insistia em ser chamada, tinha seus cinquenta e poucos anos e se vestia de forma simples, mas elegante, com um casaco e saia de *tweed* com uma blusa de gola alta. A saia tinha dois bolsos grandes e escondidos, e a blusa era de um tom revoltante de castanho-tabaco, sua cor preferida para roupas de viagem. *Esconde a sujeira que mesmo a mais exigente das viajantes inevitavelmente acumula e repele o calor em climas mais quentes*, ela havia informado a Margaret, olhando a escolha de cinza-claro da garota com um franzir de cenho reprovador.

A chegada de tia Marion a Powerscourt, há pouco menos de duas semanas, havia sido precedida por uma salva de cartas contendo instruções detalhadas que Julia e Margaret haviam seguido com diligência e gratidão, cobrindo tudo, desde o estilo mais robusto e confortável de baús de viagem; o conteúdo essencial de um estojo de primeiros-socorros, uma *nécessaire* de higiene e uma mala de mão; até o itinerário da viagem e os documentos que seriam necessários. Embora Julia tenha questionado a afirmação de tia Marion de que as lojas de departamento em Nova York tinham a reputação de ser as melhores do mundo e poderiam suprir todas as suas necessidades quando chegassem, Margaret ficou aliviada de ser poupada da necessidade de comprar um novo guarda-roupa inteiro. Ela mesma não conseguia imaginar por que um pequeno frasco de *brandy*, sais de cheiro, uma garrafa de colônia e um conjunto completo de roupas íntimas e meias limpas deviam ocupar um espaço valioso em sua mala de mão, não deixando espaço para seu caderno ou seu livro, mas decidiu curvar-se à vasta experiência de tia Marion.

Na verdade, a tia Marion era tão minuciosa que Margaret tinha começado a esperar um tipo de professora bastante austera, que seguia um cronograma rigoroso no dia a dia, levantando-se às cinco e deitando-se às oito, que bebia apenas água e achava que colocar creme de leite no mingau de aveia era uma extravagância assustadora. Ela não poderia estar mais enganada. Tinha havido uma conexão imediata entre elas. A tia Marion era uma daquelas mulheres cujo apetite pela vida correspondia ao seu apetite por comida. Originalmente da cidade escocesa de Peebles, ela havia viajado muito com seu marido diplomata, principalmente pelo Extremo Oriente. Tinha um estoque de histórias, a força de um touro, uma sagacidade muito irônica, uma tolerância agradável a falhas de caráter e uma repulsa à hipocrisia. Seu caderno, seu bastidor de bordados e uma taça de champanhe eram seus companheiros permanentes. Excêntrica e irreverente, a tia Marion era uma aventureira que resolvia tudo com tranquilidade.

— O que é que está fazendo você sorrir? — perguntou ela, agora fechando seu caderno e prendendo a pequena lapiseira de prata.

— Se me tivessem pedido para descrever a companheira de viagem perfeita — disse Margaret —, teria sido você.

— Obrigada, minha querida, mas mal saímos de Powerscourt. É melhor reservar o julgamento para depois que tenhamos percorrido mais alguns quilômetros juntas.

— Não, não preciso. Se eu não já não tivesse uma enorme dívida com Julia por me acolher, ficaria muito em débito com ela por nos apresentar.

— Parece-me que você mais do que pagou a Julia com sua companhia — respondeu a tia Marion. — Ela desabrochou muito, com o fato de se envolver na escola e tudo o mais. É claro que nunca será feliz até ter um bebê seu nos braços, mas, conhecendo o marido dela... argh, não tenho paciência com um homem que se esquiva de seu dever como ele. Ele não deveria ter se casado com ela se tivesse dúvidas sobre...

Ela parou de falar, apertando os lábios.

— Como assim? Eu não sabia que você conhecia bem o lorde Powerscourt.

— Eu o encontrei várias vezes durante suas viagens ao exterior. Uma vez ele envolveu Alexander, meu marido, na busca de uma estátua. Foi na Pérsia, nos primeiros dias do destacamento dele para lá. Alexander era muito requisitado a exercer uma influência que não possuía verdadeiramente, pois nunca passou dos degraus inferiores do serviço. Sua falta de sangue azul não o ajudava, e ele era reticente em cultivar as amizades certas, veja, mas Powerscourt foi muito insistente. Um homem arrogante, sempre achei, e muito egoísta, posso dizer, agora que a pobre Julia não pode nos ouvir. Prefiro o irmão mais novo, Lewis.

— Eu o conheci, e gosto muito dele — disse Margaret.

— Sim, posso imaginar que vocês dois se deram bem. Pelo menos com Lewis, a gente sabe onde está pisando. Ele não finge nada. Wingfield, por outro lado... é o tipo de homem que deveria ter permanecido solteiro, e é só isso que estou disposta a dizer sobre o assunto. Agora, precisamos reunir nossas coisas, Margaret, pois estamos prestes a chegar a Queenstown, e o terminal fica na verdade no próprio cais, creio. Fique perto de mim e permita-me lidar com as autoridades. Segure bem a bolsa, fique atenta e vai dar tudo certo.

Duas horas depois, Margaret estava no convés do mais prestigioso vapor da Cunard Line, observando os atendentes trazerem os últimos passageiros a bordo. Os conveses do *RMS Scotia* estavam repletos de pessoas disputando um espaço na balaustrada do navio para se despedir, embora seus entes queridos reunidos no cais não fossem mais do que um mar de rostos indistinguíveis. As duas chaminés no centro do navio emitiam fumaça, e as velas maciças nos dois mastros estavam sendo desfraldadas em preparação para a partida. O navio a vapor, que quatro anos antes havia ganhado a tão cobiçada Flâmula Azul pela mais rápida travessia transatlântica rumo ao oeste, era um transatlântico de luxo, sem terceira classe. A grande maioria dos passageiros viajava de primeira classe, com apenas alguns na segunda. Mesmo assim, enquanto Margaret se apoiava no guarda-corpo agarrando seu grosso manto de lã ao redor do corpo, não pôde deixar de pensar nos milhares de irlandeses pobres que tinham fugido da Grande Fome nos anos anteriores, arriscando-se a partir para o Novo Mundo. O tio de Breda havia embarcado neste mesmo cais quinze anos antes com sua esposa e três filhos. Embora não pudesse haver comparação entre ela e aquelas almas corajosas e desesperadas, exceto pela determinação de criar uma nova vida para si mesma, a enormidade do que estava fazendo atingiu Margaret com força enquanto as últimas rampas se esvaziavam e os motores do navio faziam um estrondo mais determinado. Estava comprometida agora. Não havia como voltar atrás.

Vários estrondos da buzina do navio fizeram as multidões se apertarem ainda mais ao guarda-corpo. A tia Marion apareceu ao lado de Margaret, carregando milagrosamente duas taças de champanhe, entregando-a uma delas. No cais, lenços foram agitados, chapéus foram levantados, lágrimas começaram a cair e os deques tremeram sob seus pés.

— Pensei que era hora de um brinde de *bon voyage*. Imagino que esteja um pouco ansiosa. Pela minha experiência, sempre nos sentimos assim no ponto de partida. É uma emoção bem natural, quando se está deixando amigos e entes queridos. Se alguém não a sentir, significaria que não tinha nada nem ninguém para se arrepender de ter deixado.

— É uma maneira muito positiva de ver as coisas.

— Não tenho tempo para quem vive lamentando seu próprio destino. Temos que fazer o melhor com o que temos em mãos.

— Julia me disse isso quando cheguei a Powerscourt pela primeira vez.

— Uma garota sensata, Julia, embora eu seja da opinião de que ela tem um pouco de mártir em si mesma. Eu também teria adorado ter filhos, mas o Senhor não nos abençoou. Não posso culpar Alexander de não se esforçar. Nesse departamento, ao contrário de Wingfield, ele estava sempre disposto, até o fim — disse a tia Marion com um piscar de olhos. — Vejo que isso a chocou. Os jovens imaginam que a paixão pertence só a eles, mas não pertence, de modo algum. Tenho cinquenta e cinco anos e estou longe de ser decrépita. Você deveria achar isso reconfortante.

— Tenho certeza de que um dia acharei — respondeu Margaret, corando e rindo.

— Verdade, verdade, há tempo suficiente para se preocupar com esse tipo de coisa. Você tem toda a vida à sua frente. — As âncoras do navio estavam rangendo, e o *RMS Scotia* se mexeu, balançando. — Não há como voltar atrás agora.

— Eu sei e, quando não me sinto entusiasmada por isso, fico aterrorizada.

— Não vou dizer para não se arrepender de nada, pois seria uma bobagem. Você terá arrependimentos aos montes, mas o truque, minha querida Margaret, é continuar em frente e para o alto. — A tia Marion levantou a taça. — Um brinde, minha querida. Um brinde a novas paragens.

A buzina do *Scotia* soou pela última vez.

— A novas paragens — repetiu Margaret quando o navio começou a se movimentar a uma velocidade alarmante e elas partiram para Nova York.

— E a aproveitar ao máximo as segundas chances — acrescentou baixinho para si mesma.

Capítulo trinta

Nova York, janeiro de 1868

O *RMS Scotia* navegou rumo a Nova York sob o comando do capitão Judkins. Um dos melhores oficiais da Cunard e defensor ferrenho da disciplina no navio, ele liderava com mão de ferro. Dizia a lenda que uma vez o capitão havia ameaçado algemar um certo número de passageiros do extremo Sul dos Estados Unidos que não só se recusaram a ouvir uma palestra dada por Frederick Douglass mas também ameaçaram atirar o abolicionista ao mar. Sendo um homem taciturno com a aparência de um distinto político, o capitão Judkins não fazia nenhum esforço para agradar seus passageiros, a maioria dos quais vivia com medo de sua língua afiada. No entanto, ele e tia Marion haviam estabelecido uma amizade improvável nos dez dias passados no mar e, como resultado, ela e Margaret eram convidadas a jantar em sua mesa quase todas as noites e receberam um lugar de honra no grande baile de gala dado para celebrar o Ano-Novo. Era uma honra duvidosa, pois o capitão gostava muito do som de sua própria voz e seus oficiais tinham por ele uma mescla de reverência e medo, mas quando a tia Marion salientou que tinha garantido que elas teriam champanhe à vontade, Margaret não pôde negar.

As enormes pás do *Scotia* haviam parado temporariamente de girar nas primeiras horas desta manhã, a alguns quilômetros da costa americana, para permitir o embarque de oficiais do governo dos Estados Unidos. Embrulhada em seu grosso manto de viagem e vestindo luvas de pele, Margaret estava de pé nos trilhos do convés da primeira classe quando os motores voltaram a funcionar para completar a curta etapa final de sua viagem transatlântica subindo o East River até seu ancoradouro no porto de Nova York. O processo de atracagem era terrivelmente complexo, pois o rio estava repleto de navios, rebocadores, barcaças e barcos a remos, todos correndo para assumir sua posição. Quando os motores foram desligados pela última vez, uma cacofonia de vozes ressoou, gritos de instruções do cais, das barcaças e da ponte do *Scotia*. As buzinas explodiram, as cordas rangeram, as gaivotas gritaram e o aroma do sal deu lugar ao cheiro acre da fumaça que enchia os céus de chumbo. No convés dos outros navios, Margaret pôde ver hordas de pessoas aglomeradas, todas se esforçando, como ela, para ter um primeiro vislumbre da cidade de Nova York.

Seu estômago se revirava como o vasto oceano que acabavam de atravessar quando as barcaças em que iriam desembarcar os passageiros pararam ao lado do navio. Ela não podia acreditar que tinham chegado de fato ao Novo Mundo. Sua mente estivera em constante turbilhão enquanto elas atravessavam o Atlântico a uma velocidade alarmante, cada rangido e ruído do navio, a espuma que ele deixava em seu rastro, eram lembretes da distância que estavam viajando, do mundo e dos entes queridos que ela estava deixando muito longe. Durante o dia, era fácil colocar seus medos de lado e desfrutar da luxuosa hospitalidade do *Scotia*, mas, à noite, deitada em sua cabine, ela não conseguia dormir, com perguntas e preocupações zumbindo como abelhas em sua cabeça. Nessas longas e escuras horas, ela se sentia completamente sozinha. Olhando pela escotilha para o manto de estrelas no céu negro, alternava entre a alegria e a sensação de estar presa a este navio de ferro em movimento. Forçada a ir em frente sem parar, secretamente aliviada de que a possibilidade de recuar houvesse sido tirada de suas mãos.

Agora, olhando para a linha do horizonte emergente de Nova York, o otimismo de Margaret se reafirmou. Ela havia dado um grande salto no escuro, mas, apesar de todas as suas dúvidas e temores, ainda estava convencida de que tinha sido a atitude certa. O artigo no *Illustrated Times*, que lorde Powerscourt lhe mostrara tão gentilmente antes de sua partida, simplesmente confirmava sua opinião. Não importava o que fizesse, não importavam os motivos, em casa ela seria sempre a escandalosa lady Margaret.

Tia Marion se juntou a ela enquanto observava as primeiras redes com bagagens sendo içadas para as barcaças.

— Bom dia, minha querida. Não é excitante? — Com um brilho nos olhos, ela produziu duas taças de champanhe. — O sol já deve estar alto no céu. Esta será nossa última oportunidade de provar do conteúdo da adega excelente do capitão Judkins e nossa primeira chance de brindar ao Novo Mundo.

— Bom dia, América — disse Margaret, sorrindo enquanto levantava sua taça.

— Estamos muito felizes em conhecê-la — acrescentou tia Marion, fazendo uma grande mesura. — Agora beba, pois vamos desembarcar diretamente de uma dessas barcaças. Temo que eu parecerei uma novilha premiada sendo descarregada de um barco de gado.

A barcaça as deixou no cais Castle Garden, no extremo sul da ilha de Manhattan, perto de Governor's Island. Ao longe estavam as colinas verdes de Staten Island. O *Scotia* era um dos muitos navios que chegaram naquela manhã, e o cais era uma massa de pessoas que vinham de todos os cantos do mundo, ou assim parecia a Margaret. Suas pernas balançavam tanto que assim que pôs os pés em terra firme ficou momentaneamente paralisada. Seu nariz coçava com os cheiros; suas orelhas zumbiam com o barulho. Autoridades gritavam instruções, balançando os braços, e ela entrou em pânico enquanto as multidões avançavam.

— Fique por perto, minha querida — instruiu a tia Marion com uma calma tranquilizadora, agarrando o braço de Margaret e lançando um olhar de desaprovação para a multidão ao redor. — Parece que os americanos são fiéis a seu princípio de que todos são iguais desde o início. Não vejo nenhuma fila separada para a primeira classe. Ah, bem, deixe comigo. Lidar com a burocracia é um dos meus muitos talentos. — Ela franziu o cenho em desaprovação a um companheiro de viagem que se queixava de um funcionário. — Paciência e cortesia são o que nos fará passar; por isso, coloque esse seu sorriso encantador no rosto e vamos encará-los.

Fiel à sua palavra, a tia Marion as conduziu rapidamente para um exame médico rápido e para o principal edifício abobadado, um vasto espaço circular onde o barulho de tantas pessoas falando em tantas línguas diferentes era ensurdecedor, e o fedor de tantos passageiros que tinham ficado engaiolados na terceira classe era avassalador.

— Respire fundo e você se acostumará rapidamente ao cheiro — ordenou a tia Marion enquanto empurrava Margaret, à sua frente, em direção ao departamento de registro.

Quando os documentos e bagagem foram checados e as providências para enviar as malas para o hotel que seria sua casa temporária foram tomadas, a manhã já chegava ao fim. Emergindo do outro lado do edifício, elas saíram em um grande pátio, onde passageiros, crianças e bagagens estavam em grupos, parecendo tão atordoados quanto Margaret agora se sentia. Saindo por outra porta, haviam oficialmente desembarcado em solo americano.

O Battery, como era conhecido, era um vasto espaço com poucas árvores esparsas e muito trânsito. Transportadores de todos os tamanhos e características bloqueavam o caminho: carruagens, carroças e carrinhos de mão. Divulgadores proclamavam o nome do hotel ou pensão que representavam. Era ali que aconteciam os reencontros. Famílias se abraçavam, amantes se beijavam e pessoas riam e choravam ao mesmo tempo. Bebês eram levantados para serem inspecionados, cães latiam e crianças se agarravam às saias de suas mães. Margaret sorriu para uma menina que segurava um cachorro exuberante em uma coleira e foi recompensada com um sorriso banguela.

A tia Marion, entretanto, estava anotando cuidadosamente o número da placa da carruagem de aluguel.

— É sempre bom ser cuidadosa — disse, colocando Margaret à sua frente. — Os motoristas — acrescentou com um olhar significativo ao homem que tinha descido da cabine para ajudá-la — são iguais no mundo inteiro, em minha experiência, sempre ansiosos para cobrar o dobro da tarifa se conseguirem. Vamos para o Fifth Avenue Hotel, meu bom homem, e a tarifa não deve ser mais do que setenta e cinco centavos, se não me engano.

— Isso mesmo, madame, a não ser que queira adicionar uma gorjeta generosa — respondeu o homem, piscando para Margaret enquanto fechava as portas de madeira dobráveis sobre as pernas delas, antes de pular para a cabine na parte de trás e instar seu cavalo a entrar em ação.

O vento machucava o rosto delas, pois a cabine de passageiros era apenas parcialmente fechada, mas Margaret se inclinou à frente, ansiosa para vislumbrar pela primeira vez o que sabia ser o centro de Nova York.

— Não acredito que estamos realmente aqui. Sei que você é uma viajante experiente, mas, até partirmos, a Irlanda era o lugar mais distante em que já estivera.

— Não há nada como viajar para ampliar a mente. — Tia Marion fez uma careta. — É um clichê terrível, mas é verdade, desde que se esteja disposto a abraçar a experiência, é claro. Você não acreditaria no número de pessoas com quem me deparei no serviço diplomático que empregaram todos os seus esforços em recriar um pequeno pedaço da Inglaterra. Você deve conhecer o tipo, pois seu pai convive com embaixadores e funcionários de alto escalão. São os menos propensos a aprender o idioma ou os costumes locais. Mas não me interprete mal; havia muitos como meu querido Alexander, que faziam todo o esforço para se adaptar, mas outros… — Ela parou de falar, balançando a cabeça. — Essas pessoas, temo, ganham pouco com suas viagens ao exterior, exceto contínuas saudades de casa e ocasionais episódios de disenteria.

— Bem, eu pretendo me lançar na vida aqui com gosto.

— Tenho certeza que sim — disse tia Marion, acariciando a mão de Margaret. — Você sentirá saudades de casa, não há como evitar, mas o truque não é se afundar nela. E lembre-se de que não está sozinha, pois eu estou ao seu lado.

— Obrigada, tia Marion. — Margaret se inclinou, surpreendendo-a com um beijo na bochecha. — Por tudo. Estou tão feliz por você estar aqui comigo.

— Por favor, eu lhe imploro, não precisa me chamar de *tia*. Devemos ser amigas e cúmplices, não guardiã e protegida. Estou muito feliz por ter tido a oportunidade de acompanhá-la, minha querida. Desde que perdi Alexander, minha vida tem sido bastante monótona, devo confessar. Também estou ansiosamente antecipando novas paragens, sabe, mesmo que por um período limitado, e admito sem medo que também estou ansiosa para desfrutar de um pouco de luxo. Uma fonte confiável me informou que nossa acomodação incorpora algo chamado "ferrovia vertical" para nos transportar aos nossos quartos. Espero que seja uma construção robusta. Estou bastante ansiosa para experimentá-la.

Nova York dá as boas-vindas à aristocracia

O transatlântico da Cunard *RMS Scotia* atracou esta manhã no porto de Nova York, tendo partido de Liverpool e Queenstown. Entre os vários passageiros ilustres a bordo estava lady Margaret Montagu Douglas Scott, segunda filha do duque de Buccleuch e Queensberry. Um dos mais eminentes cavalheiros da Grã-Bretanha e Gold Stick da Escócia, Sua Graça serviu anteriormente Sua Majestade, a rainha Vitória como Lorde do Selo Privado e era amigo íntimo do príncipe Alberto. A mãe de lady Margaret, a duquesa de Buccleuch, é filha da segunda marquesa de Bath e antiga dama de companhia da Rainha. As várias casas e propriedades da família incluem a Casa Montagu em Londres; o Castelo de Drumlanrig, Bowhill e o Palácio de Dalkeith, na Escócia; e a Casa Boughton, em Northamptonshire, Inglaterra.

Lady Margaret fez sua estreia diante de Sua Majestade, a rainha Vitória, em abril de 1865, e foi uma das debutantes mais festejadas da temporada de Londres. Ela é amiga íntima da mais bela das princesas reais, Luísa, e foi dama de honra no casamento da princesa Helena com o príncipe Cristiano de Eslésvico-Holsácia-Sonderburgo-Augustemburgo, em julho de 1866. Uma doença obrigou lady Margaret a se afastar da sociedade e refugiar-se em Powerscourt, perto de Dublin, como hóspede do sétimo visconde e de sua esposa.

Lady Margaret viaja com uma companheira, a sra. Marion Scrymgeour, e espera-se que passe a morar nos Estados Unidos. Será um acréscimo muito bem-vindo à nossa aristocracia nova-iorquina.

Nova York, novo começo para a
filha de um duque?

Estamos encantados e intrigados em contar que um dos passageiros que desembarcou ontem do *RMS Scotia* foi lady Margaret Montagu Douglas Scott, segunda filha do duque e da duquesa de Buccleuch. Lady Margaret foi acompanhada pela sra. Marion Scrymgeour, sobre a qual nada sabemos, exceto que é viúva de um diplomata britânico menor e não tem nenhuma relação de parentesco com Sua Senhoria.

Os leitores que estão imaginando uma solteirona desvanecida e enrugada e sua acompanhante de baixa renda devem preparar-se para ter suas expectativas bastante modificadas. Lady Margaret tem vinte e um anos de idade, cabelos vermelhos como o fogo e proporções perfeitas, de acordo com nossa fonte que esteve a bordo do *Scotia*, com modos encantadores e não afetados. Não é o tipo de Rosa Inglesa que a aristocracia britânica costuma exportar, nem de longe!

Por que este ótimo partido teve permissão de escapar do Velho País? O que espera encontrar aqui no Novo Mundo? O *New York Herald* não tem tempo para boatos injuriosos e escândalos antigos. A América é a Terra das Segundas Chances, assim como a Terra das Oportunidades. Quaisquer que sejam seus delitos passados, lady Margaret será recebida de braços abertos no coração da sociedade da Metrópole e, não temos dúvidas, rapidamente se tornará a convidada mais cobiçada em todo e qualquer evento da temporada atual.

Embora o mais elegível de nossos solteiros possa não querer cortejar uma senhorita mais velha do que ele (e, nos termos de Gotham, passada), no caso de desejar estreitar laços com seu lar adotivo, seu berço nobre deve garantir que possa escolher entre um sem-número de viúvos ricos. O *Herald* dá a lady Margaret uma acolhida calorosa e acompanhará seus passos de perto.

Lady Margaret reside atualmente no Fifth Avenue Hotel, onde foi alocada em uma das melhores suítes do luxuoso estabelecimento.

Capítulo trinta e um

O Fifth Avenue Hotel era um enorme edifício de mármore branco de seis andares que entrara na moda por causa do Príncipe de Gales, que havia ocupado a suíte mais luxuosa durante sua visita, que acontecera oito anos antes. Os salões principais eram suntuosamente decorados. Cada quarto era equipado com sua própria lareira e muitos, incluindo a suíte de Margaret e Marion, tinham até seus próprios banheiros.

Passada a excitação de sua chegada à cidade, a mente de Margaret se voltou para questões práticas. Como se arranjava uma criada? Ela mesma deveria desembalar seus pertences? Vestir-se sozinha? Como se pediam as refeições? Comia-se em privado ou na sala de jantar pública? Se uma hóspede se sentasse sozinha em um dos salões, corria o risco de ser assediada? Todas as convenções que tomava como certas não se aplicavam agora que estava do outro lado do Atlântico. O abismo entre sua antiga vida e esta nova parecia grande demais para ser digerido.

Mas, mesmo enquanto se afundava de cansaço no sofá dourado em sua sala de estar compartilhada, Marion estava à mão.

— O pedido do dia é um chá — disse, tocando a campainha junto à lareira — e depois cama para você, acho. Deixe todo o resto comigo por enquanto, é para isso que estou aqui. Confie em mim, minha querida, uma boa noite de descanso e amanhã estará pronta para qualquer coisa que Nova York possa lhe preparar.

E, mais uma vez, Marion tinha razão. Apesar da batida das pás do *Scotia* ter sido substituída pelo barulho e o ruído intermináveis das carruagens e cavalos em frente à janela, Margaret teve sua primeira boa noite de sono em muito tempo.

Na manhã seguinte, ela encontrou Marion sentada resplandecente na sala de estar delas usando o roupão oriental vermelho e dourado de seu marido, enquanto um garçom dispunha um conjunto desconcertante de bandejas cobertas.

— Eu estava prestes a chamá-la. Tomei a liberdade de pedir um café da manhã leve para nós. Poderíamos comer na sala de jantar, é claro, mas aparentemente não se pode fazer reservas para essa refeição em particular, e não quero correr o risco de temos que compartilhar uma mesa. Não estou no meu melhor antes de tomar pelo menos um bule de café.

— Um café da manhã leve? — Margaret perguntou, olhando a mesa lotada, incrédula, e observando Marion enfiar uma moeda na mão do garçom antes de ele sair. A gorjeta, aparentemente, era mais um costume que precisaria abraçar.

— Talvez eu tenha pedido um tiquinho demais de comida — concordou Marion, servindo seu café —, embora seja uma fração do que está disponível no cardápio do café da manhã. O chá é sabor café da manhã inglês. Isso lhe apetece?

— Muito — disse Margaret, aliviada ao ver que este, segundo sua opinião, produto essencial tinha sido servido exatamente como gostava.

— Agora, vejamos. — Marion começou a levantar as tampas. — Ostras fritas. E este deve ser o bacalhau com nata. Rins... uma mistura de vitela e carneiro, de acordo com o cardápio, embora para mim tenham cheiro de cordeiro. Batatas fritas, uma omelete simples. Estas panquecas devem ser de trigo-sarraceno, o que significa que este é o pão de milho e estes dois últimos itens... bem, um deles deve ser o pudim indiano frito e o outro a canjica. Que decepcionante... parecem manjar e mingau. Ah, bom, vivendo e aprendendo.

Ela começou a se servir de uma seleção substancial, enquanto Margaret provava o sabor do pudim antes de encher um pequeno prato com ele.

— Muito obrigada por cuidar de mim ontem. Sinto muito por ter sido uma companhia ruim.

— Tolice. Não me surpreende que tenha ficado um pouco assoberbada. Devo dizer, no entanto, que parece renovada esta manhã.

— Eu me sinto muito melhor, obrigada. — Margaret cortou uma fatia da omelete, que era leve, fofa e temperada com salsa.

— Vários cartões de visita já foram deixados para você — disse Marion —, e fui informada pelo *concierge* do hotel, um contato que vale bem a pena cultivar, para esperar muitos mais. Parece ser uma prática aqui que as listas de passageiros dos transatlânticos sejam publicadas e que os hotéis publiquem o nome de seus hóspedes mais eminentes nos jornais.

— Meu Deus, será que vamos ser sitiadas por visitantes em nosso primeiro dia?

— Ah, não, acho que não, e, em todo caso, pensei que poderíamos passar o dia nos aclimatando, por assim dizer. Uma tarefa que, no meu caso, é mais uma viagem de exploração do que no seu — disse Marion, acariciando a barriga. — Acho que devo ter ganhado pelo menos uns seis quilos no mar, entre os almoços de dez pratos e os banquetes no jantar, para não falar do champanhe. Não que o champanhe conte, é claro. Serei proibida de usar o elevador nesse ritmo. Receio nunca ter tido sua louvável restrição quando se trata de comida. Mas, também, nunca em minha vida tive um corpo tão esbelto como o seu. Mesmo em meus dias de juventude, minhas curvas eram o que se conhecia como generosas.

— É estranho — começou Margaret, sucumbindo ao pão de milho deliciosamente quente e macio —, mas, quando Mamãe vivia empunhando sua fita métrica e se importando com o tamanho da minha cintura, eu ansiava por bolo. No entanto, na Irlanda, onde estava livre para comer quantos pedaços de bolo quisesse, descobri que não queria tanto. Talvez seja simplesmente a minha natureza teimosa.

— É certamente da natureza humana querer o que dizem que não podemos ter — comentou Marion, seca. — Receio ter pouca paciência com esta moda tão rigorosa. Não admira que tantas mulheres vivam desmaiando... elas não conseguem respirar direito. Abandonei meu espartilho quando Alexander foi enviado à Síria. Não apenas por conta do calor, mas da areia... garanto-lhe, minha querida, que não tem noção do caos que até mesmo alguns grãos presos entre seu espartilho e sua *chemise* podem causar. Adotei um tipo de vestido local, lindas túnicas soltas que permitem que a brisa circule pelo corpo, e ficou mais fácil deixar o marido circular pelo meu corpo também. Havia algo no calor que fazia tanto Alexander como eu... — Ela parou de falar com um suspiro sincero. — Ah, mas não vale a pena ficar pensando nisso agora. O que eu estava dizendo, sobre querer o que não se pode ter?

— Você deve sentir muito a falta dele.

— Ah, você não tem ideia. Entretanto, Alexander me fez prometer não ficar chorando por ele e aproveitar ao máximo a vida, e eu tento dar o meu melhor para fazer exatamente isso. É um luto estranho, alguns poderiam dizer, mas é a minha maneira.

— Acho que é bastante maravilhosa.

— Obrigada, minha querida. Agora — disse Marion, inalando o aroma da borra de seu café —, estive ocupada enquanto você dormia. Pela minha experiência, a melhor maneira de conhecer uma cidade é conhecer o terreno, como dizem. O charmoso *concierge* me informou que, pela soma de cinco dólares, pode-se contratar uma carruagem e um cocheiro para passar o dia. Portanto, assim que terminar sua refeição, vamos sair enquanto o sol brilha, o que — continuou, lançando um olhar para a janela — ele parece estar se esforçando muito para fazer.

O hotel estava situado perto da agitada junção da Broadway com a Vigésima Terceira Rua, com o charmoso pequeno parque da Madison Square nas proximidades, sem dúvida um oásis bem-vindo na primavera. De acordo com as informações que Marion havia colhido, ali era o limite da elegante parte alta da cidade quando o hotel fora construído, cerca de dez anos antes.

— Embora tudo isso tenha mudado desde então — explicou enquanto a carruagem se colocava em movimento. — A sra. William Astor, que é a árbitra dos costumes da sociedade nova-iorquina e cujo cartão, notei, está entre os que lhe entregaram, mora em sua mansão na Trigésima Quarta Rua. Devo dizer que esta forma de numerar as avenidas e ruas é eminentemente prática. Isso dificultará bastante que a gente se perca, embora me digam que o centro da cidade, como é chamado, é completamente diferente. Não se trata de um lugar no qual alguém possa se aventurar, aparentemente.

— Não deveria ter dito isso, porque, por enquanto, é o único lugar em toda Nova York que anseio visitar — respondeu Margaret.

— Rá! Hoje nos contentaremos com a parte alta da cidade e com o Central Park, o novo parque. Embora pareça aceitável que uma jovem mulher ande por aí sem escolta, há certas áreas em que seria imprudente explorar sem companhia. Sei que está só me provocando, mas lembre-se, Margaret, de que aqui é sem dúvida tão fácil quanto em Londres se encontrar acidentalmente em um bairro ruim.

— Estou ciente, e estava mesmo provocando. Pelo menos um pouco. Meu Deus, mas veja que cheio, e muito diferente de Londres. Os pavimentos parecem ter sido varridos.

— Calçadas — Marion corrigiu. — E esta é a Quinta Avenida, onde reside a nata da sociedade.

Margaret a olhou, levemente impressionada pela cidade que se desdobrava diante de si. Havia dois conjuntos de trilhos para os bondes puxados por cavalos, um dos muitos obstáculos que seu motorista enfrentava, pois, apesar da largura da rua (avenida!), havia uma grande quantidade de tráfego. E também multidões de pessoas, todas elas, parecia, caminhando muito rápido e decididamente. À medida que a carruagem se dirigia lentamente para o norte, as calçadas foram se tornando cada vez menos lotadas e os edifícios, mais espaçados, intercalados por árvores e várias igrejas muitíssimo bem conservadas. Havia ali um ar de permanência que desafiava a afirmação de Marion de que, quinze anos atrás, esta parte da cidade não passava de lama, cabanas e lavouras. As mansões eram altas, quadradas e de proporções similares, e o arenito castanho das fachadas conferia uma aparência uniforme agradável.

— Uma delas deve ser a casa da sra. William Astor — disse Marion. — Imaginei que seria mais grandiosa. Caroline Astor é uma mulher formidável, segundo me disseram, que é a guardiã da sociedade nova-iorquina. O marido não gosta de socializar e prefere as atividades do campo. — Ela revirou os olhos. — Uma frase que, não tenho dúvidas, significa exatamente o mesmo deste lado do Atlântico, se é que me entende, ou melhor, se é que entende o que Shakespeare quis dizer. Foi Shakespeare? Não, foi Donne, é claro. "Bom-dia." Um dos poemas favoritos de Alexander. "Se alguma vez beleza eu de fato vi, desejei e obtive, não foi senão um sonho de ti." Conhece?

— Não conheço — respondeu Margaret, reavaliando apressadamente sua imagem do misterioso Alexander. — Seu marido parece ter sido um homem muito romântico.

Marion riu.

— Ah, como ele riria ao ouvir ser descrito assim. Ele não era dado a grandes gestos, mas de que servem um ramalhete de rosas ou um colar de diamantes quando o que se quer é uma massagem nos pés.

— Gostaria de ter podido conhecê-lo.

— Ah, minha querida, tenho certeza de que vocês dois teriam se dado muitíssimo bem. Entretanto, se ele ainda estivesse comigo, eu não estaria com você. — Marion assoou vigorosamente o nariz. — Agora, já chega de falar de mim. Do que estávamos falando?

— Da sra. William Astor.

— Ela deixou seu cartão, o que é considerado uma grande honra. Se quiser mergulhar na sociedade nova-iorquina, precisará do selo de aprovação dela.

— Acho que preferia mergulhar num banho gelado.

— Você já está fora da sociedade há algum tempo, não é mesmo? Não precisa explicar o que a fez ir se esconder com Julia, embora eu suponha que tenha sido um homem, pois invariavelmente é este o caso com mulheres jovens.

— Foi, mas não da maneira que imagina.

Marion deu um tapinha no joelho dela.

— Não estou imaginando nada. Vamos aproveitar a vista e não falar mais nesse assunto.

Margaret concordou agradecida e, como a carruagem continuava a ir para o norte, fez o que Marion sugeriu. Nova York estava se expandindo a um ritmo que fazia com que o crescimento de Londres parecesse absolutamente letárgico. Apenas a algumas ruas de distância da casa de Astor, a elegante fachada da avenida começou a se alterar. Havia prédios em vários estágios de construção por toda parte. Materiais eram empilhados ao lado das fundações das mansões que nasciam: tijolos e mármore, ardósia, chaminés, madeiras e pedra, esquadrias de janelas e portas. Apesar do clima congelante, as obras pareciam continuar a um ritmo acelerado.

Uma estrutura de pedra feia que, Marion lhe informou enquanto franzia o cenho para seu caderno, era um reservatório de água ocupava dois quarteirões inteiros. Um edifício imponente era claramente uma catedral em construção. Em uma obra particularmente grande que sua bem-informada companheira disse que seria o novo Central Park Hotel, o trânsito se tornou mais movimentado outra vez, pois este era o ponto final de vários dos bondes e algumas das carruagens especiais que poderiam ser alugadas para passeios pelo parque ficavam à espera de clientes.

Informando ao motorista pela escotilha no teto que certamente desejava que ele entrasse no parque, Marion sorriu para Margaret, como que pedindo desculpas.

— Sei que preferiria caminhar, mas é um parque muito grande, de longe maior do que qualquer coisa que Londres tem a oferecer. Custa a acreditar que tenha apenas alguns anos, não é mesmo?

— É adorável — comentou Margaret, de olhos bem abertos enquanto o carro começava a andar mais uma vez. — É como se tivéssemos vindo parar em outro país.

Embora fosse o auge do inverno e os galhos estivessem nus, o parque ainda era encantador. Um grande lago com uma bela ponte arqueada dava lugar ao que seria um vasto gramado verde tentador no verão. A pista principal se estendia em um nível mais alto, atravessando uma série de pontes arqueadas de pedra, por baixo das quais se cruzavam caminhos menores, que Margaret resolveu que voltaria para explorar. Um lago, claramente utilizado para navegação no verão, estava parcialmente congelado. Elas passaram por bosques e depois retornaram para o sul, avistando outro lago e uma grande garagem de barcos antes que a carruagem parasse.

— Não quero que percam isto, senhoras — anunciou o motorista através da escotilha da cobertura. — O terraço é ali. É uma caminhada curta, mas o esforço vale bem a pena, prometo.

Elas desceram um dos dois grandes lances de degraus até um anfiteatro de aspecto natural, onde uma arcada, ou um claustro, tinha sido construída sob a entrada das carruagens. Eram servidos refrescos nesse interior de azulejos bastante bonitos, mas Margaret e Marion foram atraídas para a grande bacia redonda onde uma fonte jorrava, de frente para a lagoa, com uma placa avisando a eventuais patinadores que o gelo era perigoso.

— Adoro patinar no gelo — disse Margaret, olhando com desejo para a água parcialmente congelada. — Há um lago que congela quase todo ano perto do Palácio Dalkeith, a casa do meu pai nos arredores de Edimburgo. — Ela sorriu, vendo um menino e uma menina brincando de correr atrás um do outro ao redor da fonte. — Em Londres, as pessoas vão ao parque para exibir sua *toilette*, para verem e serem vistas. Ao final da tarde, durante a temporada, havia uma fila de carruagens.

— Imagino que façam algo semelhante por aqui.

— Eu odiei minha temporada londrina. Sentia-me esmagada pelo peso da expectativa.

— Para conseguir um bom casamento? Terá uma experiência muito diferente por aqui, se sua única ambição for se estabelecer e não encontrar um marido. Supondo que não deseje isso...

— Certamente que não. — A imagem de Donald sorridente passou por sua mente. — Eu poderia ter me casado com um homem encantador, gentil e respeitável que me amava, mas escolhi não o fazer.

— Posso perguntar por quê? Você não o amava?

— Não o suficiente para construir todo o meu mundo ao redor dele. Acha que isso é egoísta da minha parte?

— Acho muito corajoso não fazer o que a maioria das mulheres faria.

— Julia pensa que foi um erro.

— Pobre Julia. Acho mais provável que ela inveje sua confiança. É claro que você tem a sorte de ter os meios para se sustentar.

— Acho que não teria me casado com Donald mesmo que meu pai não me tivesse concedido uma mesada. — Margaret fez uma careta. — Ou pelo menos gosto de pensar assim. Sinto tanta falta dele. Embora mal nos conhecêssemos, ele estava sempre por perto, era um pilar com o qual eu podia contar. Sinto falta de seus conselhos e de seu humor e... ah, céus, parece muito que me arrependo de ter dito não, mas não é verdade.

— Acho que, uma vez tomada uma decisão, é melhor deixá-la assim e não a questionar o tempo todo.

— É um bom conselho.

Marion riu.

— Mas não tão fácil de seguir, infelizmente.

— Bem, vou tentar, e começarei fazendo minha estreia na sociedade nova-iorquina. Você tem toda a razão: será uma experiência muito diferente da de Londres. Nós vamos nos divertir.

— Nós! Não tenho tanta certeza se seria tão procurada como você pelas sras. William Astors deste mundo.

— Elas serão obrigadas a isso, se desejarem a minha companhia. Receberão ambas ou nenhuma das duas — disse Margaret firmemente. — Mas mais importante ainda, precisamos encontrar um lugar para viver. Não tenho ideia dos custos envolvidos. Minha mesada me parece uma quantia enorme, mas nunca tive que me sustentar sozinha.

— Eu já encontrei inúmeras casas para mim e para Alexander em meu tempo. Teria o maior prazer em ajudar.

— E você vai ficar para compartilhá-la comigo? — Margaret perguntou impulsivamente. — Não para sempre, mas por mais do que os poucos meses que combinamos.

Marion não hesitou em responder.

— Por enquanto vou, e então veremos.

— Excelente. — Sobre elas, o céu havia escurecido. A neve caiu, repentina e suave, e as gargalhadas ecoaram ao redor pelo parque enquanto as pessoas ficavam de pé e levantavam o rosto para o céu com uma alegria infantil. Margaret deu um pulinho de excitação. — Acho que vamos ser muito felizes aqui.

Capítulo trinta e dois

A cidade de Nova York ostentava tantas atrações que Margaret rapidamente percebeu que seria fácil passar os próximos meses como turista. Mas, como planejava se estabelecer no local, precisava fazer mais do que ver os pontos turísticos; precisava se misturar com os locais. A crescente pilha de cartões de visita na mesa de sua suíte de hotel lhe oferecia amplas oportunidades para fazer isso, embora o enorme volume que faziam à medida que os colocava na mesa como se fossem cartas de baralho fosse assustador. Estava tentada a fechar os olhos e selecionar um ao acaso, mas, como sempre, o bom senso de Marion prevaleceu.

— Quando em dúvida, comece pelo topo — aconselhou.

Foi assim que, três dias após sua chegada à cidade, elas se propuseram a fazer sua primeira visita. A neve havia derretido, mas uma forte geada se instalara durante a noite, fazendo as calçadas brilharem. Decidiram vencer a curta distância caminhando a partir do hotel, e partiram pouco antes do meio-dia, vestidas para o clima e não para a ocasião, com capas e botas grossas.

A sra. William Astor ocupava um tipo de edifício que Margaret agora sabia que se chamava *brownstone*, no número 350 da Quinta Avenida. Era uma casa quadrada de quatro andares de altura, separada da calçada por uma balaustrada baixa e um lance de escada que levava até uma porta ladeada por dois pilares. Foi aberta por um porteiro uniformizado em uma combinação bonita de casaco verde, colete vermelho, calções broncos até os joelhos e meias de seda preta.

— Bom dia — cumprimentou Margaret, sorrindo e estendendo seu cartão de visita. — A sra. Astor está? Pode lhe dizer, por favor, que lady Margaret Montagu Douglas Scott está aceitando seu convite de visita.

Depois de um momento de hesitação, elas foram conduzidas a uma grande área de recepção em mármore, onde o lacaio levou suas capas, luvas e chapéus e depois lhes pediu que o seguissem pelas escadas. A fachada simples da casa de Astor escondia um interior opulento. Tapeçarias pesadas penduradas nas paredes disputavam espaço com grandes pinturas em molduras douradas, a maioria delas naturezas-mortas, sem dúvida de Velhos Mestres, mas um pouco monótonas. No primeiro andar, havia uma série de bustos e bronzes em pedestais. Margaret notou com diversão que não havia um único conjunto de chifres à vista. Presumivelmente porque o marido de Julia tinha dominado o mercado mundial.

— Lady Margaret Montagu Douglas Scott e sra. Scrymgeour — entoou o lacaio, conduzindo-as a uma grande sala de visitas que tinha as proporções graciosas da época da Regência. A elegância clássica se desvanecia, porém, porque a sala estava tão lotada de cadeiras e sofás, mesas cheias de figuras de porcelana de Sèvres, arranjos florais e bricabraques que foi apenas com muito cuidado que Margaret conseguiu impedir que sua crinolina derrubasse qualquer coisa.

— Lady Margaret, que surpresa inesperada. Como vai? — A mulher que ficou de pé tinha uma aparência discreta: era o tipo de mulher que teria sido chamada de rústica se não fossem por seus atentos olhos cinzentos e sua reputação como a decana da sociedade nova-iorquina. A sra. William Astor era tão simples em pessoa quanto a fachada de sua casa, seu severo vestido preto enfeitado apenas por um pequeno rufo de renda no pescoço, sem exibir nenhum de seus lendários diamantes.

— Sinto muito — disse Margaret, olhando para o cavalheiro que também tinha se levantado. — Não sabia que a senhora já tinha visita.

— Ah, Lina e eu somos amigos tão íntimos que eu não conto como visita. Samuel Ward McAllister ao seu serviço, lady Margaret.

O cavalheiro parecia ter quarenta anos e, como a da sra. Astor, sua roupa era simples ao ponto de ser funesta. Talvez, Margaret pensou enquanto ele se curvava sobre a mão dela, para compensar seu penteado, que, apesar de ele haver aplicado óleo de Macassar copiosamente a ponto de ela poder sentir o cheiro, não havia conseguido domar os cachos pardos que pareciam estar batendo apressadamente em retirada de sua testa curva e alta. Sua barbicha e seus bigodes absurdamente longos pareciam ter sido mal tricotados com arame. Margaret percebeu, enquanto ele fazia uma reverência decididamente superficial, que Marion estava se esforçando muito para não rir.

— Por favor, sente-se — convidou a sra. Astor. — E você também, Samuel.

— Estritamente falando, eu deveria ir embora — disse o sr. Ward, reto-mando seu assento. — Mas já que você, embora inadvertidamente, quebrou as regras, lady Margaret, tenho certeza de que não se oporá se eu as desobedeça um pouco mais. É o costume aqui — continuou ele, em resposta ao olhar vazio dela — deixar um cartão antes de fazer uma visita, mas lhe asseguro que não nos ofendemos.

— Ah, nenhuma ofensa — disse a sra. Astor.

— Bem — respondeu Marion de forma bastante seca —, isso é um alívio.

— Sra. Scrymgeour, não é? Receio não estar familiarizada com o nome.

— O falecido marido da sra. Scrymgeour era um dos diplomatas de Sua Majestade — explicou Margaret.

— Você já esteve ligada à embaixada em Paris? Não? Que pena. É uma cidade maravilhosa — comentou a sra. Astor. — Eu mesma vou a Paris toda primavera, para comprar os vestidos da nova coleção. Não há lugar como aquele.

— Estou ansiosa para fazer compras aqui em Nova York. Nunca estive em uma loja de departamentos. Disseram-me que na A. T. Stewart se pode comprar desde uma ratoeira até um… um…

— Um trono — respondeu Marion, enquanto Margaret gaguejava, fazen-do-a rir.

As sobrancelhas da sra. Astor se levantaram.

— Ah, a famosa ironia britânica. Terei o maior prazer em lhe fornecer uma lista das melhores lojas se estiver pensando em renovar seu guarda-rou-pa. Pode mencionar o meu nome.

— Ninguém poderia lhe dar conselhos melhores do que Lina em questão de moda feminina — o sr. McAllister opinou —, embora, em todos os outros assuntos, possa confiar em mim.

— Ah, de fato — disse a sra. Astor, dando um sorriso caloroso ao ho-mem que, Margaret tinha decidido, lembrava-a de uma salamandra altiva. — Samuel é o árbitro do gosto aqui em Nova York. Na verdade, diria até mes-mo que não há ninguém, a não ser eu mesma, é claro, que entenda mais os meandros e nuances da sociedade. Ele estava apenas me ajudando a finalizar o cardápio do jantar do meu baile. Você receberá um convite no devido tempo, lady Margaret. E a sra. Scrymgeour, também.

— O baile de Lina é o evento mais exclusivo da temporada. Você não tem ideia do que algumas pessoas fazem para obter um convite. Uma mu-lher que deve permanecer anônima recentemente me acossou em uma *soirée*, determinada a me convencer de que existia uma tênue conexão entre sua família e o primo de um primo de Lina. — Mr. McAllister sufocou um riso.

— Desnecessário dizer que nenhum convite será feito. Você, entretanto, é um caso completamente diferente, lady Margaret. Ninguém poderia questionar sua linhagem. Todas as portas estarão abertas para a filha do duque de Buckley? Buckluck? É assim que se pronuncia?

— Buccleuch — Marion o corrigiu. — O "ch" é mudo e termina com o som de "clu".

— Acredito que foi uma das damas de honra do casamento da princesa Helena, lady Margaret — prosseguiu o sr. McAllister, ignorando a intervenção dela.

— Uma honra conquistada através de minha mãe.

— Ah, sim — disse a sra. Astor. — Ouvi dizer que a duquesa é uma grande amiga da rainha. É verdade que Sua Majestade usou preto no casamento de sua filha?

— A rainha nunca veste nada além de preto.

— Uma cor que poucas conseguem carregar tão bem quanto eu. Especialmente quando lhes faltam centímetros. Sinto que, para Sua Majestade, seria melhor tentar tons mais suaves. Cinza, por exemplo.

— Ah, sim? — disse Margaret, sem se abalar. Será que a sra. Astor pensava que ela iria passar sua sugestão para a rainha? Luísa teria morrido de rir com isso. Quem dera Luísa estivesse ali, mas não, Lu detestava a pretensão e a arrogância acima de todas as coisas. Ela teria acabado com o principal cortesão da sra. Astor, pois não havia dúvida de que esse era o papel que o sr. McAllister havia atribuído a si mesmo.

— Por quanto tempo pretende nos agraciar com sua presença, lady Margaret? — perguntou ele.

— Planejo fazer de Nova York a minha casa, e a casa da sra. Scrymgeour também, pelo futuro próximo.

— Sério? Vai escolher uma residência na cidade? Eu ficaria mais do que feliz em aconselhá-la…

— Tenho certeza que sim — interveio Marion —, mas Margaret e eu estamos ansiosas para conhecer um pouco da cidade enquanto buscamos um lar, não estamos, minha querida?

— Adquirimos um guia. *O guia e companhia de bolso de Lloyd da cidade de Nova York*. Contém uma série de rotas de caminhadas que pretendemos explorar.

— Caminhadas! Não pretende comprar sua própria carruagem?

— As de aluguel são mais que suficientes para nossas necessidades, e estou animada para andar de bonde — disse Margaret.

— Rá, ótima piada. — O riso do sr. McAllister foi pouco convincente. — Se seu guia tiver sido escrito anteontem, já estará obsoleto, sabe. Quando estiver pronta para receber alguns conselhos atualizados, ficarei feliz em ajudá-la.

— Obrigada. Agora, não tenho certeza de quais são as convenções locais, mas na Inglaterra uma visita matinal não deve durar mais do que meia hora. Portanto, precisamos pedir licença.

— Muito apropriado — concordou o sr. McAllister. — Direi a todos que tive o prazer de conhecê-la, e Lina também o fará, sem dúvida. Prevejo que correrá o risco de se afogar em convites antes que a semana termine.

— Bonito e agradável como um sapo — disse Marion baixinho quando estavam pegando seus casacos depois de se despedirem.

— Eu pensei numa salamandra — respondeu Margaret com um sorriso sombrio. — Atravessei o Atlântico para escapar de ter que obedecer a ordens. Estou seriamente tentada a procurar a vizinhança mais antiquada da cidade só para garantir que nunca seja acusada de tê-lo escutado.

— Sei exatamente como você se sente, mas aceite um conselho meu, minha querida, pode ser? Não dê um tiro no próprio pé. Requer pouco esforço manter um homem como o sr. McAllister amável. Desprezá-lo pode dar a você uma satisfação fugaz, mas por que fazer um inimigo desnecessário? Deixe-o falar; é tudo o que a vaidade dele requer. Depois, você pode sorrir e fazer exatamente o que quiser.

— Querida Marion, você é tão sábia. E, prometo, não lhe pedirei que viva em um casebre, nem mesmo para irritar o sr. McAllister.

NENHUM BÁRBARO À PORTA — A EXTRAVAGÂNCIA ANUAL DA SRA. WILLIAM ASTOR

A terceira segunda-feira de janeiro foi a data escolhida pela sra. William Astor para o seu baile anual, que está se tornando rapidamente o ponto alto da temporada. Um convite para esse evento social sinaliza que uma pessoa foi decretada pela anfitriã e seu "guardião", o sr. Samuel Ward McAllister, como possuidora de um *pedigree* satisfatório, sem estar manchada pela marca do dinheiro recém-cunhado. Aqueles de origem humilde cuja riqueza é atribuível ao comércio jamais entrarão por aquele santo portal. Este ano, alguns dos omitidos da lista de convidados deixaram a metrópole antes do grande dia em busca do ar fresco do campo, tendo sido aconselhados a fazê--lo por seus médicos, que foram aconselhados a aconselhá-los a fazê-lo! Sabemos de pelo menos uma família proeminente que, não tendo conseguido convencer o guardião da sra. Astor de seu direito a um convite, tomou a medida extrema de atravessar o Atlântico para evitar a acusação de ter sido *esnobada*.

Como sempre, a ilustre ocasião deste ano foi frequentada pela nata da sociedade nova-iorquina, com a ralé sendo mantida à distância pelos policiais convocados para organizar o tráfego, que encheu a avenida a partir das nove da noite. Devido à fidelidade contínua das senhoras à crinolina, os cavalheiros chegaram a pé ao tapete vermelho na calçada, enquanto o chamado sexo frágil viajava com suas criadas e gaiolas de metal nas carruagens.

O sr. William Astor estava mais uma vez ausente, aparentemente desfrutando da solidão de seu iate — ao contrário de sua esposa, que se autodeclara uma péssima marinheira, o sr. Astor prefere o alto-mar à alta sociedade! Todos os detalhes mundanos do grande evento — os vários banheiros, as descrições das joias brilhantes que adornavam as senhoras, a ordem das músicas e quem se associou a quem e com que nível de habilidade e destreza (ou a falta dela!) — podem ser encontrados em outros jornais. Acreditamos bastar dizer que as damas estavam lindas, os cavalheiros, distintos, e que a notoriamente desconcertante (para os não iniciados) dança alemã foi executada.

O custo da noite deve ter feito os olhos até mesmo da rica sra. William Astor se arregalarem. Quinhentas garrafas de champanhe foram consumidas. Mais de uma por convidado, supondo que a equipe de trabalhadores se tenha abstido, e com o preço de mais de quatro dólares cada uma! A famosa ceia da meia-noite consistia em cardápio quente e frio. O menu incluía codorniz fria, língua e uma variedade de carnes misturadas, e tudo isso soa muito mais apetitoso com os nomes em francês.

Até agora, nada há de diferente em relação ao ano passado ou ao ano anterior, você pode estar pensando, mas estaria enganado. Destacando-se na lista de convidados cuidadosamente selecionados pelo sr. Ward McAllister estavam duas mulheres escocesas que estão rapidamente se tornando a sensação da Metrópole. A sra. Marion Scrymgeour, uma viúva de amplos anos e largura, participou das ceias fria e quente com muito gosto, mas evitou totalmente o salão de dança. As viagens ao exterior com seu falecido cônjuge, um diplomata de baixo escalão, deram a essa viúva uma riqueza de anedotas irreverentes que ela conta com muito humor autodepreciativo e nenhuma das tediosas jactâncias que, infelizmente, algumas esposas de diplomatas mais notáveis adotam.

A sra. Scrymgeour chegou à cidade com lady Margaret Montagu Douglas Scott, que, ao contrário de sua acompanhante, desfruta muito bem de seus vinte e um anos de vida. Seu berço nobre e sua estreita amizade com duas das princesas reais lhe garantiram um dilúvio de convites, mas é sua personalidade encantadora, seu jeito franco e sua astúcia rápida que lhe garantirão um bom número de convites adicionais.

Lady Margaret, uma mulher de meios e intenções independentes, planeja estabelecer sua residência com a valente srta. Scrymgeour. Viúvos com a intenção de fazer a corte devem, no entanto, ser alertados. Sabemos por uma fonte muito confiável que nenhuma dessas senhoras pretende abandonar seu atual *status* solitário.

Capítulo trinta e três

Nova York, março de 1868

Desde sua chegada em Nova York, Margaret e Marion já tinham aceitado convites para inúmeros bailes e *soirées*, chás da tarde e jantares. Elas haviam assistido à opereta de Offenbach na magnífica e recém-inaugurada Pike's Opera, a um recital de piano no Steinway Hall, e tiveram a honra de compartilhar o camarote com a sra. William Astor na Academia de Música em uma apresentação de *Lucia di Lammermoor*. Para duas mulheres famintas, por razões muito diferentes, de vida social, o calor de sua recepção, a generosidade de seus vários anfitriões e a grande variedade de entretenimento oferecido fizeram de suas primeiras semanas naquele novo país um deleite. A sociedade nova-iorquina era governada por tantas regras e convenções não escritas quanto seu equivalente londrino, mas, para o desgosto mal disfarçado do sr. McAllister, os nova-iorquinos pareciam inclinados a ser indulgentes com as inadvertidas violações de Margaret das rígidas regras de etiqueta pelas quais ele assumia responsabilidade pessoal.

O turbilhão social havia deixado pouco tempo para a procura de uma casa; então, quando o gerente do Fifth Avenue Hotel ofereceu discretamente às senhoras um desconto para uma estadia de um ano da suíte que ocupavam, Margaret achou que valia a pena considerar a proposta. Isto é, até ele revelar a chamada tarifa com desconto, que era consideravelmente mais do que toda a sua mesada anual.

— E pensar que eu me considerava rica — disse ela a Marion, ainda em estado de choque.

— Setecentos e cinquenta libras por ano não é nem de longe uma penúria — Marion havia pontuado. — Você poderia confortavelmente manter uma família, criados e até mesmo ter uma pequena carruagem na Inglaterra.

— Quando convertemos, são mais de cinco mil dólares, mas ao lado de quase todos com quem temos socializado, sou uma parente pobre. Nunca antes tive que arcar com as despesas de minha própria casa. É chocante como sou ignorante sobre essas coisas. Assim como o sr. McAllister é da minha condição financeira. "Pode-se viver com elegância e oferecer festas modestas com apenas de quinze a vinte mil por ano" — Margaret o imitou.

— O que eu gostaria de saber é quanto ele ganha de comissão por suas várias recomendações — disse Marion desdenhosamente. — Ele tem um amigo com uma casa convenientemente vazia ou pode, depois de conversar na Casa Stevens, obter um dos melhores apartamentos para nós. Rá! Tenho certeza de que pode, sim, e vai forrar seus bolsos na barganha.

— Mas eu quase poderia pagar um apartamento na Casa Stevens.

— Se tudo o que você quisesse fazer fosse ficar em casa e pegar uma carona no elevador a vapor como forma de lazer. Não, precisamos procurar mais para o centro da cidade. Tenho certeza de que o aluguel vai diminuir junto com o números das ruas.

Marion tinha se mostrado correta, mas elas já tinham visto várias propriedades e estavam começando a perder o ânimo quando a casa na Washington Square ficou disponível, em uma segunda-feira fria e clara, em meados de março.

— De acordo com o nosso guia — disse Margaret —, este parque já foi um cemitério conhecido como campo de oleiros.

— Presumivelmente, os corpos foram realocados. Apesar de que certamente eles seriam vizinhos silenciosos — comentou Marion, enquanto passeavam pelo agradável espaço verde delimitado por grades de ferro baixas, com uma fonte e algumas árvores finas que acabavam de florescer. Iam visitar a construção do meio de uma fileira de casas que faziam fronteira com o lado norte. Construídas com tijolos vermelhos, a frente das elegantes fachadas continha escadas de mármore branco que levavam a uma entrada com colunas iônicas.

— Isto me faz lembrar de Merrion Square, em Dublin — falou Margaret ao se aproximarem. — Acho que pode ser a vencedora.

— Se não se importar de estar rodeada de pensões. Esta praça certamente não é um endereço que está na moda.

— Ainda não. Espere até a gente se mudar; vamos começar uma nova tendência — retorquiu Margaret, sorrindo para o agente imobiliário, que esperava por elas na entrada.

— Dois quartos, dois salões e um banheiro por mil e oitocentos dólares por ano — disse Marion uma hora depois, tendo persuadido o agente de que já tinha tagarelado o suficiente e deveria deixá-las em paz para discutir o assunto. — Vamos precisar de ajuda para administrar a casa.

— Duas empregadas, desde que uma pudesse também cozinhar, seria mais do que suficiente, segundo a sugestão do agente. Ele disse que isso acrescentaria mais quatrocentos por ano. — Margaret riu. — Ouça só o que estou falando! Se Mamãe pudesse me ouvir, ficaria horrorizada.

— Bobagem. Toda mulher deveria ter uma noção sólida de suas finanças. Não há nada como dívidas para tirar o sono de alguém. Alexander me deixou tão pobre quanto um rato de igreja. Era um homem tolo, ele se deixou enganar e investiu em minas que nunca produziram um grama de cobre. Quando descobri, depois que ele morreu, que eu estava praticamente sem dinheiro, fiquei furiosa... não por ele ter perdido todo o dinheiro, mas por ter guardado o segredo de mim. Entretanto — continuou Marion, balançando a cabeça — não havia nada a fazer. Eu poderia lamentar meu destino e ser infeliz ou aceitar a situação e continuar desfrutando a vida.

— É uma filosofia admirável. — Margaret olhou para a praça pela janela da sala de estar. — É horrivelmente ingrato da minha parte dizer que estou um pouco entediada com esta rodada constante de festas, especialmente quando todos têm sido tão amáveis e generosos.

Marion empoleirou-se no banco da janela ao lado dela.

— Está começando a se arrepender de ter vindo para cá?

— Não, eu tinha que ir embora. — Margaret suspirou. — Quero que minha vida aqui seja diferente, e no momento corre o risco de se tornar horrivelmente familiar. Não me interprete mal, sei o quanto sou afortunada e que a maioria das mulheres ficaria encantada em estar na minha posição. Ah, céus, pareço uma ingrata.

— Você tem um espírito inquieto, e isso é uma coisa muito diferente. Quero dizer que não está tão interessada no destino; é da viagem que você gosta. Um pouco como eu.

— Isso é mais da sua filosofia?

— Se você quiser.

— Mas o que significa?

— Pare de se preocupar tanto com o futuro. O que é seu, como minha velha mãe costumava dizer, está guardado.

Margaret sorriu.

— Como esta casa? Acha que ela está destinada a nós? Eu sinto que sim. Sei que não é uma razão muito prática para assinar um contrato, mas...

— Ah, não subestime a sensação. E, por acaso, concordo com você, embora custará um dinheirão mobiliá-la. Deveríamos dar uma olhada no *New York Times*. Há um sem-número de leilões domésticos anunciados no jornal. Certamente haverá alguns bons móveis e tapetes úteis entre a infinidade de pinturas a óleo, estatuária e espelhos.

— Esvaziamento de casas depois de uma morte, você quer dizer?

— Geralmente mais um falecimento financeiro. Pode-se ficar rico rapidamente nesta cidade, e perder tudo ainda mais rápido. Tenho certeza de que poderíamos conseguir algumas pechinchas, particularmente se anseia por um pianoforte de sete oitavas de ébano com incrustações. Parece haver pelo menos um em cada evento do tipo.

Margaret riu.

— As *soirées* musicais eram a ruína da vida da Mamãe. Ela tinha uma teoria. "Quanto menos talento uma jovem senhora possui", dizia, "mais demorada é sua apresentação". — Um nó inesperado se formou em sua garganta. — Eu sinto saudades dela.

— E você sabe por meio de sua irmã Victoria que o sentimento é mútuo — consolou-a Marion, dando tapinhas no braço de Margaret.

— Sim, mas gostaria que ela mesma pudesse me escrever.

— Fique longe de problemas, e talvez seu pai se arrependa.

— Ele não se arrependerá, nunca; e enquanto eu estiver em débito com ele, Mamãe não arriscará ir contra sua vontade por medo de que ele retire minha mesada.

— Então talvez você devesse encontrar uma maneira de *não* estar em débito com ele.

Margaret a olhou com espanto.

— Como vou fazer isso?

Marion estendeu as mãos.

— Esta é a Terra da Oportunidade, lembra? Você é uma jovem engenhosa e encantadora. Tenho certeza de que pode pensar em uma solução se você se dedicar. Na verdade, talvez devêssemos ambas nos dedicar a isso.

— É uma excelente ideia — concordou Margaret, dando um abraço em Marion. — E, enquanto isso, vamos alugar esta casa e fazer com que o dinheiro do meu pai trabalhe para mim, não para ele. Veja, já estou começando a pensar como uma americana.

Capítulo trinta e quatro

Margaret havia visitado várias vezes o distrito comercial conhecido como Ladies' Mile com Marion, mas aquela era a primeira vez que se aventurava por conta própria. Ainda era uma experiência inédita para ela vagar por aí sem acompanhante, e ela não conseguia deixar de sentir que estava fazendo algo escandaloso. Entretanto, as multidões de compradores a que ela se juntou, expulsos de carruagens particulares, carros de aluguel e bondes em frente ao seu armazém de escolha, eram formadas quase inteiramente por mulheres. Algumas estavam acompanhadas por suas criadas; algumas estavam com amigas; mas outras, como ela, estavam sozinhas.

A variedade de lojas parecia mudar, como a própria cidade de Nova York, a um ritmo desconcertante. À medida que as pessoas se mudavam para o centro da cidade, as lojas de departamento iam atrás, com a modista Lord & Taylor e a joalheria Tiffany's, conhecida como o palácio das joias, no processo de construir novas instalações. O ritmo com que Nova York e os nova-iorquinos mudavam enchia Margaret de uma mistura de excitação e admiração. Os novos edifícios pareciam aparecer da noite para o dia, cada um deles mais imponente do que seu vizinho. O pescoço dela doía de olhar para cima, para as lojas construídas de ferro e vidro, palácios de cristal em uma escala gigantesca, exibindo suas mercadorias de uma maneira que as lojas sisudas de Londres considerariam vulgar. O acolhimento que elas ofereciam também era muito diferente. Cada cliente era tratado de forma idêntica, recebido com um entusiasmo que aterrorizaria um lojista londrino ansioso para desdenhar aqueles que considerava indignos de seu empório.

Na altura da Décima Quarta Rua, Margaret deixou a Broadway para ir em direção à Sexta e à Macy's, com sua distinta estrela vermelha ao lado do nome.

Ela ficou namorando a vitrine, maravilhando-se com o fato de que itens tão mundanos como lençóis, toalhas e cobertores pudessem parecer tão atraentes. Uma vitrine que parecia um berçário infantil completo, com um grande berço e uma casa de bonecas, a fez pensar em Julia, que estava sozinha em Powerscourt desde que Margaret partira. Sua última carta estava cheia de seus planos para os jardins, que, como havia escrito, ao menos podia ter razoável certeza de que daria frutos. Julia, cujos armários com roupas de cama e mesa eram um hino à domesticidade, gostaria muito de uma viagem de compras a Nova York. Resolvendo descrevê-la em detalhes para a amiga, e consciente do quanto podia adquirir segundo o orçamento que tinha definido com a ajuda de Marion, Margaret entrou na loja.

Duas horas depois, ela se dirigiu à A. T. Stewart's, na Broadway entre a Nona e a Décima Ruas, a apenas cinco minutos da Washington Square, para concluir suas compras. Conhecido como o Palácio de Ferro, cada um dos andares e galerias desse magnífico armarinho era preenchido pela luz das enormes janelas e da cúpula de vidro que se elevava acima do átrio central. Depois de outro extenso período de compras, durante o qual Margaret imaginava ter caminhado vários quilômetros entre os vários departamentos, seus pés começaram a protestar.

Parando no patamar do quarto andar, ela olhou ao redor e ficou impressionada com uma daquelas estranhas sensações que a assaltavam de vez em quando: que não estava realmente ali, mas apenas sonhando. A vista diante de si, das camadas de galerias, do vasto átrio no piso térreo e do teto de vidro no alto, através do qual o céu cinza de inverno podia ser visto, a fez pensar em um enorme teatro. O elenco de milhares de pessoas, quase todas mulheres, passeava por baixo e ao redor dela, circulando pelos balcões, vendo as mercadorias, consultando suas listas e suas amigas. Em cada galeria havia mais pessoas, uma multidão de mulheres que nunca se detinham. E, acima dela, nas salas de trabalho dos bastidores, haveria mais mulheres costurando e alterando roupas; haveria escrivães fazendo contas e entregadores empacotando itens. A gama de mercadorias oferecidas era deslumbrante, indo desde roupas a tapetes, porcelanas e brinquedos do mundo todo. E as próprias mulheres eram de todos os tipos: nova-iorquinas, imigrantes e turistas, cada cliente sendo tratada da mesma maneira, não importando se comprava uma caixa de alfinetes ou mobiliava uma mansão.

O que Mamãe pensaria se pudesse ver Margaret naquele momento, sozinha e sem ser observada no meio de toda essa atividade, nesse mundo dentro de um mundo? Era libertador se misturar à multidão, mas, ao mesmo tempo, isso a fez perceber que ainda não era uma delas. Seus dias eram cheios, mas ainda se sentia sem propósito. E seus pés doíam. Decidindo descansar no Salão das Damas, do qual já tinha ouvido falar, mas nunca visitara, dirigiu-se para o segundo andar.

O salão parecia uma sala de estar, com cadeiras e sofás separados em pequenos grupos. A maioria dos lugares estava ocupado, e, quando Margaret se viu parada, incerta, de pé junto à porta, percebeu ser o objeto de uma atenção indesejável. Os nova-iorquinos não disfarçavam quando algo despertava o seu interesse, e, embora soubesse que elas não estavam sendo rudes, o escrutínio das mulheres penetrou seu fino verniz de confiança recém-adquirido. Por sorte, uma atendente veio em seu socorro, conduzindo-a a uma poltrona livre com um sorriso amigável e informando-lhe discretamente que o banheiro ficava na sala ao lado, caso ela precisasse usá-lo.

Imaginar o horror de Mamãe com a menção a esta instalação muito prática fez Margaret rir sozinha. Uma mulherzinha de vestido cinza que estava diante dela retribuiu o gesto, pensando claramente que o sorriso tinha sido destinado a ela. Envergonhada, Margaret sentou-se e fingiu consultar sua lista de compras, mas a mulher não se fez de rogada e veio se juntar a ela.

— Desculpe-me. Espero que não se importe com a interrupção, mas por acaso você é a lady Margaret Scott?

A mulher parecia estar na casa dos quarenta, tinha cabelos castanhos e olhos azuis como os da própria Margaret, um sorriso grande e um sotaque inesperado.

— Você é inglesa — respondeu Margaret, surpresa.

— De nascimento, embora tenha vindo para cá quando criança, há quase trinta anos. Eu sou a sra. Jane Cunningham Croly — apresentou-se ela, estendendo seu cartão. — E agora que a ouvi falar, sei que deve ser lady Margaret. Eu amo um sotaque escocês.

— Como vai? — Margaret disse, ficando de pé.

— Vou muito bem, obrigada. Você deve estar pensando que tomei muita liberdade ao abordá-la assim, posso perceber. Devo explicar que sou jornalista, mais conhecida por meus leitores como Jenny June. Ah, não — acrescentou, enquanto Margaret instintivamente recuava para trás —, não sou uma picareta em busca de escândalo; e, embora confesse que escrevo duas colunas de fofocas, ambas são perfeitamente inofensivas, prometo.

— Existe algo como uma coluna de fofocas inofensiva?

— Ah, céus, essa é a reação de alguém que foi gravemente prejudicada, se não me engano, mas garanto que as minhas são mesmo muito mansas.

Juro que não poderia publicar uma fração das coisas que ouço aqui mesmo nesta sala.

— Sério?

— O Salão das Damas é notório pela tagarelice. Acredite em mim, aquela pequena confraria ali não está comparando o preço das toalhas de mesa — disse a sra. Croly. — Um longo dia de compras, pés cansados e um assento macio ajudam a soltar a língua. Agora, por favor, sinta-se à vontade para dizer não, mas, se quiser se juntar a mim e à minha amiga, ficaremos muito contentes de ter sua companhia. Esta é Mary Louise Booth, que escreveu um livro sobre a história da cidade de Nova York e que é editora de uma revista chamada *Harper's Bazar*, lançada no ano passado — acrescentou, apontando com a cabeça para a outra mulher.

Duas jornalistas, e ambas pareciam inteiramente respeitáveis, mas Margaret hesitou. Mamãe recusaria educadamente o convite. Luísa lhe dizia que não se podia confiar em jornalista nenhum. Mas Marion… Marion não a exortara a desfrutar de tudo o que Nova York tinha a oferecer? E ali estavam duas mulheres que de fato ganhavam a vida escrevendo.

— Obrigada — disse Margaret —, eu ficaria encantada em me juntar a vocês.

A sra. Croly abriu um sorriso.

— Venha, então. Mary Louise — começou ela quando a outra mulher se levantou —, esta é lady Margaret Scott. Lady Margaret, esta é a srta. Mary Louise Booth.

— É um prazer conhecê-la, lady Margaret.

A mulher que lhe estendeu a mão tinha feições fortes, com uma boca generosa e um nariz bonito, mas emanava um ar de calmo autocontrole, de uma mulher autoconfiante, que atraiu Margaret instantaneamente.

— Srta. Booth, como vai?

Como a sra. Croly, ela riu da pergunta enquanto as três se sentavam.

— Vou muito bem, obrigada.

— Lady Margaret está preocupada que eu escreva algo escandaloso sobre ela — disse a sra. Croly.

— Em uma das colunas da Jenny June? Claramente ela não está familiarizada com elas. Jane, ou Jenny June para seus muitos, muitos leitores, escreve fofocas elevadas e informativas. Você sabe, como subir uma escada sem mostrar os tornozelos ou qual a maneira educada de assoar o nariz em público.

— Não é verdade! — disse a sra. Croly, rindo. — Sinceramente, Mary Louise, só porque não estou autorizada a escrever sobre qualquer assunto *sério e viril* não significa que o que escrevo seja inútil.

— Você sabe que estou só te provocando — respondeu a sra. Booth, batendo carinhosamente no braço da sra. Croly. — A Jane — continuou, voltando-se para Margaret — escreveu um livro de culinária best-seller e é mestra em escrever sobre assuntos sérios sob o disfarce de trivialidades femininas.

— Obrigada, mas não nego que minhas colunas para o *New York World*, *Sunday Times* e *Noah's Weekly Messenger* são frívolas. "Fofocas de salão e das ruas" — acrescentou a sra. Croly, revirando os olhos. — Mas não se preocupe comigo, lady Margaret. É verdade que vai se estabelecer em uma casa ao sul da Décima Terceira Rua?

— Isto não é uma entrevista, Jane — advertiu logo a srta. Booth. — Diga-nos o que está achando de Nova York, lady Margaret.

— Eu diria que é a cidade mais emocionante que já visitei, mas, como não sou muito viajada, isso não quer dizer muito.

— O que mais a atrai? — perguntou a sra. Croly.

— Bem, isto, suponho — respondeu Margaret. — Fazer compras sozinha. Sentar em um salão em uma loja de departamentos e conversar com duas mulheres profissionais. Nada disto teria acontecido em Londres, onde as apresentações devem ser feitas por uma conhecida em comum, para que nunca se conheça ninguém novo, ou, pelo menos, alguém que não se deveria conhecer.

— Sinto que você quebrou algumas regras, lady Margaret? — A sra. Croly se inclinou para a frente. — Conte mais.

Mas, mais uma vez, a srta. Booth interveio.

— Então as mulheres têm mais liberdade em Nova York, você acha isso? E ainda assim Jane e eu estávamos conversando sobre como estamos cansadas de nos dizerem para nos contentarmos com o que temos. Não forcem demais suas cabecinhas escrevendo sobre política ou ciência, apenas nos digam que cor está na moda nesta estação e se a crinolina vai dar lugar à anquinha.

— Quem me dera que desse — disse Margaret. — Se há alguma prova do engenho das mulheres é o fato de entrarmos e sairmos de uma carruagem usando uma crinolina.

— Você deveria tentar andar de bonde com uma. Ou talvez já tenha tentado? — disse a sra. Croly.

— Ainda não, mas, quando o fizer, vou anotar meus pensamentos e enviá-los a você para sua coluna — retorquiu Margaret.

— Rá! Ela te entendeu direitinho, Jane.

— Sabe, não é uma ideia tão má assim. Você tem alguma experiência de escrita, lady Margaret? Costuma escrever muitas cartas?

— Não sei se diria muitas. Escrevo regularmente para casa…

— E descreve sua vida aqui? Seus pensamentos? Do que você gosta em Nova York, como ela difere de Londres?

— E de Dublin, para minha amiga Julia.

— Excelente! Então tenho uma proposta para você, lady Margaret. Que tal escrever um artigo para mim? — a sra. Croly propôs. — Você pode simplesmente rascunhá-lo, se quiser. Eu posso aperfeiçoá-lo para publicação.

— Na verdade... — Margaret hesitou. Será que estas duas mulheres eruditas achariam suas histórias triviais? *Você é uma autora publicada!*, ela quase pôde ouvir Donald exortando-a a mostrar seu valor! — Na verdade, eu já lancei algo. Escrevi um livro de histórias infantis. Ele foi publicado em dezembro do ano passado. Foi uma edição barata, que acredito ter se mostrado muito popular, destinada a ser utilizada como cartilha nas escolas.

— Bem! — exclamou a sra. Croly. — Isso é muito interessante.

— Foi uma obra de caridade, financiada com fundos particulares, e não fui paga por isso.

— Não me pagaram um único centavo por nenhum dos meus escritos quando comecei — contou a sra. Booth —, e eu mal ganhei o suficiente para me alimentar com a primeira edição de minha história de Nova York. Se concordar em escrever para mim, receberá um pagamento justo.

— Mary Louise, eu a vi primeiro! Lady Margaret, acho que, se escrevesse uma pequena coluna... "Uma aristocrata em Nova York"... não, podemos inventar um título melhor do que esse... eu poderia ajudar a vendê-la. A *Demorest's* adoraria publicá-la, tenho certeza. E eles também lhe pagarão.

— Lady Margaret, posso fazer melhor que isso. Eu poderia publicá-la na edição do primeiro aniversário da *Harper's Bazar*, que vai ser lançada em novembro deste ano. Seu nome constará na lista de colaboradores junto com Charles Dickens...

— Você ainda não fechou com o Dickens.

— Se conseguir ser convidada para aquele maldito jantar no Delmonico's, vou fechar.

— Você sabe que eles não nos deixarão entrar. Não é permitida a entrada de mulheres.

— Mesmo que o jantar seja para o Clube de Imprensa, do qual você e eu participamos.

— Mesmo que meu próprio marido esteja na diretoria — disse a sra. Croly com tristeza.

— Estou determinada a dar um jeito. No entanto, estou igualmente determinada — continuou a sra. Booth — a recrutar lady Margaret. O que me diz? Você poderia me escrever uma coluna de amostra sobre um assunto de sua escolha...

— Eu já ofereci a ela a oportunidade de fazer isso.

— E se ela fizer as duas coisas e todas sairmos ganhando?

As duas mulheres sorriram para ela com expectativa.

— Estou muito lisonjeada, mas nunca escrevi para a imprensa — disse Margaret.

— Como eu disse, poderíamos pagar. — A sra. Croly mencionou uma cifra que surpreendeu Margaret. — *É* alto para uma estreante, mas o seu nome vai vender.

— E eu posso pagar o mesmo valor. Isso é por artigo — explicou a srta. Booth.

— O meu nome? Quer dizer que o meu nome verdadeiro seria impresso?

— Isso seria um problema?

O pai dela ficaria furioso. Mas o pai dela estava do outro lado do Atlântico.

— Suas revistas são publicadas na Inglaterra?

Dois abanões decisivos de cabeça foram a resposta que obteve.

— Estas ofertas são sérias?

— Muito. — A srta. Booth pegou um cartão de sua bolsa e lhe entregou. — Nós a pegamos de surpresa. Por que não pensa sobre o assunto? Esboce algo e aí podemos conversar mais. Não há pressa.

— E o mesmo vale para mim, embora quanto mais cedo... não, pense com calma. — A sra. Croly também lhe deu um cartão. — Por ora, não diremos mais nada; você deve tomar sua decisão por conta própria.

Eu já decidi, queria dizer Margaret. Mas, por mais excitante e tentador que fosse, ela estava determinada a não se precipitar em nada, e por isso guardou os cartões na bolsa, entregando dois dos seus antes de se levantar.

— Obrigada. Entrarei em contato.

— Espero que sim. — A srta. Booth estendeu a mão novamente. — Foi um prazer conhecê-la.

— Um verdadeiro prazer — disse a sra. Croly. — Espero ter notícias suas em breve.

— De uma forma ou de outra, vai ter. Mas, por enquanto — falou Margaret maliciosamente —, Jenny June pode dizer a seus leitores que lady Margaret Montagu Douglas Scott e a sra. Scrymgeour assinaram o contrato de aluguel de uma pequena casa na Washington Square. E isso, prometo-lhe, é o que se chama de um furo.

— Então, o que você acha? — Margaret perguntou. — Devo aceitar as ofertas?

Marion, que nunca a havia visto tão animada, resistiu ao impulso de dizer-lhe para agarrar a oportunidade inesperada com as duas mãos. Margaret tinha contado tudo a Marion assim que ela voltara do leilão. Seus olhos brilhavam e suas bochechas estavam coradas, e a garota mal deu a Marion a chance de aliviar as dores nos pés causada pelas botas.

— Vejo que está toda entusiasmada. Presumo que queira escrever para… ambas?

— Sim, embora ainda não possa acreditar que elas me convidaram. Você acha que as pessoas estarão interessadas em ler o que tenho a dizer? As duas desejam me publicar usando meu nome verdadeiro. Talvez temam que, se eu escrever de forma anônima, ninguém leia.

— Sem dúvida é verdade que menos pessoas iriam ler.

O rosto de Margaret mostrou decepção.

— Então é só o meu nome que lhes interessa… é isso que você quer dizer?

— Seu nome atrairá leitores, mas é sua escrita que os deixará querendo mais.

— Elas falaram de um único artigo para cada uma.

— A srta. Booth e a sra. Croly são mulheres de negócios. Elas querem provar e experimentar antes de comprar, como todos fazem por aqui. Se a mercadoria for boa, elas lhe arrancarão a mão a dentadas querendo mais.

Margaret riu.

— Que maneira extraordinária de dizer isso.

— Ouvi alguém usar essa frase hoje — disse Marion, sorrindo com a lembrança.

— Se meu pai descobrisse, se visse o nome da família impresso, ficaria horrorizado e muito provavelmente cortaria minha mesada.

Toda vez que Margaret mencionava aquele pai manipulador, Marion fechava os punhos. Ele deveria admirar sua filha, não a diminuir. Se Margaret fosse filha dela, ela seria a mãe mais orgulhosa do mundo. Mas enfim.

— Se for bem-sucedida, talvez você não precise da mesada — argumentou. — Além disso, é o seu nome também.

— Isso é verdade, e meu pai estava feliz o suficiente para usá-lo quando estava tentando me casar com alguém.

Bravo! E já não era sem tempo, pensou Marion.

— Precisamente — concordou ela.

— Não me havia ocorrido que pudesse ganhar meu sustento como a sra. Croly e a srta. Booth. Agora que comecei a pensar nisso, estou tendo todo tipo de ideias. As histórias infantis, por exemplo… mas estou me adiantando.

— Não há nada de errado em ser ambiciosa, minha querida. Presumo que tenha decidido empunhar sua caneta, então...

— Acho que sim. Eu seria tola em deixar passar esta oportunidade, não acha? Querida Marion. — Margaret beijou sua bochecha. — Já tagarelei o suficiente sobre o meu dia e ainda nem lhe perguntei sobre o seu. Gostou do leilão?

— Na verdade, não acho que esse tipo de leilão seja o lugar para adquirirmos nossos itens domésticos. Não precisamos de cadeiras douradas e mesas laterais com topo de mármore, e certamente não precisamos de um pianoforte de sete oitavas. Sim, havia um sendo leiloado, mas havia uma distinta falta de bons móveis úteis.

— Ah, puxa. Então foi uma perda de tempo?

— Não exatamente. — Marion segurou um sorriso. — Conheci alguém que prometeu nos ajudar.

— Excelente. Quem é ela?

— Ele se chama Patrick Valentine. É irlandês. Um irlandês encantador e muito rico, na verdade, embora eu não saiba bem como ganhou seu dinheiro, pois só o que me contou é que está envolvido em muitas coisas. Ele veio de Cork para cá durante a Grande Fome.

— Marion, você está corando?

— Não seja ridícula. Nós conversamos, só isso.

— Claramente não é só isso. Ele é bonito?

Marion riu.

— De um jeito meio fanfarrão. Ele deve ser astuto, implacável mesmo, para ter feito fortuna depois de ter vindo no barco só com um bolso cheio de batatas, como ele disse. Ele tem o que chamam de um toque de Midas. São seus olhos, acho; são do tipo que cintilam quando ele ri. Tem muitos cabelos brancos e um bigode com as pontas aparadas. Ele também tem um sorriso contagiante, e um riso tão estridente que fez todos ficarem olhando. Ah, céus, eu não estou pintando um quadro muito atraente, estou?

— Um muito intrigante, no entanto. Continue. Ele é alto?

— Ele certamente é imponente. Parece um urso, não gordo, mas robusto. O tipo de homem que faz até mesmo uma mulher de minhas proporções parecer frágil.

— Gostaria que não falasse assim de si mesma. Você não é gorda, parece ter saído de um quadro do Rubens. Não — disse Margaret, franzindo o cenho —, não faça uma piada como sempre. Como vive *me* dizendo para não fazer.

— Tem razão, minha querida.

— E outra coisa — continuou Margaret, claramente começando a gostar da conversa —, você fala como se estivesse velha, o que não é verdade. O sr. Patrick Valentine claramente não acha.

— Na verdade, ele se ofereceu para me acompanhar às compras atrás de barganhas amanhã. Você se importa?

— Claro que não me importo. Como uma mulher sábia me disse uma vez, você deve agarrar tudo o que Nova York tem a oferecer.

— Espero que não esteja sugerindo que isso possa incluir o sr. Valentine.

— Marion!

— Ah, não fique tão chocada. Eu só vou às compras com o cavalheiro.

— Ora, bom, nesse caso — disse Margaret, parecendo inteiramente e, com razão, incrédula —, pode adicionar à sua lista uma escrivaninha?

Diário de uma nova-iorquina novata, lady margaret montagu douglas scott

Querido Diário,

Hoje acordei pela primeira vez em minha casa recém-alugada na Washington Square. Da janela do meu quarto posso ver árvores florescendo, e só por um momento achei que estava de volta em minha casa, no interior da Escócia. Mas só por um momento, antes de o barulho da cidade me assaltar e eu saber que não poderia estar em nenhum outro lugar da Terra senão em Nova York. Não sou uma caipira, pois tenho experiência de vida em Edimburgo, Londres e Dublin, mas há algo de *único* nesta cidade. Esta humilde entrada de diário vai tentar capturar o caráter da Metrópole pelos olhos de uma recém-chegada.

Esta manhã, por exemplo. Nova York, em vez de despertar, explode em vida. Observo os moradores das pensões vizinhas partirem para o trabalho com seus trajes marrons, cortando a praça até a Broadway. Consigo ouvir o barulho dos bondes que vão pegar e os gritos dos jornaleiros na esquina. Mesmo tão cedo, a cidade zumbe e crepita com energia.

O café da manhã em minha nova residência, no entanto, é um calmo oásis britânico — bules de chá, pão e manteiga. Não suponham que eu seja uma daquelas pessoas que pretendem diluir a experiência de viver aqui recriando minha pátria. Pretendo me tornar, na medida do possível, uma verdadeira nova-iorquina, mas existem limites. Não consigo tomar café quando acordo, embora minha companheira viajada e muito querida o prefira. Ela sente falta do banquete que era o café da manhã oferecido pelo Fifth Avenue Hotel, onde até recentemente residíamos. Durante nossa estadia, ela passou com dedicação por cada item do cardápio. Tudo, menos a canjica, recebeu sua aprovação, e confesso que tenho a mesma opinião. Tínhamos certeza de que era como um mingau e, sendo ambas escocesas, estávamos predispostas a desfrutar, mas não se parecia em nada com nossa tradicional aveia. Eu gosto do meu mingau com creme e sal. Minha companheira coloca açúcar no dela — sacrilégio! Já ouvi falar de outros que o comem com fruta cozida, com mel ou até mesmo morangos. Abominação! Será que uma porção de canjica desperta tanta controvérsia? Devo investigar.

Passei a manhã, Querido Diário, ajeitando minha mobília e meus jogos de cama; mas à tarde, tendo tido um excesso de felicidade doméstica, decidi fazer um passeio de bonde. Uma novidade para mim! O lugar que escolhi para viver está posicionado literalmente em uma encruzilhada da cidade. Em uma direção vivem aqueles que podem escolher trabalhar ou não, e na outra estão aqueles que não têm opção. Em Dublin e Londres, os ricos e os pobres vivem juntinhos. Ainda não encontrei isso em Nova York, mas talvez não tenha me perambulado longe o suficiente... Em minha experiência, é por acaso que se aprende mais sobre um lugar. Felizmente, sou muito propensa a acidentes!

Não há nada parecido com um bonde em Londres, e não posso imaginar que algum dia haverá, pois os trilhos teriam que ser colocados em ruas que são muito mais estreitas que as avenidas de Nova York, o que causaria um caos completo. Embarcar enquanto usava o conjunto completo de saias da moda foi uma proeza tão difícil que quase desisti. Imagine tentar montar em um cavalo sem o uso de um bloco de montagem, e você quase entenderá. Tenho a certeza de que minha técnica, uma combinação de salto e escalada, pode ser melhorada com a prática, mas nunca conseguirá nenhum vestígio de elegância. Entretanto, uma vez a bordo e empoleirada em um dos assentos bem desgastados, a viagem foi rápida e suave. Meus colegas passageiros eram uma mistura eclética, e descobri que sentar-se frente a frente em um bonde é a única ocasião em Nova York em que se considera falta de educação ficar encarando. Todos contemplam os pés.

Em meu próximo passeio, estou decidida a ir para o centro da cidade na diligência a cavalo, embora tenha sido avisada de que é consideravelmente mais difícil subir nestes veículos do que no bonde. Uma notícia ainda mais emocionante, acredito que a West Side Elevated Patented Railway abrirá no verão. Não sei exatamente o que isso pode ser ou para onde pode levar, mas parece ser uma experiência demasiado sedutora para ser perdida, e vou fazer o meu melhor para estar entre os primeiros passageiros.

Viajar sozinha no transporte público é uma experiência mundana para muitos nova-iorquinos, mas é uma grande novidade para mim, e muito libertador. Espero nunca me tornar *blasé* em relação a isso, mas resolvi, enquanto voltava do centro da cidade para casa — pois já me parece ser minha casa —, tentar captar minhas impressões enquanto estivessem frescas. Assim, sentei-me em minha nova escrivaninha, abri um caderno novo e comecei este pequeno diário.

Ainda mal arranhei a superfície de Nova York, e estou curiosa para descobrir mais. Tenho uma lista interminável de novas aventuras implorando para ser experimentadas. Fique tranquilo, vou registrar todas as minhas impressões, boas, ruins e indiferentes.

LADY MARGARET A LADY VICTORIA KERR

Washington Square, Nova York, 25 de julho de 1868

Cara Victoria,

Sua carta chegou até mim na quinta-feira, menos de três semanas após ter sido enviada — as maravilhas dos métodos modernos de comunicação! Por favor, aceite minhas eufóricas e sinceras felicitações pela chegada em segurança da pequena Margaret. Sinto-me honrada e absolutamente emocionada por ter uma homônima, e espero que ela se revele menos problemática do que eu fui. Estou mandando para ela um pequeno presente da Tiffany's. É apenas uma lembrancinha, mas muito bonita, acho que você vai concordar. Um dia espero poder abraçá-la pessoalmente, mas por enquanto lhe confiarei a tarefa de dar à minha mais nova sobrinha um beijo especial e um abraço de sua tia americana.

Você me pede que lhe diga honestamente como estou. Embora você não diga, meus instintos me dizem que é porque nossa querida Mamãe está preocupada comigo. Por favor, tranquilize-a. Eu estou bem. Não, isso é um eufemismo. Eu estou mais do que bem. Estou feliz aqui. Fui acolhida na sociedade e nunca me faltam convites. Na verdade, vou passar agosto no retiro da sra. William Astor em Ferncliff, que fica no "norte do estado", em um lugar chamado Rhinebeck. Este convite, asseguro-lhes, é considerado uma grande honra e me comportarei da melhor maneira possível. O esquivo sr. Astor cria cavalos, e seus estábulos têm a fama de serem inigualáveis; por isso, espero ter o privilégio de colocar este seu orgulho à prova. Também estou ansiosa para curtir o ar do campo. Imagine Londres no verão e mais um pouco (como dizemos aqui). O calor já está sufocante, os cheiros dos esgotos dominam tudo e os enxames de moscas são indescritíveis.

Em resposta à sua outra, menos sutil pergunta sobre minhas perspectivas conjugais por aqui, deixe-me assegurar-lhe que mantenho a mesma (única) opinião que tinha quando cheguei. Se estivesse inclinada a brincar de substituta dos filhos de um viúvo ou mesmo de mãe de um dos absurdamente jovens — meninos, quase — que aqui são considerados bons partidos (pois os solteiros elegíveis da sociedade se casam antes dos vinte anos), então talvez pudesse conseguir um marido. Embora isso não seja uma conclusão inevitável, porque, até mesmo pelos padrões de Nova York sou considerada não convencional, e o renomado e estimado nome Buccleuch não compensa a minha conspícua falta de dote. No entanto não estou tão inclinada à possibilidade, Victoria. Não digo que nunca me casarei, mas, neste momento, estou gostando de cada momento em que aprendo a ser eu mesma. Em todo caso, temo já ter amado e perdido

Por favor, transmita um abraço especial a Mary e meu amor à Mamãe. Escreva logo com todas as notícias de sua (crescente) família, querida irmã.

Com amor, como sempre, e mais um beijo para minha homônima,
Margaret

Lady Margaret a Julia, Viscondessa de Powerscourt

Washington Square, Nova York, 20 de setembro de 1868

Cara Julia,

Voltei de minha visita de verão a Ferncliff, o retiro de campo da sra. William Astor em Rhinebeck, há duas semanas, mas já parecem meses. Nova York ainda está sufocante, sem um toque de outono. A grama na praça se queimou até virar feno, e as folhas das árvores pendem empoeiradas. Na verdade, todos parecem andar corcundas, exaustos pelo verão. Até mesmo os pensionistas ao lado saem para o trabalho pela manhã com um andar relutante, em vez de seus habituais passos rápidos.

Mouse e Bina (Mary e Davina para você!) deixaram a casa com um aspecto impecável para nosso retorno. Não consigo expressar quanto essas irmãs são uma dádiva de Deus — diga a Breda que ela é um anjo por tê-las recomendado. Elas mostraram todos os sinais de satisfação em receber Marion e eu de volta, embora me tenham assegurado que aproveitaram o tempo livre e têm me presenteado com histórias de Coney Island e passeios de um dia no navio a vapor da baía do Hudson que parecem muito mais divertidos do que os piqueniques tediosos e o tiro com arco altamente não competitivo que a sra. Astor considera entretenimento. Não que eu realmente tenha motivos para reclamar, pois me foi permitido experimentar uma das éguas do sr. Astor, e ele me considerou competente o bastante para me conceder sua permissão para usá-la todos os dias, o que foi um verdadeiro deleite.

Marion continua a desfrutar da companhia do exuberante sr. Valentine. Nunca antes conheci alguém que pudesse ser descrito

*como turbulento, mas acho que a palavra foi inventada apenas
para ele. Você pergunta se ele é vulgar, e a resposta é que você certamente acharia que sim. Ele nunca vai entrar na lista do sr. McAllister, isso com certeza, embora uma vez ele me tenha dito que,
se entrasse, cortaria a própria garganta! Continuo sem entender
quais são os vários esforços que geram sua grande riqueza, embora Marion tenha tentado me explicar. Ela tem uma compreensão
surpreendente dos números e até ganhou um pouco de dinheiro na
bolsa de valores daqui. Não me pergunte o que isso quer dizer;
acho que é como apostar — ou, como diz o sr. Valentine, ter um
pouco de agitação.*

*Sem dúvida você deve estar se perguntando o que será deste par
improvável — embora naturalmente se abstenha de me pedir para
especular. Eu, porém, sendo nova-iorquina, me permiti sentir curiosidade e fiz a pergunta a Marion. Ela está tendo um caso, segundo
me disse. O que quer que isso queira dizer, não inclui o casamento.
Eu sei, pois também lhe perguntei isso, e ela disse a coisa mais tocante:
Patrick é uma excelente companhia e um homem adorável, mas ninguém pode substituir meu Alexander. Onde isso vai acabar, eu não
sei, mas acredito que vai terminar mais cedo do que mais tarde, pois
Marion confessou ter saudades de casa. Você pode convidá-la a ficar
por um tempo aí, Julia, quando seu marido estiver viajando? Se não
se importa que eu diga, acho que isso faria bem a ambas.*

*Terminarei esta carta muito longa com algumas notícias sobre
mim. Meu "diário" mensal na revista* Demorest's *se mostrou tão
popular que eles me contrataram por mais um ano a um pagamento
maior, e me ofereceram condições muito generosas para três artigos
mais longos no que chamam de meu estilo "refrescante e animado".
Estou enviando a edição de setembro para que guarde em segurança
debaixo de seu travesseiro, já que você me diz que gosta (oh, espero
que não esteja simplesmente sendo educada, querida Julia!). Estou
considerando confessar minha nova carreira como jornalista à minha irmã, mas ainda não decidi, pois temo que isso coloque Mamãe
em um alvoroço sobre ser uma ofensa a meu pai. Mas, se você nunca*

tinha ouvido falar da revista, então não posso imaginar como ela chegaria aos conhecimentos do duque.

E agora realmente tenho que ir, pois tenho que escrever e tempo, como diria o sr. Valentine, consultando seu relógio com corrente de ouro maciço, é dinheiro!

Com muito carinho,
Margaret

P.S.: Você receberá uma encomenda da Macy's em algum momento, contendo uma seleção de toalhas azul-arroxeadas que combinam com seus olhos!

Novos horizontes, por
Lady Margaret Montagu Douglas Scott

Cheguei a Nova York pela primeira vez no início deste ano. Como uma jovem de uma família britânica aristocrática, fui criada para me casar bem, para estabelecer uma confortável vida doméstica em alguma venerável região rural e produzir uma ninhada de filhos para continuar a linhagem. Como tal, não se esperava que eu tivesse uma mente aventureira e muito menos um espírito inquieto. Então, por que estou aqui? Porque possuo ambos, e Nova York é o lugar perfeito para alimentá-los. Um lugar onde posso crescer e me desenvolver, como Gotham está fazendo!

Era outono, há pouco mais de um ano, quando atingi maioridade e decidi recomeçar minha vida nos Estados Unidos. O calor do acolhimento que me foi dado, os amigos que fiz são uma prova do caráter desta grande metrópole e de seus habitantes. A cada dia ela oferece novas possibilidades, novas oportunidades e experiências, e eu tenho tentado experimentar todas elas.

Mas uma carta de casa me fez lembrar dos entes queridos de quem sinto saudade, e a distância que nos separa parece impossível e insuportavelmente vasta. É outono, um ano depois de minha importante decisão e um momento de reflexão e reavaliação. Olho pela minha janela na Washington Square. Os dias empoeirados, sem vida e intermináveis e o calor opressivo do verão finalmente acabaram. O ar agora está fresco; as folhas, que tinham ficado de uma paleta de cobre, caíram dramaticamente após a primeira forte geada. Vejo as pessoas correndo decididas outra vez, e meus ânimos se animam. Tenho a sensação, que aparece tão raramente na vida de uma pessoa na vida, de saber que estou no lugar certo na hora certa.

Vim para cá seguindo o impulso do meu coração, mas isso não quer dizer que a decisão tenha sido fácil. As convenções sociais e o desejo de agradar com muita frequência sufocam a intuição. Não cometemos todos o erro de fazer o que é esperado, ou o que outros desejam que façamos, quando sabemos, no fundo, que algo está errado? Eu certamente já fiz isso e lamentei profundamente. Tomar uma atitude diante de uma oposição feroz, particularmente por parte daqueles que amamos ou cujas opiniões valorizamos, não pode ser nada menos do que um ato de fé. Ter a coragem de seguir suas convicções requer mesmo muita bravura.

Um dos objetivos deste novíssimo periódico é aconselhar às leitoras sobre como viver bem no mundo moderno. Não me considero uma autoridade no assunto; isso implicaria que eu mesma deixei de aprender, e uma previsão que posso fazer com confiança é que continuarei cometendo erros. Mas sempre me esforço para aprender com eles e estou feliz em compartilhar humildemente com o público a minha experiência na forma de alguns princípios que utilizo para orientar minhas ações. Chamo-lhes (um pouco grandiosamente) de minhas Regras de Ouro:

1. Seja gentil, mesmo quando os outros não são.
2. Olhe para frente e não para trás. Não deixe que o passado dite o futuro.
3. Quando uma decisão é tomada, não vale a pena remoê-la.
4. Sua opinião é tão válida quanto a de qualquer outra pessoa. Não tenha medo de dizer o que pensa.
5. Não lamente seu destino. Tire proveito do que a vida tem a oferecer.

Mas, antes de tudo, acima de todas estas Regras de Ouro, continuarei a deixar que meu coração seja a minha bússola e trace meu caminho conforme minha aventura em Nova York continua. Avante!

Capítulo trinta e cinco

Para fazer um agrado, Margaret e Marion prepararam a ceia de Natal para Mouse e Bina, servindo-a cedo para permitir que as duas irmãs se juntassem à sua própria família, levando consigo um cesto cheio de comidas e doces.

— Sinto-me terrível por abandoná-la no Natal. Não é tarde demais para ir a uma das festas para as quais foi convidada — disse Marion, quando elas tinham terminado de limpar tudo e voltaram para a sala de estar. — Caroline Astor provavelmente se sentiria insultada depois de você ter recusado o convite dela, mas há muitas outras anfitriãs que não se importarão se você aparecer de última hora.

— Tenho certeza que sim, mas não estou com disposição para socializar. Para ser sincera, Marion, ficarei perfeitamente feliz aqui sozinha, portanto, por favor, aproveite sua última noite com Patrick. Terei você só para mim amanhã, antes que parta para a Irlanda.

— Terei muita saudade de você, minha querida. Não posso deixar de sentir como se eu a estivesse abandonando.

— Não seja boba. Tive um ano inteiro de sua companhia e aproveitei cada momento dela, mas você nunca teve a intenção de permanecer aqui por muito tempo. Na verdade, se não tivesse conhecido Patrick, já teria voltado para casa antes, não é mesmo?

— É verdade; Patrick foi uma diversão inesperada, mas encantadora — disse Marion com um sorriso malicioso. — Como eu fui para ele, parece, já que ele tem questões importantes na Califórnia que está adiando resolver há algum tempo. — Seu sorriso desvaneceu-se. — E como você sabe, minha querida, tenho estado preocupada com Julia, e estava pensando seriamente em alugar uma casinha perto dela em vez de voltar à vida bastante enfadonha que tinha em Twickenham, da qual você tão gentilmente me resgatou.

— Mas agora Patrick veio te resgatar a cavalo com sua engenhosa proposta. — Margaret se aproximou para dar palmadinhas na mão dela. — Apenas pense, graças a ele você está prestes a embarcar em um capítulo totalmente novo da sua vida.

— Ainda não consigo acreditar, para ser sincera — respondeu Marion, com um sorriso lento surgindo em seu rosto. — Querido Patrick, ele sabe como meus fundos escassos são constrangedores e de bom grado os complementaria se eu o deixasse, mas sabe que eu não aceitaria caridade.

— Ainda não há nenhuma possibilidade de casamento, presumo? Eu sei que ele nunca poderia substituir Alexander, mas...

— Ah, não é só isso. Nós nos damos muito bem, Patrick e eu, mas também valorizamos nossa independência. É por entender quanto isso é importante para mim que ele elaborou esse plano, que me permitirá ter uma vida decente e o possibilitará fazer um bem real para sua pátria sem ter que estar lá pessoalmente — explicou Marion, rindo. — A solução perfeita. Embora, quando pense na responsabilidade que ele confiou a mim, fique bastante assustada, por assim dizer.

— Patrick é um homem de negócios obstinado. Ele não lhe confiaria essa empreitada se não acreditasse na sua capacidade.

— Ah, eu sei disso, Margaret, mas, mesmo assim, é um desafio e tanto. Eu não sei nada sobre criar e treinar cavalos de corrida.

— É por isso que vai contratar especialistas na área... e, por Deus, na Irlanda todos são loucos por cavalos, por isso não faltarão candidatos. De qualquer forma, Patrick a está colocando no comando dessa empreitada de criação de cavalos porque, acima de qualquer coisa, confia em você. Ele sabe que você não vai tentar... Como é a frase dele, "alterar os livros"?

— Adulterar. Sim, ele acha que eu tenho um jeito com os números — admitiu Marion.

— E você é uma excelente juíza de caráter, por isso não vai ser enganada por nenhum comerciante espertinho — disse Margaret, em uma fraca imitação do pesado sotaque de Patrick. — E, claro, você tem uma carta na manga, para usar outra de suas expressões: o haras que visitou no Egito.

— Alexander e eu nos demos muito bem com o proprietário, isso é verdade, mas foi há alguns anos, e é um tiro no escuro pensar que posso persuadi-lo a me vender qualquer um de seus preciosos puro-sangue árabes.

Patrick adoraria poder se vangloriar de que seus novos estábulos no condado de Kildare foram os primeiros na Irlanda a ter animais tão preciosos, embora, é claro, seja essencialmente um empreendimento beneficente. Seu objetivo é dar emprego a jovens de origem humilde, assim como ele.

— Retribuir ao Velho País — disse Margaret, mais uma vez falhando horrivelmente em reproduzir o sotaque de Patrick. — É uma ideia maravilhosa. Brendan, um dos irmãos de Breda, é louco por cavalos. Você provavelmente poderia preencher todos os cargos, desde estribeiros até os aprendizes de jóquei, só com a família estendida dela e os alunos da escola Enniskerry.

— Eu certamente espero conseguir persuadir Julia a ajudar de alguma forma. Ela precisa se ocupar com algo, e Kildare não fica muito longe de Powerscourt. — Marion apertou os lábios. — Ela me convidou para ficar por algumas semanas, já que Wingfield está em mais uma de suas intermináveis expedições. Lady Londonderry também vai estar lá. Estou ansiosa para conhecê-la.

— E você se certificará de lhe perguntar como está Mamãe, não é mesmo?

— Claro que sim, e lhe darei seus presentes para que os passe adiante.

— Entusiasmei-me demais com as minhas compras de Natal, receio. Você não se importa de ter que levar outro baú?

— Desde que não seja eu que tenha que carregá-lo. Margaret, você tem certeza de que ficará feliz aqui sozinha?

— Tenho Mouse e Bina para cuidar de mim aqui, e Jane e Mary Louise me manterão ocupada com respeito ao trabalho.

— Você entende que haverá pessoas que ficarão chocadas com sua vida tendo apenas serviçais como companhia?

— Por favor, não sugira que eu busque outra companheira para colocar em seu lugar, porque você é insubstituível. Aqueles que me conhecem e gostam de mim por quem sou continuarão sendo meus amigos. Aqueles que me abandonarem porque quebrei outra de suas regras… bem, essa é uma decisão deles. Lidarei bem com a reprimenda do sr. McAllister. Querida Marion, realmente não precisa se preocupar comigo. Além do mais — brincou Margaret —, você tomou sua decisão, não vale a pena remoê-la agora. Você tem que olhar para a frente, não para trás.

— Rá! Atingida por meu próprio petardo. — Marion se levantou. — Muito bem. Patrick deve estar esperando para estourar uma ou duas garrafas para celebrarmos nossa última noite juntos. É melhor eu ir me enfeitar um pouco.

Uma hora depois, tendo dado adeus a Marion, que estava adornada com um de seus melhores vestidos e partira em uma carruagem de luxo, Margaret voltou ao salão e acendeu as velas na pequena árvore de Natal. Estava decorada com bolinhas da Macy's que Bina e Mouse a ajudaram a escolher. A enorme árvore de Natal que ficava no salão de entrada de Dalkeith devia estar enfeitada com as estrelas de madeira que ela e suas irmãs haviam feito ao longo dos anos. As de Victoria eram sempre douradas e as de Mary, prateadas, mas Margaret escolhia pintar as suas de uma cor diferente a cada ano. Será que Mamãe teria pensado nela enquanto pendurava aquelas estrelas esmeralda, escarlate e roxa? Haveria agora novas adições, feitas por sobrinhas que Margaret nunca conhecera. Ela pegou a fotografia que Victoria lhe havia enviado, sorrindo para a expressão séria de sua irmã ao contemplar a bebê Margaret em seus braços. A pequena Cecil, que tinha quase três anos, estava ao lado de um apoio de pés no qual Walter, com dezoito meses, empoleirava-se. Olhando atentamente para a câmera, ele já era a cara de seu pai austero, que estava ao fundo.

Margaret deu um beijo na testa da bebê, limpando apressada uma lágrima de sua bochecha antes que pudesse danificar a imagem. Ela havia enviado a Walter um boneco de molas e, para Cecil e Margaret, tinha escolhido caixinhas de música. No baú, que acompanharia Marion através do Atlântico, havia também uma caixa de música para Mamãe e uma cópia de *Mulherzinhas* para Mary. Estava autografada pela autora, que Margaret havia conhecido em um dos saraus de Mary Louise. Ela havia pegado um exemplar da nova edição do próprio livro de Mary Louise, *Uma história da cidade de Nova York*, na Appleton's, pensando que seu pai poderia se interessar, tendo esquecido apenas por tempo suficiente para que machucasse lembrar que ele não aceitaria nenhum presente dela. Devolver o livro à prateleira, dizendo a si mesma que de qualquer forma ele não o merecia, tinha se mostrado muito mais difícil do que deveria. Ela não o amava, mas também não conseguia deixar de se importar completamente, por pior que ele a tratasse.

Com um suspiro de saudade, Margaret cuidadosamente baixou a fotografia da família de Victoria e começou a colocar os últimos presentes no baú. Havia um lenço de seda com estampa de estrelas para Julia em seu azul-arroxeado preferido e um par de meias de seda pretas bastante ousadas. Outra cópia de *Mulherzinhas* era destinada a Breda, e havia presentes para todos os seus irmãos e irmãs, e também para a mãe dela. Blocos de madeira; bonecos de mola; e uma pequena montanha de doces, incluindo bengalas de hortelã-pimenta, fitas de alcaçuz, ameixas açucaradas da Whitman, balinhas Necco Wafers e doces de amendoim, era destinada às crianças da escola Enniskerry.

O baú estava tão cheio que ela teve que se sentar na tampa para forçá-lo a se fechar.

Lá fora, a neve caía fresca e macia em cima da manta congelada já cobrindo a Washington Square. Margaret traçou o caminho dos flocos de neve enquanto eles pousavam suavemente na janela antes de derreter. Fora há apenas três anos que fizera a mesma coisa na estufa de Dalkeith? Três anos desde que tentara tão desesperadamente reprimir seus sentimentos e fazer o que se esperava dela. Seu primeiro exílio e seu primeiro Natal sem sua família. Será que algum dia compartilharia algum outro Natal com eles? Parecia improvável.

Luísa devia estar passando as festas em Osborne, como de costume. Segundo o sr. McAllister, que se interessava muito pelas últimas fofocas da sociedade londrina, ela estava tornando-se rapidamente a queridinha do público britânico, uma alternativa muito glamorosa à rainha. Assim como Margaret, Luísa gostava de dar presentes no Natal, orgulhando-se de suas escolhas idiossincráticas. Margaret lhe enviara um álbum de litografias retratando algumas das cenas mais famosas de Nova York que recortara de revistas, anotando cada uma delas. *O Battery e Castle Garden, onde Marion e eu pisamos pela primeira vez em solo americano; a vista do terraço superior do Central Park em direção ao lago de navegação onde patino durante o inverno; o tráfego na Broadway, que só se atravessa por sua conta e risco; o Fifth Avenue Hotel, onde ficamos na nossa chegada, seguindo os passos de seu irmão Bertie.* Ela duvidava que o presente fosse aceito. Luísa não lhe tinha escrito durante um ano. Será que abriria a carta de Margaret quando a encontrasse no pacote? Será que olharia as páginas e imaginaria Margaret andando pelas ruas, passeando no Central Park? Será que Luísa pegaria sua caneta de súbito e romperia seu silêncio? Novamente, era improvável.

E Donald? Margaret traçou o rastro de um floco de neve particularmente grande, do topo da janela até embaixo. Julia lhe havia informado que, em novembro, ele tinha sido eleito para o Parlamento como membro do condado de Invernesshire, concretizando sua intenção de se estabelecer na Escócia. Será que o próximo passo seria encontrar uma esposa? Ela queria que ele fosse feliz, mas era doloroso contemplar a ideia de que ele se casasse com qualquer outra mulher.

A neve estava caindo mais pesadamente agora, e o vento ganhava força, fazendo uma enxurrada de flocos cobrir a janela de branco. Margaret puxou as cortinas. *Olhe para frente*, ela lembrou a si mesma, *não para trás*. Amanhã seria seu último dia com Marion, e ela estava determinada a torná-lo memorável. Então, depois que se despedisse dela chorando e lhe desejando o melhor, consideraria seus próprios planos para o novo ano que chegava. Para começar, publicaria seu livro de histórias infantis, como Jane a vinha exortando a fazer.

E então... quem saberia? A grande diferença de antes era que ela agora achava a incerteza excitante em vez de assustadora.

Susannah Elmhirst a lady Margaret

Casa paroquial, Lambeth, 15 de dezembro de 1868

Cara Margaret,

Uma encomenda muito grande chegou esta manhã de Nova York, causando grande excitação por aqui. Até agora, resisti a abrir a que contém meu nome, embora não tenha certeza se conseguirei me segurar por mais dez dias! Quanto ao resto, sua consideração e generosidade tocaram o coração de todos. Após consultar minhas Senhoras de Lambeth, como você as chama, decidimos que faremos uma festa na igreja para as crianças na véspera de Natal, quando os doces serão distribuídos. Fora as bengalinhas de hortelã-pimenta, nunca vimos nada como a seleção que você nos deu, e tenho certeza de que as caixas de ameixas açucaradas do Papai Noel, em particular, serão muito apreciadas. Incluirei um relato completo da festa nesta carta, e adiarei sua postagem para depois do grande evento.

Sua carta para mim que acompanhava o pacote já foi lida várias vezes. Suas histórias de Nova York são tão vívidas, e a vida que você está levando aí, tão cheia de emoção que quase sinto como se estivesse junto. Por favor, continue a me enviar a revista Demorest's, se não for muito incômodo. Li sua coluna mensal para as Senhoras, que se orgulham muito de conhecer a autora — sim, até mesmo Sally, juro.

A campainha está sendo tocada com muita impaciência, e nossa governanta estará fora a tarde toda. Abandonarei esta carta por enquanto e a continuarei, como prometido, após a festa.

22 de dezembro

É com enorme tristeza e o coração muito pesado que retomo esta carta para transmitir as notícias mais terríveis que se possa imaginar. Acontece que a campainha da porta estava sendo tocada por dois policiais. *Querida Margaret, nem sei como lhe dizer isto. ~~Mesmo agora, uma semana depois, ainda não posso acreditar que ele~~*

Tentarei ser sucinta. Eles vieram me informar que Sebastian havia sido ~~assassinado~~ fatalmente ferido. Parece que foi esfaqueado ao tentar evitar que um agiota espancasse um cliente inadimplente. O devedor fugiu quando Sebastian interveio, e o agiota, temeroso de ser detido, empunhou uma faca. A única testemunha desse terrível acontecimento recusou-se a fazer uma declaração oficial por medo de represálias.

A polícia me disse para não esperar um desenlace. A altercação ocorreu em uma paróquia vizinha. Se estivesse mais perto de casa, acredito fervorosamente que alguém teria ido em auxílio de Sebastian, ou pelo menos prestaria testemunho. Da forma como foi, o assassino de meu irmão nunca será levado à justiça. A Bíblia prega o perdão. Confesso que estou achando quase impossível segui-la. Rezo para que, com o tempo, meu coração encontre forças para isso, mas neste momento estou consumida demais pela raiva e pela dor.

Ontem colocamos meu querido irmão para descansar. Como pode imaginar, a igreja estava lotada, com muitos tendo que ficar do lado de fora tomando chuva. É um pouco reconfortante saber o quanto Sebastian era valorizado e tido em alta conta. A missa fúnebre foi realizada por seu coadjutor, o sr. Glass, que agora assumirá o comando da paróquia. O arcebispo desejava liderar o luto, mas tenho certeza de que Sebastian não gostaria disso. Temo ter ofendido o arcebispo, mas me recuso a me sentir culpada por defender os valores de Sebastian até o fim.

Quanto ao meu próprio futuro, embora o sr. Glass tenha me assegurado de que não há necessidade urgente de abandonar a casa paroquial, minha estadia aqui sem Sebastian é bastante imprópria. Meus pais gostariam que eu voltasse, pois ambos estão extremamente frágeis, mas odeio deixar Lambeth e farei uso do modesto legado de Sebastian para encontrar outra acomodação. A única consolação pela minha perda é saber que, ao continuar meu trabalho por aqui, estou honrando a memória de meu irmão. Sebastian desejaria que eu ficasse. Se eu puder fazer isso, então estou determinada a fazê-lo. Devo a ele proteger seu legado.

Margaret, lamento profundamente ter que dar notícias tão terríveis, e em uma época do ano que deveria ser repleta de alegria. Suas cartas continuarão a chegar até mim por intermédio do sr. Glass, onde quer que eu esteja. Você está em meus pensamentos e orações, como sempre.

Que Deus lhe abençoe,
Susannah

Capítulo trinta e seis

Era um dia infeliz e frio e a neve havia se transformado em gelo. Cobrindo a boca com seu lenço, Margaret partiu pela Washington Square. Duas semanas se haviam passado desde que a carta de Susannah chegara. Ela tinha se sentado alegremente para ler seu relato sobre a festa natalina, e não conseguira, no início, aceitar o conteúdo daquele terrível adendo. Levou alguns momentos, olhando para o papel manchado de lágrimas, antes de compreender a terrível notícia.

Ela ainda mal podia acreditar que Sebastian partira. O choque inicial havia dado lugar a uma profunda tristeza que não era apenas o luto pelo homem por quem imaginara estar apaixonada um dia, mas também um profundo sentimento de empatia por Susannah e todos os homens, mulheres e crianças de Lambeth cujas vidas ele havia impactado e melhorado. Como Sebastian, que era tão cheio de vida e possuía tanto amor por seu Deus e seu rebanho, poderia ter sido abatido de maneira tão cruel e casual? Por que havia sido tolo a ponto de intervir? Era uma pergunta tola, pois Sebastian era incapaz de fazer vista grossa, mesmo sabendo perfeitamente que estava se colocando em risco.

Pobre e querido Sebastian. Os dias de Margaret em Lambeth pareciam ter sido há tanto tempo. Lembrar a jovem ingênua que ela era naquela época era como se lembrar de outra pessoa. Há muito tempo havia deixado de acreditar que ela e Sebastian poderiam ter sido felizes como marido e mulher, mas ele ocupava um lugar no coração dela como uma das poucas pessoas que a valorizavam. A pobre Susannah, porém, devia estar completamente arrasada.

Foram suas palavras que levaram Margaret à missão que estava começando naquele dia. *A única consolação pela minha perda é saber que, ao continuar com meu trabalho por aqui, estou honrando a memória de meu irmão.*

Sebastian não gostaria que ninguém se entristecesse por sua causa, mas ficaria encantado em saber que a obra de sua vida estava sendo levado em frente. Por Susannah e pelo sr. Glass em Lambeth. E agora, tomara, também aqui em Nova York, onde Margaret estava determinada a prestar sua própria homenagem prática. Naquele dia tinha um compromisso na Missão de Senhoras em Five Points. A instituição metodista, que tinha sido estabelecida no centro de Nova York há quase vinte anos, era uma escola e, mais importante, uma tábua de salvação para muitas das crianças mais pobres, fornecendo aos mais necessitados alimentos e roupas, além de educação.

Quando Margaret ouvira falar do lugar, por meio de Bina e Mouse, suas ações para aliviar o sofrimento alheio a fizeram lembrar tanto de Sebastian que considerara aquilo como um sinal e entrara em contato oferecendo seus serviços. Bina e Mouse ficaram chocadas quando ela lhes contou o que havia feito. Five Points tinha uma reputação terrível, era uma área onde apenas os completamente necessitados e aqueles sem esperança ou perspectivas moravam, mas os protestos de suas empregadas só deixaram Margaret mais determinada, pensando que Five Points era precisamente o tipo de paróquia que Sebastian escolheria se estivesse em Nova York.

Sabendo que as irmãs fariam de tudo para dissuadi-la, naquela manhã Margaret tinha saído após o café sem lhes dizer aonde estava indo. Saindo na Broadway através do parque, ela subiu balançando no bonde de teto branco, pagou sua passagem ao motorista e tomou seu lugar, respirando de maneira superficial enquanto seu nariz excessivamente sensível se ajustava ao cheiro cru da humanidade.

Lá fora, Nova York passava apressadamente em seu ritmo habitual, e Margaret sentiu uma onda de excitação sabendo que, como todos os outros, tinha seu próprio destino a seguir, seu próprio papel a desempenhar neste vasto e contínuo teatro. O bonde roncava em seus trilhos, com carruagens particulares e de aluguel, cavalos, carroças e homens com carrinhos de mão, todos a disputar espaço. Ao guizo dos cascos dos cavalos sobre os paralelepípedos e ao tilintar das rodas das carruagens acrescentavam-se o murmúrio e o barulho das obras de construção. Havia a habitual agitação constante, um ar de excitação, como se algo importante estivesse prestes a acontecer. Havia homens com trajes marrons e pretos, operários com aventais de couro, mulheres trabalhando com aventais engomados. Veteranos mutilados da Guerra Civil sentavam-se nas esquinas, lembrando-a de Fraser Scott, o que, por sua vez, a lembrou de verificar se sua bolsa estava a salvo no bolso de seu saiote.

À medida que se dirigiam cada vez mais para o sul, as calçadas se tornaram ainda mais movimentadas; as vias, mais entupidas; o barulho, ensurdecedor. Em um amplo cruzamento muito distante no centro da cidade, o impressionante edifício de mármore branco que era a Prefeitura surgiu na paisagem e Margaret, percebendo que havia perdido sua parada, apressou-se a se juntar aos outros passageiros que desembarcavam. Olhando ao seu redor, ela podia ver poucos sinais de pobreza, mas sua experiência em Londres e Dublin lhe havia ensinado que só precisava se afastar alguns passos das partes mais ricas de uma cidade para encontrar os mais pobres. Sua excitação se enfraqueceu um pouco, dando lugar à preocupação. Em Dublin, tinha tido Breda ao seu lado. Em Lambeth, tinha tido Donald. Será que deveria ter trazido Mouse ou Bina com ela?

Sem dúvida, mas agora era tarde demais, e não era como se não estivesse familiarizada com locais assim. Estava em plena luz do dia. Só era preciso uma combinação de confiança e cautela, disse Margaret a si mesma. Um homem que anunciava jornais parecia um bom candidato para lhe dar direções, mas ele estava do lado oposto da rua. Percebendo uma brecha fugaz no trânsito, ela segurou suas saias e correu o mais rápido que pôde pela rua, sentindo o hálito quente de um cavalo no pescoço e ouvindo o grito furioso de seu condutor. Com o coração batendo forte, ela chegou ao outro lado.

— Com licença — disse ao jornaleiro —, estou procurando a Missão em Five Points.

O homem franziu o cenho.

— Tem duas, sabe qual delas procura? A Missão de Senhoras fica na Park Street, e a Casa de Trabalho fica na Worth. Precisa voltar quatro quarteirões pela Broadway e depois pegar a Worth. Não dá para não ver, uma é diagonalmente oposta à outra.

— Obrigada.

— Cuidado com onde pisa agora, senhorita.

— Pode deixar.

Margaret caminhou rapidamente na direção indicada pelo homem, tentando manter a expressão confiante de uma mulher que sabia perfeitamente aonde estava indo. Virando na Worth Street, viu que a rua se estreitou e a paisagem muito rapidamente se tornou mais pobre. Os edifícios de tijolos se misturavam com barracos de madeira. Ela ainda podia escutar o barulho do trânsito na Broadway, mas era claro que estava entrando em outro mundo.

Os paralelepípedos deram lugar à lama que cheirava predominantemente a esterco de cavalo, mas este estava longe de ser o único odor. A água gotejava dos canos para a sarjeta. O tráfego consistia em grande parte de carroças e carrinhos enferrujados. As lojas eram decadentes: uma mercearia, um brechó, uma loja que vendia botas e sapatos individuais. As casas tinham telhados tortos e paredes rachadas, com papel pardo segurando as janelas quebradas. As escadas bambas conduziam ao exterior de alguns dos cortiços, e a roupa limpa era pendurada no ar frio, com cheio de fuligem e estagnado, lembrando-a das partes mais pobres da paróquia de Sebastian.

Vozes irlandesas, italianas e alemãs se mesclavam com o cantar nova-iorquino e o forte sotaque sulista. Homens e mulheres negros estavam muito longe de serem uma minoria perceptível, como acontecia mais ao norte da cidade. Era ela quem se destacava ali, apesar de seu vestido de lã comprado em uma loja e de seu manto de inverno simples. Não era pela cor de sua pele, ou mesmo por seus cabelos ruivos, mas pela falta de rasgos e manchas em suas roupas, pela ausência de buracos em suas botas. Ela tinha certeza de que até mesmo o forro de pele imaculada de suas luvas era visível.

Em Lambeth e em Dublin, as pessoas haviam olhado para ela como uma óbvia estranha de forma dissimulada. Ali, olhavam abertamente enquanto ela passava. Enfim avistando seu destino, Margaret deu um enorme suspiro de alívio. O substancial edifício anguloso pairava no céu cinzento, sua identidade proclamada em letras maiúsculas em blocos fixados abaixo do teto e pintadas na lateral do edifício. Na diagonal oposta, havia dois grandes edifícios de tijolos que deviam ser a Casa de Trabalho. A calçada diante da missão era pavimentada; a porta da frente, deslocada à esquerda, era imponente. Margaret estava de pé diante dela, com os nervos em frangalhos. Eles poderiam rejeitá-la. Poderiam considerá-la uma fraude, aparecendo ali sem referências, pois não lhe havia ocorrido obter nenhuma até aquele momento. Ela nunca havia se candidatado a um trabalho antes, nunca havia tido que justificar sua experiência ou mostrar suas credenciais.

Por trás da cerca alta veio um guincho, depois uma gargalhada.

— O primeiro a chegar no muro vence! — uma criança pequena gritou.

Aquelas eram as crianças que ela queria ajudar a educar. Ela havia conquistado as formidáveis Senhoras de Lambeth. Havia conquistado as crianças de Enniskerry e sua professora. Estava ali para homenagear Sebastian e estava determinada a deixá-lo orgulhoso. E a Donald também, embora ele nunca fosse saber. Seu contínuo reforço de sua autoestima havia feito com que passasse a confiar em si mesma.

Ignorando a dor familiar que pensar nele evocava, Margaret endireitou os ombros.

— Uma coisa de cada vez, M. — disse para si mesma. — Você ainda tem que convencê-los a aceitar você. — Aproximando-se da porta, ela bateu.

UM IRLANDÊS FORMIDÁVEL SE DESPEDE
COM CARINHO DA METRÓPOLE

Ontem à noite, o sr. Patrick Valentine despediu-se grandiosamente de Nova York, oferecendo — de forma apropriada — uma festa no Dia de São Patrício. Dono de um coração mole e de uma cabeça dura, o sr. Valentine não agrada a todos, nem aspira a isso. Seus convidados eram uma mistura eclética, representativa da perspectiva igualitária de seu anfitrião diante da vida, e nem é preciso dizer que não incluíam muitos membros da famosa lista do sr. McAllister. Embora tenham sido servidos cerveja escura irlandesa e pão de soda, todos os gostos foram atendidos, desde o *gourmand* (lagosta com *aspic*) ao homem comum (uma mistura de cevada e carneiro chamada cozido irlandês); assim, o apetite de todos os convidados foi saciado. As comemorações continuaram durante a madrugada, com várias danças irlandesas e uma interpretação de canções tradicionais trazendo lágrimas aos olhos de todos.

O sr. Valentine, que deixou a Irlanda durante os anos da Grande Fome, abraçou todas as oportunidades oferecidas a ele por nosso Grande País, fazendo sua fortuna extremamente grande de muitas e diversas maneiras, do ferro ao cobre, da madeira às ferrovias. O sr. Valentine gosta de dizer que adora uma agitação, embora o tamanho de seu patrimônio indique, achamos nós, que essa agitação ocorre na bolsa de valores e não nas pistas.

No entanto, foi para o Esporte dos Reis em seu Velho País que seus pensamentos se voltaram nos últimos tempos. Nas comemorações da noite passada, o sr. Valentine anunciou que havia adquirido recentemente uma grande área de terra no condado de Kildare, onde estava estabelecendo um haras e estábulos de treinamento de cavalos puro-sangue. Será um empreendimento beneficente, que proporcionará empregos muito necessários em uma área rural arruinada pela pobreza. Os leitores talvez se surpreendam ao saber que ele confiou a supervisão do empreendimento à sra. Marion Scrymgeour, a excêntrica companheira de lady Margaret Scott. Embora talvez não devêssemos ficar muito surpresos, dada a crescente especulação, entre seus conhecidos, de que uma aliança estreita se formou entre a sra. Scrymgeour e o sr. Valentine.

Essa especulação agora termina, pelo menos por ora. Embora o sr. Valentine nos assegure que uma viagem através do Atlântico está em seus planos futuros, por enquanto ele está indo rumo ao outro lado de nosso país para explorar novas oportunidades na Califórnia. Lady Margaret Scott, cuja encantadora presença na sociedade tem sido muito comemorada nesta temporada, despediu-se dele com muito carinho ontem à noite. Lady Margaret, cujo diário regular na *Demorest's* delicia milhares de leitoras, está se mostrando uma autora de talentos variados. A seus esforços jornalísticos, está prestes a acrescentar o lançamento de um livro de histórias infantis intitulado *Grandes histórias para quem tem memória*.

Parece, entretanto, que escrever e socializar não é suficiente para manter a irreprimível aristocrata ocupada, pois ela assumiu mais uma ocupação: a de auxiliar no ensino de crianças maltrapilhas em uma missão religiosa no ambiente um tanto insalubre de Five Points. É claro que se espera que toda jovem da sociedade se interesse por obras de caridade — tricotar meias, costurar boinas infantis, vender geleia e conservas para arrecadar fundos —, mas poucas destas flores de estufa misturam-se diretamente com aqueles que visam ajudar.

Será que a aristocrata escocesa, ou a nova-iorquina novata, como passou a ser conhecida, lançará uma nova tendência? Só podemos esperar que não siga o exemplo da sra. Scrymgeour e retorne para o lugar de onde veio. Por muitas razões, sentiríamos muita falta dela aqui!

Capítulo trinta e sete

Nova York, abril de 1869

Voltando de seu horário da tarde na missão, Margaret tomou banho e trocou de roupa. A moda da anquinha com saias puxadas para trás e drapeadas como um par de cortinas continuava reinando na sociedade nova-iorquina, obrigando quem a usava, nos casos mais extremos, a inclinar-se para a frente a fim de não tombar para trás. A postura, conhecida como curva grega, estava sujeita a muitas críticas na imprensa por dar origem a um desconforto físico. Margaret escapou dessa tendência em particular, não tendo a intenção de substituir sua odiada crinolina por outro instrumento de tortura a menos que fosse absolutamente necessário. Tinham ficado para trás os dias em que era necessária uma criada para ajudá-la a se vestir ou amarrar seu espartilho a uma circunferência específica. Para suas incursões ocasionais na alta sociedade, seguindo o conselho de Marion de manter todas as portas abertas, ela usava uma anquinha pequena e se sentava de lado, mas, em todas as outras ocasiões, mantinha suas roupas de baixo a um mínimo de saiotes e se sentava em sua cadeira para escrever de forma ereta e confortável. Ela nunca seria esguia, mas se acostumara com suas curvas naturais e as preferia a qualquer uma realçada por anquinhas, crinolinas ou espartilhos.

Usando seu vestido turquesa favorito com um casaco azul-escuro, ela partiu para o Delmonico's, onde tinha combinado de se encontrar para jantar com Mary Louise e Jane. O restaurante, na esquina das ruas Décima Quarta com a Quinta, perto da Union Square, ficava a dez minutos a pé. No ano anterior, apesar de seus melhores esforços, Jane não conseguira convencer o Clube de Imprensa a convidar qualquer escritora para o jantar oferecido em homenagem a Charles Dickens, a menos que ficassem escondidas atrás de uma cortina. Em desafio, ela havia formado, junto com Mary Louise e várias outras mulheres de negócios com os mesmos interesses, o Clube Sorosis. Lorenzo Delmonico lhes oferecera a sala de jantar privada para a reunião inaugural, sendo o primeiro restaurante em Nova York a admitir um clube só de senhoras, e desde então Jane e Mary Louise eram clientes regulares.

Não havia um evento do clube naquela noite; seriam apenas as três em um jantar, o que significava esperar na fila com o resto dos comensais, pois a política do Delmonico's era oferecer mesas por ordem de chegada. Quando Margaret explicara isso pela primeira vez em uma carta no último ano, Julia ficou indignada, não apenas pela noção de as senhoras realmente fazerem fila para comer, mas pela ideia de jantarem em público. Victoria, em contraste, não fazia segredo em suas cartas de que invejava as várias liberdades de que Margaret desfrutava e gostava de ler cada detalhe de suas idas às compras, assim como as delícias do cardápio extremamente caro do Delmonico's. Na verdade, Margaret achava a atmosfera de reverência silenciosa do restaurante luxuoso um pouco avassaladora, e a comida muito gordurosa para seu gosto — embora Marion tivesse se divertido com isso —, mas estava ansiosa para encontrar Jane e Mary Louise.

Ela chegou cedo e, tendo verificado que nenhuma delas estava na sua frente, tomou o seu lugar na fila. Suas amigas ainda não tinham chegado quando chegou a sua vez, e ela estava no processo de informar ao *maître d'hôtel* que estava esperando duas amigas quando um estranho se aproximou dela. Vestido com um caro terno de lã marrom, parecia ter uns trinta anos. Com cabelos curtos e escuros e olhos castanhos, tinha o tipo de expressão franca e aberta que não o tornava classicamente bonito nem memorável, mas de uma simpatia atraente.

— Desculpe-me, senhorita. Pergunto-me, se ainda está esperando suas amigas chegarem, se importaria de abrir mão de sua posição? — perguntou, indicando três homens mais velhos que estavam mais atrás na fila.

— Como?

— Ah, você é inglesa. Visitando Nova York, sem dúvida. Espero que esteja aproveitando sua estadia em nossa bela cidade. Agora, se pudesse me ajudar, eu apreciaria muito...

— Na verdade, sou escocesa — Margaret o interrompeu, irritada pelos modos suaves e urbanos dele —, e não sou uma visitante, mas uma residente sem nenhuma obrigação de atendê-lo. A política, como todo nova-iorquino sabe, é que se espere na fila do Delmonico's, não importa quem você seja.

— Estou ciente da política — respondeu o homem sem emoção, seu sorriso permanecendo irritantemente fixo. — Janto aqui regularmente. Se pudesse encontrar uma maneira de atender meu pedido, ficaria feliz em pagar por sua refeição, e pela de suas amigas também, pois presumo que não vá jantar sozinha.

— Se eu vou ou não — disse Margaret, começando a se irritar —, francamente não é da sua conta.

— Suas companheiras de jantar estão atrasadas, ou você está adiantada — insistiu o homem. — Por que ocupar uma mesa quando poderia...

— Entregá-la a alguém que não aceita esperar? — Margaret exasperou-se, agora completamente abalada.

— Faça uma boa ação a um companheiro, pode ser, senhorita? Normalmente eu não pediria, mas estamos atrasados e nos esperam em outro compromisso em pouco mais de uma hora, então...

— Então você terá que escolher entre chegar atrasado ou com fome. E aqui estão minhas amigas — disse Margaret, acenando para Mary Louise e Jane. — Se nos der licença. Venham, senhoras — chamou, dando-lhe as costas e seguindo um garçom até a sala de jantar.

— Que diabos foi isso? — Mary Louise perguntou enquanto elas se sentavam. — Você parece bastante nervosa.

— Um mimado de terno tentou me subornar para entregar nosso lugar na fila. Que cara de pau.

— Quem era ele?

— Eu não tenho absolutamente ideia.

— Ah, meu Deus, estamos em grande companhia esta noite! — Jane acenou para a porta, onde um grupo de quatro pessoas estava sendo admitido. — O de bigodes é Cornelius Vanderbilt. Estou surpresa que não o reconheça: ele é o homem mais rico de Nova York.

— E aquele à sua direita é seu filho mais velho, William — informou-lhe Mary Louise. — Acho que esse à esquerda é Goelet, o fundador do Chemical Bank.

— O jovem com eles, levantando o copo e sorrindo para cá, é o homem que me abordou. Claramente as pessoas que estavam atrás na fila não hesitaram em aceitar um jantar gratuito — disse Margaret, com um olhar de raiva.

— Esse é Randolph Mueller — contou Jane. — Ele é advogado, um negociador conhecido. Cria fundos fiduciários, fecha compras de propriedades, esse tipo de coisa. Faz com que os ricos permaneçam ricos e, sem dúvida, acumula uma pequena fortuna para si mesmo no processo.

— Não há nada de errado em ganhar um dinheiro honesto — opinou Mary Louise.

— Se *for* honesto — disse Jane, em um tom sombrio, antes de abanar a cabeça. — Não, isso não é justo. Uma das razões pelas quais Randolph Mueller faz tanto sucesso é que dizem que é limpíssimo e afiado como uma navalha. Ele realmente tentou subornar você com um jantar gratuito, Margaret?

— Três jantares gratuitos — corrigiu Margaret desdenhosamente.

— Poderíamos gastar uma fortuna, e aqueles quatro não teriam nem piscado diante da conta — comentou Mary Louise. — Champanhe, um par de garrafas de um bom vinho de Borgonha. E eu poderia ter pedido a galinhola. Nunca comi a galinhola daqui, pois é horrivelmente cara.

— Mary Louise! Certamente não está sugerindo que eu deveria ter aceitado a oferta daquele homem, não é?

— Não, não, claro que não. Meu Deus, Margaret, ele realmente te afetou.

— Não afetou, não! — Margaret pegou o cardápio. — Eu provavelmente nem o reconheceria novamente se passasse por ele na rua.

Capítulo trinta e oito

Nova York, maio de 1869

Quando Margaret fora aceita como voluntária na missão, sua oferta para ajudar "com qualquer coisa" foi tratada com algum ceticismo. Apesar de sua experiência anterior em Lambeth e Enniskerry, a diretoria achou difícil acreditar que a filha de um duque ficaria feliz em ajudar na maioria das tarefas mais servis e estivesse disposta a se misturar com a mais suja e desmazelada das crianças. Percebendo que tinha que provar seu valor, ela resolveu fazer exatamente isso. No segundo mês de trabalho lá, não era mais recebida com leve surpresa quando chegava na hora certa todas as manhãs, nem sofria com um silêncio embaraçoso quando entrava na sala de funcionários.

Tinha passado a saborear a variedade das tarefas e a excitação de não saber aonde cada dia a levaria. Naquele, estava ajudando com as novas admissões, que tendiam tanto a ser dolorosas como a aquecer o coração. Poderia haver até quatrocentos e cinquenta crianças de todas as idades frequentando a escola por dia, e às vezes eram obrigadas a recusar crianças porque tinham atingido o limite, embora fizessem de tudo para evitar fazer isso. O primeiro dia podia ser assustador tanto para as mães quanto para as crianças, pois estavam essencialmente entregando seus filhos aos cuidados de estranhas, às vezes contra a vontade de sua família. As comunidades irlandesa e italiana, em particular, tinham que superar a resistência de sua igreja a que suas crianças fossem educadas por metodistas. Algumas mulheres, profundamente envergonhadas da condição esfarrapada e imunda de seus filhos, os empurravam porta adentro e saíam apressadas, enquanto outras eram desafiadoras, agressivas e exigentes.

Nem mesmo Lambeth havia preparado Margaret para a condição de algumas das pobres almas que ajudava: suas roupas e cabelos cheios de piolhos e pulgas; seus pés ensopados de lama; todas elas subnutridas. Uma vez que as crianças estivessem limpas, alimentadas e vestidas, Margaret entrava em terreno muito familiar com elas — as marotas, as tímidas, as espertas e as mal-humoradas, cada uma oferecia um desafio e uma recompensa. Gentileza, ela havia sido avisada, era a palavra de ordem da missão, e era isso o que fazia as crianças voltarem a cada dia.

Tendo completado as admissões, Margaret tinha seguido para sua hora de contar histórias com a turma dos menores, e estava descendo da sala de aulas quando a porta do escritório do superintendente no terceiro andar se abriu e ninguém menos que o homem que havia tentado comprar seu lugar na fila do Delmonico's saiu no corredor. Pouco notável é como Margaret o teria descrito se lhe pedissem, mas ela reconheceu Randolph Mueller imediatamente. E parecia, pela maneira como ele sorria para ela, que não era a única.

— Ora, ora — disse ele —, nos encontramos novamente, lady Margaret.

— Como você sabe o meu nome?

— Cabelo ruivo, sotaque escocês e arisca. Sua reputação a precede.

— Não, não precede. Você não tinha ideia de quem eu era quando tentou me subornar.

— Ofereci-lhe um jantar em troca de um pequeno favor, isso dificilmente é um crime sem perdão — disse o sr. Mueller, levantando as mãos em rendição. — Tem razão. Eu não sabia quem você era quando lhe pedi educadamente a troca de lugares, mas não foi muito difícil descobrir. O que *está* fazendo aqui, posso perguntar? Você está muito longe de seu hábitat natural.

— Assim como você. Eu ajudo aqui quatro dias por semana. Qual é a sua desculpa?

— Acho que daria para dizer que eu também ajudo. Olhe, sei que começamos com o pé esquerdo, mas será que poderíamos recomeçar?

— Isso significa que vai se oferecer para pagar o meu jantar de novo?

— Que sugestão excelente.

— Presumo que esteja brincando!

— Eu não estava. Por que não?

— Jantar, só nós dois? Em Londres isso seria equivalente a um pedido de casamento.

— Não tenho nenhuma intenção a não ser conhecê-la, mas, já que colocou dessa maneira, talvez seja uma má ideia. Ainda que aqui não seja Londres.

— É bem verdade. — Margaret ficou tentada. Embora não tivesse falta de amigos e conhecidos, desde que Marion partira, não tinha nenhum confidente, e mesmo Marion não tinha sido uma substituta para a única pessoa em quem ela sempre confiara. Em Donald, havia encontrado um espírito afim, e era esse tipo de proximidade que faltava em sua vida. Não tinha ideia de se o homem ainda sorrindo animadamente para ela seria a solução, mas estava atraída por ele e nunca descobriria a resposta se o desprezasse.

— Vou lhe dizer uma coisa, sr. Mueller. Acho que jantar é um passo grande demais, mas, se estiver livre agora, pode me levar para almoçar.

Ela viu com tranquila satisfação que sua resposta o surpreendera e agradara.

— Quanto tempo você tem?

— Na verdade, já terminei por hoje, mas se estiver pensando no Delmonico's...

— Sei que é sacrilégio dizer isso, mas só janto no Delmonico's quando estou fazendo negócios. Pessoalmente, prefiro algo um pouco menos formal.

— Sério?

Ele riu.

— Não me julgue pelos acompanhantes com quem me viu. Tenho mais a oferecer do que isso, prometo.

— Onde estamos indo? — Margaret perguntou dez minutos depois.

— Há um lugar na Canal Street. Não é muito longe, se você não se importar de caminhar. É só tomar cuidado com a bolsa, embora eu ache que você saiba disso se já trabalha aqui há algum tempo.

— Desde o início do ano, embora, para ser sincera, tirando a rota desde minha parada do bonde até a missão, eu não me aventure muito. Nunca estive nesta rua, por exemplo.

— Esta é a Bowery. Não se preocupe, você estará a salvo durante o dia. Melhorou muito nos últimos vinte anos. É onde as pessoas que não podem pagar os preços da Broadway vêm às compras.

— Como o mercado em Lambeth. — Margaret olhou para a infinidade de pequenas lojas, bancas, vendedores ambulantes. — Mas em grande escala.

— Lambeth?

— É um distrito de Londres. Humilde, mas trabalhador.

— Sim, o mesmo que aqui, de dia, mas encontraria uma atmosfera muito diferente se viesse aqui depois de escurecer. O que eu não recomendaria.

— Você parece conhecer bem o local.

— Cresci não muito longe daqui, em Kleindeutschland, o distrito conhecido como Pequena Alemanha. Eu sou filho de imigrantes.

— Ah. Eu não tinha ideia.

— Achou que eu tivesse nascido em berço de ouro? Meu pai era escrivão. Eu sou filho único, por isso pude me dar ao luxo de fazer ensino superior e me formar na faculdade de direito. Eu lhe disse para não me julgar muito apressadamente. Embora suponha que o mesmo ocorra com você, sendo membro da aristocracia e tudo mais.

— Um pouco, embora aqui não tanto quanto em casa.

— O que a trouxe para cá em primeiro lugar?

— Muitas razões.

— Em outras palavras, não tenho nada a ver com isso.

— Para ser justa, sr. Mueller, acabamos de nos conhecer.

— É verdade, mas tenho um bom pressentimento a seu respeito. Acho que vamos ser amigos, não acha?

Ele sorriu para ela, um sorriso franco que se alargava até seus olhos, fazendo seus cantos se enrugarem, e a resposta obscura que planejava dar morreu em seus lábios.

— Sabe — disse —, acho que você talvez tenha razão.

— Costumo ter, lady Margaret. Portanto, se quisermos ser amigos, acha que podemos dispensar as formalidades? Poderia me chamar de Randolph?

— Poderia, se você me chamar de Margaret, simplesmente.

— Simplesmente Margaret! Você não tem nada de simples. Agora, vamos comer.

— Aqui? Isto não é um teatro?

— Sim, o Old Bowery, e ao lado fica a cervejaria Atlantic Garden, mas nós vamos ficar aqui, no salão de almoço. Ou espere, eu a interpretei mal? — Randolph perguntou, pela primeira vez parecendo incerto. — Pensei que gostaria de algo um pouco diferente, mas, se preferir…

— Não, diferente é bom. Pode ir na frente.

Ficou claro, pela forma como ele foi recebido com um aperto de mão caloroso e um tapa nas costas, que seu novo amigo era um frequentador do local. Embora ele falasse em alemão com o garçom que os levava a uma pequena cabine no fundo da sala, Margaret ouvia diversos outros sotaques e idiomas. A mesa era de madeira nua, mas limpa. Vários homens comiam sozinhos no balcão com uma concentração silenciosa, mas nas mesas havia uma variedade de clientes, a maioria, embora não todos, homens, várias famílias e um grupo de mulheres.

A comida, servida em grandes pratos, era abundante, perfumada e completamente estranha: presunto envolto em repolho roxo; salsichas de todos os tamanhos, formas e cores, servidas com purê de batata e repolho branco em conserva; assados servidos frios; cebolas cozidas; pão preto, pão de centeio e um pão com a textura de um biscoito torcido em uma forma elaborada.

— Eu não saberia por onde começar — disse Margaret, quando o garçom apareceu com um jarro de cerveja espumosa e dois copos e lhe perguntou o que ela gostaria de comer. — Por favor, pode pedir para mim?

— Com prazer — respondeu Randolph. — Você gostaria de provar a *lager*?

— Ah, sim! Eu peguei gosto por um copo de cerveja escura quando morei na Irlanda, mas nunca bebi deste tipo. A que devemos brindar?

— *Freundschaft*.

— Amizade? — Quando ele fez que sim, ela levantou seu copo. — Saúde.

— *Prost*.

Margaret pousou seus talheres com um alegre suspiro.

— Estava absolutamente delicioso. Vou pedir a Mouse para comprar algumas dessas salsichas defumadas.

— Mouse?

— O nome verdadeiro dela é Mary. Ela cozinha e cuida da casa para mim, junto com sua irmã, Bina. Eu alugo uma casa na Washington Square.

— Eu moro na Bleecker.

— Jura? Mas é logo do outro lado da praça. É uma escolha muito incomum para um advogado de sua posição, não é? Ah, não! — Margaret riu. — Por favor, peço-lhe que não me diga novamente para não julgar.

— Meus pais concordariam com você. Eles acham que eu deveria ir viver na parte alta da cidade, mais perto dos meus clientes, mas eu os vejo o suficiente durante o dia… embora essa seja apenas uma das razões pelas quais moro na Bleecker. Acho que o que mais gosto nela é que é uma grande mistura. Não está nem na parte alta, nem no centro. Não é nem pobre, nem elegante. Há todos os tipos, desde escritores e artistas até famílias, e acho que também há alguns cuja moral não resistiria a um escrutínio, mas é um lugar decente, mesmo assim. As pessoas cuidam umas das outras, mas elas não…

Randolph parou, parecendo tímido.

— Elas não julgam?

— Eu sei, eu sei, mas é verdade. Você pode se vestir e viver como quiser. Deve estar pensando que tudo isso soa muito boêmio e não é nada adequado para um advogado esperto que ganha dinheiro com a família Vanderbilt e esse tipo de gente, mas isso não significa que queira viver grudado com eles. Muito pelo contrário.

— Eu também não gostaria, mesmo que pudesse pagar, o que não posso — disse Margaret. — Que estranho que moremos a poucos metros de distância e ainda assim nunca tenhamos nos esbarrado. — Ela bebeu o resto de sua cerveja. — Eu gosto dela, mas acho que ainda prefiro a irlandesa. Diga-me, que negócios foi resolver na missão esta manhã? Certamente eles não podem te contratar para representá-los.

— Eu não trabalho para eles. Minha cliente é a mãe de uma das crianças que eles adotaram.

— De Five Points? E como ela consegue...

— Porque eu não cobro por esse tipo de trabalho.

— Ah. Não, claro que não cobra. Eu realmente entendi tudo errado, não foi? — Margaret franziu o cenho, envergonhada. — Mas não compreendo. A diretoria da missão coloca as crianças adotadas em bons lares, onde terão uma vida muito melhor do que se tivessem permanecido em Five Points.

— É um pouco constrangedor falar sobre isso, já que você trabalha lá, mas acho que, se eu mantiver o anonimato da cliente, tudo bem. Não duvido que tenham boas intenções, mas às vezes há um outro lado da história.

— Então me conte. — Percebendo quanto ela parecia defensiva, Margaret descruzou os braços. — Por favor.

— Certo. Bom, há uma mulher, vamos chamá-la Jane... — Ela escutou com horror crescente à medida que a história se desenrolava. Jane tinha chegado a Nova York com seus pais e dois irmãos havia cinco anos. Eram uma família trabalhadora, e todos rapidamente encontraram empregos respeitáveis. Jane era costureira na A. T. Stewart quando conheceu um homem chamado John. Randolph foi incapaz de conter o desprezo em sua voz quando pronunciou seu nome. John era carpinteiro. Dentro de um ano, os dois estavam casados, e, um ano depois disso, John se encontrava desempregado e tinha passado a beber muito nas tavernas. Enquanto isso, Jane teve um menino. — As coisas estavam ruins — continuou Randolph, olhando fixamente para sua xícara de café vazia —, mas pioraram. Acontece que John já era casado, e sua esposa o queria de volta.

— Então ele deixou Jane desamparada?

— Com certeza. A família de Jane ficou chocada quando descobriu que ela não era realmente casada e que a criança era ilegítima. Queriam que ela desistisse da criança, mas se recusou. Mas ela não tinha dinheiro, então precisava trabalhar e por isso...

— Ela colocou o pequeno na escola.

— Do ponto de vista da missão, ela não estava em posição de cuidar bem dele, e o menino teria melhores perspectivas com outra família, sem a mancha de ter nascido do lado errado da fronteira, como dizem em círculos educados. Então o colocaram para adoção.

— Não! Mas não era culpa da mãe, e ela estava fazendo o seu melhor pelo filho! — Margaret exclamou, horrorizada. — Isso é tão errado.

— Não é tão simples. Realmente, a culpa não é de ninguém, a não ser daquele bígamo — disse Randolph. — Todos os outros estão fazendo o melhor que podem em circunstâncias difíceis. Jane quer que sua mãe, a avó da criança, os acolha. Aparentemente, ela faria isso com prazer, mas está tendo dificuldade para convencer seu marido, o avô da criança, a se reconciliar com a filha.

Margaret se absteve de comentar, mas não pôde deixar de pensar em sua própria situação.

— Se ela voltar a morar com os pais, será que conseguirá seu bebê de volta?

— Eu certamente terei muito mais chances de convencer a missão a reverter o processo. A adoção ainda não está finalizada. — Randolph verificou seu relógio e gemeu. — Não tinha ideia de que era tão tarde. Infelizmente, preciso ir. Tenho uma reunião na parte alta da cidade. Um cliente que paga — acrescentou com um sorriso irônico, sinalizando para pedir a conta.

— Você faz muitos trabalhos no centro da cidade, de graça?

— O máximo que consigo. Quero retribuir de alguma forma, sabe? Sou um dos sortudos. Construí uma boa vida, mas não sou um defensor dos pobres e oprimidos, Margaret. Só tenho muito a oferecer, por isso uso minha influência nos casos que posso ganhar. — Randolph pagou a conta e se levantou. — Você vai para casa? Preciso pegar uma carruagem, mas posso deixá-la no caminho.

— Obrigada. — Olhando à sua volta com alguma surpresa, Margaret viu que eram as únicas pessoas que restavam no salão. — E pelo almoço também, eu gostei muito.

— Eles são boas pessoas... na missão, quero dizer. Ficou claro na minha reunião desta manhã: realmente acreditam que fizeram o melhor. O trabalho que fazem, e com a sua ajuda, é essencial.

— Sim, eu sei.

Mas despedindo-se do garçom e seguindo Randolph de volta para a Bowery, Margaret ficou inquieta e pensativa.

— Acho que preciso ampliar meus horizontes — comentou, quando o carro entrou na Washington Square. — Não quero dizer desistir do meu trabalho na missão, mas gostaria de ver do que estamos salvando as pessoas. O outro lado da história — acrescentou, com um triste sorriso.

— Você está convidada a vir comigo visitar Emily. Esse é o verdadeiro nome de Jane — respondeu Randolph.

— Obrigada. — Ela tocou levemente o braço dele antes de descer da cabine. — Por confiar em mim, quero dizer.

— É para isso que servem os amigos. — Sorrindo calorosamente, ele fechou as portas da carruagem. — Eu entro em contato.

Capítulo trinta e nove

Nova York, agosto de 1869

Margaret havia retornado mais cedo do norte do estado, onde havia ficado mais uma vez com os Astors, para a cidade. Encontrando-se rodeada por companheiros de viagem com conhecidas credenciais filantrópicas, ela não conseguiu resistir a tentar fazê-los se interessarem pela situação das crianças de Five Points. Havia falhado miseravelmente. Frustrada e indo contra o seu bom senso, ela havia feito uma última e fatal tentativa na mesa de jantar duas noites antes, exigindo saber se havia algum presente interessado em sua opinião sobre o escândalo que acontecia no centro de sua própria cidade em vez de em seu conhecimento privilegiado da relação entre uma rainha viúva e seu empregado escocês. O resultado tinha sido um silêncio assustador e embaraçoso, seguido por um zumbido de conversa na qual ela foi ignorada propositadamente. Embora seu banimento fosse temporário, ao final da noite, Margaret tinha dado suas desculpas e partira logo pela manhã do dia seguinte.

Randolph, que havia permanecido na cidade a negócios, foi simpático, mas pragmático quando ela desabafou com ele durante o jantar após sua volta.

— Essas *socialites* se orgulham de sua generosidade caridosa, mas preferem projetos onde possam ver seu nome estampado acima da porta, como a biblioteca que William Astor construiu. Você deveria saber disso, Margaret. Nunca se interessarão em algo escondido em uma parte da cidade que mal sabem que existe.

Ele havia sugerido que os dois tirassem um dia de folga, por uma vez se esquecessem do mundo e simplesmente se divertissem; e, quando acordara naquela manhã, Margaret já se sentia consideravelmente melhor. Fazia um lindo dia de verão e o sol brilhava em um céu sem nuvens quando chegaram a Peck Slip, pagaram a passagem de cinquenta centavos e embarcaram no barco a vapor em direção a Coney Island.

— Não é tarde demais para pegar a linha de barco diurna — disse Randolph, enquanto abriam caminho pelo convés lotado.

— Um cruzeiro tranquilo com conforto e elegância, com vista para o parque Hudson Highlands — respondeu Margaret, gracejando.

Ele sorriu.

— Sim, enfadonho. Eu sei.

— Mas adorável, já fiz isso no ano passado. Mas elas não são nada como as verdadeiras Highlands.

— Está com saudades de casa?

— Na verdade, não, só um pouco machucada emocionalmente após o desastre na casa dos Astors. Por alguma razão — acrescentou ela com ironia —, o fracasso sempre me faz pensar em casa.

Randolph, que já conhecia a maior parte de sua história, sorriu em solidariedade enquanto os dois se dirigiam a um assento a bombordo do convés.

— Tudo bem ficar aqui ou você quer que eu veja se há espaço lá dentro?

— Em um dia como este! Não seja tolo!

— Não seja tolo — repetiu ele, rindo. — Eu amo seu sotaque. Vamos lá então…vamos agarrar este espaço antes que outra pessoa o faça. Já se passaram alguns anos desde que fiz esta viagem. Tinha esquecido quanto fica lotado.

Ela se sentou da maneira mais confortável possível em seu novo vestido de algodão com listras turquesa e creme em estilo polonês, adornado com um grande rufo também turquesa, pois ele tinha que ser usado com uma anquinha. Com um chapéu de renda e fitas e luvas de algodão, ela pensara estar vestida apropriadamente para um passeio de férias, mas sua vestimenta era quase simplória em comparação com algumas das outras mulheres, em seus elaborados vestidos com caudas curtas e anquinhas grandes, enfeitados com camadas de rufos, debruns, rendas e faixas.

Randolph, parecendo fresco e elegante em um conjunto de casaco e calça de linho creme, sentou-se ao seu lado.

— A brisa durante o trajeto vai ser boa. O clima na cidade esteve insuportável nestas duas últimas semanas. Estava começando a desejar ter ido passar férias com meus pais nas montanhas Catskills. É uma pena que você tenha tido que voltar mais cedo, embora seja um bônus para mim.

— Você ganhou aquela ação judicial contra o proprietário da Bed House, na Mott Street? Embora chamá-lo de proprietário seja excessivamente generoso. Explorador dos pobres, isso sim — disse Margaret, sombriamente.

— Cobrando vinte dólares por mês por um casebre dessas pessoas desesperadas, porque elas não têm escolha, quando as chamadas pessoas respeitáveis podem alugar um quarto em uma pensão decente apenas alguns quarteirões ao norte por metade dessa soma.

— Fique tranquila — disse Randolph, colocando a mão no braço dela —, eu ganhei.

— Ah, excelente. Embora me pergunte o que acontecerá agora com os pobres infelizes que eram inquilinos do homem. Você acha...

— Acho que devemos parar de falar de trabalho.

— Desculpe. Eu só estava me perguntando, Randolph, dado que Bina vai se casar no próximo mês, se uma das mulheres da Bed House poderia substituí-la.

— O que Mouse vai achar disso?

— Ela ficará feliz em treinar alguém. Posso até contratar duas, pedir para Mouse treiná-las, e então elas poderão encontrar trabalho na cidade quando se livrarem do cheiro de Five Points — disse Margaret, irônica. — Sabe, um dos convidados dos Astors realmente me disse isso depois da minha pequena explosão no jantar.

Randolph suspirou.

— Posso imaginar, infelizmente.

— Você acha que eu deveria ter poupado o meu fôlego para esfriar o mingau.

— É mais um dos ditados da Molly? — Ele deu batidinhas no braço dela novamente. — Você sabe como é essa gente. Eu lhe disse ontem à noite: eles gostam de apoiar boas causas, de doar seus dólares e emprestar seus nomes para um sem-número de iniciativas dignas, mas não querem saber de Five Points, especialmente quando estão de férias.

— Eu sei, eu sei — respondeu Margaret desanimada —, mas há tantos pequeninos precisando tão desesperadamente de comida e roupas. Sebastian costumava dizer que não se pode melhorar a mente se o estômago estiver vazio. Ele também dizia que não havia pobres *não* merecedores, e tinha razão sobre isso, também. Por que mais pessoas não conseguem entender?

— Mas algumas entendem. Como você.

— E você.

— Sim, mas eu sei quando desistir de uma causa perdida — respondeu Randolph, sua expressão ficando séria momentaneamente enquanto,

Margaret não tinha dúvidas, lembrava-se de seu fracasso em conseguir o filhinho da pobre Emily de volta.

— No entanto, há sempre outras causas a serem buscadas — falou ela.

— E sempre haverá. Agora, vamos aproveitar nosso passeio, não é mesmo? — Um estrondo da buzina sinalizou que o navio começava a fazer seu caminho pesado e lento pelo Hudson, e um barulho de ânimo veio da multidão a bordo. — Estou muito feliz que tenha voltado mais cedo — comentou Randolph. — Tive saudades de você.

Ele havia tirado seu chapéu. O vento bagunçava seu cabelo, que ele permitira que crescesse mais do que de costume. Havia sombras sob seus olhos, uma prova das horas que dedicava a seu trabalho, sem mencionar as noites de verão úmidas que tornavam impossível dormir na cidade. Ele havia provado ter o espírito de bondade que ela esperava, ser o amigo de que ela precisava e com quem passava a contar cada vez mais. Quando seus olhos se encontraram, havia pela primeira vez a perspectiva de algo além de amizade florescendo entre eles.

— Eu também senti saudades de você — respondeu Margaret.

— Eu esperava que você sentisse. — E então, antes mesmo que ela pudesse começar a se sentir constrangida, ele rapidamente desviou o olhar.

Pouco mais de uma hora depois, o navio a vapor atracou em Norton's Point e os passageiros desembarcaram armados com guarda-sóis e cestas de piquenique, crianças pequenas segurando a mão das mães, crianças mais velhas correndo e gritando à frente.

— Para a praia — disse Randolph. — Fica a apenas cinco minutos daqui, embora haja na verdade três praias. West Brighton é a mais próxima; seguida de Brighton, onde fica o terminal ferroviário, e que acho a mais respeitável; e, depois, Manhattan, a mais distante. Podemos pegar um transporte se quiser fazer o passeio completo, mas acho que você prefere caminhar...

— Correto — confirmou Margaret, entrelaçando o braço com o dele. — O que todas essas pessoas sentadas em mesas espalhadas ao redor do pavilhão estão fazendo?

— Trapaceando, basicamente. São truques, sabe, para tirar dinheiro dos ingênuos. O jogo dos três copos, no qual escondem uma ervilha sob um dos copos... você deve ter visto isso na Broadway, não? O do monte de três cartas, que você deve conhecer como "encontre a dama". Gaiola, que é um jogo de dados.

Margaret riu.

— Gaiola podia ser o nome de um personagem de história infantil. Gaiolinha, a galinha barulhenta.

— Talvez você devesse escrever essa.

— Talvez eu escreva.

— Durante as férias da faculdade, eu me reunia com minha antiga turma no Lower East Side e tirávamos o dia todo para descer até aqui com o vapor. Mas nunca fui tão burro a ponto de apostar em nenhum desses jogos de azar. Nós bebíamos cerveja. Olhávamos as garotas. Tomávamos banho de mar.

— Banho de mar! Eu adoraria experimentar isso. Quase fiz isso uma vez na Irlanda, em Bray, que é um pequeno balneário perto de Dublin, mas era outubro e Lewis ficou horrorizado.

— Lewis?

— O cunhado de Julia. Ele é ator e um artista, entre outras coisas. Eu já não o mencionei antes? Julia me disse em sua última carta que ele estava falando em ir a Paris para ajudar a cuidar dos feridos da guerra com a Prússia. Não sei se ele fez isso mesmo, mas não me surpreenderia. Lewis — continuou Margaret — é como uma borboleta. Uma vez que domina algo, ele segue em frente. Na verdade, foi ele quem plantou a ideia de vir para os Estados Unidos na minha cabeça.

— Então eu sou grato a ele. Aqui estamos nós. O que acha da praia?

— Não acaba nunca — impressionou-se ela, olhando com prazer o longo e estreito trecho de areia que ficava logo abaixo do passeio e onde as ondas batiam suavemente. — E aqui tem um cheiro tão fresco, tão diferente da cidade. Estou muito feliz por termos vindo.

— Vamos passear um pouco?

— Sim, por favor. Isso são cabanas de banho? — Margaret apontou para uma fileira de pequenas cabanas caiadas espelhadas pela areia. — Acha que eles nos dariam trajes de banho?

Randolph caiu na risada.

— Meu Deus, está falando sério?

— É proibido que mulheres entrem na água?

— Até onde sei, não há lei que o proíba, mas, se é algo que as senhoras respeitáveis fazem...

— Isso é um desafio?

— Lady Margaret Montagu Douglas Scott tomando banho de mar. — Randolph sacudiu a cabeça de forma desaprovadora.

— Ah, vá, Randolph, certamente você não está apavorado, como diria Molly?

— Certamente que não, mas vamos mais longe. Como eu disse, Brighton Beach é um pouco mais respeitável. Podemos contratar algumas cabanas da Tilyou's Surf House, na qual já estive muitas vezes porque vendem uma cerveja alemã apropriada.

— Excelente, algo refrescante para beber depois do nosso banho.

A Surf House era uma grande barraca de madeira com uma varanda frágil construída na areia. Havia uma plana anunciando, de um lado, cerveja *lager* bávara a cinco centavos de dólar por copo, e, do outro, trajes de banho de flanela chiques. Por uma modesta soma de vinte e cinco centavos cada, Margaret e Randolph alugaram duas cabanas, cada uma incluindo um traje de banho e uma toalha, e foram informados de que teriam direito a uma tigela de sopa caseira após nadarem.

— "Banhar-se sem o traje completo é absolutamente proibido por lei" — Margaret leu ao agarrar seu traje e sua toalha em frente à cabana que lhe foi atribuída. — Não parece haver muita gente no mar.

— Está querendo voltar atrás?

— Sim — ela respondeu com sinceridade, olhando para o mar. Tinha sido tão azul e inocente e convidativo há alguns momentos. Agora parecia muito mais frio e, de alguma forma, mais molhado.

— Poderíamos ir almoçar em um hotel em vez disso.

— Certamente que não. O último a entrar na água paga a cerveja — declarou Margaret, voando para dentro de sua barraca.

Era pequena e muito básica, com alguns ganchos na parede e um penico, mas nenhum outro mobiliário. A cada instante que passava, enquanto ela lutava para tirar suas roupas, batendo contra as paredes enquanto se mexia e pulava, sua coragem diminuía mais. A barraca cheirava a areia, água do mar e lã molhada. As tábuas debaixo de seus pés estavam ásperas de areia. O traje de banho castanho era tão grande, com botões enormes e incômodos, que ela teve que arregaçar as mangas e as pernas. Estava suficientemente limpo, mas Margaret estava muito consciente do fato de que tinha sido usado por outra pessoa, e se perguntava se deveria ter mantido suas roupas de baixo. Mas aí elas ficariam molhadas, e ela teria que largá-las na cabana ou enrolá-las em uma trouxa e carregá-las, e qualquer uma das opções era embaraçosa.

Cautelosamente olhando para fora da cabana, Margaret viu que Randolph, em seu traje azul, tinha saído na frente e já estava no mar, de pé com água até a cintura. Então, a cerveja ficaria a cargo dela! Sentindo-se decididamente indecente, seu instinto foi o de fechar a porta e vestir-se outra vez; mas, como se lesse a mente dela, ele virou-lhe as costas, mergulhou na água e começou a nadar paralelamente à margem. Era óbvio que não era um novato.

— Pelo menos se eu tiver alguma dificuldade, Randolph me salvará — Margaret murmurou para si mesma —, o que seria marginalmente menos vergonhoso do que me afogar. — Pisando na areia úmida, ela começou a tentar abrir caminho em direção à água. Era muito estranho estar do lado de fora com os tornozelos e as canelas expostos, usando apenas esta enorme vestimenta de lã. Foi esse pensamento que a estimulou, ofegando enquanto sua pele exposta tocava a água, que não estava tão fria quanto ela esperava. Não foi nada como o choque gelado de um lago, por exemplo, que instantaneamente transformava seus pés em blocos de gelo. A água salgada fazia a pele dela formigar, e o contraste do sol escaldante na sua cabeça com o mar batendo na sua pele nua era bastante delicioso.

Na cabana havia instruções para os homens "entrarem bruscamente na água até atingir a altura da cintura", o que Randolph obviamente havia seguido. As mulheres eram exortadas a prosseguir com cautela para que não fossem dominadas pela histeria. Com a intenção de mergulhar completamente, Margaret saiu com a maior firmeza possível. Esquecendo-se de ficar envergonhada, ela se concentrou em manter o equilíbrio, pois a areia sob seus pés era macia; as ondas não eram tão suaves quanto pareciam; e, o mais importante, o traje de banho de flanela era como uma enorme esponja, absorvendo a água e puxando Margaret para baixo.

Quando já estava imersa até a cintura, como recomendado, seu traje já estava ensopado, seus cabelos fugiam do penteado e voavam sobre seu rosto e sua pele formigava com o sal. No entanto, ela estava imbuída de uma sensação de felicidade feroz e selvagem, pela alegria de estar viva e pelo sentimento de estar ainda no controle e não completamente perdida.

— Você conseguiu! — Randolph nadou suavemente para perto dela e se levantou. —Estou impressionado. Sério.

O traje de banho dele tinha mangas curtas. Seus antebraços estavam levemente bronzeados e surpreendentemente enrugados. A gola de seu traje havia se esticado, expondo seu pescoço e um pouco dos pelos escuros em seu peito. O tecido molhado agarrava-se a seu corpo magro, fazendo Margaret enxergá-lo não como seu amigo, mas como um homem. E um muito atraente, com os cabelos molhados caindo sobre a testa.

Ao encará-lo, Margaret viu seus pensamentos refletidos no olhar dele. Abruptamente consciente de que seu próprio traje estava agarrado em seu corpo, ela se afastou apenas uma fração de segundo tarde demais.

— Está frio — disse de forma pouco convincente, colocando os braços em torno de si mesma.

— Está — concordou ele, embora ela soubesse que não o havia enganado. — Vamos pegar nossa sopa grátis, e você pode me pagar uma cerveja.

Sempre cavalheiro, Randolph se dirigiu para a praia, deixando-a caminhar sem ser observada, embora, observou Margaret, não tenha entrado em sua própria cabana até que ela tivesse posto os pés na areia em segurança.

Apanharam o último vapor lotado de volta à cidade e dividiram uma carruagem para a Washington Square.

— Meu nariz está queimado — comentou Margaret, observando o carro retornar à parte alta da cidade. — Receio que meu chapéu não seja muito eficiente.

— É bonito, no entanto — disse Randolph.

— É para ser elegante.

Ele riu.

— Como seja. Você teve um bom dia?

Eles tinham chegado até a porta da casa dela. O dia tinha esfriado, e era aquela hora tranquila depois do pôr do sol, mas antes do anoitecer, quando a cidade parecia fazer uma pausa para respirar. A praça parecia deserta.

— Tive. — Margaret sorriu para ele, e sua respiração parou e seu coração sacudiu quando seus olhos se encontraram; e a consciência de que havia uma faísca entre eles durante todo o dia cresceu no fundo de seu estômago. — Foi perfeito.

— Quase perfeito — ele a corrigiu com suavidade, dando um passo para mais perto.

Ela poderia ter recuado, mas, em vez disso, levantou o rosto, e, quando os lábios dele encontraram os dela, fechou os olhos. O beijo dele foi macio, não muito casto, mas o tipo de beijo que poderia facilmente passar como se tivesse sido dado por um amigo, se ela escolhesse pensar assim. Por um segundo, apenas um minúsculo segundo, ela se lembrou da última vez que havia sido beijada, de um jeito muito diferente, e então afastou o pensamento e colocou seu braço em volta do pescoço de Randolph.

Ele não precisava de encorajamento, mas não tomou liberdades demais, pressionando-a mais para perto, mas não muito, dando-lhe um beijo gentil, mas não mais suave. Embora também não tivesse sido particularmente apaixonado, ela pensou quando tudo terminou, vagamente intrigada por sua própria falta de reação.

— Acho que precisamos nos acostumar a sermos mais do que amigos — disse Randolph ironicamente, provando estar em sintonia, como sempre, com os pensamentos dela. — Mas achava que você não me imaginava como *outra* coisa além de um amigo até hoje.

— Eu não tinha imaginado. Você tinha?

Ele deu de ombros.

— Por um tempo, mas não queria arriscar arruinar nossa amizade. Espero não ter feito isso agora.

— Não, não.

— Estou ciente — disse Randolph, com um meio sorriso — de que já houve alguém. É o único assunto que você cuidadosamente evitou. Não estou pedindo que me fale sobre isso, mas você já o esqueceu, sim?

Donald abraçando-a com força. Donald se despedindo, montando o garanhão cinza e partindo a cavalo, e ela mesma afundando-se no chão, levando as mãos à cabeça.

— Sim — confirmou Margaret —, acabou.

— Olhe, eu não sei aonde isto pode nos levar, mas quero que saiba que não é a única que…

Ela colocou um dedo nos lábios dele, balançando a cabeça.

— Você tem trinta e um anos de idade, Randolph. Não imagino que tenha vivido como um monge… mas, assim como você, não preciso saber dos detalhes.

— Pensamos da mesma forma sobre isso, também.

Ele deslizou o braço ao redor da cintura dela, puxando-a de novo para perto. Não houve nada de platônico no beijo, mas, enquanto ela permanecia de pé na escada, vendo-o partir na direção da Bleecker Street, seus batimentos cardíacos já haviam diminuído e sua respiração curta voltara ao normal.

— A pergunta é, M. — ela se perguntou enquanto girava a chave na porta —, você faria isso de novo? — E, embora houvesse muito o que melhorar, a resposta foi, sem dúvida, sim.

CHARLOTTE, DUQUESA DE BUCCLEUCH, PARA LADY MARGARET

Casa Montagu, 10 de outubro de 1869

Minha querida Margaret,

Decidi quebrar meu silêncio hoje, em seu vigésimo terceiro aniversário. Anexo um pequeno presente, um medalhão de ouro que talvez reconheça como um presente que me foi dado por minha própria mãe. Antes, ele continha miniaturas de retratos de seus avós. Eu os substituí por fotografias de mim e de sua irmã Mary, e ele vai com nosso amor.

Minha decisão de escrever não foi tomada de espírito leve, mas finalmente a tendo feito e pegado minha caneta, já sei que é a atitude certa.

Deixe-me explicar. Há dois meses, recebi uma encomenda de lady Julia contendo uma série de publicações americanas que ela sugeriu, de sua maneira discreta de sempre, que poderiam ser de meu interesse. Imagine meu espanto quando descobri que minha filha havia se tornado escritora — e popular, a julgar pelo volume e variedade de artigos que Julia anexou. Eu li seu trabalho, Margaret, e estou muito orgulhosa. Sua querida e muito distinta voz aparece tão claramente nas páginas que confesso que chorei de emoção, ao passo que às vezes também chorei de rir. Eu sempre soube que você tinha um talento para contar histórias, é claro, e aprecio muito minha cópia de Grandes histórias para quem tem memória *(que lady Julia me conta que agora foi publicado nos Estados Unidos!), mas esses artigos representam uma verdadeira inovação.*

Vou ser franca e admitir que fiquei alarmada ao ver seu nome atrelado a eles. Temia que, se o duque visse seu trabalho, o trataria como uma violação de seus termos e cortaria sua mesada, amea-çando assim sua independência duramente conquistada. Encon-trava-me em um dilema, mais desesperada do que nunca para escrever-lhe, mais receosa do que nunca das consequências. Devo minha decisão à sra. Scrymgeour. Ela me fez uma visita. Mar-garet — que amigas leais e verdadeiras você tem, e como me en-vergonho de não ter sido uma delas. A sra. Scrymgeour foi muito mais direta do que lady Julia. Com a ajuda dela, compreendi sua vida em Nova York mais claramente. Seu desejo de ganhar seu próprio sustento, de estar livre de qualquer exigência de não ir-ritar o duque ou qualquer outra pessoa (circunstância que ela me disse que você chama de suas "algemas de ouro"), e sua compreensão sensível de minha própria situação — Margaret, quando a sra. Scrymgeour partiu, eu me senti muito impotente, mas bastante determinada a agir.

No dia seguinte, falei com seu pai. Foi uma das conversas mais difíceis que já tive com ele, mas o resultado é que estou livre para lhe escrever e que sua mesada não está sob ameaça. Não posso mentir e dizer-lhe que ele tem tanto orgulho quanto deveria da filha, mas não a condenou. Mary também tem permissão de lhe escrever agora, e acredito que já o tenha feito. Ela demonstra ter um grande espírito independente e, como você, não tem inclinação para casar-se jovem. O duque, fico aliviada em dizer, aprendeu sua lição a esse respeito e, até agora, não fez nenhum movimento nesse sentido.

Parece que a princesa Luísa é outra jovem decidida a evitar o matrimônio. Os boatos de que iria se casar com o irmão da prin-cesa Alexandra provaram-se falsos e, embora a preferência de Sua Majestade por um alemão que esteja disposto a viver na Inglaterra esteja bem estabelecida, sua amiga deixou claro que só se casará com um súdito britânico. Muito patriótico, alguns diriam, mas a escassez de candidatos com o título adequado me leva a acreditar que é sim-plesmente uma tática para evitar as núpcias. A princesa Luísa está muito mais interessada em suas esculturas e, mais recentemente, tem feito aulas particulares com um certo sr. Boehm. Ele está trabalhando em uma estátua de John Brown para Sua Majestade, o que está causando alguma controvérsia na Família Real.

Eu a atualizarei sobre minhas próprias novidades separadamente. Embora eu não mereça, sei que ficará satisfeita em saber de mim, e confio que poderemos recuperar o tempo perdido em nossa correspondência restabelecida.

Com o maior amor,
Mamãe

JULIA, VISCONDESSA DE POWERSCOURT, PARA LADY MARGARET

Powerscourt, condado de Wicklow, 1º de janeiro de 1870

Cara Margaret,

É o início de um novo ano, e me encontro em um clima de reflexão. Faz dois anos que você ousadamente partiu para Nova York em busca de novas paragens, uma perspectiva que eu teria achado aterradora. No entanto, passei a admirar e invejar sua coragem. Você deve saber, pela frequência de minhas cartas, quanto valorizo a nossa amizade, embora nunca o tenha dito francamente. Nunca esquecerei o dia em que você chegou a Powerscourt, machucada, mas não dilacerada por seu cruel exílio. Mesmo naqueles dias sombrios, a chama de seu corajoso coração ardia desafiadoramente. Você trouxe esperança para a minha vida tediosa, e para a vida dos muitos amigos que fez aqui.

Suas cartas e sua maravilhosa escrita foram um bálsamo para mim em alguns de meus dias mais sombrios, mas estou decidida a deixar de viver indiretamente. Já estou farta de suportar e de me contentar. Seguirei seu exemplo, vou escutar meu coração e confiar em meus instintos. Ainda não tenho ideia do que isso significa, e, relendo o que escrevi, posso imaginar sua surpresa, pois as palavras soam como se não fossem minhas! Posso só fugir de Powerscourt por um tempo. É uma prisão para mim tanto quanto foi para você.

O que se tornou claro para mim é que não posso desperdiçar meu tempo esperando por um acontecimento que pode nunca chegar. Em abril estarei casada há sete anos. Tenho vinte e sete anos e devo aceitar que as chances de ter um filho agora estão diminuindo. Minha irmã Gertrude está esperando sua primeira criança na primavera, após cinco anos de casamento, mas ela é três anos mais nova do que eu. Sua querida mãe me convidou para acompanhá-la durante o ve-

rão em Drumlanrig, ou para passar a temporada na Casa Montagu. Talvez aceite um desses convites, ou até os dois!

E já chega de falar de mim! Em uma nota muito mais positiva, mencionarei a querida Marion, que fez do haras um grande sucesso e proporcionou trabalho a tantos jovens desfavorecidos. É um empreendimento realmente maravilhoso, e muito comentado desde o condado de Kildare até Wicklow, Dublin e além. Imagine a emoção, então, quando o próprio Patrick Valentine apareceu um pouco antes do Natal. Nunca vi Marion tão animada, nem tão tímida como quando eu a provoquei sobre seu namorado. O sr. Valentine é exatamente como você o descreveu, exuberante. Wingfield o achou assustadoramente vulgar, mas eu gostei muito dele. Ele e Marion me parecem um casal que combina muito, embora ambos insistam que não pretendem formalizar o arranjo. A saudade, Marion me confessou quando lhe perguntei (pois eu perguntei — veja que ousado da minha parte!), decididamente aprofunda as relações.

Escrevi muito mais do que pretendia e terminarei agora com uma notícia que espero que, conhecendo seu coração generoso, fique contente em ouvir. Cameron de Lochiel vai se casar, Margaret. O noivado ainda não foi anunciado, mas, segundo Wingfield, que conheceu Lochiel em Londres, é iminente. A mulher é a srta. Helen Blair e, pelo pouco que sei dela, é uma jovem muito gentil e bem-humorada, também escocesa. Lochiel terá agora uma castelã para sua propriedade de Achnacarry e, se Deus quiser, o herdeiro que tenho certeza de que ele deseja.

Agora realmente tenho que encerrar. Por favor, escreva em breve.

Com muito amor,
Julia

P.S.: Como fui negligente em não lhe agradecer pelo meu presente de Natal. O lenço tem exatamente o tom de azul-arroxeado que combina com meus olhos — e as toalhas que me enviou no ano passado são tão lindas que mal consigo usá-las!

A BONDADE NÃO É DIFÍCIL
POR LADY MARGARET MONTAGU DOUGLAS SCOTT

O distrito de Five Points fica a apenas alguns metros da prefeitura. Compradores ocupados na Broadway podem vislumbrá-lo se quiserem olhar além dos palácios de mármore e vidro na direção do East River. Eles verão um lugar onde a moeda é a miséria, não o dólar, e onde o comércio rapidamente cede lugar à pobreza. O próprio ar aqui é espesso de carência e sofrimento. Mesmo no auge do verão, o sol luta para romper a nuvem cinza da desesperança. Ninguém escolhe viver em Five Points. Os poucos sortudos que lutam e conseguem sair nunca olham para trás, que dirá retornam. Mas, para a maioria azarada de seus residentes, é uma sentença de prisão perpétua.

As crianças que nascem aqui com muita frequência morrem aqui. As missões trabalham incansavelmente para socorrê-las, alimentá-las, vesti-las e educá-las, mas, para cada criança que acolhem, um número incalculável começa o dia com o estômago vazio revirando o lixo e vai para a cama ainda mais faminta. As crianças de rua de Five Points não são uma visão edificante. Vestem farrapos, ficam descalças, estão enlameadas e lotadas de piolhos. Seus olhos são arregalados e seu corpo, muito fino. Elas não são candidatas a atrair a benfeitores ricos em busca de uma causa beneficente para ajudar. Confinadas a seus barracos, constituem os pobres indignos e fáceis de ignorar.

São injustamente malfaladas e muitas vezes vilipendiadas, essas crianças de Five Points. Elas não nascem criminosas, embora sua vida muitas vezes as obrigue a seguir esse caminho. São inocentes, embora não permaneçam assim por muito tempo. Não são estúpidas, mas, sem educação, crescerão ignorantes. São crianças que merecem uma chance, todas elas, legítimas ou ilegítimas, independentemente de sua religião, de seu país de nascimento e da ocupação ou do caráter de seus pais.

As crianças de Five Points não têm nada, mas suas necessidades são simples e poucas: comida, roupas, calor, um teto sobre sua cabeça. Antes de tudo, porém, o que essas crianças merecem é ser tratadas como crianças; ter um lugar para brincar, um lugar onde possam estar a salvo, livres de julgamento, e ser tratadas como iguais. Um lugar onde possam aprender o que é a felicidade.

Não podemos continuar ignorando o que está acontecendo debaixo de nosso nariz. Não podemos continuar a fingir que essas crianças não existem. Em Londres, as crianças das favelas são repreendidas e condenadas; mas este é o Novo Mundo, a Terra da Oportunidade, onde todos os homens, mulheres *e* crianças são iguais.

A bondade beneficia tanto o doador quanto o receptor. As crianças de Five Points merecem ser tratadas com bondade. Quem irá oferecê-la? Será você?

Capítulo quarenta

Washington Square, Nova York, maio de 1870

— É um excelente artigo, Margaret, muito poderoso e claramente escrito com o coração — disse Randolph, colocando a cópia do jornal *Revolution* em sua mesa —, mas quantas pessoas leem esta publicação? Mil?

— Três mil.

— E, pela sua expressão, não houve muita respostas?

— Algumas cartas de apoio e só. Eu não sei mais o que fazer — desabafou Margaret desanimada. — Tentei despertar interesse nas pessoas ricas que conheço, a ponto de correr o risco de ser banida da sociedade, mas em vão. Tentei que esse artigo fosse publicado em uma revista com um número significativo de leitores, também sem sucesso. A *Demorest's* não quis saber, nem a *Harper's*. Foi Mary Louise quem me apresentou à sra. Cady Stanton, que é uma das fundadoras e editoras do *Revolution* e integrante do Clube Sorosis. Mesmo com a ajuda de Jane, não consegui persuadir nenhum dos outros jornais a aceitá-lo.

— Não estou surpreso. Você está chamando a atenção para uma parte da cidade que os leitores preferem ignorar.

— Aqueles que poderiam fazer algo a respeito não são simpáticos à causa; aqueles que são simpáticos não têm os meios para ajudar.

— O verdadeiro problema é que tendemos a acusar as pessoas que não conseguem ser bem-sucedidas de serem preguiçosas ou ruins. — Randolph se juntou a ela no banco da janela e colocou o braço ao seu redor. — Não fique tão desanimada. Você já faz mais do que suficiente, ajudando na missão. Sei que você usa seu próprio dinheiro para comprar coisas para aquelas crianças, sem falar em ajudar a encontrar trabalho para as mães quando pode, incluindo oferecendo posições em sua própria casa. Há um limite do que uma pessoa pode fazer.

— Mas não há limite para o que precisa ser feito, e minha contribuição é uma gota no oceano. Essas crianças precisam de um lugar onde se sintam seguras, Randolph, um refúgio para onde possam ir a qualquer momento.

— Algum lugar onde não sejam julgadas. — Ele sorriu com tristeza. — Sinto-me lisonjeado por ter acreditado tanto nessa ideia, mas, como eu disse, talvez seja hora de parar de se lamentar pelo que não conseguiu e se parabenizar pelo que já faz.

— Não é o suficiente. Preciso encontrar uma maneira de alcançar mais pessoas. Os nova-iorquinos precisam saber o que está acontecendo em seu quintal.

— E depois? Mesmo que você persuadisse o *New York Times* a publicar esse artigo, que diferença faria? Mais algumas pessoas balançando a cabeça e murmurando sobre como tudo isso é horrível antes que se esqueçam e sigam com sua vida.

— Você tem razão — disse Margaret, após um tempo. — Palavras não são suficientes. O que precisamos é de ação. Preciso levantar os fundos por conta própria, mas como? Não consegui convencer um único de meus conhecidos filantrópicos de que esta é uma causa digna.

— Está realmente decidida a fazer isso? Não, foi uma pergunta idiota. Quer um conselho meu?

— Sempre.

— Comece devagar, com o que você sabe. É assim que resolvo meus casos, os complicados, quero dizer; um passo de cada vez.

— Ou um tijolo de cada vez, no meu caso. Começar com o que eu sei? Mas a única coisa que sei é que preciso de dinheiro, e a única maneira que sei de ganhar dinheiro é escrevendo, e… ah!, Randolph, acho que você é um gênio.

— Só acha? — repetiu ele, fingindo indignação.

— Eu poderia escrever um livro de histórias para crianças ambientado em Five Points e reverter todos os lucros para lá. Eu teria que pintar um quadro ligeiramente higienizado, mas na verdade as crianças gostam de contos horripilantes. Não vai arrecadar muito, mas é um começo, e a publicidade só vai ajudar a conscientizar mais pessoas sobre a situação de verdade.

— Vai incluir a história da galinha?

— Quê? Ah, Gaiola, a galinha! Escreverei essa especialmente para você.

— Uau! Você está mesmo falando sério!

— Estou mesmo. — Margaret sorriu de repente. — Vou fazer isso, porque se eu não o fizer, ninguém mais o fará.

— Pode levar anos.

— Que leve.

— Não deixe que isso consuma tudo. Deixe espaço para outras coisas.

— Continuarei escrevendo meus textos e trabalhando na missão.

— Estava me referindo a compromissos mais pessoais.

Ela olhou para ele por um momento, e então a ficha caiu. Surpresa, Margaret sentou-se abruptamente à sua mesa. A última coisa que queria era que Randolph lhe pedisse em casamento. Ela já havia rejeitado três pedidos, e a memória da última vez ainda fazia seu coração doer. O amor que Donald havia declarado tão apaixonadamente havia morrido, e agora a srta. Helen Blair ocupava o lugar de Margaret em seu peito. Ao ler a notícia, em janeiro, sua primeira reação esteve muito longe do deleite que Julia havia previsto. Pelo contrário, lembrava-se distintamente de exclamar *não!* Era errado, era impossível que Donald fosse se casar com outra pessoa, que Donald amasse outra pessoa. Quando seu choque passou, ela começou a se convencer racionalmente de que estava feliz por ele, mas demorou muito mais tempo do que deveria para se acostumar com o fato, e mais tempo ainda para que acreditasse verdadeira e honestamente no que dissera a si mesma que deveria sentir.

Donald provavelmente estava casado agora. A srta. Helen Blair era a sra. Donald Cameron, posição que Margaret havia rejeitado e que provavelmente voltaria a rejeitar. Provavelmente? Quase certamente. Mas não era Donald que estava quase pedindo-lhe em casamento, era Randolph.

Talvez ela estivesse confundindo a situação?

— Você não me disse que queria se dar pelo menos até os trinta e cinco anos antes de fazer qualquer mudança em sua vida? Lembro-me claramente de você dizer que não havia horas suficientes em um dia, e isso sem nenhuma outra distração.

Ele ficou calado por um momento, olhando para suas mãos e depois pela janela, em direção à praça. Então deu de ombros.

— Está fazendo um belo dia. Talvez seja até mesmo o primeiro dia da primavera de verdade. Vamos tomar o bonde até o Central Park e nos juntar aos outros passeadores dominicais?

Em outras palavras, Margaret pensou, *sei que você não quer falar sobre isso, então não vou forçá-la.* Ela ficou tão aliviada que quase concordou, mas outra horrível sensação a impediu. Não importava se conversassem agora, dali a um mês ou dali a seis meses, seus sentimentos não mudariam.

— Não, espere.

Randolph tinha meio que se levantado, mas agora tinha afundado de novo no banco da janela, não dizendo nada, só a observando. O que havia de errado com ela?! Eles eram melhores amigos. Eles se respeitavam; tinham uma compreensão instintiva um do outro, o que significava que suas diferenças ocasionais nunca se transformavam em discussões. Era improvável que conhecesse outro homem que parecesse ser um par tão perfeito, ainda mais agora que Donald era casado... mas não, ela não compararia Randolph com Donald: isso seria bastante injusto com ambos.

Mas não era essa a raiz do problema? Randolph não era Donald. Infelizmente, Margaret lembrou-se de Marion dizendo algo semelhante, sobre Patrick não ser Alexander. Se Donald era seu par ideal, então Randolph estava condenado a se sair mal na comparação. Os beijos que trocaram tinham sido encantadores, mas nunca a haviam levado até o apaixonante nível dos beijos de Donald. Randolph a fazia rir, ela gostava muito da companhia dele, ele a fazia se sentir *confortável*.

Ah, não! Ah, M.! Ela o amava, mas como um amigo, e demais para magoá-lo. Ela se virou para olhá-lo ao se juntar a ele no assento da janela.

— Tenho que ser dolorosamente sincera com você... é o mínimo que você merece. Você é o meu melhor amigo, Randolph. Não quero que isso mude.

— Sim! Esse é o problema, não é? Não estamos sendo realmente capazes de ir *além* de sermos amigos.

— Oh!

— Você pensou que era só você que se sentia assim? — Ele balançou a cabeça. — Não me entenda mal, houve momentos em que pude me convencer de bom grado, porque, logicamente, somos perfeitos um para o outro.

— Nós somos! — Margaret concordou fervorosamente. — É isso que eu não entendo.

— Acho que o amor não tem lógica.

— Talvez isso seja uma coisa boa. — Aliviada, Margaret pegou a mão dele. — Por que não disse nada?

— Por que você não disse nada?

— Não me permiti pensar nisso até há uns momentos, e, quando pensei... — Ela parou de falar, pois havia um nó em sua garganta. — Eu *deveria* ter falado algo antes. Foi errado da minha parte beijá-lo quando sabia... embora eu não soubesse, ou não tivesse certeza. Ah, Randolph...

Ele a abraçou brevemente.

— Não se culpe. Eu queria que funcionasse, continuei tendo esperanças que funcionasse, mas estou feliz por termos resolvido isso agora. Foi corajoso da sua parte trazer a questão à tona. Eu não teria feito isso.

Margaret endireitou-se.

— Não, caso contrário continuaria o tempo todo entre nós, não é verdade?

Ele suspirou.

— Você está certa, mas, mesmo assim, foi corajoso da sua parte.

Seria a coisa mais natural do mundo que seus lábios se encontrassem, mas qualquer paixão que tivessem alimentado um pelo outro havia se dissipado. Margaret se afastou, ruborizada.

— Acha que podemos continuar sendo amigos? Eu odiaria que isso nos afastasse.

Randolph se levantou.

— Eu também não quero perder você. Mas acho que vou dar aquele passeio no Central Park sozinho, se não se importa. Preciso de um pouco de tempo para me ajustar.

— Daremos um jeito, não é mesmo?

— Pode apostar.

Ela o ouviu dizer adeus a Johanna, a mais nova recrutada de Five Points. Parada à janela para vê-lo descer os degraus, Margaret ficou aliviada quando ele olhou para cima para acenar como de costume antes de seguir para a Broadway. Quando ele se afastou, as lágrimas fizeram seus olhos arderem e as dúvidas encheram sua mente. Será que o amor acabaria florescendo entre eles, com o tempo? Será que não estava se lembrando bem de seus sentimentos por Donald, criando um falso patamar que nenhum homem conseguiria atingir? Isso não importava. A questão era que ainda não estava pronta para se casar. Teria que aceitar que talvez nunca estivesse pronta; e, até que estivesse, não poderia haver mais romances. Ela tinha quase cometido um erro com Randolph, quase acabando com a amizade deles. Não correria o risco de enganar outro homem.

— E enquanto isso — disse, esfregando os olhos e dando a si mesma um chacoalhão mental — há a pequena questão de levantar fundos para construir um refúgio para as crianças de Five Point.

Teria ela finalmente dado um passo maior do que a perna? Sentada à sua escrivaninha, selecionou um caderno novo encadernado com seu couro turquesa preferido. Puxando o tinteiro para perto de si, ela mergulhou uma caneta recém-afiada e começou a escrever.

Gaiola, a galinha A galinha Gaiola era uma galinha muito barulhenta. A galinha mais barulhenta do galinheiro, aliás, e o páreo era duro...

Capítulo quarenta e um

Nova York, 8 de agosto de 1870

Margaret não sabia quase nada sobre velejar. Em sua primeira temporada desastrosa em Londres, ela havia sido convidada para ir ver uma regata em Cowes, mas em agosto, quando o evento aconteceu, ela já havia sido exilada em Dalkeith. Quando Randolph lhe informou que tinha um convite para a manhã do desafio da Copa da Rainha no Iate Clube de Nova York, ela teve dúvidas de se deveria acompanhá-lo. Ele havia rido quando ela questionou seu súbito interesse em um esporte que nunca havia mencionado, dizendo-lhe que provavelmente seria um grande evento e, além disso, esperava que ela pudesse ajudá-lo a fechar um negócio importante.

E assim, naquela manhã, Margaret tinha colocado um de seus vestidos mais elegantes, de seda verde-esmeralda adornado com renda cor de creme, e se preparado para aproveitar a experiência. Fazia um lindo dia de verão, claro e ensolarado, o calor amenizado por uma brisa suave. Para seu espanto, o porto estava cheio de pessoas competindo para embarcar nas balsas e vapores de onde assistiriam a regata.

— Parece que todo mundo em Nova York está tentando ir para a água — disse ela a Randolph. — Meu Deus, há até mesmo pessoas em barcos a remo.

— Felizmente, temos lugares reservados em um barco a vapor para nos levar a Staten Island, cortesia de nosso anfitrião. É este, acho — respondeu ele, colocando um braço protetor ao redor dela. — Conseguiremos ver os competidores se tivermos sorte. Eles passaram a noite nos Narrows, e só irão se deslocar até o ponto de partida no Iate Clube pouco antes da prova começar.

O navio a vapor no qual estavam instalados estava significativamente menos lotado.

— Quem é o nosso anfitrião? — Margaret perguntou, olhando ao seu redor para os convidados bem-vestidos, alguns dos quais ela reconhecia como os clientes mais ricos de Randolph.

— James Gordon Bennett Junior.

— Você quer dizer o editor do *Herald*?

— E um grande entusiasta da vela. Ele venceu a primeira corrida transatlântica, em 1866, no *Henrietta*, e é comodoro do Iate Clube de Nova York.

— Ele não é seu tipo habitual de cliente.

— É com o pai dele que tenho feito alguns negócios. Fundos fiduciários, as coisas de sempre. É ele que quero que você conheça. Não, não me faça mais perguntas; no devido tempo você descobrirá o porquê. Por enquanto, vamos apenas apreciar o espetáculo.

Espetáculo era certamente a palavra certa. O barco deles começou a se afastar da doca e em direção à baía, onde se juntou à flotilha lotada de pessoas, mulheres e crianças, assim como homens, vestidas para a ocasião. As buzinas soaram, as velas balançaram e o vapor subiu pelo céu azul-claro. Nos Narrows, o estreito entre Brooklyn e Staten Island, Margaret e Randolph ficaram de pé ao lado da mureta para ver as escunas que participariam da competição mais tarde naquela manhã.

— Esse é o *Cambria*, o desafiante britânico — disse Randolph, apontando para um veleiro que se parecia quase exatamente com os outros. — É do Iate Clube Royal Thames. Talvez você possa até mesmo encontrar alguns rostos familiares em sua comitiva.

— Duvido muito. Há apenas um desafiante? Isso não é um pouco injusto? Torna muito improvável que eles ganhem, não é?

— Meu Senhor, Margaret, não vá dizer isso. Vai nos fazer ser expulsos daqui.

Ela riu.

— Não consigo ver a diferença entre esses barcos, quer dizer, veleiros, então você precisará me dizer quando torcer.

— De que lado você está?

— Ah, se o desafiante fosse de Leith, que é o porto de Edimburgo, eu poderia me ver em um dilema, mas eles são ingleses, então não há dúvida de que estarei torcendo pela nossa equipe.

— Essa é a minha garota! Vamos para o outro lado dar uma olhada nas multidões. O Fort Richmond, ali, é o ponto de observação mais popular, porque dá para ver tanto a largada quanto o fim da prova.

— Deve haver dezenas de milhares de pessoas aqui!

— Alguns deles devem estar aqui desde o amanhecer. Talvez desde mais cedo. — Randolph se apoiou no gradil, com seus cotovelos roçando os dela. Em abril, ela estava preocupada que a amizade deles acabasse, mas, depois de uma estranheza inicial, tinham estabelecido uma nova e fácil camaradagem, que não deixava nenhum dos dois com dúvidas ou arrependimentos. Hoje ele estava vestido de maneira formal, com um terno preto caro, embora estivesse segurando seu chapéu, pois a brisa tinha ficado mais forte, deixando seus cabelos caírem sobre a testa. Ele sorriu quando ela se estendeu para colocá-los para trás. — Acho que preciso de um corte de cabelo. Vamos atracar em cinco minutos. A regata deve começar às onze e meia, então, quando chegarmos, nos juntaremos à festa de Gordon Bennett.

Ela ouviu sem interesse enquanto repassava uma lista de pessoas que ela poderia ou não encontrar ali, surpresa ao ouvir que incluía tanto os Astors quanto os Vanderbilts.

— Você ainda não me disse como posso ajudá-lo.

— Tenha um pouco de paciência. Venha, vamos ver se conseguimos uma xícara de chá antes de a corrida começar.

Eles desembarcaram e subiram a pequena colina até o bairro de Rosebank. A sede do clube tinha um estilo arquitetônico suíço-italiano, com uma ampla varanda frontal, e era situada logo acima da costa, com uma vista imponente do porto.

— Gordon Bennett Junior adquiriu este lugar para o clube há cerca de dois anos — contou Randolph ao se juntarem à fila de pessoas esperando para ser admitidas. — Aquele é o nosso anfitrião.

O sr. Gordon Bennett parecia ter mais ou menos a mesma idade que Randolph. Seu cabelo esparso era cortado muito curto, no estilo militar, e isso, combinado com o bigode vigoroso e o nariz de falcão, o fazia parecer bastante ameaçador.

— Mueller — chamou ele, dando um tapinha nas costas de Randolph —, que bom que conseguiu vir.

— Permita-me apresentar-lhe lady Margaret Scott. Margaret, sr. James Gordon Bennett Junior.

— Ora! Como vai? — O sr. Gordon Bennett pegou sua mão enluvada, surpreendendo Margaret com uma reverência e beijando-a. — Uma Scott da Escócia. Que bom trocadilho! Você gosta de velejar? Claro que sim, vindo de uma ilha e tudo mais, né? Meu pai ficará encantado em conhecê-la. Não tenho certeza de onde ele está no momento, mas sem dúvida...

de qualquer forma, preciso pedir licença. Tenho que ir me certificar de que estamos prontos para a largada. Prazer em conhecê-la, lady Margaret. Há champanhe… ou talvez você prefira um uísque escocês? Rá! Aproveite o dia.

Acenando com pressa para a fila de convidados que esperavam atrás deles, o sr. Gordon Bennett pegou um chapéu da mesa atrás dele e saiu.

— Não estou vendo o velho — disse Randolph. — Vamos ver o início, depois eu o localizo.

— Eu ainda não entendo… — Ela parou de falar, balançando a cabeça com pesar. —A paciência não é uma de minhas virtudes, não é?

Apesar de seu pouco interesse em regatas, Margaret não pôde deixar de se envolver na excitação enquanto estava no meio da multidão na varanda, vendo os rebocadores puxarem os veleiros, de velas abertas, para a posição. As bandeiras estavam sendo desfraldadas na costa e nos iates. Então, logo antes das onze e meia, um tiro soou, fazendo-a pular; a torcida e os uivos se tornaram um *crescendo*; a corrida começara. Os veleiros muito rapidamente pegaram a brisa e saíram pela baía.

— O que acontece agora? — perguntou Margaret.

— O percurso é de cerca de sessenta e cinco quilômetros, me disseram. Devemos conhecer o vencedor em quatro horas, talvez um pouco mais, mas, antes disso, você e eu temos que ir ao trabalho.

— Finalmente! — Ela o seguiu até a sede agora vazia. — O que tenho que fazer?

— Faça uma apresentação — disse Randolph. — Venda sua ideia sobre o Refúgio Infantil de Five Points. James Gordon Bennett não é um filantropo típico, mas concordou em ouvi-la. Eu abri esta porta; cabe agora a você convencê-lo.

— Randolph! *Este* é o negócio em que você queria minha ajuda? Você poderia ter me avisado.

— Se eu tivesse, você teria preparado um discurso. É muito melhor para isso falar a partir do coração, Margaret… é o que você faz melhor. Aí está ele. Sr. Gordon Bennett — disse Randolph, saudando um homem idoso que estava sentado em um canto parcialmente obscurecido —, permita-me apresentar-lhe lady Margaret Scott. Vá lá — sussurrou enquanto a empurrava para a frente —, faça sua mágica.

O sr. James Gordon Bennett Sênior levantou-se. Ele estava vestido com um casaco antiquado com um lenço que cobria seu pescoço, era muito alto e tinha cabelos brancos cheios e uma barba aparada na moda de Newgate. Suas feições eram grandes. Seus olhos eram claramente estrábicos sob um par de sobrancelhas ferozes e desgrenhadas, dando-lhe o aspecto de um general de batalha e não de um jornalista parcialmente aposentado.

— Lady Margaret — disse, sua voz lhe traindo a aparência, pois tinha o sotaque suave do nordeste da Escócia —, é um prazer conhecê-la. Não quer se sentar?

Ela obedeceu; seu coração palpitava, vagamente consciente de que Randolph havia quase desaparecido. Ela tinha, como ele diria, uma oportunidade.

— Entendo que o senhor possa estar interessado em ajudar a montar o refúgio que quero construir em Five Points.

— Estou interessado em ouvir o que tem a dizer, lady Margaret, especialmente com este sotaque que me faz lembrar o velho país. Você fez uma escolha incomum acerca das pessoas que deseja ajudar.

— Alguém tem que ajudá-las, sr. Gordon Bennett. Elas merecem ter uma chance, assim como todas as outras crianças desta cidade.

Ele sorriu, assentindo suavemente com a cabeça.

— Quando Randolph estava tentando me convencer a conhecê-la, ele me deu aquele artigo que você escreveu para o *Revolution*, então não há necessidade de falar o que já foi dito. Não me diga o que eu deveria estar sentindo; diga-me que diferença você quer fazer.

— Não posso prometer nada — respondeu Margaret, reorganizando seus pensamentos —, porque, até onde sei, não existe nada parecido, mas quero construir um espaço seguro onde as crianças possam fugir do sofrimento e da miséria de suas vidas.

— As missões...

— Fazem um trabalho maravilhoso — interrompeu-o Margaret. — Trabalhei como voluntária na Missão das Senhoras nos últimos dezoito meses, mas elas têm recursos limitados e precisam, portanto, gastá-los nas causas que consideram mais valiosas. Acontece o mesmo com a Casa de Trabalho e com a Missão Howard. Todos *julgam* as crianças por seus pais, ou pela falta de pais. Quero ajudar aqueles que ficam perdidos, por assim dizer. Não é culpa de uma criança, sr. Gordon Bennett, se seu pai é um bêbado ou sua mãe, uma mendiga. Espero não tê-lo chocado.

Ele deu uma risada rouca.

— Eu sou um velhote, lady Margaret. Não me choco facilmente. O que acho interessante é que *você* não se choque facilmente.

— Oh, nunca deixo de ficar chocada com o que vejo em Five Points, mas isso não me faz querer fechar os olhos e fingir que não vi — falou Margaret com seriedade. — Além disso, Five Points infelizmente não é único exemplo disso. Em Londres...

— Acho que já ouvi o suficiente — disse o sr. Gordon Bennett algum tempo depois.

— Sinto muito. Randolph me advertiu para não fazer um discurso, mas temo ter deixado meu entusiasmo levar a melhor.

— Certamente não é como qualquer outro apelo por financiamento que eu já tenha ouvido. — O sr. Gordon Bennett pegou seu relógio de ouro, franzindo a testa. — Tenho que voltar para a Quinta Avenida. Minha esposa está me esperando.

O coração dela se apertou.

— Você não vai ficar para ver o fim da corrida?

— Eu não compartilho da paixão de meu filho por vela. Agora, aos aspectos práticos. Você tem um local em mente? Já estimou o custo de construção, a manutenção? Quantos lugares…

— Espere! — Margaret apertou a mão dele involuntariamente, e imediatamente a soltou. — Desculpe. Quer dizer que vai me ajudar?

— Gosto de como você iça a vela, para usar um termo náutico apropriado. Vou lhe dizer uma coisa, lady Margaret. Quando sonhei pela primeira vez em lançar meu próprio jornal, cometi todo tipo de erro de novato. Perdi muito dinheiro, mesmo depois de ter aberto o *Herald*. Quase fui à falência, mas mantive meu sonho e lutei por ele, fazendo tudo, exceto realmente operar as prensas da gráfica, e eventualmente obtive sucesso. Ouvindo-a falar, não duvido de seu entusiasmo ou de seu compromisso com a causa. Randolph me disse que está escrevendo um livro…

— *Contos da cidade* vai ser o nome. Será publicado em setembro, e todos os lucros irão para o refúgio.

— E acha que serão significativos?

— Cada dólar conta.

— Então verei o que posso fazer para lhe proporcionar o resto. Você está em boa companhia, como se diz, com os Astors e afins; estou me perguntando por que não foi atrás deles.

— Eu tentei e falhei miseravelmente. Minha causa não é considerada digna o suficiente.

— Talvez eles não entendam, como eu, o que é ter que se virar. — O sr. Gordon Bennett estendeu sua mão, apertando a dela calorosamente antes de ficar de pé. — Agora, aqui está Randolph vindo ao seu resgate. Entrarei em contato, lady Margaret. Estou muito feliz por tê-la conhecido.

— E então? — Randolph quis saber alguns momentos depois, tendo acompanhado o velho até o cais.

— Ele concordou em me ajudar, e tudo graças a você. — Margaret jogou seus braços ao redor dele.

Rindo, ele se soltou.

— Como eu disse, eu abri a porta, mas você a atravessou.

— Mal posso acreditar. Oh, Randolph, obrigada!

— É para isso que servem os amigos, não é? Agora, por que não vamos... Quem é que está ali?

— Quem? — Margaret olhou na direção que Randolph estava apontando. — O homem é...

— Não, não o homem, a mulher. Meu senhor, ela não é impressionante?

— É Geraldine Haight. O pai dela é o dono do Hotel St. Nicholas, na Broadway.

— Você a conhece! Por favor, diga-me que ela não é casada.

— Não, ela não é casada — respondeu Margaret, olhando Randolph com espanto, pois ele parecia bastante... apaixonado, foi a única palavra em que conseguiu pensar. — Ela é amiga de Jane. Uma sufragista. Acho que faz parte do Clube Sorosis. Presumo que gostaria que eu lhe apresentasse...

Ele rapidamente colocou o cabelo para trás e alisou o casaco.

— Pode apostar!

Princesa Luísa a lady Margaret

Castelo de Balmoral, Escócia, 10 de outubro de 1870

Cara Margaret,

Escrevo para solicitar suas congratulações, pois estou noiva e vou me casar. Há seis dias, nas margens de Loch Muick, onde fica a pequena casa de viúva da rainha, lorde Lorne se declarou. Tal era a força de seus sentimentos que o fez sem antes obter o consentimento de Sua Majestade, embora ambos tivéssemos a certeza de que ela aprovaria a união, e já ficou provado que estávamos certos. O pai de Lorne, o duque de Argyll, está igualmente encantado, e o anúncio formal deve ser feito hoje.

Portanto, M., pode me enviar suas felicitações e me dizer como está animada por mim, pois estou muito satisfeita por ter atingido meu objetivo de não me casar com um estrangeiro; e, embora ele seja um plebeu, encontrei em Lorne um pretendente muito amável que permitirá que eu satisfaça minhas buscas artísticas após o casamento. (Por ter estabelecido residência do outro lado do mundo, você não deve estar ciente da aclamação que tenho recebido por minhas esculturas e eu, estando sempre inclinada a ser discreta, escolhi nunca o mencionar. Entretanto posso, com toda a modéstia, apontar alguns grandes elogios, de fato, pelas minhas últimas realizações, vindos de quem é qualificado para fazer comentários.)

O casamento acontecerá no ano que vem, muito provavelmente na primavera, e será uma grande ocasião, pois minhas humildes tentativas de substituir a rainha nos anos desde que você nos desertou têm sido extremamente bem recebidas pelo Grande Público Britânico. Meu casamento tem sido muito esperado por todos — alguns (embora não eu não me inclua!) o chamariam de união da década

— e desejamos recompensá-los por sua lealdade com um grande espetáculo.

Eu mesma desenharei meu vestido, pois ninguém sabe melhor do que eu o que me cai bem — nem mesmo Alix, cujo gosto se tornou muito elogiado nos últimos tempos. (Eu, é claro, sempre a achei sutilmente elegante.)

Tenho certeza de que você tem muitas de suas próprias novidades para compartilhar. Como pode imaginar, tenho pouco tempo para fofocas, mas ficaria feliz em receber notícias suas. Fui obrigada a verificar seu paradeiro com a duquesa, uma situação estranha, Margaret, considerando a duração de nossa amizade. Sua mãe me encaminhou uma seleção de seus escritos de vários periódicos americanos. Foi muito esquisito vê-los atribuídos a você. Devo supor que os costumes sociais no Novo Mundo são muito diferentes dos daqui. Sua mãe parece estar enamorada de seu talento. Receio não me sentir qualificada para comentar.

Devo correr; a rainha requer meus serviços! Sou muito requisitada, e é provável que o seja cada dia mais quando o anúncio for feito mais tarde. Os preparativos requererão um turbilhão de atividades. ~~Oh, M., lembra como sempre prometemos que quem de nós duas se casasse primeiro teria a outra como sua dama de honra?~~

Estou ansiosa para receber seus votos de felicidades no dia, já que você não poderá comparecer à cerimônia, e termino com minhas próprias felicitações pelo seu aniversário, que é hoje. Que coincidência! Perdoe a ausência de um presente.

Com os melhores votos,
Luísa

Susannah Elmhirst a lady Margaret

Lambeth, 15 de dezembro de 1870

Cara Margaret,

Escrevo-lhe no segundo aniversário da morte de Sebastian sabendo que você, também, estará lembrando de meu irmão neste dia. Como ele ficaria orgulhoso se soubesse do trabalho maravilhoso que está fazendo em Five Points. Embora tenha sido a morte dele que a inspirou a buscar trabalho na Missão das Senhoras, foi seu próprio coração bondoso que a levou a lutar tanto pelo refúgio infantil. Estou absolutamente encantada em saber que você finalmente encontrou um local adequado. A burocracia e a corrupção com que se deparou não me chocam, embora devessem — temo que toda grande cidade seja prejudicada por interesses espúrios. Que sábio benfeitor você tem no sr. Gordon Bennett, cuja experiência tanto em prever como em superar estes obstáculos se provou inestimável. E você diminui seu próprio papel, mas conheço-a bem demais para achar que tenha sido de qualquer forma pequeno. Estou ansiosa para ouvir logo que as fundações estão sendo postas e que daqui a um ano talvez você tenha aberto as portas de seu refúgio para a primeira turma de crianças.

Sua generosa encomenda de doces e brinquedos para nossas próprias crianças de Lambeth chegou em segurança e com bastante tempo para ser distribuída em nossa ceia de véspera de Natal. Não pude resistir a dar uma olhada em seu novo livro. As histórias são muito sombrias, muito diferentes da sua última coletânea de histórias (ou, na verdade, contos!), mas de alguma forma você conseguiu torná-las esperançosas também, sem serem melosas.

A notícia do noivado de seu amigo sr. Mueller me surpreendeu, devo admitir. Confesso que alimentei esperanças de que você e ele pudessem ser felizes juntos. Conheço-a suficientemente bem, embora não nos encontremos pessoalmente há muitos anos, para acreditar que, quando diz que está feliz por ele, está mesmo.

Terminarei esta missiva com notícias de outro casamento — o meu! (Ah, como gostaria de poder ver sua reação a esta notícia!) Você talvez se lembre de eu ter mencionado o padre de uma paróquia vizinha que veio a Lambeth para ajudar o sr. Glass? Seu nome é Martin Poll Wright. Ele foi um grande apoio para mim naqueles dias sombrios e, em nosso caso, a amizade se transformou em amor. Ele me pediu em casamento hoje, querendo dar a esta data tão triste um significado mais feliz, e eu aceitei com muito prazer.

Eu estou, asseguro-lhe, muito feliz. Meu amado Frederick sempre terá um lugar em meu coração, mas descobri que há espaço para outro. A natureza do meu amor por Martin é muito diferente dos meus sentimentos por Frederick, mas não menos verdadeiro. Nunca acreditei que me casaria novamente e, se Sebastian estivesse vivo, talvez nunca tivesse considerado essa possibilidade, mas a perda do meu irmão me obrigou a reavaliar minha própria vida. Tenho me sentido só, Margaret. Uma coisa estranha de se dizer, talvez, para uma mulher que nunca fica sem companhia ou ocupação, mas não deixa de ser verdade. Com Martin, assim como o amor, encontrei um companheirismo real e muito necessário.

Meu futuro marido foi enviado a uma nova paróquia na Cornualha, e por isso esta será minha última carta da pequena casa em Lambeth que chamei de lar pelos últimos dois anos. Nos casaremos na igreja dele no dia 14 de janeiro e começaremos nossa nova vida lá imediatamente. Não poderia ser mais diferente de Lambeth, de que sentirei muita falta, mas ainda assim é uma mudança emocionante. Quem poderia imaginar, há apenas alguns poucos anos, eu na Cornualha e você em Nova York? A vida não é maravilhosamente imprevisível?

Escreverei de meu novo endereço assim que conseguir, e espero ouvir cada passo de sua jornada na construção de seu refúgio. Pense em mim da data, querida Margaret, e nos envie sua bênção.

Com amor,
Susannah

UMA CAUSA MUITO DIGNA É INAUGURADA
NA WORTH STREET

O novo Refúgio Infantil da Worth Street foi oficialmente inaugurado ontem por lady Margaret Montagu Douglas Scott. O Refúgio, como já é conhecido pelos moradores de Five Points, é um novo edifício de três andares com fachada de arenito castanho em um local com amplo espaço para expansão.

Muito se pensou em como tornar o edifício convidativo e acolhedor para sua pequena clientela. Há um *playground* cercado nos fundos, com um chafariz de fada e vários bancos que, quando as árvores recém-plantadas crescerem, ficarão agradavelmente sombreados no verão. No lintel de cada uma das janelas arqueadas, as letras do alfabeto foram esculpidas no formato de animais fantásticos. No interior do edifício, os pisos são de madeira resistente e as paredes receberam acabamento de gesso e foram pintadas com letras e numerais de cores vibrantes. As salas são espaçosas e claras; as cadeiras e sofás espalhados são confortáveis, mas estofados em tecido durável com montes de almofadas; e também há pequenos cantos para aqueles em busca de solidão. As estantes foram colocadas conscientemente em alturas agradáveis para crianças, com os livros mais simples nas prateleiras inferiores. Há também instalações utilitárias, onde as crianças podem tomar banho, se alimentar bem e até mesmo tirar uma soneca.

O Refúgio está aberto a toda e qualquer criança. Sem perguntas e sem julgamentos. A única regra é que se deve dar e receber gentileza. O objetivo principal do Refúgio não é educar ou melhorar a moral, mas fornecer, primeiro, um muito necessário alívio e, depois, esperança. Tais objetivos, os nova-iorquinos podem pensar, parecem louváveis, mas lady Margaret, a defensora desta excelente causa, teve dificuldade em convencer qualquer um dos filantropos de nossa grande Metrópole. Uma verdadeira escocesa, ela teimosamente se recusou a desistir da luta, e sua coragem e determinação acabaram conquistando o ouvido simpático de um doador anônimo.

Muitas centenas de pessoas se reuniram ontem ao sol brilhante da manhã para a inauguração das instalações. Eram em sua maioria crianças e suas mães, mas também havia alguns pais. Enquanto o *Herald* teve acesso privilegiado ao Refúgio antes do dia da abertura, repórteres de outros jornais e revistas foram forçados a se posicionar com suas câmeras na calçada. Duas notáveis exceções foram a sra. Jane Croly, mais conhecida como a escritora Jenny June, e a sra. Mary Louise Booth, editora da *Harper's Bazar*. Ambas as senhoras desfrutam de uma longa amizade com lady Margaret, ela mesmo uma autora relativamente conhecida. Tendo visto o Refúgio por completo, estas senhoras da imprensa juraram elogiá-lo generosamente em suas revistas, na esperança de engajar seus leitores até então desinteressados.

A cerimônia de inauguração em si foi breve, com lady Margaret fazendo pouco mais do que agradecer calorosamente a seu benfeitor e declarando as instalações abertas. Houve muita alegria e aplausos quando ela cortou a fita e um coro espontâneo de "Feliz aniversário, lady Margaret", já que, numa coincidência feliz, era seu aniversário de vinte e cinco anos. Então, sem mais delongas, as portas duplas foram abertas e as crianças foram recebidas, algumas rindo e gritando, outras olhando por cima dos ombros para obter permissão de seus pais, e algumas ainda ficando para trás até que lady Margaret as convencesse com seu sorriso generoso e a oferta de bolo.

Ontem foi um verdadeiro ponto de virada para as crianças negligenciadas e ignoradas de Five Points. Foi preciso uma imigrante com título de nobreza para forçar-nos, nativos de Nova York, a olhar para o que está acontecendo em nossa própria cidade e para nos lembrar que, aqui nesta terra, todos os homens, mulheres e crianças devem ser considerados iguais. Agradecemos o dia em que esta jovem mulher encantadora, discreta e determinada escolheu fazer de nossa grande Metrópole seu lar. Não há necessidade de desejarmos todo o sucesso ao seu Refúgio, pois isso foi garantido no momento em que as portas se abriram. Só podemos esperar que ele sirva de exemplo, que mais lugares onde a bondade e a esperança sejam distribuídas sem julgamento possam agora existir para aqueles que mais precisam.

Bravo, lady Margaret!

Capítulo quarenta e dois

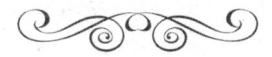

Nova York, quarta-feira, dia de Natal, 1872

Margaret olhou com admiração para o pacotinho dormindo em seus braços. A pequena Margherita Mueller, conhecida carinhosamente como Pequena Rita, tinha apenas três semanas de vida e já tinha seus pais e sua tia honorária jogados a seus minúsculos pezinhos gorduchos. Ela cheirava a leite, e, quando Margaret enterrou seu nariz na massa sedosa e macia de seus cabelos, aquele cheiro específico de bebê a tornou ferozmente protetora e, ao mesmo tempo, a encheu de um amor maravilhoso. Embora estivesse acostumada com crianças, sabia pouco sobre bebês e, na primeira vez que segurou Rita, tinha ficado com muito medo de quebrá-la.

— Ela é tão perfeita — disse ela agora a Randolph, que estava inclinado sobre seu ombro com a expressão atordoada que exibia desde o nascimento de sua filha.

— Sobre isso nunca vai conseguir que eu discorde. Ainda não consigo acreditar que ela está aqui.

— Feliz primeiro Natal — disse Margaret, beijando a bochecha impossivelmente macia da bebê antes de entregá-la relutantemente a Geraldine. — E obrigada por me convidar para passá-lo com vocês. Sei que os dois pares de avós estavam competindo pela honra de receber vocês.

Geraldine aconchegou sua filha um pouco mais perto, beijando o topo de sua cabeça.

— Só a ideia de ter que me vestir e suportar um dos jantares formais gigantescos de meus pais é exaustiva.

— E embora meus pais tenham prometido que convidariam apenas alguns dos vizinhos e nossa família mais próxima para jantar, bem… — disse Randolph com pesar —, você pode imaginar.

— Então estou ainda mais honrada por ter sido convidada, mas está ficando tarde, por isso vou deixá-los colocar a pequena Rita para dormir — falou Margaret, ficando de pé.

— Só passa um pouco das sete, mas devo confessar que estou exausta — comentou Geraldine. — Obrigada por ter vindo e pelo lindo vestido de batizado para a Rita. Vemos você na cerimônia no próximo domingo. Randolph acompanhará você até em casa.

— Boa ideia — disse, levantando num salto. — Um ar fresco seria bom; caso contrário, adormecerei diante da lareira.

Lá fora, tinha parado de nevar e o céu tinha clareado. Randolph havia se mudado para uma residência maior apenas algumas casas para o lado, na Bleecker, quando se casou, e agora ele e Margaret percorriam o caminho conhecido até a Thompson em um silêncio companheiro. Fazia muito frio. As calçadas estalavam sob seus pés; o ar estava tão cortante que doía respirar; mas, quando dobraram na Washington Square e as luzes públicas diminuíram, puderam ver as estrelas brilhando no céu claro. O parque tinha um caráter mágico, coberto de neve, com gelo pendendo das árvores como decorações de Natal e os ruídos da cidade abafados. Parando para levantar o rosto para o céu, Margaret foi transportada de volta para Dalkeith, como sempre era quando nevava durante as festas de fim de ano; mas, desta vez, quando abriu os olhos, o anseio que a envolvia recusou-se a dissipar-se.

— O que foi? — perguntou Randolph. — Está preocupada que Rita atrapalhe nossa amizade — brincou, embora seu sorriso tenha desaparecido quando notou que ela estava quase chorando. — Só porque agora sou pai nossa amizade não mudará, Margaret, assim como eu ter me casado também não mudou.

— Não seja tolo! Seria impossível estar mais feliz por você e Geraldine. Meu Deus, eu me lembro da primeira vez que você a viu, no dia da Copa da Rainha. Você parecia ter sido atingido por um raio.

— Foi uma flecha direto ao coração. — Ele sorriu tímido. — Bastou um olhar e eu simplesmente soube, embora, se alguém tivesse me dito que isso poderia acontecer, eu teria rido na cara da pessoa.

— Vi com meus próprios olhos, lembra? — Margaret apertou o braço dele. — Você é meu melhor amigo, Randolph. Quero que seja feliz, e você, obviamente, é.

— Então, o que está te afligindo de repente? E não tente negar... você não pode me enganar.

— Vê-lo com sua nova família me faz pensar na minha, eu acho. — Ela começou a caminhar em direção às luzes das casas na Washington Square, forçando-o a segui-la. — Em janeiro vai fazer cinco anos que desembarquei em Castle Garden, mas é sempre mais difícil estar tão longe de casa nesta época do ano. Mais ainda desde que Mamãe voltou a me escrever. Sinto que estou perdendo muito. Minha sobrinha Margaret, minha primeira homônima, fez quatro anos no verão, e agora minha irmã, a mãe dela, está aguardando a chegada de seu sexto filho para este mês. Dá para acreditar?! E eu não pus os olhos em nenhum deles, a não ser pelas fotos que ela envia. Na verdade, tenho uma ninhada de sobrinhas e sobrinhos que nunca conheci e... ah, ignore-me, Randolph, é como eu disse, estou sentindo um pouco de saudades de casa, só isso. Agora aqui estamos nós, de volta à minha casinha na cidade. Não vou convidá-lo a entrar, Geraldine está esperando por você.

— Tem certeza de que vai ficar bem sozinha? Sei que você deu folga para as empregadas.

— Ficarei bem. Tive um dia maravilhoso, mas agora prefiro ficar sozinha. — Margaret ficou na ponta dos pés para beijá-lo na bochecha. — Vejo você no batizado, se não antes.

Randolph esperou até que ela entrasse, depois desceu as escadas, compreensivelmente ansioso para chegar em casa. Ela trancou a porta atrás de si, acendendo a lamparina que havia sido deixada no andar de baixo, removendo suas roupas de frio antes de subir as escadas em direção ao seu escritório, onde acendeu a lenha na lareira.

Encolhida em frente ao fogo, ela pegou seu pacote de cartas de Natal, folheando as páginas já lidas e relidas. Susannah estava felizmente estabelecida na Cornualha e tão ocupada como sempre com os grupos de mães. Victoria parecia decididamente matriarcal com sua sempre crescente ninhada em sua fotografia anual, e Kerr, agora marquês de Lothian, com sua barba grisalha, parecia muito mais velho que sua idade real. Marion tinha escrito na expectativa ansiosa do que se tornara a peregrinação anual de Patrick ao condado de Kildare, e Julia estava passando seu Natal com a família da irmã enquanto Wingfield permanecera em Powerscourt.

Ele não fez nenhum esforço para me dissuadir e parece perfeitamente satisfeito em passar o Natal sem mim, escreveu a amiga, *e também acho que estou perfeitamente satisfeita sem ele*. O que, para Julia, Margaret pensou, dobrando a carta novamente, era semelhante a uma declaração de independência.

O breve bilhete de Luísa informava a Margaret que passaria o Natal com os Argylls no Castelo de Inveraray. Como de costume, ela não deu nenhuma indicação de seu estado de espírito e não fez nenhuma menção à possibilidade de ser mãe. A fotografia que anexou não era da casa da família de seu marido, mas da bela vila de pescadores com o mesmo nome às margens do lago Fyne, *que eu achei que você apreciaria, pois sei quanto gosta da paisagem das Highlands*, Luísa tinha dito. Era uma cena muito bonita, com colinas cobertas de urze ao fundo além das águas calmas do lago, mas a imagem que Margaret viu enquanto olhava era de outro castelo no lado leste do país, ambientado em uma paisagem campestre mais familiar, com montanhas suavemente ondulantes.

Uma lágrima escorreu pela bochecha de Margaret quando ela pegou a carta de Mamãe, sabendo que, em seu humor momentâneo, seria um erro lê--la novamente, mas incapaz de resistir. Julho de 1866 fora a última vez que estiveram juntas, no casamento da princesa Helena. Lenchen agora tinha quatro filhos e, segundo Mamãe, era muito feliz com seu príncipe despretensioso.

Você sempre me assegura que quer saber quem vai passar o Natal conosco, escreveu Mamãe, *mas eu sempre me preocupo, mesmo quando acedo ao seu pedido, de estar lhe causando dor. Todo ano penduro suas estrelas na árvore, aquelas cores brilhantes de joias continuam muito distintas mesmo depois de todos estes anos, e faço uma pequena oração para que você esteja feliz, Margaret. Você me parece feliz. Já alcançou tanto em sua jovem vida que às vezes me parece difícil conciliar a criança impetuosa e impulsiva com a mulher de negócios sensata.*

Margaret fungou, esfregando os olhos com a manga. O que ela daria para poder estar com Mamãe por apenas alguns minutos! Mas não seria nem de perto o suficiente. Quase preferiria passar sem isso do que só ter um momento fugaz. Queria permanecer entre sotaques familiares e onde o seu próprio não fosse notado. Queria dar um passeio pelo campo sob um céu melancólico de garoa, com os pés encharcados, a chuva suave caindo como névoa e o cheiro de grama molhada vagando preguiçosamente pelo ar. Queria conhecer todos os seus sobrinhos e sobrinhas, abraçá-los, contar-lhes histórias. E queria tomar chá e bolo com suas irmãs e Mamãe, para conversar sobre nada importante, sabendo que haveria sempre mais e mais tempo para falar.

O que ela queria era ir para casa.

Mas aquela era a sua casa, não era? Esta pequena casa nesta extraordinária metrópole, o lugar onde havia realmente crescido, virado uma mulher que ela mal reconhecia. Ela não fazia ideia, quando partiu da Irlanda, do rumo que sua vida poderia tomar, mas agora havia, em sua mesa de trabalho, amplas provas de suas conquistas. O Refúgio estava sendo expandido e, graças ao legado que o querido sr. Gordon Bennett havia deixado em seu testamento, estaria seguro por anos. Com seu trabalho ali, seus textos e os poucos compromissos sociais que continuava a manter, seus dias eram cheios.

No entanto, ver Randolph em um êxtase doméstico a havia perturbado. Ele seria sempre seu amigo, mas o casamento dele havia mudado as coisas entre os dois. Naturalmente, Geraldine e agora Rita vinham em primeiro para ele. Não era que Margaret quisesse o que ele tinha, mas isso a lembrava que ela também tinha uma família e que estavam todos muito distantes.

Ela amava Nova York e as pessoas de todos os tipos que lhe haviam permitido entrar em sua vida. Em casa, ela nunca teria tido a liberdade para conquistar o que conseguira ali, nem mesmo tido a confiança de tentar. Ela amava o fato de que podia se provar útil todos os dias; mas, enquanto olhava o seu último caderno turquesa, aberto em seu mata-borrão, Margaret se perguntava: não havia espaço para mais?

Seu coração doía de saudade de casa. Seu coração inconveniente, ela pensou ironicamente, sempre puxando-a para outra direção quando corria o risco de se acomodar demais. Mas suas lágrimas já secavam em suas bochechas; seu ânimo voltava.

Será que poderia ir para casa? Não podia tomar uma decisão tão importante num impulso. Como ela viveria? Violaria os termos de seu pai assim que pusesse os pés em solo escocês e, embora não dependesse mais de sua mesada em Nova York, não tinha ideia se seria capaz de ganhar o suficiente para viver na Escócia.

Daria um jeito. Ela sempre dava, não é mesmo? Podia continuar a empunhar sua caneta. Escrever outro livro de histórias? Talvez a *Demorest's* se interessasse pelo *Diário de uma nova-iorquina na Escócia*? E havia aquela inglesa, a sufragista bastante assustadora que conhecera em uma das *soirées* de Mary Louise, que lhe havia oferecido trabalho. Emily Faithfull, esse era seu nome, e a revista que editava era a *Victoria*.

Será que isso seria suficiente? Margaret não tinha ideia, mas sabia sem sombra de dúvidas que estava determinada a descobrir. Quanto ao local onde iria morar, isso era fácil: ela iria para Edimburgo. Uma cidade como todas as outras, sem dúvida, teria crianças que estariam precisando de um refúgio.

Afinal, se consigo fazer isso aqui, então por que não deveria ter sucesso em minha casa?, pensou, sorrindo para si mesma e pegando a carta de Mamãe mais uma vez, agora pegando sua fotografia. Encarando-a de volta, com a mão no ombro da mãe, estava o único grande obstáculo aos planos dela, o duque. Ela se obrigou a estudá-lo, tentando entender seus sentimentos em relação a ele, algo que não fazia há muito tempo. Era incapaz de conjurar qualquer traço de amor, mas havia piedade, pois ele nunca seria capaz de compreendê-la, enquanto ela o entendia muito bem. Será que deixaria aquele homem autoritário que nunca se preocupou com ela continuar a ditar suas ações e a atrapalhar sua felicidade?

Absolutamente! Apoiando a fotografia em cima da mesa, ela pegou sua caneta. Enquanto puxava uma nova folha de papel para si, ela voltou a atenção ao pai. Não, ela não o amava, mas ele era sangue de seu sangue. Certamente, no fim, mesmo para ele, isso contaria para alguma coisa...

Vossa Graça, escreveu Margaret, *sem dúvidas o senhor ficará surpreso ao saber de mim depois de todo este tempo...*

JENNY JUNE SE DESPEDE DE NOSSA
NOVA-IORQUINA NOVATA FAVORITA

Na semana passada, dei adeus a lady Margaret Montagu Douglas Scott enquanto partia em sua jornada através do Atlântico, que a levaria de volta à Escócia. Tendo nos agraciado com sua presença por cinco anos, ela agora está retornando para sua casa ancestral. Tenho certeza de que não serei a única a sentir sua falta.

Lady Margaret encantou os leitores com sua coluna mensal neste periódico. Enquanto muitos recém-chegados insistem que pretendem mergulhar na Metrópole, o que realmente querem dizer é que pretendem brincar de turista e ver todos os pontos de interesse. Consideram-se verdadeiros nova-iorquinos se ficaram na fila do Delmonico's ou se enfrentaram uma viagem de bonde, mas não procuram a Gotham para além de seus guias turísticos, que foi precisamente o que lady Margaret fez — e mais! Não contente em se juntar às multidões na balsa para Coney Island no calor de agosto, ela foi tomar um banho de mar com um traje alugado. Embora nunca tenha conseguido preferir café ao chá pela manhã, ficou feliz em provar as muitas e variadas culinárias que esta cidade oferece, desde feijão assados e *succotash* até torta de abóbora, guisado de ostras e, seu prato favorito, cerveja com chucrute e salsicha alemã defumada.

O desejo de lady Margaret de explorar todos os aspectos da cidade a levou a lugares onde poucas pessoas se aventuram, turistas ou residentes, e foi no infame distrito de Five Points que ela deixou seu legado mais duradouro. O Refúgio Infantil que ela trabalhou incansavelmente para criar foi ampliado várias vezes desde sua abertura há quase dois anos, e o modelo está agora sendo replicado em outras áreas carentes da cidade.

"Eu faria praticamente qualquer coisa para fazer uma criança sorrir", disse-me lady Margaret não uma, mas várias vezes, quando a batalha para financiar seu Refúgio parecia estar perdida. É mérito dela ter lutado e ganhado a batalha contra todas as adversidades.

Em uma nota pessoal, sentirei muita falta de minha amiga e de sua companhia cintilante. Trata-se de uma grande perda para o Refúgio, e para Five Points, mas também sentirei falta dela nas mansões da Quinta Avenida. Não duvido que sua curiosidade natural, sua bondade inata e seu espírito irreprimível a levem a lutar por novas causas em sua terra natal.

Será que ela triunfará? Os leitores ficarão encantados em saber que não perdemos totalmente lady Margaret. Sua coluna *Diário de uma nova-iorquina voltando às raízes* será lançada na edição do próximo mês. Tenho certeza de que não sou a única a esperá-lo com grande expectativa.

Capítulo quarenta e três

— Seu pai está muito irritado de ter que ficar isolado em Londres, e preocupado que Sua Majestade se ofenda com a ausência dele — comentou a duquesa. — Mas como a rainha só informou ontem a Lochiel que planejava visitá-lo amanhã, ela não pode imaginar que ele seria capaz de conjurar uma festa de boas-vindas significativa em tão pouco tempo.

Ou que a festa me incluiria, pensou Margaret, olhando para a vista enquanto o trem soprava fumaça em direção ao seu destino após uma viagem um tanto complicada para as Highlands. Embora Donald já soubesse que ela estava chegando, pois Mamãe havia enviado um telegrama. No momento que Mamãe propusera que Margaret substituísse o duque, pareceu-lhe uma excelente oportunidade para superar os fantasmas do passado em relação a ele, mas, quanto mais ela se aproximava de seu destino, mais se perguntava se estava pronta para esse encontro.

Sua mãe não sabia nada da amizade deles, e teria ficado espantada se descobrisse quanto haviam estado perto de se casar. Margaret havia se abstido conscientemente de fazer qualquer pergunta, para não levantar suspeitas. Será que Donald estava ansioso para vê-la? Depois de todo esse tempo, ele provavelmente seria indiferente, especialmente se fosse feliz no casamento, o que ela esperava muito que ele fosse. Torcia para que ele amasse sua Helen e fosse amado de volta, e esperava que vê-los juntos colocasse fim de uma vez por todas em seus próprios sentimentos residuais por ele. Ela tinha que derrubá--lo do pedestal onde o havia colocado e abrir o caminho para a possibilidade de encontrar um amor, uma possibilidade para a qual enfim se sentia pronta para considerar. Ela não queria passar o resto da vida sozinha. Mas, primeiro, tinha que provar para si mesma que Donald não era um obstáculo para sua felicidade futura.

— Você está estranhamente quieta — falou Mamãe quando o trem começou a diminuir a velocidade para se aproximar da estação.

Voltando de seu devaneio, Margaret sorriu pedindo desculpas.

— A vista é tão bonita, estava bastante distraída — disse, o que era parcialmente verdade. — Qual será a reação de meu pai quando descobrir que tomei o seu lugar?

— Ele não está em posição de se opor — respondeu a duquesa, secamente. — Além disso, tenho certeza de que a rainha ficará muito contente em vê-la de novo. A comitiva real vai partir amanhã do Castelo de Inverlochy, onde estão passando umas férias curtas. O pobre Lochiel não tem ideia de quando chegarão ou por quanto tempo planejam ficar. Você sabe como Sua Majestade é quando está na Escócia. Ela dirá que deseja que a visita seja bastante informal, sem cerimônia, e não tem noção da quantidade de preparativos necessários para recebê-la, informalmente ou não. Graças a Deus, eu tinha um vestido xadrez decente para trazer.

— E graças aos céus o vestido tartã de Mary me serviu.

— Sua irmã mais nova é muito parecida com você fisicamente e em temperamento.

— Ah, pobre Mary.

Mamãe riu.

— Você sabe perfeitamente bem que eu digo isso como um elogio. É uma pena que Luísa não esteja com a rainha; acredito que ela só estará com a princesa Beatriz.

— Oh, Luísa anda muito ocupada para viajar para a Escócia. Ela está redecorando o apartamento privado que lhe foi concedido no Palácio de Kensington, e muito animada por finalmente ter espaço para criar um estúdio de escultura próprio. Suas cartas estão repletas de seus desenhos e planos. Ela está absolutamente determinada a colocar no apartamento seu gosto pessoal, o que não é nenhuma surpresa, suponho, depois de ter suportado as preferências sombrias da rainha por tanto tempo.

— Ela e Lorne parecem passar muito tempo separados. — A duquesa pressionou os lábios. — Imagino que não haja fundo de verdade na última leva de especulações da imprensa, de que em breve ela fará uma adição à casa de Argyll?

— Não que eu saiba, embora ela não confie mais em mim como antes, e mesmo que confiasse...

— Você não quebraria a confiança dela. Muito bem. Você é uma amiga muito leal. É uma pena que tenha conseguido vê-la apenas uma vez desde o seu retorno.

— Ela tem uma agenda muito cheia, mas estou encantada que tenha feito o esforço de vir a Edimburgo especialmente para me ver. Foi maravilhoso enfim reencontrar-nos pessoalmente. Já fazia tanto tempo.

— Ela está gostando de ser uma mulher casada?

— Luísa nunca foi de contar muito. — Sua amiga tinha sido vivaz, quase tagarela, durante o jantar que tiveram em Edimburgo no mês anterior, mas, quando Margaret tentou conduzir a conversa a um nível mais pessoal, a ponte levadiça foi içada. — Seria inevitavelmente estranho, depois do nosso afastamento, mas, no final, foi como nos velhos tempos.

— Ela a achou muito diferente? O que pensa de seu Refúgio em Five Points?

— Não falamos muito sobre Nova York. Luísa está envolvida em seus próprios projetos de caridade...

— E ela nunca suportou ser ofuscada.

— Mamãe!

— Sim, eu sei, é indelicado, mas é perfeitamente verdade. Ela é uma de suas amigas mais antigas e deveria estar orgulhosa de você. Eu com certeza estou.

— E você me diz isso em todas as oportunidades. Realmente não há necessidade...

— Há toda a necessidade. — Mamãe pegou sua mão, apertando-a com força. — Sei que também digo isto toda vez que nos encontramos, mas estou muito contente de tê-la aqui em casa.

— E eu estou muito, muito contente por estar aqui.

— Não se arrepende de ter saído de Nova York?

— Oh não, nem um pouco. Sinto falta da cidade e de meus amigos de lá; mas realmente, o mundo não é um lugar tão vasto como parecia quando atravessei o Atlântico pela primeira vez. Sei que um dia irei visitá-la. Por enquanto, estou muito feliz por estar de volta à Escócia. Em março, no momento em que o trem começou a entrar na estação de Waverley, eu soube que era aqui o meu lugar. Passamos pelo túnel, e vi a grande massa cinzenta do castelo que pairava sobre mim. Quando pisei na plataforma, estava rodeada por sotaques escoceses; e, mesmo passados sete longos anos desde a última vez em que tinha pisado aqui… — Margaret parou, sorrindo timidamente. — Você leu minha primeira peça para a *Demorest's*, não preciso citá-la.

A mãe dela sorriu calorosamente.

— Estou tão aliviada que a proximidade que estabelecemos em nossa troca de correspondência continue a prosperar. Seu pai…

— Ah, não vamos estragar as coisas falando dele.

— Ele nunca admitirá, mas está surpreso com o que você conseguiu, Margaret. O fato de ele não ter mencionado uma única vez cortar sua mesada deveria lhe mostrar pelo menos que ele não se opõe mais às escolhas que você fez.

— Embora não possa endossá-las!

— Não, isso estaria muito além das capacidades dele, mas ele não faz objeção a que eu a visite e até mesmo que passe a noite naquela casinha que você alugou na Heriot Row, embora Dalkeith esteja a apenas onze quilômetros da cidade. Além disso, quando sugeri que eu poderia ajudá-la a levantar fundos para seu refúgio de Edimburgo, ele disse que não esperava nada menos.

— Estou encantada por estarmos trabalhando juntas.

— Eu também. Gostaria de poder oferecer-lhe mais tempo, mas tenho tantos outros compromissos e passo muito menos tempo em Edimburgo do que gostaria. Ah, aqui estamos. Creio que Lochiel arranjou uma carruagem para nós. Só precisamos encontrar um carregador para nossa bagagem.

Apenas vinte minutos depois, já estavam a caminho, seguindo por uma sinuosa estrada ao longo das margens de um rio. Os nervos que Margaret havia acalmado agora faziam seu estômago se revirar, fazendo-a desejar não ter comido ovo cozido no café da manhã. Estava a menos de vinte e cinco quilômetros de seu destino. Em duas horas, talvez menos, reencontraria Donald.

Minha casa é a propriedade de Achnacarry, em Invernesshire, perto da pequena vila de Spean Bridge e logo ao norte da cidade de Fort William. O terreno é acidentado, com alguns bosques esparsos, e o próprio castelo fica na parte de baixo do terreno, não muito longe de Loch Arkaig, onde estou pensando em construir um novo cais para permitir que um navio a vapor atraque. Ela ainda tinha a carta que ele a havia enviado na Irlanda. Ela ainda tinha todas as cartas dele. *Acho que você gostaria, Margaret. Eu sem dúvidas adoraria mostrá-lo a você um dia.*

E agora esse dia havia chegado, mas ela não chegaria como futura dona da propriedade, apenas como lastro adicional para os convidados que ele e sua esposa haviam reunido para receber a rainha. Ela suavizou um vinco imaginário do vestido de viagem verde-oliva que Mamãe havia ficado espantada de saber que havia comprado pronto. Era bastante simples: a bainha e punhos plissados e uma fila de botões de pérola no corpete eram os únicos enfeites, mas ela havia desistido há muito tempo de qualquer tentativa de estar na moda, e a cor a deixava bonita. Será que Donald acharia que ela mudou muito? Talvez ela o achasse muito mudado? Como seria Helen? E, meu Deus, será que tinham filhos? Até agora, isso nem lhe havia ocorrido. Mamãe não havia feito nenhuma menção a crianças, mas, também, Mamãe não fazia nenhuma ideia de que Margaret e Donald eram "nada além de meros conhecidos". O que nem eram mais.

— Este deve ser o Loch Lochy — disse a duquesa, inclinando-se para fora da janela. — Não é lindo?

— Bonito — concordou Margaret, olhando para as margens arborizadas do lago, as colinas ao fundo parecendo mais azuis do que verdes. A estrada se afastava do lago para seguir às margens de outro rio e o terreno se tornou muito mais exuberante, e as montanhas, mais escarpadas. Tinham partido de Dalkeith debaixo de garoa. Enquanto viajavam para o norte, o céu havia escurecido, e a chuva caído com ferocidade determinada, mas agora o tempo estava aberto, com apenas algumas nuvens fofas e inofensivas à deriva no horizonte. Através da janela aberta da carruagem, penetrava o cheiro de abetos e samambaias, o barulho do correr do rio e das rodas da carruagem na estrada gasta.

E então Margaret teve seu primeiro vislumbre de Achnacarry, aos pés do terreno como Donald havia descrito, rodeada por uma multidão de carvalhos cujo verde se destacava contra a pedra cinza, as coníferas na colina íngreme que se elevava por trás em tons de púrpura e azul-petróleo. A casa de Donald não era tanto um castelo, mas uma casa de campo com aspirações baroniais, com uma ala inferior, obviamente uma adição tardia, que estragava a simetria do bloco central, e um telhado balaustrado adornado com um sortimento de torres. Era uma casa sólida, com uma vista imponente para alguns campos bonitos e cheios de ovelhas pastando contentes à frente e presumivelmente para o rio que corria atrás, mas não era imponente nem intimidante.

Margaret baniu o pensamento de que isto poderia ter sido dela, lembrando-se com seriedade do propósito da visita; mas quando a carruagem parou diante de um pórtico branco e o cocheiro abriu a porta puxando os degraus para baixo, um homem apareceu na porta para cumprimentá-las e suas pernas amoleceram.

— Vossa Graça — ela o ouviu dizer à sua mãe —, é um grande prazer recebê-la em Achnacarry. Estou muito grato à Vossa Graça por fazer esse esforço em tão curto espaço de tempo.

Ouvir a voz dele foi muito diferente de apenas lembrar-se dela. Tê-lo realmente de pé a apenas alguns metros de distância era inquietante. Ela não tinha certeza de que conseguiria sair da carruagem, mas não podia permanecer em seu interior indefinidamente. Recompondo-se e lembrando-se de que era o querido Donald que estava prestes a enfrentar, não algum tirano hostil, Margaret levantou as saias, colocou um sorriso no rosto e desceu.

— Margaret, você se lembra de Lochiel, é claro — disse Mamãe.

— Margaret! — Ele olhou fixamente para ela, totalmente confuso.

— Você não recebeu meu telegrama? Infelizmente, o duque está em Londres — explicou Mamãe —, e por isso trouxe minha segunda filha. Sua Majestade terá o maior prazer em reencontrá-la. A última vez foi no casamento da princesa Helena, o que seria... Ah, meu Deus, há quanto tempo foi isso?

— Sete anos — respondeu Margaret, estendendo a mão, contente de ver que não tremia. — Como vai, Lochiel?

— Margaret. — Ele apertou as mãos dela, olhando-a como se ela fosse uma aparição. — Pensei que estivesse nos Estados Unidos.

— Eu voltei em março.

— Em março? Está fazendo uma visita prolongada, então?

Gentilmente, ela retirou as mãos dela das dele.

— Voltei de vez. Aluguei uma casa em Edimburgo.

— Uma casa? Em Edimburgo? Então você se casou?

— Não. Ah, não, eu moro sozinha — explicou ela, engolindo em seco, pois um nó tinha subido em sua garganta. Aquilo não podia ser outra coisa senão surpresa na voz dele, e a maneira como ele se agarrara aos dedos dela só podia ser atribuída ao choque. Ele estava mais velho. Havia mais rugas nos cantos de seus olhos e uma pitada de cinza em suas têmporas; mas ainda estava bem barbeado, ainda era bonito daquele seu jeito simples e despretensioso, e o sorriso que surgia em seu rosto ainda alcançava seus olhos.

— Sua esposa — disse Margaret, dando desnecessariamente um passo para trás. — Estou ansiosa para conhecê-la.

— Minha esposa?

— Lochiel não é casado, Margaret. O que lhe deu essa ideia?

— Julia. — Margaret olhou de Donald para Mamãe e depois de volta para Donald. — Julia me disse que você estava noivo. De uma srta. Helen Blair. Ela disse...

— No final, concordamos que não éramos adequados um para o outro.

— Ah! Sinto muito — disse Margaret, horrorizada e confusa, olhando para ele impotente. — Pensei... eu não tinha ideia.

— Por que você teria? Não é como se... quer dizer... — Donald parou de falar, fazendo um esforço visível para sorrir para a mãe dela. — Vossa Graça teve uma longa jornada; vai querer lavar as mãos. Eu lhe atribuí os quartos de Estado. Margaret... lady Margaret, deve ficar com o Quarto Azul. Quando estiver pronta, talvez queira se juntar às minhas primas, Susan e Camilla, na sala de visitas, para o chá? Felizmente para mim, ambas moram perto. Elas chegaram ontem e têm trabalhado incansavelmente com minha governanta para nos prepararmos para cada eventualidade. Receio não ter ideia nem da hora em que Sua Majestade planeja chegar. Ela insiste que a visita será informal, mas...

— Eu entendo, mas não se preocupe. Sua casa tem um belo cenário, cercada exatamente pelo tipo de colinas e lagos que Sua Majestade adora — acalmou-o a duquesa. — E aqui está sua boa criada que vem nos mostrar nossos quartos, se não me engano. Se nos der licença. — Ela tomou o braço de Margaret novamente, dizendo com suavidade: — Espero que, quando resolver o que quer que exista entre você e Lochiel, você me informe do que diabos está acontecendo.

Donald ouviu Camilla e Susan explicarem os preparativos que haviam feito para o jantar naquela noite e as muitas opções que haviam preparado para o dia seguinte, embora não tenha prestado atenção a uma palavra do que disseram.

Margaret estava ali.

Margaret não estava em Nova York; ela estava ali, em Achnacarry.

Ele nunca havia conseguido se convencer de que não a amava, mas há muito tempo havia perdido qualquer esperança de vê-la novamente. Mas que diferença isso fazia? Ela não era casada, mas ele não sabia melhor do que ninguém que isso era o mais provável, porque talvez ela nunca se casasse? Ele seria um tolo de imaginar que o resultado seria diferente se ele lhe pedisse em casamento uma segunda vez. Estaria equivocado de pensar que ela estava ali por qualquer outro motivo que não acompanhar sua mãe. Seria um idiota de ler qualquer coisa no olhar que tinham trocado enquanto ele tomava a mão dela.

No entanto, *havia* algo naquele olhar.

Informando abruptamente suas primas de que a duquesa se juntaria a eles para o chá, Donald encurtou a conversa, indo para o terraço da frente. Por algum motivo, não ficou surpreso ao ver Margaret inclinada para fora da janela do Quarto Azul com a mão no queixo. O que quer que ela tivesse feito em Nova York, lhe fizera bem. Ela sempre tinha sido adorável, mas agora mostrava sua beleza mais madura com uma confiança discreta e sutil que ele achava extremamente atraente.

Ele a convidou a se juntar a ele e, em poucos momentos, ela estava ali, ainda com seu vestido de viagem, mas sem seu chapéu e luvas.

— Pensei que podíamos dar um passeio pela trilha junto ao rio.

— Não consigo pensar em nada de que eu gostaria mais — respondeu ela, hesitando apenas um momento antes de dar o braço para ele. — Você não se importa que eu esteja aqui? Sinto muito que tenha sido um choque tão grande.

— Foi, mas um choque muito bom. Achei que fosse perfeitamente óbvio que eu estava feliz em vê-la.

— Sinto muito se o envergonhei ao mencionar a srta. Blair. Veja, durante os últimos três anos, tenho pensado, erroneamente, que você era casado. Fiquei feliz quando Julia me escreveu contando… bem, acabei ficando, depois que me recuperei do choque, pois eu queria muito que você fosse feliz.

— Eu tentei ser. Tínhamos muito em comum, Helen e eu. Pensei que, se eu conseguisse fazê-la feliz, eu também o seria, mas não funciona assim. Felizmente, ambos percebemos isso a tempo. — Donald fez uma careta, lembrando-se daquela conversa dolorosa. — O noivado nunca foi formalizado, mas foi errado da minha parte, muito errado, ter permitido que as coisas progredissem tanto quanto progrediram.

— Às vezes, é muito mais fácil seguir com uma situação do que interrompê-la — disse Margaret. — Especialmente quando se pensa que é o que se quer. Em Nova York, havia um cavalheiro, um bom amigo, e eu queria que ele significasse algo a mais para mim, mas, como você disse, não funciona dessa maneira. — Ela sorriu com melancolia. — Randolph e eu ainda somos amigos. Ele agora está muito feliz com o casamento e tem uma menininha.

— Helen está casada, também.

Eles pararam às margens do rio, onde a água límpida caía sobre o leito. Donald pegou uma pedra chata e a atirou no rio.

— Bateu cinco vezes — contou Margaret. — Impressionante. — Ela pegou uma pedra, mas ela afundou depois de um salto.

— Aqui. — Ele pegou outra pedra e lhe ofereceu. — Agora segure-a assim, e coloque seu braço para trás, vou lhe mostrar. — Ele se colocou atrás dela, ajustando seu braço. Ela ainda usava o mesmo perfume. Os cabelos dela fizeram cócegas no queixo dele.

Ela atirou a pedra, rindo enquanto ela afundava novamente, virando-se e… o que quer que ela estivesse prestes a dizer morreu em seus lábios quando seus olhos se encontraram. A vontade de tomá-la em seus braços e de beijá-la era quase irresistível. Ela queria que ele fizesse isso, podia ler em seus olhos. Mas e se ele a beijasse agora e isso não o levasse a lugar nenhum... Não, ele não podia passar por aquilo de novo.

Abaixando-se, ele pegou outra pedra e a entregou para ela.

— A perseverança é o segredo.

Capítulo quarenta e quatro

A manhã da visita da rainha Vitória a Achnacarry nasceu brilhante e ensolarada. Margaret, empoleirada na janela olhando para o rio Arkaig, estava desfrutando o luxo de um café da manhã composto de chá, pão e manteiga em seu quarto. Apesar de suas reservas, o dia anterior tinha se revelado o mais maravilhoso dos dias. Embora tenham ocorrido momentos incômodos ocasionais com Donald, a simpatia que sempre existira entre eles haviá sido rapidamente restabelecida. Tinham ficado conversando por muito tempo à noite. Algumas das conversas foram dedicadas a preencher as lacunas de suas respectivas histórias, mas também haviam falado de outras amenidades, do tipo que costumavam discutir em suas cartas. O clima mudou apenas quando o amanhecer estava se aproximando. Donald tinha se voltado para lhe dizer boa-noite, e a tranquilidade amigável entre eles ficou carregada de desejo de um tipo diferente de proximidade.

Margaret estava deitada na cama, acordada, vendo o sol nascer, perturbada e confusa pelas emoções que rodavam em sua cabeça, mas sem fazer nenhum progresso. Ela havia chegado ali há menos de vinte e quatro horas, esperando provar para si mesma que seus sentimentos por Donald eram uma lembrança distante. Franzindo profundamente o cenho, ela colocou o resto de seu chá na linda xícara com desenho de miosótis. No momento em que ouviu a voz dele, no momento em que suas mãos se tocaram, seus olhos se encontraram, ela soube que seus sentimentos não eram fruto de sua imaginação. Não havia dúvidas: ela ainda o amava, e não apenas como amigo. Ela queria mais dele do que apenas a amizade.

Meu Deus, M., o que está dizendo? Vá direto ao ponto: o que será que poderia fazer a respeito disso?

Perplexa, ela olhou para as borras de sua xícara de chá, como se fossem fornecer-lhe alguma inspiração. Ela nem sabia se Donald se sentia como ela. Será que ela chegara tarde demais? Esta era uma decisão muito importante para fazer qualquer outra coisa que não fosse esperar, considerar as coisas racionalmente. Sim, mas, se não fizesse nada, poderia nunca mais ter a oportunidade.

Uma leve batida na porta a salvou de cair em pânico total.

— Vim lhe dizer que Sua Majestade finalmente enviou notícias de seus planos — anunciou Mamãe, entrando na sala. — Ela é esperada esta tarde, portanto, não há pressa para se vestir, embora, se você espera monopolizar Lochiel pelo resto da manhã, está sem sorte, pois ele desceu ao cais para se certificar de que seu pequeno barco esteja em perfeito estado para o grupo real.

A rainha Vitória e sua comitiva chegaram no final da tarde e dirigiram-se diretamente para o cais que Donald havia construído à cabeceira do Loch Arkaig. Margaret e a duquesa, Camilla e Susan estavam esperando para cumprimentá-la, enfeitadas com as várias formas de tartã que a rainha parecia esperar que todos nas Highlands usassem, não importando o clima ou a ocasião. Enquanto as outras três senhoras usavam algodão e seda, o vestido de Margaret, emprestado de Mary, era de lã, desconfortável naquele calor fora de época com sol do início do outono.

Se Donald estava sofrendo com o calor em seu traje escocês completo, não demonstrava. Enquanto fazia os preparativos finais para sair com o barco com seu capitão, Margaret aproveitou, sorrateira, a oportunidade de admirar a sua aparência, o xadrez grande que caía sobre seu corpo, a fivela cintilante do cinto que segurava seu kilt bem drapeado no lugar, as panturrilhas bem torneadas e os vislumbres tentadores do que aparecia acima de suas meias de lã que a brisa suave lhe concedia. Suas bochechas ficaram quentes à medida que seus pensamentos se tornavam chocantemente carnais, e ainda mais quentes quando Donald olhou por cima de seu ombro e a flagrou olhando fixamente para ele. Será que ele conseguiu ler sua mente? Ela descobriu que estava ousada o suficiente para querer que ele conseguisse, e teve a satisfação de ver seu desejo refletido nele por um momento antes que o grito de que as carruagens reais estavam se aproximando soasse.

O vapor *Scarba* era pequeno demais para acomodar a todos, e, assim, a honra de acompanhar a rainha Vitória, a princesa Beatriz, a baronesa Churchill e os dois cavalheiros acompanhantes couberam a Donald e à duquesa. O plano de navegar por todos os vinte e dois quilômetros de Loch Arkaig teve que ser encurtado, pois a rainha tinha chegado tarde e não queria realizar a viagem de volta ao Castelo de Inverlochy no escuro.

— Mas ela gostou muito do chá a bordo e admirou a paisagem — contou Mamãe mais tarde, de volta a Achnacarry, durante o jantar. — Embora Lochiel tenha ficado desapontado por não poder mostrar-lhe a mais acidentada das vistas no extremo do lago, Sua Majestade ficou encantada ao saber de sua conexão com Carlos Eduardo Stuart.

Donald revirou os olhos.

— E igualmente encantada com o grito das gaitas de foles do jovem Gordon quando voltamos para o cais.

Margaret riu.

— É uma ofensa capital, Donald Cameron, não amar o grito dos foles.

Ele riu.

— Eu os odeio tanto quanto você, e sabe disso muito bem. Lembro-me de me contar em uma de suas cartas…

Ele parou de falar, lembrando-se tarde demais de que não estavam sozinhos.

— Está ficando muito tarde — disse Camilla, quebrando o silêncio tenso, embora não passasse muito das nove.

— Sim, estou muito cansada — concordou Susan, sufocando um bocejo teatral.

— Todo aquele ar fresco no lago me fez ansiar por ir dormir bem cedo. Se me derem licença — disse Mamãe, levantando-se e causando uma pequena debandada conforme as outras duas senhoras a seguiam.

Donald suspirou profundamente enquanto a porta da sala de jantar se fechava.

— Bem, acho que nosso segredo realmente foi revelado.

— Minha mãe adivinhou imediatamente que éramos mais do que meros conhecidos, embora eu não lhe tenha contado nenhum detalhe de nossa história.

O clima havia mudado agora que eles estavam sozinhos. Donald girou sua taça de vinho, olhando para seu conteúdo quase intocável.

— Você se arrependeu de ter recusado meu pedido de casamento?

Será que ele preferiria que ela mentisse? Mas ela nunca havia mentido para ele, e tão importante quanto aquilo era que havia deixado de se iludir há muito tempo.

— Não — respondeu Margaret. — Lamento ter magoado você, mas não ter recusado o pedido. Foi a coisa certa a fazer na época.

Ele olhou para cima, dando um meio sorriso.

— Sabe, foi o que achei que você diria. — Ele empurrou sua cadeira para trás, ficando de pé.

— Não, espere!

— Pensei que podíamos ir dar um passeio até o lago. Está fazendo uma bela noite. Seria uma pena desperdiçá-la.

— Ah. Eu pensei que você estava… pensei… — Para seu horror, Margaret se viu à beira das lágrimas.

— Você pensou que eu estava prestes a sair num rompante de mau humor? Ela riu fracamente.

— Não tenho certeza se você sabe como ficar de mau humor. Pensei que ainda não me tivesse perdoado.

— Oh, Margaret, não seja tola. Nunca houve nada para perdoar. Venha, vamos dar esse passeio, sim?

— Por favor. — Ela fungou, levando o guardanapo de linho aos olhos.

— Quer ir pegar um casaco ou um xale?

— Ah, não. Este maldito vestido de tartã de Mary é de lã, mas não houve tempo para trocar de roupa para o jantar. Eu estava com tanto calor mais cedo no sol que me senti como uma lagosta cozida. Como você conseguiu ficar tão bem com toda essa roupa não sei, embora deva concordar com a rainha neste ponto, Donald: você ficou muito bonito com ela.

— Era mais pesada que uma armadura, mas, se te agradou, desculpe por ter me livrado da maior parte dela na primeira oportunidade.

Tinham chegado ao terraço na parte de trás da casa, onde uma trilha levava até o rio. Acima deles, a lua brilhava no céu azul-escuro, fazendo das estrelas meros pontos cintilantes. Donald ainda estava usando seu casaco, kilt e bolsa de pele, embora tivesse soltado a placa e os vários cintos, fivelas, espadas e punhais cerimoniais. Margaret se perguntou como, quando era jovem, demorara tanto para perceber como ele era atraente, e para entender que ele sentia o mesmo por ela.

— Sinto muito — disse ela gentilmente —, por machucá-lo todos aqueles anos atrás.

— Você teria machucado muito mais nós dois se tivesse aceitado meu pedido quando não estava pronta. Eu lhe disse na época, lembre-se, que não queria uma noiva hesitante. Ainda não quero.

Ele pegou uma das mãos dela, beijando a ponta de seus dedos.

— Vamos deixar o passado para lá?

— Sim. — Ela pegou a mão dele, levantando-a até sua bochecha, e não resistiu a dar um beijo na ponta dos dedos dele também. — Por favor.

Eles desceram ao rio em silêncio, ambos perdidos em pensamentos, voltando-se para seguir a água que caía até o cais à cabeceira do lago, onde o *Scarba* estava atracado.

— Vamos nos sentar no convés? — Donald saltou a bordo, estendendo a mão para ajudá-la a subir. O barco balançou suavemente, depois se estabilizou enquanto eles se acomodavam em um dos bancos de madeira. O ar ainda estava quente, embora houvesse um leve traço de outono em seu frescor, e as folhas das árvores que abraçavam as margens do lago estavam apenas começando a se transformar.

— Em Nova York, no outono, as folhas ficam penduradas até a primeira geada. Um dia as árvores estão douradas e, no dia seguinte, estão bem nuas. Prefiro a maneira como elas demoram para se despir modestamente aqui.

— Que forma literária de descrever.

— Fui encarregada de escrever uma série em estilo de diário para a *English Woman's Domestic Magazine*, comparando a vida aqui com a de Nova York. Talvez eu use essa frase.

— O que mais está escrevendo, além da coluna para... é a *Demorest's*?

— Mary Louise Booth, a editora da *Harper's Bazar*, tem algumas ideias que quer que eu considere, e depois há a *Victoria*, da qual acho que lhe falei ontem à noite. Ah, e outra publicação me pediu para servir como dispensadora de palavras sábias e conselhos: nunca compartilhe um guarda-chuva com um homem a menos que você esteja noiva dele, esse tipo de coisa, você sabe.

Donald desatou a rir.

— Não, eu não sei esse tipo de coisa. Você inventou isso?

— Infelizmente não.

— Todos esses trabalhos serão publicados com o seu próprio nome?

— A maior parte. Você está se perguntando o que meu pai vai achar? Minha mãe diz que, desde que eu não me torne jornalista do *Times*, ele simplesmente ignorará meus esforços.

O silêncio caiu entre eles mais uma vez, mas estava se tornando tenso novamente. No dia seguinte ela voltaria para Edimburgo, e depois? Margaret não queria deixar Achnacarry sem ter uma ideia do que o futuro lhes reservava, mesmo que a resposta fosse nada. Ela tinha que falar, dizer alguma coisa, por mais difícil que fosse.

— Eu faço vinte e sete anos no mês que vem, Donald — ela começou, parando para limpar a garganta. — Estou vivendo sozinha há quase quatro anos. Não sou mais a jovem impulsiva que fugiu de sua própria festa de noivado sem pensar nas consequências.

— É óbvio, para mim, o quanto você mudou.

— Sim, mas eu vou soar como se estivesse sendo impulsiva novamente. Acabamos de nos reaproximar e somos mais velhos e mais sábios, e mudamos muito em alguns aspectos também. Mas eu *sei* como me sinto, e prefiro que nós... porque, se eu estiver errada e você não sentir o mesmo, então seria melhor para nós dois dizermos isso agora mesmo, não acha?

Ele se inclinou mais para perto dela.

— Não tenho certeza do que você está prestes a dizer, mas acho que pode ser mais ou menos na linha do que eu mesmo estava planejando falar.

O coração dela começou a bater mais forte. Aquele sorriso dele, ela não estava imaginando a ternura que havia ali. Apesar de ter se exortado antes a exercer cautela, Margaret tinha mergulhado de cabeça na declaração sem nenhuma preparação, mas estava certa de que tinha sido a coisa certa a fazer.

— Um sábio amigo me disse uma vez, quando eu estava pedindo financiamento, para falar sempre com o coração — disse. — Eu te amo. Eu nunca deixei de amá-lo, mas pensei que você tivesse se casado e que nada pudesse acontecer.

Donald soltou um longo suspiro, pegando suas mãos e aproximando-se mais dela.

— Você deve saber que eu ainda a amo. Eu tentei, mas não consegui encontrar ninguém que chegasse perto de tomar o seu lugar.

— Oh! Você diz isso muito melhor do que eu. — As mãos dele apertaram as dela, mas ele não fez nenhuma menção de beijá-la. — Você quer saber o que mudou, não é mesmo? — disse Margaret. — Suponho que a resposta simples seja que eu mudei. Sei que seria um grande passo para nós dois. Teríamos ambos que nos adaptar, mas não vejo mais isso como um problema. — Ela estava consciente do olhar dele fixo nela, suas mãos torcidas, seus joelhos se tocando. — Quero compartilhar minha vida com você e fazer parte da sua — continuou Margaret, tendo mais certeza a cada palavra. — Eu poderia continuar como estou, sozinha, e ficar perfeitamente satisfeita, mas com você ao meu lado eu seria muito mais feliz e penso... espero... que você sinta o mesmo...

Por um momento aterrador, ele não disse nada, e depois a puxou para os seus braços.

— Oh, Margaret, eu sinto exatamente o mesmo. Eu te amo tanto.

Finalmente, seus lábios se encontraram, se apertaram e depois se abriram em um beijo que foi tímido e apenas um pouco estranho. Eles pararam, sorriram um para o outro, depois se beijaram de novo, mais profundamente desta vez. Donald murmurou o nome dela, e isso acordou seu corpo, incitando-a a eliminar qualquer espaço que houvesse entre eles, sem querer nem se importar com nada, exceto mais beijos, e mais dele. Ela não tinha certeza de se era o mundo que estava saindo do eixo ou o barco que balançava sobre as ondas quando Donald gentilmente a soltou, deslocando-se desconfortavelmente no assento, ajustando seu kilt, falando baixinho.

— Precisamos falar sobre o que vamos fazer.

— Casar?

Ele riu, desorientado.

— Vamos nos casar, com certeza. A pergunta é: quando? Eu realmente não acho que seria uma boa ideia fazer nossos votos em breve. Não, não me olhe assim, escute um momento, Margaret. É o que você já reconheceu, em essência. Ambos temos vidas com as quais estamos felizes, mas que são muito diferentes. Tenho meu trabalho no parlamento e Achnacarry para cuidar; você tem seus textos e seu trabalho de caridade em Edimburgo.

— Podemos fazer com que funcione, não podemos?

— Claro que sim, e valerá a pena. — Ele a beijou com ternura. — Mas os ajustes necessários serão significativos. Só tentar decidir onde vamos viver e como, por exemplo. Além disso, e se formos abençoados com filhos, o que eu espero muito sinceramente que sejamos? Pode ser egoísta, mas, depois de esperar tanto tempo, eu gostaria de tê-la para mim primeiro. O que você acha?

Ela se obrigou a considerar, embora já soubesse que o que ele disse fazia todo o sentido.

— Quanto tempo você acha que devemos esperar?

— Um ano? Talvez até dois? É o tempo para você se estabelecer, de construir esse Refúgio Infantil de Edimburgo que você tanto deseja, e para eu decidir se continuarei na política.

— Sei que você está certo, mas parece muito tempo. — Ela ainda estava lutando para controlar sua respiração, seu corpo ainda aquecido e clamando por algo que não fosse uma discussão racional e lógica.

— Com você sentada ao meu lado assim, parece um tempo impossivelmente longo — concordou Donald. — Para ser perfeitamente sincero, não quero esperar nem mais um minuto, mas estou tentando ser sensato.

Conforme uma ideia perversa lhe vinha à cabeça, Margaret se aproximou mais uma vez dele.

— Vamos esperar dois anos pela cerimônia, e vamos decidir como vamos viver e onde, e todos os outros detalhes práticos de uma maneira sensata e ponderada. — Ela o beijou. — Mas, enquanto isso, contanto que tenhamos cuidado...

— Você está sugerindo o que estou pensando?

— Você está chocado?

Donald riu, tomando-a em seus braços e beijando-a profundamente.

— Estou encantado — disse ele, indo na direção da intimidade da cabine.

Benfeitora local se casa com castelão das Highlands

Ontem, na igreja de St. Mary, em Dalkeith, lady Margaret Elizabeth Montagu Douglas Scott se casou com Donald Cameron, membro do parlamento, vigésimo quarto Lochiel do Clã Cameron. A cerimônia foi privada, testemunhada por um pequeno grupo de familiares próximos que incluiu os pais da noiva, o duque e a duquesa de Buccleuch, e sua irmã mais velha, lady Victoria Kerr, marquesa de Lothian. Lady Mary Montagu Douglas Scott foi sua dama de honra principal, enquanto a amiga íntima da noiva, Sua Alteza Real, princesa Luísa, era sua matriarca de honra.

O registro do serviço público do duque e da duquesa de Buccleuch é bem documentado e muito louvável. Ambos ocuparam posições de destaque na Corte de Sua Majestade no passado, e continuam a servir em inúmeros Comitês e Conselhos e a patrocinar numerosas instituições de caridade. Embora sua segunda filha tenha herdado esse mesmo espírito público, optou por demonstrar isso de uma maneira muito diferente. O Refúgio Infantil de Edimburgo, que lady Margaret abriu no ano passado, foi construído com base em um modelo que ela havia estabelecido anteriormente nas favelas da cidade de Nova York. O Refúgio é, o que é incomum, aberto a toda e qualquer criança, independentemente de suas circunstâncias ou parentesco. O sucesso da instituição de Edimburgo tem sido tal que lady Margaret está agora supervisionando a abertura de outra em Glasgow.

Temos o prazer de informar que os recém-casados pretendem permanecer na Escócia e se instalarão na sede do clã de Achnacarry. Esperamos com interesse novos desenvolvimentos, tanto domésticos como profissionais, na vida desta dupla bem adaptada e intrigante que é uma honra para sua terra natal.

EPÍLOGO

PALÁCIO DALKEITH, ESCÓCIA, SEGUNDA-FEIRA, DIA DE NATAL, 1876

Naquele ano, a árvore, que havia sido instalada no corredor de entrada de Dalkeith, era tão alta que Mary teve que subir até o topo das escadas para fixar a estrela mais alta. Cada sala estava cheia do aroma de pinheiro que vinha tanto da árvore quanto das guirlandas que enfeitavam os corrimões e adornavam cada lareira.

De manhã, a família havia saído em procissão para assistir à missa de Natal na igreja de St. Mary. Depois, Mamãe, Victoria, Margaret e Mary distribuíram presentes a todas as crianças da propriedade, e Margaret leu-lhes uma nova história que havia escrito para a ocasião.

Quebrando a tradição, Mamãe havia providenciado que a habitual variedade de tias e primos fosse convidada a ir a outro lugar, para sua decepção.

— Quero que desfrutemos de uma reunião familiar íntima em Dalkeith, especialmente este ano — Mamãe havia explicado, apertando a mão de Margaret. E, assim, cada um dos seis irmãos e duas irmãs de Margaret e seus filhos tinham feito um esforço especial para estar ali. A mesa de jantar teve que ser estendida até seu limite para acomodar os adultos, e, agora que a ceia havia terminado e apenas os restos dos famosos bolinhos da sra. Mack haviam sobrado, a multidão de crianças se juntou a eles para as brincadeiras de festa. Margaret, sentada no meio da mesa, olhou em volta para sua família estendida, com um sorriso de contentamento silencioso. Mamãe havia deixado a mesa e estava sentada à lareira, ajudando vários de seus netos a montar uma ferrovia de brinquedo. Os dois irmãos mais velhos de Margaret estavam juntos à mesa lateral, onde a enorme tigela de ponche de prata fora colocada, discutindo sobre qual das garrafas, laranjas, limões e seleção de especiarias deveriam ser usados. Victoria estava sentada na extremidade oposta da mesa, que havia sido liberada, preparando um jogo de pega-varetas, e, do outro lado da lareira, com Mamãe, Mary permitia que a pequena Meg, homônima de Margaret, amarrasse uma multidão de fitas coloridas em seus cabelos.

O duque, que havia se retirado para a sala de fumo após o jantar com o irmão mais novo de Margaret, voltou e olhou ao redor da sala lotada e barulhenta antes de optar por retomar seu assento à cabeceira da mesa. Como de costume, seu único reconhecimento da presença dela foi um aceno de cortesia.

A pequena Meg abandonou Mary e se colocou ao lado de Margaret com um livro de histórias, exigindo que a tia ouvisse sua leitura. Enquanto Margaret virava as páginas, estava ciente, mais uma vez, de que seu pai a olhava fixamente sobre seu pincenê dourado, sua expressão um pouco desconcertada, embora também houvesse uma ponta de ressentimento. Ele tinha feito de tudo para se livrar dela, parecia estar pensando, mas ali estava ela. Tendo deixado sua marca nos Estados Unidos, agora tinha a coragem de usar o nome que ele lhe havia dado para promover suas causas na Escócia. Seu casamento extremamente feliz com alguém que o duque considerava um amigo deveria ter recebido sua aprovação, mas ele também considerava aquilo inexplicável, pois por que ela deveria escolher fazer agora o que ele havia tentado e falhado em forçá-la a fazer tantos anos antes?

Margaret sorriu silenciosamente para si mesma. Porque ela *escolhera*. Porque ela se recusou a reconhecer-se como derrotada. Porque ela era mais forte do que parecia, como Molly lhe havia lembrado quando estava a caminho de passar seu primeiro Natal sozinha aqui mesmo no Palácio Dalkeith todos aqueles anos antes.

Um grito baixo, mas desafiador, vindo da porta fez com que todos os olhos da sala se virassem naquela direção. Sorrindo, já de pé e com os braços estendidos, Margaret ficou espantada ao ver um pequeno sorriso no rosto do duque enquanto a mais nova adição à família entrava nos braços de seu Papai. Donald Walter Cameron tinha apenas seis semanas de vida. Mais cedo naquele dia, ele havia tolerado ser passado de colo em colo entre seus muitos parentes, suportando a efusão de carinhos e abraços e beijos com notável equanimidade.

Com cabelos cheios e olhos castanho-escuros, o filho de Margaret era a cara de seu amoroso pai.

— Tive que resgatá-lo de sua sra. Mack — explicou Donald enquanto entregava cuidadosamente o precioso pacote. — Ela estava muito relutante em deixá-lo vir. Aparentemente, seu único defeito é que o cabelo dele não é da mesma cor que o seu. Já passou da hora de ele dormir.

— Vamos levá-lo para cima em um minuto, mas há algo que precisamos fazer primeiro.

Aconchegando seu filho no ombro, Margaret pegou Donald pela mão, levando-o para o hall de entrada, onde a árvore estava. O bebê então suspirou, com os olhos pesados.

— Veja, este é o primeiro ornamento que sua mãe fez — disse ela, apontando para o enfeite esmeralda. Alcançando seu bolso, ela pegou uma pequena estrela dourada. — E esta é sua primeira estrela, que Papai vai pendurar na árvore para você. — Margaret plantou um beijo em seu cabelo macio, absorvendo o cheirinho especial de recém-nascido dele. — Aí, no próximo ano, pequenino, você pode ajudar Papai e Mamãe a fazerem a primeira estrela de muitas a ser pendurada em nossa própria árvore em Achnacarry.

Nota da Autora

Prezado leitor,

A bússola do *coração* está sendo gestado há quinze anos. A história entrelaça duas jornadas de vida: a de lady Margaret e a minha própria. Foi quando comecei a pesquisar minha própria ascendência, descobrindo, para meu espanto, que meus tataravós eram o duque e a duquesa de Buccleuch, que me deparei pela primeira vez com sua segunda filha, lady Margaret Montagu Douglas Scott. Ela e eu compartilhamos um nome, nossos aniversários são separados por poucos dias e ambas somos ruivas. Senti uma afinidade imediata e queria saber mais sobre ela. Como consegui encontrar muito pouco, minha imaginação começou a tomar conta. Lady Margaret, a heroína deste livro, é uma mulher corajosa, que luta para que sua voz seja ouvida e tem a confiança necessária para seguir seu coração. Ela é forte e resiliente, determinada a viver sua vida de acordo com seus próprios critérios e a se fortalecer diante de todas as adversidades.

Dando vida a lady Margaret, fui transportada por minha imaginação para a Escócia, Londres, Irlanda e Nova York, aprendendo muito sobre minha ascendência e a história de cada um desses locais ao longo do caminho. Escrevendo durante a pandemia da covid-19, foi um alívio escapar para o mundo de lady Margaret e para o enorme elenco de personagens que convivem com ela no livro, alguns reais, outros totalmente fictícios. Os membros da família Buccleuch não são meus únicos ancestrais que fazem parte da história. O sétimo visconde e a viscondessa de Powerscourt (Wingfield), que também aparecem, são meus trisavós.

Estou muito feliz por finalmente poder dar vida à minha versão de lady Margaret. Espero que você possa se perder em sua jornada assim como eu me perdi. Espero que ela o inspire, querido leitor, a ter a confiança para seguir seu coração, como eu aprendi a fazer.

É claro, toda viagem bem-sucedida requer uma mão amiga. A minha foi fornecida por Marguerite Kaye, minha coautora, a mentora que me guiou ao longo das peregrinações desta viagem literária. Juntas, forjamos um novo método de trabalho colaborativo, e nos tornamos amigas íntimas no processo. Obrigada, Marguerite, por me ensinar a levar a história que estava na minha cabeça e no meu coração para as páginas e por me ajudar a realizar meu sonho de me tornar romancista.

Esta jornada não teria sido possível sem Rachel Kahan, uma excelente editora. Ela acreditou em mim e em lady Margaret desde o início e nos encorajou a sermos, as duas, mais fortes e corajosas. Obrigada, Rachel, por seu olhar atento e por suas grandes ideias, e por permitir a lady Margaret o espaço que ela precisava para crescer e se tornar a mulher cheia de determinação e êxitos que se torna no fim de sua jornada.

Obrigada a Lisa Milton e a toda a equipe da Mills & Boon por seu apoio abundante e entusiasmo por este livro. Vocês me apresentaram a Marguerite e nos deram os fabulosos Flo Nicholl, para nos guiar através do processo de redação, e Becky Slorach, que idealizou o maravilhoso conceito da capa original.

Muito obrigada a Jennifer Hart, Kelly Rudolph, Imani Grady, Kaitlin Harri, Naureen Nashid, Brittani Hiles, Alivia Lopez e Mumtaz Mustafa, da William Morrow, por sua diligência e conhecimento profissional em levar a história de lady Margaret aos leitores nos Estados Unidos.

Obrigada a Susan Lovejoy, minha biblioteca ambulante, que realizou diligentemente uma quantidade enorme de pesquisas para esta história. Além de devorar e digerir uma pilha de livros e mergulhar em inúmeros arquivos, ela tem um olho para detalhes históricos e fatos arcanos que foi inestimável para dar vida ao mundo vitoriano e torná-lo o mais historicamente exato possível.

Camilla Gordon-Lennox também contribuiu enormemente para a pesquisa, em particular quando nossa heroína atravessa o Atlântico e mergulha na vida nova-iorquina. Obrigada, Camilla, pela ambiência americana e pelos nova-iorquinos que encontrou para compartilhar as páginas com lady Margaret.

Obrigada a Jan Miller e a Lacy Lalene Lynch, de minha agência literária, Dupree Miller, em Dallas. Vocês nunca, nunca deixaram de acreditar no meu sonho de me tornar uma romancista.

Obrigada a todos do Royal Lodge, à minha própria equipe administrativa e aos meus assessores. Aos meus apoiadores leais, que têm sido pilares de força durante todos estes anos, obrigada a todos. Eu não conseguiria ter feito isso sem vocês.

E, finalmente, obrigado à minha maravilhosa irmã, Jane, cuja memória impressionante ajudou a refrescar minha mente em relação a todos os nossos antepassados.

Sarah

COMENTÁRIO HISTÓRICO

A bússola do coração é povoado por uma mistura de personagens históricos reais e outros inteiramente de nossa própria invenção, situado, na medida do possível, em um pano de fundo de acontecimentos e locais verdadeiros.

Lady Margaret Montagu Douglas Scott era a segunda filha de Walter, o quinto duque de Buccleuch, e sua esposa, Charlotte, que eram os tataravós da duquesa de York. As escassas informações que pudemos colher sobre Margaret foram incluídas nesta história: sua idade, sua aparição como dama de honra no casamento da princesa Helena e do príncipe Cristiano de Eslésvico-Holsácia e a data de seu casamento com Donald Cameron, vigésimo quarto Lochiel, que foi relativamente tardio (ela tinha vinte e nove anos e ele, quarenta). O restante da jornada de Margaret, exceto por estes fatos, é inteiramente ficcional, embora tenhamos tentado ser fiéis à cultura predominante da sociedade vitoriana na qual ela e sua família viveram, especialmente nas cenas de Londres.

Todas as relações de Margaret com pessoas reais, incluindo a relação problemática que mantém com seus pais e seu romance com Donald, são inteiramente imaginadas. Embora haja provas de que ela era amiga da princesa Helena, não apenas por sua aparição nas fotos do casamento, mas por uma referência a "cartas de Helena" nos documentos pessoais de Donald Cameron de Lochiel nos arquivos do Conselho de Highland, não há provas de que Margaret e a princesa Luísa fossem amigas, embora certamente se conhecessem. Sempre que possível, tentamos colocar Luísa no lugar certo na hora certa, usando principalmente os diários da rainha Vitória, com uma notável exceção: não há provas de que tenha comparecido ao casamento de Margaret e Donald. A princesa Luísa continuou esculpindo e expondo após seu casamento com o marquês de Lorne, que mais tarde se tornou o duque de Argyll. O casal não teve filhos.

Mervyn, sétimo visconde de Powerscourt, e lady Julia, viscondessa de Powerscourt, são coincidentemente outro par de trisavós da duquesa de York. É do próprio trabalho do visconde de Powerscourt, *A Description and History of Powerscourt* [Uma descrição e história de Powerscourt], que grande parte dos detalhes da casa foi tirada, incluindo sua obsessão com as cabeças de cervos. Curiosamente, embora não haja nada que associe lady Margaret a Powerscourt, há uma pintura a óleo da floresta em Achnacarry com Ben Nevis ao fundo, registrada como pendurada em uma das passagens dos quartos. Então, é possível que lorde Powerscourt e Donald Cameron se conhecessem.

O desejo de lady Julia por filhos acabou sendo realizado, embora não até que cumprisse dezesseis anos de casada, período após o qual teve cinco filhos em rápida sucessão. Lorde Powerscourt, no entanto, havia muito antes perdido a esperança de ter um herdeiro e aparentemente se propôs a gastar sua considerável riqueza para evitar que seu irmão Lewis a herdasse, o que significava, infelizmente, que a herança de seu filho já estava muito depauperada.

Quanto a Lewis Strange Wingfield, seria impossível para uma romancista inventar uma vida mais exuberante do que a que ele viveu. Terceiro e mais jovem filho do sexto visconde e de lady Elizabeth, alguns acreditavam que seu pai era o quarto marquês de Londonderry, o segundo marido de sua mãe. Lewis era viajante, ator, crítico, dramaturgo, figurinista de teatro, romancista e pintor (seu trabalho foi exibido na Academia Real Inglesa), com uma propensão para interpretar, passar noites em abrigos e alojamentos para pobres e tornar-se atendente em um manicômio e uma prisão. Ele viajou para Paris como correspondente de guerra durante a Guerra Franco-Alemã (1870-71), onde foi treinado como cirurgião. Apesar dos rumores de que fosse gay, ele se casou em 1868, embora não tenha tido filhos.

A seção de Nova York de nosso livro também está apimentada com personagens históricos reais. Enquanto suas interações com lady Margaret são inteiramente imaginadas, todos os esforços foram feitos para serem fiéis ao caráter e à trajetória da personagem real — pedimos desculpas por quaisquer erros, excessos ou omissões.

A sra. William Astor ainda estava escalando a pirâmide social quando Margaret chegou em Nova York, logo antes da Era Dourada e da legendária lista dos "Quatrocentos" definida por Samuel Ward McAllister, mas eles já estavam assumindo seus papéis de guardiões da sociedade, e a competição para ganhar um convite para "a" festa da temporada era feroz.

Jane Cunningham Croly, que escreveu uma série de artigos extremamente populares e um livro de receitas com o pseudônimo Jenny June, foi fundadora do Sorosis Club, cuja primeira reunião ocorreu em 1868 no Delmonico's. Mary Louise Booth, outra fundadora do clube, tornou-se a primeira editora da *Harper's Bazar* no mesmo ano. Ambas eram defensoras do direito das mulheres de ganhar a vida e estavam envolvidas de perto com o movimento do sufrágio feminino.

James Gordon Bennett havia se aposentado da edição do *New York Herald* na época em que o fizemos conhecer Margaret e passado o bastão ao seu filho, que se tornou o mais jovem Comodoro do Iate Clube de Nova York de todos os tempos.

A vida de dois de nossos principais personagens fictícios foi inspirada por pessoas reais. O trabalho do reverendo Arthur Osborne Jay na paróquia de Shoreditch, em Londres, é em certa medida o modelo para o trabalho do padre Sebastian em Lambeth. O reverendo Jay, assim como Sebastian, acreditava que o bem-estar material de seus paroquianos era tão importante quanto sua saúde espiritual, e estabeleceu um clube social e um ginásio paroquiano na vizinhança.

As experiências de Marion Scrymgeour nos escalões inferiores do serviço diplomático têm suas raízes na vida de várias esposas de diplomatas, viajantes e exploradores, incluindo lady Mary Sheil, Isabella Bird, lady Hester Stanhope e Isabel Burton. Foi lady Anne Blunt quem realmente estabeleceu pela primeira vez um haras com cavalos árabes de raça pura importados, mais tarde do que nossa valente Marion.

Quanto a todos os outros personagens principais de nossa história, incluindo Killin, Randolph Mueller, Susannah Elmhirst, Patrick Valentine e Fraser Scott, sua aparência, personalidades e características são inteiramente fruto de nossa imaginação.

Os locais mencionados, entretanto, são todos reais, e muitos ainda podem ser visitados.

Infelizmente, a Casa Montagu, que foi a residência dos Buccleuch em Londres até 1917, foi convertida em um prédio de escritórios e depois demolida em 1949. O local é agora ocupado pelo edifício do Ministério da Defesa do Reino Unido. No entanto, as outras residências principais dos Buccleuch ainda existem. O Palácio Dalkeith, nos arredores de Edimburgo, está atualmente alugado pela Universidade de Wisconsin, mas é possível conhecer o parque nos arredores e desfrutar de uma refeição nos estábulos belamente restaurados que antes eram o lar de Spider, o amado pônei de Margaret. O Castelo Drumlanrig, próximo a Dumfries, também pode ser visitado.

A casa de Donald, o Castelo de Achnacarry, foi usada como base para o treinamento de tropas durante a Segunda Guerra Mundial. Ele ainda existe e, embora não esteja aberto ao público, pode-se ver o museu Clã Cameron nas proximidades.

O Castelo Inveraray, principal casa do duque e da duquesa de Argyll, ainda é uma residência privada, mas também está aberto ao público. A escrivaninha que a rainha Vitória deu a Luísa como presente de casamento está em exposição.

O mundialmente conhecido Jardim de Powerscourt continuou a ser construído por Mervyn, Julia e seus herdeiros. Embora tenham sido muito aprimorados desde a época de Margaret, todas as suas áreas favoritas do terreno ainda existem e podem ser visitadas, incluindo, é claro, a espetacular cachoeira onde Donald lhe pediu em casamento pela primeira vez. Infelizmente, em 1974 um incêndio destruiu a Casa Powerscourt, deixando apenas sua estrutura. Levou vinte e dois anos para que fosse reformada, e agora é um hotel de luxo.

No início dos anos 1870, Nova York estava sendo construída e reconstruída em um ritmo desconcertante. Tentamos ser tão precisas quanto possível sobre quem se hospedou em qual local, e o que tinha sido construído ou não, usando guias turísticos contemporâneos e o épico *Light and Shadows of New York* [Luz e sombras de Nova York]. Five Points era o local onde Worth Street, Mott Street, Park Row e Bowery se encontravam, logo ao sul do Columbus Park. Na época de Margaret, a área era uma favela notória, embora não fosse o antro de iniquidade e crime que mais tarde se tornou. As duas missões de caridade eram localizadas exatamente como descrito em nosso livro, mas o Refúgio Infantil de Margaret, infelizmente, nunca existiu.

Nós nos esforçamos para que o livro fosse o mais historicamente exato possível em todos os aspectos, mas, como esta é uma obra de ficção, quaisquer imprecisões, exageros ou erros são inteiramente nossos.

Sarah e Marguerite